学术中国文丛

近古文章与文体学研究

吴承学 著

广东高等教育出版社
Guangdong Higher Education Press
·广州·

图书在版编目（CIP）数据

近古文章与文体学研究/吴承学著. —广州：广东高等教育出版社，2020.10
（学术中国文丛/张江，王兆胜主编）
ISBN 978 - 7 - 5361 - 6896 - 1

Ⅰ. ①近… Ⅱ. ①吴… Ⅲ. ①文章学 – 研究 – 中国 ②文体 – 研究 – 中国
Ⅳ. ①H15

中国版本图书馆 CIP 数据核字（2020）第 197089 号

JINGU WENZHANG YU WENTIXUE YANJIU
近古文章与文体学研究

吴承学　著

总　策　划	黄红丽
项目统筹	靳　辉　常泽平
责任编辑	刘丽丽
装帧设计	陈智慧
责任技编	吴练武　王丽珍
责任校对	赵宏祥
营销总监	姚永清

出版发行　广东高等教育出版社
　　　　　　地址：广州市天河区林和西横路
　　　　　　邮政编码：510500　电话：(020) 87554153　87551436
　　　　　　http://www.gdgjs.com.cn
印　　刷　广东鹏腾宇文化创新有限公司
开　　本　787 毫米×1 092 毫米　1/16
印　　张　24.5
字　　数　353 千
版　　次　2020 年 10 月第 1 版　2020 年 10 月第 1 次印刷
定　　价　88.00 元

如发现印刷、装订错误可随时向承印厂调换

"学术中国文丛"编委会

总　序

张　江

习近平总书记在哲学社会科学工作座谈会上的讲话指出，当代中国正经历着我国历史上最为广泛而深刻的社会变革，也正在进行着人类历史上最为宏大而独特的实践创新。这种前无古人的伟大实践，必将给理论创造、学术繁荣提供强大动力和广阔空间。这是一个需要理论而且一定能够产生理论的时代，这是一个需要思想而且一定能够产生思想的时代。

习近平总书记的重要论述是对思想理论发展规律的科学论断，也是对哲学社会科学工作者的殷切期望。当前中国处于近代以来最好的发展时期，世界处于百年未有之大变局，两者同步交织、相互激荡。一方面，当代中国比历史上任何时期都更接近中华民族伟大复兴的目标，比历史上任何时期都更有信心、有能力实现这个目标。另一方面，当代世界全球化潮流滚滚向前，逆全球化趋势暗流涌动，各种思潮相互激荡，各种文化相互交融，各种观念相互碰撞，多样性、差异性、复杂性、不确定性正在成为这个世界越来越突出的特征。

这样的时代条件，既为我们的哲学社会科学研究带来许多新问题和新挑战，也为思想理论的创新发展增添了强劲动能，开拓了宏阔空间。在这样的时代条件下，不断推进学科体系、学术体系、话语体系建设和创新，努力构建一个全方位、全领域、全要素的哲学社会科学体系，是坚持和发展中国特色社会主义的一项重要任务，也是当代哲学社会科学的重大使命。在中国特色社会主义进入新时代的今天，中国故事需要更好地被全世界所理解，中国经验需要更好地被现代社会科学所表达，中国学术也需要更好地被世界学术界所倾听。让世界了解"学术中的中国""理论中的中国""哲学社会科学中的中国"，构建哲学社会科学的"中国学派"，恰逢其时，大有可为。

理论的生命力在于创新。创新是哲学社会科学发展的永恒主题，也是社会发展、实践深化、历史前进对哲学社会科学的必然要求。学术创新离不开两样东西：一是必须立足源自于本土经验的学术传统和时代问题，二是必须牢牢把握世界学术发展的趋势和潮流。学术创新更要有批判精神，这是马克思主义最可贵的精神品质。不管是对传统的理论、范畴、体系，还是外来的概念、话语、方法，都要有分析、有鉴别、有汲取、有批判，不要盲目崇拜，不可生搬硬套。尤其是面对西方话语霸权，不应该满足于向"为西方思想作注，为西方学术致敬"，更不应该"以西方的是非为是非，以西方的标准为标准"，必须立足于中华优秀传统文化，立足于中国特色社会主义建设的伟大实践，在世界视野中发现问题，在中国经验中思考问题，让思想理论更具中国特色、中国风格、中国气派。

"学术中国文丛"正是在这样的现实语境和文化背景产生的。丛书希望通过对中国学术传统的资源挖掘与价值再发现，在构建"学术中的中国"方面有所作为，有所贡献。我们坚信，中华民族伟大复兴必将推动知识建构范式的革命，必将带来中国学派的诞生。"学术中国文丛"的历史使命就是要形成具有中国特色、解决中国问题的知识体系，并为人类发展提供中国智慧与中国方案。

"学术中国文丛"的出版，总体而言，具有开拓补白之功，它走的是"文化积累"与"学术建设""学科建构"的路子，其理论价值与现实意义，主要体现在以下几个方面。

一是响应时代主题精神，契合国家文化战略。"学术中国文丛"关注一流专家学者，反映中华人民共和国成立以来国内学术研究最高成果，它的出版对推动中国当代学术文化的发展繁荣，加强中外学术对话，在世界学术体系传播中国声音，展现中国学派，提升中国学术的世界地位，推进中国文化"走出去"，具有重要意义。

二是承接优秀传统文化，增强民族文化自信。文丛植根于中华优秀传统文化，通过深入挖掘中华优秀传统文化蕴含的思想观念、人文精神、道德规范，按照新时代精神，去粗取精，去伪存真，赋予新的时代内涵，对推动中华优秀传统文化的创造性转化和创新性发展，增强民族文化自信具有重要意义。

三是加强学术积累传承，推进高校学科建设。文丛广泛覆盖文、史、哲、经等学科，通过荟萃不同学科学派的经典名作，全面展现中国现代学术体系发展过程，促进学术体系和话语体系创新，推进人才培育，催生学术经典，为各领域研究者提供基础性的经典范本。

总之，"学术中国文丛"的出版，是构建"理论中的中国""学术中的中国"的一部分。中华民族伟大复兴为构建中国学派提供了丰厚的实践土壤，也提供了空前的历史性机遇。"学术中国文丛"的出版，正是将中华优秀传统文化当代化以及进行创造性转化的实践，是增进文化自信的有益尝试。

"学术中国文丛"具有权威性、经典性、时代性、中国性等特点。

一是在作者选取上坚持权威性。为了保证丛书的品质，作者一律选取国内各领域的顶尖学者，并且是资历深、水平高、广受认可、影响力大的作者，做到多中选好、好中选优、优中选精，从根本上保证丛书的高标准和权威性。

二是在内容组织上强调经典性。文丛的遴选标准首要是重视学术含量、学术价值，以学术史的眼光、经典性的标准，采用自选或精选的方法来确定图书内容。入选内容应是均为作者的开山之作、奠基之作、经典之作，必须站得住、立得稳，能成为学术标杆，能经得住历史考验，具有相当的文化积累意义和学术传承价值，在国内外具有较大影响。

三是在写作旨趣上契合时代性。在选材上，文丛优先考虑体现时代精神、富有宏大格局、与国家经济社会发展密切相关的研究成果。

以学术为出发点，以文化为立足点，以中国价值为落脚点，自觉承担起举旗帜、聚民心、育新人、兴文化、立形象的使命任务。换言之，就是要自觉关注时代主题、回应社会热点、着眼于国家战略、融入世界发展大势，不是单纯为学术而学术。

四是在关注焦点上体现中国性。文丛坚持立足中国、聚焦中国，把中国成就和中国经验等重大问题的历史经验和理论阐释作为重中之重，特别是关注反映当代中国经济、社会发展现状趋势经验的具有中国特色的学术成果，以便讲好中国故事，反映中国成就，传播中国声音，分享中国经验，展示中国形象。

"学术中国文丛"，值得期待。

2020 年 6 月 8 日

吴承学 中山大学中文系教授，教育部"长江学者特聘教授"，中山大学"逸仙学者"讲座教授。学术兼职有中山大学中文系学术委员会主席、中国古代文学理论学会副会长、中国明代文学研究会副会长等。研究方向主要是古代诗文，学术专长是中国古代文体学、中国文学批评史、明清诗文等研究。出版学术著作有《中国古代文体形态研究》《中国古代文体学研究》《中国早期文体观念的发生》及论文多种。《中国古代文体学研究》入选首批"国家哲学社会科学成果文库"，并获得教育部高等学校科学研究优秀成果奖（人文社会科学）一等奖。

本书对近古以来的文章、文体、文体学、经典学以及学术史等重要问题，做了较深入的研究。作者主张回到中国古代文体与文章语境，理解中国文学。本书重点是在中国文学发展的整体进程中，发现近代文章与文体学的独特性，实事求是地评价它的地位和影响。其中对文章总集、大型类书以及目录学等在对中国文学的经典形塑与阐释以及中国文学学术史的重要作用与地位，进行开拓性的研究，对于研究中国文学经典学与文学批评史具有一定的推进作用。

| 目　录 |

第一章　中国文章学的成立与古文之学的兴起

近年中国文章学研究成为新的学术热点，并取得丰硕成果。关于中国文章学成立时代是近来文章学讨论的热门话题，这是一个相当重要的问题，它不仅是对时间先后的不同判断，更涉及对中国文章学的基本内涵、理论体系、总体特色与历史演变的认同与理解。这个问题本身具有主观性，不同学者对此问题见仁见智可以理解。对此问题看法或有不同，但讨论意义的指向却是一致的：从不同的角度和思路出发，通过学理上的梳理与阐释，不断丰富、调整与加深对于中国文章学的理解，共同推进和深化中国文章学研究。

一　何谓"中国文章学"

讨论中国文章学成立时代的难度在于这个命题是建立在一个多解的前提之上：何谓"中国文章学"？解答这个问题并不是"非正即误"的逻辑判断，而是一种见仁见智的价值认同。前提的多解性自然会产生结论的多样化，而无法得出唯一"正确"的答案。所以，讨论此命题的目的与重要性不是也不可能是对中国文章学成立时代达成共识，而是通过多元化的途径去探讨中国文章学的内涵与体系、特色与演变。研究视野的多元化，有利于在理论上互相补充，尽量消除各种视野本身的局限和"盲点"。

何谓"中国文章学",学术界众说纷纭。有人把文章学理解为文章写作技法方面的理论。如曾枣庄认为:"文章学是研究诗文篇章结构、音韵声律、语言辞采、行文技法的学问。"① 祝尚书更明确地说,文章学也就是宋人所称的"笔法学":"文章学就是解决诸如文章如何认题立意,以及它的间架结构、声律音韵、造语下字、行文技法等等'知之'方面的问题。"② 有人则把文章学理解为关于文章的形成、创作、鉴赏的系统研究。张寿康《文章学论略》认为,文章学的内容有源流论、类别论、要素论、过程论、章法论、技法论、阅读论、修饰论、文风论、风格论等。③ 王凯符《古代文章学概论》认为文章学的科学体系至少包括文道论、修养论、写作论、文体论、风格论。④ 这两种不同说法都认同中国文章学具有一定的理论体系,其不同之处在于对文章学概念的内涵与外延有不同的理解。

把中国文章学定义为文章写作技法理论,这敏锐地抓住了中国文章学的实用性本质,即在中国古代,文章学最直接、最主要的目的就是指导文章写作。到了实施科举取士制度之时,写作成为士子进入上层社会的主要手段之后,这种事实尤其明显。但这种定义把中国文章学仅仅视为研究文章技法之学似又略嫌狭窄,可能会遗漏或忽视文章技法之外的某些理论甚至非常重要的理论。

宽泛的中国文章学定义差不多覆盖了中国文章的所有相关问题,有较大的包容性与开放性,其内涵丰富而体系庞杂。但是,过于宽泛的文章学内涵缺少边界、不见涯涘,容易失之泛而不切。如果中国文章学成为一个包罗万象、没有重点与中心的系统,其学科的特性如何体现出来? 又如何与一般的中国文学批评或古代文论区分开来呢?

在传统目录学分类中,我们所说的中国"文章学"著作属于"文

---

① 曾枣庄:《文章学须以文体学为基础》,王水照、朱刚主编《中国古代文章学的成立与展开——中国古代文章学论集》,复旦大学出版社,2011,第 6 页。

② 祝尚书:《对文章学研究中几个问题的思考》,第二届中国古代文章学学术研讨会论文集,上海,2012 年 9 月 10 日,第 1 页。

③ 张寿康:《文章学论略》,《首都师范大学学报(社会科学版)》1986 年第 4 期。

④ 王凯符等:《古代文章学概论》,武汉大学出版社,1983。

史"类或"诗文评"类。作为有学科意义的"中国文章学"与"中国文学批评"或"古代文论"都是近代以来才出现的学术名称，它们并不是在同一个理论框架里的严格分类，所以其间确实有许多重叠与交叉之处，无法截然分开，不太可能给予明确的划界，但从当代学术研究的需要看，它们各自应该具有一定的特殊对象与理论特性。文章学重在总结、指导文章阅读和写作活动，实践性很强；文学批评虽以实践为基础，但重点在认识和评价作家、作品、文学运动、思潮、流派等现象，探讨文学发展规律，其理论性更强。中国文章学固然涉及文道、文体、文气、文术、文评等诸多问题，是关于文章问题的比较系统完整的研究与知识，但是其对象与重心应该是关于文章之写作与批评，或者说中国文章学就是以文章之写作、批评为核心并包含相关问题的系统理论。我们要强调的是，中国文章学以文章之写作、批评为核心，但不能因此褊狭地把中国文章学理解为文章写作技法之学。在中国古代，单纯的有强烈实用和功利色彩的文章写作技法理论著作反而影响不大、地位不高。中国文章学往往是形而上的"道"与形而下的"技"两者水乳交融不可分割的。比如《文心雕龙》，"刘勰写作此书，原意是谈作文之原则和方法。……他这部书细致地讨论作文之道，故采取过去'雕龙奭'的说法，名叫《文心雕龙》。如用现代汉语，大致可以译成《文章作法精义》"。[1] 但《文心雕龙》又绝不只是一部文章写作技法理论著作，它的涉及面几乎涵盖古代文学理论批评的重要问题。

　　"文章学"是一个不断演变发展的概念，有明显的历史色彩，而且同一时代的不同理论家、同一理论家在不同文本语境中都可能出现不同的表述。"文章学"研究的"文章"对象也在不断变化。早期的"文章"泛指一切文字著作。东汉以后，"文章"开始指称以诗赋为主要文体、以骈文为主要语体的各类文辞篇章，此时的"文章学"主要是诗赋骈文之学。唐宋以后，随着古文的兴起，散体古文占据文坛中

---

① 　王运熙：《文心雕龙探索》（增补本），上海古籍出版社，2005，第1页。

心地位，"文章"偏重指称以古文为主体、以散体为主要语体而兼及骈文、辞赋等作品，此时的"文章学"主要是古文之学而兼骈文辞赋之学。而到了晚近，随着各种文体分类学的独立与发展，"文章学"也可能特指与诗学、词学、曲学、赋学、小说学、戏曲学等相提并论的特定理论。

　　总之，从古代中国到现代中国，"文章"与"文章学"都是因时而异、因人而异的概念。事实上，要对"中国文章学"概念的内涵与外延给出一个贯通古今而历代适用的"科学"界定，可能是削足适履或刻舟求剑之事。所以，讨论中国文章学成立时代必须把"文章"与"文章学"看成是动态的、有弹性的历史概念，所有相关问题都要从古代文章学原始的具体语境出发，尽量避免以一个固定的或后起的概念为尺度去衡量整个中国文章学。

二　文章观念的成熟与文章学的成立

　　中国文章学成立的标准是什么？笔者认为，应该是中国文章学的基本内涵已经明确，理论系统初步建构，并且产生一系列对后代有重大影响的代表性成果。按此标准，魏晋南北朝可以视为中国文章学成立的时代。

　　"文章"观念的成熟，是"中国文章学"成立的基础。"文章"的概念，来源甚早，涵义复杂。或指色彩花纹，或指礼乐制度，或指车服旌旗，或指文字。汉代以来作为"文章学"意义的"文章"（即文辞或独立成篇的文字）一词开始出现。如《史记·儒林列传序》："臣谨案诏书律令下者，明天人分际，通古今之义，文章尔雅，训辞深厚，恩施甚美。"[1] 这里的"文章"还泛指文字著作。东汉时期，人们已明确把诗赋、辞章称为"文章"。[2] 此后曹丕以"文章"为"经国之大

---

[1]　司马迁：《史记》卷 121《儒林列传》，中华书局，1959，第 3119 页。
[2]　参考郭英德《文章的确立与文体的分类》，《中国古代文体学论稿》，北京大学出版社，2005，第 50 - 61 页。

业，不朽之盛事"。① 曹丕虽然没有论及"文章"所指，但在下文即提到奏、议、书、论、铭、诔、诗、赋等，可见"文章"是独立成篇、有一定文体形态的文字。至六朝，纯粹"文章学"意义上的"文章"概念已非常明晰。南朝宋范晔《后汉书》中，"文章"一词与文体紧密相连。如《王隆传》："能文章。所著诗、赋、铭、书，凡二十六篇"②；《傅毅传》："文章之盛，冠于当世。毅早卒，著诗、赋、诔、颂、祝文、七激、连珠，凡二十八篇"。③《文选·序》云："凡次文之体，各以汇聚"④，《文选》也是以"文"泛指多种体裁的诗文篇章。《文心雕龙》使用"文章"一词意义广泛，但重点则指涵括各类文体的文辞篇章。另外，从当时子书来看，颜之推《颜氏家训》专立"文章"一篇，其意大致和《文选》《文心雕龙》的内涵一样。可见在六朝"文章"的概念已非常明晰，是指包括诗赋与各类文体在内的骈、散、韵各种语体的文辞或独立成篇的文章。

文章之士地位的确立，也是文章观念成熟的重要标志。东汉以来，随着文章从经学中逐渐独立出来，文章之士与儒学之士已相提并论，并有较高地位了。当时的子史之书对此都有明确表达。王充《论衡·超奇篇》中说："故夫能说一经者为儒生，博览古今者为通人，采掇传书以上书奏记者为文人，能精思著文连结篇章者为鸿儒。故儒生过俗人，通人胜儒生，文人逾通人，鸿儒超文人。"⑤ 王充所谓"文人"，偏指撰写实用文章之士，然亦属文章之士。王充推崇"鸿儒"，"文人"地位虽在鸿儒之下，却在儒生、通人之上，不可谓低。班固《汉书·公孙弘卜式兒宽传》赞曰："汉之得人，于兹为盛，儒雅则公孙弘、董仲舒、兒宽……文章则司马迁、相如……孝宣承统，纂修洪业，亦讲论六艺，招选茂异，而萧望之、梁丘贺、夏侯胜、韦玄成、严彭

① 曹丕：《典论·论文》，萧统编、李善注《文选》卷52，上海古籍出版社，1986，第2271页。
② 范晔：《后汉书》卷80《文苑列传》第70上，李贤等注，中华书局，1965，第2609页。
③ 《后汉书》卷80《文苑列传》第70上，第2613页。
④ 萧统编：《文选·序》，李善注，上海古籍出版社，1986，第3页。
⑤ 王充：《论衡校释》卷13《超奇篇》，黄晖校释，中华书局，1990，第607页。

祖、尹更始以儒术进，刘向、王褒以文章显。"① 班固以司马迁、司马相如、刘向、王褒为"文章"代表，更明确指文章之士。"文章"与"儒雅"、"儒术"对称，反映出文章之士已经具有与经学家并列的独立地位。此后，南朝范晔《后汉书》别立"文苑列传"，萧子显《南齐书》别立"文学传"，更标志史家对文章之士独立地位的高度认同。

汉代以来"文章"观念的成熟，促成"文章学"在魏晋南北朝的相应成熟。首先，专门评论文章之著作在此期出现并成熟。汉末蔡邕的《独断》，是现存最早研究文章体式的著作。② 至魏晋时代，文章学论著更是层出不穷。仅就现存的文章学著作、文集与论文来看，其内涵明确，形式多样，形态上已经成熟，产生了诸如曹丕《典论·论文》、陆机《文赋》、挚虞《文章流别论》、李充《翰林论》、任昉《文章始》（又名《文章缘起》）③、刘勰《文心雕龙》、萧统《文选》、颜之推《颜氏家训·文章》等一批影响深远的文章学论著。这些著作涉及广义或狭义的文章学内容，诸如文道论、文章实用功能与审美功能论、文章文体论、文章结构论、写作技巧论、构思论、体势论、文气论、写作心理学、个性论、批评与欣赏论，等等。具体而言，曹丕《典论·论文》言简意赅，意义重大。他高度评价文章是"经国之大业，不朽之盛事"，指出文章的当世作用与历史价值，探讨"文气"问题、作家个性与作品风格关系问题、文体分类与文体风格问题。陆机《文赋》则是中国文章学史上第一篇明确而自觉地从文章内部讨论写作"用心"的作品，其序谓："余每观才士之所作，窃有以得其用心。……故作《文赋》，以述先士之盛藻，因论作文之利害所由。"④ 他论及写作的冲动，作家的才气、情感、想象、感兴与写作的关系以及文意与文辞、文体体制、篇章结构与语言安排等，相当全面深入。程千帆评其曰："盖单篇持论，综核文术，简要精确，伊古以来，未有及此篇者

---

① 班固：《汉书》卷58，颜师古注，中华书局，1962，第2634页。
② 参考刘跃进《〈独断〉与秦汉文体研究》，《文学遗产》2002年第5期。
③ 关于此书的真伪，可参考吴承学、李晓红《任昉〈文章缘起〉考论》，《文学遗产》2007年第4期。
④ 萧统编：《文选》卷17，李善注，第761–762页。

也。观其辞锋所及，凡命意、遣辞、体式、声律、文术、文病、文德、文用，莫不包罗，可谓纳须弥于芥子者已。"① 在文章学创作论方面，《文赋》堪称是《文心雕龙》的雏形。任昉《文章始》中各体都列代表性作品，所标举作品大致是六经之外、秦汉以来有明确的创作年代、作者，有一定典范意义的独立完整的篇章。《文章始》把"文章"和"文体"与具有典范性的独立成篇的作品结合起来，重点关注脱离经学束缚之后个体的文章创作，以簿录的方式记录了任昉心目中具有一定独立性与典范性的文章学之文体谱系。正如曾枣庄所言："相比较而言，文章学与相邻学科的关系，可说与文体学最为密切。文章学必须以文体学为基础……因此，历代的文章学著作往往同时也是文体学著作，反之亦然。"② 文体学与文章学相通之处，在于它同样把文章写作与批评作为重点关注对象与理论指向。文章学以文体学为基础，是因为所有的文章写作无不是在具体的文体中展开的，所有的文章学批评都离不开具体的文体背景与知识。魏晋南北朝时代是中国文体学著作最早兴盛的时代，这是不争的事实。中国文体学著作的兴盛为中国文章学的成立打下了坚实的基础。

其次，魏晋南北朝的"文章学"成熟，还突出体现在当时的文章志与文章总集编纂上。③《隋书·经籍志》收录为数不少的"文章志"与文章总集。《隋书》卷33"经籍二"史部之"簿录篇"著录"文章志"如：荀勖撰《杂撰文章家集叙》10卷，挚虞撰《文章志》4卷，傅亮撰《续文章志》2卷，宋明帝撰《晋江左文章志》3卷，沈约撰《宋世文章志》2卷。"簿录篇"为目录学著作，所录皆"总其见存"，是当时所存之书。可见"文章志"类书籍是具有文章家传性质的目录学著作。④ 另外，《隋书》卷35"经籍四"之"总集"，还著录挚虞撰

① 程千帆：《文论十笺》，莫砺锋编《程千帆选集》（上），辽宁古籍出版社，1996，第557页。
② 曾枣庄：《文章学须以文体学为基础》，王水照、朱刚主编《中国古代文章学的成立与展开——中国古代文章学论集》，第6页。
③ 参考胡大雷《〈文选〉编纂研究》第二章第一节《"文章志"及总集、别集编纂》，广西师范大学出版社，2009，第38–39页。
④ 从现存诸《文章志》的佚文看来，其内容大致是文章家小传。详见《鲁迅辑录古籍丛编》第3卷（人民文学出版社，1999，第375–408页）所辑诸志佚文。

《文章流别集》四十一卷，《文章流别志》《论》二卷；谢混撰《文章流别本》十二卷，孔宁撰《续文章流别》三卷，谢沈撰《文章志录杂文》八卷，姚察撰《文章始》一卷，任昉撰《文章始》一卷，张防撰《四代文章记》一卷，昭明太子撰《文章英华》三十卷等多种"文集总钞"并"解释评论"之专书。其中，挚虞的《文章志》与《文章流别集》最具代表性。《晋书·挚虞传》："虞撰《文章志》四卷，……又撰古文章，类聚区分为三十卷，名曰《流别集》，各为之论，辞理惬当，为世所重。"① 挚虞的《文章流别集》开创了文章总集的体例，"是后文集总钞，作者继轨，属辞之士，以为覃奥，而取则焉"。② 《四库全书总目》论总集时也说："故体例所成，以挚虞《流别》为始。"③ 刘师培《搜集文章志材料方法》谓："文学史者，所以考历代文学之变迁也。古代之书，莫备于晋之挚虞。虞之所作，一曰《文章志》，一曰《文章流别》。志者，以人为纲者也。流别者，以文体为纲者也。"④ 《文章流别集》分体编录前代文章，重点在于文章文体之分类与其渊源流变，体现了对于"文章"与"文体"概念的理解。总之，作为目录学著作的"文章志"与文章作品编选性质的总集，这些具有"考历代文学之变迁"意义的著作，最早都是在魏晋南北朝出现的。虽然这些文章总集与文章志多数已亡佚，但历史记载仍可以反映出当时文章学之盛况。

　　王水照《历代文话序》说："以文评著作为主要载体之我国古代文章学，内涵丰富复杂，却自成体系，最具民族文化之特点。"又谓举其大端，则有文道论、文气论、文境论、文体论、文术论、品评论、文运论等。⑤ 这些理论，在魏晋南北朝文章学中都得到反映，并已基本形成中国文章学系统。虽然此后历代的文章学都有所演变和发展，但仍保持其理论基点与格局。

---

① 房玄龄等：《晋书》卷51《挚虞传》，中华书局，1974，第1427页。
② 魏徵等：《隋书》卷35"经籍四"，中华书局，1973，第1089–1090页。
③ 永瑢等：《四库全书总目》卷186集部"总集类序"，中华书局，1965年影印本，第1685页。
④ 刘师培：《左庵外集》卷13，《刘申叔遗书》下册，江苏古籍出版社，1997，第1655页。
⑤ 王水照编：《历代文话》第1册，复旦大学出版社，2007，第5页。

从学术史角度看，中国文章学成立于魏晋南北朝有其学理的必然性。先秦时代，文章学交融于经史之中，学科混沌未开。汉代以后，"文章"的意识已相当清晰。值得一提的是，独立的文章学观念形成要早于独立的史学观念。从目录学的角度看，汉武帝之后，史学尚为经学的附庸，而文章学则已显示出独立性了。《汉书·艺文志》依西汉末刘向、刘歆《七略》把古今典籍按"六艺""诸子""诗赋""兵书""数术""方技"六大类加以载录和述要。虽然按传统儒学理论，"诗赋"之源皆可追溯到《诗经》，然在《汉书·艺文志》中，具有"文章"性质的"诗赋"已完全独立于"六艺"之外，而且在这个有价值判断序列的知识体系中，"诗赋"地位并不低。但是，史学作为学科史的发展情况反而迟于文章学。在《汉书·艺文志》中，历史书籍尚未自成一类，而是附录于"六艺"的《春秋》类之下。晋代以后情况有所变化，经学、史学开始分离，西晋荀勖《中经新簿》把书籍分为四部，史学开始独立一类。东晋以后，经、史、子、集四部的次序就定型了。单纯按这个次序，似乎"文章"的地位是比较低的。不过，在南朝，情况恰恰相反，文章学的地位反而是比较高的，影响也是比较大的。正如历史学者所指出的："这一时期，士人的兴趣主要在文而不在史，文的地位重于史的地位。史对文的影响不是很大，但文对史的影响却非常明显。""在文史分离的南朝，文学正处于高涨阶段，史学处于被动的地位……文学的进一步独立迫使史学不得不随之独立。"① 在这个大的知识背景下，中国文章学成立于魏晋南北朝乃是水到渠成之事。

就现存文献来看，隋唐五代文章学较为寥落，但也出现一些专著。比如杜正伦《文笔要诀》、佚名《赋谱》、倪宥《文章龟鉴》、孙郃《文格》、王瑜《文旨》、王正范《文章龟鉴》、冯鉴《修文要诀》、僧神郁《四六格》、张仲素《赋枢》、白行简《赋要》、纥干俞《赋格》、浩虚舟《赋门》、佚名《诗赋格》、和凝《赋格》。② 相关的文章学著作

---

① 胡宝国：《汉唐间史学的发展》，商务印书馆，2003，第68、71页。
② 参见张伯伟《全唐五代诗格汇考》附录三、四，凤凰出版社，2002，第554–578页。

还有：《文笔十病得失》①、佚名《文笔式》②、《笔札》③ 等。虽然这些
著作或断简残篇，或仅存书目，难窥全豹，不过，这些文献已足够说
明：隋唐五代文章学并未中断。更重要的是从这些文献可以看出，与
魏晋六朝相比，隋唐五代文章学明显出现朝文章技法学转向的趋势，
这一趋势发展到宋代终于蔚然而成大国。从这个角度看，隋唐五代文
章学仍具有独特的价值和意义。

三　古文之学的成立及影响

中国文章学在宋代出现重大的发展变化。从魏晋南北朝至初盛唐，
文坛一直以诗赋、骈文为中心。自中唐韩愈、柳宗元大力倡导和创作
"古文"以来，至宋代，文坛风气丕变。随着古文的兴盛，相关的研究
与批评成为文章学主流，并形成专门之学。王水照在《历代文话序》
中指出，在宋代"古文研究与批评""真正成为一门学科"。④ 古文之
学的兴盛，对中国文章学体系产生了重大影响，反映到文体学上，便
是从六朝以来的文笔之辨转向诗文之分。正如学者所论："诗文之分逐
渐代替了文笔之分，再加上诗人文人分途扬镳，各有千秋，于是文笔
说也就逐渐成为历史上的陈迹。"⑤ "唐宋古文运动倡导者都自称所作
散文为'古文'，或亦径称为'文'、'文章'。于是有韵之'诗'可以
不再包括在'文'、'文章'之内，而是与'文'、'文章'并列了。"⑥
王水照先生在此基础上，从创作与理论诸多方面总结了宋代古文之学
与文章之学的盛况：宋代古文真正流行，成为文坛的主流。"古文"这

---

① 收入《文镜秘府论·西卷》，王利器注以为"当出刘善经之手"，弘法大师《文镜秘府论校注》，王利
　器校注，中国社会科学出版社，1983，第 459 页。
② 《文镜秘府论·西卷》之《文笔十病得失》引《文笔式》，弘法大师《文镜秘府论校注》，王利器校
　注，第 475 页。
③ 《文镜秘府论·东卷》有《〈笔札〉七种言句例》，遍照金刚《文镜秘府论汇校汇考》，卢盛江校考，
　中华书局，2006，第 849 页。
④ 王水照：《历代文话》第 1 册，第 2 页。
⑤ 郭绍虞：《试论"古文运动"——兼谈从文笔之分到诗文之分的关键》，《照隅室古典文学论集》下
　编，上海古籍出版社，1983，第 88 页。
⑥ 王运熙、顾易生主编：《中国文学批评通史·魏晋南北朝卷》，上海古籍出版社，1996，第 204 页。

一概念在理论与创作方面都得到真正的确立。"文"与"诗"并举已经成为宋代士人的习惯用法，"文"的涵义已确指为古文。从诗文评著述情况来看，宋代以来，文章批评大量涌现，而且体裁完备，几乎涵盖了后世文章学著述的所有类型。宋代文章学初步建构了文章批评的理论统系，奠定了文章学论著的体制基础，形成了一套适应于文章特点的批评话语。① 这些总结已揭示出宋代文章学与古文之学的成就与特性。在此，笔者还想就宋代古文之学的成立、兴起及对中国文章学的影响再作几点补充。

宋代文章学以古文为中心，有一个重要的创获便是把六朝以来一直被排斥在集部之外的秦汉时代的经、史、子的大量内容成功吸纳到文章经典之中。章太炎《国故论衡·文学总略》曰："《文选》之兴，盖依乎挚虞《文章流别》，谓之总集……总集者，本括囊别集为书，故不取六艺、史传、诸子。"② 宋代以前，文章总集的体例与选文标准基本是沿袭《文选》模式的。宋代文章总集编纂的重要创举是把文章经典的范围扩展到子、史两部，从中采摘、重造和扩展文章经典。③ 如《文章正宗》的辞命、议论、叙事部分都收录了《左传》《国语》章节，仅《左传》就选录133篇文章，其中辞命类39篇，议论类73篇，叙事类21篇，数量相当多。这标志着宋人一种新的文章观念与眼光，是对《文选》体例的另一个重要突破，也成为后来古文选本的通行体例。④ 其他宋人选本同样也有从史传采摘文章的情况，如南宋汤汉《妙绝古今》选《左传》文8篇、《国语》文7篇，占全书近四分之一。宋代之前子部与集部畛域甚严，诸子文章从未被选录到总集之中。宋人总集开始从先秦汉代诸子中采摘文章。在《文选》以来一直被视为

---

① 此处是对《宋代：中国文章学的成立》一文相关论述的概括。王水照、慈波合撰《宋代：中国文章学的成立》，《复旦学报（社会科学版）》2009年第2期，收入王水照、朱刚主编《中国古代文章学的成立与展开——中国古代文章学论集》，第139～156页。

② 章太炎《国故论衡疏证》，庞俊、郭诚永疏证，中华书局，2008，第271～272页。

③ 唐代柳宗直《西汉文类》，全辑于班固《汉书》，可以说是收入史部文章，但它单纯辑自一书，与本文所讨论的"总集"有所不同。

④ 《四库全书总目》真德秀《文章正宗》提要说："总集之选录《左传》、《国语》自是编始，遂为后来坊刻古文之例。"（《四库全书总目》卷187，第1699页）

"立意为宗"的诸子之文中，发现它们"能文为本"的性质，将之纳入总集。如汤汉《妙绝古今》从《孙子》《列子》《庄子》《荀子》《淮南子》选摘文章。这是宋代文章学的又一重要贡献。

在诗赋骈文时代，文章的主要功能是论理与抒情。宋代以后，由于史传文章进入集部，文章学内部产生变化，非常重视叙事功能，这就大大拓展了文章的表现功能。秦观《韩愈论》："夫所谓文者，有论理之文，有论事之文，有叙事之文，有托词之文，有成体之文。""考同异，次旧闻，不虚美，不隐恶，人以为实录，此叙事之文，如司马迁、班固之作是也。"① 宋代真德秀《文章正宗》，分辞命、议论、叙事、诗赋。他对于"叙事"的解读是：

> 叙事起于古史官，其体有二：有纪一代之始终者，《书》之《尧典》、《舜典》与《春秋》之经是也，后世本纪似之。有纪一事之始终者，《禹贡》、《武成》、《金縢》、《顾命》是也，后世志、记之属似之。又有纪一人之始终者，则先秦盖未之有，而昉于汉司马氏，后之碑、志、事状之属似之。②

宋代以后，诗文评都相当重视叙事功能及相关文体。元代陈绎曾《文筌》认为"叙事之文贵简实"，以记、序、传、纪、录、志、碑、表为叙事之文。由于重视文章叙事功能，这类和叙事相关的文体大盛，显示了史传传统对于文章学的巨大影响。这种现象甚至引起坚守传统文章学的学者的不满。顾炎武《日知录》卷19"古人不为人立传"谓："列传之名始于太史公，盖史体也。不当作史之职，无为人立传者。……自宋以后，乃有为人立传者，侵史官之职矣。"又谓："志、状不可妄作。"③ 此正说明宋代以后，文章叙事功能之增强，文、史功能交融，于是文人"越界"而行古代史官之事。这是古文之学兴起之后的重要变化。这种重叙事的倾向甚至影响到诗词理论，比如重视诗

---

① 秦观：《韩愈论》，《淮海集》卷22，《四部丛刊》初编集部第168册，上海书店，1989，第2页。
② 真德秀：《文章正宗》，《景印文渊阁四库全书》第1355册，台湾商务印书馆，1986，第6页。
③ 顾炎武：《日知录集释》，黄汝成集释，栾保群、吕宗力校点，上海古籍出版社，2006，第1106、1107页。

与史之关系，重视诗歌的叙事性，倡杜甫"诗史"之说等。

从文体学角度来看，中国文坛从六朝至唐代是以诗赋、骈文为主流的，宋代以后，则以散体古文为主流。中国文章学在宋代出现从以骈文为中心到以古文为中心的转型。这一转型，引发了许多新现象，其中最重要的是时代审美风气与文学批评价值观的变化。王运熙先生说："从我国古代文学的发展过程看，汉魏六朝和唐宋元明清是两大不同的历史时期。前一时期辞赋、骈文发达，文风华丽，后世所谓八代文学（八代指东汉、魏、晋、宋、齐、梁、陈、隋），是骈体文学昌盛的时代。后一时期古文运动抬头并发展，古文取代骈文在文坛占统治地位，文风趋向质朴。由于创作风尚不同，反映到文学理论和批评方面，审美标准和批评标准在主要倾向上也大异其趣。"[1] 唐代尚处于从骈文中心向古文中心转型之际，兼具两者的特点。从宋代开始，古文才真正取代骈文在文坛上占统治地位。从骈文中心时代到古文中心时代，整个文坛的审美观念与评价标准产生了明显的变化。以诗赋、骈文为中心的六朝重视用典、声律、辞藻、对偶，重视文采与语言形式之美，重视文章的抒情功能。而以古文为中心则艺术上重视质朴，提倡风骨与格力。宋代以来，文坛风气趋于质朴，并出现一些经典重构的现象。比如，在诗歌方面，谢灵运在六朝是品评最高的代表性诗人，陶渊明根本不能与之相比。在唐代陶渊明的地位仍不如谢灵运。钱锺书深叹"渊明在六代三唐，正以知希为贵"，并指出"渊明文名，至宋而极。永叔推《归去来辞》为晋文独一；东坡和陶，称为曹、刘、鲍、谢、李、杜所不及。自是厥后，说诗者几于万口同声，翕然无间"[2]。所言极确。在宋代，陶渊明完全取代了谢灵运，超越曹、谢、刘、鲍与李、杜，成为古今伟大诗人之一，并被誉为自然诗风的典范。黄庭坚多次指出陶胜于谢："谢康乐、庾义成之于诗，炉锤之功不遗力也。

① 王运熙：《从文论看南朝人心目中的文学正宗》，原载《文学遗产》1984 年第 4 期，收入《中国古代文论管窥》（增补本）上编，上海古籍出版社，2006，第 165 页。
② 钱锺书：《谈艺录》二四，生活·读书·新知三联书店出版社，2001，第 221 页。

然陶彭泽之墙数仞，谢、庾未能窥。"① 陶渊明高超的人格和朴素自然的诗风，和宋代整个人文思想趋向完全契合，所以地位最高。

唐宋以来，由于古文与政教的密切关系，更为重视文以载道，作家道德、人品也成为批评的重要标准。宋代以后文学批评不但强调道德修养对文辞的决定作用，还把作家的人品纳入审美评价的范畴中，把它放在相当重要的地位上。以这种标准重审以前文章学经典，便有新的评价。比如，在宋以前，扬雄及其作品都具有崇高的地位。在一些学者眼中，扬雄是上承孔孟之道的伟人："盖仲尼既殁，微言不行；史公著书，是非多谬。由是百家诸子，诡说异辞，务为小辨，破彼大道，故扬雄《法言》生焉。"② 扬雄还被视为高隐之士："寂寂寥寥扬子居，年年岁岁一床书。独有南山桂花发，飞来飞去袭人裾。"③ 《文选》《文心雕龙》都把《剧秦美新》作为"符命""封禅"文体的典型。④ 但宋代以后，对扬雄开始另有看法，有人认为扬雄谄媚王莽以取高官之位，人品卑下。苏轼批评扬雄"好为艰深之词，以文浅易之说"⑤，朱熹对扬雄及其作品尤持鄙视态度，他在《楚辞后语》卷2《反离骚》一文中说："王莽为安汉公时，雄作《法言》，已称其美，比于伊尹、周公。及莽篡汉，窃帝号，雄遂臣之，以耆老久次转为大夫。又放相如《封禅文》，献《剧秦美新》以媚莽意……然则雄固为屈原之罪人，而此文乃《离骚》之谗贼矣，它尚何说哉！"⑥ 在宋代一些文学家与理学家的双重打击下，扬雄及其作品作为文章经典的地位大受影响。

① 黄庭坚：《论诗》，刘琳、李勇先、王蓉贵点校《黄庭坚全集》外集卷第24杂著上，四川大学出版社，2001，第1428页。

② 刘知几：《史通·自叙》，刘知几《史通通释》，浦起龙释，上海古籍出版社，1978，第291页。

③ 卢照邻：《长安古意》，《全唐诗》卷41，中华书局，1960，第519页。

④ 参见萧统编：《文选》卷48，李善注，第2418页；刘勰：《文心雕龙校证》卷5《封禅》，王利器校证，上海古籍出版社，1980，第151页。

⑤ 苏轼：《与谢民师推官书》，孔礼凡点校《苏轼文集》卷49，中华书局，1986，第1418页。

⑥ 朱熹：《反离骚》，《楚辞集注》之《楚辞后语》卷2，朱杰人等主编《朱子全书》第19册，上海古籍出版社，安徽教育出版社，2002，第249页。

四 宋代以后"文章"观念的复杂性

宋代是中国文章学转型时代，但转型并不是颠覆，其"文章"观念在此前中国文章学观念基础上既有变化也有继承和延伸。

在宋代文坛的原始语境之中，"文章"既可以特指以古文为主体的作品，也可以泛指诗文在内的所有文体和篇章。此后至明清时代，这两种"文章"内涵在不同语境与批评家那里是并行不悖的，也未有统一或固定。"文章""文"乃至"古文"的概念一直都是相当灵活、模糊而又开放、有弹性的，"文章"的内涵要在具体的语境中才可能得到确解。下面从几个方面来考察宋代以后"文章"的复杂内涵。

1. 文话中的"文章"内涵

以《历代文话》所收题为"文章"的文话为例。① （1）"文章"指涵盖诗歌在内的所有文体。元代李淦《文章精义》所论"文章"以散体古文为主，但也涉及诗赋。如陶渊明诗、杜甫诗、卢仝诗、朱熹诗。元代陈绎曾《文章欧冶》分古文谱（"四六"附说）、楚赋谱、汉赋谱（"唐赋"附说）、古文矜式、诗谱，基本涉及所有的诗文文体。明代王世贞《文章九命》与清代王晫《更定文章九命》所涉"文章"之士，包括古代的诗人作家。清代王兆芳《文章释》论及 143 种文体，笼括一切著述之文体。晚清民国来裕恂《文章典》将文体分为叙记、议论、辞令三大类，包括中国古代诗文小说戏曲所有文体。清末唐恩溥《文章学》的文章学概念，也是包括古代诗文各种文体在内的。（2）"诗""文"分开，只论文而不及诗。明代高琦《文章一贯》为分类辑录之作，"文章"为散体文而不及诗歌。清方以智《文章薪火》所论皆为散体古文。

---

① 为了论述更为简便，更有说服力，我们仅选用那些题为"文章"的文话。其实更多的是题为"文"的，如宋代陈骙《文则》、金代王若虚《文辨》、元代陈绎曾《文说》等。为了更真实地反映出历史原貌，此处不谈由今人辑录而重加命名之作。如《历代文话》第三册屠隆《文章四题》，是从《鸿苞集》中四篇文章整合而重新命名的。

2. 总集中的"文章"内涵

以宋代以来几部标名"文章"的总集为例。（1）宋代真德秀《文章正宗》分辞命、议论、叙事、诗赋。明代吴讷《文章辨体》收录古今各种文体近 60 种，包括诗歌与词曲。徐师曾《文体明辨》在此基础上踵事增华，亦诗文兼收。清代杨绳武编《文章鼻祖》收入《尚书》《左传》《史记》《汉书》，而卷六则为"诗赋"。（2）宋代谢枋得《文章轨范》所选汉、晋、唐、宋之文，主要为韩、柳、欧、苏的散体古文。宋代方颐孙编《大学新编黼藻文章百段锦》（《大学黼藻文章百段锦》）从科举考试的角度，选唐宋名人之文为范式，标其作法。明代朱栩辑《文章类选》和刘祐选《文章正论》收入诗歌以外的所有骈散韵文之体。贺复徵《文章辨体汇选》所选文体 130 多种，然不收诗赋。旧题明代归有光编《文章指南》收录"春秋而迄唐宋之文"，不收诗歌。

3. 类书中的"文章"内涵

（1）如章如愚《山堂考索》前集卷 19 至 22 "文章门"分为赋类、诗类、文章缘起类、评文类、评诗类、讲说类，续集之卷 17 至卷 18 "文章门"则分为古今之文、诸家之文、楚辞、总集文集、诗赋、论诗、文选等门类，涉及诗、骚、赋以及各种文体。祝穆《事文类聚》别集卷九"文章部"包括诗赋等所有文体。（2）如李昭玘、李似之《太学新增广合璧联珠万卷菁华后集》卷 13 "文章门"与"词赋门""诗赋门"分开。吕祖谦《东莱先生分门诗律武库》卷 11 "文章门"与卷 12 "诗咏门"分开。

同样，"古文"的内涵也非常复杂。"古文"在文体上并没有明确的限定与排他性，甚至很难找到古文与骈文在具体文体上的确切差别。韩愈说："愈之为古文，岂独取其句读不类于今者耶？思古人而不得见，学古道则欲兼通其辞；通其辞者，本志乎古道者也。"[1] 宋人柳开也说："古文者，非在辞涩言苦，使人难读诵之；在于古其理，高其

---

① 韩愈：《韩昌黎文集校注》，马其昶校注，马茂元整理，上海古籍出版社，1986，第 304 页。

意，随言短长，应变作制，同古人之行事，是谓古文也。"① 唐宋古文家心目中的古文，主要在于高古的艺术旨趣方面，只要是符合这种旨趣的，都可以称为古文。中国古代的各种文体本身，都不带价值评价，比如说诗、文、辞、赋这些具体的文体，都可能产生优劣作品。但"古文"却是带有肯定性价值判断的概念，即是载古道之文或古雅之文，"古文"本身并没有明确的文体分类含义，在文体学上具有开放性、含糊性和有弹性内涵的特色。"古文"包括什么文体，或者什么文体可称为"古文"，都是见仁见智的。②

　　在形式上，古文以散体文为主，但并不绝对排斥骈体文、辞赋甚至诗歌。唐宋以来，虽然出现诗文之分，但也不绝对，"古文"也可以包含古诗。柳冕《答荆南裴尚书论文书》云："故在心为志，发言为诗谓之文。"③ 柳宗元《杨评事文集后序》云："文有二道：辞令褒贬，本乎著述者也；导扬讽谕，本乎比兴者也。"④ 此皆以诗纳入"文"中。宋代以后，"古文"的内涵与"文章"一样，在不同语境中也有不同理解。郭绍虞说："从文的广义讲，本可包括诗文二体，宋以前如此，宋以后也还是如此。……但是凡以'古文'标目的，就不是如此。吕祖谦的《古文关键》、姚鼐的《古文辞类纂》，显然只取文的狭义，与诗分疆。"⑤ 确实多数古文总集只收文而不收诗，如宋代《古文集成》《古文关键》就只收古文。到了明清，这种情况更为普遍，如清代吴楚材等编《古文观止》、余诚编《古文释义》。但是，"古文"、"古文辞"（古文词）选本也有诗文并选的。宋代真德秀《文章正宗》分

① 柳开：《应责》，《河东先生集》卷1，《四部丛刊》初编集部第134册，上海书店出版社，1989，第11页。
② 宋人的"古文"观念有广义，有狭义。上文特指宋人广义的"古文"观念。宋人狭义的"古文"观念，如姚铉《唐文粹》中特别标出"古文"一体，特指近代新兴的比较短小、思辨性强的议论性文体。参见吴承学：《宋代文章总集的文体学意义》，《中国社会科学》2009年第2期。
③ 姚铉：《唐文粹》卷84，《四部丛刊》集部第319册，上海书店出版社，1989，第2页。
④ 柳宗元：《柳宗元集》卷21"题序"，中华书局，1979，第579页。
⑤ 郭绍虞：《试论"古文运动"——兼谈从文笔之分到诗文之分的关键》，《照隅室古典文学论集》下编，第107-108页。

辞命、议论、叙事、诗赋四类。① 宋人黄坚选编《古文真宝》分前、后集。前集 12 卷，收录古诗 200 余首。② 总之，"古文"这个概念，并没有明确的文体规定。在中国古代原始语境中，"文"与"诗"固然可以是并称的，但在更多时候，"文"的内涵远大于"诗"。"古文"是兼骈、散、韵文的，以不包括诗为常态，但有时也可以包含诗歌（古诗）。

虽然我们无法进行精确的量化统计，但仅从以上例子可以看出来：宋代以来"文章"与"古文"的内涵都是相当多元的，这种现象提醒我们不能忽略宋代以来"文章学"的复杂性。

五　宋代文章学与中国文章学

中国文章学成立于宋代的观点是王水照先生率先提出来的。③ 他早在 2005 年就说："文章学之成立，始在宋代。其主要标志在于专论文章的独立著作开始涌现。"④ 数年之后，王水照先生更明确地提出中国文章学成立于南宋的重要命题。⑤ 此后，祝尚书先生在《略论文章学研究的资源开发》一文中更具体地说："文章学当成立于南宋孝宗朝，标志是陈骙《文则》、陈傅良《止斋论诀》、吕祖谦《古文关键》等的相继问世，直至元末，是文章学蓬勃发展的时期。"⑥ 最近，祝尚书先生

---

① 《文章正宗》虽不标明"古文"，但历来被视为宋代古文总集之一。《四库全书总目》卷 187《崇古文诀》提要说："宋人多讲古文，而当时选本存于今者不过三四家。真德秀《文章正宗》以理为主……世所传诵，惟吕祖谦《古文关键》、谢枋得《文章轨范》及昉此书而已。"（《四库全书总目》，第 1699 页）而《文章正宗》提要又说："总集之选录《左传》、《国语》自是编始，遂为后来坊刻古文之例。"（《四库全书总目》卷 187，第 1699 页）真德秀虽称为"诗赋"类，但实际上此类只收诗歌而不收辞赋，诗歌则只收古诗而不收律诗。

② 参考黄坚选编、熊礼汇点校《详说古文真宝大全》，湖南人民出版社，2007。

③ 1998 年复旦大学赵冬梅博士论文《中国古代文章学》已提出关于古代文章学成立于宋代的说法，但鉴于其博士论文指导教师为王水照教授，可以推想这种说法也是师承王水照的。

④ 王水照：《文话：古代文学批评的重要学术资源》，《四川大学学报（哲学社会科学版）》2005 年第 4 期。

⑤ 王水照、慈波合撰《宋代：中国文章学的成立》"附记"，明确说明："本文将文章学成立的时间断在宋代，更确切地说，在南宋。"（王水照、朱刚主编：《中国古代文章学的成立与展开——中国古代文章学论集》，第 156 页）

⑥ 祝尚书：《略论文章学研究的资源开发》，《文学遗产》2007 年第 2 期。

又专门撰文论述中国文章学正式成立的时限为南宋孝宗朝。① 笔者认为，中国文章学成立于宋代（南宋）之说是从狭义的中国文章学即以古文为中心的立场出发而提出来的。这一命题的积极意义在于：它不但发现和阐释宋代文章学的特色，而且在一定程度上纠正了以往中国文学批评重诗学研究而轻古文之学研究的倾向，这对文章学研究将有重要的推动作用。事实上，在王水照的倡导和示范下②，近年中国文章学研究已成为新的学术热点，并取得了相当丰硕的成果。

以动态的中国文章学眼光来看，宋代古文之学或古文文章学的成立，是文章学发展到某一历史阶段的产物。古文之学的成立与中国文章学的成立是有差别的。古文之学、宋代文章学、中国文章学是三个在逻辑上有递进关系的问题：宋代古文之学从属于宋代文章学，宋代文章学从属于中国文章学。宋代古文之学不等同于宋代文章学，更不能等同于中国文章学。宋代古文之学成立与兴盛是事实，但它仍属于中国文章学与宋代文章学的一部分。换言之，不能以古文文章学的成立等同于中国文章学的成立。

宋代究竟是"中国文章学的成立"时代还是"古文之学的成立"时代？这个问题本质上涉及对"中国文章学"基本内涵与理论体系的不同认识。从以古文之学为中心的立场看，中国文章学成立于宋代。王水照先生在《历代文话序》中说："古文研究与批评之真正成为一门学科，即文章学之成立，殆在宋代。"③ 在《宋代：中国文章学的成立》一文中说："由创作的实际情况来看，'文章'以古文为主体，又包含了赋、骈文以及铭、赞、偈、颂等诗歌以外的韵文作品，而文章学则是以此为中心所进行的理论探讨。从诗文互融到文笔之分再到古

---

① 祝尚书：《论中国文章学正式成立的时限：南宋孝宗朝》，《文学遗产》2012 年第 1 期。他的主要观点是：诗赋格法是文章学创立的学术基础；孝宗"更化"与古文典范的确立是文章学创立的必具条件；理学事功派是文章学正式成立的主力。

② 笔者认为，王水照是把中国文章学研究放到整个中国学术史过程中加以考察的，比如在《三个遮蔽：中国古代文章学遭遇"五四"》（《文学评论》2010 年第 4 期）一文中，从学术史的高度提出中国古代文章学研究中的"学术承担的责任感与使命感"。因此，他的中国文章学研究具有独特的学术史眼光与当代文化关怀的思想高度。

③ 王水照编：《历代文话》第 1 册，第 2 页。

文崛起，迨至宋代，'文章'的内涵与概念都已趋于稳定，为文章学的成立奠定了学理基础。"① 此中"文章学"内涵就是以"古文为中心所进行的理论探讨"，显然站在狭义的"中国文章学"立场，这是把宋代定为中国文章学成立时代的主要原因。中国文章学成立于宋代之说，一方面极为鲜明地突出了古文之学的重大贡献与历史价值，具体而微地考察和总结了宋代文章学的成就与特点，对宋代的文法学、章法论、技法论与评点之学等方面做出了比较全面和深刻的研究；另一方面在学理上又明显要面临着如何恰当地描述和评价宋代以前尤其是魏晋南北朝文章学的难题：如果说，中国文章学正式成立于南宋或南宋孝宗朝（1163—1189），那么此前近千年的中国文章学，就只能称为"前中国文章学时代"。汉代中国"文章"观念就开始成熟了，到宋代中国文章学才"正式成立"，中间相隔一千多年，似乎过于漫长了。

从中国文章学史来看，魏晋南北朝的文章学是以骈文之学为中心的；宋代文章学是以古文之学为中心的，但亦包含骈体之学与辞赋之学等内容。宋代古文之学属于宋代文章学的主体内容，也属于中国文章学体系的有机组成部分。宋代文章学出现新变与转型，在章法论、技法论与评点之学方面，确是开创新局面，增加新内容，但本质上仍属于中国文章学的一部分。

把宋代古文之学与文章学放到中国文章学系统中，当作其重要与关键一环来考察，才能实事求是地评价其历史地位。以宋代为中国文章学成立之时代，这种文章学史观念一方面揭示了宋代文章学与古文之学的成就与特性，另一方面又可能在强调古文之学独特性的同时，不经意间轻估了此前文章学的理论贡献与历史地位。王水照先生认为宋代文章学与前人相比，"初步建构了文章批评的理论统系"：

> 在此之前，对文章学的探讨多局限于格法的讨论……因此对技法的热衷超过了对文章之学的兴趣。宋代的文章之学则在尚用

---

① 王水照、朱刚主编：《中国古代文章学的成立与展开——中国古代文章学论集》，第141页。

的基础之上，展开了一系列的深入研讨，几乎涵盖了文章的所有领域：本体论，关注文章的本原，突出"文"与"道"的关系；创作论，强调对文章作法的讲求，分析众多作家作品，把握其风格特征，注重世风与文风的关联；批评论，对创作的得失做出分析，在指导写作的同时强调普遍规则的重要。可以说，诸如文道论、文气论、文体论、文境论、文法论、鉴赏论等文章学领域，都已纳入宋人的研究视野。[①]

笔者完全同意"文道论、文气论、文体论、文境论、文法论、鉴赏论等文章学领域，都已纳入宋人的研究视野"的说法。不过，我们也应该看到，这类理论其实早已进入魏晋南北朝的文章学研究视野了。质言之，在中国文章学史上，最早"初步建构了文章批评的理论统系"并非宋代文章学，而是以《文心雕龙》为代表的六朝文章学。

六　中国文章学成立的标志

有学者认为宋代文话是宋代"文章批评最重要的载体"，其兴起与快速发展"标志着中国文章学的成立"。[②] 这也是从狭义的中国文章学观念来立论的。文话起源于宋代，是文章学的一种重要的批评文体，然历来重视不够。王水照先生积十年之功搜集整理而编成的十卷本《历代文话》，填补了我国文话汇编的空白，是中国文章学研究扎实可靠的基础工程，为之提供了基本文献与丰富资源，沾溉后学，厥功甚伟。《历代文话》的编纂与出版，大大推动了中国文章学研究，改变了以往学术界忽视文话的倾向。在短短时间内，文话研究就从边缘或几

---

① 王水照、朱刚主编：《中国古代文章学的成立与展开——中国古代文章学论集》，第 147 页。
② 如王水照先生在《宋代：中国文章学的成立》一文绪论中说："文话蔚然勃兴，无论是本事丛谈、月旦篇章、考辨真伪还是精到的理性阐释，都在文话中一一呈现。作为文章批评的最重要载体，文话在宋代的兴起标志着中国文章学的成立。"（王水照、朱刚主编：《中国古代文章学的成立与展开——中国古代文章学论集》，第 139 页）论文结语再次强调："从此，文话作为一种新兴的文章理论批评样式，走上了快速发展的道路，而文章学也正式宣告成立。"（王水照、朱刚主编：《中国古代文章学的成立与展开——中国古代文章学论集》，第 156 页）

近空白的学术领域而渐成"显学"。可以说,《历代文话》是新世纪以来引用率最高、影响最大的古代文学研究成果之一。

文话虽与诗话、词话并称,但形态与性质实有所不同。在中国古代诗文评著作中,有一个有趣的现象:题为"诗话""词话""曲话""赋话"的极多,但题名"文话"的却很少。在十册《历代文话》中,只有清人叶元垲《睿吾楼文话》与孙万春的《缙山书院文话》两种。更多此类著作并不标明"话",而是用"论""说""记""评""谈""言""录"或者"则""诀""式""法""谱""例"等名称。以笔者的推测,这种奇怪的现象一方面说明"文话"之称在文学批评史上的认可度与接受程度不如诗话、词话那么高,另一方面这些"论""说""记""评"等书名,似乎反映出文话与诗话在文体上的差异。《四库全书总目》谓宋人诗话"体兼说部"①,而文话却离"说部"稍远,可谓"体近子论"。文话很少像诗话有那么多的名人逸事、传说趣闻、街谈巷议,明显较为严谨与理性。所以,文话与诗话相比,具有独特的理论形态与品格,也具有独特而重要的理论价值。

"文话"是中国文章学的重要形态,它是唐宋笔记、随笔、札记等文体兴盛之后在文学批评领域中的产物,颇能表现出中国古代诗文评灵活而生动、要言不烦而感性深刻的特色。文话是文章批评的重要载体,这是可以肯定的,不过,"文话在宋代的兴起标志着中国文章学的成立"之说,则可能夸大宋代文话的重要性,或者说,可能忽略此前中国文章学的已有成就。正如王水照先生所说,欧阳修的《六一诗话》和杨绘的《时贤本事曲子集》"作为历史上第一部诗话和词话,这两部书正是当时谭艺风尚的体现,也是中国诗学与词学发展过程中标志性的成就"。②他强调诗话、词话在中国诗学、词学"发展过程中标志性的成就",而不是把它们作为中国诗学、词学成立的标志,因为在诗话出现之前,中国诗学早就自成系统了。同理,文话也不一定可以作为文章学

---

① 《四库全书总目》卷195"诗文评类序",第1779页。
② 王水照、朱刚主编:《中国古代文章学的成立与展开——中国古代文章学论集》,第139页。

成立的标志。因为在文话出现之前，中国文章学也早就形成了。

文话是文章学的一种重要的批评文体。从文话发展史的角度看，宋代的文话有开创之功，但文话的真正兴盛要到元代以后，尤其是明清时代。宋代文章批评形式繁多，文话能否视为宋代"文章批评最重要的载体"并视为文章学成立的标志也值得讨论。事实上，从数量上来看，文话在宋代尚谈不上"快速发展"。宋代文话与宋代诗话、词话相比，不但数量要少得多，影响也不能相提并论。以《四库全书》所收的"诗文评"为例，《四库全书总目》卷195"诗文评类一"收入欧阳修《六一诗话》等诗话类书籍30多种，而纯粹论文的文话类仅收王铚《四六话》、谢伋《四六谈麈》、陈骙《文则》、王正德《馀师录》、李耆卿《文章精义》五种，又有诗文兼评和体兼诗话、文话的吴子良《荆溪林下偶谈》、周密《浩然斋雅谈》二种。可见宋代文话与诗话相比，数量上是相当少的，其中又有不少是论骈文之作，仅有的数部文话并未能真正反映出宋代古文之学兴盛的局面。真正反映出宋代文章学的仍然是那些杂出于史书的传序和集部中的序、跋、书、论、诗赋作品，以及子部中大量的笔记。[①]

从宋代文话的内容来看，文话也难以称为"以古文为主的文章之学成立"的标志。下面以《历代文话》第一册所收二十种宋代"文话"为例。

文话的内容相当庞杂，纯粹专论"古文"的文话非常少，从总体上看，仍是骈文文章学与古文文章学的合成。《四六话》《四六谈麈》《容斋四六丛谈》《云庄四六馀话》四种文话所论无疑是骈文而非"古文"。而其他许多"文话"也往往是泛论各体文章。诗、赋、散体、骈体、韵体皆论的，并没有特别把诗歌排除在外。《文则》比较集中讨论古文，但也论及古诗古歌。叶适《习学记言序目·皇朝文鉴》为读吕祖谦《宋文鉴》的札记，所述文体与该书收录相同，仍是非常宽泛的

① 关于宋代文章学的史料文献，可参考《古今图书集成·文学典》之"文学总部"第4至第9卷，"文学总部·艺文"部分，卷125—127。另可参考张伯伟主编《中华大典·文学典》"文学理论分典"，凤凰出版社，2008。

诗文兼收的"文章",而不是散体古文。比如一开始论"赋""律赋""诗""四言诗""乐府歌行""五言古诗""五七言律诗""七言律诗""七言绝句""骚"。张镃的《仕学规范》既论《作文》,亦论《作诗》。王正德《馀师录》选辑前人论文章之语,所取甚广,虽以古文为主,但也多有论诗之语。吴子良的《荆溪林下偶谈》诗文并论,黄震《黄氏日抄·读文集》诗文并论,皆几涉所有文章文体。王应麟《玉海·辞学指南》所论为当时科举"辞科"文体与写作,属于时文研究,与"古文"颇有距离。魏天应《论学绳尺·行文要法》选录南宋科举中选之文,文体为策论。论者或以其技法格式为八股之"滥觞"。① 可见,此书与"古文"关系不大,甚至可谓背道而驰。所以,如果把上述宋代文话作为"古文为主的文章之学"成立标志,仍觉单薄。

中国文章学成立的标志是什么?从广义的中国文章学角度来看,是南朝刘勰的《文心雕龙》,而狭义的中国文章学则标举南宋陈骙的《文则》。对这两部标志性著作的不同认识,鲜明而集中地反映出广义与狭义的中国文章学的差异。

南宋陈骙所著《文则》是现存最早的文话,顾名思义,《文则》就是讨论文章写作规范,可视为辞章学专著。该书有考察文体起源者,有辨析文章风格者,这些都是前代文章学著作早就涉及的。最有新意的是比较系统地论述修辞问题,这确实很重要,它在经典细读与语言分析上要比前代文章学推进一大步。但如果不是把文章学局限于修辞学与章法技法之学的话,那么,在文章学的系统性、整体性与重要性诸多方面,《文则》恐怕仍不能与《文心雕龙》相比。

《文心雕龙》体大思精,结构严密,为集大成之作,已经初步建构了中国文章学的理论系统。从广义文章学来看,《文心雕龙》是一部文章学杰作,正如周振甫所言:"《文心雕龙》实为文章学的巨制,论文章学的,可以举为准绳。"② 特别值得注意的是,仅从狭义的文章学即

---

① 《四库全书总目》卷187《论学绳尺》提要:"其破题、接题、小讲、大讲、入题、原题诸式,实后来八比之滥觞,亦足以见制举之文,源流所自出焉。"(《四库全书总目》,第1702页)
② 周振甫:《中国文章学史》"前言",江苏教育出版社,2006,第8页。

写作技法论方面看，《文心雕龙》也极为完备。《文心雕龙·序志》指出，"文心"就是"言为文之用心"，全书细致地讨论作文之道，可以说是典型的文章学专著。汉代以前，文学批评的主要内容是探讨文与德、文与质等关系以及比较笼统的修辞观。汉代以后，随着经典阐释的兴起，人们对儒家经典的外在形式、体制特征、组织结构等研究越来越深入，六朝的文章学出现了从原先的外部批评逐渐扩展至内部批评的趋势。① 刘勰《文心雕龙》全面总结汉代以来章句研究的成果，吸收前人关于文章结构理论的精华，构筑了一个完整、严密的文章结构论体系。在具体的写作技法上，《镕裁》谈文章写作的炼意与炼词，《比兴》研究两种最古老与最基本的修辞与写作方式。《夸饰》《事类》《炼字》《附会》《指瑕》也是讨论修辞与具体的写作方式技法的，立意谋篇、炼句炼字乃至修辞、修改皆为其研究对象。从中可见《文心雕龙》已构建了相当完备和系统的写作技法理论。除了《声律》《丽辞》等内容有比较强的骈文时代特色之外，其他技法理论在古文中心时代也没有过时，仍然可以适用。《四库全书简明目录》卷20谓"论文之书，莫古于是编，亦莫精于是编矣"。② 事实上，后代没有哪部文章学著作在理论的系统性与深刻性上可与之相比。《文心雕龙》已涉及文章学基本原理，如文道论、修养论、源流论、文体论、章法论、技法论、鉴赏论、批评论等。无论从广义的还是狭义的文章学标准来衡量，《文心雕龙》作为中国文章学成立的标志都是合适的。

从文章学成立于宋代的立场看来，《文心雕龙》只是"杂文学"的理论著作，并非"中国古代文章学"的著作。③ 不过，从逻辑上讲，"杂文学"是与"纯文学"相对而言，与"中国古代文章学"之间并不构成非此即彼的关系。从本质上讲，"中国古代文章学"本身就是

---

① 参考吴承学、何诗海《从章句之学到文章之学》，《文学评论》2008年第5期。
② 永瑢等：《四库全书简明目录》，上海古籍出版社，1985，第871页。
③ 比如王水照先生说："在刘勰所论三十多类文体中，论及诗歌、辞赋和各体骈散文，而其重点则为诗、赋，因而《文心雕龙》应定位于研究'杂文学'整体的理论著作，与一般所称的'中国古代文章学'是有区别的。"（王水照、朱刚主编《中国古代文章学的成立与展开——中国古代文章学论集》，第156页）

"杂文学"理论。如前所述，宋代文章总集把六朝以来一直被排斥在集部之外的先秦汉代的经、子、史的大量内容吸纳到文章系统之中，大大扩展了"文章"的内容。可以说宋代以来的文章学系统，甚至比魏晋南北朝的更"杂"。

中国文章学体系是在礼乐制度、政治制度的基础之上形成与发展起来的，具有很强的实用性，并始终与礼乐制度、政治制度密切关联，具有极强的生命力和稳定性。这种自成体系的、具有民族文化特点的中国文章学历史悠久，虽然随着中国文学的发展而演变，但整体仍保持稳定性，并不因为文体发展、变迁而产生完全裂变，从而诞生出全新的理论体系。在魏晋南北朝时期"文章"与"文章学"的基本内涵与系统已形成，此后由于社会与文学的发展，历代文章学产生了许多新理论与新命题，甚至出现重要的转型，但传统文章学的基本性质、特点与内涵、框架也在不断调适，历千年仍保持基本稳定。比如，刘勰《文心雕龙》提出来的"原道""征圣""宗经"三位一体的理论，从来就是中国文章学的基础，在唐宋古文兴盛之后，这种理论愈加强化。魏晋南北朝之文体论、文气论、批评论、技法论都被后代文章学所继承和发扬光大，所谓"前修未密，后出转精"，其理论系统从未被推翻过。① 自从西学东渐，西方文学理论引进之后，中国文坛发生鼎革，"文章学"才在一定程度上被"文学"所取代。

（原载《中国社会科学》2012 年第 12 期）

---

① 在清末民初，《文心雕龙》仍是传统学者用来捍卫和发扬本土文化的重要思想资源。如来裕恂《汉文典·文章典》(1904)、王葆心《古文辞通义》(1906)、姚永朴《文学研究法》(1914) 几种文章学著作都继承了《文心雕龙》的理论体系和传统，如姚永朴《文学研究法》分为《起源》《根本》《范围》《纲领》《门类》《功效》;《运会》《派别》《著述》《告语》《记载》《诗歌》;《性情》《状态》《神理》《气味》《格律》《声色》;《刚柔》《奇正》《雅俗》《繁简》《疵瑕》《功夫》《结论》25 篇，明显摹仿《文心雕龙》之例，力图建立全面而宏大的体系。

第二章　宋代文章总集的文体学意义

宋代文章总集非常繁荣，远超前代。《宋史·艺文志》载总集435部，10 657卷，其中主要是宋代的文章总集。宋明目录所载的宋人总集有300多种，还有大量的总集虽然未著录于目录，但仍有序跋流传。[①] 宋代是中国文学与文体学发展的重要时期，宋代文章总集具体而准确地反映出宋人的文体观念以及相关的文学观念，为文学批评提供了特别的研究视角。当然宋人别集同样具有文体学研究价值，但由于不同作家有不同的才性与习惯，一般来说，别集所包含的文体类别远不如总集全面。限于篇幅，本文主要以这个时期综合各体的文章总集为对象，讨论其文体观念兼及相关的文学观念。

一　唐宋新文体的确认与传播

文体是人们感受世界、阐释世界所选择的工具。文体的生灭盛衰，具有深刻的文学史意味。从六朝至唐宋，中国文学发生了巨大的变化。这种变化不仅出现在作品的思想内容与艺术风格中，还体现在具体的形式嬗变上：旧文体的淡出、新文体的出现，都是文体史与文学史发

---

① 参见祝尚书《宋人总集叙录》，中华书局，2004。

展的重要标志。关于唐宋文体新变，学术界已有一些研究成果。① 本文要补充的是：唐宋新文体的出现、定名、传播和接受，集中地反映在宋代文章总集的编录之中，它们为理解文体史与文学史的发展提供了新颖的角度和有力的证据。对于唐宋文体研究可以有多种路径，但是不夸张地说，宋代文章总集既是唐宋新文体最为具体而准确的总结与标志，也是唐宋新文体传播的最重要方式。而这一点，却往往被人所忽视。

从挚虞《文章流别集》与萧统《文选》开始，文章总集形成一种分体编录的体例。唐代流传下来的文章总集很少，但是从《文馆词林》残本来看，体例与《文选》相似。② 另外，《古文苑》世传为唐人所编，真伪莫明，宋人章樵《古文苑序》谓："《古文苑》者，唐人所编，史传所不载，《文选》所不录之文也。歌、诗、赋、颂、书、状、箴、铭、碑记、杂文，为体二十有一，为篇二百六十有四，附入者七。"③ 观其编辑体例，近乎《文选》。北宋文章总集的编纂方式有多种，但《文选》模式即以文体为纲，以事类为目的方式占了主流④。宋人几部重要文章总集如《文苑英华》《唐文粹》《宋文鉴》等大致采用《文选》的编排体例。这些总集与《文选》相比，反映出从六朝至唐宋文体的具体变迁，也透露出唐宋人文学观念的新变。

北宋前期李昉等编纂《文苑英华》⑤，全书 1 000 卷，其中以唐代作品收录最多，约占十分之九。《文苑英华》把所收作品分为 38 体。姚铉编《唐文粹》100 卷⑥，所收作品文体分为 30 余类。南宋吕祖谦编《宋文鉴》150 卷⑦，所选文分 61 类。把这几部有代表性的宋人文章总集与《文选》的目录进行比较，就透露出一些值得注意的宋人的文体观念与文体史信息，以下略加论述。

---

① 如钱穆：《杂论唐代古文运动》，《中国学术思想史论丛 4》，安徽教育出版社，2004，第 18 页；杨庆存：《宋代散文体裁样式的开拓与创新》，《中国社会科学》1995 年第 6 期，第 154 页。

② 参见许敬宗编、罗国威整理《日藏弘仁本文馆词林校证》，中华书局，2001。

③ 章樵：《古文苑序》，《古文苑》，《景印文渊阁四库全书》第 1332 册，第 575 页。

④ 参见郭英德《中国古代文体学稿》，北京大学出版社，2005，第 99 页。

⑤ 李昉：《文苑英华》，中华书局，1966 年影印本。

⑥ 姚铉：《唐文粹》，浙江人民出版社，1986。

⑦ 吕祖谦：《宋文鉴》，中华书局，1992。

首先，不难发现有些在六朝非常盛行的文体在宋人总集中已被边缘化了，比如《文选》所收录的"七"体，是汉代至六朝极为流行的文体，在《文选》中的文体次序处于"赋""诗""骚"之后。但隋唐以后，已很少人用这一体裁写作，因此，宋人几部文章总集不再独立设"七"体，正反映出"七"体在当时文学创作中，已经不再是强势文体。又如《文选》有"符命"，《文心雕龙》有"封禅"，可见这是当时的重要文体，但唐宋以后，它们在总集中的作品数量与重要性都明显下降了。①

其次，从文体类目的细化可以看出同一文体的演变和增殖。如《文选》有"诏"，《文苑英华》分为"中书制诰"与"翰林制诰"，"中书制诰"下列子目 20 类，"翰林制诰"下列子目 10 类，《宋文鉴》分为"诏、敕、赦文、御札、批答、制、诰"。这些变化折射出唐宋以来朝廷文书制度的嬗变。有些文体的名称虽然相同，其内涵却大大扩展了。《文选》"序"收录书集与诗集之序。唐宋时期新出现了大量用于赠别的"序"，古代多有长亭祖送之宴会，宴会赋诗，因赋诗而有序。当送别者关注点从作诗转向作序，就有了赠序。这种赠序兴盛现象及时地在总集中反映出来。《文苑英华》收"序"40 卷，其中专门标出"饯送""赠别"。《唐文粹》有"序"8 卷，亦有"饯别"类。《宋文鉴》"序"有 8 卷，虽然未明确分列书序与赠序，但也收录不少赠序作品。

再次，从宋人总集所录文体与六朝相似文体的比较，也可以看出文体内涵的历史变化。《宋文鉴》卷 125 至卷 127 收录"杂著"。徐师曾说："按杂著者，词人所著之杂文也；以其随事命名，不落体格，故谓之杂著。"② "杂著"之名，应从《文心雕龙·杂文》而来，但是，《文心雕龙·杂文》主要是指对问、七、连珠等几种文体。而《宋文鉴》的"杂著"则不收这几种文体的作品，所收的刘敞《责和氏璧》、

---

① 《唐文粹》第 19 卷收录"封禅"三首，但系于"颂"体之下，而《宋文鉴》则不收封禅文。
② 徐师曾：《文体明辨》卷 46，《四库全书存目丛书》集部第 312 册，齐鲁书社，1997，第 70 页。

王回《告友》、王向《记客言》、王令《道旁父老言》、刘恕《自讼》等文，都是随笔性的散体短篇。骈文中心时代《文心雕龙》的"杂文"大体是指有韵之文，而古文中心时代《宋文鉴》的"杂著"，则特指散体短篇，其内涵已产生明显的变化。

但最值得注意的还是宋代文章总集中反映出来的唐宋新文体，从这些新文体的兴盛与传播，可以见出文体与文学发展的新态势。

从宋人总集的编录可以看出唐宋一些新文体从萌发到定名的过程。如"题跋"一体便是肇始于唐代而定名于宋代。《文章辨体·题跋》："汉晋诸集，题跋不载。至唐韩、柳始有读某书及读某文、题其后之名。迨宋欧、曾而后，始有跋语，然其辞意亦无大相远也。故《文鉴》、《文类》总编之曰'题跋'而已。"① 《唐文粹》有"序"8 卷，含书序、赠序，而"传录纪事"类下有"题传后"小类，录有皮日休《颢叔孙诵传后》、司空图《题东汉传后》；另外，柳宗元《读韩愈所作毛颖传》则附于韩愈《毛颖传》后，俱见卷99，然都不称"题跋"。可见在唐代只称为"题""题后"，尚未称为"题跋"。题跋之称，始见于宋人总集。《宋文鉴》卷130 以下两卷为"题跋"类，共46 篇，有欧阳修《跋放生池碑》、王安石《读孟尝君传》、苏轼《书黄子思诗集后》、李格非《书洛阳名园记后》等文。

《文苑英华》等宋人总集与《文选》相比，明显多出传、记二体。在《文选》产生的时代及此后相当长的时期中，叙事与述人的功能基本是由史传来完成的②，所以只有少数文体如碑文涉及叙事与述人的功能。但是自从唐宋古文兴盛以后，出现文、史合流的倾向。文章学内部越来越重视叙事性，叙事性文章也大为增多。具体反映到文体之上，便是记体与传体的高度繁荣。

关于记体，徐师曾《文体明辨·记》说："《文选》不列其类，刘勰不著其说，则知汉魏以前，作者尚少；其盛自唐始也。"③ 《文选》

---

① 吴讷：《文章辨体》"目录"，《四库全书存目丛书》集部291 册，第27 页。
② 在理论上首次系统研究"叙事"的，不是文学批评家而是史学家。见刘知幾《史通·叙事》。
③ 徐师曾：《文体明辨》，《四库全书存目丛书》集部第312 册，第162 页。

《文心雕龙》皆不载记体文章，至唐宋记体大盛，宋人文章总集中收录
大量记体文章。《文苑英华》有"记"37卷，《唐文粹》有"记"7
卷，《宋文鉴》有"记"8卷。唐宋的记体略有不同，唐代的记为纪事
之文，而宋人喜欢杂以议论。吴讷《文章辨体·记》："《金石例》云：
'记者，纪事之文也。'西山曰：'记以善叙事为主。《禹贡》、《顾命》，
乃记之祖。后人作记，未免杂以议论。'后山亦曰：'退之作记，记其
事耳；今之记，乃论也。'"① 宋人以叙事为记的正体，议论为其变体。
"记"之中的山水游记、亭阁记、书画记等，都是唐以来盛行的文体，
宋人总集中所收甚多，文学史多有论述，此不赘言。然《文苑英华》
中"厅壁记"共10卷，在记体之中所占分量最重，值得注意。唐代以
来厅壁记大兴，朝廷百司乃至州县官署都有壁记。唐封演《封氏闻见
记》卷5"壁记"条谓："朝廷百司诸厅皆有壁记，叙官秩创置及迁授
始末。原其作意，盖欲著前政履历，而发将来健羡焉。故为记之体，
贵其说事详雅，不为苟饰。而近时作记，多措浮辞，褒美人材，抑扬
阀阅，殊失记事之本意。韦氏《两京记》云：'郎官盛写壁记以纪当厅
前后迁除出入，浸以成俗。'然则壁记之出，当是国朝以来，始自台
省，遂流郡邑耳。"② 可见自唐代以来，壁记是朝廷与地方官员所喜爱的
文体，是考察唐宋官场政治制度、政治风气与官员政治理念的重要材料。

如果说记体以叙事为主，传体则以人物为中心。《文心雕龙》有
《史传》篇，认为传本为翼经之作。③ 《文选》有史论，但不收史传。
《文苑英华》卷792以下5卷收录30篇"传"。《唐文粹》不收正史之
传，然在卷99"传录纪事"类下有"假物"（读传附）、"忠烈"、"隐
逸"、"奇才"、"杂伎"、"妖惑"等小类的"传"体文章，"假物"类
有韩愈《毛颖传》等，"忠烈"类有沈亚之《李绅传》等，"隐逸"类
有陆龟蒙《江湖散人传》等，"奇才"类有李商隐《李贺小传》等，

---

① 吴讷：《文章辨体》，《四库全书存目丛书》集部第291册，第24页。
② 封演：《封氏闻见记校注》，赵贞信校注，中华书局，2005，第41页。
③ 古代经史不分，章学诚说："传记之书，其流已久，盖与六艺先后杂出。古人文无定体，经史亦无分
科。《春秋》三家之传，各记所闻，依经起义，虽谓之记可也。经《礼》二戴之记，各传其说，附经
而行，虽谓之传可也。"（章学诚：《文史通义校注·传记》，叶瑛校注，中华书局，1994，第248页）

"杂伎"类有柳宗元《梓人传》等，"妖惑"类有柳宗元《李赤传》。
《宋文鉴》卷149、150收录17篇"传"。唐宋以来文坛盛行的"传"
体实始于史学，然文章学的"传"体与史学的"传"体又有明显差
异。徐师曾《文体明辨·传》说："自汉司马迁作《史记》，创为'列
传'以纪一人之始终，而后世史家卒莫能易。嗣是山林里巷，或有隐
德而弗彰，或有细人而可法，则皆为之作传以传其事，寓其意；而驰
骋文墨者，间以滑（音骨）稽之术杂焉，皆传体也。"① 顾炎武《日知
录》卷19《古人不为人立传》条亦云："列传之名始于太史公，盖史
体也。不当作史之职，无为人立传者，故有碑、有志、有状而无传。
梁任昉《文章缘起》言传始于东方朔作《非有先生传》，是以寓言而
谓之传。《韩文公集》中传三篇：《太学生何蕃》《圬者王承福》《毛
颖》。《柳子厚集》中传六篇：《宋清》《郭橐驼》《童区寄》《梓人》
《李赤》《蝜蝂》。《何蕃》仅采其一事而谓之传。王承福之辈皆微者而
谓之传。《毛颖》《李赤》《蝜蝂》则戏耳而谓之传，盖比于稗官之属
耳。若《段太尉》，则不曰传，曰'逸事状'。子厚之不敢传段太尉，
以不当史任也。自宋以后，乃有为人立传者，侵史官之职矣。"② 徐师
曾、顾炎武所言或有争论③，但他们指出文章学中的"传"与史学的
"传"分属不同的学术体系。史传作者为史官，传主为贵人名士，所述
为其较完整的生平。而文传作者为文人，传主多为小人物或失意者，
或为自传，或"仅采其一事"，或为有寄托之寓言或游戏笔墨，与"稗
官"文体相似。考之宋人文章总集，以上所言基本属实。顾炎武所说
"自宋以后，乃有为人立传者，侵史官之职矣"，不知具体何指。《宋文

---

① 徐师曾：《文体明辨》卷58，《四库全书存目丛书》集部第312册，第370页。

② 顾炎武：《日知录集释》，黄汝成集释，栾保群、吕宗力校点，第1106页。

③ 参见《日知录集释》该则"续补正"、章学诚《文史通义·传记》。又《古文辞类纂·序目》："传状
类者，虽原于史氏，而义不同，刘先生云：'古之为达官名人传者，史官职之。文士作传，凡为圬者
种树之流而已，其人既稍显，即不当为之传，为之行状，上史氏而已。'余谓先生之言是也。虽然，
古之国史立传不甚拘品位，所纪事犹详，又实录书人臣卒，必撮存其平生贤否，今实录不纪臣下之
事，史馆凡仕非赐谥及死事者不得为传。乾隆四十年定一品官乃赐谥。然则史之者，亦无几矣。余
录古传状之文，并纪兹义，使后之文士得择之。昌黎《毛颖传》嬉戏之文，其体传也，故亦附焉。"
（姚鼐、琬谦编《正续古文辞类纂》，浙江古籍出版社，1998，第7页）《古文辞类纂》收《圬者王承
福传》《方山子传》《毛颖传》等，而不收史传。

鉴》卷 149 收司马光所撰《范景仁传》《文中子补传》，确近乎史传，在宋代的文传之中，显得比较特殊。事实上，《隋书》与《宋史》分别有王通与范镇的传。不过，司马光本身就是史官，故不可谓之"侵史官之职"。

因篇而得名是中国古代文体命名方式之一，如"七"体即因《七发》而得名，又如任昉《文章缘起》所列文章名都是因圣君贤士之名篇而得。宋人王得臣《麈史》说："梁任昉集秦汉以来文章名之始，目曰《文章缘起》……至韩、柳、元结、孙樵又作'原'，如《原道》、《原性》之类；又作'读'，如《读仪礼》、《读鹖冠》之类；又作'书'，如《书段太尉逸事》）；'讼'，如《讼风伯》；'订'，如《订乐》等篇。呜呼，文之体可谓极矣！"① 他非常明确地指出当时许多文体都是因韩、柳古文名篇而立名的。从宋代总集的文体及所选篇目，可以印证这个重要事实：唐代以来盛行的新议论文体，其中不少是因为韩愈、柳宗元的古文名篇而得名的，正可窥见韩、柳在宋代文章学上的影响以及新文体的命名、确立与接受。唐宋以前，并无"原"体，这种文体的出现，源于韩愈写的《原道》《原性》《原毁》《原人》《原鬼》五篇以"原"命名的文章。吴讷《文章辨体·原》："若文体谓之'原'者，先儒谓始于退之之'五原'，盖推其本原之义以示人也。"② 吴曾祺《文体刍言·论辨类》："原者，溯其始之谓也，古无此体，韩退之始作'五原'，后人因仿而为之。"③ "原"体，其实就是推源性的论说文。《崇古文诀》《文章轨范》《古文集成》《古文关键》都收录"原"体。又如"解"，《文体明辨·解》谓："其文以辩释疑惑、解剥纷难为主，与论、说、议、辨，盖相通焉。"④ 虽然汉代扬雄已有《解嘲》之作，后世亦有摹仿，但是在文章总集之中，"解"单独作为一种文体，却是宋代以后的事。《崇古文诀》《文章轨范》《古文集成》《古文关键》都收录"解"体。如《古文集成》的"解"，就收录韩愈的

① 王得臣：《麈史》卷中"论文"，上海古籍出版社，1986，第 51 页。
② 吴讷：《文章辨体》"目录"，《四库全书存目丛书》集部 291 册，第 27 页。
③ 吴曾祺：《涵芬楼文谈》"附录"，商务印书馆股份有限公司，1998，第 121 页。
④ 徐师曾：《文体明辨》卷 43，《四库全书存目丛书》集部 311 册，第 761 页。

《获麟解》《进学解》《择言解》《通解》等文，明显也是因韩愈文章而立体的。"辩"也是唐宋以来的新文体。《文体明辨·辩》谓："汉以前，初无作者，故《文选》莫载，而刘勰不著其说。至唐韩、柳乃始作焉。"①《古文集成》《古文关键》《文章轨范》都收录辩体文章，辩体很可能也是因为有了韩愈的《讳辩》与柳宗元的《桐叶封弟辩》等名篇而得名的。

说到宋人文章总集反映出唐宋以来的新文体，不能回避一个例外：在宋人综合性文章总集中，一般不收录词体作品。词体成熟于唐、五代而兴于宋代，但是主要收录唐五代作品的《文苑英华》却没有收录词体作品。虽然该书收录一些如白居易《杨柳枝词》这类题目标明"词"的作品，但编者编纂时，是把它们作为诗体而非词体编录进来的。②《文苑英华》编纂时词体已成熟，此前已有词集《花间集》和《尊前集》了，而且参加编纂《文苑英华》的徐铉、苏易简等人就创作过词作。看来《文苑英华》编纂者并没有考虑把词体作品收录进来。《唐文粹》全书收录文体30余类，也没有收录唐人词作。更值得注意的是，宋人所编的宋代文章总集也不收宋词。吕祖谦《宋文鉴》所选文章分为61类，分体已相当细密详尽，连乐语（教坊词）都收录了，仍没有收录词作。楼昉《崇古文诀》收录自秦汉至宋代的诗赋文章，亦不收唐宋词体之作。《成都文类》所录诗赋文章35卷，上起西汉，下迄宋淳熙间，凡一千多篇，不收唐宋词作。《文章正宗》收录先秦至唐末之作，包括诗歌，也没有收录词作。另外，《古文集成》《宋文选》《古文关键》这些只收古文、不收诗赋作品的总集当然就更不可能收录词作了。

尽管一般宋人综合性文章总集不收录词体作品，但不能因此简单地认定词体在宋代没有地位。其实，宋人单独的词别集与词总集数量相当多。③这是一个颇为奇怪的现象。如何看待这个问题？首先有一个目录学上的原因。宋人陈振孙《直斋书录解题》集部分为楚辞类、总

① 徐师曾：《文体明辨》卷43，《四库全书存目丛书》集部第311册，第759页。
② 事实上，白居易自编《白氏长庆集》就把《杨柳枝词》作为绝句，置于"律诗"之下。见《白居易集》卷31，中华书局，1979，第714页（该书据现存最早白集刻本宋绍兴刻71卷本《白氏长庆集》整理）。
③ 参见蒋哲伦、杨万里编撰《唐宋词书录》，岳麓书社，2007。

集类、别集类、诗集类、歌词类、章奏类、文史类，明确把"歌词"独立于总集、别集之外而自成一类。这种文体分类的学术传统为后世所继承。如《四库全书》分类学中，集部包括楚辞类、别集类、总集类、诗文评类、词曲类。不难看出，"词曲类"是非常独特的自成系统的文体。另一方面，文章总集不收录词体作品，在某种程度上反映出当时人们的文体价值观。胡寅《酒边词序》："词曲者，古乐府之末造也。古乐府者，诗之傍行也……然文章豪放之士，鲜不寄意于此者。随亦自扫其迹，曰谑浪游戏而已也。"① 乐府已是诗的"傍行"，而词又是乐府之"末造"，在中国古代文体谱系中的地位，可以说是边缘之边缘了。可是文章豪放之士，偏偏要"寄意于此"，但又"随亦自扫其迹"，真是一种复杂的心态。陆游《长短句序》也说："予少时汩于世俗，颇有所为，晚而悔之。然渔歌菱唱，犹不能止。今绝笔已数年，念旧作终不可掩，因书其首以识吾过。"② 他把写词作为过错，既习之，又悔之；既悔之，犹不能止；既绝笔，又觉不可掩，对词的态度也颇为矛盾。《四库全书总目》云："词曲二体在文章、技艺之间，厥品颇卑，作者弗贵，特才华之士以绮语相高耳。"③ 从正统的诗学观念看，词多花间樽前的"绮语"，词风婉媚，故与载道之文、言志之诗相比，"厥品颇卑"。文人们普遍既认为词曲品位不高，然又十分喜爱。宋代文章总集编录反映出宋人这种文体观念：词体既是边缘的，又是独立而独特的文体。

二 从总集看宋人的古文观念

宋代文章总集的编纂，既反映出古文新文体的勃兴，也反映了以古文为中心的时代风气。汉代之前，并无"古文"④ 之说。到了司马

---

① 向子諲：《酒边词》，《景印文渊阁四库全书》第 1487 册，第 524 页。
② 陆游：《陆游集》，中华书局，1976，第 2101 页。
③ 《四库全书总目》卷 198，中华书局，1965，第 1807 页。
④ 关于"古文"一词，参见章学诚《章氏遗书》卷 9 "杂说下"论"古文之目"，商务印书馆，1936，第 365 - 366 页。

迁时代，才使用这个概念来指秦以前的文献典籍。《史记·太史公自序》："年十岁则诵古文。"王国维《观堂集林·史记所谓古文说》："故太史公修《史记》时所据古书若《五帝德》，若《帝系姓》……凡先秦六国遗书非当时写本者皆谓之古文。"① 唐宋韩、柳、欧、苏倡导古文，"古文"又有了特别的含义。现代权威辞书对于作为文体名称的"古文"定义是："原指先秦两汉以来用文言写的散体文，相对六朝骈体而言。后则相对科举应用文体而言。"② 也就是说"古文"是与骈文和科举考试文体相对的，这也是现代学术界的基本共识。但是如果从宋人所编纂的古文总集收录情况来看，实际情况相当复杂，须略加辨析。《四库全书总目》说："宋人多讲古文，而当时选本存于今者不过三四家。真德秀《文章正宗》以理为主……世所传诵，惟吕祖谦《古文关键》、谢枋得《文章轨范》及防此书而已。"③ 此处拟从《古文关键》《崇古文诀》《文章轨范》《文章正宗》等现存几本有代表性的宋人古文选本入手，考察宋人的古文观念。

一般认为，古文与骈体文是相对的。其实，宋人的古文选本并不强烈地排斥骈体文。《古文集成》卷15所收李斯《上秦皇书》，李兆洛《骈体文钞》卷11收录并评曰："是骈体初祖。"④ 《古文集成》卷22收李密《陈情表》，《骈体文钞》卷16收录，当然也是用骈体写就的。《崇古文诀》卷7收江淹《诣建平王上书》、孔稚圭《北山移文》两篇更是典型的骈文。《崇古文诀》卷10所收韩愈《进学解》，也是骈文味十足的文章。

说到古文，人们往往认为就是"用文言写的散体文"，这种说法未尝没有道理。一些宋人的诗文评或其他著作中，也有这种观念。沈括《梦溪笔谈·艺文一》："往岁士人多尚对偶为文，穆修、张景辈始为平文，当时谓之'古文'。"⑤ 所谓"平文"，也就是散体文。宋吴曾《能

① 《王国维遗书》第1册，上海书店，1983，第321－322页。
② 《汉语大词典》（缩印本），汉语大词典出版社，1997，上卷，第1450页。
③ 《四库全书总目》卷187，第1699页。
④ 李兆洛：《骈体文钞》，《万有文库》第2册，商务印书馆，1937，第155页。
⑤ 沈括：《梦溪笔谈》卷14，岳麓书社，2002，第108页。

改斋漫录》卷 10 "古文自柳开始"："本朝承五季之陋，文尚俪偶。自柳开首变其风。始天水赵生，老儒也，持韩愈文数十篇授开。开叹曰：'唐有斯文哉！'因谓文章宜以韩为宗。遂名'肩愈'，字'绍元'，亦有意于子厚耳。故张景谓韩道大行，自开始也。"① 宋朱弁《曲洧旧闻》卷 9 也说："方古文未行时，虽小简亦多用四六，而世所传宋景文公《刀笔集》，虽平文而务为奇险，至或作三字韵语，近世盖未之见。"② 以上之例，都是以古文作为和骈文相对的文体。但是，这仅是宋人"古文"观念的一面。因为宋人文章总集所透露出来的"古文"观念便与之有所不同，宋人的古文选本也包含着辞赋等韵文。比如《崇古文诀》收录楚辞《九歌》《两都赋》，还收《明堂诗》，《文章轨范》收录《归去来辞》《阿房宫赋》与前后《赤壁赋》。另外一个更典型的例子是宋人黄坚所选编的《古文真宝》，此书在中国非常少见，也没有引起注意，但在日本与韩国却是一部影响非常大的文章选本。《古文真宝》分前、后集，前集 12 卷，收录古诗，后集 10 卷，以散体文为主，但也收录《离骚》等辞赋韵文作品，也收录《北山移文》《滕王阁序并诗》《春夜宴桃李园序》等骈体文章。③ 可见宋人古文选本的"古文"可能包含了骈文与韵文，至少并不特别加以排斥④。明清人文章选本之"古文辞"与宋人的古文选本之"古文"内涵倒是比较一致的，如姚鼐的《古文辞类纂》收录了大量的辞赋韵文，而梅曾亮的《古文词略》更在此基础上特别增加"诗歌类"4 卷，收录古诗。

　　元代刘将孙《养吾斋集》卷 25《题曾同父文后》："自韩退之创为古文之名，而后之谈文者，必以经、赋、论、策为时文，碑、铭、叙、题、赞、箴、颂为古文。"⑤ 关于何为古文的问题，可就几种宋人古文总集收录的文体来讨论。南宋末年王震霆《古文集成》标榜古文，所

① 吴曾：《能改斋漫录》卷 10，中华书局，1985，第 245 页。
② 朱弁：《曲洧旧闻》卷 9，中华书局，1985，第 70 页。
③ 参考黄坚选编、熊礼汇点校：《详说古文真宝大全》，湖南人民出版社，2007。
④ 宋人总集的实际情况与当今学术界的理解有所不同。如李道英说："'古文'一词在唐宋两代有其特定含义，即主要指唐宋八大家及其追随者所写的文章，而不涉及骈文和辞赋。"这应该是目前学术界普遍的观点。参见氏著《唐宋古文研究》"导论"，北京师范大学出版社，2005，第 3 页。
⑤ 刘将孙：《养吾斋集》卷 25，《景印文渊阁四库全书》第 1199 册，第 242 页。

收录文体有：序、记、书、表、劄、论、铭、封事、疏、状、图、解、辩、原、辞、议、问对、设论、戒等。吕祖谦《古文关键》①所收文体为：解、说、论、原、书、辩、序、议、传、碑。谢枋得《文章轨范》所收文体为：书、序、论、辩、议、碑、解、说、读、表、墓志、记、跋、书后、祭文、铭、赋、辞。楼昉《崇古文诀》所收文体为：书、辞、论、疏、檄、难、序、赋、诗、封事、表、移文、祭文、原、碑、墓铭、解、传、哀辞、记、说、逸事状、叙、引、赞、制、劄子、奏疏、书后、策。如果从这几部古文选本的情况来看，刘将孙的说法并不准确。

　　在笔者看来，宋人古文选本的"古文"一词，不过是古雅文章之含义而已，在文体上并没有太明确的限定与排他性，它差不多可以包含多数的文体。这正如韩愈所说："愈之为古文，岂独取其句读不类于今者耶？思古人而不得见，学古道则欲兼通其辞；通其辞者，本志乎古道者也。"②宋人柳开也说："古文者，非在辞涩言苦，使人难读诵之；在于古其理，高其意，随言短长，应变作制，同古人之行事，是谓古文也。"③可见宋人心目中的古文，主要是在于高古的艺术旨趣方面，只要是符合他们旨趣的，都可以称为古文。在形式上，古文以散体文为主，但并不绝对排斥骈体文与辞赋。总之，古文即古雅之文，非时俗之文，这是宋人广义的古文观念。

　　再看宋人狭义的古文观念。姚铉《唐文粹》选录文章，特别标出"古文"一体，正为研究者提供了另一种理解的参照。《唐文粹》卷43至卷49共7卷收录唐代"古文"189篇④，数量相当大，它们就是姚铉眼里唐代"古文"的代表作。这些"古文"也反映出当时人们心目

① 以下几本总集不是以文体分类，而是以时代、作家或其他分类排序的，本文是按其作品文体出现的次序排列的。

② 韩愈：《韩昌黎文集校注》，马其昶校注，马茂元整理，上海古籍出版社，1986，第304－305页。

③ 柳开：《应责》，《河东先生集》卷1，《四部丛刊》本，第10页。

④ 郭英德认为《唐文粹》的"古文"分类是从《文苑英华》的"杂文"来的。参见氏著《中国古代文体学论稿》，北京大学出版社，2005，第112页。这种看法有道理，两者确有一定的相关性。但《文苑英华》的"杂文"与《唐文粹》的"古文"仍有比较明显的差异，如《文苑英华》"杂文"收录"骚"体五卷，"杂制作"中又收录"中和乐"等，《唐文粹》显然与之不同。

中古文这种特殊文体的体制：从内容来看，这些"古文"都与宣传儒家之道或者积极干预时政有关；从形式来看，姚铉所谓"古文"主要是原、规、书、议、言、语、对、经旨、读、辩、解、说、评等文体。这些文体多是《文选》《文心雕龙》等书所未载的，由于唐宋人的创作以及文集分类观念的强化，这些名目逐渐成为后人承认的文体。总的说来，该书收录的"古文"绝大多数是产生于唐代的比较短小的、思辨性强的、有真知灼见的议论性文体。《唐文粹》所标示的文体和编选的作品，应该代表了宋人比较狭义的古文观念。

宋人面临着两个古文传统：一是先秦两汉古文传统，一是唐宋古文传统，也可简称为"秦汉文"与"唐宋文"。钱穆说："韩、柳之倡复古文，其实则与真古文复异。……二公乃站于纯文学之立场，求取融化后起诗赋纯文学之情趣风神以纳入于短篇散文之中，而使短篇散文亦得侵入纯文学之阃域，而确占一席地。故二公的贡献，实可谓在中国文学园地中，增殖新苗，其后乃蔚成林薮，此即后来之所谓唐宋古文是也。"[1] 他也特别指出"唐宋古文"与"真古文"之差异。

在宋人诗文评中，往往流露出对于秦汉以降文章的轻蔑态度。陈师道云："余以古文为三等：周为上，七国次之，汉为下。周之文雅；七国之文壮伟，其失骋；汉之文华赡，其失缓；东汉而下无取焉。"[2] 在古文观念上反映出强烈的厚古薄今倾向。但是在宋人总集实际编纂中，情况却非如此，甚至相反。就宋人总集所收古文的历史范围来看，有些从先秦两汉收起，有些则只收唐宋古文，总集中出现了重秦汉文或重唐宋文两种倾向，似乎已启明代秦汉派与唐宋派分野之先声。但总体来说，宋人的古文选本基本是厚今薄古的，收录当代作品最多，基本不收六朝的作品。《崇古文诀》"尊先秦而不陋汉、唐，尚欧、曾而并取伊洛"[3]，只标先秦文、两汉文、唐文、宋文，六朝文只收江淹《诣建平王上书》、孔稚圭《北山移文》，全书收录宋文最多。王震霆

---

[1]　钱穆：《杂论唐代古文运动》，见《中国学术思想史论丛4》，安徽教育出版社，2004，第52页。
[2]　陈师道：《后山诗话》，何文焕辑《历代诗话》，中华书局，1981，第305页。
[3]　刘克庄：《迂斋标注古文序》，《后村先生大全集》卷96，四川大学出版社，2008，第2475页。

《古文集成》"所录自春秋以逮南宋，计文五百二十二首，其中宋文居十之八"①。《文章轨范》唐前只收陶潜《归去来辞》与诸葛亮《前出师表》。《古文关键》标榜古文，其实只选唐宋古文，而唐代只选韩愈、柳宗元，宋代作家占绝对多数。可见，在总集中，唐宋文的分量明显重于秦汉文。

为何宋人更重唐宋古文？首先，当然与宋人对当代文化的强烈自信心有关，朱熹说："国朝文明之盛，前世莫及。"② 刘克庄说："本朝五星聚奎，文治比汉唐尤盛。"③ 在文章学领域，宋人也非常有自信心。杨万里说："古今文章，至我宋集大成矣。"④ 有些学者甚至认为："（然则）文章在汉唐未足言盛，至我朝乃为盛尔。"⑤ 同时宋人更重唐宋文，又与唐宋文比较实用有关。秦汉文尚未有文体区分，高古而又含茫混沌，可谓无迹可求。而唐宋文文体明晰，技法完备，便于掌握。⑥ 更重要的是，掌握唐宋古文，有利于参加科举考试。

唐宋古文与时文的关系，是一个饶有趣味的论题。王阳明说："大自百家之言兴而后有六经，自举业之习起而后有所谓古文。古文之去六经远矣，由古文而举业，又加远焉。"⑦ 在一般的认识中，古文是与科举相抗衡或相对立的文体。然而有趣的是，宋代古文之盛，其实与科举考试关系相当密切。被人视为时文的经义、论、策等考试文体，宋初便是用比较自由的古文形式来写作的，以后才渐渐程式化。古文与时文之间，既没有截然的界线，也不是永不相交的平行线。所谓时文，其实就是程式化的古文。而从古文中寻找文章技法，就成为时文写作的必经之路。唐宋古文家在宋代以至明清时代的科举考试中，实

---

① 《四库全书总目》卷 187，第 1703 页。
② 朱熹：《服胡麻赋》，《楚辞集注·楚辞后语》第 48，上海古籍出版社，1979，第 300 页。
③ 刘克庄：《平湖集序》，《后村先生大全集》卷 98，第 2524 页。
④ 杨万里：《杉溪集后序》，《杨万里集笺校》卷 83，第 6 册，中华书局，2007，第 3350 页。
⑤ 真德秀：《跋彭忠肃文集》，《全宋文》第 313 册，第 258 页。
⑥ 正如明代唐顺之《董中峰文集序》中所说的："汉以前之文，未尝无法，而未尝有法，法寓于无法之中，故其为法也，密而不可窥。唐与近代之文，不能无法，而能毫厘不失乎法，以有法为法，故其为法也严而不可犯。"（黄宗羲编《明文海》卷 245，中华书局，1987 年影印本，第 2553 页）
⑦ 王阳明：《重刻〈文章轨范〉序》，《王阳明全集》卷 22，外集 4，上海古籍出版社，1992，第 875 页。

际上起了至关重要的引导作用。① 《制义丛话》卷 2 引胡调德语："唐以前，无专以文为教者。至韩昌黎《答李翊书》、柳柳州《答韦中立书》、老泉《上田枢密书》、《上欧阳内翰书》、苏颍滨《上韩太尉书》，乃定文章指南。……操觚之士，苟好学深思，心知其意，制义之金针不即在是哉？"② 八大家所定的"文章指南"在当时之所以产生巨大的社会反响，原因之一就是它们可能是"制义之金针"。陆游曾说："国初尚《文选》，当时文人专意此书……方其盛时，士子至为之语曰：'《文选》烂，秀才半。'建炎以来尚苏氏文章，学者翕然从之，而蜀士尤盛。亦有语曰：'苏文熟，吃羊肉；苏文生，吃菜羹。'"③ 这两句著名的谚语既夸张又准确地反映出宋初与宋中期以后截然不同的社会风气与文章价值取向：作为骈文时代文章经典《文选》的地位已被唐宋古文的新典范苏轼文章所代替了，其原因就在于考试科目与方式改变了，"制义之金针"也随之变化。④

把古文经典变为"制义之金针"，这是一种艰难而实用的文体转换。当时的许多古文选本及其评点，其实是为了示人以文法，便于应试者揣摩和参加科举考试。⑤ 举子读的虽然是古文，若有所领悟，却有助于时文的写作。⑥ 倪士毅《作义要诀·自序》："宋初因唐制取士试诗赋（省题诗八韵及律赋），至神宗朝王安石为相，熙宁四年辛亥议更科举法，罢诗赋，以经义、论、策试士。"⑦ 论体文是当时科举考试的重要科目，所以宋代出现了研究论体文写作的所谓"论学"（如魏天应

---

① 周作人《谈韩退之与桐城派》一文认为唐宋八大家与八股文具有某种内在联系："古文与八股之关系不但在桐城派为然，就是唐宋八大家传诵的古文亦无不然。韩退之诸人固然不曾考试过八股时文，不过如作文偏重音调气势，则其音乐的趋向必然与八股接近，至少在后世所流传模仿的就是这一类。"参见钟叔河编《周作人文类编》第 2 册《千百年眼》，湖南文艺出版社，1998，第 669 页。
② 梁章钜：《制义丛话》，上海书店出版社，2001，第 34 页。
③ 陆游：《老学庵笔记》卷 8，中华书局，1979，第 100 页。
④ 王应麟《困学纪闻》卷 17 说："熙、丰以后，士以穿凿谈经，而《选》学废矣。"骆鸿凯解释说："王氏谓熙、丰以后，'《选》学'遂废，殆谓自荆公以新经试士后，帖括代兴，学者趋义疏之空疏，而弃辞章于弗问矣。"（氏著《文选学》"源流第三"，中华书局，1989，第 74 页）
⑤ 参见拙作《评点之兴——文学评点的形成和南宋的诗文评点》一文，载《文学评论》1995 年第 1 期，第 24 页。收入拙著《中国古代文体形态研究》（第三版），北京大学出版社，2013。
⑥ 方苞《钦定四书文·正嘉四书文》卷 2 评语说："以古文为时文，自唐荆川始，而归震川又恢之以闳肆。"（《景印文渊阁四库全书》第 1451 册，第 88 页）然而以古文为时文之助，却是始于宋人的。
⑦ 倪士毅：《作义要诀》，《景印文渊阁四库全书》第 1482 册，第 372 页。

编总集《论学绳尺》)。《古文关键》是科举考试入门辅助读本，收录论体文近 50 篇，约占总数百分之八十，其他的文体多为书、序与传，而所谓的书、序作品，主要也是论体文。另外如《苏门六君子文粹》也是当时流行的文章总集，正如四库馆臣所说："观其所取，大抵议论之文居多。盖坊肆所刊，以备程试之用也。"① 张耒《宛丘文粹》收论、议、说、议说、诗传、书、记、序、杂著，秦观《淮海文粹》收进策、进论、论、传、书、记、序、说、杂著，黄庭坚《豫章文粹》收论、序、记、书、杂著、题跋，陈师道《后山文粹》收论、策、策问、书、记、序、杂著，李廌《济南文粹》收进论、书、记、赞、杂著，晁补之《济北文粹》收杂论、策问、书、记、序，所收绝大多数为议论文。议论文体的风行，于总集编纂中有明晰的体现，反映出科举考试对士子的影响。

虽然历代诗文评著作对于先秦两汉的子、史文章多加赞赏，但是实际上现存宋前的文章总集中，似未出现子、史进入总集的例子。六朝至唐所遗存的文章总集极少，《文选》当然是不收子、史的。唐代柳宗直《西汉文类》，见《新唐书》卷 40，至宋代已佚。宋人陶叔献重新编纂，见《郡斋读书志》卷 4 下。从其兄柳宗元的序言看②，《西汉文类》全辑于班固《汉书》，可以说是收入史部文章，但它单纯辑自一书，与本文所讨论的"总集"有所不同。《直斋书录解题》卷 15 录有《古文章》16 卷，并说："会稽石公辅编。与前书（按：指《古文苑》）相出入而稍多，亦有史传中钞出者。首卷为武王《丹书》，其末蔡琰《胡笳十八拍》也。"③ 由于此书已佚，其时代与内容亦未能确定，所以很难下结论。不过，从现存文献看，说宋代以前尚未形成子、史进入总集的风气应该是可以成立的。

宋人总集要收录先秦两汉子、史文章，必须突破观念与技术两个层面的制约，他们必须对古文文体与古文经典进行发掘与扩展，这是

① 《四库全书总目》卷 187，第 1704 页。
② 柳宗元：《柳宗直西汉文类序》，《柳宗元集》卷 21，中华书局，1979，第 575 页。
③ 陈振孙：《直斋书录解题》卷 15，徐小蛮等点校，上海古籍出版社，2015，第 438 页。

一个非常重要的问题。萧统《文选》以来，总集所录大致是独立成篇的作品，而不是从经、史、子采摘成文。章太炎《国故论衡·文学总略》：“《文选》之兴，盖依乎挚虞《文章流别》，谓之总集。……总集者，本括囊别集为书，故不取六艺、史传、诸子。”①宋以前，文章总集的体例与选文标准基本是按照《文选》模式。宋代文章总集一个非常重要的创举是把文学经典的范围扩展到子、史两部，重加采摘，而成文章经典。这种开掘经典的工作，既是对篇章的重构，也可能是对文体的重造。因为经典开掘工作首先是要选择、断章，从一长篇书籍中节取出部分内容，作为篇章。有时还需要给文章加上篇名，而篇名的确定，便有对文章文体分类认定的意义。如《崇古文诀》卷 1 选入乐毅《答燕惠王书》、李斯《上秦皇逐客书》，这两文都是从史传中摘出并重新命名的。同样内容在《古文集成》卷 15 则题为乐毅《报燕惠王书》、李斯《上秦皇书》，题目虽然不尽相同，但对于其文体“书”的认定却是相同的。

宋代文章总集在史、子两部扩展文章经典。先说“史”部。《文选》不选史部，理由是：“至于记事之史，系年之书，所以褒贬是非，纪别异同。方之篇翰，亦已不同。”②《文选》收录的是形态独立的“篇翰”，即单篇独行的文章，不选录《左传》《国语》之类史书，也不选《史记》《汉书》的史传内容。后来的总集也继承这种传统，不收史部，但《文章正宗》的辞命、议论、叙事几部分都收录《左传》《国语》章节，而且成为后来古文选本的体例。《四库全书总目》论真德秀《文章正宗》时特加按语说：“总集之选录《左传》《国语》，自是编始。遂为后来坊刻古文之例。”③实际上这标志着宋人一种新的文章观念与眼光，这也是对《文选》体例的另一个重要突破，而这种影响则远远超出“坊刻古文之例”④。《文章正宗》以《左传》和《国

---

① 章太炎：《国故论衡》，上海古籍出版社，2003，第 55 页。
② 萧统编：《文选》卷首，李善注，第 1 册，第 3 页。
③ 《四库全书总目》卷 187，第 1699 页。
④ 《古文观止》固然收录《左传》文章，曾国藩《经史百家杂钞》也收录《左传》作品。

语》为《春秋》"内外传","辞命"类序说:"《书》之诸篇,圣人笔之为经,不当与后世文辞同录,独取《春秋》内外传所载周天子谕告诸侯之辞、列国往来应对之辞,下至两汉诏册而止。"① "议论类"序说:"然圣贤大训,不当与后之作者同录。今独取《春秋》内外传所载谏争论说之辞、先汉以后诸臣所上书疏封事之属,以为议论之首。"② 在"叙事类"序中,非常重视《左传》:"今于《书》之诸篇与史之纪传,皆不复录,独取《左氏》《史》《汉》叙事之尤可喜者,与后世记序传志之典则简严者,以为作文之式。"③《文章正宗》共选《左传》133 篇文章,其中辞命类 39 篇,议论类 73 篇,叙事类 21 篇,数量相当多。其他宋人选本同样也有从史传摘采文章的情况,如汤汉《妙绝古今》亦选《左传》文 8 篇、《国语》文 7 篇,占全书近四分之一。这既可能受到《文章正宗》的影响,更可能是当时的文坛风气。

再说子部。虽然在诗文评与历代作家的文章中,诸子一直是关注和赞扬的对象,如《文心雕龙》即设《诸子》篇。但是在宋代之前的学术界,子部与集部畛域甚严,诸子文章从未被选录进入总集之中。《文选》不选子部,理由是:"老、庄之作,管、孟之流,盖以立意为宗,不以能文为本,今之所撰,又以略诸。"④ 但是宋人总集开始从先秦汉代诸子采摘文章。如南宋汤汉《妙绝古今》从《孙子》《列子》《庄子》《荀子》《淮南子》选摘文章,突破了《文选》所设置的"能文为本"的限制,把"立意为宗"的诸子之文纳入总集。虽然就现存的文献看,宋代把子部纳入文章总集的情况并不多见,但仍具有不可低估的开创意义。

将子部和史部加以分体并纳入文章总集的做法,具有对文章文体重新分类的意义,同时也扩展了文体学与文学经典的范围。

宋人的"古文"观念相当复杂,有广义的,有狭义的。对于"古

① 真德秀:《文章正宗·纲目》,《景印文渊阁四库全书》第 1355 册,第 5 页。
② 真德秀:《文章正宗·纲目》,《景印文渊阁四库全书》第 1355 册,第 6 页。
③ 真德秀:《文章正宗·纲目》,《景印文渊阁四库全书》第 1355 册,第 6 页。
④ 萧统:《文选序》,《文选》卷首,第 1 册,第 2 页。

文"，诗文评著作的表述与总集的收录情况也不尽一致。在宋代的文章总集中，古文与骈文、诗赋、时文的关系也不是现在所想象的那么简单明了。虽然宋人文章总集的选录情况所反映出来的文体内涵不是"标准答案"，但至少给研究者提供了另外的视角，而且是重要的视角。

三　总集叙次与文体、文学观念

如果说《文选》的编纂集中反映出骈文中心时代的审美旨趣和文体观念，那么到了以古文为中心的宋代，文章总集的编纂必然反映出不同的文学旨趣。自北宋以来，《文选》就受到一些非议，如苏轼就曾批评《文选》"编次无法，去取失当"①，表达出对《文选》编辑体例的强烈不满。在总集编纂方面，也出现一些走出《文选》模式的风气，如真德秀不满《文选》的编纂，以为未得"源流之正"②。以上谈到宋人以子、史入总集，也是对《文选》模式的突破。除了编选的内容，宋人总集的编辑体例也丰富和突破了《文选》的模式。宋代综合性文章总集的编纂大致可分为：以体叙次、以类叙次、以人叙次以及以技叙次诸种体例。

文章总集的文学思想，不仅表现在它所选录作家与文章的名单之中，而且也反映在其编纂体例中，后者往往为人所忽略。文章总集编纂者面对众多的文章，首先必须选择某种方式把它们统贯起来，然后再加以排列组合。编者首先要选择一种要素作为贯串总集的纲，以之起纲举目张的作用。这种要素也就是编纂者首要的关注点和切入点，其深层正是编纂者的文学观念。而以体、以人、以类、以技为纲的不同叙次的总集，则编织成不同的文章网状结构，并给读者以不同的总体感受和印象。

---

① 苏轼：《苏轼文集》卷67《题〈文选〉》，中华书局，1986，第2092页。
② 真德秀：《文章正宗·纲目》，《景印文渊阁四库全书》第1355册，第5页。

1. 以体叙次，这是《文选》以来的传统模式

六朝以来，综合性文章总集编选的体例基本是采用《文选》模式，宋人的文章总集多数也是用文体分类的模式。除了上述《文苑英华》《唐文粹》《宋文鉴》等几部重要的总集之外，如《圣宋文海》《古文集成》《成都文类》《文选补遗》《三国志文类》等总集也都是以体叙次的。

但是在宋人以体叙次的总集中，也出现了打破《文选》原有文体模式的情况。在中国古代的文体谱系中，文体排列的先后往往暗含着编纂者对文体的价值高下的判断。《文选》以赋、诗、骚、七先于诏、册、令、教、策、表等文体，宋人对此有不同看法。宋陈仁子撰《文选补遗》："以为诏令，人主播告之典章；奏疏，人臣经济之方略。不当以诗赋先奏疏，斠诏令？是君臣失位，质文先后失宜。"① 故《文选补遗》以"诏诰"置于书首。《三国志文类》分诏书、教令、表奏、书疏、谏诤、戒责、荐称、劝说、对问、议、论、书、笺、评、檄、盟、序、祝文、祭文、诔、诗赋、杂文、传等23门，把诏书置各文体之首，体现了以王权政治为本位的文体价值秩序，具有强烈的政治色彩，这也是值得注意的倾向。《文章正宗》虽然不是以体叙次的总集，但它以"辞命"为编首，把"诗赋"置之末类，彻底颠覆了《文选》所排列的文体次序。清代学者王之绩对于以诗赋置之末类的编纂方式评论说："西山《正宗》亦列诗赋于叙事、议论后，诚以诗赋虽可喜，而其为用则狭矣。"② 可见以辞命为首、以诗赋为末的次序正反映出宋人实用的文体观念。

以体叙次，即以文体为优先关注点，以文体作为编纂文章的纲，所有的作家作品被系之不同的文体之中。所以，以体分类的总集给人最强烈的印象是各体文章的历时性发展，而时代与作家的个性则被分散和淡化在各体文章之中。这种对于文体的极度重视，正是六朝以来主流的文学思想。这种思想到宋代也一直占据主流。宋代文体学发展

---

① 赵文：《文选补遗·序》，《景印文渊阁四库全书》第 1360 册，第 3 页。
② 王之绩：《铁立文起》卷 1，《四库全书存目丛书》集部第 421 册，第 700 页。

最值得关注的，是辨体意识的普遍高涨。辨体批评，成了这个时期文学批评的重要内容，并深刻影响了整个时代的文学创作。因此，许多作家和批评家坚持文各有体的传统，主张辨明和严守各种文体体制。如倪思（正父）说："文章以体制为先，精工次之。失其体制，虽浮声切响，抽黄对白，极其精工，不可谓之文矣。"① 王正德《馀师录》卷2："荆公评文章，常先体制而后工拙。"② 总集以文体叙次，正体现出"文章以体制为先"的传统观念。

2. 以人叙次即以作家为序，各体作品系之作家名下③

这种方式包括以时叙次，即按时代—作家—各体文章的次序来排列的。《宋文选》收录欧阳修、司马光、范仲淹、王禹偁、孙复、王安石、余靖、曾巩、石介、李清臣、唐庚、张耒、黄庭坚、陈瓘北宋十四家作品。吕祖谦《古文关键》收录韩文、柳文、欧文、老苏文、东坡文、颍滨文、南丰文、宛丘文共八家。汤汉《妙绝古今》收《左传》《国语》《孙子》《列子》《庄子》《荀子》《战国策》《史记》《淮南子》、扬雄、刘歆、诸葛亮、韩愈、柳宗元、杜牧、范仲淹、欧阳修、曾巩、王安石、苏洵、苏轼共二十一家。虽然以时叙次和以人叙次不完全相同，但本质是一样的。楼昉《崇古文诀》收录先秦文、两汉文、唐文、宋文，整体上是以时叙次的，但书中的作品，则以所属之时代作家为序，所以实际上可视为是以人叙次的。

以人叙次的关注点从文体转移到不同时代与作家的创作个性上。这种总集给人们的印象不是某一文体，而是在具体时代背景下某一作家的个性与成就。各种文体的重要性已经被淡化，并被时代与作家的个性所掩盖。以人叙次和以时叙次的结合，具体地体现出编纂者的文学史观。

---

① 王应麟：《玉海》卷 202 引倪正父语，江苏古籍出版社，上海书店出版社，1987，第 3692 页。
② 王正德：《馀师录》卷 2 引王安石语，中华书局，1985，第 20 页。
③ 宋代以前如《河岳英灵集》等也是以人为次的，但此类主要是只收一体（如诗）的总集。

3. 以类叙次，即从文章功能着眼，把各体文章加以归类，按类加以编排

真德秀《文章正宗》采用功能归类法，把各种文章归为辞命、议论、叙事、诗赋四大类。辞命类"独取《春秋》内、外传所载周天子谕告诸侯之辞、列国往来应对之辞，下至两汉诏册而止"，收入诏、告、谕、赦令、赐书、遗书、玺书、丹策、赐策、策问等"王言之体"的文章。议论类"独取《春秋》内、外传所载谏诤论说之辞、先汉以后诸臣所上书疏封事之属，以为议论之首。他所纂述，或发明义理，或敷析治道，或褒贬人物，以次而列焉"，收入疏、对策、奏、对、封事、论、谏、上书、书、议、表、原、说、读、辨、赞、赠序等文体。叙事类"独取《左氏》《史》《汉》叙事之尤可喜者，与后世记序传志之典则简严者，以为作文之式"，收入碑志、传、行状、记、序等文体。[①]《文章正宗》诗赋类只收诗歌而不收"辞赋"，也不收律诗。除了古诗之外，还收入箴、铭、颂、赞、乐歌、琴操等。《文章正宗》归纳了原先各种体裁功能上的共通处，以简驭繁，打破了《文选》以来总集文体分类的传统模式，反映出全新的文章分类观念，这在文体学史上是非常值得重视的现象。《文章正宗》的文章归类是以文体功能为标准的，所以同一种文体的作品，因为功能不同，会被分别归入不同的类型之中。如同为序体，韩愈《送许郢州序》《赠崔复州序》《送郑尚书序》《送水陆运使韩侍御归所治序》《送幽州李端公序》《送石处士序》，柳宗元《送薛存义之任序》诸篇收录卷 15 "议论"类，而韩愈《张中丞传后序》《赠张童子序》，柳宗元《愚溪诗序》则与记体文章同列，收到卷 21 下"叙事"类中。《文体明辨》在论序体时已注意到真德秀这种特别的处理方式："其为体有二：一曰议论，二曰叙事。宋真氏尝分列于《正宗》之编。"[②] 这种方式也打破了《文选》的惯例，并为后世一些文章总集所采用。

---

① 叶盛撰，魏中平点校：《水东日记》卷 28，"文章正宗叙论"条，中华书局，1980，第 274 页。
② 徐师曾：《文体明辨》卷 44，《四库全书存目丛书》集部第 312 册，第 1 页。

《文章正宗》以类叙次的方式体现了宋人"以明义理，切世用为主"① 的观念。它的关注点既不在文体，也不在作家个性，而在文章的"世用"。《四库全书总目》"总集类序"说："《文选》而下，互有得失。至宋真德秀《文章正宗》，始别出谈理一派，而总集遂判两途。"② 强调《文章正宗》在传统总集之外别创一途，这是有眼光的，但《文章正宗》不仅"别出谈理一派"，而且还开创了一种迥异于《文选》编排体例的新传统。如果说《文选》是以文学性为文章的本位，那么，《文章正宗》则是以实用性为文章的宗旨。重视文章的实用性无疑是宋人普遍的风气，而真德秀把这种风气推到极点，形成了与《文选》鲜明的对立。当然，真德秀矫枉过正地强调文章的实用性，从文学批评的角度看，可谓利弊兼具：其缺陷是明显的，其特色也是明显的。真德秀的文体分类也是既有其长，又有其短的。明代吴讷《文章辨体·凡例》："《文章正宗》义例精密，其类目有四：曰辞命，曰议论，曰叙事，曰诗赋。古今文辞，固无出此四类之外者。然每类之中，众体并出，欲识体制，卒难寻考。"③ 《文章正宗》把文章归为四类，有很强的概括性，以少总多，这是其长处。但是"每类之中，众体并出"，各种文体的渊源流变与体制特性被隐蔽在总类之中，则不免令人"卒难寻考"了。

　　4. 以技叙次，即按不同的写作技巧的程度来排列文章的次序

　　谢枋得《文章轨范》全书七卷，前两卷题"放胆文"，后五卷题"小心文"。编者题"放胆文"谓："凡作文初要胆大、终要心小，由粗入细，由俗入雅，由繁入简，由豪荡入纯粹。"题"小心文"谓："议论精明而断制，文势圆活而婉曲，有抑扬，有顿挫，有操纵，场屋程文论当用此样文法。"④ 可见"放胆文"与"小心文"是从技法运用上来分类的。编者把诸葛亮、陶渊明、韩愈、柳宗元、元结、杜牧、

---

① 真德秀：《文章正宗·纲目》，《景印文渊阁四库全书》第 1355 册，第 5 页。
② 《四库全书总目》卷 186，第 1685 页。
③ 吴讷：《文章辨体》，《四库全书存目丛书》集部第 291 册，第 6 页。
④ 谢枋得：《文章轨范·目录》，中州古籍出版社，1991。

范仲淹、欧阳修、苏洵、苏轼、王安石、李格非、胡铨、辛弃疾诸人各体文章，分散地排列到他所设计的"放胆文"与"小心文"之中。而"放胆文"与"小心文"之中，又各有不同境界与层次，全书七卷就是七种技法境界。每一卷卷首都有总评，特别说明此卷所收作品之技法特色。《文章轨范》所代表的以技叙次的编纂方式，其关注点不在文体，不在作家个性，而在于有助举业的功利目的。王阳明《重刻〈文章轨范〉序》说："宋谢枋得氏取古文之有资于场屋者，自汉迄宋凡六十九篇，标揭其篇章句字之法，名之曰'文章轨范'。盖古文之奥不止于是，是独为举业者设耳。"① 宋人的古文选本多与科举考试有关系，但以技叙次的文章总集的功利性就更为直露了。此类总集的编排叙次乃至编选、评点，都是为举业服务的。

从文体学的角度看，以上所举的四种总集体例之中，最富有文体学意义的是《文选》所代表的以体叙次和《文章正宗》所代表的以类叙次两种。分体与归类，是中国古代文体分类学的两种不同路向，前者尽可能详尽地把握所有文体的个性，故重在精细化；而后者尽可能归纳出相近文体的共性，故所长在概括性。古人说，"文本同而末异"。如果说，文体分类就是辨其"异"，文体归类就是求其"同"。所以中国古代文体分类学其实应该包括"分体学"与"归类学"。《文选》是分体学的代表，而《文章正宗》则开创了归类学的总集传统。这两种迥异的系统学术影响大小不同，各有优劣，并行不悖。《文选》的影响不必多言，《文章正宗》开创的功能归类法的影响可略作补充。元代郝经将历代文章归入《易》《书》《诗》《春秋》四部。② 其中归入《易》部的有序、论、说、评、辨、问、难、语、言诸体，归入《书》部的有书、国书、诏、册、制、制策、赦、令、教、下记、檄、疏、表、封事、奏、议、笺、启、状、奏记、弹章、露布、连珠诸体，归入《诗》部的有骚、赋、古诗、乐府、歌、行、吟、谣、篇、引、辞、

① 《王阳明全集》卷22，外集4，第874页。
② 郝经：《续后汉书》卷66"文章总叙"，《景印文渊阁四库全书》第385册，第624页。

曲、琴操、长句杂言诸体，归入《春秋》部的有国史、碑、墓碑、诔、铭、符命、颂、箴、赞、记、杂文诸体。《易》《书》《诗》《春秋》四分法本质上是力图把中国古代的所有文体按论说、公文、抒情与叙事来归纳，实际上，与《文章正宗》把古代各种文章归为辞命、议论、叙事、诗赋四大类是相通的。清储欣编《唐宋八大家类选》51卷，把八大家古文分为奏疏、论著、书状、序记、传志、词章六大类。姚鼐《古文辞类纂》把古今文章分为论辨、序跋、奏议、书说、赠序、诏令、传状、碑志、杂记、箴铭、辞赋、颂赞、哀祭十三类。曾国藩《经史百家杂钞》以"门"来统摄文体类别，"著述门"分论著、词赋、序跋，"告语门"分诏令、奏议、书牍、哀祭，"记载门"分传志、叙记、典志、杂记，确立了门、类、体文体三级分类法，体统于类，类归于门，传承和发展了功能分类法的传统。

　　文体观念与文学观念是宏观而浑茫的话题，而文章总集则是微观而具体的文本。从文章总集的编纂去考察它所蕴涵的文体史与文学史意义，这种管窥蠡测也许能为考察宋代文体史与文学史的复杂性与多样性提供另一种独特的研究视角。它可能印证了以往文学史常识的合理性，但也可能得出与常识不尽相同的结论。当然，个人"结论"并不等同于定论，如果能引起学术界的思考或争论，本章所讨论问题也就不无意义了。

（原载《中国社会科学》2009年第2期）

第三章　评点之兴
——论文学评点的起源和南宋的诗文评点

　　评点是中国古代文学批评一种特殊的形式，近年来这种形式已备受研究者的重视。然而他们的眼光多集中于明清的小说评点，对于评点形式的源流尚缺乏比较完整系统的认识。鉴于此，本文重点讨论评点方式的形成和早期评点的主要著作，以期对研究文学评点历史的工作起到抛砖引玉的作用。

一　评点的学术渊源

　　文学评点形式是在多种学术因素的作用之下形成的。这主要有古代的经学、训诂句读之学、诗文选本注本、诗话等形式的综合影响。古代经学有注、疏、解、笺、章句、章指等方式。如章句，汉代常用分章析句的方式，对经书的意义文句文字进行辨析。如《毛诗传笺》对每篇诗都有分多少章、每章几句的说明。又如章指，即对经书章节主旨的阐说。汉赵岐注《孟子》最早采用此方式，于各章之末，每每概括其大旨。西汉以后，有经学家把传注附于经文下。最初，传注附录于整部经文后，两者不相掺和。后来传注分别被附在各篇、章之后，经传合而为一。以后，又句句相附，传注一律放在相应的各句之后，如郑玄的《毛诗笺》《礼记注》。这种附注于经的阐释方式，的确便于读者的阅读理解。经注相连，为了避免相混，经用大字，注用小字，并把注文改为双行，夹注于经下。文学评点中的总评、评注、行批、眉批、夹批等方式，是在经学的评注格式基础上发展起来的。

至于评点的符号，则是在古代读书句读标志的基础上进一步发展起来的。句读与评点当然分属语法与鉴赏两个不同的系统，但两者关系相当密切，当句读方式由语法意义扩大至鉴赏意义时，文学性质的圈点也就产生了。事实上，古人的评点标志往往是兼语法意义和鉴赏意义的。古人很重视句读功夫，并使用一些特殊的标志来作为阅读的符号。许慎《说文》五篇上"、"部："'、'，有所绝止，'、'而识之也。"① 据黄侃说，"、"是表示句读的符号。② 又如《说文》十二篇下"乚"说："乚，钩识也。"段玉裁注："钩识者，用钩表识其处也。褚先生补《滑稽传》：'东方朔上书，凡用三千奏牍。人主从上方读之，止，辄乙其处，二月乃尽。'此非'甲乙'字，乃正乚字也。""钩勒"也就是读书的标志。段玉裁认为"今人读书有所钩勒即此"。③ 句读，古人又称"句投"。《文选》卷18马融《长笛赋》："观法于节奏，察变于句投。"李善注："《说文》曰：'逗，止也。'投与逗古字通，音豆。投，句之所止也。"④ 宋人毛晃谓："凡经书成文，语绝处谓之句；语未绝而点分之，以便诵咏，谓之读。今秘省校书式，凡句绝则点于字之旁，读分则点于字中间是也。亦作投。"⑤

我国大量出土的历代文献也给我们研究古代句读标志提供了可靠和有说服力的材料。如在山西侯马晋国遗址出土的春秋晚期的侯马盟书、河南信阳长台关发掘的战国楚墓中的竹简、湖北云梦县睡虎地发掘的秦墓竹简、长沙马王堆汉墓出土的帛书、山东临沂银雀山竹简、甘肃武威发现的汉简《仪礼》……这些都是春秋、战国、汉代时期我国书面语言的真实记录。从这些原始材料中，我们可以看到在东周、秦、汉时期，一些章句、句读的标点符号已经出现。如在出土的汉代

---

① 许慎：《说文解字注》，段玉裁注，上海古籍出版社，1981，第214页。
② 黄侃：《文心雕龙札记》，周勋初导读，上海古籍出版社，2000，第128页。
③ 《说文解字注》，第633页。
④ 萧统编：《文选》，李善注，第817页。
⑤ 毛晃增注，毛居正重增：《增修互注礼部韵略》卷四，《景印文渊阁四库全书》第237册，第539页。

简牍中，存在大量文字之外的标志符号，对其文字表达功能起辅助与强化作用。有学者将这些符号总结为"句读符""重叠符""界隔符""题示符"等。① 而更令人惊叹的是，在公元 5 世纪敦煌写本中已经出现多种用途的标点符号。据一些学者研究，在敦煌遗书的西凉到北宋写本中使用较多的就有 17 种标点符号，分别是：句号、顿号、重文号、省代号、倒乙号、废读号、删除号、敬空号、篇名号、章节号、层次号、标题号、界隔号、绝止号、勘验号、勾销号、图解号。其中有些标点符号已经带有意义分析的内涵。这些符号可以说是后来圈点的雏形了。如层次号即标示文中不同层次的符号，最早见于中唐写本，所用的符形多种多样，以区分不同层次和各层次间的子母关系。其标画位置，在每一层次之首。例如"敦煌文书"伯 2147《瑜伽师地论释决择分分门记卷第三》一文，就用了四种符号表示四个层次及各层次的子母关系。又如佛经疏解文书的图解号，起提纲挈领、综合分析的作用，符形为翔燕形，使用时可递系套连多重。通过此号分解处理，可以明确把握各段主旨大意及其在总体结构中的关系位置。② 这个标志其实与圈点的性质已是很相近了，和宋人分析文章的篇章段落的标志可谓异曲而同工。

说到评点学之"评"，更是渊源久远。③ 远的不说，光从选本来看，像唐代殷璠《河岳英灵集》、高仲武《中兴间气集》等，已兼选本与评论于一身，在诗人作品之前，有一个对于诗人的总论评价。如《河岳英灵集》卷上"常建"的总评：

> 高才无贵仕，诚哉是言。襄刘桢死于文学，左思终于记室，鲍照卒于参军，今常建亦沦于一尉。悲夫！建诗似初发通庄，却寻野径百里之外，方归大道。所以其旨远，其兴僻，佳句辄来，

---

① 李均明：《简牍符号考述》，《华学》第 2 辑，中山大学出版社，1996。
② 参考李正宇《敦煌遗书中的标点符号》一文，《文史知识》1988 年第 8 期。
③ 钱锺书认为陆云的《与兄平原书》"词气殊肖后世之评点或批改"，"苟将云书中所论者，过录于机文各篇之眉或尾，称赏处示以朱围子，删削处示以墨勒帛，则俨然诗文评点之最古者矣"。（《管锥编》，生活·读书·新知三联书店，2007，第 1915 页）也就是说，诗文评点的形态是后起的，但与评点式相类的批评却是自古就有的。

唯论意表。至如"松际露微月，清光犹为君"，又"山光悦鸟性，
潭影空人心"，此例十数句，并可称警策。然一篇尽善者，"战余
落日黄，军败鼓声死"，"今与山鬼邻，残兵哭辽水"，属思既苦，
词亦警绝。潘岳虽云能叙悲怨，未见如此章。①

这与后代评点之总评形态已非常相近了。所以从形态来看，唐代的选
本把诗歌选集与评论结合起来对于宋代的评点学是有直接影响的。

　　宋代是一个文化高涨的时代。公元 8—9 世纪，雕版印刷术的发明
和使用改变了自汉以来手写书籍的状况，加快了图书的流通和知识的
普及。北宋是我国雕版印刷事业史上一个非常重要的发展时期，至庆
历年间，更发明了活字印刷术，刻书范围之广，品类之盛，都超越了
前代。宋刻使写本书向刻本书全面转变，无疑具有重大意义。宋代的
书籍印刷开始使用句读"圈点"符号。岳珂《九经三传沿革例·句
读》中说："监、蜀诸本皆无句读，惟建本始仿馆阁校书式，从旁加圈
点，开卷了然，于学者为便。"② 可见"加圈点"的方法，在当时校点
古书的官署已形成定例。这种书籍印行中的"圈点"虽与文学选本的
圈点不同，但两者之间应有密切关系。

　　除句读之外，古人很早就有其他读书的特殊标志，它反映了阅读
者对于作品意义的特殊理解，是富有个性的阅读符号。中国古代很早
就出现以朱墨标志来研读经典的著作，据《隋书·经籍志》所录，后
汉贾逵就撰有《春秋左氏经传朱墨列》一卷，大概是以朱墨两色分写
经文和传注。③ 而三国时代的董遇就是以"朱墨别异"的阅读方式而
闻名的。④ 所谓"朱墨别异"就是用红黑二色对经书加以标注，用之
阐明经书的意义。董遇的"朱墨别异"并非一般的句读，已是有深意
的特殊标志，所以一般读者不易掌握，董遇也并不轻易教人。《三国

① 元结、殷璠等撰：《唐人选唐诗（十种）》，上海古籍出版社，1978，第 49 页。
② 岳珂：《九经三传沿革例》，《景印文渊阁四库全书》第 183 册，第 571 页。
③ 魏徵等：《隋书》卷 32，中华书局，1973，第 928 页。
④ 用不同色彩的笔来抄录文本，起源甚早，如山西出土的春秋晚期的侯马盟书，其盟辞誓文用毛笔书
　　写，用了红黑二色。

志》注引《魏略》：

> 初，遇善治《老子》，为《老子》作训注。又善《左氏传》，更为作朱墨别异。人有从学者，遇不肯教，而云"必当先读百遍"。言"读书百遍而义自见"。从学者云："苦渴无日。"遇言"当以三余"，或问三余之意，遇言"冬者岁之余，夜者日之余，阴雨者时之余也"。由是诸生少从遇学，无传其朱墨者。①

可见董遇的"朱墨法"是在"读书百遍"的基础上，对于经书意义独到见解的抽象概括，有其特殊的义例。以朱墨两色作区别，取其醒目便览。董遇"朱墨别异"的阅读方法，就是后人"五色圈点"的滥觞。《三国志》卷13注在上引的材料之下，又引《魏略》说当时太学生无心向学，大多空疏，"虽有精者，而台阁举格太高，加不念统其大义，而问字指墨法点注之间，百人同试，度者未十"②。笔者怀疑这里所谓的"墨法点注"，恐怕也是与董遇的"朱墨别异"相似，是一种具体的读书标注，可以看出读者对于文本的理解，所以，太学以之作为考试的一种方式。③

当然，作为一种自觉的批评方式，评点到了宋代才真正形成。它之所以兴盛于宋，除了宋代文学批评发达的原因外，与宋人读书认真的风气有关。宋人读书，讲究虚心涵泳，熟读精思，喜欢独立思考，倡自得悟入之说。所以读书有心得处，多有题跋或标注点抹④，一旦把这种心得批在所读的作品中，这就是评点了。黄庭坚《大雅堂记》说他读杜诗"欣然会意处，笔以数语"⑤。而宋代儒家的读书方法对于评点之学更是影响巨大，其中理学大师朱熹及其门徒的读书方法影响尤大。

---

① 陈寿：《三国志》卷13，裴松之注，中华书局，1982，第420页。
② 《三国志》卷13，第421页。
③ 《宋史·刘翰传》引李昉《唐本草序》说："梁陶弘景乃以《别录》参其《本经》，朱墨杂书，时谓明白。"（脱脱等：《宋史》卷461，中华书局，1985，第13506页）可见朱墨杂书在六朝已流行。
④ 《宋史·艺文二》录有《神宗实录朱墨本》三百卷，注曰："旧录本用墨书，添入者用朱书，删去者用黄抹。"（《宋史》卷203，第5090页）又《宋史·高文虎传》谓："自熙宁以来，史氏淆杂，人无所取信。文虎尽取朱墨本刊正缪妄，一一研核。"（《宋史》卷394，第12032页）
⑤ 《黄庭坚全集》第2册，四川大学出版社，2001，第437页。

朱熹系统地研究过读书理论，并总结了一系列读书方法。他主张读书首先须循序渐进，一本书一本书地读，每书都要系统地学习，"其篇章文句、首尾次第，亦各有序而不可乱也"①。"且如一章三句，先理会上一句，待通透，次理会第二句、第三句，待分晓；然后将全章反复细绎玩味。"② 朱熹认为读书须精读精思："凡读书……须要读得字字响亮，不可误一字，不可少一字，不可多一字，不可倒一字，不可牵强暗记。只是要多诵遍数，自然上口，久远不忘。""若读得熟，而又思得精，自然心与理一，永远不忘。"③ 读书必须反复琢磨，周密思考，虚心涵泳。这种读书的态度与评点之学的精神是相通的。

《朱子语类》记载了朱熹与其他宋代学者一些圈点读书法：

> 某曾见大东莱之兄，他于《六经》《三传》皆通，亲手点注，并用小圈点。《注》所不足者，并将《疏》楷书，用朱点。无点画草。某只见他《礼记》如此，他经皆如此。④

> 某少时为学，十六岁便好理学，十七岁便有如今学者见识。后得谢显道《论语》，甚喜，乃熟读。先将朱笔抹出语意好处；又熟读得趣，觉见朱抹处太烦，再用墨抹出；又熟读得趣，别用青笔抹出；又熟读得其要领，乃用黄笔抹出。至此，自见所得处甚约，只是一两句上。却日夜就此一两句上用意玩味，胸中自是洒落。⑤

> 尝看上蔡《论语》，其初将红笔抹出，后又用青笔抹出，又用黄笔抹出，三四番后，又用墨笔抹出，是要寻那精底。看道理，须是渐渐向里寻到那精英处，方是。⑥

---

① 朱熹：《读书三要》，《晦庵先生朱文公文集》卷74，朱杰人、严佐之、刘永翔主编《朱子全书》第24册，上海古籍出版社，安徽教育出版社，2002，第3583页。
② 《学五读书法下》，黎靖德编《朱子语类》卷第11，王星贤点校，第1册，中华书局，1986，第189页。
③ 《读书写字第四》，《童蒙须知》（亦作《训学斋规》），《朱子全书》第13册，第373–374页。
④ 《学四读书法上》，《朱子语类》卷10，第1册，第175页。
⑤ 《朱子十二训门人三》，《朱子语类》卷115，第7册，第2783页。
⑥ 《朱子十七训门人八》，《朱子语类》卷120，第7册，第2887页。另外同书卷104也说："某二十年前得上蔡语录观之，初用银朱画出合处，及再观，则不同矣，乃用粉笔；三观，则又用墨笔。数过之后，则全与元看时不同矣。"（第7册，第2614页）

他们所用的已经是五色圈点读书法了，从朱熹的记载可以看出，评点之学与儒学的关系是非常密切的。

朱熹的标注读书法，对于其门人乃至对南宋文学评点方式的影响都是不可低估的。朱熹的门人黄幹（字勉斋）也有一套标注的方式。其标注的文献已不可见，但在后人的一些文献中却可以考见大概。元人程端礼《读书分年日程》卷2就引了"勉斋批点四书例"。① 黄幹的标注方式是对朱熹读书标志法的发展，而他的标注方式又被他的学生何基继承下来。《宋史·何基传》说何基："凡所读无不加标点，义显意明，有不待论说而自见者。"② 这里的"标点"，并不是一般的标点符号，而是"圈点"。黄宗羲《宋元学案》卷82《北山四先生学案》说何基"凡所读书，朱墨标点"③。何基的学生王柏（字鲁斋）得此真传，《宋史》谓王柏"于《论语》《大学》《中庸》《孟子》《通鉴纲目》标注点校，尤为精密"④。元人吴寿民在董鼎《尚书辑录纂注》中题识，提及时人标注五经，谓已多借鉴"王鲁斋先生凡例"⑤，其凡例与黄的标注符号大致相同。这几位儒家学者的圈点之法，与朱熹的读书方式是一脉相传的。由于宋代理学学派之盛，我们研究宋代的文学评点不得不考虑到理学家读书方式的影响。

科举对于评点之学也起了重要的刺激作用。科举的内容其实就是儒家的经典，因此科举制度更促进了儒学与评点之学的关系更为密切。熟悉儒家学者所标注的经典，是学子自小的基本功课。如程端礼《读书分年日程》卷1谈到儿童入学之后要熟悉"黄勉斋、何北山、王鲁斋、张导江及诸先生所点抹四书例"⑥。在为生员所开列的六日为一周期的《读看文日程》中，有三日的功课包括了"夜钞点抹截文"⑦；在《读作举业

---

① 《景印文渊阁四库全书》第709册，第489页。
② 《宋史》卷438，第12979页。
③ 黄宗羲：《宋元学案》卷82《北山四先生学案》，陈金生等点校，中华书局，1986，第2726页。
④ 《宋史》卷438，第12981页。
⑤ 吴寿民此说见魏禧《汲古阁元人标点五经记》所引述，参见胡守仁等点校《魏叔子文集》外编卷16，中华书局，2003，第739页。
⑥ 程端礼：《读书分年日程》，《景印文渊阁四库全书》第709册，第472页。
⑦ 程端礼：《读书分年日程》，《景印文渊阁四库全书》第709册，第496页。

日程》中,以十日一周期,其中九日读书,一日作文,而"以九日之夜,随三场四类编钞格料批点抹截"①。可见对于儒家经典"批点抹截"的熟悉,是举业的重要功课。这些学子日夕揣摩于"批点抹截",他们用这种眼光和方法去解读其他文学文本,便是一种很自然的事情。

科举考试评点也可能与当时的文章评点关系密切。南宋宝祐元年状元姚勉《雪坡集》所收录《癸丑廷对》之末,保留了当时的初考、复考、详定时考官的批语:

> 初考:议论本于学识,忧爱发于忠诚。洋洋万言,得奏对体。一上臣经孙。

> 覆考:以求士以文不若教士以道立说,一笔万言,水涌山出,尽扫拘拘谫谫之习。张、程奥旨,晁、董伟对,贾、陆忠言,皆具此篇矣。一上臣良贵。

> 详定:规模正大,词气恳切。所答圣问八条,皆有议论,援据的确,义理精到,非讲明理学、该博传记者,未易到此。奇才也,宜备抡魁之选。臣焴、臣彬之、臣梦鼎。②

这些批语与宋代文章选本之评点形态相似。有学者认为:"我们据此可推断现存南宋古文选本的评语形式,是采用了科场时文的批语方式。我们也有理由相信,宋代广泛流布的时文选本也一定会采用此种批语形式。那么进而推断那些圈点标抹的标记符号也直接源于时文选本,也不算是大胆的妄断。"③ 但是在笔者看来,这系列的"推断"并非就是"一定"的。历史的现象是复杂的,许多事物的产生是多源的,并非单一来源。我们往往把事情的产生和发展简单看成一条先后相承的直线,而事实则可能是各种元素合力的结果,最终交叉扭结成一股绳索。南宋古文选本的评语形式的产生应该是多源的,科场时文批语也许是影响之一,在当时也可能是并行而存的。

---

① 程端礼:《读书分年日程》,《景印文渊阁四库全书》第 709 册,第 497 页。
② 姚勉:《癸丑廷对》,《雪坡集》卷 7,《景印文渊阁四库全书》第 50 页。此则材料承林岩博士所示。
③ 林岩:《南宋古文之学的成立与古文话语之嬗变——兼论南宋知识话语之对立与合流》,复旦大学主办第二届中国古代文章学学术研讨会论文集,上海:2012 年 9 月 10 日,第 318 页。

宋代书籍的大普及也为读书人提供了更多评点的文献和材料。在南宋，读书圈点是十分普遍的现象，绝不限于理学家。这里举当时一位不甚知名的诗人危稹写的一首少为人知的诗为例。此诗题为《借诗话于应祥弟，有不许点抹之约，作诗戏之》，光是诗题就十分有意思，而诗中更是传神地表现了南宋读书人喜欢圈点的习惯：

> 我有读书癖，每喜以笔界。抹黄饰句眼，施朱表事派。此手定权衡，众理析眹浍。历历粲可观，开卷如画绘。知君笃友于，因从借诗话。过手有约言，不许一笔坏。自语落我耳，便觉意生械。明朝试静观，议论颇澎湃。读到会意处，时时欲犯戒。将举手复止，火侧禁搔疥。技痒无所施，闷怀时一噫。只可卷还君，如此读不快。千驷容可轻，君抱亦不隘。昨问鸡林人，尚有此编卖。典衣须一收，吾炙当痛嘬。①

点抹的目的是为了"定权衡""析眹浍"，也就是分析和评价。"抹黄""施朱"都是从艺术技巧上去标点的，但两种方式又各有侧重。诗中只提到使用了红、黄二色，笔者认为，这是诗中的省略，正因为兼用诸色，书上色彩斑斓，所以才说"开卷如画绘"。这种读书喜欢"以笔界"的"癖好"，正是宋人普遍的习惯，于是，书的主人借书之前，才有"不许点抹之约"。有意思的是，在诗人看来，读书而不让点抹，简直就像"火侧禁搔疥"一样难受，所以，诗人只好把书还给主人，自己宁愿典当衣裳，也要掏钱购一本，痛痛快快地在书上恣意点抹。这首诗是笔者在研究评点史过程中所见到的最形象生动的材料。

二　南宋诗文评点举要

阅读过程的评点活动应是渊源久远的，但那往往只是个人的阅读行为；而在书籍印行中，把选集和评点这两种文学批评的方式结合起

---

① 厉鹗辑撰：《宋诗纪事》卷56，上海古籍出版社，1983，第1414页。按危稹，字逢吉，号巽斋，又号骊塘，抚州临川人，淳熙十四年进士，著有《巽斋小集》。

来，则是一种更为广泛的文化传播和文化普及的行为。下面我们着重介绍南宋几种较有影响的评点著作。

从现存的文献来看，人们认为最早合选本与评点方式为一的书是南宋吕祖谦的《古文关键》。吕祖谦（1137—1181），字伯恭，婺州（今浙江金华县）人；与朱熹、张栻齐名，时有"东南三贤"之称，《宋史·儒林》有传。其为学主"明理躬行"，论文强调平易，不立崖异。吕祖谦既是理学家，又是文学家、批评家。曾编《宋文鉴》150卷，著有《东莱集》40卷。另辑有《吕氏家塾增注三苏文选》27卷。

《古文关键》是一古文选本，书中选了唐宋古文家韩愈、柳宗元、欧阳修、曾巩、苏洵、苏轼、苏辙、张耒之文凡六十余篇。此书之所以称为"关键"，就在于它分别标举诸家古文的命意布局，并在卷首冠以总论看文作文之法，示学者以门径。此书总二卷，据《四库全书总目》说："考《宋史·艺文志》，载是书作二十卷。今卷首所载看诸家文法，凡王安石、苏辙、李廌、秦观、晁补之诸人俱在论列，而其文无一篇录入，似此本非其全书。然《书录解题》所载亦只二卷。与今本卷数相合，所称韩、柳、欧、苏、曾诸家亦与今本家数相合，知全书实止于此。宋志荒谬，误增一'十'字也。"[1]《古文关键》有两种版本，其中一种刻本，旁有圈点钩抹之处。这和陈振孙《直斋书录解题》所说的"标抹注释，以教初学"[2] 相合。

在文学批评史上，吕祖谦《古文关键》最突出的成就在于运用了文学选本的评点方式。吕祖谦在一些文章的夹行之中，旁注小批，又于文中关键的字句旁边，进行标抹，以引起读者的重视，他还在书中详细批点了文章的命意、布局、用笔、句法、字法等等，示学者以门径，所以谓之"关键"。《古文关键》卷首有"总论看文字法""看韩文法""看柳文法""看欧文法""看苏文法""看诸家文法""论作文法"和"论文字病"八节，对古文的欣赏和写作提出了一些具体的法

① 　永瑢等：《四库全书总目》卷187，中华书局，1965年影印本，第1698页上。
② 　陈振孙：《直斋书录解题》卷21，徐小蛮、顾美华点校，上海古籍出版社，1987，第451页。

则。如其"总论看文字法"：

> 第一看大概主张。第二看文势规模。第三看纲目关键：如何
> 是主意首尾相应；如何是一篇铺叙次第；如何是抑扬开合处。第
> 四看警策句法：如何是一篇警策，如何是下句、下字有力处；如
> 何是起头换头佳处，如何是缴结有力处，如何是融化屈折、剪截
> 有力处；如何是实体贴题目处。①

在"论看文字法"之后有"论作文法"。"看文"是手段，"作文"才
是目的。在此之前，文集、选本首要功用是鉴赏，是文人提高艺术修
养的必要手段，故往往只注释字句，标明典故，疏通文意，从来不详
论文章的作法。而《古文关键》则实用性很强，使读者通过"四看"，
既领会名著的精华，也学习了实际的写作技巧。指导写作，成为最直
接的目的。这可以说是一种创举，也是文学批评向实用目的、功利目
的发展的一个重要转折。《古文关键》是吕祖谦教授初学者的古文选
本，但影响很大。此书只选唐宋古文大家八人，其实已经初具明人所
谓的"唐宋八大家"的雏形了，他所选的作家可说是唐宋古文创作的
代表作家。这实际上是在选本上最早对唐宋古文艺术价值的总结和肯
定。它非但六朝文不取，先秦两汉文也不取，专取唐宋之文。而在那
个时代，书中所选只能算是近、现代的文章。吕祖谦的《古文关键》，
特别垂意于唐宋之文，固然与选本的诵读对象有关，但也反映了他对
唐宋古文的价值与特点的独到见解。从这个角度来看，他又似乎已经
开了明代唐宋派的先声。② 笔者以为，吕祖谦对于唐宋派至少存在一种
潜在的影响。

直接受到《古文关键》影响的文章评点选本是楼昉的《崇古文
诀》。此书本名《迂斋古文标注》，所谓"标注"，就是宋人对评点的
一种称呼。楼昉，号迂斋，鄞县人，绍熙四年进士，历官守兴化军，

---

① 黄灵庚、吴战垒主编：《吕祖谦全集》录《古文关键》，第 11 册，浙江古籍出版社，2008，第 1 页。
② 贝琼：《清江文集》卷 28《唐宋六家文衡序》谓朱右"其定《六家文衡》，因损益东莱吕氏之选"
　　（《景印文渊阁四库全书》第 1228 册，第 477 页）。

卒追赠直龙阁。楼昉曾受业于吕祖谦，其书当然也受到乃师的影响。正如陈振孙《直斋书录解题》说："其大略如吕氏《关键》，而所取自《史》、《汉》而下至于本朝，篇目增多，发明尤精当，学者便之。"①《崇古文诀》在《古文关键》的基础上有所增益，与《古文关键》只选唐宋文章不同，它选录了秦汉至宋代的二百多篇古文，且评语精当，在当时已颇有影响。刘克庄《后村大全集》卷96有《迂斋标注古文序》曰："迂斋标注者一百六十有八篇，千变万态，不主一体……逐章逐句，原其意脉，发其秘藏……尊先秦而不陋汉、唐，尚欧、曾而并取伊洛。……可以扫去《粹》《选》而与《文鉴》并行矣。迂斋楼氏名昉字旸叔，以古文倡莆东，经指授成进士名者甚众……今大漕宝谟匠监郑公次申，亦当时升堂入室者也。既刊《标注》十首卷（按：首字疑误），贻书余曰：'子莆人也，非迂斋昔所下榻设醴者乎，其为我序此书。'"②《皕宋楼藏书志》卷114载宋刊本迂斋先生标注《崇古文诀》20卷，有宝庆丙戌永嘉陈振孙序曰："迂斋楼□，文名于时，士之从其游者，一□□授，皆有师法。闲尝采集先□□以来迄于今世之文，得一百六十有八篇，为之标注以谂学者，凡其用意之精深，立言之警拔，皆探索而表章之，盖昔人所以为文之法备矣。"③据各家著录，此书的卷数、篇数都有出入，可见其版本甚多。④从前人的记载看来，此书对当时举子揣摩举业起了一定作用，培养了不少科举人才。当然从文学选本的角度来看，此书也有其价值，正如《四库全书总目》说："宋人多讲古文，而当时选本存于今者不过三四家。……世所传诵，惟吕祖谦《古文关键》、谢枋得《文章轨范》及昉此书而已。而此书篇目较备，繁简得中，尤有裨于学者。盖昉受业于吕祖谦，故因其师说，推阐加密，正未可以文皆习见而忽之矣。"⑤评价颇为公允。

　　研究宋代的选集评点，还有必要提到真德秀的《文章正宗》。真德

---

①　陈振孙：《直斋书录解题》卷15，第452页。
②　刘克庄：《刘克庄集笺校》，辛更儒校注，中华书局，2011，第4049页。
③　《皕宋楼藏书志》卷114，《续修四库全书》史部第929册，第597页。
④　参考余嘉锡《四库提要辨证》的"崇古文诀"条，中华书局，1980，第1572页。
⑤　《四库全书总目》卷187，第1699页上。

秀学术继承朱熹，是南宋理学的后劲。《文章正宗》20 卷、续集 20 卷的编选代表了他的文学思想。此书刻于绍定五年（1232），如果说《古文关键》的选录是理学家兼古文家的眼光，《文章正宗》则完全代表了理学家的观念和标准。其自序批评了《昭明文选》《唐文粹》，并自称云："故今所辑，以明义理切世用为主。其体本乎古，其指近乎经者，然后取焉，否则辞虽工亦不录。"① 全面发挥了理学家重道轻文的观点。《四库全书总目》说："四五百年以来，自讲学家以外，未有尊而用之者。岂非不近人情之事，终不能强行于天下欤？"② 这种评价是中肯的。尽管此书在文学批评史上常被提及，但学术界研究评点之学，往往忽视了此书。其实，《文章正宗》的批点法相当重要，甚至具有某种程度上的规范作用。我们现在已经难以看到《文章正宗》的原始面目。笔者以为《文章正宗》原来应是有圈点的。《南雷文定凡例》："文章行世，从来有批评而无圈点，自《正宗》《轨范》肇其端，相沿以至荆川《义编》，鹿门《人家》。一篇之中，其精神筋骨所在，点出以便读者，非以为优劣也。"③ 我们还可以在后人的文献中，看到真德秀的批点法的形式。据徐师曾《文体明辨》所载，真德秀批点法是，"点"：句读小点（语绝为句，句心为读）；菁华旁点（谓其言之藻丽者，字之新奇者）；字眼圈点（谓以一二字为纲领）；"抹"：主意、要语；"撇"：转换；"截"：节段。④ 在宋人的评点中，其圈点方式是比较简要的一种。以上所述三书，在南宋已有较大影响，如南宋末年的《古文集成》一书，在其卷端即刊载了吕祖谦《古文关键》、楼昉《迂斋古文标注》、真德秀《文章正宗》的评点，"一圈一点，无不具载"。⑤

　　谢枋得（1226—1289）是南宋末重要的评点家。枋得字君直，号叠山。宝祐四年（1256）进士，曾为考官，后以讪谤贾似道谪兴国军。德祐初，元兵东下，枋得知信州，力战兵败，变姓名入建宁山中。至

---

① 真德秀：《文章正宗》，《景印文渊阁四库全书》第 1355 册，第 5 页。
② 《四库全书总目》卷 187，第 1699 页下。
③ 沈善洪主编：《黄宗羲全集》（增订版）第 11 册，浙江古籍出版社，2005，第 83 页。
④ 徐师曾撰：《文体明辨》，《四库全书存目丛书》集部第 310 册，第 372 页。
⑤ 《四库全书总目》卷 187，第 1702 页下。

元二十六年（1289），福建行省强之北行，至京不食死。著有《叠山集》，清人还把他的《诗传注疏》《檀弓解》《文章轨范》《注解章泉涧泉二先生选唐诗》辑为《谢叠山先生评注四种合刻》。谢枋得除了《文章轨范》之外，还有其他批点的著作。今考《唐诗品汇》卷首"引用诸书"，中有"广信谢枋得君直《批唐绝句选》"。① 在《唐诗品汇》七言绝句十卷中，共引用叠山评语近五十则，占了《唐诗品汇》所选七言绝句评语的绝大多数，可见谢枋得评点的分量了。

　　谢枋得的《文章轨范》是南宋影响较大的古文选本。它选录了汉晋唐宋之文共 69 篇。其中韩愈之文占了 31 篇，苏轼次之，12 篇，柳宗元、欧阳修各五篇，苏洵四篇，其余诸葛亮、陶潜、杜牧、范仲淹、王安石、李觏、李格非、辛弃疾各有一篇。此书共七卷，原本以"侯王将相有种乎"七字分标各卷，后坊刻易以"九重春色醉仙桃"七字。七卷分为两大部分，前两卷为"放胆文"，后五卷为"小心文"②，各有批注圈点。谢枋得认为："凡学文，初要胆大，终要心小，由粗入细，由俗入雅，由繁入简，由豪荡入纯粹。"③ 此书是为当时举业而作的，故所选的文章，都是取"古文之有资于场屋者"，且"标揭其篇、章、句、字之法"④，各卷之间作品的排列，不是根据作家的先后或文体类别，而是从士子学习场屋程文的进度来安排的。作者的批注颇细致，但其中《岳阳楼记》《祭田横文》《上梅直讲书》《三槐堂铭》《表忠观碑》《后赤壁赋》《阿房宫赋》《送李愿归盘谷序》七篇，只有圈点而无批注。《四库全书总目》认为原因是"盖偶无独见，即不填缀以塞白，犹古人淳实之意"⑤。而《前出师表》《归去来辞》，连圈点也没有，似有所寓意。其门人王渊济跋谓"汉丞相、晋处士之大义、清节，乃枋得所深致意非附会也"⑥。这种说法可能是有道理的。《文章轨范》

① 高棅编选：《唐诗品汇》卷首，上海古籍出版社，1982，第 18 页。
② 谢枋得：《文章轨范》，《景印文渊阁四库全书》第 1359 册，第 542 页。
③ 谢枋得：《文章轨范》，《景印文渊阁四库全书》第 1359 册，第 544 页。
④ 王阳明：《重刊〈文章轨范〉序》，吴光、钱明、董平、姚延福编校《王阳明全集》卷 22 "外集四"，上海古籍出版社，1992，第 874 页。
⑤ 《四库全书总目》卷 187，第 1703 页上。
⑥ 《景印文渊阁四库全书》第 1359 册，第 542 页。

的编选虽是出于科举的目的，但其批评圈点，大致十分中肯，对于古
文之法辨析入微，尤其是对于韩文的分析更为细致，成为后人一种规
范。元人程端礼《读书分年日程》卷2提到看韩愈全集时，特别强调
"谢叠山批点"，说它"篇法、章法、句法、字法备见"①。后引《批点
韩文凡例》，又称"广叠山法"②，即在谢枋得标注符号的基础上加以
发展。

　　谢枋得的诗歌评点多是对于诗句本意冷静、客观的阐释，通俗的
解说，如说诗者的串讲，平易近人，设身处地地揣度作品的原意，绝
无故作高深之处，如评点王昌龄《闺怨》：

　　　　见虫鸣螽跃而未见君子则忧，见采薇采蕨而未见君子则忧。
　　草木之荣华禽虫之和乐皆能动人伤悲之心。此诗谓闺中少妇初不
　　识愁，春日登楼见杨柳之青青，始知阳和发育万物皆春，吾与良
　　人徒有功名之望，今日空闺独处，良人辛苦戎事，曾不如草木群
　　生，各得其乐，于是而悔望此功名。此亦本人情而言也。③

又如评点贾岛的《渡桑乾》：

　　　　久客思乡，人之常情，旅寓十年，交游欢爱与故乡无异，一
　　旦别去，岂能无情？渡桑乾而望并州，反以为故乡也。非东西南
　　北之人不能道此。④

揭示诗人离开久客之地微妙复杂的心理，转折深入，颇中肯綮。谢枋
得的评点虽较为通俗，然亦多自得之言。如评韦庄《江上别李秀才二
首》之一："莫向尊前惜沉醉，与君俱是异乡人"句："客中送客，最
易伤怀，唐人如'今日劝君须尽醉'，'劝君更进一杯酒'皆不若此之
妙。"⑤ 点出中国古代送别诗中"客中送客"这一大类诗的特殊的审美
价值，极有眼光。

① 《景印文渊阁四库全书》第709册，第482页。
② 《景印文渊阁四库全书》第709册，第492页。
③ 高棅：《唐诗品汇》卷47，第439页。
④ 高棅：《唐诗品汇》卷52，第481页。
⑤ 高棅：《唐诗品汇》卷54，第495页。

谢枋得说诗，有时过于注重比兴寄托、微言大义，故不免有牵强附会之处。如评韦应物《滁州西涧》："'幽草'、'黄鹂'，比君子在野，小人在位；'春潮带雨晚来急'，乃季世危难多，如日之已晚，不复光明也。末句谓宽闲寂寞之滨必有贤人，如孤舟之横渡者，特君不能用耳。"[1] 所以，王夫之在论兴、观、群、怨时，就批评谢枋得说诗"井画而根掘之，恶足知此！"[2]

三　刘辰翁：第一位评点之集大成者

南宋末年的刘辰翁，堪称批评史上第一位评点巨擘，对于他的文学批评，应有专门的研究，限于篇幅，这里只能简要而论。

刘辰翁（1232—1297），字会孟，号须溪，庐陵（今江西吉安）人。青年时代，曾受学于陆九渊。景定三年（1262）应进士试，因忤权相贾似道，置入丙等，遂以亲老辞官任濂溪书院山长，宋亡后隐居以终。在南宋的评点家中，吕祖谦、楼昉、谢枋得等其批评眼光和标准兼有理学家和古文家的双重身份，而刘辰翁则是比较纯粹的作家与批评家，他最早在点评中，表现出文人的狂狷之风、岸傲之气。刘辰翁著作等身，其诗文曾结集一百卷，但在明代就已经失传。清人据《永乐大典》辑得《须溪集》十卷。[3] 其评点著作甚多，明人汇刻《刘须溪批评九种》，包括《班马异同评》35 卷、《老子》、《庄子》、《列子》上下卷、《世说新语》三卷、《李长吉歌诗》四卷、《王摩诘诗》四卷、《杜工部诗集》20 卷、《苏东坡诗》25 卷。另外今存评本有《放翁诗选集》八卷、《别集》一卷、《王荆公诗文》50 卷。此外，还选有《古今诗统》一书。

刘辰翁在明代影响很大，其评点备受重视，"士林服其赏鉴之精

① 高棅：《唐诗品汇》卷 49，第 453 页。
② 王夫之：《姜斋诗话笺注》，戴鸿森笺注，人民文学出版社，1981，第 5 页。
③ 段大林校点：《刘辰翁集》，江西人民出版社，1987，收载刘辰翁作品较全。

博"①。如果说，刘辰翁的评点在明代文学批评界中是一门"显学"，恐怕并非夸张。举个例子说，明代举足轻重的诗歌选本《唐诗品汇》中收录了历代批评家评论材料，其取舍是比较严的，正如其"凡例"所说："夫文章者，公器也，然而历代辞人志趣不叶，议论纵横，使人惑于趋向，今取其正论悟语，悉录之，其或文儒奇解过中之说，一无取焉。"② 据笔者初步统计，《唐诗品汇》引用刘辰翁的评点近七百则，在所有被引用的历代评论家之中，数量最多。而且编者在某些地方还特地声明："批语无姓氏者系刘须溪评"③。在许多卷中，因过多引用刘辰翁评语，只好省略称"刘云"以代全称。从《唐诗品汇》引语的数量，就足以看出刘辰翁在明代文学批评中的特殊地位了。明人的选集引用刘辰翁评点语的不少。如顾起经《王右丞诗集参评》、郭浚《增定评定唐诗正声》、周珽《唐诗选脉会通评林》等。明人对刘辰翁评价很高，如李东阳《怀麓堂诗话》："刘会孟名能评诗，自杜子美下至王摩诘、李长吉诸家，皆有评。语简意切，别是一机轴，诸人评诗者皆不及。"④ 刘辰翁在明代的名气，既有文学上的原因，又有品德上的原因。他在宋亡之后不出仕，所以，杨慎《升庵诗话》卷 12 把他与伯夷、陶潜相提并论。⑤ 刘辰翁几乎评点遍唐代著名的诗人，从《唐诗品汇》所引的评语来看，刘辰翁至少评点过以下诗人：骆宾王、杜审言、陈子昂、张谓、张九龄、常建、贺知章、王之涣、崔颢、高适、岑参、李白、杜甫、孟浩然、王绩、王维、裴迪、贾至、储光羲、李颀、卢象、韦应物、柳宗元、陶翰、孟云卿、钱起、司空曙、卢纶、戴叔伦、郎士元、刘商、杨衡、武元衡、韩愈、孟郊、王建、张籍、卢仝、李贺、杜牧、贾岛、姚合、崔涂……同时他还评点了宋代的大作家，如王安石、苏轼、陆游等。他的一些评点著作早已流传海外而且有一些在国内已失传，正是赖国外珍本得以保存。如日本翻刻朝鲜本《须溪

---

① 杨慎：《升庵诗话笺证》附录 1，王仲镛笺证，上海古籍出版社，1987，第 567 页。

② 高棅：《唐诗品汇》"凡例"，第 14 – 15 页。

③ 高棅：《唐诗品汇》卷 14，第 172 页。

④ 李东阳：《怀麓堂诗话校释》，李庆立校释，人民文学出版社，2009，第 92 页。

⑤ 杨慎：《升庵诗话笺证》附录 1，第 567 页。

先生评点简斋诗集》，就收录了约二百条辰翁评语。[①]

刘辰翁与谢枋得的评点风格迥然相异，如果说谢叠山的评点风格比较冷静客观的话，刘辰翁的评点风格则更充满主观色彩和激情；而且他不像叠山一样，对诗句作详细周到的解说，或对诗歌原意进行阐述，而往往只是三言两语，道出自己对诗的总体印象或感受（下引辰翁文均见《唐诗品汇》）。评杜甫《乐游园歌》"此身饮罢无归处，独立苍茫自咏诗"曰："每诵此结，不自堪。""吾常堕泪于此。"[②] 评《渼陂行》"咫尺但愁雷雨至，苍茫不晓神灵意"云："吾常游西湖，遇风雨，诵此语如同舟同时。"[③] 评李白《少年行》（五陵年少金市东）："语气凌厉快活，梦亦难忘。"[④] 评韦应物《九日》"明年九日知何处，世难还家未有期"句："可悲。隔世与余同患。"[⑤] 这些评点都充满感情，评者与作者似乎合为一体了。

《四库全书总目》对刘辰翁评点的评价很低，如卷150《笺注评点李长吉歌诗》提要说："辰翁论诗，以幽隽为宗，逗后来竟陵弊体。"[⑥] 又卷165《须溪集》提要也说他"论诗评文往往意取尖新，太伤佻巧，其所批点，……大率破碎纤仄，无禆来学"[⑦]。这种说法并不准确，至少是片面的。其实刘辰翁十分注重自然天成。其评语中对此极尽赞美之辞。刘辰翁论诗文并不取"尖新""佻巧"，对于用平淡的语言刻画出生活真实来的诗歌特别赞赏。如评韦应物《庭前有奇树》曰："常言常语，枯淡欲无。"[⑧] 评杜甫《骢马行》"赤汗微生白雪毛，银鞍却覆香罗帕"曰："无紧要，有风味。"[⑨] 张籍《蓟北旅思》"长因送人处，

① 见陈与义：《陈与义集》附录四"须溪评点陈与义诗"，吴书荫、金德厚点校，中华书局，1982，第572页。
② 高棅：《唐诗品汇》卷28，第304页。
③ 高棅：《唐诗品汇》卷28，第307页。
④ 高棅：《唐诗品汇》卷47，第436页。
⑤ 高棅：《唐诗品汇》卷49，第453页。
⑥ 《四库全书总目》卷150，第1293页下。
⑦ 《四库全书总目》卷165，第1409页下。
⑧ 高棅：《唐诗品汇》卷14，第173页。
⑨ 高棅：《唐诗品汇》卷28，第305页。

忆得别家时"评曰："晚唐更千首不及两语。无紧无要，自是沉着。"① 评韩愈《感春》："无紧无要，写得沉至不同。"② 苏东坡尝评柳宗元《渔翁》诗说："此诗有奇趣，然尾两句虽不必亦可。"刘辰翁则说："或谓苏评为当，非知言者。此诗气浑，不类晚唐，正在后两句，非蛇安足者。"③ 评李贺《梦天》结尾："意近语超，其为仙人语，亦不甚费力。使尽如起语，当自笑耳。"④ 即说开头"老兔寒蟾泣天色"写得费力。可见辰翁论诗正不取尖新与佻巧，但主观色彩相当强烈。

刘辰翁因为评点过《世说新语》，还被视为小说评点的开山之祖。⑤

在现存文献中，《古文集成前集》也是一部值得注意的南宋评点著作。⑥ 此外，还有署名为南宋末年的诗学批评家严羽的诗歌评点之作。近年出版的陈定玉辑校的《严羽集》收录严羽评点的《李太白诗集》⑦，詹锳主编的《李白全集校注汇释集评》⑧ 也收录严羽评点，足供参考。但是这些李白诗歌的评点是否严羽所作，尚待考定。

四 圈点的符号意义与评点的文化意味

今人研究评点，多研究"评"而少涉及"点"。其实，评点方式在古代之所以能风靡天下，与圈点有很大关系。姚鼐《答徐季雅》说："圈点启发人意，有愈于解说者矣。"⑨ 圈点是一种超越文字的特殊的分析方式，带有某种神秘色彩。圈点与评语不同：评语所论，十分显豁，而诸家的圈点方式"义例"各不相同，带有"秘传"性质，更需人去揣摩，弄通各种符号的象征意义以及彼此之间的微妙区别。但是

① 高棅：《唐诗品汇》卷 67，第 588 页。
② 高棅：《唐诗品汇》卷 20，第 230 页。
③ 高棅：《唐诗品汇》卷 36，第 372 页。
④ 高棅：《唐诗品汇》卷 35，第 366 页。
⑤ 可参考黄霖、韩同文《中国历代小说论著选》中关于刘辰翁部分的说明，江西人民出版社，1990，第 78－79 页。
⑥ 参见《四库全书总目》卷 187，《古文集成前集》提要，第 1702 页下。
⑦ 严羽：《严羽集》，陈定玉辑校，中州古籍出版社，1997。
⑧ 詹锳主编：《李白全集校注汇释集评》，百花文艺出版社，1996。
⑨ 《明清十大名人尺牍》中之《姚惜抱尺牍》，新文艺书社，1935 年印行，第 19 页。

研究宋人圈点标志颇为困难，由于时代久远，现存宋人评点的选本大都是后人传刻的。传刻者往往只留下评点，而删略去圈点标抹之处，使我们难以看到宋人评点的真面目。如《四库全书总目》提到《古文关键》一书就说："原本实有标抹。此本盖刊版之时，不知宋人读书于要处，多以笔抹。不似今人之圈点，以为无用而删之矣。"① 这种情况是十分常见的。但从一些传世的文献中，我们仍可以了解宋人圈点标志的一些情况。

实际上，所谓"点"或"标志"又可分为笔抹与圈点两种。笔抹用比较简单的线条，圈点则加用各种形状的符号。笔抹的流行使用应该早于圈点。正如《四库全书总目》经部卷37 "四书类存目"《苏评孟子二卷》提要谓："宋人读书，于切要处率以笔抹。故《朱子语类》论读书法云：'先以某色笔抹出，再以某色笔抹出。'吕祖谦《古文关键》、楼昉《迂斋评注古文》，亦皆用抹，其明例也。谢枋得《文章轨范》、方回《瀛奎律髓》、罗椅《放翁诗选》始稍稍具圈点，是盛于南宋末矣。"② 圈点盛于南宋末年，晚于笔抹形式。宋代的圈点，可分为详略两种。先说简式。元人程端礼《读书分年日程》卷2 所引"勉斋（黄榦）批点四书例"中有"点抹例"。包括有红中抹，表示"纲""凡例"；红旁抹，表示"警语""要语"；红点，表示"字义""字眼"；黑抹，表示"考订""制度"；黑点，表示"补不足"。③ 而王柏（鲁斋）标注的凡例是："朱抹者，纲领、大旨；朱点者，要语、警语也；墨抹者，考订、制度；墨点者，事之始末及言外意也。"④ 这与黄榦的标注符号内涵大致相同，且都比较简便。这可能是因为他们的学术渊源相同的原因（传于朱子）。谢枋得的标注方式可称为繁式。程端礼《读书分年日程》卷2《批点韩文凡例》，称"广叠山法"⑤，即在

---

① 《四库全书总目》卷187，第1698页中。
② 《四库全书总目》卷37，第307页下。
③ 程端礼：《读书分年日程》，《景印文渊阁四库全书》第709册，第489页。
④ 钱泰吉：《曝书杂记》卷中，中国书店出版社编《海王村古籍书目题跋丛刊》第3册，中国书店出版社，2008，第217页上。
⑤ 程端礼：《读书分年日程》，《景印文渊阁四库全书》第709册，第492页。

谢枋得标注符号的基础上加以发展。这种标注又分议论体和叙事体两种类型（大致相同）。其凡例中的符号有截、抹、圈、点四大类。截又分黑画截、红画截、黄半画截三种，抹分黑侧抹、青侧抹、黄侧抹、黄中抹、红中抹五种，圈又分红侧圈、黄侧圈、黑侧圈、红圈、黄正大圈五种，点又分红侧点、黑侧点、青侧点、黄正大点四种。

古人圈点的意义，是由其标注符号的形状、位置、颜色三者来表示的。以"广叠山法"为例：如同是截，因其颜色不同，故各有不同的意义，如"大段意尽，黑画截；大段内小段，红画截；小段内、细节目及换易句法，黄半画截"①；而标注位置不同，意义也不同。如同是黄抹，"义理精微之论"用"黄中抹"；"所论纲要，及再举纲要，及或问体问目，及提问之语，及断制之策"，则用"黄侧抹"。② 这些区分，在现代人看来，也许十分繁琐，但这对分析作品篇章结构、艺术技巧还是有作用的。这种彩色标志的读书法，后来也运用到书籍的印刷上。由于套色印刷的出现，评点选本也有以套色印刷的，不同颜色的评注与圈点可都印于书上，不但色彩斑斓、赏心悦目，而且评点之处也更为醒豁，利于阅读。

明清以后，以圈点来评诗论文品赏小说戏曲的更是不可胜数。所以如何评价评点方式，是文学批评中的一个有争议的问题。对此贬之者众，如章学诚在《文史通义·文理》中说："至于纂类摘比之书，标识评点之册，本为文之末务，不可揭以告人，只可用以自志。父不得而与子，师不得以传弟，盖恐以古人无穷之书，而拘于一时有限之心手也。"③ 这种说法是比较有代表性的，可以说在近、现代的学术史上，评点之学基本上受到冷落。

评点的产生，最初是读者读书的一种心得的记录、标志，其目的未必是为了教授他人的写作。正如清人张潮在《虞初新志·凡例》中说的："触目赏心，漫附数言于篇末；挥毫拍案，忽加赞语于幅余。或

---

① 程端礼：《读书分年日程》，《景印文渊阁四库全书》第 709 册，第 492 页。
② 程端礼：《读书分年日程》，《景印文渊阁四库全书》第 709 册，第 493 页。
③ 章学诚：《文史通义校注》上册，叶瑛校注，中华书局，1985，第 288 页。

评其事而慷慨激昂，或赏其文而咨嗟唱叹。敢谓发明，聊抒兴趣；既自怡悦，愿共讨论。"① 如果说断句是为了意义上的理解，那么评点便是对于作品艺术的体会了。对于一般读者来说，评点也是一种行之有效的读书方式。阅读过程的评点，记录自己的理解和感受，也增强了记忆，这是符合阅读心理需求的。评点作为一种阅读方式，至今仍有其生命力。

宋代之前，传统的文学批评讲究对批评对象知人论世，追源溯流，其批评则重在对批评对象作总体审美把握和品第，而很少是对文本的具体入微的批评。评点之学恰是转向对文本的语言分析和形式的批评，其特点在于为人指点创作的具体途径，从"作文之用心"的角度来进行批评，对于作品的用词、造句、修辞、构思和结构上的抑扬、开阖、奇正、起伏等方面的艺术技巧进行评点。它是一种综合性、实用性最强的批评方式，除了文学批评、鉴赏之外，它对于古代修辞学、写作学等的发展都起了很大的作用。历来论者对于评点之学的评价偏低，这可能与中国古人认为艺术之精妙只可妙悟而难以言传的观念有关。评点传授技巧作法，予人以方便法门，不免落了言筌。但是评点作为一种批评方式，引导人们从创作的角度去欣赏揣摩艺术，并从具体作品入手进行评析，有时虽不免琐碎细杂，但比起玄之又玄的空谈，自有其合理性。

宋代是文化高涨的时代，许多学者都做了普及文化的工作。选集与评点的结合，其实也是一种文化普及的工作，它对初学者起了启蒙的作用。评点的阅读对象是一般的读书人，在那个时代，读书人的主要出路和目标就是走科举的道路。因此，评点自然就与科举有难解之缘，而带有明显的实用色彩和功利目的。评点之所以兴盛，也与社会需求有关。评点既提供了作家的作品，使读者可以阅读原著，而不像诗话一样单纯是批评家的感想与评论；评点还提供了批评家的评论圈

---

① 张潮辑：《虞初新志》，古本小说集成编委会编《古本小说集成》第五辑，上海古籍出版社，2017，第 2 页。

点，这样比一般的选本总集又多了一种借鉴。读者在阅读过程中，可以比较、参照。所以评点方式把作者、读者与批评家三者密切联系起来了，成为一种人们普遍喜爱的通俗的批评方式。

从文学批评发展史的角度看，宋代的评点标志着文学批评走向通俗化并带有强烈的实用、功利色彩，这些特点和宋代以后整个文化发展的总体趋势正好是相一致的。我们只有把评点方式放在更广阔的人文背景上去考察，才能真正认识其兴盛的必然性及它的历史作用。

（原载《文学评论》1995 年第 1 期）

第四章　现存评点第一书
——论《古文关键》的编选、评点及其影响

　　宋代吕祖谦所评点的《古文关键》是现存最早的古文评点选本，海内外不少学者的论著都涉及对于该书的介绍①，但是还没有专门的个案研究。本文拟就《古文关键》的编选、评点形式、旨趣以及影响等方面展开进一步的讨论。

一　《古文关键》的流行版本

　　现存《古文关键》最流行的版本有两种：《丛书集成初编》本与《四库全书》本，而前者尤其流行。

　　《丛书集成初编》本前有同治十年胡凤丹的《重刻古文关键序》、张云章原序、《古文关键凡例》，后有无名氏的《古文关键旧跋》与徐树屏的《跋》。《丛书集成初编》本是据"金华丛书"本排印的，而"金华丛书"本则是同治十年（1871）据昆山徐树屏刊本重刻的。徐树屏为清代徐乾学之子，徐乾学是顾炎武的外甥，清初官至大学士、刑

---

① 日本学者高津孝《宋元评点考》，载鹿儿岛大学法文学部纪要"人文学科论集"第三十一号（1990）。拙作《评点之兴——文学评点的形成和南宋的诗文评点》，《文学评论》1995 年第 1 期。孙琴安《中国评点文学史》，上海社会科学院出版社，1999。张智华《南宋所编诗文选本在中国学术史上的地位》，《北京师范大学学报（人文社会科学版）》2000 年第 5 期。张伯伟《中国古代文学批评方法研究》第六章"评点论"，中华书局，2002。研究吕祖谦的专著如刘昭仁的《吕东莱之文学与史学》，台北文史哲出版社，1986；潘富恩、徐余庆《吕祖谦评传》，南京大学出版社，1992，两书亦有涉及。

部尚书。徐乾学酷爱图书，建有著名的藏书楼传是楼。徐树屏本所据的就是徐乾学所藏的宋版书。该书有张云章的序，云章字汉瞻，号朴村，曾入李煦幕，后与曹寅订交，诗酒赓和，考订典籍。徐树屏与张云章同为康熙年代的人，故徐树屏本刊印于康熙年间。该书的《凡例》称以其家藏两宋刻本参酌互证而成的，两本前后不同，标注内容也有所不同。而且后本有宋人蔡文子的注，徐树屏刊本补入蔡文子的注，在注中还加上整理者的校刊记。此本原有点抹，《丛书集成初编》排印本没有印入。

文渊阁《四库全书》本据明嘉靖刊本，没有蔡文子的注，也没有点抹。另外，中山大学图书馆馆藏明初刻本，四册一函，有点抹，然无蔡文子注文。

从繁简的角度看，《古文关键》各种版本可分为两个系统，区别在于有无收入蔡文子的注。从评点学的角度看，《古文关键》各种版本又可分为有点抹与无点抹两个系统。《四库全书》本与《丛书集成初编》本都没有保存《古文关键》原有的点抹，难以真实地反映出其原貌。中山大学馆藏明初刻本有点抹，但颇为模糊，有些不易辨认。近承日本鹿儿岛大学高津孝教授寄赠日本"官板《古文关键》"，该版本据"古闽晏张氏励志书屋重刊"而雕刻，出版年月是文化元年（1804）。"目录"下标明："东莱吕祖谦伯恭评、建安蔡文子行之注、昆山后学徐树屏敬思考异。"日本官板本是徐树屏刊本的重刊本，比较清晰地反映出《古文关键》原有点抹的情况，可与中山大学馆藏明初刻本互相参照。

各种版本的内容稍有差异，比如各本的篇数略有出入，明刊本62篇，《丛书集成初编》本63篇，《四库全书》本61篇。《四库全书》本比《丛书集成初编》本少了《留侯论》与《王者不治夷狄论》两篇，明刊本则少了《留侯论》。另外《丛书集成初编》本与《四库全书》本的篇目次序也略有差别，比如《春秋论》《春秋论中》与《子思论》《荀卿论》诸篇两种版本的次序刚好相反。又如，该书"总论"的"论作文法"提到古文各种体式，并说："以上格制，详具于下卷篇中。"但目前流行的《四库全书》与《丛书集成初编》等版本的内文却非分上、下卷而是分为一、二两卷，令人生疑。而中山大学馆藏明初刻本与日本官板都分为"卷上""卷下"，似乎更符合原书的体例。

历来人们似乎对于《古文关键》的编者没有提出疑问。《直斋书录解题》卷15云："《古文关键》二卷，吕祖谦所取韩、柳、欧、苏、曾诸家文，标抹注释以教初学。"《四库全书总目》提要亦言该书为"宋吕祖谦编，取韩愈、柳宗元、欧阳修、曾巩、苏洵、苏轼、张耒之文凡六十余篇，各标举其命意、布局之处，示学者以门径，故谓之关键"①。都是明白指出此书是吕祖谦所选的。

然而，徐树屏本后有无名氏的《古文关键旧跋》："余家旧藏《古文关键》一册，乃前贤所集古今文字之可为人法者，东莱先生批注详明。"张云章《序》据此谓："审此则非东莱所选可知。然其手眼，实出诸家之上。西山、叠山、迂斋皆似得此意而通者。"日本官板《古文关键》目录下也明确注明为"东莱吕祖谦伯恭评"，而不标明"评选"。张云章据《旧跋》谓《古文关键》并非吕祖谦所选，认为吕祖谦只是在前人所选的基础上加以评注而已。然而，《旧跋》为何时何人所作，其说法的根据是什么，都不清楚，他本人也没有提出进一步的证据。

不过，《古文关键》的编选确有些不易理解的问题。

我们假设《古文关键》确为吕祖谦所选，则应该与吕祖谦所选的《宋文鉴》在选目上有较大的相似处。然而把《古文关键》所选宋人文章篇目与《宋文鉴》相比较，却有很大的差距。世人对《宋文鉴》评价褒贬不一，据朱熹的评价，《宋文鉴》是用心编选的。②《宋文鉴》篇幅巨大，而《古文关键》选文数目很少，按常理，选入《古文关键》的宋文，《宋文鉴》一般应该选录，而事实却是两者差异很大，《丛书集成初编》本《古文关键》收入宋文42篇，《宋文鉴》与之相

---

① 按《古文关键》共选八家之文，除以上诸家外，尚有苏辙之文。
② "朱晦庵晚岁尝语学者曰：'此书编次，篇篇有意'。"（《直斋书录解题》卷15，又《文献通考》卷248亦引）

同篇目仅 17 篇，选文相同的比例非常低。

"总论"的"论作文法"提到古文有"上下、离合、聚散、前后"等三十一种体式，并说："以上格制，详具于下卷篇中"。今考下卷之中，"论作文法"中所提到那些格制、术语也甚少出现在评语之中。如果"总论"与选本同出一时一人的话，很难想象会出现这些前后矛盾的情况。

另外，"总论"部分与入选的文章之间也存在一些奇怪现象。《古文关键》选入苏洵古文六篇，而在"看文字法"中，却未提及老苏文。而未入选的王（安石）文、李（廌）文、秦（观）文、晁（补之）文①却反而有评论。在看韩、柳、欧、苏四家文法中，都是先指出其优点，再点出注意其缺陷的，"看诸家文法"的评语基本都是批评的。如论苏辙文"太拘执"，李文"太烦，亦粗"，秦文"知常而不知变"，张文"知变而不知常"，晁文"粗率"。而对王安石评价是："纯洁。学王不成，遂无气焰"，在艺术上的评价比张耒高，但书中却选张耒而不选王安石。这仅是政治方面的原因吗？如果是，"总论"中也可以不涉及王安石。我们注意到吕祖谦《宋文鉴》却收了王安石许多文章。另外《古文关键》所选张耒两篇文章又是吕祖谦《宋文鉴》所未选入的。所以并不排除"总论"与选本不是出于一人之手的可能性。如果出于一人之手，则可能不是作于一时，故前后未能统一。

《古文关键》在"看诸家文法"之后提到："以上评韩、柳、欧、苏等文字，说斋先生唐仲友亦常以此说诲人。"（"说斋"或作"悦斋"）唐仲友与朱熹有过节，《宋史》无传。关于唐仲友与朱熹的矛盾，在当时大概是比较著名的事件。《朱文公文集》卷 18 有《按唐仲友第三状》，卷 19 有《按唐仲友第四状》，《齐东野语》卷 17、卷 20，《夷坚志》"庚"卷 10 有所记载和发挥，而凌濛初《二刻拍案惊奇》中《硬勘案大儒争闲气》，更将两人过节演化为小说家言，影响甚大。《古文关键》"总论"在此处也是唯一一处突兀地提到当时文人的批

---

① 依《四库全书总目》卷 184《古文关键》提要之说。

评，"说斋先生唐仲友亦常以此说诲人"，确有些奇怪，令人怀疑此书的编选与唐仲友之间的某种关系。

关于编者问题，笔者仍持慎重阙疑的态度，不敢妄测。因为该书确实存在一些疑问，但也没有直接的证据足以证明吕祖谦并非《古文关键》的编选者。如果本书确为吕祖谦所选的话，也存在另一种可能性：编选、评点和写作"总论"非一时之作。不过，即使该书不是吕祖谦所选，至少也已得到吕祖谦的认可，与其标准比较一致。而且该书的编选"其手眼，实出诸家之上。西山、叠山、迂斋皆似得此意而通者"（张云章《序》语）。从选本学的角度来看，《古文关键》所选多为艺术精品，为后来选家与读者所广泛接受，对于唐宋古文经典的形成产生了巨大的影响，仍是一部非常有价值的选本。

二　《古文关键》的编选及其评点方式

下面我们再讨论《古文关键》的编选及其评点方式。

严格地说，《古文关键》是一部"名不副实"的"古文"选本，它不但没有选唐以前的古文，而且所选差不多只限于"论"体文，论体文将近 50 篇，约占总数百分之八十。其余的文体为"书""序"与"传"，而所收的"书""序"多数其实也是论体文。如欧阳修的《送王陶序》就是论《易》之文。为什么《古文关键》所选绝大多数是"论"体呢？这是因为它是一部辅助当时读书人科举考试的入门书，带有强烈的实用色彩。《古文关键》总论"论作文法"："有用文字，议论文字是也。"所谓"有用"，也有实用之意。"论"体在当时科举考试中相当重要。"当时每试必有一论，较诸他文应用之处为多"[1]，既然《古文关键》乃为科举考试之助，所选文章以论体为主也就是非常自然的事了。吕祖谦本人是"论"学专家，他的《左氏博议》也是论体文，吕祖谦在该书的自序中说："《左氏博议》者为诸生课试之作。"

---

[1] 《四库全书总目》卷 187《论学绳尺》提要。

宋代魏天应编、林子长注的《论学绳尺·论诀》"诸先辈论行文法"首条引用"东莱吕公云",或引自《丽泽文说》,或直接引用《古文关键》的"总论"①。而在《论学绳尺》的评注之中,也有二十七条涉及吕东莱之论。如卷二吴君擢《唐虞三代纯懿如何》,考官欧阳起鸣批云:"文字出入东莱,议论法度严密,意味深长,说得圣人本心出,深得论体,可敬可服。"可见《论学绳尺》明显受到《古文关键》的影响。

从现存文献来看,我们可以把《古文关键》看成是评点文体形成的标志性著作。那么,评点文体与一般的诗话、文话、序跋或专论等文学批评形式有哪些不同之处?

章学诚说:"评点之书,其源亦始钟氏《诗品》、刘氏《文心》。然彼则有评无点,且自出心裁,发挥道妙,又且离诗与文,而别自为书,信哉其能成一家言矣。自学者因陋就简,即古人之诗文而漫为点识批评,庶几便于揣摩诵习。而后人嗣起,囿于见闻,不能自具心裁,深窥古人全体、作者精微,以致相习成风,几忘其为尚有本书者,末流之弊,至此极矣。"(《校雠通义·宗刘》)章学诚认为评点的起源也始于《诗品》与《文心雕龙》,这种说法不一定全面,他对于评点持一种贬抑态度,也不一定公允。不过,他指出评点与《诗品》和《文心雕龙》为代表的传统文学批评方式之不同:一是传统文学批评形式"有评无点";二是传统文学批评形式"离诗与文而别出为书",而评点则是与本文紧密结合一起的。这种看法倒是相当值得注意的。

评点之特色首在于"点",即点抹标志。点抹是一种超越文字的特殊的分析方式,它本身是为了提醒读者注意而使用的醒豁的标志符号,但是符号所含蕴的意义又是需要读者细细体会的,与直接的文字批评不同,这正是评点之所以与传统文学不同的主要形式特色。假如完全舍"点"则评点不成其为完整的评点了。但是研究宋人点抹标志颇为困难:由于时代久远,现存宋人评点的选本大都是后人传刻的。传刻

---

① 如"题常则意新"一段,就是采自《古文关键》"总论论作文法"。

者往往只留下"评"，而删略去圈点标抹之处，使我们难以看到宋人评点的真面目，而且多数评点研究者也只研究"评"而不暇顾及"点"，这是目前评点研究的通病。《古文关键》原来有点抹，但大多刻本都把点抹去掉了。《四库全书总目》该书提要谓："此本为明嘉靖中所刊，前有郑凤翔序。又别一本所刻，旁有钩抹之处，而评论则同。考陈振孙谓其'标抹注释，以教初学'，则原本实有标抹，此本盖刊板之时，不知宋人读书于要处，多以笔抹，不似今人之圈点，以为无用而删之矣。"《丛书集成初编》本的《古文关键·凡例》谓家藏两宋本："前本不施圈点，偶点其一二用字着力处，圈则竟无之。后本稍用圈点，或一二字，或一二段之下，间有着圈者，点则连行连句有之。要不过什之二三耳。"可见宋本原来是有数量不多的圈点，徐树屏刊本原有点抹，可惜《丛书集成初编》印行时没有将点抹印出。中山大学馆藏明初刻本保留点抹，非常可贵，但有点模糊。日本官板《古文关键》也保留原有的点抹，非常清晰，两本可以参照。两本相较，其分段大致相同，但明初刻本的点抹略少。从明初刻本与日本官板《古文关键》综合看来，此本点抹可分为三种：一是抹，有长抹，有短抹，形状是在本文右侧加上长线或短线；二是点，形状是"、"，用于本文右侧；三是界划标志，明初本形状为"—"，用于所标文字之下，日本官板形状为"⌐"，用于所标文字的左下角。《四库全书总目》经部卷 37 "四书类存目"《苏评孟子二卷》提要谓："宋人读书，于切要处率以笔抹。故《朱子语类》论读书法云：'先以某色笔抹出，再以某色笔抹出。'吕祖谦《古文关键》、楼昉《迂斋评注古文》，亦皆用抹，其明例也。谢枋得《文章轨范》、方回《瀛奎律髓》、罗椅《放翁诗选》始稍稍具圈点，是盛于南宋末矣。"笔抹形式在北宋已流行，而圈点则盛于南宋末年。从《古文关键》的点抹看来，它以笔抹为主，有小量的截与点，而未见用圈。据明代徐师曾《文体明辨·文章纲领》所引，南宋略后于吕祖谦的真德秀，其"批点法"有点（分句读小点、菁华旁点、字眼圈点）、抹、撇、截四种，比吕祖谦较为细密了。

　　《古文关键》在几种符号中，抹笔所用最多，大概是施于纲目关键与句法之佳处。"点"用得不多,主要起一种提醒读者注意的作用,近于现在的着重号,尤其注意文中多次出现的重要字眼。如韩愈《获麟解》一文中有八个"知"字、四个"祥"字,字旁都特别加上"点"。在《原道》评点中特别点出文中十五个"为之"二字。至于界划标志,主要表示"行文段落间架"(徐树屏刊本《古文关键凡例》),用于段落的结束处。比如《获麟解》总评:"反复作五段说",内文中便用界划分为五段,表明评点者对于文章意义段落的理解。

三 "关键"的评点

评点在形式上与训诂注释相近,但训诂注释重在字词的音义出处,而评点有时也论及音义出处,但重点却在文章的布局脉络用笔技巧。评点是一种文本的细读与分析,它以标志符号和语言文字的评论,逐字、逐句、逐段分析文本的线索脉络,指点出文章的布局章法与字句修辞,引导读者并与之同时展开阅读的进程。评点与一般文学批评也有所不同,一般形式的文学批评是在阅读和理解本文之后,评价作家作品之优劣,它并不展示批评家的阅读过程。而评点则是始终不离开本文的阅读过程。在细读本文过程中,运用标志符号与评论文字,随文予以解析,这是评点批评与其他文学批评形式不同的基本特质。在评点著作中,它的前提是读者与评点者的阅读同步进行,有原文与全文作为背景。评点是把读者与文本放在主体部分,评点者仅起提示、引导、启发作用。评点文字不是独立的文体,只有寄生于文本才可以生存,才有意义,如果将评点剥离开来,多数评点文字会让人不知所云。随文批评与独立批评区别甚大,它并不是把一般批评的内容分散到作品的各部分,而是随文而生的,有一般文学批评所没有的强烈的"现场感"。打个比方,读一般文学批评文字就如读山水游记,而读评点文字就如同在导游的引导下徜徉于山水之间。评点虽然简短,标志的位置却是相当重要。同一个字或点抹,用在何处却是见出功力的。这就如同看戏,是否在恰当的地方喝彩足以看出观众的水平来。

宋代的儒学对于评点的影响甚大。[①] 明清时代的小说、戏曲与诗文的评点著作卷首常载有"读法"等例言，这种传统也是渊源于宋代儒学的。宋儒读书非常重视读书之法，朱熹的《四书集注》中即有《读〈论语〉、〈孟子〉法》，而东莱此书卷首亦有《总论看文字法》，可见宋代儒学与文章之学有相通之处。后来的评点著作，虽然读法千差万别，但万变不离其宗。"先看文字体式，然后遍考古人用意下字处。"这是从总体上提出评点的方法。前者在于获得篇章整体印象的读法，后者则是"细读法"，两者之间是相辅相成、互为循环的。《古文关键》在每篇的旁批中，所论多是"古人用意下字处"。至于评"文字体式"，吕祖谦在有些文章的总评就明确指出该篇是某某体。如《谏臣论》的总评："此篇是箴规攻击体，是反题难文字之祖。"《捕蛇者说》的总评："感慨讥讽体。"《与韩愈论史官书》的总评："亦是攻击辩诘体。"

东莱的《总论看文字法》可以看成是最早的评点理论。其评点之法具体来说主要是以下内容：

> 第一看大概、主张。
>
> 第二看文势、规模。
>
> 第三看纲目、关键：如何是主意首尾相应，如何是一篇铺叙次第，如何是抑扬开合处。
>
> 第四看警策、句法：如何是一篇警策，如何是下句下字有力处，如何是起头换头佳处，如何是缴结有力处，如何是融化屈折翦截有力处，如何是实体贴题目处。

对这段文字学界通常的断句是："第一看大概主张"，"第二看文势规模"，"第三看纲目关键"，"第四看警策句法"。不过，在《古文关键》的具体评点中，几乎没有统称"大概主张""文势规模""纲目关键""警策句法"的[②]，倒是分别出现"大概""文势""规模""纲目"

---

① 可参考拙作《儒学与评点之学》，《华学》创刊号，中山大学出版社，1995。

② 只有一处以"纲目关键"连用（第130页）。本文所引页码，皆据"丛书集成初编本"。

"关键""警策""句法"的次数极多，尤其是"纲目""关键""警策""句法"更是在在可见。所以笔者在以上每句之中加以顿号，以示它们之间略有区别。

"大概"意为文章的整体，也就是"文字体式"。《古文关键》评点中未出现"主张"词，但多次出现"主意"（第 60 页）、"大意"，疑即"主张"之意。

"文势"指文章体势，或指有气势。书中多评"文势自然"（第 21 页），或"如破竹"（第 23 页），"文势如一波一浪"（第 127 页），更多是径评为"文势"，是赞赏之言，如柳宗元《梓人传》一篇四处誉之曰"文势"。有些虽然没有评以"文势"，如："一篇须看大开合"（第 23 页），实际上也是论文势的。"规模"大概指文章的布局，如谓"规模一定"（第 61 页）。

"纲目关键"全书仅在《晁错论》的评点中连用过，大概与文章的章法有关。但更多的地方是"纲目"与"关键"分开来用的①，两者之间有何区别呢？或许"纲目"是指文章展开的主要线索。如评《留侯论》："一篇纲目在'忍'"，评《荀卿论》："纲目在'不敢放言'"。评《倡勇敢》"战以勇为主"句："纲目"。又书中有时以"主意纲目"连用，如评《上范司谏书》"诚以谏官者，天下之得失"句为"是一篇主意纲目"（第 81 页），在《论作文法》："文字一篇之中，……常使经纬相通，有一脉过接乎其间然后可。盖有形者纲目，无形者血脉也。"可见"纲目"与"血脉"关系甚为密切。《总论看文字法》中说到"纲目关键"时说："如何是主意首尾相应"，笔者以为此语主要指"纲目"非常强调互相呼应。故文中多评及"纲目相应"（第 70、71、84 页），"血脉相应"。又如评《师说》"道之所存，师之所存"为"纲目"，而在末尾"弟子不必不如师"句："应前吾师道处意，纲目不乱。""关键"是指文章在"铺叙次第、抑扬开合"等章法

---

① 如《晁错论》"天下治平，无故而发大难之端"句旁批："一篇主意、关键、警策、纲目在此。"（第 129 页）

的紧要之处，包括内容就比较广泛了。《古文关键》在这些地方有的径评以"关键"，有的则以"抑""扬"等语评之。

《古文关键》"警策"与"句法"的区别比较明显，在《看文字法》中，已将两者分开说了。该书中用"警策"一词最多，陆机《文赋》云："立片言而居要，乃一篇之警策"，东莱之"警策"正是指篇中"片言而居要"之处，也常作"警策精神"。"句法"是指遣辞造句、起结、剪裁、转折等文字功夫。

从《总论看文字法》来看，东莱的评点之法是既要对全文有一个整体的把握，也要具体考察其章法、布局、结构，分析各段落如何铺叙，各段落之间如何呼应，研究其遣辞造句、起结、剪裁、转折等文字功夫。这个整体的把握与具体的考察是相辅相承的，这种方法可称为细读法。

东莱《总论看文字法》提出评点的总原则，与该书中随文的评点相比，是比较有系统的阅读理论。一般说来，评点形态的毛病在于比较零碎，缺乏系统，而《总论看文字法》比较明确系统提出评点的原则和方法，一定程度上弥补了这一缺陷。当然，除了《总论看文字法》之外，《古文关键》具体的评点还运用许多批评术语。比如精神、眼目、血脉、关锁、筋骨等，也相当重要。又比如八股文评点常有文中"立柱""破题""骂题"等，这些术语在《古文关键》中也已出现了（第83、89、129、131页）。有些学者谈到明清文学评点时多言及受到八股文评点的影响，最初的事实也许恰好相反。①

吕祖谦在《古文关键》总论部分没有明确说明其批评标准与理想，但在一些评点中也透露出这方面的内容。如"大抵文字使事，须下有力言语"（柳宗元《晋文公问守原议》旁批）；"大抵做文字，须留好意思在后，令人读一段好一段"（柳宗元《桐叶封弟辩》总评）；"大凡作文妙处须出意外"（欧阳修《朋党论》总评）；"大抵要斥人须多

---

① 《古文关键》评点并不是极个别现象，此外如《文章轨范》评苏东坡《王者不治夷狄论》一文也评说"有冒头，有原题，有讲题，有结尾"。

方说，教他无逃处"（欧阳修《春秋说下》总评）。这些都是论说文的技巧理论。

《古文关键》书名即标明其旨趣在于"关键"。所谓"关键"大致只关乎章法与结构等艺术形式因素。《四库全书总目》该书提要谓："祖谦此书实为论文而作，不关讲学。"所论甚是，吕祖谦是理学家，但其评点不但毫无理学味，也不甚关心文章的内容，其关注重点是文章的技法。比如韩愈的《杂说一》"龙嘘气成文"篇，谢枋得《文章轨范》卷五就评说："此篇主意谓圣君不可无贤臣，贤臣不可无圣君，圣贤相逢，精聚神会，斯能成天下之大功。龙指圣君，云指贤臣。"而吕祖谦在此篇无一字论及其内容，只有"实句""抑""若无而又有，若绝而又生"几语，纯粹评其技法而已。可见吕祖谦把理学与文学分得相当清楚。又如韩愈《原道》是儒学的重要文献，但是吕祖谦的评点无一语涉及儒家之道，纯粹从写作的角度去评点的，这确是非常独特的。吕祖谦《古文关键》标志着南宋文学批评的一种新风气：从写作实用的角度，重在分析文章的结构形式、用笔，而基本不涉及其内容，这在文以载道、文以明道风气为学术主流的宋代文坛，确是非常值得注意的，吕祖谦是位理学家，却开创一种纯形式的批评，这种现象促使我们对宋代理学家与文学的关系这个问题作进一步的考察。

四　《古文关键》的影响

由于吕祖谦在当时的特殊地位，他所评点的《古文关键》自然产生了相当大的影响。学术界已注意及此，但所论尚比较含糊，这里通过具体例证对此加以说明和补充。

《朱子语类》卷 139 "论文上"有两段文字涉及吕祖谦的评点：

因说伯恭所批文曰："文章流转变化无穷，岂可限以如此？"某因说："陆教授谓伯恭有个文字腔子，才作文字时，便将来入个腔子做，文字气脉不长。"先生曰："他便是眼高，见得破。"

至之以所业呈先生。先生因言："东莱教人作文，当看《获麟

解》也，是其间多曲折。"（道夫）①

朱熹对于吕祖谦"所批文"——也就是其评点——明显是持批评态度的，他认为，文章之法变化无穷，难以用一定的格式（"文字腔子"）来评点。不过，朱熹下文还是赞同吕祖谦对于韩愈《获麟解》的分析。朱熹所说的"伯恭所批文"指的是否就是《古文关键》，难以考定。朱熹是对"伯恭所批文"不满还是否定评点方式呢？依笔者看，主要是朱熹与吕祖谦在学术见解、治学方法上有些差异，所以对"伯恭所批文"有所不满，其实他本人也非常喜欢用点抹的方式来读书：

> 某少时为学，十六岁便好理学，十七岁便有如今学者见识。后得谢显道《论语》，甚喜，乃熟读。先将朱笔抹出语意好处；又熟读得趣，觉见朱抹处太烦，再用墨抹出；又熟读得趣，别用青笔抹出；又熟读得其要领，乃用黄笔抹出。至此，自见所得处甚约，只是一两句上。却日夜就此一两句上用意玩味，胸中自是洒落。②

> 尝看上蔡《论语》，其初将红笔抹出，后又用青笔抹出，又用黄笔抹出，三四番后，又用墨笔抹出，是要寻那精底。看道理，须是渐渐向里寻到那精英处，方是。③

《古文关键》的编选评点对于其后的南宋文学选本产生了直接的影响。首先是编选的影响。《直斋书录解题》卷15谓楼昉《迂斋古文标注》五卷"大略如吕氏《关键》，而所取自《史》、《汉》而下至于本朝，篇目增多，发明尤精当，学者便之"。从选文方面看，《古文关键》所选的许多文章也被《崇古文诀》《文章轨范》《古文集成》等文集选入，而且所占比例相当大。《崇古文诀》与《古文关键》相同者15篇，

---

① 《朱子语类》卷139，第8册，第3321页。

② 《朱子十二训门人三》，《朱子语类》卷115，第7册，第2783页。

③ 《朱子十七训门人八》，《朱子语类》卷120，第7册，第2887页。另外《朱子语类》卷104也说："某自二十年前得上蔡语录观之，初用银朱画出合处，及再观，则不同矣，乃用粉笔；三观则又用墨笔。数过之后，则全与元看时不同矣。"

重复率占《古文关键》原选总数的 24%；《文章轨范》29 篇，重复率占《古文关键》原选总数的 46%；《古文集成》25 篇，重复率占《古文关键》原选总数的 40%。

南宋的一些古文评点选本，已采用东莱《古文关键》的评语了。如卷一评《与孟简尚书书》："一篇须看大开合。"《崇古文诀》评语相同。卷一评《梓人传》："抑扬好，一节应一节。严序事实。"亦为《崇古文诀》所引。评《与韩愈论史官书》："亦是攻击辩诘体，颇似退之诤臣论。"为《崇古文诀》所引。又卷一评《答陈商书》："文婉曲而有味。"《文章轨范》评语相同。而且《古文关键》的批评术语也多为南宋古文评点选本所用，如《文章轨范》中就多用"关键""主意""关锁""字法""句法"等术语。

宋人的古文选集，引用《古文关键》评点最多的大概是《古文集成》，其中有 23 篇引用《古文关键》，具体篇目是韩愈《获麟解》《谏臣论》《原道》《原人》《辩讳》《重答张籍书》《与孟简尚书书》《答陈生书》《送文畅序》，柳宗元《晋文问守原议》《桐叶封弟辩》《封建论》《送薛存义序》，欧阳修《朋党论》《为君难论》《本论》《上范司谏书》《送徐无党南归序》《送王陶序》，苏洵《上富丞相书》《上田枢密书》，苏轼《王者不治夷狄论》，曾巩《救灾议》。另《古文集成》卷 33 欧阳修《五代史朋党论》引东莱批，但是《古文关键》未选此篇。其中《封建论》《王者不治夷狄论》《获麟解》《桐叶封弟辩》《辩讳》《原道》六篇全篇用《古文关键》原有批注，另外各篇为部分引用《古文关键》，主要引用其每篇的总评。

这种影响一直延续到后代。比如明代题为归有光编的《文章指南》一书卷首即有《归震川先生总论看文字法》《归震川先生论作文法》，其文字几乎全抄自《古文关键》。① 这也可以从一个侧面看出吕祖谦《古文关键》在后代影响之大。

---

① 归有光：《文章指南》，《四库全书存目丛书》集部第 315 册，第 624 – 625 页。关于对《文章指南》的考据与评价，可参考《四库全书总目》卷 192。

　　除了文学选本之外，子部笔记也有引用《古文关键》评点文字的。如南宋陈鹄《耆旧续闻》卷二云："学文须熟看韩、柳、欧、苏。先见文字体式，然后更考古人用意下句处。"此语虽未言其出处，但明显是引自《古文关键》卷首"总论"的。[①] 又如元代魏初《青崖集》卷五《尚野名说》："东莱吕伯恭甫谓韩子'简古，一本于经，亦学孟子'，又谓'柳出《国语》'。"这是引用《古文关键》的"总论""看韩文法"与"看柳文法"。元代盛如梓撰《庶斋老学丛谈》卷中上亦引吕祖谦《古文关键》对韩愈、柳宗元文章的评点。这些例子都说明，《古文关键》以后，东莱的评论已经成为研究韩、柳、欧、苏的权威说法，屡被人们引用。

　　关于《古文关键》与唐宋八大家形成之关系，笔者曾在《评点之兴——论文学评点的起源和南宋的诗文评点》一文中谈到《古文关键》的选文"其实已经初具明人所谓的'唐宋八大家'的雏形了……吕祖谦的《古文关键》，特别垂意于唐宋之文，固然与选本的诵读对象有关，但也反映了他对唐宋古文的价值与特点的独到见解。从这个角度来看，他又似乎已经开了明代唐宋派的先声。笔者以为，吕祖谦对于唐宋派至少存在一种潜在的影响"[②]。现在看来，这种看法还比较含糊，有必要进一步探讨。

　　关于明代"唐宋八大家"说法的形成，日本学者高津孝在《论唐宋八大家的成立》一文，已经有相当清晰的表述。[③] 本文想在此基础上用实证统计的方法从《古文关键》的编选对唐宋派古文选集的影响加以说明。

　　唐宋八大家古文选集，最早见于明代朱右的《六先生文集》。所谓六家，其实是八家，因为三苏并为一家。朱右《新编六先生文集序》：

---

① 陈鹄《耆旧续闻》作于何时，不可考定，见《四库全书总目》卷141，然此书定在吕祖谦之后，该书卷一即提到"吕伯恭先生尝言"可为确证。

② 原载《文学评论》1995年第1期，收入拙著《中国古代文体形态研究》（第三版），北京大学出版社，2013。

③ 参见高津孝《论唐宋八大家的成立》，王水照等编《首届宋代文学国际研讨会论文集》，复旦大学出版社，2001，第695–708页。

《六先生文集》总一十六卷。唐韩昌黎文三卷，六十一篇；柳河东文二卷，四十三篇；宋欧阳子文二卷，五十五篇，见《五代史》者不与。曾南丰文三卷，六十四篇。王荆公文三卷，四十篇；三苏文三卷五十七篇。①

从其选文数目来看，朱右似乎对于曾巩的文章比较重视，他入选的文章居八家之首，比三苏总数还多。朱右另有《唐宋六家文衡》之选，不过，据贝琼《清江文集》卷28《中都稿》之《唐宋六家文衡序》，"唐宋文衡总三百三十篇"，内容与篇数和《六先生文集》相仿。据贝琼所说朱右"其定《六家文衡》，因损益东莱吕氏之选"。也就是说，《六家文衡》是在吕祖谦《古文关键》基础上所选的。贝琼在《唐宋六家文衡序》中所论述的《六家文衡》的选编意旨也与《古文关键》关系密切：

昌黎韩子倡于唐，而河东柳氏次之。五季之败腐不论也，庐陵欧阳子倡于宋，而南丰曾氏、临川王氏及蜀苏氏父子次之。盖韩之奇、柳之峻、欧阳之粹、曾之严、王之洁、苏之博，各有其体，以成一家之言。固有不可至者，亦不可不求其至也。余尝读之若《原道》《原毁》，由孟轲之后，诸子未之能及。至宗元《守原议》《桐叶封弟辨》，凿凿乎是非之公。使圣人复作，无以易之。其他驰骋上下，先后相发，诚乐之而不厌，信言之异乎。②

这段话差不多总结了《古文关键》"看文字法"与内文中对于诸家的评价，而他所提到韩愈、柳宗元数篇古文，也正是《古文关键》所选入的。由此也可以看到所谓"损益东莱吕氏之选"的说法是确论。

唐顺之的《文编》64卷，也是唐宋派有代表性的古文选集之一。其中收入韩愈文143篇、柳宗元文67篇、欧阳修文206篇、王安石文52篇、苏洵文33篇、苏轼文199篇、苏辙文57篇、曾巩文25篇。其中与《古文关键》相同文章共有49篇，重复率占《古文关键》原选总

---

① 朱右：《白云稿》卷五，《景印文渊阁四库全书》第1228册，第64页。

② 贝琼：《清江诗集文集》卷28，《景印文渊阁四库全书》第1228册。

数的78%。而在茅坤《唐宋八大家文钞》中，与《古文关键》相同篇目共有60篇，占《古文关键》原选总数的95%。（见表1）这是一个非常惊人的数目。

　　从以上的统计数字看，《古文关键》在唐宋八大家的形成以及唐宋古文经典化进程的影响，可以说是不争的事实。

表1　《古文关键》与其他选本相同篇目统计①

古文关键	宋文鉴	崇古文诀	古文集成	文章轨范	文编	唐宋八大家文钞
获麟解			○	○	○	○
师说				○	○	○
谏臣论		○	○		○	○
原道		○	○	○	○	○
原人			○			○
辩讳			○	○	○	○
杂说				○	○	○
杂说四				○	○	○
重答张籍书			○		○	○
与孟简尚书书		○	○	○		○
答陈生书			○			○
答陈商书			○	○	○	○
送王含秀才序				○	○	○
送文畅序			○	○		○
晋文问守原议			○		○	○
桐叶封弟辩			○	○	○	○
封建论		○	○		○	○
种树郭橐驼传		○			○	○
梓人传		○			○	○

---

① 标有○表示选入该篇。

续上表

古文关键	宋文鉴	崇古文诀	古文集成	文章轨范	文编	唐宋八大家文钞
捕蛇者说		○			○	○
与韩愈书论史事		○		○	○	○
送薛存义之任序			○	○	○	○
朋党论	○		○	○	○	○
纵囚论				○	○	○
为君难论下	○		○			○
本论上			○			○
本论下	○				○	○
春秋论						○
春秋论中				○	○	○
泰誓论	○					○
上范司谏书	○	○	○	○	○	○
送徐无党南归序	○	○	○		○	○
送王陶序			○			○
春秋论				○	○	○
管仲论		○		○	○	○
高祖论				○	○	○
审势		○			○	○
上富丞相书	○	○	○		○	○
上田枢密书				○	○	○
子思论					○	○
荀卿论				○	○	○
韩非论					○	○
孙武论					○	○
留侯论（四库本、明刊本无）	○			○	○	○

续上表

古文关键	宋文鉴	崇古文诀	古文集成	文章轨范	文编	唐宋八大家文钞
晁错论				○	○	○
王者不治夷狄论（四库本无）			○	○		
孔子坠三都					○	○
秦始皇扶苏	○			○	○	○
范增				○	○	○
厉法禁					○	○
倡勇敢		○			○	○
钱塘勤上人诗集叙	○				○	○
六一居士集叙	○		○		○	○
潮州韩文公庙碑				○	○	○
王仲义真赞叙	○					○
三国论	○				○	○
君术					○	○
唐论	○					○
救灾议	○		○			○
战国策目录序	○	○	○			○
送赵宏序	○				○	○
景帝论						
用大论						

（原载《文学遗产》2003 年第 4 期）

第五章　檃括与经典

宋词中有一种奇怪的文体，叫"檃括体"，"檃括"一词的原义是矫正曲木的工具，而词的檃括则是将其他诗文剪裁改写为词的形式。檃括词是非常有特色的文体，它不但丰富了宋词的表现方式，而且也在一定程度上反映了宋人的文学观念和文体观念。词学研究界已有学者注意并研究了檃括词①，本文意在此基础上进一步对这种文体的渊源、特点和艺术内涵进行研究。

一　宋代檃括词之兴

词学研究界普遍认为檃括词产生之前，未有此类诗歌文体。罗忼烈先生在谈到檃括体时说："这种体制，不见于杂体诗，在词里却相当普遍。"②的确，在宋代檃括词出现之前，杂体诗中并无标明檃括体的。不过，在新文体诞生之前，总有一些萌芽或者一些潜在发展因素。檃括词也是这样，在此之前，诗歌史上已经有相似性质的作品出现了。如《全唐诗》录有同谷子的《五子之歌》以讽时政：

---

① 研究比较深入的如罗忼烈《宋词杂体》，《两小山斋论文集》，中华书局，1982，第 133－175 页。
② 罗忼烈《宋词杂体》，《两小山斋论文集》，第 139 页。

邦惟固本自安宁，临下常须驭朽惊。何事十旬游不返，祸胎从此召殷兵。

酒色声禽号四荒，那堪峻宇又雕墙。静思今古为君者，未或因兹不灭亡。

唯彼陶唐有冀方，少年都不解思量。如今算得当时事，首为盘游乱纪纲。

明明我祖万邦君，典则贻将示子孙。惆怅太康荒坠后，覆宗绝祀灭其门。

仇雠万姓遂无依，颜厚何曾解忸怩。五子既歌邦已失，一场前事悔难追。①

按《五子之歌》，见《尚书·夏书·五子之歌》，原亦为五首，是夏启的五个儿子所写的，因为太康耽于安乐，丧失君德，五子怨恨，于是追述大禹的教戒，写了这组诗：

皇祖有训，民可近，不可下；民惟邦本，本固邦宁。予视天下愚夫、愚妇，一能胜予。一人三失，怨岂在明？不见是图。予临兆民，懔乎若朽索之驭六马。为人上者，奈何不敬？

训有之：内作色荒，外作禽荒。甘酒嗜音，峻宇雕墙。有一于此，未或不亡。

惟彼陶唐，有此冀方。今失厥道，乱其纪纲。乃底灭亡。

明明我祖，万邦之君。有典有则，贻厥子孙。关石和钧，王府则有。荒坠厥绪，覆宗绝祀。

呜呼！曷归？予怀之悲。万姓仇予，予将畴依？郁陶乎予心，颜厚有忸怩。弗慎厥德，虽悔可追？②

正因为同谷子的《五子之歌》多用《尚书·五子之歌》的词句，所以

---

① 彭定求等编：《全唐诗》卷784，第22册，中华书局，1960，第8851页。

② 阮元校刻：《十三经注疏》上册，中华书局，1980年影印本，第156页。

有人把它列为"集句"①。但我们不难看出,同谷子的《五子之歌》,完全是根据《尚书·五子之歌》一篇作品改编而成的,借改编古人诗歌,来寄托自己的悲愤,并以之讽刺当代的政治,其性质不是集句体,而是近于檃括体。

学术界大致认为苏轼开创了檃括词体②,就自觉的文体而言,确是如此,但在当时,已有相近的创作了。比如晏幾道《临江仙》词前半阕:"东野亡来无丽句,于君去后少交亲。追思往事好沾巾。白头王建在,犹见咏诗人。"③ 便是对唐诗人张籍《赠王建》的改写。张诗云:"自君去后交游少,东野亡来箧笥贫。赖有白头王建在,眼前犹见咏诗人。"④ 晏幾道的词,虽未标檃括,实则已近檃括体了。

宋代出现将诗度曲的风气,在苏轼之前,刘几《梅花曲》就标明"以介父三诗度曲",即把王安石《与微之同赋梅花得香字三首》诗改为词作。现以其中一首为例,王安石梅花诗之一:

> 汉宫娇额半涂黄,粉色凌寒透薄妆。好借月魂来映烛,恐随春梦去飞杨。风亭把盏酬孤艳,雪径回舆认暗香。不为调羹应结子,直须留此占年芳。⑤

刘几以之度为《梅花曲》:

> 汉宫中侍女,娇额半涂黄,盈盈粉色凌时,寒玉体、先透薄妆。好借月魂来,婷婷画烛旁。惟恐随、阳春好梦去,所思飞扬。宜向风亭把盏,酬孤艳,醉永夕何妨。雪径蕊、真凝密,降回舆、认暗香。不为藉我作和羹,肯放结子花狂。向上林,留此占年芳。⑥

---

① 明胡震亨论唐人杂体时提到"集句",自注云:"亦始傅咸。昭宗时有同谷子者,集五子之歌讥时政。"(《唐音癸签》卷29,上海古籍出版社,1981,第303页)

② 饶宗颐说:"论者多谓此体始于东坡檃括《归去来辞》,为《哨遍》,按敦煌出土有檃括《孝经》之《皇帝感》,存十二首,乃七言四句体。"(《词集考》,中华书局,1992,第209页)今检敦煌出土的文献伯3910《新合孝经皇帝感辞》十一首,诗中述及张骞与织女等事,似非檃括《孝经》之作。

③ 唐圭璋编:《全宋词》第1册,中华书局,1965,第223页。

④ 《全唐诗》第12册,第4360页。

⑤ 王安石:《王荆文公诗笺注》中册,李壁笺注,高克勤点校,上海古籍出版社,2010,第775-776页。

⑥ 《全宋词》第1册,第187-188页。

其他二首，形式与此完全相同。刘几这种以诗度曲其实大体已具有檃括词的文体形态，不过他尚未使用檃括这个术语。

　　真正明确使用檃括这个术语的是苏轼，所以，历来都把苏轼视为开宋代檃括词风气之先者。① 苏轼创作有《哨遍》檃括陶渊明《归去来辞》，《水调歌头》檃括韩愈《听颖师弹琴》，《定风波》檃括杜牧《九日齐山登高》，《浣溪沙》檃括张志和《渔歌子》等，也有檃括自己的诗，如《定风波》（咏红梅）檃括自己的《红梅》诗。黄庭坚也创作过《瑞鹤仙》檃括欧阳修《醉翁亭记》，此外还有许多作家写过檃括词。如贺铸"尤长于度曲，掇拾人所弃遗，少加檃括，皆为新奇"②。清人张德瀛《词征》卷一引申此说："词有檃括体。贺方回长于度曲，掇拾人所弃遗，少加檃括，皆为新奇。常言吾笔端驱使李商隐、温庭筠，常奔命不暇，后遂承用焉。米友仁《念奴娇》，裁成渊明《归去来辞》，晁无咎有填卢仝诗，盖即此体。"③ 除此之外，宋人写檃括词者甚多。如程大昌、曹冠、姚述尧、朱熹、辛弃疾、汪莘、徐鹿卿、刘学箕、林正大、葛长庚、刘克庄、吴潜、方岳、马廷鸾、蒋捷、刘将孙、程节斋等人。此后，《全宋词》还收录无名氏的檃括词。

　　宋代最为"专业"的檃括词人是林正大，他创作的檃括词数量最多。正大字敬之，号随庵，永嘉人，著有《风雅遗音》。唐圭璋所编《全宋词》第四册所收林正大词 41 首，每首先录古人诗文，然后檃括成词。如《酹江月》《满江红》檃括杜甫《醉时歌》，《一丛花》檃括杜甫《饮中八仙歌》，《贺新凉》檃括王羲之《兰亭序》，《酹江月》檃括陶渊明《归去来辞》，《沁园春》檃括刘伶《大人先生传》，《水调歌》檃括韩愈《送李愿归盘谷序》，《摸鱼儿》檃括王绩《醉乡记》，《声声慢》檃括杜甫《丽人行》，《贺新凉》檃括欧阳修《醉翁亭记》，《水调歌》檃括欧阳修《庐山高》诗，《酹江月》檃括苏轼前、后《赤

① 关于苏轼的檃括词，可参见唐玲玲著《东坡乐府研究》之第十二章，巴蜀书社，1993，第 169 - 186 页。另外，可看看日本早稻田大学中国文学会编《中国文学研究》第 24 期载内山精也所著《苏轼檃括词考》一文，1998 年 12 月。

② 脱脱等：《宋史》卷 443《贺铸传》，中华书局，1985，第 13103 页。

③ 唐圭璋编：《词话丛编》，中华书局，1986，第 4083 页。

壁赋》,《水调歌》櫽括欧阳修《昼锦堂记》,《贺新凉》櫽括黄庭坚《送王郎》诗,《水调歌》櫽括范仲淹《听真上人琴歌》,《满江红》櫽括黄庭坚《听宋宗儒摘阮歌》,《朝中措》櫽括黄庭坚《水仙花》诗,《满江红》櫽括韩子苍《题伯时画太一真人》诗,《贺新凉》櫽括苏轼《书林和靖诗后》,《水调歌》櫽括范仲淹《岳阳楼记》,《木兰花慢》櫽括李白《将进酒》,《水调歌》櫽括王禹偁《黄州竹楼记》,《清平乐》櫽括李白《采莲曲》,《满江红》櫽括卢仝《有所思》,《满江红》櫽括苏轼《海棠》诗,《水调歌》櫽括李白《襄阳歌》,《江神子》櫽括欧阳修《明妃曲》,《意难忘》櫽括李白《蜀道难》,《沁园春》櫽括白居易《庐山草堂记》,《摸鱼儿》櫽括叶清臣《松江秋泛赋》,《意难忘》櫽括黄庭坚《煎茶赋》,《醉江月》櫽括李白《送张承祖之东都序》,《醉江月》櫽括苏轼《月夜与客饮杏花下》,《水调歌》櫽括李贺《高轩过》,《虞美人》櫽括刘禹锡《武昌老人说笛歌》,《江神子》櫽括黄庭坚《题杜子美浣花醉归图》,《沁园春》櫽括范仲淹《严先生祠堂记》,《临江仙》櫽括李白《春夜宴诸从弟桃李园序》,《醉江月》櫽括李白《清平调辞》组诗。林正大的櫽括词所櫽括对象相当广泛,既有辞赋,也有古文;既有乐府,也有古诗。从他所櫽括的作品中,一定程度上可以看出当时人所推崇的历代与当代的作家作品。

二　櫽括与帖括

　　为什么櫽括词会在宋代形成?是什么因素促使櫽括词的形成?这些问题对于研究櫽括词都有了解的必要。

　　櫽括词的出现,从文体的内部渊源来看,应与宋人将诗度为曲的风气相关。但从词源学的角度来考察,为什么宋人会使用"櫽括"一词作为这种文体的名称呢?我们先看看"櫽括"一词的由来,清人张德瀛《词征》卷一"櫽括体"条说:"櫽括二字,见《荀子·大略篇》

及《韩诗外传》、刘熙《孟子注》。檃，度也；括，犹量也。"① 《荀子·大略篇》有云："乘舆之轮，太山之木也，示诸檃栝。"杨倞注："檃栝，矫揉木之器也。"② 除了张德瀛所提到的例子之外，《荀子·性恶篇》也说："枸木必将待檃栝、烝、矫然后直。"③ 而在《大戴礼记·卫将军文子》已有："外宽而内直，自设于隐栝之中，直己而不直于人，以善存。"④ 可以看出，"檃括"⑤ 的原义指矫揉弯曲竹木，使之平直或成形的工具。

在文学批评上，最早使用"檃括"一词的是刘勰。《文心雕龙·镕裁》篇："蹊要所司，职在镕裁；檃括情理，矫揉文采也。"⑥ 这里的"檃括情理"是指矫正情理方面的不当，这是对"檃括"矫正曲木工具原义的引申。但是作为矫正含义的檃括与檃括词的本质特点还是不同的，所以，笔者怀疑宋代词所谓的"檃括"或"括"，其名称的渊源可能受到当时其他文化因素的影响而另有所本。

笔者以为，檃括词的兴起，除了在文体内部以诗度曲的风气之外，可能还与唐宋士子的"帖括"形式有关系。唐宋科举士子以"帖括"形式读书来应付科举考试。《新唐书·选举志》记宝应二年礼部侍郎杨绾上疏言："进士科起于隋大业中，是时犹试策。高宗朝，刘思立加进士杂文明经填帖，故为进士者皆诵当代之文，而不通经史；明经者但记帖括。"⑦ "帖括"的出现，是为了应付帖经考试。除了"帖括"之外，还有"策括"，也是出于应付科举考试的需要。宋苏轼《议学校贡举状》："近世士人纂类经史，缀缉时务，谓之策括，待问条目，搜抉略尽，临时剽窃，窜易首尾，以眩有司，有司莫能辨也。"⑧ 此外还有

---

① 唐圭璋：《词话丛编》第 5 册，第 4083 页。
② 王先谦：《荀子集解》卷 19，沈啸寰、王星贤点校，中华书局，1988，第 507 页。
③ 《荀子集解》卷 17，第 435 页。
④ 王聘珍：《大戴礼记解诂·卫将军文子第六十》，王文锦点校，中华书局，1983，第 115 页。
⑤ "檃栝"也作"檃括"，见《汉语大词典》第 4 册，汉语大词典出版社，1989，第 1320 页。
⑥ 刘勰：《文心雕龙义证》，詹锳义证，上海古籍出版社，1982，第 1177 页。
⑦ 欧阳修、宋祁：《新唐书》卷 44，中华书局，1975，第 1166 页。刘昫等撰《旧唐书》卷 119《杨绾传》（中华书局，1975，第 3431 页）记绾上书批评当时科举考试："明经比试帖经，殊非古义，皆诵帖括，冀图侥幸。"
⑧ 《苏轼文集》卷 25 "奏议"，中华书局，1986，第 724 页。

其他文体类型的"括"。赵翼《陔馀丛考·帖括策括》对此所论甚详：

> 《唐书·选举志》杨绾疏言："明经但记帖括。"按《文献通考》唐制帖经试士，后以应试者多，至帖孤章绝言以惑之，应试者乃索幽隐，编为诗赋，不过数十篇，难者悉备。此即所谓"帖括"也。

> 又《薛登传》：后生皆缉缀小文，名为策学。而东坡《议学校贡举状》亦云：近世士大夫纂类经史，缀辑时务，谓之"策括"，是策亦有括矣。

> 不宁惟是，《文献通考》又云：宋时制科，所难者六论。有巽岩者，取诸书可为论题者抄为一编，揣摩殆无遗漏。则论亦有括矣。

> 又范文正以馆职荐富郑公，公辞以未习。范曰："已为君置大利文字。"所谓六科文字，盖亦巽岩所编之类也。是诏册亦有括矣。

> 学术日薄，士皆以捷给为务，近世馆阁之类书，科场之策略，传遍旁午，固无足怪也。（《明史·汤礼敬传》：宋末有论范、论草、策略、策海、文衡、文髓、主意、讲章等刻，亦帖括之类也。）[1]

赵翼认为唐宋士子为了应付科举考试，出现帖括、策括、论括及诏册括等。这各类"括"，其实就是为了应付考试的内容摘要，它们是否全部是韵文，不好断定，但其中必有将主要内容"编为诗赋"以便记忆的。今考杜佑《通典·选举三》谓唐代明经科，主要采用帖经法，专注重记忆。由于应试者越来越多，而必须加以淘汰，所以帖经法越来越偏，应试者为了应付这种考试，便于记忆，就创造出帖括之法，把难记偏僻的经文概括成诗赋歌诀的形式：

> 凡举司课试之法，帖经者，以所习经掩其两端，中间开唯一

---

① 赵翼：《陔馀丛考》卷29，中华书局，1963，第613页。

行，裁纸为帖，凡帖三字，随时增损，可否不一，或得四、得五、得六者为通。（原注：后举人积多，故其法益难，务欲落之，至有帖孤章绝句，疑似参互者以惑之。甚者，或上抵其注，下余一二字，使寻之难知，谓之"倒拔"。既甚难矣，而举人则有驱联孤绝、索幽隐为诗赋而诵习之，不过十数篇，则难者悉详矣。其于平文大义，或多墙面焉。）①

从文体上来说，"索幽隐为诗赋"的"帖括"在性质上与檃括相类，同样是以韵语的形式改编经典作品。今考《宋史·艺文志》中录有邵川《春秋括义》三卷、玉霄《春秋括囊赋集注》一卷、周士贵《经括》一卷，以"括"为书，大致与当时风气相关。② 笔者以为正是在这种"帖括"风气的影响下，文学创作上的檃括体出现了，词的檃括体大致也是对文学经典的改写或缩写。总之，檃括体之所以产生，原因是多方面的，但科举考试的风气对其形成产生了更为直接的影响。

三　檃括：非原创性的另类创造

檃括词在词中属于"杂体"，尽管宋代的文人墨客颇喜写作，后来也是代有作者，但在词学批评中对于檃括词的评价普遍不高。如王若虚《滹南诗话》卷二："东坡酷爱《归去来辞》，既次其韵，又衍为长短句，又裂为集字诗，破碎其矣。陶文信美，亦何必尔，是亦未免近俗也。"③ 而贺裳《皱水轩词筌》更是不客气地评论说："东坡檃括《归去来辞》、山谷檃括《醉翁亭》，皆堕恶趣。天下事为名人所坏者，正自不少。"④ 的确，檃括绝不是一种原创性的艺术创作，只是对名作或多或少的改编。假如仅仅从艺术原创性的角度来评价檃括词，当然就得出王若虚所谓"陶文信美，亦何必尔"的论点。原作已是非常美

---

① 杜佑：《通典》卷 15，中华书局，1988，第 356 页。
② 脱脱等：《宋史》卷 202，第 5060、5061、5072 页。
③ 王若虚：《滹南诗话》，霍松林、胡主佑校点，人民文学出版社，1962，第 67 页。
④ 唐圭璋编：《词话丛编》，第 710 页。

妙了，何必再来檃括，这似乎是重复劳动。但是如果檃括词真的"未免近俗""皆堕恶趣"，那么宋代人为何如此喜爱这种艺术形式？这是需要我们更为深入地探讨的问题。了解这个问题，实际上也就是了解了檃括词的文体特性。

宋人创作檃括词的直接动机，首先是出自对于作品的极端欣赏之情而产生檃括的兴趣。檃括的过程，也就是特殊方式的欣赏过程。檃括词作者通过对名作临摹改编获得与原创者思想感情的共鸣，或者因为前人创作先获我心，故用檃括形式，借他人酒杯，浇自己块垒，以之寄托自己的思想情感。曹冠《哨遍》檃括东坡《赤壁赋》，其词序曰："双溪居士檃括《赤壁赋》，被之声歌，聊写达观之怀，寓超然之兴。"① 汪莘《哨遍》檃括王维《山中与裴迪书》，其序曰："余酷喜王摩诘《山中与裴迪书》，因檃括其语为《哨遍》歌之。"② 刘将孙《沁园春》檃括苏轼前后《赤壁赋》，其序说自己"姑就本语，捃拾排比，粗以自遣"③。刘学箕《松江哨遍》檃括苏轼《赤壁赋》，前有长序，序的前段描写了松江太湖的美景，接着写道：

> 返而登舟，谓偕行者周生曰："佳哉斯景也，讵可无乐乎？"于是相与破霜蟹，斫细鳞，持两螯，举大白，歌赤壁之赋。酒酣乐甚。周生请曰："今日之事，安可无一言以识之？"余曰："然。"遂檃括坡仙之语，为《哨遍》一阕，词成而歌之。生笑曰："以公之才，岂不能自寓意数语，而乃缀辑古人之词章，得不为名文疵乎？"余曰："不然。昔坡仙盖尝以靖节之词寄声乎此曲矣，人莫有非之者。余虽不敏，不敢自亚于昔人。然捧心效颦，不自知丑，盖有之矣。而寓意于言之所乐，则虽贤不肖抑何异哉。今取其言之足以寄吾意者，而为之歌，知所以自乐耳，子何哂焉。"④

从此序中可以看出，周生原先对于创作檃括词是不理解的，所以持否

① 《全宋词》第 3 册，第 1540 页。
② 《全宋词》第 3 册，第 2202 页。
③ 《全宋词》第 5 册，第 3528 页。
④ 《全宋词》第 4 册，第 2432 - 2433 页。

定态度，认为刘学箕完全有能力自己创作，何必"缀辑古人之词章"，而刘学箕则认为檃括词是"寓意于言之所乐"，"取其言之足以寄吾意者，而为之歌，知所以自乐耳"，是以创作檃括词作为一种精神寄托，可以达到与古人合一的精神境界，从中得到乐趣，这种乐趣是自己创作所不能代替的。刘学箕此序对于研究檃括词非常重要，因为它提供了词人创作檃括词的心理与价值取向。

　　当自己的创作未能出色地表达自己感情时，有些词人也采用檃括词的形式，借重他人作品，抒发自己感情。徐鹿卿《酹江月·元夕上秘丞》檃括苏轼《上元》诸诗。其序叙述有一次与判府秘丞郎中陈公的宴乐中，自己"偶得周旋其间，思有以写父老之所欲言而不能言者以为公寿。顾其词语浅薄，不足发越，乃杂取东坡先生《上元》诸诗，檃括成《酹江月》一阕，与邦民共歌之"①。既然欲言而不能言，所作又词语浅薄，倒不如借用大家手笔，事半功倍。

　　宋代檃括词之所以兴盛，从文学内部来看，是因为宋人喜欢在文体融合方面进行一些实验，如以文为诗、以诗为词等，以各种文体的融合开拓艺术表现的领域。我们不妨把檃括词视为宋人在文体创造方面的实验，但它与一般的文体融合不一样，它是对不同文体的转化，也是对经典或佳作重新演绎。檃括词的出现与宋人以诗句入词的风气有关，宋代词人喜欢用唐人诗句入词，陈振孙《直斋书录解题》就说周邦彦《清真词》"多用唐人诗语，隐括入律，浑然天成"②。而晏幾道《临江仙》"落花人独立，微雨燕双飞"亦是直接摘用五代诗人翁宏诗句。

　　赋予诗歌的音乐性是檃括词创作的主要目的之一，许多檃括词的序文都标明其创作的目的是为了将这些杰作变成可以配乐以供歌唱的词曲。苏轼《哨遍》檃括陶渊明《归去来辞》序："陶渊明赋《归去来》，有其词而无其声。余治东坡，筑雪堂于上，人俱笑其陋。独鄱阳

---

① 《全宋词》第 4 册，第 2315 页。
② 陈振孙：《直斋书录解题》卷 21，第 618 页。

董毅夫过而悦之，有卜邻之意。乃取《归去来词》，稍加檃括，使就声律，以遗毅夫，使家僮歌之，时相从于东坡，释耒而和之，扣牛角而为之节，不亦乐乎。"① 苏轼的《水调歌头》檃括韩愈《听颖师弹琴》的序也说：

> 欧阳文忠公尝问余：琴诗何者最善？答以退之《听颖师琴》诗最善。公曰：此诗最奇丽，然非听琴，乃听琵琶也。余深然之。建安章质夫家善琵琶者，乞为歌词。余久不作，特取退之词，稍加檃括，使就声律，以遗之云。②

此外如方岳《沁园春》檃括《兰亭序》，其序说："汪彊仲大卿禊饮水西，令妓歌《兰亭》，皆不能，乃为以平仄度此曲，俾歌之。"③ 曹冠《哨遍》檃括苏轼《赤壁赋》的序："东坡采归去来词作《哨遍》，音调高古。双溪居士檃括《赤壁赋》，被之声歌，聊写达观之怀，寓超然之兴云。"④ 从这些序中都可以明确看出檃括词与音乐之直接关系，可见檃括词的目的是为原作配乐，增加其音乐性。所以可以说，檃括词与原作相比，并不仅仅是外在形态的变化，在审美方面也增加一些原作所没有的内涵，其中最为明显的是增加了词的音乐性，使之更适合于演奏或歌唱。

有些檃括词与诗的本文差异极小，何以有檃括的必要呢？笔者以为这种微妙之处，正好从一个角度反映出宋人诗词之别的观念。杜牧《九日齐山登高》诗：

> 江涵秋影雁初飞，与客携壶上翠微。尘世难逢开口笑，菊花须插满头归。但将酩酊酬佳节，不用登临恨落晖。古往今来只如此，牛山何必泪沾衣？⑤

苏轼《定风波》"重阳括杜牧之诗"：

---

① 邹同庆、王宗堂：《苏轼词编年校注》，中华书局，2002，第388－389页。
② 《苏轼词编年校注》，第323页。
③ 《全宋词》第4册，第2837页。
④ 《全宋词》第3册，第1540页。
⑤ 吴在庆：《杜牧集系年校注》第2册，中华书局，2008，第371页。

> 与客携壶上翠微，江涵秋影雁初飞。尘世难逢开口笑，年少，菊花须插满头归。　　酩酊但酬佳节了，云峤，登临不用怨斜晖。古往今来谁不老？多少，牛山何必更沾衣？①

此外，苏轼《红梅》诗之一：“怕愁贪睡独开迟，自恐冰容不入时。故作小红桃杏色，尚余孤瘦雪霜姿。寒心未肯随春态，酒晕无端上玉肌。诗老不知梅格在，更看绿叶与青枝。”②苏轼《定风波》（咏红梅）也是对《红梅》诗的自我檃括：“好睡慵开莫厌迟，自怜冰脸不时宜。偶作小红桃杏色，闲雅，尚余孤瘦雪霜姿。休把闲心随物态，何事，酒生微晕沁瑶肌。诗老不知梅格在，吟咏，更看绿叶与青枝。”③这两首词除了对原诗词句的倒置调整之外，仅比原作增加了六个字，就使诗体转变为词体，这是因为除了音律之外，还增加了一种原诗未有的一唱三叹之“声情”。我们再比较朱熹《水调歌头》“檃括杜牧之齐山诗”：

> 江水浸云影，鸿雁欲南飞。携壶结客，何处空翠渺烟霏。尘世难逢一笑，况有紫萸黄菊，堪插满头归。风景今朝是，身世昔人非。　　酬佳节，须酩酊，莫相违。人生如寄，何事辛苦怨斜晖。无尽今来古往，多少春花秋月，那更有危机？与问牛山客，何必独沾衣！④

朱熹的檃括词比起苏轼的檃括词，是较大的改编，是融合原诗之意而重新创作，是比较彻底的词化了。一般来说，檃括词与原作相比，要更为简括，朱熹此词却是对原作的扩展，可谓檃括词中之别格了。从檃括词可以看出宋人对于文体改铸的努力，看出宋人以文为诗、为词的一种风气。总之笔者以为把檃括词与原诗的文本细细加以对照，可以进一步了解宋人有关诗词之别的某种观念——这些实际的操作也许

---

① 《苏轼词编年校注》，第 295 页。
② 王文诰辑注，孔凡礼点校：《苏轼诗集》第 4 册，中华书局，1982，第 1107 页。
③ 《苏轼词编年校注》，第 462 页。
④ 朱熹：《朱熹诗词编年笺注》，郭齐笺注，巴蜀书社，2000，第 908 页。

可以补充诗话词话中的相关论述。

櫽括词虽然不是一种原创性的艺术创作，但也反映出诗人的艺术技巧和语言功力。而从文体史的角度来看，櫽括体也是一种值得研究的特殊文体。如苏轼的《哨遍》櫽括陶潜《归去来辞》：

> 为米折腰，因酒弃家，口体交相累。归去来，谁不遣君归。觉从前皆非今是。露未晞，征夫指予归路，门前笑语喧童稚。嗟旧菊都荒，新松暗老，吾年今已如此。但小窗容膝闭柴扉，策杖看孤云暮鸿飞。云出无心，鸟倦知还，本非有意。　噫！归去来兮。我今忘我兼忘世。亲戚无浪语，琴书中有真味。步翠麓崎岖，泛溪窈窕，涓涓暗谷流春水。观草木欣荣，幽人自感，吾生行且休矣。念寓形宇内复几时。不自觉皇皇欲何之？委吾心、去留谁计。神仙知在何处？富贵非吾志。但知临水登山啸咏，自引壶觞自醉。此生天命更何疑，且乘流、遇坎还止。①

宋人张炎评论道："东坡词如《水龙吟》咏杨花、咏闻笛，又如《过秦楼》《洞仙歌》《卜算子》等作，皆清丽舒徐，高出人表。《哨遍》一曲，櫽括《归去来辞》，更是精妙，周、秦诸人所不能到。"② 张炎所论与王若虚、贺裳诸人的批评截然不同，对于苏轼櫽括词的评价非常之高。平心而论，东坡的櫽括《归去来辞》以"精妙"的韵语改写散体，赋予其音乐性，不但传达了东坡与陶潜精神之共鸣，对陶潜精神也有所阐发，确有其特有的价值。另外，如黄庭坚《瑞鹤仙》櫽括欧阳修《醉翁亭记》：

> 环滁皆山也。望蔚然深秀，琅琊山也。山行六七里，有翼然泉上，醉翁亭也。翁之乐也，得之心、寓之酒也。更野芳佳木，风高日出，景无穷也。游也，山肴野蔌，酒冽泉香，沸筹觥也。太守醉也。喧哗众宾欢也。况宴酣之乐，非丝非竹，太守乐其乐也。问当时太守为谁，醉翁是也。

---

① 《苏轼词编年校注》，第 389 页。
② 张炎：《词源注》"杂论"，夏承焘校注，人民文学出版社，1963，第 30 页。

《风雅遗音》引用此词并评论说："一记凡数百言，此词备之矣，山谷其善檃括如此！"① 这里所谓"善檃括"应该是指作者有很强的概括能力，能以更少的语言，传神地表达出原文的风貌与神韵。其实，山谷此词兼两体，既是檃括词，又是独木桥（福唐）体，也就是全词用同一个字押韵。使用独木桥体并不是纯形式的追求，欧阳修《醉翁亭记》全篇多用"也"字，故有一种摇曳生姿的风神，以独木桥体正是忠实传神之笔。② 所以可以说，檃括词本身虽然不是原创性艺术，它是一种文体对另一种文体的转换，使散文成为韵文，使诗成词，在改编过程中可以表现出作者再创作的艺术才能，尤其是语言表现能力。

檃括词的基本特点就是概括原文，而且酌用原文字句。但在实际檃括过程中，酌用原文的程度各有不同。有些檃括词更为忠实原作，檃括其意，而且尽量地使用原作的字词句；有些只是檃括其意，而出以己词。这可以说是檃括词的两种基本倾向和方法。下面我们以方岳《沁园春》和林正大《贺新凉》分别檃括王羲之的《兰亭序》为例：

沁园春　方岳

　　岁在永和，癸丑暮春，修禊兰亭。有崇山峻岭，茂林修竹；清流湍激，映带山阴。曲水流觞，群贤毕至，是日风和天气清。亦足以，供一觞一咏，畅叙幽情。　　悲夫一世之人，或放浪形骸遇所欣。虽快然自足，终期于尽，老之将至，后视犹今。随事情迁，所之既倦，俯仰之间迹已陈。兴怀也，将后之览者，有感斯文。③

贺新凉　林正大

　　兰亭当日事。有崇山、茂林修竹，群贤毕至。湍急清流相映带，旁引流觞曲水。但畅叙、幽情而已。一咏一觞真足乐，厌管弦丝竹纷尘耳。春正暮，共修禊。　　惠风和畅新天气。骋高怀、

---

① 魏庆之编：《诗人玉屑》卷21"山谷檃括醉翁亭记"条，上海古籍出版社，1978，第471页。

② 林正大的《贺新郎》檃括《醉翁亭记》也是檃括体兼独木桥体，通篇以"也"字押韵，可见宋人对欧阳修此文特点有共识。

③ 《全宋词》第4册，第2837页。

仰观宇宙，俯察品类。俯仰之间因所寄，放浪形骸之外。曾不知、老之将至。感慨旧游成陈迹，念人生、行乐都能几。后视今，犹昔尔。①

两首檃括词选取的对象一样，字数也相近，大致也都保持原文的意境和格调。但不难看出，两者的风格不同，方岳是比较"忠实"于原作，他最大限度地采用原作的词语，而林正大的檃括较多地运用自己的语言来表现原作的意境。可见檃括词创作同样也能表现出词作者的语言风格来。

檃括词选取的对象一般都是公认的经典之作，这点和"帖括"有相似之处，"帖括"的对象是儒学经典，而檃括词的对象则是文学经典。我们从宋代檃括词作品来看，被檃括之作多数具有崇高的地位，备受人们所心追手摹。② 如《楚辞》、王羲之文、陶潜辞、杜诗、韩文等。因此，从檃括作品中也可以看出当时人们对于经典或杰作的认同来，这倒是为文学批评提供了一种新的角度。假如我们把宋人檃括词的目录集中起来，便可以从一个侧面看出宋人心目中的文学经典作品。值得我们注意的是，宋代的杰作也常常成为宋人檃括词选用的对象，如欧阳修的《醉翁亭记》《昼锦堂记》，范仲淹的《岳阳楼记》，苏轼前、后《赤壁赋》，王禹偁《黄州竹楼记》等，其中尤其苏轼的前、后《赤壁赋》更是经常被檃括的对象，这多少体现出宋人对于当代文学的认同态度。我们注意到宋人檃括词选取的对象绝大多数作品在今天仍被视为杰作，从这个角度来看，宋人的文学经典标准与今人并没有多大的差距——也许应该说——今人的文学经典标准深受宋人的影响。

（原载《文学遗产》2000 年第 4 期）

---

① 《全宋词》第 4 册，第 2441－2442 页。
② 有部分檃括对象是友人作品，它是出于一种类似唱和的动机，被檃括的作品不一定是杰作。

附记：

近日笔者在耶鲁大学图书馆东亚部读到内山精也先生所撰《两宋檃括词考》，汲古书院 2000 年载《村山吉广教授古稀记念中国古典学论集》（平成十二年三月三十一日发行）731 页至 751 页。全文一万多字，其具体章节是一、绪论；二、苏轼与苏门的檃括；三、南渡前后；四、南宋中兴期；五、南宋晚期；六、檃括赤壁赋；七、结论：在宋词里檃括的意义。该文的内容、观点和材料与拙作可互相补充。

2001 年 10 月记于耶鲁大学

补记：

《两宋檃括词考》与日本早稻田大学中国文学会 1998 年 12 月编《中国文学研究》第 24 期所刊《苏轼檃括词考》二文，中译本见内山精也著、朱刚等译《传媒与真相——苏轼及其周围士大夫的文学》，上海古籍出版社 2005 年，第 388—429 页。

第六章 《郡斋读书志》与文学批评

一 作为目录学的文学批评

古典目录学不仅是学人读书治学之门径，也是研究中国古代文化学术的重要材料来源。"目录之书，实兼学术之史"①，"有专门之书则有专门之学"②。从西汉刘向编撰《别略》、刘歆编撰《七略》，到后晋刘昫等《旧唐书·经籍志》"目录类"之确立，中国古典目录学俨然已发展成为一门独立的学科，同时又与其他学科发生关联，相互渗透。目录学与文学批评之间也是如此：一方面，目录著作对文学批评典籍进行著录，并设立相应部类以反映对文学批评发展之认识；另一方面，目录著作在各部类的序及提要中对著录对象进行记录与品评，具有一定的文学批评功能。也正基于此，古典目录学成为中国古代文学批评的形式之一。

南宋晁公武《郡斋读书志》（以下简称《读书志》）是我国现存最早的、具有提要内容的私家藏书目录，对于后世目录学影响很大。《读书志》收录图书达 1 472 部，宋代以前的重要典籍多有载录，而唐代和

---

① 余嘉锡：《目录学发微》，商务印书馆，2011，第 9 页。
② 郑樵：《通志二十略》，王树民点校，中华书局，1995，第 1804 页。

北宋时期的典籍载录比较完备，这些典籍不少后来已亡佚或者残缺，故可据《读书志》的提要窥其大略。①

晁氏以诗文名世，多有藏书，然"自中原无事时，已有火厄"，再加上靖康南渡战火之灾，所剩无几。晁公武藏书，主要来源于南阳井度之赠，公武以之并其家藏，剔除重复，"日夕躬以朱黄，雠校舛误"，著成《读书志》。四卷本最早由晁公武门人杜鹏举于蜀地刊刻。刊行之后，公武又作了大量的增补修订，终成20卷本《读书志》。《读书志》有袁、衢两个版本系统。南宋理宗淳祐九年（1249），南充游钧守衢州，"取公武门人姚应绩所编蜀本刊传"，即是后世20卷"衢本"。同年，"鄱阳黎安朝守袁州，因令希弁即其家所藏书目参校。删其重复，摭所未有，益为《附志》一卷，而重刻之"② 为五卷，其后赵希弁又从"衢本"中摘出公武晚年所增书435部，别而为《后志》二卷，此即后之"袁本"。袁、衢二本《读书志》，南宋时已并行。如陈振孙《直斋书录解题》卷8中著录的是20卷本《读书志》，王应麟《玉海》卷52载的是四卷本《读书志》。而《宋史·艺文志》（以下简称《宋志》）则分别在卷2、卷3著录了《读书志》四卷与20卷两个版本。宋明之时，《读书志》未有"袁本""衢本"之称，各书目均以著录具体卷数予以区别。自清乾隆年间编修《四库全书》，四库馆臣在《读书志》提要中考证其版本源流时称赵希弁重刻本为"袁本"、游钧刻本为"衢本"，《读书志》遂有袁、衢二本之专称。两本并行，而袁本流传更广，衢本难寻。钱大昕《十驾斋养新录》卷14载："今世通行本皆依袁本翻刻。予婿瞿生中溶购得抄白衢本，惜无好事者刊行之。"③ 记载了当时衢本《读书志》不易获得的情况。顾千里《思适斋集》卷15《〈衢本郡斋读书志〉考辨跋》与钱泰吉《曝书杂记》卷下也认为"世

---

① 如《读书志》别集类著录了宋诗僧希白的《希白诗》三卷，后世文人在引述希白诗时，都是引用晁公武《读书志》。比如马端临《文献通考》以及当代曾枣庄等人所编《全宋文》中所引《希白诗》之序，都是出自《读书志》。"右皇朝僧希白撰。张逸序之，曰：'希白能诗，与宋白、梁周翰、张咏而下十数公相友善，其格律不减齐己'云。"（晁公武：《郡斋读书志校证》卷19，孙猛校证，上海古籍出版社，1990，第1049页。）

② 《四库全书总目》卷85，第729页。

③ 钱大昕：《十驾斋养新录》，《续修四库全书》第1151册，上海古籍出版社，2002，第282页。

所通行谓袁州本也"①，而衢本 20 卷则为"世所罕见"② 者。《四库全书》虽详叙了袁、衢二本之源流，却只收录袁本。因衢本得之不易，且为公武晚年在四卷本基础上增益而成，故于考证辨伪、遣词造句上较之前者更为精详，自然受到了注重实学、精于考辨的清人之赞赏。清代学者在整理藏书、著录书目与撰写提要时，衢本《读书志》提供了很好的参考，故一度销匿的衢本在清代得到了广泛认可与高度重视。不过民国年间，随着故宫博物院图书馆南宋淳祐间所刻袁州本《读书志》的发现，新一轮《读书志》版本优劣论拉开了帷幕。张元济将新发现的袁本《读书志》收入《四部丛刊》三编并为之作《跋》，详尽叙述了《读书志》版本流传，末尾更直接做出"（袁本）撰录传刻，源流井井，非衢本所及。私窃以为袁本出而衢本可废"③ 的结论。其实，《读书志》袁、衢二本各有特点，可互相补充，不可偏废。光绪年间，王先谦就已开始用袁本校衢本。今人孙猛《郡斋读书志校证》亦鉴王氏之法，以清人汪士钟所刻衢本为底本参校袁本，并对书中相关内容进行考订与疏证。校证本《读书志》为目前最为完整的点校本。

《读书志》因著录翔实、考订精审，且与官修、史志目录视角不同、风格迥异而深受后世学者推崇。清人钱泰吉在《曝书杂记》卷下便称："晁子止《郡斋读书志》，为宋以来著录家之首。"④ 王先谦《〈郡斋读书志〉叙》亦言，"自宋晁子止创为此学，陈氏振孙继之，并为后儒宗仰，而晁氏尤冠绝"，且具有"通贯宏远，不名一家"⑤ 之气象。阮元谓其"次序有法，足为考核之资"⑥。

《读书志》书前有晁公武自序，四部之前有总序，四部之下各有部序冠其首，45 类中有 25 类首书提要之下系以类序，与《汉书·艺文志》《隋书·经籍志》置于类末不同。部序、类序或述其分类编次之依

① 钱泰吉：《甘泉乡人稿》卷 9，《续修四库全书》第 1519 册，第 345 页。
② 顾广圻：《思适斋集》，《续修四库全书》第 1491 册，第 117 页。
③ 张元济：《张元济古籍书目序跋汇编》下册，张人凤编，商务印书馆，2003，第 947 页。
④ 钱泰吉：《甘泉乡人稿》卷 9，第 344 页。
⑤ 王先谦：《虚受堂文集》卷 3，《续修四库全书》第 1570 册，第 290 - 291 页。
⑥ 阮元：《揅经室外集》卷 2，《丛书集成初编》本，中华书局，1985，第 107 页。

据，或叙其体例沿革之特点，或表达晁氏个人见解，或回顾、总结学术发展。除部序与类序外，每书之提要亦弥足珍贵。晁公武自谓："日夕躬以朱黄，雠校舛误。终篇，辄撮其大旨论之。"[①]《读书志》中的提要，除对作者生平、创作背景、成书过程、内容梗概，以及相关故实等进行介绍外，还就一书之流传、编撰体例、版本、真伪等进行考证，并于其间插入品评之语，皆为有得之言。《四库全书简明目录》谓《读书志》"以经、史、子、集分部，各有解题，为藏书家所依据"[②]。目录学之有提要，始于汉代。《隋书·经籍志》说："刘向《别录》、刘歆《七略》，剖析条流，各有其部，推寻事迹，疑则古之制也。自是之后，不能辨其流别，但记书名而已。"[③]《四库全书总目》"目录类"序谓目录著作之有提要，始于刘向、刘歆，而"今所传者，以《崇文总目》为古，晁公武、赵希弁、陈振孙并准为撰述之式"[④]。指出《读书志》采用提要方式主要是受到宋代官修《崇文总目》的影响。不过，《读书志》的提要有后出转精之妙，晚清郭嵩焘在《王氏校定衢本〈郡斋读书志〉序》中言及前代书目之叙录时，便曾以"至宋而传者寖繁，尤以晁氏《郡斋读书志》最先，叙释亦最精"[⑤] 之语，高度赞扬《读书志》之"叙释"。《读书志》中提要的价值是多方面的，如清人张宗泰《跋晁公武〈郡斋读书志〉》所言："所附遗闻佚事，尤足为辨章旧闻之资。"[⑥] 从传统目录学的发展历程上看，晁氏《读书志》无论是在影响后世私人藏书家编目风气上，还是在开创著录体例等诸方面上，都有承前启后的重要地位。若从文学学术的角度解读《读书志》，它就不仅是一部目录学巨著，其分类与提要也是一部带有文学史、文学批评史性质的札记。

本文研究《读书志》之文学批评，主要从两大方面即书目部类设置、部类序目及提要研究其著录所体现出的文学批评观念及其意义。

---

① 《衢本昭德先生郡斋读书志序》，《郡斋读书志校证》，第 15 页。
② 永瑢等：《四库全书简明目录》卷 8，上海古籍出版社，1985，第 319 页。
③ 长孙无忌等：《隋书经籍志》卷 2，商务印书馆，1955，第 70 页。
④ 《四库全书总目》卷 85，第 728 页。
⑤ 郭嵩焘：《郭嵩焘诗文集》卷 3，杨坚点校，岳麓书社，1984，第 28 页。
⑥ 张宗泰：《鲁岩所学集》卷 6，沈云龙主编《近代中国史料丛刊续编》第 17 辑，文海出版社，1975，第 333 页。

二　"文说"与"诗话"的诗文评学术史意义

《读书志》部类设置所反映出的文学批评观念，首先是在传统目录学"文史"类的基础上，改设"文说"类，并把原"文史"类中的"史评"另置之史部，反映出文学批评与史学批评自觉分离的观念。

衢本《郡斋读书志》卷17"集部总叙"："集部其类有四：一曰楚辞类，二曰别集类，三曰总集类，四曰文说类。""文说类"为晁公武《读书志》首创，收入《文心雕龙》十卷、《修文要诀》一卷、《金针诗格》三卷、《续金针诗格》一卷、《李公诗苑类格》三卷、《杜诗刊误》一卷、《韩文辨证》八卷、《韩柳文章谱》三卷、《天厨禁脔》三卷。"文说类"收录文评、诗格、文谱以及辨证方面的内容，不收诗话，诗话另入子部"小说类"。

讨论晁氏"文说类"之设置，有必要回顾传统目录中对文学批评类著作归类认识的演变。现存官私书目中，最先著录诗文批评类著作的是《隋志·经籍志》。杨明照《文心雕龙校注拾遗》在论及《文心雕龙》一书的著录情况时曾称："《文心》著录，始于隋志，自尔相沿，莫之或遗。"[①]《隋书·经籍志》为初唐长孙无忌等奉敕编修，由于当时文学批评类著作数量尚少，故"总集类"小序言："并解释评论，总于此篇。"[②]将《文心雕龙》《文章流别》与《文选》《古诗集》《玉台新咏》等同列入"总集类"。初唐时人已经开始意识到《文心雕龙》一类"解释评论"不同于诗文总集之性质，然而由于数量过少，仅将其附于总集之下。后晋刘昫等撰《旧唐书》，承袭《隋书·经籍志》之法，亦将文学批评类著作散入"总集类"。由此可知，唐五代之际文学批评类著作主要是作为总集之附庸而存在的，在目录学著作中并未获得独立的地位。

---

① 杨明照：《文心雕龙校注拾遗》，中华书局，1982，第416页。
② 《隋书经籍志》卷4，第137页。

关于目录学中"文史"的由来，章学诚在《和州志艺文书辑略》中言道："唐宋以后，纪闻随笔，门类实繁；诗话文评，牵连杂记，是则诸子之中，所以别立文史专门也。"① 虽然在现存官私书目中，最早设置"文史类"以收录文史批评著作的是宋初官修书目《崇文总目》，但"文史"类的设置却是始于唐人吴兢《西斋书目》。《旧唐书》吴兢本传载："兢家聚书颇多，尝目录其卷第，号《吴氏西斋书目》。"② 《西斋书目》已亡佚，其始设"文史"之证据主要来源于马端临《文献通考》。"经籍七十五"载："宋《三朝艺文志》：'晋李充始著《翰林论》。梁刘勰又著《文心雕龙》，言文章体制。又钟嵘为《诗评》。其后述略例者多矣。至于扬榷史法，著为类例者，亦各名家焉。前代志录，散在杂家或总集，然皆所未安。惟吴兢《西斋》有文史之别，今取其名而条次之。'"③《西斋书目》"文史"之设置，受到了宋以后目录学家的推崇与重视。宋初王尧臣主持编修的《崇文总目》，集部共分三类："总集""别集""文史"，于集部之中增设"文史类"，收入刘勰、钟嵘及唐人诗格、文论、赋诀等作 25 部 70 卷④，依仿吴兢之体例。《新唐书·艺文志》沿袭《隋书·经籍志》《旧唐书·经籍志》，集部分"楚辞""总集""别集"三类，但"总集"类之下设了"文史"，"文史"类除收录文学批评著作外，也收录了刘子玄《史通》20卷、柳璨《柳氏释史》10 卷等史评类书，内容上倒是名副其实的"文史"⑤。《新唐书·艺文志》把"文史"置之"总集"之下，一方面可以理解为兼顾《隋书·经籍志》的传统与《崇文总目》的新意，另一方面，也可以看出当时人们对诗文评类著作与总集类不同的独特性与独立性并未有共识。

目录学中"文史类"的出现，标志了批评类著作独立于总集之外，成为集部之中又一重要类目。这反映出诗文批评类著作的独特性质得

① 章学诚：《校雠通义通解》，王重民通解，上海古籍出版社，1987，第 150 页。
② 刘昫等：《旧唐书》卷 102，中华书局，1975，第 3182 页。
③ 马端临：《文献通考》卷 248，中华书局，1986，第 1953 页。
④ 王尧臣等：《崇文总目（附补遗）》（四），《丛书集成初编》本，商务印书馆，1937，第 386－388 页。
⑤ 欧阳修、宋祁等：《新唐书》卷 60，中华书局，1975，第 1625－1626 页。

到一定认识和重视，但同时又有些含混不清。章如愚《群书考索续集》在论述总集时便对"文史"之内涵与重要性进行了阐释："总集者，编类古今众作为一集也。《唐志》有虞挚《文章流别》、《杜预善文》、谢沈《名文》、孔逭（一作造）《文苑》、萧统《文选》、萧圆（一作图）《文海》、姚铉《文粹》、徐坚《文府》之类是也。《唐志》又有文史者，附见于总集之后。如刘勰《文心雕龙》、刘知幾《史通》、炙毂子《诗格》、钟嵘《诗评》之类是也。夫《史通》《诗格》《诗评》，皆所以考论前人得失是非，所不可废也。"① "文史"是一个集诗文评与史评于一身的类目，兼有集部与史部的性质。因为集部主要内容是诗文，而"文史"著作大多也是评论诗文。诗人之作，故置之总集总体上有其合理性。然而，其在"文史"中杂入史部评论内容，将之置之集部总集类，此分类并非最为切当。此前，《崇文总目》将《文心雕龙》《诗品》《文章龟鉴》等诗文批评类著作归入集部之"文史"，而将刘知幾《史通》及其他史评类著作归入"杂史"中。虽然把史评著作归之"杂史"也不恰当，但终究首次把文、史批评分开了，这无疑是有积极意义的。它给后世尤其是南宋以后文、史批评的独立提供了借鉴。南宋郑樵正是在《崇文总目》的启发下对文、史批评类著作进行了有意识的区分。不过这种区分尚处探索阶段，并不成熟。《通志》"艺文略"并非按照传统目录四分法进行著录，而是将所有图籍分成了 8 部12 类，其中把传统诗文批评类著作归入"文类"，而将以刘知幾《史通》为代表的史评类著作归入"史类"之"正史"中，这可以看作是对《崇文总目》入"杂史"的修正②。而在"文类"中，又具体将诗

---

① 章如愚：《群书考索续集》卷 17，书目文献出版社，1992，第 1021 页。

② 《通志》"校雠略"曾在《崇文明于两类论》中赞扬《崇文总目》之"道书"与"杂史"，认为"两类极有条理"，并且已至"古人不及，后来无以复加"之境。然而由于具体著录中收书的不当，使其黯然失色，这令郑樵大为惋惜。考《崇文总目》"杂史"类所收之书，除《史通》《史通析微》等书郑樵入"正史"外，其余大致与《通志》"杂史"所载同，故可推知《通志》"惜乎当时不尽以其书属之也"之叹，主要是针对"杂史"中之史评类书籍而言（《通志二十略》"校雠略"，第 1818 页）。《四库全书总目》在论及《崇文总目》时便言，郑樵《通志》"校雠略""全为攻击此书（《崇文总目》）而作"（《四库全书总目》卷 85，第 729 页）。故《通志》中将史评类著作入"正史"可看作对《崇文总目》入"杂史"的修正。

文批评类著作细分为"文史"与"诗评"二类。将《翰林论》《文心雕龙》等综合论文之著归入"文史",而将《诗品》以及唐宋时兴起的诗格、诗话等相关评诗论诗之作收入"诗评"中。由于唐宋时期诗歌理论发展迅猛,数量较多,故《通志》将其单列一类。这种将诗论与文论截然分开的著录方式,虽然有利于凸显诗、文批评的区别与重要性,然而在具体著录中却显得过于繁琐与不便,故于后世鲜有共鸣,正如四库馆臣所评:"'诗集'亦属'别集',必欲区分,则有文无诗者将又立'文集'一门,弥滋繁碎。"①

与郑樵同时代的晁公武《读书志》将前人集部"文史类"分为"史评"与"文说"二类②,反映出诗文批评与史学批评各自独立的意识。"文说类"的出现在文学批评类目的发展中具有重要地位。"文说""史评"的出现,一方面是目录学分类发展的需要,另一方面也是当时批评类著作日益兴盛的结果。虽然《崇文总目》与《通志》对此均有所探索,但晁公武《读书志》的分类处理显得更为妥当。《读书志》在史部置"正史类""编年类""实录类""杂史类""伪史类""史评类"等,"史评类"收录包括刘知幾《史通》、柳璨《史通析微》等评史之作 23 书 355 卷(袁本收 14 书 142 卷)。关于"史评"的设置,晁氏在"《刘氏史通》二十卷"下所系之"史评类"小序中道:"前世史部中有史抄类而集部中有文史类,今世抄节之学不行而论说者为多。教自文史类内,摘出论史者为史评,附史部,而废史抄云。"③孙猛先生在《郡斋读书志校证》对此有一段精彩评论:"史部之设史评类,创自《读书志》。前此诸目,如《新唐书·艺文志》《崇文总目》《秘书省续四库书目》,俱以史学评论、考订一类书,归入文史类,附集部总集类之后,与文学批评书混而为一,乙丁相杂,实属不伦,故

---

① 《四库全书总目》卷 173,第 1530 页。
② 案 "文说类"仅见"衢本"《读书志》。"袁本"《读书志》于集部之"序"下言,集部其类有三,曰"楚辞类""别集类""总集类",未立有"文说"一类。"袁本"《读书志》分类与"衢本"不同。以文学批评类著作为例,"袁本"《读书志》分别将其归入"别集类"与"总集类"。如将刘勰《文心雕龙》置入"别集类"与《李翰集》《张籍诗集》等同论;将《本事诗》《续本事诗》等归入"总集类",与《文选》《中兴间气集》等并提,不甚合理。"衢本"更显精当。
③ 《郡斋读书志校证》卷 7,第 295 页。

章炳麟编《史籍考》有'集部宜裁'之议。与公武同时或稍后者，如陈振孙《书录解题》、陈骙《中兴馆阁书目》、脱脱等《宋史艺文志》犹蹈袭旧例。独公武于史部设史评，又于衢本集部设文说，文史批评著述遂得所归，故后世众目多宗焉。"① 所论极是。宋代诗文评与史评的各自繁荣，使得二者间的独立迫在眉睫。将论诗文者保留集部并易名"文说"的著录方式，对后世目录学产生了深远的影响。如明清时期书目便多于史部之下置"史评""史论"之目，而集部则是完全沿袭晁氏"文说"将诗文批评合类著录的方式。由于《读书志》"文说类"无小序，流行的袁本又没有"文说类"，再加上其为私人藏书家整理家藏而成之目，收书数量有限，因此其在诗文批评领域的地位与贡献常为现当代研究者忽视。

《读书志》集部"文说类"的设置，是晁公武之创举。虽然"文说"分类仍存在不足，但在文学批评史上的作用与地位仍是不可忽视的。正如郑樵"有专门之书则有专门之学"② 之论，文学批评类由最初的专书收录到最后文学批评专学的形成与繁荣，表现在目录学中便是对其独立地位的肯定。从前代"总集""文史"类的尝试，到南宋晁公武"文说"之探索，再到明代焦竑《国史经籍志》"诗文评"的出现，展现了古人对传统诗文批评类著作性质由模糊到清晰的认识。《读书志》"文说类"是在"诗文评"专称出现之前最为精当的文学批评类目，它解决了前人"文史类"或文论史评杂糅或有文无史的混乱状况，可以说它是诗文批评类目从"文史"到"诗文评"发展过程中最关键的过渡。

《读书志》对宋代新兴文体"诗话"的归类也反映出当时某种文学批评的观念。据郭绍虞先生考证，宋代有目可考的诗话就达140余种③，足见当时诗话创作之盛。《读书志》录晁氏家藏诗话 7 部 16 卷，包括欧阳修、司马光、苏轼、王直方、刘攽、陈师道、范温 7 人之作。

---

① 《郡斋读书志校证》卷 7，第 295 – 296 页。
② 郑樵：《通志二十略》"校雠略"，第 1804 页。
③ 见郭绍虞《宋诗话考》"目录"，上海古籍出版社，1979，第 1 – 6 页。

《读书志》将"诗话"归入子部"小说类",其后,宋元时期的目录学家多将诗话类著作著录于集部"文史类"。比如稍后的《直斋书录解题》,便将诗话与《文心雕龙》《诗品》《史通》等文史专论同列,归入"文史类"。从学理上看,将诗话归入"文史类"是比较合理的,因为这种分类考虑到诗话的文学批评性质。元人脱脱等所编之《宋史·艺文志》在面对前人既将诗话置子部"小说类"又入集部"文史类"的情形时显得有些难以取舍,因此在具体分类时,将"诗话"或入"小说类"或入"文史类"。比如将苏轼《东坡诗话》、陈师道《后山诗话》等归入"小说类";而将司马光《续诗话》、刘攽《诗话》等归入"文史类",体例不一,颇为杂乱。经过宋元文人的不断尝试,诗话的归类在明清两代得以确定,最终归之"诗文评",成为学界共识与目录学通例。

如何看待《读书志》将诗话归入"小说类"的分类?司马迁谈治史需"好学深思,心知其意"(《五帝本纪》),对古人需放到具体的历史语境予以同情之理解。将诗话归入小说类,现代人觉得有些奇怪,但这种分类并非晁氏一时草率之举,它反映出宋诗话的另一种特质以及宋人对诗话与小说的认知,我们对其所具有的文学批评史意义需要加以体察分辨。

诗话,顾名思义即是与诗相关之语,晁氏当然理解诗话的内容。《读书志》中所著录的七部诗话,皆因诗而发,或记评诗之语,或录作诗之事。如《后山诗话》提要中便有"论诗七十余条"之载,认为是陈师道专论诗之作;《东坡诗话》亦谓是书为东坡"杂书有及诗者,好事者因集之"而成。[①] 诗话的内容乃论诗记诗之作,但在形式上与笔记小说有共性。晁公武将诗话置于"小说类",是与对小说的认识密不可分的。《读书志》"《周卢注博物志》十卷、《卢氏注》六卷"下所系小说类"序"言:"《西京赋》曰:'小说九百,起自虞初。'周人也,其小说之来尚矣,然不过志梦卜、纪谲怪、记谈谐之类而已。其后史臣

① 《郡斋读书志校证》卷 13,第 600、601 页。

务采异闻，往往取之。故近时为小说者，始多及人之善恶，甚者肆喜怒之私，变是非之实，以误后世。至于誉桓温而毁陶侃，褒卢杞而贬陆贽者有之。今以志怪者为上，褒贬者为下云。"① 晁公武认为采异闻、纪谲怪、记谈谐与论褒贬是小说的主要内容，这与诗话的内容正好相合。欧阳修《六一诗话》"自序"便将其诗话以"集以资闲谈"② 论之；司马光在《续诗话》"序"中亦言："诗话尚有遗者，欧阳公文章名声虽不可及，然记事一也，故敢续书之。"③ 无论是"闲谈"，还是"记事"都与晁公武"纪谲怪、记谈谐"的小说观相吻合。四库馆臣在编纂《四库全书》时，虽然将诗话放入集部"诗文评"中，却以"体兼说部"④ 概言其特征。由于诗话与说部界限不甚明晰，故二者之间时常不易厘别，不同分类其实各有理由。如果说，把诗话归于"文史类"是重视其"诗"的内容，而把诗话归之"小说类"，则是看到其"话"的性质，那就是采异闻、纪谲怪、记谈谐与论褒贬。《读书志》里"小说类"所收诗话书籍，与同类中所收的宋代《青箱杂记》《缃素杂记》《湘山野录》《冷斋夜话》《玉壶清话》等小说，在形态上确实是有共性的。

　　章学诚于《文史通义·诗话》说："诗话说部之末流。……说部流弊，至于诬善党奸，诡名托姓。……诗话之不可凭，或甚于说部也。"⑤ 他指出诗话类著作与小说一样，存在夸诞与随意，甚至有过之而无不及。章学诚此语有特殊的语境，就是批评当时的诗话，但他指出诗话与小说性质之相通，是有道理的。《读书志》在著录宋人诗话时，也关注到诗话的随意性。如王直方《归叟诗话》提要："直方自号归叟。元祐中，苏子瞻及其门下士以盛名居北门东观，直方世居浚仪，有别墅在城南，殊好事，以故诸公亟会其家，由是得闻绪言余论，因辑成此书。然其间多以己意有所抑扬，颇失是非之实。宣和末，京师书肆刻

① 《郡斋读书志校证》卷 13，第 543 页。
② 欧阳修：《六一诗话》，何文焕辑《历代诗话》，中华书局，1981，第 264 页。
③ 司马光：《温公续诗话》，《历代诗话》，第 274 页。
④ 《四库全书总目》卷 195，第 1779 页。
⑤ 章学诚：《文史通义校注》卷 5，叶瑛校注，中华书局，1985，第 560 页。

印鬻之，群从中以其多记从父詹事公话言，得之以呈，公取览之，不怿曰：'皆非我语也。'"① 王直方为江西诗社二十五"法嗣"之一②，其事迹不见载于史籍，主要见晁公武从父詹事公晁说之《王立之墓志铭》。《王立之墓志铭》所记王直方"我有所作诗文，他日无咎序之，死则以道铭我"③ 之语，可见王直方与晁氏兄弟间深厚的友谊。也正因如此，性格"殊好事"④ 的王直方才有机会集结苏门士人于其家以"闻绪言余论"，并辑成《归叟诗话》一书。王直方虽与公武前辈关系密切，然公武指出《归叟诗话》"以己意有所抑扬，颇失是非之实"，又记晁以道语以证《归叟诗话》虚构失实之例，这可以看出诗话的"小说"性质。

总之，《读书志》把"文史类"分为"文说类"与"史评类"，首次收入诗话著作并置之"小说类"，虽然这些分类存在一些不足，后来被其他分类法所取代了，但是《读书志》的分类法在文学批评学科发展史上是不可或缺的一环，对于认识宋人的文学批评观念也是相当重要的。

三 《读书志》文学批评的党争与家族背景

《读书志》文学批评的特色在书籍提要所反映出的宋代党争背景及其立场。在中国历史上，因朝臣之间存在着不同的集团利益与政治立场，故党争不断。宋代党争因波及范围广、延绵时间长，对士人社会之影响尤巨。

面对党争，文人往往牵涉其中而不能自拔。晁公武在《读书志》中以身处朝廷各种矛盾中，又能泰然处之超脱党争影响的唐人白居易为士人典范。白居易《长庆集》提要云：

---

① 《郡斋读书志校证》卷13，第602页。
② 胡仔纂集，廖德明校点：《苕溪渔隐丛话前集》引吕本中《江西诗社宗派图》条，中华书局，1962，第327页；亦见张泰来《江西诗社宗派图录》，中华书局，1985，第3页。
③ 晁说之：《嵩山文集》卷19，《四部丛刊续编》第60册，上海书店出版社，1985，第682页。
④ 王直方"好事"之说，见晁说之《王立之墓志铭》，《嵩山文集》卷19，第679页。

予按乐天尝与刘禹锡游，人谓之"刘、白"，而不陷八司马党中；及与元稹游，人谓之"元、白"，而不陷北司党中；又与杨虞卿为姻家，而不陷牛、李党中：其风流高尚，进退以义，可想见矣。呜呼！叔世有如斯人之仿佛者乎？独集中载《闻李崖州贬》二绝句，其言浅俗，似幸其祸败者，余固疑非乐天之语，及考之编年，崖州贬时，乐天没将逾年，或曰浮屠某所作也。①

白居易生活在党争纷杂的中唐，与当时身陷"永贞革新""南衙北司"以及"牛李党争"文人多有交集，独不为党祸所害。在晁公武看来，"风流高尚，进退以义"是白居易能全身而退的主要原因，故高度赞扬白居易高妙的处世原则。但是现实生活里，能在激烈的党争中既保持独立的人格又超然其外免于祸害者，是很难得的。故晁公武感叹："呜呼！叔世有如斯人之仿佛者乎？"这应该是针对宋代党争有感而发的。

《读书志》中凡涉宋代党争，皆有鲜明的政治好恶，即对新党的憎恶与批评和对旧党之同情与赞扬。

《读书志》录王安石及新党之文集，大都系以批评之语。如王安石《临川集》提要："近时议者谓自绍圣以来，学术政事，败坏残酷，贻祸社稷，实出于安石云。"② 借时人之议力贬王安石。又如元绛《元氏集》提要："立朝无特操。晚入翰林，谄事王安石及其子弟，时论鄙之。"③ 在批评其他新党人时，也不忘顺带批评王安石。丁谓《丁晋公集》提要："憸巧险诐，世鲜其俦。……熙宁以来，议者莫不指谓为奸邪之首，自王安石用事，则称其贤智云。王安石之大概亦从可知矣。"④ 此皆借他人恶行反证王安石之"奸邪"。

《读书志》对旧党党人在党争中的遭遇则详加记载，并寓以褒扬。如苏轼数种文集提要云："初，子瞻当王安石纷更法度之际，见其事不便于民，则赋诗以讽焉。言者从而挤陷，欲置之死。神宗薄其过，责

---

① 《郡斋读书志校证》卷18，第888页。
② 《郡斋读书志校证》卷19，第1000页。
③ 《郡斋读书志校证》卷19，第1004页。
④ 《郡斋读书志校证》卷19，第971－972页。

置黄州。温公相哲宗，累擢中书舍人，除翰林学士承旨。绍圣中，坐草责吕惠卿制，直书其罪，诬以讪谤，安置惠州，徙昌化。元符初，北还，卒于常州。初，好贾谊、陆贽书，论古今治乱，不为空言。既责黄州，杜门深居，驰骋翰墨，其文一变。平生遇事所为诗、骚、铭、记、书、檄，论撰率皆过人。晚喜陶渊明诗，和之几遍。为人英辩奇伟，于书无所不通。所作文章才落笔，四海已皆传诵，下至闾阎田里，外至夷狄，莫不知名。门下宾客，亦皆一世豪杰：其盛本朝所未有也。立朝知无不为，世称其忠义，尝自比范滂、孔融，议者不以为过。在黄州日，自号东坡居士，世因不呼其名，止目之为东坡云。"[1] 其记载之详切，颇为罕见。褒奖之意，溢于言表。又如司马械《司马才叔逸堂集》、吕诲《吕献可章奏》、孙觉《孙莘老奏议》、范镇《范蜀公奏议》、李常《李公择庐山奏议》等书提要，皆记载他们在党争中的遭遇，寓有同情与赞赏之意。

《读书志》这种政治立场，也反映到具体的文学批评文献考辨中。如"总集类"《唐百家诗选》之提要，直接引发了中国古代文学史上的一段公案。《唐百家诗选》在中国文学史上是一部有重要意义的诗歌总集。此书编选者为王安石几乎是宋以后文人之共识，而晁公武明确将此书编选者定为宋敏求，则开启了《唐百家诗选》编选者之争。《唐百家诗选》提要云："右皇朝宋敏求次道编。次道为三司判官，尝取其家所藏唐人一百八家诗，选择其佳者，凡一千二百四十六首为一编。王介甫观之，因再有所去取，且题云：'欲观唐诗者，观此足矣。'世遂以为介甫所纂。"[2] 晁氏于提要中认为，此书不仅是源于宋氏家藏，更为宋次道亲自编选，而王安石仅为"再有所去取"者，因王安石为是书作《序》，世人遂以是书为王氏所编。《读书志》以考订严谨著称于世，四库馆臣对此也只能以"其言当必有自"[3] 论之。王安石《〈唐百家诗选〉序》云："余与宋次道同为三司判官，时次道出其家藏唐诗

---

① 《郡斋读书志校证》卷 19，第 997 页。
② 《郡斋读书志校证》卷 20，第 1064 – 1065 页。
③ 《四库全书总目》卷 186，第 1693 页。

百余编，诿余择其精者，次道因名曰《百家诗选》。"① 宋次道为北宋有名的藏书家。关于宋氏藏书，《宋史》本传载："敏求家藏书三万卷。"② 朱弁《曲洧旧闻》中亦载："世之蓄书，以宋为善本。居春明坊。昭陵时，士大夫喜读书者多居其侧，以便于借置故也。"③ 而宋氏藏书之中，又尤以唐诗最为完备。据时人徐度《却扫编》载："诗人之盛，莫如唐。故今唐人之诗集行于世者，无虑数百家。宋次道龙图所藏最备。"④ 可见宋敏求所藏唐诗之富，是编纂《诗选》的先决条件。王《序》虽然肯定了《唐百家诗选》素材源于宋敏求家藏，却未明言宋次道所出之"唐诗百余编"并委托其"择其精者"，是宋敏求编选过的材料还是原始素材。这是后人出现不同理解的主要原因。此外苏颂在《龙图阁直学士修国史宋公神道碑》中将《唐百家诗选》一书作为宋敏求之著述进行著录，亦是后世学人对其编选者认识产生分歧的原因之一。⑤ 晁公武不认同王安石为《诗选》编选者的原因，除了客观因素外，可能与他对王安石的态度有关。

晁公武对新党之批判，不仅是承袭南宋时期朝臣与文士之普遍看法，还有家族原因。晁氏一族为北宋仕宦名门，因与旧党交好，也被牵涉入党争而饱受播迁之苦。公武父辈先后被贬，其"先君子"晁冲之因连坐遭贬而弃官归隐具茨山；从父詹事公晁说之"元符中，上书，居邪中等"；从父崇福公晁咏之亦"元符末，上书，居邪等"。⑥ "邪等"为崇宁元年，蔡京党羽对异己之称。《宋史纪事本末》载："九月己亥，立党人碑于端礼门，籍元符末上书人，分邪、正等黜陟之。"⑦ 公武父辈均入"邪等"，备受打压。北宋后期，党争局势愈发严峻，而排斥异己之手段也愈加残酷。哲宗与徽宗时期，元祐党人遭受到残酷的打击。据《通鉴续编》卷11载，蔡京执政期间，曾先后十余次对元

① 王安石：《王荆公文集笺注》卷47，李之亮笺注，巴蜀书社，2005，第1627页。
② 脱脱等：《宋史》卷291，中华书局，1977，第9737页。
③ 朱弁：《曲洧旧闻》卷4，孔凡礼点校，中华书局，2002，第141页。
④ 朱弁：《却扫编》卷中，中华书局，1985，第105页。
⑤ 苏颂：《苏魏公文集》（附魏公谭训）卷51，王同策等点校，中华书局，1988，第775－776页。
⑥ 《郡斋读书志校证》卷19，第1025、1026页。
⑦ 陈邦瞻编：《宋史纪事本末》卷49，第2册，中华书局，1977，第482页。

祐党人不择手段实行打击报复，其中包括贬谪、书禁、立党人碑、禁元祐学术、除元祐子弟等。经几番打击，元祐及元符间入"奸党籍"者几乎消亡殆尽。此期间也曾颁布解除党禁之令，但解禁并不彻底，直到靖康元年元祐党禁才得以全面解除。南渡后高宗为了笼络人心与稳固统治，曾以"朕最爱元祐""惟是直书安石之罪，则神宗成功盛德焕然明白"① 等语，表达其对元祐党人之同情与对王氏变法之痛恨。晁公武父辈在北宋巨大的政治浪潮中均身涉党祸而遭贬，因此《读书志》对旧党、新党存在着明显的爱憎。

在党争的背景下，《读书志》对晁氏家族文学成就的批评也颇值得注意。《读书志》"自序"便自豪地记载文学世家晁氏一族在宋代的延续与发展。"公武家自文元公来，以翰墨为业者七世，故家多书"②，晁氏自公武六世祖晁迥以来世代在朝为官，故时人有"天下甲门"③之美誉。作为宋代晁氏家族的奠基人，晁迥的人品、学识自然成为后世子孙效法之对象，昭德晁氏子孙皆以守"文元家法"④ 为荣。晁迥无诗文集传世，然从《全宋诗》录诗56 首来看，亦知其雅好诗文。关于晁迥之诗文成就，公武在"总集类"《西昆酬唱集》下评道："右皇朝杨亿、刘筠、李宗谔、晁某、钱惟演及当时同馆十五人唱和诗，凡二百四十七章。"⑤ 提要中之"晁某"即晁迥。景德二年，晁迥为翰林学士，因参与编修大型类书《册府元龟》，与杨亿、刘筠等人诗歌唱和。《读书志》为了突出晁迥的地位，把他置于钱惟演之前，出于家族感情和利益而对事实作了一番改造⑥。晁迥外，《读书志》尚存晁氏一族六人著述。分别是公武"族祖新城府君"晁端友、"从父詹事公"

① 李心传：《建炎以来系年要录》卷79，《景印文渊阁四库全书》第326 册，第100 页。
② 《衢本昭德先生郡斋读书志序》，《郡斋读书志校证》，第15 页。
③ 晁冲之：《晁具茨先生诗集》，中华书局，1985，第1 页。
④ 《郡斋读书志校证》卷19，第1026 页。
⑤ 《郡斋读书志校证》卷20，第1063 页。
⑥ 杨亿在《序》中推钱惟演、刘筠为诗集之主，出于自谦仅将自己与其他十四人列于"属和者"。《西昆酬唱集》收杨亿、刘筠、钱惟演、李宗谔、陈越、李维、刘骘、丁谓、刁衍、任随、张咏、钱惟济、舒雅、晁迥、崔遵度、薛映、刘秉17 人诗。其中杨、刘、钱、李诗分别为75、73、54、7，而仅收晁迥2 首。参见杨亿编，王仲荦注《西昆酬唱集注》"自序"，中华书局，1980，第3 页。

晁说之、"族父吏部公"晁补之、"世父封丘府君"晁伯宇、"从父崇福公"晁咏之，以及"先君子"晁冲之之作。《读书志》提要充分展现了晁氏族人的才识与文学成就。如在"《晁氏新城集》十卷"下，公武便引苏轼"其诗清厚静深，而每篇辄出新意奇语"① 之评，赞扬了族祖新城府君晁端友诗歌艺术造诣。昭德晁氏以诗文名世，至公武父辈至鼎盛。胡应麟曾有"晁氏最多才。说之、咏之、冲之、补之，皆兄弟也"② 之赞；全祖望亦有"昭德晁氏兄弟，大率以文词游坡谷间。如补之、咏之、冲之，皆盛有名"③ 之评。父辈的文学成就，《读书志》亦有所体现。比如在晁无咎《鸡肋编》提要中，晁公武引述了王安国、苏轼、宋神宗、张耒等对族父晁补之的肯定评价，展示了晁无咎"凌厉奇卓，出于天才，非酝酿而成"之才华④。又"《晁氏具茨集》三卷"下，公武亦引吕本中、晁说之、喻汝砺之评介，详尽介绍了父亲晁冲之文学成就⑤。《读书志》对族人文学成就之介绍，充分展现出晁公武的家族自豪感。

四　《读书志》对历代文学的批评

晁公武《读书志》之文学批评，比较集中体现在集部提要。前人对《读书志》集部的著录数量有不同说法。笔者据孙猛《郡斋读书志校证》一书统计，集部共著录 352 部计 6 263 卷。其中唐前 20 部 172 卷，唐五代 165 部 1 614 卷，宋代 167 部 4 477 卷。《读书志》集部收录并加以品评的历代作家、作品，皆有文学批评意义。从数量上看，《读书志》对唐宋文学的批评尤为重要。它或反映出南宋社会普遍的文学批评风气，或反映出晁公武个人特别的见解，颇有批评学术史价值。

提到《读书志》的文学批评史观念，人们首先会关心它对《文心

---

① 苏轼：《晁君成诗集引》，《苏轼文集》卷 10，第 320 页。
② 胡应麟《诗薮》杂编 5，上海古籍出版社，1979，第 313 页。
③ 全祖望案语见《宋元学案》卷 22，中华书局，1986，第 862 页。
④ 《郡斋读书志校证》卷 19，第 1014-1015 页。
⑤ 《郡斋读书志校证》卷 19，第 1046 页。

雕龙》与《诗品》的看法。不过，《读书志》因私藏所限不收录钟嵘《诗品》，而对刘勰《文心雕龙》一书评价也不高，颇令人意外。《文心雕龙》提要谓：

> 评自古文章得失，别其体制，凡五十篇，各系之以赞云。余尝题其后曰：世之词人，刻意文藻，读书多灭裂。杜牧之以龙星为真龙，王摩诘以去病为卫青，昔人讥之，然不足怪，诗赋盖卒尔之作故也。今勰著书垂世，自谓尝梦执丹漆器，随仲尼南行，自负不浅，乃《论说篇》称"《论语》以前，经无论字；《六韬》三论，后人追题"。殊不知《书》有"论道经邦"之言，其疏略殆过于王、杜矣。①

《读书志》对《文心雕龙》除了"评自古文章得失，别其体制，凡五十篇，各系之以赞"数语客观事实的描述外，未一语谈及其优长之处，而主要指摘其"疏略"，讽其"自负"。晁公武以《尚书》中已有"论"字来批评刘勰《文心雕龙》"论说篇"中"《论语》以前，经无论字"之说。其实，刘勰的"经无论字"，是指经典中"论"尚未成一体，而不是没有出现"论"字。晁氏于《读书志》中对刘勰的评介不尽准确，比如将"南朝梁"刘勰言成"晋"人；将《文心雕龙》"论说篇"中所言之"论"体误解为"论"字等，然其从当时文学风尚角度对《文心雕龙》"刻意文藻，读书多灭裂"的批评，则反映出《文心雕龙》在宋代受到冷遇的情况。宋代文人涉及《文心雕龙》之论极少，即使偶有论及，评价亦不高。比如宋人黄庭坚在《与王立之》中就曾以"未极高"② 三字评价《文心雕龙》；晁补之在评刘勰论《离骚》时亦以"刘勰文字卑陋，不足言，而亦以原迁怪为病。彼原嫉世，既欲蝉蜕尘埃之外，惟恐不异"③ 一语批评之。《文心雕龙》在宋代的冷遇，是与宋代的时代思潮与文学风尚密切相关的。明人曹学佺在

---

① 《郡斋读书志校证》卷 20，第 1076 页。
② 黄庭坚：《与王立之》，《黄庭坚全集》，刘琳等校点，四川大学出版社，2001，第 1370 页。
③ 《鸡肋集》卷 36，《景印摛藻堂四库全书荟要》第 386 册，世界书局，1985，第 255 页。

《文心雕龙序》中曾以"文之一字,最为宋人所忌。加以'雕龙'之号,则目不阅此书"概言之。曹学佺从宋人对"文"的轻视角度来解释刘勰《文心雕龙》在宋代的地位,这是较为可信的。曹学佺所言宋人"目不阅此书",虽为夸张之语,却大致揭示出了《文心雕龙》一书在宋代的接受情况。宋代文人继承了中唐韩、柳以来"古文运动"的传统,倡导古朴文风,再加上理学家严重的重道轻文倾向,致使用骈俪之文写成的《文心雕龙》在宋代得不到足够的重视。杨明照先生曾就宋代文献中涉及《文心雕龙》之内容进行过统计,他认为:"宋人于《文心雕龙》,著录者八书,品评者七家,采摭者十二家,因习者八家,引证者十一家,考证者三家。"① 由于与时代思潮、文学风尚相左,故有宋一代三百余年涉及《文心雕龙》之论屈指可数。正是基于此,晁公武对《文心雕龙》做出了"疏略"的评价。《读书志》对《文心雕龙》的评价,从目录学角度反映出宋人独特的审美倾向。

《读书志》集部提要不仅注重考证,也常将文人身世、创作背景以及文学渊源相结合,对文人文集做出比较全面的反映,与传统文学批评之知人论世、追源溯流等方法是相通的。比如"《楚辞》十七卷"提要详尽介绍了屈原其人及《离骚》之创作背景,并以《离骚》为源,介绍了"楚辞"一体自楚至东汉的发展历程②。文后有晁氏屈赋篇数考证,较为公允。又"总集类"《李善注文选》提要,对《文选》内容、李善其人以及《文选》唐宋时期之传播与接受都做了介绍。③

晁公武在书籍著录时往往引述历代史书及前人之评为佐证,不着一字,意在其中。比如晁氏对"初唐四杰"的批评就是如此。杨炯《盈川集》提要云:

> 炯博学,善属文,与王勃、卢照邻、骆宾王以文词齐名,海内称王、杨、卢、骆"四才子",亦曰"四杰"。炯自谓:"吾愧在卢前,耻居王后。"张说曰:"盈川文如悬河,酌之不竭。耻王

---

① 杨明照:《文心雕龙校注拾遗》,第735页。
② 《郡斋读书志校证》卷17,第803–804页。
③ 《郡斋读书志校证》卷20,第1054页。

后，信然；愧卢前，谦也。"①

杨炯及张说之言，俱见《旧唐书·文苑传》。② 单从提要看，晁氏对四杰之先后顺序未置可否。然若从《读书志》"别集类上"对四人文集杨、王、卢、骆的排序，以及提要中对杨炯"愧在卢前，耻居王后"之语的引用来看，即可大致窥见晁氏对四杰"杨王卢骆"排次的认同。杨炯"吾愧在卢前，耻居王后"之语，从《旧唐书》"当时议者，亦以为然"之载中可知是颇受时人认可的。关于"四杰"之排序，当时除"王杨卢骆""杨王卢骆"外，他人尚有不同意见。比如奉唐中宗之命编集《骆宾王集》的郄云卿便曾于集《序》中云："高宗朝，与卢照邻、杨炯、王勃，文词齐名，海内称焉，号为'四杰'。亦云'卢骆杨王四才子'。"③ 用"卢骆杨王"排列四子。《旧唐书·文苑传》"王勃"下言："李敬玄尤重杨炯、卢照邻、骆宾王与勃等四人"④，认为四子当为"杨卢骆王"。而王安石则直言"称呼前后不足以优劣人"⑤，认为排名之先后不足以优劣四人。从《读书志》的著录情况看，晁公武并非未见上述"四杰"排序。⑥ 面对诸多"四杰"排序，晁公武选择了符合己意之材料进行著录，从而将晁氏主观之评与前人之论水乳交融，不露痕迹。

《读书志》往往从文献考据入手，对前人之论提出有文学批评意义的辨正。如《王维集》提要谓："李肇讥维'漠漠水田飞白鹭，阴阴夏木啭黄鹂'之句，以为窃李嘉祐者，今嘉祐之集无之，岂肇之厚诬乎？"⑦ 李肇认为王维"漠漠水田飞白鹭，阴阴夏木啭黄鹂"句"窃"自李嘉祐，晁氏以李嘉祐集未载此诗为据，从文献内证提出质疑，颇

---

① 《郡斋读书志校证》卷17，第828-829页。

② 参见《旧唐书》卷190上，第5003页。

③ 骆宾王：《骆临海集笺注》，陈熙晋笺注，上海古籍出版社，1985，第377页。

④ 《旧唐书》卷190上，第5006页。

⑤ 范正敏：《遁斋闲览》，陶宗仪等《说郛三种》卷25，第4册，上海古籍出版社，1988，第1185页。

⑥ 郄云卿之序，见郄云卿整理本《骆宾王集》，《读书志》别集类著录；李敬玄与杨炯及张说之言，俱载于《旧唐书》，《读书志》正史类有著录；而所引王安石语的《遁斋闲览》，亦见著于晁氏《读书志》小说类。三书《读书志》均有载，故可知晁氏是知道多种四杰排序的。

⑦ 《郡斋读书志校证》卷17，第839页。

有说服力。又如《吕温集》提要谓："温从梁肃，为文章，规摹《左氏》，藻赡精富，流辈推尚。刘禹锡为编次其文，序之云：'古之为书，先立言而后体物。贾生之书首《过秦》，而荀卿亦后其赋，故断自《人文化成论》至《诸葛武侯庙记》为上篇。'今集先赋诗，后杂文，非禹锡本也。"① 吕温集由刘禹锡编次成书。刘禹锡序中，认为"古之为书，先立言而后体物"，将议论文体放置于文集之首，诗赋文体置之于后。《读书志》以今本《吕温集》编撰顺序证之刘禹锡之序，从而推断出其非刘禹锡所编次之本，考证精当，立论有力。

《读书志》多引前史，或加辨正。《萧颖士集》提要："《唐书》云：颖士作《伐樱桃赋》以诋李林甫，君子恨其褊。按集载其辞，有曰：'每俯临乎萧墙，奸回得而窥伺'，盖谓林甫之必致寇也。其后果阶禄山之祸，唐遂不振，然则颖士可谓知几矣，宜褒而返加以贬词，何哉？"② 晁氏就《新唐书》对萧氏之贬斥进行了质疑，认为萧氏预见安禄山之祸，乃"知几"的正直之士，不满史书"宜褒而返加以贬词"之举。又如陆龟蒙《笠泽丛书》提要云："著作之博，《新史》多取之，而独不云工歌诗。笠泽者，松江地名也。其集自序云：'自乾符六年春卧病笠泽时，隐几著书，诗赋铭记，往往杂发，混而录之，故曰"丛书"。'今按其集歌诗为多，又比他文最工，《新史》疏漏如此。"③《新唐书》只记陆龟蒙之著述而略其诗歌④，《读书志》以其诗歌成就辨正《新唐书》著录以偏概全之不足。

欧阳修、苏轼在宋代地位很高，晁公武非常崇敬欧、苏二家，但在具体的文学批评上，却有独立的思考，并不盲从。比如他对唐宋诗僧的批评，就显示出迥异时人与二家的观点。《读书志》"集部"共著录了唐宋间诗僧诗集八部 68 卷，其中"别集类"七部 67 卷、"总集类"一部一卷。虽著录数量不算多，但其提要大体反映了唐宋间僧人

---

① 《郡斋读书志校证》卷 17，第 885 页。
② 《郡斋读书志校证》卷 17，第 845 页。
③ 《郡斋读书志校证》卷 18，第 929 页。
④ 《新唐书》卷 196"陆龟蒙传"，第 5613 页。

诗歌创作的总体成就。尤其是针对时人对诗僧以及僧诗的批评，晁公武提出的不同批评意见，对正确认识诗僧群体的文学地位以及僧诗的艺术成就起到了重要的作用。《读书志》"总集类"《九僧诗集》提要云："欧公曰：'进士许洞因会九僧分题，出一纸，约曰：不得犯一字。其字乃山水、风云、竹石、花草、雪霜、星日、禽鸟之类。于是诸僧皆阁笔。'此本出李夷中家，其诗可称者甚多，惜乎欧公不尽见之。许洞之约，虽足以困诸僧，然论诗者政不当尔。盖诗多识鸟兽草木之名，而《楚辞》亦寓意于飙风云霓……莫不犯之。若使诸公与许洞分题，亦须阁笔，矧其下者哉？"① 此所引许洞与九僧之逸事，出自欧阳修《六一诗话》②。虽然晁公武非常尊敬欧阳修，但对此说也不盲从，认为欧公有失公允。许洞为宋初进士，《中吴纪闻》载其"平生以文章自负，所著诗篇甚多"③。由于许洞恃才傲物，对九僧诗歌题材内容狭小有所不满，故出约以困之。晁公武认为许洞对九僧的刁难，"虽足以困诸僧，然论诗者政不当尔"，并引《楚辞》以及谢灵运、王籍等人千古佳句中之意象，批评许洞"不得犯一字"之约的荒谬。许洞对僧诗的批评与晁公武对许洞的批评，分别代表了宋代两种不同的诗僧、僧诗批评倾向。以许洞为代表的北宋文人对诗僧及僧诗所进行的批评，反映出当时诗坛对整个诗僧群体创作的不满。宋人郑獬批评诗僧："缚于其法，不能闳肆而演漾，故多幽独衰病枯槁之辞。"④ 由于受到自身身份、才力以及生活环境的约束，诗僧创作多囿于山林、水草等自然景物。僧诗与生俱来的清苦气与山林气，在宋代广受士人诟病。比如欧阳修就曾用饱含讥讽的"菜气"一词来评诗僧之诗⑤；苏轼亦对僧诗之"酸馅气""蔬笋气"进行过批评。⑥"菜气""酸馅气""蔬笋气"，

---

① 《郡斋读书志校证》卷 20，第 1070 页。
② 《六一诗话》，《历代诗话》本，第 266 页。
③ 龚明之：《中吴纪闻》卷 1，孙菊园校点，上海古籍出版社，1986，第 2 页。
④ 郑獬：《文莹师诗集序》，《郧溪集》卷 14，《景印文渊阁四库全书》第 1097 册，第 246 页。
⑤ 《冷斋夜话》："大觉琏禅师学外工诗，舒王少与游，尝以其诗示欧公，欧公曰：'此道人作肝脏馒头也。'舒王不悟其戏，问其意，欧公曰：'是中无一点菜气。'"（惠洪《冷斋夜话》卷 6，中华书局，1985，第 26 页）
⑥ 叶梦得：《石林诗话校注》卷中，逯铭昕校注，人民文学出版社，2011，第 135 页。

均是宋人对诗僧"僧体"的总体评价,语含贬义,与许洞"不得犯一字"之约可谓异曲同工。许洞等人从题材内容角度对诗僧以及僧诗所进行的否定与批评,受到了晁公武之质疑。晁公武《读书志》引《论语·阳货》中孔子对《诗经》"多识于鸟兽草木之名"的认识,指出了诗歌之中山林、草木题材的普遍性与重要性。《诗经》以及后世名篇尚且不废山林、草木之境,更何况僧人。晁公武不盲从欧、苏前辈,从《诗经》出发对僧诗题材内容的正名,纠正了当时文坛对诗僧、僧诗的片面批评,表达对其理解与宽容,很有自己独到的见解。

当然《读书志》提要也并非尽善尽美、准确无误。因是书为私人藏书家所编修之藏书目录,故其中的点评之语难免受到个人学识以及社会风尚的影响,记忆也难免会出现误差,其失当之处在所难免。比如《读书志》中晁公武对"药名诗"起源的评定之语,就存有不足。《读书志》之《陈亚之集》提要云:"药名诗始于唐人张籍,有'江皋岁暮相逢地,黄叶霜前半下枝'之诗,人谓起于亚,实不然也"①。虽然晁氏以唐人张籍为"药名诗"之源的认识代表了当时多数文人的观点②,然而并不精准。实际上,关于"药名诗"之源,早在唐代编修的类书《艺文类聚》"杂文部二"中就已经收录了南北朝齐梁时期梁简文帝、梁元帝、沈约、庾信等人的药名诗。

五 赵希弁《读书附志》对《读书志》的补充价值

赵希弁(生卒年不详),字君锡,宋之"公族"③,太祖九世孙④。希弁为袁州(今江西宜春)人,江西漕贡进士出身,博学好古,家富藏书,是南宋著名的藏书家、文献学家。尝著有《读史补注》《资治通

---

① 《郡斋读书志校证》卷19,第1038—1039页。
② 胡仔《苕溪渔隐丛话前集》卷27引蔡絛《西清诗话》云:"药名诗起自陈亚,非也,东汉已有离合体,至唐始著药名之号,如张籍《答鄱阳客诗》。"(胡仔:《苕溪渔隐丛话前集》,人民文学出版社,1962,第188页)公武之论盖本于此。
③ 黎安朝:《序》,《郡斋读书志校证》附录三,第1348页。
④ 据《宋史》"宗室世系表"推断。见钱大昕《十驾斋养新录》卷14,第282页。

鉴纲目考异》《续资治通鉴长编补注》《建炎以来中兴系年要录补注》等书①，惜均亡佚，今仅存《读书附志》（以下简称《附志》）、《郡斋读书志考异》二书。《附志》为赵希弁对晁公武《读书志》的补充。淳祐己酉（1249 年），宜春郡守番阳黎安朝欲重刻"四卷本"晁公武《读书志》，命时任秘书省校勘书籍的"宜春士"赵希弁校证之。希弁就其三世所藏图书，"删其重复，摭所未有"②，以"已载者不复取，未有者补其缺，其间互出者，盖详略之不同，文义之或异，而后来诸贤之所著述，亦藉以概见"③ 为校录原则，别编成《附志》一卷，与"四卷本"《读书志》合刻成五卷（即"袁本"《读书志》）。

　　赵希弁《附志》依《读书志》之例，于每书之下撰写提要，记录作者、作品之梗概以及相关故实。希弁之著录多真实可信，具有较高的文献价值，常为后人文献考据之资。比如清代《续文献通考》"经籍考"以及《金石萃编》在考证《紫薇杂说》一书之作者时，就引用了希弁《附志》"《东莱吕紫薇杂说》一卷"之录，以论证世人《紫薇杂说》乃"吕祖谦撰"之误。④ 又四库馆臣在辑南宋度正《性善堂集》时，亦以《附志》"《性善堂集》十五卷"之载为依据，将其"以类排纂，仍析为十五卷"。⑤《附志》共分为二十九类⑥，收书 469 种。数量虽不多，却多为晁氏《读书志》漏收或未及见的"后来诸贤"之书，颇具学术价值。尤其是《附志》在"别集类""总集类"与"拾遗"部分所录之书，更成为后人研究宋代文人、文学的重要参考。从文学与文学批评学术史的角度看，《附志》对《读书志》有重要的补充

---

① 以上诸书分别见《读书附志》"《补史记》一百三十卷"条，编年类"《资治通鉴纲目》五十九卷、《序例》一卷"条、"《续资治通鉴长编》九百四十六卷"条、"《建炎以来中兴系年要录》二百卷"条。参《读书附志》，《郡斋读书志校证》，第 1105、1110、1111、1113 页。

② 赵希弁：《后志序》，《郡斋读书志校证》附录三，第 1349 页。

③ 黎安朝：《序》，《郡斋读书志校证》附录三，第 1348 页。

④ 详参嵇璜《钦定续文献通考》卷 177，《景印文渊阁四库全书》第 630 册，第 370 页；王昶《金石萃编》卷 128，《续修四库全书》第 890 册，第 237 页。

⑤《四库全书总目》卷 162，第 1389 页。

⑥ 二十九类分别是：经类、经解类、小学类、史类、编年类、杂史类、史评类、职官类、刑法类、仪注类、天文卜算类、五行类、地理类、传记类、谱牒类、诸子类、农家类、杂说类、兵家类、类书类、杂艺术类、医家类、神仙类、释书类、楚辞类、别集类、语录类、总集类、法帖类。

作用。

第一，《附志》著录了大量南宋高宗、孝宗、光宗、宁宗时期文集，补充了晁氏《读书志》未收录之文献，成为后人全面了解南宋文人与文学的重要参考。比如《附志》在"总集类"著录南宋文人所编纂之《国朝二百家名臣文粹》《宗藩文类》《四灵诗》《中兴群公吟稿》《中兴六臣进策》《戛玉前集》《后集》《二妙集》诸集，展示了南宋总集、选集编纂的盛况，也反映出南宋文学发展之繁荣。此外，《附志》还著录多部后世残缺不全或散佚之南宋文集，为南宋文人、文集的考证与研究提供了依据。比如"别集类"著录南宋宁宗时史弥宁之"《友林诗稿》二卷"，清人钱大昕在考证吴尊彝所藏宋椠本《友林乙稿》一书时，便据《附志》所载，推断"此编只一卷，疑尚有《甲稿》而今失其传"①。又"总集类"载"《宋贤体要集》十三卷"，后世散佚，且不见载录于其他书目。希弁《附志》之著录，不仅记录了该集之存在，更为后人研究北宋文人文章在南宋的接受、传播提供了参考。

第二，突破了《读书志》不录词籍的局限，著录包括王灼《长短句》《碧鸡漫志》以及蔡栯《浩歌集》在内的词籍。《读书志》除子部"兵家类"录有《兵要望江南》一集外，集部未著录文人词籍。晁氏不录词籍，主要受当时词体文学价值观念以及南宋之前书目不录词集传统之影响。赵希弁《附志》自觉突破晁氏局限，将词集著录于集部。由于赵氏家藏词集数量过少，再加上受《读书志》著录体例与部类设置的影响，并未设立专门类目，而是将其与文人文集并录于"别集类"。在《附志》所著录之词籍中，王灼《碧鸡漫志》尤其值得关注。《碧鸡漫志》，是南宋王灼于绍兴年间所著之词话。《附志》王灼"《碧鸡漫志》一卷"提要云："《漫志》可以见乐府之源委。"② 由于《碧鸡漫志》考论词源见解独到且体系完整，故在中国词学史上具有重要的

---

① 钱大昕：《跋史弥宁友林乙稿》，《潜研堂文集》卷31，陈文和点校，江苏古籍出版社，1997，第528页。
② 赵希弁：《读书附志》，《郡斋读书志校证》，第1196页。

地位。不过这样一部重要的词话著作，宋元时仅见录于《附志》。赵希弁《附志》对王灼《碧鸡漫志》一卷本的著录，成为了后人研究是书版本与历代流传状况之关键。[1]

第三，弥补了晁氏文学批评书籍与重要文集收录不全的缺憾。《读书志》因私藏所限，收书有所不全，《附志》补录了多部晁公武《读书志》未收的文学批评书籍与重要文集，如"别集类"与"总集类"著录之《诗品》《古文苑》《文苑英华》《河岳英灵集》[2] 等书，弥补了《读书志》在文学批评文献著录上之不足，同时也反映出其文学批评史观。如《诗品》提要："右梁征远记室参军钟嵘撰。嵘，字仲伟，《南史》有传。嵘尝求誉于沈约，约拒之。及约卒，嵘品古今诗为评，言其优劣，云：'观休文众制，五言最优。齐永明中相王爱文，王元长等皆宗附约。于时谢朓未遒，江淹才尽，范云名级又微，故称独步。故当辞密于谢，意浅于江。'盖追宿憾以报约也。"[3] 若按衢本《读书志》之例，《诗品》本应入"文说类"，《附志》却将其归入别集之中。因"袁本"与"衢本"不同，没有"文说类"，故将刘勰《文心雕龙》置于"别集类"，《附志》可能出于同样的分类方式。另外，《附志》并未高度评价《诗品》，认为《诗品》以沈约为中品，乃出于钟嵘与沈约之间个人恩怨。此说沿用史传而未加考辨，然也看出他对《诗品》的评价不高。联系到《读书志》对《文心雕龙》未有一语赞赏，似反映出当时对六朝文学的一种价值观念。《附志》一些文集的提要也比较重要。如《古文苑》提要："右《古文苑》，世传孙巨源于佛寺经龛中得唐人所藏文章一编，莫知谁氏录也，皆史传所不载，《文选》所未取，而间见于诸集及乐府，好事者因以《古文苑》目之。自石鼓文而下，曰赋，曰诗，曰歌，曰曲，曰敕，曰书，曰对，曰颂，曰箴，曰铭，曰赞，曰记，曰碑，曰杂文，皆周、秦、汉人之作也。《容斋随

---

① 参见岳珍《王灼〈碧鸡漫志〉版本考》，《文献》1999 年第 1 期，第 216 – 220 页。
② 《附志》"拾遗"类录有唐人殷璠所编之"《河海英灵集》二卷"。按，"河海"为"河岳"之误。
③ 赵希弁：《读书附志》，《郡斋读书志校证》，第 1168 – 1169 页。

笔》尝引之。然讹舛谬缺，不敢是正。淳熙中韩元吉之记已言之。"①
《直斋书录解题》亦有记载②，可互相补充，然《附志》所记更为详
切，可惜似未得到重视。《四库全书总目》之《古文苑》提要："不著
编辑者名氏。《书录解题》称世传孙洙巨源于佛寺经龛中得之唐人所
藏，所录诗赋、杂文，自东周迄于南齐，凡二百六十余首，皆史传、
《文选》所不载，然所录汉、魏诗文，多从《艺文类聚》、《初学记》
删节之本，《石鼓文》亦与近本相同，其真伪盖莫得而明也。南宋淳熙
间，韩元吉次为九卷，至绍定间章樵为之注释。明成化壬寅福建巡按
御史张世用得本刊之。"③ 按：《四库全书总目》之《古文苑》一书提
要，只引《直斋书录解题》，一字未及《附志》，实际上《四库全书总
目》提要也多采用《附志》之文字。

　　综上所述，无论是在文献还是文学方面，《附志》对《读书志》
都具有重要的补充作用。若我们将《读书志》集部所著录之内容与
《附志》合观，则大致可以窥见宋代文学发展之大貌，也在一定程度上
看出宋代目录学家的文学批评观念。

　　[原载《华东师范大学学报（哲学社会科学版）》2015 年第 1 期，
吴承学、黄静撰]

---

① 赵希弁：《读书附志》，《郡斋读书志校证》，第 1214 页。
② 《直斋书录解题》"《古文苑》九卷"："不知何人集。皆汉以来遗文，史传及《文选》所无者。世传
孙洙巨源于佛寺经龛中得之，唐人所藏也。韩无咎类次为九卷，刻之婺州。《中兴书目》有孔逭《文
苑》，非此书。孔逭晋人。本书百卷，惟存十九卷尔。又梁孝王忘忧馆诸士之赋，据题尚欠《文鹿》、
《酒》、《几》三赋，家有《秦汉遗文》七赋，皆在常州，有板本。"（陈振孙：《直斋书录解题》卷
15，第 438 页）
③ 《四库全书总目》卷 186，第 1691 页。

第七章　严羽与汉魏盛唐诗的经典形塑

宋代严羽的《沧浪诗话》① 是中国古代美学史上一部影响颇大的著作，它的理论体系大致可分为诗歌艺术本质论和审美理想两大部分。近年来，它逐渐受到学术界的重视，但人们大体集中在对其诗歌艺术本质论的探讨上，而忽视了对其审美理想的研究。这是因为学术界对此基本上已形成一种定论。在定论面前，人们往往失去研究的兴趣和勇气。然而在观念更新的时代，我们有必要用批判的眼光去审视传统的理论——哪怕是定论，目的在实事求是，还原理论的面目，绝非标新立异，哗众取宠。

严羽曾明确表述了自己的审美理想：论诗"推原汉魏以来，截然谓当以盛唐为法"（《诗辞》）；在盛唐中，则"论诗以李杜为准，挟天子以令诸侯"（《诗评》）；而推崇李杜就是倡导其"如金鸡擘海、香象渡河"（《诗评》）式的"雄浑悲壮"的诗风。在《答出继叔临安吴景仙书》中他又特意标榜自己的审美理想即鲜明又坚定："仆意谓：辨白是非，定其宗旨，正当明目张胆而言，使其词说沉着痛快，深切著明，显然易见；所谓不直则道不见，虽得罪于世之君子，不辞也。"② 然而后代理论家恰恰怀疑其审美理想的一致性和明确性。

---

① 严羽：《沧浪诗话校释》，郭绍虞校释，人民文学出版社，2006。本章以下引述《沧浪诗话》不出注。
② 严羽：《答出继叔临安吴景仙书》，《沧浪诗话校释》附录，第251页。

清代黄宗羲说："沧浪论唐，虽归宗李、杜，乃其禅喻；谓诗有别材，非关书也；诗有别趣，非关理也，亦是王、孟家数，于李、杜之海涵地负无与。"① 许印芳《沧浪诗话跋》说："严氏虽知以识为主，犹病识量不足，辟见未化，名为学盛唐，准李杜，实则偏嗜王孟冲淡空灵一派，故论诗唯在兴趣。"② 今人夏承焘则认为："四灵曲志苦思，其祈向在姚贾；泊沧浪出，又进而倡盛唐。虽往往敷扬李杜，然其主妙悟，拈镜象水月之喻，宗旨固在王孟；盖反江西词理之弊以归意兴，与四灵初无二致也。"③ 朱东润则进一步提出沧浪"内崇王孟，阴抑少陵"④。他们都认为沧浪表面是推崇李杜的，而"宗旨固在王孟"，是"王孟家数"。这种观点基本上成为定论。但是我们只要对此定论赖以确立的几种主要论点和论据予以考察，就不难判断这种观点是大可商榷的。

一 严羽崇李杜还是崇王孟

认为沧浪以王孟为理想的论点，带有某种主观臆测，缺乏应有的论据，难以使人心服。沧浪对王孟态度如何？他只在《诗体》一节胪列"王右丞体"，这本身并不带褒贬色彩，故说明不了问题。尤为奇怪的是，在《诗评》中，他对王诗根本不置一词，这可能表明沧浪对王诗缺乏强烈的兴趣。如果说是疏忽，那么在全面评论唐诗时，这种疏忽是一种不小的缺陷。假如沧浪以王孟为理想的话，这种疏忽岂非不可思议？对孟浩然诗，沧浪只有两则评论：

> 孟襄阳学力下韩退之远甚，而其诗独出退之之上者，一味妙悟而已。(《诗辨》)

① 黄宗羲：《张心友诗序》，沈善洪主编《黄宗羲全集》第 10 册，浙江古籍出版社，1987，第 48 页。
② 许印芳：《沧浪诗话跋》，《沧浪诗话校释》附辑，第 272 页。
③ 夏承焘：《胡才甫沧浪诗话笺注序》，胡才甫《沧浪诗话笺注》，浙江古籍出版社，2015，第 1 页。亦见《沧浪诗话校释》附辑，第 279 页。
④ 朱东润：《王士禛诗论述略》，《朱东润文存》，上海古籍出版社，2014，第 133 页。

> 孟浩然之诗，讽咏之久，有金石宫商之声。(《诗评》)

我们很难根据这二则评论得出王孟家数的结论。不错，这是称赞孟诗的。然而第一则以退之诗和孟诗比较，是为了说明妙悟重于学力的理论，很明显它讨论的问题是诗歌的特性而非推崇孟浩然的诗风，这和以李杜为宗并无矛盾。第二则也只是赞扬孟诗格调优美，高亮和谐，这是一般的好评而已。应该注意到严沧浪对孟诗的赞赏，并不是由于对山水田园诗的特别嗜好，而是从艺术特性和形式美作出的判断，而且欣赏并不等同于美学理想。

再看看沧浪对李杜的评价。在《诗辨》中，他提出诗歌创作应"以李杜二集枕藉观之，如今人之治经"，把李杜诗作为诗歌的经典，表示出无比崇敬。在《诗评》中，他更是多次予以最高评价。

> 李杜数公，如金鹙擘海，香象渡河。下视郊岛辈，直虫吟草间耳。
>
> 少陵诗宪章汉魏，而取材于六朝，至其自得之妙，则前辈所谓集大成者也。
>
> 论诗以李杜为准，挟天子以令诸侯也。

这些无可复加的赞语，恐怕不是"阴抑少陵"所能解释的。沧浪还认为"诗之极致有一：曰入神。诗而入神，至矣，尽矣，蔑以加矣！惟李杜得之，他人得之盖寡也。"(《诗辨》)"入神"是尽善尽美的艺术极境，李杜达到入神境界，这是沧浪对李杜诗最高的评价。

有些论者认为沧浪推崇李杜是逼于时代风气不得不如此（见郭绍虞《沧浪诗话校释》）。但从其评价来看，他绝没有随流附俗的敷衍，他的评论都是戛戛独造的。从文学史上看，自唐至宋都存在扬李抑杜或扬杜抑李的倾向。唐元稹扬杜抑李，而五代风气相对重视李诗，宋王禹偁尊杜，欧阳修扬李，王安石则抑李。但沧浪的确能从唐宋人的习气超脱出来，以一个理论家的眼光评价李杜：

> 少陵诗法如孙吴，太白诗法如李广。(《诗评》)
>
> 子美不能为太白之飘逸，太白不能为。(《诗评》)

子美之沉郁。太白《梦游天姥吟》《远离别》等，子美不能
道；子美《北征》《兵车行》《垂老别》等，太白不能作。（《诗
评》）

他准确地把握了李杜诗的艺术个性，公正作出评价。"飘逸""沉郁"
二语，殆为李杜诗之定评。明代胡应麟认为，李杜诗"宋以来，评诗
不下数十家，皆哼吃语耳，铲除荆棘，独探上乘者一人，严仪卿氏"①。
如果就沧浪对李杜诗美学风貌的揭示来看，这评价是不过分的。

有些论者根据沧浪倡导"言有尽而意无穷""一唱三叹之音"等
理论就判断为"王孟家数"，这不免把李杜与王孟诗风的区别绝对化。
实际上李杜和王孟不可能绝对对立，李白就赞美孟浩然"风流天下闻"
（《赠孟浩然》），杜甫称王维诗"最传秀句寰区满"（《解闷》），赞孟
浩然"新诗句句尽堪传"（《解闷》）。杜甫也主张诗要有神韵，他说：
"挥翰绮绣扬，篇什若有神"（《八哀诗》）；"诗成觉有神"（《独酌成
诗》）；"篇终接混茫"（《寄彭州高三十五使君适虢州岑二十七长史参
三十韵》）。在创作上，李杜的雄浑也包含空灵虚白，有一唱三叹之妙。
故王世贞认为"少陵集中不啻有数摩诘"②。

许多论者认为作为沧浪诗论核心的"兴趣"说在本质上阐述了王
孟诗派的审美观，因此沧浪表面以李杜为宗，实则以王孟为理想。这
是比较复杂的问题。对"兴趣"有广义和狭义的理解。从广义看，兴
趣是诗的艺术特性，是优秀诗歌普遍存在的美感；从狭义看，则可把
它作为某一种风格。两者的区分是很困难的，因为后者具有前者的全
部内涵，前者包含了后者的全部外延。袁枚认为兴趣是"小神通"，他
说："严沧浪借禅喻诗，所谓羚羊挂角，香象渡河，有神韵可味，无迹
象可寻，此说甚是，然不过诗中一格耳。……如作近体短章，不过半
吞半吐，超超元著，断不能得弦外之音，甘余之味，沧浪之言如何可
诋？若作七古长篇，五言百韵，即以禅喻，自当天魔献舞，花雨弥

---

① 胡应麟：《诗薮》外编卷四，上海古籍出版社，1979，第190页。
② 王世贞：《艺苑卮言校注》，罗仲鼎校注，齐鲁书社，1993，第178页。

空。"① 他认为兴趣特指某种适合短篇诗体的风格或表现手法，而在一些表现更大画面的长篇巨制中，就用不着兴趣。若真如此，兴趣自然与李杜之雄浑悲壮不一致了。难怪许印芳说沧浪"名为学盛唐，实则偏嗜王孟冲淡空灵一派，故论诗唯在兴趣"，黄宗羲也认为兴趣理论是"王孟家数，与李杜之海涵地负无与"。质言之，他们一致认为妙悟兴趣特指用短篇诗歌反映山水田园生活所表现的清新淡远的情调和含蓄风格。

　　然而沧浪提出妙悟和兴趣，原意并非倡导某种诗歌的表现内容，表现手法或某种风格，不过是针对宋人以文字为诗、以才学为诗、以议论为诗之弊，提出诗歌艺术特性的问题，并赋予兴趣以普遍的意义。他并没有强调诗歌体裁和内容与兴趣之关系。从表现内容看，沧浪很重视反映现实生活感荡性灵的内容，他说："唐人好诗，多是征戍、迁谪、行旅、离别之作，往往能感动激发人意。"（《诗评》）从体裁来看，他并不忽视可以表现广阔生活画面的长篇体裁。如他列举李白《梦游天姥吟》《远别离》，杜甫《北征》《兵车行》《垂老别》等，认为这是李杜的代表作，这些诗恰是袁枚所说的"天魔献舞，花雨弥空"的"七言长篇，五言百韵"。

　　兴趣普遍存在于优秀诗歌之中，是诗歌兴象中所包蕴的情韵，是诗歌艺术的本质特性。兴趣的空灵蕴藉首先并不决定于某一表现对象、某种体裁或某些表现方式，而是由艺术形象高度概括性所产生的形象审美的丰富性、不确定性及诉诸欣赏者的想象联想等特性。沧浪强调诗要有具体的感性形象，但又应该是蕴含情致的、空灵蕴藉的、具有高度艺术性的形象，"如空中之音，相中之色，水中之月，镜中之象"，空灵浑化，无迹可求。从本质上讲，也就是诗歌意境中诸因素如感性和理性、才学和情性、表现和再现、有限和无限、现象和本质达到高度和谐的统一，给人一种回味无穷的美感，这就是兴趣。清翁方纲曾批评把神韵过于狭隘地理解为含蓄清远风格，指出"神韵者，彻上彻

---

① 袁枚：《随园诗话》卷八，人民文学出版社，1982，第 273 页。

下，无所不该"①，"平实叙事者，三昧也；空际振奇者，亦三昧也；浑涵汪茫千汇万状者，亦三昧也，此乃谓之万法归原也"②。他提出诗的神韵是艺术"万法归原"的普遍特性，存在各种风格的优秀诗歌中，颇为中肯。沧浪所谓兴趣同样也是"万法归原"的艺术特性，汉魏诗在高古中见兴趣，晋宋诗在简远中见兴趣，飘逸有兴趣，沉郁也有兴趣。所以沧浪既提倡妙悟兴趣，又推崇李杜，因为二者是统一的。

二　"以禅喻诗"有别于"以禅入诗"

对于沧浪审美理想的研究，在很大程度上需要把其诗论系统和思想体系的研究联系起来。历来把司空图、严羽、王士禛视为批评史上一个有承继关系的神韵理论系统。的确，从诗学渊源看，严羽与司空图关系很密切。《四库全书总目·沧浪集》云："司空图《诗品》有'不著一字，尽得风流'语，其《与李秀才书》又有'梅止于酸，盐止于咸，而味在酸咸之外'语，盖推阐叔伦之意，羽之持论又源于图。特图列二十四品，不名一格，羽则专主于妙远。"③ 许印芳跋司空图《与李生书》云："自表圣首揭味外之旨，逮宋沧浪严氏，专主其说。"④ 近人朱东润也认为："沧浪之论出于司空图，图之论出于殷璠。"⑤ 这些话指出沧浪与司空图之联系，颇有道理。很明显，沧浪受到司空图重要的影响。如司空图所谓"味外之旨"、"韵外之致"⑥、"象外之象，景外之景"⑦，很显然是沧浪"如空中之音，相中之色，水中之月，镜中之象"（《诗辨》）这些话的蓝本。在强调诗歌形象性，强调诗的审美感受方面，他们是一致的。从这一点看，传统把他们作为同一个诗论系统是有道理的。问题在于，我们不能以偏概全。审美

---

① 翁方纲：《神韵论上》，《复初斋文集》卷八，《续修四库全书》第 1455 册，第 423 页。
② 翁方纲：《七言诗三昧举隅》，丁福保辑《清诗话》，上海古籍出版社，2015，第 295 页。
③ 《四库全书总目》卷 163，第 1400 页。
④ 许印芳：《与李生论诗书跋》，《诗法萃编》，《丛书集成续编》第 202 册，第 326 页。
⑤ 朱东润：《沧浪诗话参证》，《朱东润文存》，第 43 页。
⑥ 司空图：《与李生论诗书》，《诗法萃编》，第 324 页。
⑦ 司空图：《与极浦谈诗书》，《诗法萃编》，第 327 页。

理想毕竟不仅仅是对艺术特性的理解，还体现了对艺术尽善尽美境界的追求。尽管司空图和沧浪诗论有一致之处，但由于主观客观的严重差异，他们的审美理想的差异也不难看出来。

作为一个鉴赏力很高的批评家，司空图也很赞美雄浑的意境，他认为李杜的成就很高，唐诗"杰出于江宁，宏肆于李杜，极矣"[1]。说韩愈诗"驱驾气势，若掀雷挟电，奔腾于天地之间"[2]。其《诗赋赞》云："挥之八垠，卷之万象。河浑沆清，放恣纵横"[3]，在《诗品》中还把雄浑列为首品，并置劲健、豪放、沉着、悲慨等品。不过其艺术爱好虽广泛，旨归仍在冲淡一派，纪昀说："司空图分二十四诗品，乃辨别蹊径，判若鸿沟，虽无美不收，而大旨所归，则在清微妙远之一派，自陶谢以下逮乎王孟韦柳者是也。"[4] 这大致是准确的。司空图的"近而不浮，远而不尽"的"韵外之致"，大体指田园山水诗的情趣韵味，在《与李生论诗书》中为了解释"韵外之致"而列举自己许多诗句，其中绝大多数是清微妙远的山水诗。他的兴趣偏向"澄澹精致"[5]、"趣味澄复，若清风之出岫"[6] 的王右丞、韦苏州。沧浪则不然，他对澄澹精致的王孟韦柳并无过多的称誉，或者可以说有点冷淡；他满腔热情以盛唐李杜高岑的雄浑悲壮为第一义，十分蔑视盛唐以后的诗风。概而言之，司空图所代表的是中晚唐的审美趣味，而沧浪所追求的则是盛唐的诗学理想。

因为王士禛自我标榜宗法沧浪，故传统批评以为一宗，进而以王士禛审美理想反证沧浪，得出他们同样"阴抑少陵"的推断。这种推理是不严密的。王士禛的神韵说也继承沧浪重视审美特性的理论，但其宗旨大不相同。沧浪的正宗指的是以李杜为代表的盛唐雄浑悲壮空灵蕴藉的诗风，王士禛则推崇王孟的清微妙远的诗风，他认为对王孟

① 司空图：《与王驾评诗书》，《诗法萃编》，第 327 页。
② 司空图：《题〈柳柳州集〉后序》，《诗法萃编》，第 328 页。
③ 司空图：《诗赋赞》，《诗法萃编》，第 329 页。
④ 纪昀：《田侯松岩诗序》，《纪文达公遗集》卷九，《续修四库全书》第 1435 册，第 369 页。
⑤ 司空图：《与李生论诗书》，《诗法萃编》，第 324 页。
⑥ 司空图：《与王驾评诗书》，《诗法萃编》，第 327 页。

的山水田园诗，"通其解者，可语上乘"①，他选《唐贤三昧集》不取李杜之诗。翁方纲认为："先生于唐贤独推右丞、少伯以下诸家得三昧之旨，盖专以冲和淡远为主，……若选李杜而不取其雄鸷奥博之作可乎？吾窥先生之意，固不得不以李杜为诗家正轨也，而其沉思独往者，则独在冲和淡远一派，此固右丞之支裔，而非李杜之嗣音矣。"② 可谓诛心之论。王士禛的神韵，特指淡逸绝尘的艺术意境，他认为"诗以达性，然须清远为尚"③，又认为司空图的二十四诗品中"淡和""自然""清奇"，"三者品之最高"④。在《师友诗传续录》中，他把沧浪的妙悟说解释为与杜诗的铺叙感慨相对的抒写田园丘壑的诗风。故潘德舆批评他"似乎误会沧浪之旨"⑤。严羽和王士禛在诗论倾向上差别很大，尽管他们同样用禅理谈诗，差别却在于沧浪不过用禅宗的妙悟说来比喻诗歌的艺术特性；而王士禛则主张在诗中表现某种禅理，用闲静淡远的意境来抒发超尘绝俗的人生理想和艺术趣味。两人的差异约而言之，严羽以禅喻诗，王士禛以禅入诗，可惜历来论者多不及于此，反而把两者等同起来，用王士禛的神韵说去解释沧浪的审美理想，岂不冤哉！

　　一个批评家审美理想之形成，直接受到他的政治、哲学、伦理、审美观念的影响。在美学史上，佛教渐入东土以后对人们的审美理想影响很大。受佛教思想影响较大的理论家，其审美理想总倾向于远离社会人生的空寂清静。所以研究沧浪的审美理想，对他是否属于佛教思想体系就不得不辨明。《沧浪诗话》以禅喻诗，沧浪又自称论诗"合文人儒者之言与否，不问也"⑥。因此给人造成沧浪的思想完全脱离儒家系统的印象，"他的以禅喻诗，正是他的外道思想的表现"⑦。但仔细考究了沧浪的经历和他的诗作，我们认为沧浪的思想比较复杂，在

---

① 王士禛：《带经堂诗话》卷三，张宗柟纂集，人民文学出版社，1963，第83页。
② 翁方纲：《七言诗三昧举隅》，丁福保辑《清诗话》，第299页。
③ 王士禛：《带经堂诗话》卷三，张宗柟纂集，第73页。
④ 王士禛：《禹津草堂集序》，《蚕尾文集》卷一，《王士禛全集》第3册，齐鲁书社，2007，第1786页。
⑤ 潘德舆：《养一斋诗话》卷一，中华书局，2010，第10页。
⑥ 严羽：《答出继叔临安吴景仙书》，《沧浪诗话校释》附录，第251页。
⑦ 朱东润：《沧浪诗话探故》，《朱东润文存》，第76页。

方法论上，受到佛家的影响（如顿悟）比较明显；但他的政治思想、人生思想、社会思想则明显带着儒家思想的烙印，后者常为人们所忽视。

据咸淳四年同郡进士黄公绍说，沧浪"尝问学于克堂包公"①，包克堂就是理学家包恢之父，他也深究理学。钱锺书认为严羽诗论受到包克堂的某些影响。②从他的创作来看，积极入世、忠君爱国的儒家思想，恰恰是沧浪生活和作品的主题。《四库全书总目》认为其诗"独任性灵，扫除美刺，清音独远，切响遂稀"③。这是一种片面评价。沧浪写过一些山水清音，但也写过许多忧国忧民的美刺切响。据《民国重修》卷27《儒林》记："羽既不仕，然其忧国爱民之意，每见于诗。……其后元人约宋同灭金，已而败盟，连岁构兵，江淮涂炭。羽身居草野，未尝不三致意焉。"④沧浪身处江湖之远，犹拳拳于国家，许多诗反映外族入侵、内乱不已的现实，气象悲壮，感慨无端。如《北伐行》："王师北伐何仓卒，六郡丁男亳州骨。空见朝陵奉使回，群盗翻来旧京阙。"⑤《四方行》："四方群盗苦未平，况闻中原多甲兵。……战骨连营漫不归，空流烈士中宵泪。"⑥《庚寅纪乱》："感时须发白，忧国空拳拳。"⑦他和人民一道盼望战争早日结束："何日匈奴远，中原得晏然。"⑧作为一个儒生，他深深为自己无能为国家出力而感到愧疚，因此他的诗时时蒙上悲剧色彩："多难堪长客，偷生愧此身。本无匡济略，叹息漫伤神。"⑨"报国怜他日，为儒愧此生。"⑩可见他是具有强烈的入世精神的诗人，而非绝意尘世的释家信徒。明白这一点，就不

---

① 黄公绍：《沧浪诗话序》，《沧浪诗话校释》附辑，第266页。
② 钱锺书：《宋诗选注》，人民文学出版社，1982，第298页。
③ 《四库全书总目》卷163，第1400页。
④ 《民国重修邵武县志》卷27，《中国地方志集成·福建府县志辑》第10辑，上海书店出版社，2000，第955页。
⑤ 严羽：《沧浪先生吟卷》卷三，《宋集珍本丛刊》第74册，线装书局，2004，第274页。
⑥ 严羽：《沧浪先生吟卷》卷三，《宋集珍本丛刊》第74册，第274页。
⑦ 严羽：《沧浪先生吟卷》卷二，《宋集珍本丛刊》第74册，第264页。
⑧ 严羽：《出塞行》，《沧浪先生吟卷》卷二，《宋集珍本丛刊》第74册，第258页。
⑨ 严羽：《避乱途中》，《沧浪先生吟卷》卷二，《宋集珍本丛刊》第74册，第259页。
⑩ 严羽：《张奕见访逆旅》，《沧浪先生吟卷》卷二，《宋集珍本丛刊》第74册，第259页。

会感到沧浪推尊李杜，倡导"感动激发人意"的诗风是不可思议的。至于为什么他既服膺儒家，又采取禅家的思想方式，因为宋代儒学理论本身就向禅宗吸取了不少东西；以禅喻诗是当时习见的一种诗论形式，人们往往借用禅宗术语，表达对诗歌的理解。我们不能因为以禅喻诗而把沧浪的思想完全归到"外道思想"上去。

三　汉魏盛唐诗的经典品格

这里可以进一步从美学的范畴来探讨沧浪审美理想的理论内涵。《诗辨》开宗明义地说：

> 禅家者流，乘有小大，宗有南北，道有邪正，学者须从最上乘，具正法眼，悟第一义。若小乘禅，声闻辟支果，皆非正也。论诗如论禅，汉魏晋与盛唐之诗，则第一义也。大历以还之诗，则小乘禅也，已落第二义矣。晚唐之诗，则声闻辟支果也。学汉魏晋与盛唐诗者，临济下也。学大历以还之诗者，曹洞下也。

有些论者讽刺沧浪此话不合禅义。[①] 的确，他对禅宗宗派望文生义，谬舛颇多。但以禅喻诗毕竟是论诗，不可拘泥其禅学术语而忽视其理论上的内涵和意义。佛教大乘小乘是以车乘为喻，比喻其载道济人程度之深浅。广大深赜者为大乘，正法眼指佛理的无边正法，第一义也指能探求最上乘的佛理。而沧浪所说的大乘、正宗、最上乘、第一义则都是比喻源流最正、成就最高、意境超妙、格调崇高的优秀诗歌。

沧浪的审美理想，寄托在对"正宗"诗歌的评论欣赏中。汉魏诗和盛唐诗同样是正宗，但其美学风貌则有不同之处。沧浪要"推原汉魏以来，截然谓当以盛唐为法"（《诗辨》），可见汉魏诗重其渊源，对盛唐诗重其法度，因其风貌差异对学诗者作用不同，惜历来论者多不及乎此。汉魏古诗因其意境高古浑朴被沧浪奉为正宗，他说："汉魏尚

---

① 如冯班《严氏纠谬》、陈继儒《偃曝余谈》。

矣，不假悟也。谢灵运至盛唐诸公，透彻之悟也"（《诗辨》），既"惟悟乃为当行，乃为本色"（《诗辨》），却又说汉魏古诗"不假悟"，从字面上看十分矛盾。其实他是力图辨明汉魏诗和盛唐诗之区别，而既已言盛唐诗为彻透之悟，"至矣尽矣，蔑以加矣"，又体会到汉魏诗别有妙处，故只好称之"不假悟"以之区别唐诗"透彻之悟"。沧浪称汉魏与盛唐诗为第一义之悟是针对它们都达到艺术的最高境界而言；而所谓"不假悟"与"透彻之悟"则指它们在创作上意境结构上的不同特点。

在盛唐诗里，诗人的情思总是寄托一个美妙形象之中，很少直接地抒情，单纯地叙事。如果说盛唐诗情意和兴象高度契合，空灵蕴藉，这种意境结构的特点是"透彻之悟"，汉魏诗则在抒情叙事写景都比盛唐诗更为直接，诗人往往有感而发，直吐心曲，炽热的情感往往不用蕴藏在景中，而是赤裸裸地抒写。如：

> 力拔山兮气盖世，时不利兮骓不逝。骓不逝兮可奈何，虞兮虞兮奈若何！（项羽《垓下歌》）
>
> 陟彼北芒兮，噫！顾瞻帝京兮，噫！宫阙崔巍兮，噫！民之劬劳兮，噫！辽辽未央兮，噫！（梁鸿《五噫歌》）
>
> 公无渡河，公竟渡河。坠河而死，当奈公何！（《箜篌引》）

这些诗纯粹是感情的流露，叹息、感慨甚至呼喊，其妙处在于虽直抒胸臆，却有一唱三叹之美；简朴率直而无浅短粗劣之病。

汉魏诗高古天成，不追求形式的工妙；宋齐时代才讲究四声八病，追求声律和谐词藻华美。沧浪认为对汉魏诗绝不能从语言形式上寻枝摘叶，应从整体意境上去把握。他说："汉魏古诗，气象混沌，难以句摘。晋以还方有佳句。"（《诗评》）有佳句可摘与难以句摘在本质上是形式的工拙，这是沧浪指出的汉魏诗和盛唐诗形式上的差别。气象混沌在艺术上就是意境高古，形式纯朴，浑浑灏灏，重整体而不重局部，重气势而不重枝节。许多汉魏古诗，初读难以见其佳处，反复品味则意趣洋溢。叶燮说："汉魏诗不可论工拙，其工处乃在拙处，其拙处乃见工。"① 沧浪强调汉魏诗以气象即整体和气势胜，他说：

> 苏子卿诗："幸有弦歌曲，可以喻中怀。请为游子吟，泠泠一何悲。丝竹厉清声，慷慨有余哀。长歌正激烈，中心怆以摧。欲展清商曲，念子不能归。"今人观之，必以为一篇重复之甚。……古诗正不当以此论之也。（《诗评》）

又曰：

> 《十九首》："青青河畔草，郁郁园中柳。盈盈楼上女，皎皎当窗牖。娥娥红粉妆，纤纤出素手。"一连六句，皆用叠字，今人必以为句法重复之甚。古诗正不当以此论之也。（《诗评》）

汉魏古诗"不假悟"，形式古拙，不避重复，不求特出，一气旋转，以其高古浑朴为独特的审美风貌。因为宋人喜讲句法字法，争一字一句之工，所以沧浪强调诗应在气象上去取胜。

在具体诗评中，沧浪也推崇高古浑朴之美，虽然他认为谢灵运诗"无一篇不佳"，但同时认为谢灵运不如陶渊明，"谢所以不及陶者，康乐之诗精工，渊明之诗质而自然耳"（《诗评》），可见"质而自然"胜于"精工"。沧浪评谢灵运的诗是透彻之悟，但和建安之诗相比，却仍输一筹。"建安之作，全在气象，不可寻枝摘叶。灵运之诗，已是彻首成对句矣，是以不及建安也。"（《诗评》）可见形式工巧反不如气象浑成之作。推崇高古浑朴，自然对某些过分讲究形式的诗人评价不高，如陆机之诗，钟嵘《诗品》列为上品，称为"太康之英"；而沧浪则评"晋人舍陶渊明阮嗣宗外，惟左太冲高出一时，陆士衡独在诸公之下"（《诗评》）。因陆诗虽有佳句，但整体意境不高，过于追求词藻对偶，雕琢涂饰，繁冗乏力，故沧浪置之下品，评骘较钟嵘公允。

如果说沧浪推原汉魏诗在于高古自然的话，推崇盛唐诗则在于其诗气象万千，雄浑悲壮。沧浪认为盛唐诗的典型特征在于气魄雄伟格调崇高，"如金鸡擘海，香象渡河。下视郊岛辈，直虫吟草间耳。"

---

① 叶燮：《原诗》外篇下，《原诗·一瓢诗话·说诗晬语》，人民文学出版社，1979，第62页。

（《诗评》）盛唐诗与中晚唐诗的区别在其气象格调。"'迎旦东风骑蹇驴'绝句，决非盛唐人气象。"（《考证》）盛唐悲壮雄浑，高华壮丽，故称为正宗；而中晚唐逐渐趋于轻浅纤薄，远不如盛唐之开阔雄壮，所以沧浪称之为已落第二义之旁门。

李光昭《诗禅吟示同学》云："喻诗以禅始严氏，作诗能令佛天喜。但云水月镜花似，沧浪且未知禅理。浮光掠影下乘禅，积健为雄真种子。或疑象教主空寂，大雄何以标宗旨？……波澜壮阔气峥嵘，化为崇山兼大海。"[1] 他以为佛教有波澜壮阔气象峥嵘的崇高境界，而沧浪只取其水月镜花之喻，主张空寂之诗风，其实，沧浪的盛唐理想，正是李光昭所说的"大雄宗旨"。不过沧浪理想的境界是"金鹍擘海，香象渡河"式的雄浑悲壮和"水月镜花"式的空灵蕴藉之统一，从美学范畴考察，也即是崇高与优美的和谐结合。在《答出继叔临安吴景仙书》一文中，他论述了唐宋诗风貌之异：

> （吴景仙）谓盛唐之诗，雄浑雅健。仆谓此四字但可评文，于诗则用"健"字不得，不若《诗辨》"雄浑悲壮"之语为得诗之体也。毫厘之差，不可不辨。坡谷诸公之诗，如米元章之字，虽笔力劲健，终有子路未事夫子时气象；盛唐诸公之诗，如颜鲁公书，既笔力雄壮又气象浑厚，其不同如此。

沧浪认为"健"字论盛唐不恰当。这种近于咬文嚼字的考究，并非玩弄文字游戏，而是对艺术风貌精微的体会和评骘。"健"特指硬健，筋骨毕露、张脉偾兴的粗豪。袁枚认为沧浪所指"子路未事夫子气象"是"能刚不能柔"（《随园诗话·补遗》卷四），未能返虚入浑，硬健有余，浑厚不足。所以沧浪特别对宋人"叫噪怒张"，"以骂詈为诗"，"殊乖忠厚之风"的创作倾向提出严厉批评。而盛唐诗刚柔相济，"笔力雄壮，又气象浑厚"，它表现了严重的社会冲突、巨大的社会生活内容，具有"感荡激发人意"的"悲壮"的崇高感。然而盛唐诗在形式

---

[1]　李光昭：《诗禅吟示同学》，刘彬华编《岭南群雅二集》卷三，《续修四库全书》第 1693 册，第296 页。

上除了崇高所具有的巨大、粗砺、磅礴、寥廓之外，还有平衡、和谐、阴柔、秀雅。沧浪提出"盛唐气象"其美学内涵是很丰富的。"积健为雄，返虚入浑"，雄壮开阔又和谐空灵，既如香象渡河又如羚羊挂角。沧浪又在创作上提出这样的原则："语忌直，意忌浅，脉忌露，味忌短，音韵忌散缓，亦忌迫促"，"词气可颉颃，不可乖戾"（《诗法》）。这就是刚健中含婀娜，寓悲壮于和谐，"笔力雄壮又气象浑厚"，这才是沧浪的盛唐理想诗风。

总而言之，沧浪的审美理想，是汉魏古诗的气象高古、浑朴自然，与李杜所代表的盛唐诗那种完美的艺术形式、雄浑悲壮的诗风。从本质上来说，他推崇的是崇高与优美、阳刚与阴柔、形式完美与古拙自然的统一。

四　严羽的意义

沧浪的审美理想，对宋诗特别是宋末诗有着强烈的革新意义，北宋后期在黄庭坚诗风的影响下，江西诗派风靡诗坛。南渡后，一些杰出的诗人已力图突破其樊篱，陈与义、曾几、陆游等人诗风已有转变。自叶适倡导四灵，江湖诗人继武，批判江西诗派者蜂起，于是诗坛展开所谓"唐宋诗之争"，即四灵、江湖与江西派争夺诗坛的正统地位。沧浪身居宋末，熟参宋诗流变，既不倾向江西派，也不倾向四灵、江湖。戴复古《祝二严》称他："羽也天资高，不肯事科举。风雅与骚些，历历在肺腑。持论伤太高，与世或龃龉。长歌激古风，自立一门户。"[1] 可见严羽平时论诗十分鄙薄当代风气，喜欢标举古代诗风，所以戴复古说他"持论伤太高"，与时人的审美趣味大相径庭，故"与世或龃龉"。戴复古说沧浪"自立一门户"，此说甚是。在江西、江湖二派门户森严之际，他异军突起，卓然自立，标举汉魏盛唐诗风，视江西江湖为旁门小道，力扫两派诗风，所以潘德舆称他为"思挽回风气"

---

[1]　戴复古：《戴复古诗集》，浙江古籍出版社，2012，第16页。

的"杰出之士"[①]。沧浪以汉魏晋盛唐为正宗，从文学史的发展来看，这些时代的确产生了伟大的诗歌，形成了后人不可企及的艺术高峰和范本。所以严羽提出"以汉魏晋盛唐为师"，以其高古浑朴和雄浑悲壮之诗歌风貌为审美理想，的确代表健康高超的艺术趣味。

不过应该指出，沧浪的审美理想最大的缺陷在于：他专注在审美理想的传统性，忽视了时代性，所以不去考察艺术随着社会生活的审美内容的变化，审美理想随之演易，过于强调审美理想在长期历史中积淀凝固形成带来的稳定和一致。因此，他的审美理想可能导致复古主义。明代七子的"文必秦汉，诗必盛唐"口号就是沧浪复古主义的发展。沧浪喜欢把自己的审美理想代替其他人的审美理想，把自己对传统的把握代替其他人的把握，如果他人稍有出入，"则是野狐外道，蒙蔽其真识，不可救药，终不悟也"（《诗辨》）。貌似给人指出途径，实则可能抹杀了审美的个性，把传统局限在汉魏盛唐的范围之中，故打破旧的门户，又造了新的门户。

沧浪洞悉诗歌演变，但认为其趋势是每况愈下，根本的原因是诗人识力不高，入门不正，故"路头一差，愈骛愈远"。因此，他认为必须提出一种永恒不变的诗学理想来指导创作，庶几可达到古人境界，退一步说："学之不至，亦不失正路。"当然作为观念的审美理想，具有一定的继承性；但每一时代的审美理想，最集中最敏锐最准确地反映了在这一时代的社会物质生活条件基础上产生的占主导地位的社会意识，因此它必定变化不已。建安诗人梗概多气的审美理想，是在世积离乱风衰俗怨的社会历史条件下形成的。极端的社会动乱带来灾难，也使人们从传统儒学解脱出来，诗人的个性得到肯定和发挥，因此建安诗歌有深沉的悲剧色彩和强烈的个性。建安时代的审美理想固然继承汉代诗歌的优秀传统，但这一传统和现实结合起来，才呈现新的光彩。

沧浪把汉魏古诗盛唐李杜作为衡量一切的不变尺度，甚至以诗歌

---

① 潘德舆：《养一斋诗话》卷一，第10页。

酷似古人为最高境界。他说："诗之是非不必争，试以己诗置之古人诗中，与识者观之而不能辨，则真古人矣。"（《诗法》）同样以自己的审美理想为框框去批评宋诗，所以把宋诗的特色也视为弊端。如他批评东坡山谷："自出己意以为诗，唐人之风变矣"，以此为"诗道之大不幸"（《诗辨》），因为宋诗改变了盛唐人的审美趣味。许印芳批评沧浪此语："苏黄竟能自出己意，一变唐风，故能成家，与唐人并传于世。若不能变，必至描头画角，如明七子之学盛唐。"① 宋诗的精神与价值正在于变"唐人之风"，形成自己的面目。宋诗与唐诗相比，拗折瘦劲，另辟新境。提供与盛唐不同的美学风貌。吴乔说："三唐与宋元易辨，而盛唐难辨。"② 一些明诗虽酷似唐诗，但终于没有自己的"一副言语"，故被人称为"优孟衣冠""瞎盛唐"诗。③

沧浪推崇审美理想却忽视其创作个性，所以这种审美理想容易流为肤廓摹拟。当然借鉴汉魏盛唐是必要的，每个诗人在形成创作个性之前离不开学习前代诗人；但也只有学习和自己个性气质相近的诗人，才有利于形成自己的创作。如果硬要追求不符合自己创作个性的风貌，无异于邯郸学步。姚合贾岛之诗，比起李杜，虽然"已落第二义"，但仍有自己的创作个性，试想让他们摹仿李杜"金鸡擘海，香象渡河"的诗风，必然是失败的。

严羽的创作就是他审美理想的实践。从其诗看，他的才性较近于四灵江湖，一些白描诗句写得很精妙清新。如"一径入松雪，数峰生暮寒"④，"晴江木落长疑雨，暗浦风多欲上潮"⑤，"洞庭旅雁春归尽，瓜步寒潮夜落迟"⑥ 等，都颇有神韵余味。他的学力才气离李杜很远，却喜欢追求李杜的雄浑悲壮，故时露摹拟之迹。如其七言歌行拟李白，痕迹宛然未化；五言律专学杜甫，如《避乱途中》《舟中苦热》《江上

① 许印芳：《沧浪诗话跋》，《沧浪诗话校释》附辑，第 272 页。
② 吴乔：《围炉诗话》卷三，郭绍虞编选《清诗话续编》，上海古籍出版社，2016，第 534 页。
③ 吴乔：《围炉诗话》卷四、卷三，第 562、532 页。
④ 严羽：《访益上人兰若》，《沧浪先生吟卷》卷二，《宋集珍本丛刊》第 74 册，第 258 页。
⑤ 严羽：《和上官伟长芜城晚眺》，《沧浪先生吟卷》卷二，第 262 页。
⑥ 严羽：《客中别表叔吴季高》，《沧浪先生吟卷》卷二，第 262 页。

泊舟》《有感六首》，从题目到诗句都摹杜诗。故论者认为其诗"徒得唐人体面，而少超拔警策之处"[1]，"志在天宝以前而格实不能超大历之上"[2]。沧浪的审美理想与其创作个性最终没有达到一致，故虽意在汉魏盛唐，但终究"不能超大历之上"，这也是其审美理想的缺陷造成的。

［原载《汕头大学学报（人文科学版）》1986 年第 2 期］

---

[1] 李东阳:《怀麓堂诗话校释》，李庆立校释，人民文学出版社，2009，第 27 页。
[2] 《四库全书总目》卷 163，第 1400 页。

第八章　无名氏的经典
——扑朔迷离的《梅花诗》

　　尽日寻春不见春，芒鞋踏遍陇头云。归来笑捻梅花嗅，春在枝头已十分。

上引是一首自宋代以来相当流行的诗歌，也是一首通俗易懂的诗。但是这首诗不但作者身份是含糊的，题目也是众说纷纭。为了行文方便，本文姑且把这首诗称为《梅花诗》。最近，为了回答学生关于此诗作者的询问，笔者利用网络数据库之便进行检索，同时也阅读了一些纸质文献。没有想到，原先觉得应该是很简单的问题，越是用心去梳理，就越是一团乱麻：历来对这首诗的时代与作者有太多说法，而且差异太大。在时代方面，分别有唐、宋、元之说，作者则有无名氏的尼姑、和尚、模糊的"前人"等，有姓名的则有王建、张元、戴益、陈丰等人。诗题则有《悟道诗》《寻春》《探春》《咏梅诗》《梅花诗》等。这首诗在各种版本中也有许多异文，但基本意思相似，所以本文不拟讨论此诗的异文问题，仅把有关本诗作者的一些说法略为梳理一下。

一　《梅花诗》的十四个"作者"

1. 尼悟道诗
　　就笔者目前所掌握的文献来看，此诗最早完整的记录，见于宋代罗大经《鹤林玉露》卷之六（丙编）"道不远人"条：

子曰："道不远人。"孟子曰："道在迩而求诸远。"有尼《悟道诗》云："尽日寻春不见春，芒鞋踏遍陇头云。归来笑捻梅花嗅，春在枝头已十分。"亦脱洒可喜。①

罗大经重点是在儒家之"道"，引此诗为"尼悟道"之作，谓其"亦脱洒可喜"，言外之意是认为此诗所悟道的形式、途径与儒家论道有可通之处。孔子的"道不远人"之说见《中庸》，孟子的"道在迩而求诸远"之语见《孟子·离娄上》。可惜罗大经未标明此尼作诗之时代。罗大经（1196—1242），字景纶，号儒林，又号鹤林，南宋吉水人。宝庆二年（1226）进士，历仕容州法曹、辰州判官、抚州推官。《鹤林玉露》是一部子部杂说类书籍，《四库全书总目》说这本书"大抵本文章之士而兼慕道学之名"，又说"其书体例在诗话、语录之间，详于议论而略于考证"。② 此书"道不远人"条似乎印证了《四库全书总目》所说的"详于议论而略于考证"的断语，比如作者引用这首诗目的在于论道，而未提及诗本身的文献来源、诗人及时代等具体情况。当然，罗大经引用此诗的"略于考证"，也可能是不得已的：源于模糊的传闻，限于文献，无法"考证"。而罗大经对这首诗记录的"略于考证"恰恰给后人留下许多发挥的空间。

王瑞来把这段话中"有尼悟道诗云"标点为"有尼《悟道诗》云"，所以《悟道诗》便成为此诗的标题。笔者怀疑"悟道诗"之意是"悟道之诗"而非原诗标题。不过，在这样的笔记文本中，"悟道诗"是不是标题倒是见仁见智的。罗大经所说的"尼悟道"之说影响最大。有不少文献基本是转录罗大经之说的。如明代陈全之《蓬窗日录》卷七"诗谈"一引此诗后说："此尼诗也，脱洒可喜，悟道之言也。"③ 清代张贵胜《遣愁集》卷11"警悟"中"昔一尼悟道作诗"④、

① 罗大经：《鹤林玉露》，王瑞来点校，中华书局，1983，第346页。
② 《四库全书总目》卷121，第1047页。
③ 陈全之：《蓬窗日录》，《续修四库全书》第1125册，第21页。
④ 张贵胜：《遣愁集》，《续修四库全书》第1273册，第538页。

清代褚人获《坚瓠集》二集卷三"尼悟道"①、清代李清《历代不知姓名录》卷八"悟道尼"② 等皆如此。清代陈焯编《宋元诗会》卷100"附见梅花尼"《咏梅花》:"终日寻春不见春,芒鞋踏破岭头云。归来笑捻梅花嗅,春在枝头已十分。"③《宋元诗会》是一本宋代与元代诗歌总集,卷100收了"香奁十人",她们都是有姓名的,大概因为梅花尼为无名氏,故作为附录。明代江盈科《雪涛诗评》:"一尼僧诗云:'到处寻春不见春,芒鞋踏破晓山云。归来笑捻梅花嗅,春在枝头已十分。'绝似悟后人语。"④ 江盈科所引诗应该也是从罗大经处来的,但江盈科在明清影响甚大,故引用者众。如清赵翼《瓯北诗话》续卷12、清代赵起士《寄园寄所寄》卷四"捻须寄"皆从《雪涛诗评》引用《梅花诗》。

在佛教典籍中,也有引用此诗为尼悟道之诗。如《卍续藏经》第25册明代曾凤仪《楞严经宗通》卷五:"又尼有悟道者。偈曰:'终日寻春不见春,芒鞋踏遍陇头云。归来笑拈梅华嗅,春在枝头已十分。'"⑤ 则以此为悟道之偈。

也有转录此诗而略作发挥的。如明代鹿善继《四书说约》之《中庸》卷二:"此章才指破道之着落。有尼悟道偈云:'尽日寻春不见春,芒鞋踏遍陇头云。归来试拈梅花嗅,春在枝头已十分。'字字堪味。"⑥ 以此诗为"尼悟道偈",并与儒家之"破道"形式相比。明代叶廷秀《诗谭》卷十"春在枝头":"有尼悟道诗:'尽日寻春不见春,芒鞋踏遍陇头云。归来笑捻梅花嗅,春在枝头已十分。'此即'道在迩而求诸远'之意也。邵康节《逍遥吟》:'吾道本来平,人多不肯行。得心无后味,失脚有深坑。若未通天地,乌能了死生。问其间一事,须是自诚明。'见道之言,不可以诗论也。"⑦ 叶廷秀也是以禅道与儒道领悟

① 褚人获:《坚瓠集》,《续修四库全书》第1260册,第542页。
② 李清编:《历代不知姓名录》,北京图书馆出版社,2004,第884页。
③ 《景印文渊阁四库全书》第1464册,第786页。
④ 江盈科:《江盈科集》(下册),黄仁生辑校,岳麓书社,1997,第824页。
⑤ 《卍续藏经》第25册,新文丰出版社,1985,第173页。
⑥ 鹿善继:《四书说约》,《四库全书存目丛书》经部第164册,第28页。
⑦ 叶廷秀:《诗谭》,《四库存目丛书》集部第418册,第223–224页。

方式相提并论，又引入邵雍诗，以为"见道之言"。因为邵诗中有"吾道本来平"之语，叶廷秀并把尼悟道诗与之相提类比。

2. 尼习静所作

以上都是受到罗大经"尼悟道"说法的影响。但此尼为何时何人，则都付阙如。清代宋长白《柳亭诗话》卷 25"春归春在"条自注："梅花尼名习静"。该条曰：

> 白香山与元集虚十七人游庐山大林寺。时已孟夏，见桃花盛开，乃作诗曰："人间四月芳菲尽，山寺桃花始盛开。长恨春归无觅处，不知转入此中来。"梅花尼子行脚归，有诗曰："着意寻春不见春，芒鞋踏破岭头云。归来笑捻梅花嗅，春在枝头已十分。"二绝可谓得禅机三昧矣。①

宋长白也依罗大经之尼悟道之说，但把这位尼姑命名为"习静"，所谓"行脚"就是指僧尼为寻师求法而游食四方。宋长白把这首诗和白居易游庐山大林寺之诗相提并论，认为"二绝可谓得禅机三昧矣"。

3. 唐人所作

与罗大经同时代的诗人李龏把此诗归属为"唐人"。这种说法似乎没人注意到，因为它出现在一种特别又隐密的诗歌文献形式之中。南宋末年陈起《江湖小集》卷 20 录有李龏《梅花衲》，书名为"衲"，有拼凑之意。作者跋语曰："此集实如野僧败袄，将新捵旧，拆东补西，元无一片完物，非'衲'而何？"这是一部咏梅花的集句诗集。所谓集句，就是一首诗分别采集自前人或别人的诗句，以集成诗，其中一首如下，并标明所采诗句的作者：

> 栗里先生花夹门（侯季良），且寻诗社著诗勋（陈无己）。
> 莫嫌春浅花房小（李　缜），春在枝头已十分（唐　人）。②

李龏（1194？—?），字和父，号雪林，祖籍菏泽。据诗集的序跋，可

---

① 宋长白：《柳亭诗话》，《四库全书存目丛书》集部第 421 册，第 577 页。
② 李龏：《梅花衲》，《景印文渊阁四库全书》第 1357 册，第 156 页。

知《梅花衲》成于南宋理宗宝庆三年（1227）。宋人有集句之好，但这位诗人似乎对集句有特别的喜爱，今有集句诗《梅花衲》一卷、《寱绡集》二卷传世。《四库全书总目》之《香屑集》提要谈到集句诗的历史时说："有唐一代无格不备，而自韦蟾妓女续《楚辞》两句之外，是体竟亦阙如。至北宋石延年、王安石间以相角，而未入于集。孔武仲始以入集，而别录成卷，尚未单行。南宋李龏之《梅花衲》《寱绡集》、文天祥之《集杜》诗，始别著录。"① 从这首集句诗看来，李龏已读过"春在枝头已十分"的诗句，而且认定作者是"唐人"无名氏所作。依据集句诗的通例，一般被集入的诗句，都是公认的好诗或者当时普遍流传的诗。②"春在枝头已十分"正是作为佳句而被集句的。

4. 唐人王建所作

李龏以此诗为唐人的说法，并不是绝无仅有的。元代郭豫亨集句作品《梅花字字香》后集有一首：

> 春在枝头已十分（王　建），十分吟思十分清（李炎子）。
> 肯随骚菊同奴仆（黄与斋），却说山矾是弟兄（吴　枋）。
> 晓槛放开花意思（石敏若），夜窗时见影斜横（锦　江）。
> 悠悠此意谁知会（竹　溪），一笛晚风山雨晴（李正臣）。③

《四库全书总目》该书提要云："豫亨，自号梅岩野人，里籍未详，据其自序，则至大辛亥作。其书名盖取宋晏殊词'唱得红梅字字香'句也。"④"至大辛亥"为1311年。郭豫亨此集句诗所集"春在枝头已十分"句注明为王建所撰，然现存王建诗并无此诗。

5. 宋人戴益所作

宋元之际的于济、蔡正孙编集《唐宋千家联珠诗格》卷之八"用归来字格"录有题为"戴益"所作之《探春》："终日寻春不见春，杖

---

① 《四库全书总目》卷173，第1529页。
② 参见拙作《集句论》，载《文学遗产》1993年第4期。
③ 郭豫亨：《梅花字字香》，《景印文渊阁四库全书》第1205册，第678页。
④ 《四库全书总目》卷167，第1438页。

藜踏破几重云。归来试把梅梢看，春在枝头已十分。"① 戴益，据谢旻
《（康熙）江西通志》卷49"选举"："咸平三年庚子（1000 年）陈尧
咨榜：戴益，奉新人。"② 其他不详。两诗略有异文，如"归来笑捻梅
花嗅"变成"归来试把梅梢看"，"梅花"变为"梅梢"，"捻"与
"嗅"变成"把"与"看"，这些不同似乎表现出作者性别微妙之异。
此书"增注"谓："杖藜寻春而不见春光之所在，至见梅梢，始知春意
之已十分矣。"③ 增注者为朝鲜国徐居正（1420—1492），可见此诗在
域外影响之一斑。《唐宋千家联珠诗格》既是一部选本，也是一部指导
人们创作的诗法、诗格一类书籍。此诗列在"用归来字格"，此格共收
四首诗，除戴益《探春》之外，还收有东坡《上元侍宴》、李师中
《韩魏公席上》、牧童《答钟弱翁》诸首。所谓"用归来字格"就是此
格的第三句诗首二字为"归来"。如此诗第三句"归来试把梅梢看"，
东坡《上元侍宴》诗第三句"归来一点青灯在"。

6. 宋人陈丰所作

北京大学古文献研究所编辑的《全宋诗》收录此诗，然题为"陈
丰"所作，所据为明代陈效所编弘治《兴化府志》。其实这种说法并不
是《全宋诗》所首创的。清代陆心源《宋诗纪事补遗》卷 141 收此诗，
题为陈丰《寻春》，并注明此诗采自《兴化府志》：

> 陈丰，号舫斋，仙游人。建炎十五年进士。侍郎说之父，官
> 南恩守。
>
> 《寻春》："尽日寻春不见春，杖藜踏破几山云。归来试把梅花
> 看，春在梅梢已十分。（《兴化府志》）④

清代郑杰《闽诗录》丙集卷七"陈丰"条所记相同。⑤ 今人《全宋诗》

---

① 于济、蔡正孙编集：《唐宋千家联珠诗格校证》，徐居正等增注，卞东波校证，凤凰出版社，2007，第
350 – 351 页。
② 谢旻：《（康熙）江西通志》，《景印文渊阁四库全书》第 514 册，第 578 页。
③ 《唐宋千家联珠诗格校证》，第 351 页。
④ 陆心源：《宋诗纪事补遗》，《续修四库全书》第 1709 册，第 42 页。
⑤ 郑杰：《闽诗录》，《续修四库全书》第 1687 册，第 569 页。

应该是据以上说法，诗是从明代陈效弘治《兴化府志》卷33录出的。①
据此书介绍，陈丰（1110—1165），字宜中，号舫斋，仙游（今属福
建）人，高宗绍兴十八年（1148）进士（《绍兴十八年同年小录》）。
历泉州教授、编修敕令所删定官、国子监博士。绍兴二十九年，因蓄
妓被罢（《建炎以来系年要录》卷183），后起知惠州。孝宗时曾迁湖
北提举，不就，改知南恩州，卒于官。这应该是目前关于此诗作者最
为详细的资料。不过，这也不是没有疑点。因为《全宋诗》所据的
《兴化府志》毕竟是明人陈效所修的，而在宋人与元人的记录中，并无
陈丰所作之说。陈丰在宋代不是无名之辈，若作此诗，宋、元时代应
有所记录才是。明代除《兴化府志》所载之外，其他似未有闻录，故
尚不可为确证。

　　7. 宋代江西诗客所作

　　卞东波先生《读稀见汉籍〈唐宋千家联珠诗格〉札记》之四"宋
人之梅花诗"②，提出了几条相关的证据，为考察此诗提供丰富的文献
和重要的线索。卞文提及南宋陈模所撰《怀古录》卷中：

> 有王某者，江西诗客，见秦桧，未见，先以幅子书，"打起黄
> 莺儿，莫教枝上啼。啼时惊妾梦，不得到辽西。"云："解此即可
> 见。"王以幅子书云："到处寻春春不见，枝头劈破几重云。归来
> 检点梅花树，春色梢头已十分。"秦大喜，王时已在仕途，因拔引
> 之。有问王："答此奚谓？"王曰："彼于三句后转归新意，吾所书
> 诗意亦然。"③

陈模，字子宏，南宋后期庐陵人，生平无考。此书前有曾原一作于
"宝祐乙卯腊"的《怀古录序》，可知此书至少成于宝祐三年即1255
年。卞东波认为，《怀古录》卷中"所载之诗，……作者署作江西诗
客"，则以此诗作者为这个"江西诗客"。笔者的理解似乎未必如此。

---

① 此诗编入《全宋诗》第36册，北京大学出版社，1998，第22564页。
② 卞东波：《读稀见汉籍〈唐宋千家联珠诗格〉札记》，《古籍研究》2006年卷下（总第50期），第130页。
③ 陈模：《怀古录校注》，郑必俊校注，中华书局，1993，第48页。

据上下文语境，则此诗未必是这位姓王的江西诗客所作。极有可能是像秦桧抄录金昌绪《春怨》诗一样，江西诗客也是抄录前人之诗语，可惜没有标出作者名字。"吾所书诗"可能是指自己所抄录的诗，并不等于是"吾诗"。这位姓王的江西诗客要见秦桧，秦桧抄录金昌绪《春怨》给他，如果他理解此诗，便可见到。江西诗客抄录此诗以答，因为两首诗在章法构思上相近，都是"于三句后转归新意"的。江西诗客也因为正确理解了秦桧所书诗意而受到提拔。

8. 前人所作

宋代兰溪道隆《大觉禅师语录》：

> 谢首座上堂，推出云门，折一只脚，撺掇临济，吃三顿棒。恶。含沙射人，蜮蚨咬影。毒固易医，防之在颈。云门则且置。只如临济曝地断处，是得黄檗力耶？大愚力耶？首座力耶？兰溪今日借古人风月，为诸人剖露去也。"终日寻春不见春，芒鞋蹈破几重云。归来细把梅花看，春在枝头已十分。"①

宋僧道隆（1213—1278）自号兰溪，蜀之涪州人。少年出家，淳祐六年（1246），率徒东渡日本。宋祥兴元年（1278）七月逝世，年六十六，敕赠大觉禅师。其时代在罗大经之后，故"今日借古人风月"云云，"古人风月"指前人诗歌作品。"风月"一词，宋人可用指诗文。如欧阳修《赠王介甫》诗："翰林风月三千首，吏部文章二百年。"盖其时此诗必非常流行，借流行诗词说佛理，此是禅林惯例。从上下文看，语录中的《梅花诗》非大觉禅师所自作，乃借用前人之诗语。道隆没有提到此诗作者，也不及其性别。"只如临济曝地断处"几句，大意是说临济义玄禅师（临济宗开创者）当年之觉悟，是得力于黄檗希运呢，还是得力于高安大愚禅师？② 难用语言评说，故借古人梅花诗来告知徒众，参禅终究得靠自己觉悟。③

---

① 《新修大正藏经》第80卷（册）"续诸宗部十一"，佛陀教育基金会，第59页。
② 此段公案见《景德传灯录·临济义玄禅师》。
③ 此段承四川大学周裕锴教授指教，特此致谢。

9. 元时一尼所作

唐、宋之说已够令人迷惑了，但有人又进一解，把这位尼姑说成是元代人了。如明代田艺蘅《诗女史》卷 12 "咏梅花尼"：

> 元时一尼咏梅花云："终日寻春不见春，芒鞋踏破岭头云。归来笑捻梅花嗅，春在枝头已十分。"盖悟真之言也，后果得道。①

田艺蘅抄录此诗，而补充"后果得道"，略为增加了叙事性与想象的空间。元人所作之说，亦为不少人所接受。清代王初桐《奁史》卷 61 "术业门"引自《红蕉集》："元时一尼，不知姓氏，因咏梅花，时称'梅花尼'。云：'尽日寻春不见春，芒鞋踏破岭头云。归来笑捻梅花嗅，春在枝头已十分。'"②清代张豫章《御选宋金元明四朝诗》"元诗"卷 79 "七言绝句"十二录有"梅花尼"之《咏梅花》诗："终日寻春不见春，芒鞋踏破岭头云。归来笑捻梅花嗅，春在枝头已十分。"③以上诸人都把此诗归为元代尼姑所作，虽然持此说法的人不在少数，但是其错误最为明显，因为宋人罗大经不可能记录元人的作品。

10. 僧人所作

有趣的是，在流传过程中，竟然有人把"尼"变为"僧"。明刘万春《守官漫录》卷五"外编见闻随笔"记录此诗，也说此诗"绝似悟后人语"，但谈到作者时，则说是"一僧题一诗"④，"僧"，一般指出家修行的男性佛教徒，通称和尚。所以刘万春对此诗的记载，把原先的悟道"尼"，变成了悟道"僧"，连作者的性别也改变了。

11. 张元所作

因为此诗十分流行，所以在小说中亦有征引者。明代洪楩《清平山堂话本》之《洛阳三怪记》开篇：

> "尽日寻春不见春，杖梨槃破岭头云。归来点检梅稍看，春在

① 田艺蘅：《诗女史》，《四库全书存目丛书》集部第 321 册，第 781 页。
② 王初桐：《奁史》，《续修四库全书》第 1252 册，第 117－118 页。
③ 张豫章：《御选宋金元明四朝诗》，《景印文渊阁四库全书》第 1441 册，第 755 页。
④ 刘万春：《守官漫录》，《四库全书禁毁丛书》子部第 37 册，第 333 页。

枝头已十分。"这四句探春诗是张元所作。①

这个"张元"，不知何指。宋代确有叫张元的，华州（今陕西华县）士人，因失意遁入西夏。事见《容斋三笔》卷11《记张元事》。但这是小说，也许是说书人信口开河随意编造的名字，也不得可知，不能太认真对待。

12. 宋代无名氏所作

清袁枚《随园诗话》卷11：

> 严东有选《宋人万首绝句》，采取最博。余流览说部，嫌有遗珠，为录数十首，以补其缺，未及交付，东有已亡。乃仿王渔洋《池北偶谈》采宋绝句之例以补之。其题、其作者姓名，俱不省记也。其诗云："镇日寻春不见春，芒鞋踏遍陇头云。归来偶过梅花下，春在枝头已十分。"②

在袁枚笔下，这首诗似乎是他自己读说部所得，但没有说明该诗的来历。袁枚认为宋人所作，而"其题、其作者姓名，俱不省记也"，作者与题目皆不知或不记得了。问题实际上又回到罗大经那里了，但这次连"尼"也不是了。

13. 宋代杨太后作有相近之诗

根据现有文献，还另有一线索。宋代宁宗时杨太后写过一首相近的诗。据明代毛晋《二家宫词》卷下"宋杨太后"条所载，该首为："日日寻春不见春，弓鞋踏破小除芸。棚头宣入红妆队，春在金樽已十分。"《二家宫词》后有署名"潜夫识"："右宫词五十首，宁宗杨后所撰。好事者秘而不传，世亦罕见。癸酉仲春得之江左，何啻和隋之珠璧耶？王建《花蕊》不得专美矣。"③ 这位题识的"潜夫"是谁，毛晋也不知道。据四库馆臣的推测，可能是宋人刘克庄。不过，馆臣认为，这些宫词不太可信，"盖此三百五十首者，皆后人裒辑得之，真伪参

---

① 洪楩：《清平山堂话本》，《续修四库全书》第1784册，第30页。
② 袁枚：《随园诗话》，人民文学出版社，1982，第376页。
③ 毛晋：《二家宫词》，《景印文渊阁四库全书》第1416册，第713页。

半，不尽可凭。姑以流传已久存之耳。"① 杨太后（1162—1233），少选入宫，忘其姓。宁宗庆元三年（1197）进婕妤后，认会稽人杨次山为兄，遂姓杨氏。六年，进贵妃。所传杨太后此诗与《梅花诗》起承转合之构思完全相同，只是杨太后之诗艺术上远不如，像"春在金樽已十分"，义理上不但乏善可陈，也颇勉强。这位写跋语的"潜夫"，以为这些宫词是"和隋之珠璧"，不免过誉。不过，由于此诗的真伪难辨，我们难以判断究竟是"杨太后"在点金成石，还是《梅花诗》点石成金。

14. 唐代无尽藏比丘尼所作

我们再看看当代的网络上，对此诗也有许多说法，与前不同的是说此诗为唐代无尽藏比丘尼所作，而这位无尽藏比丘尼则是禅宗六祖所点悟的。这个大家检索一下就可以得到了，此不详论了。网络本身就是一个虚拟世界，任何人都可以参加。此诗为无尽藏所作，在传统的文献之中似乎未见，或者也是禅学爱好者的一种良好愿望和想象吧。

二　史源的模糊与想象的空间

本文原来是为了解决《梅花诗》作者问题而作，结果却是令人沮丧的。笔者似乎找出一大堆"结论"，其实仅仅是罗列一大堆疑问而无法得出准确的结论，就寻找诗作者的目的而言，可以说是无功而返。笔者希望有学殖深厚者能解决这个问题，也希望能有新史料出现揭示这个谜底。

在中国诗歌史上，确有一首诗歌被视为不同时代或不同诗人的情况，但像这样一首二十八字短诗，有如此多的"作者"，似乎未见。当然，相关的一些问题是可以推测的。从现存文献来看，《梅花诗》是从南宋开始流行的，并被大量引用，而此前未见记载。像这样一首通俗易懂的短诗不太可能是唐人所写，而在五代至北宋没有被记载或引用，

---

① 《四库全书总目》卷 189，第 1724 页。

到了南宋才被突然发现和流传，影响及于海外。就目前所能找到的文献而言，此诗为唐人所作的说法难以采信。至于说是元代人所作，则是明显的错误。

梅花，在宋人心目中已经成为一种高雅峻洁人格的文化符号。从创作史上看，重视梅花之品格，创作大量梅花诗，这是宋人开创的文学风气。《四库全书总目》云：

> 《离骚》编撷香草，独不及梅。六代及唐，渐有赋咏，而偶然寄意，视之亦与诸花等。自北宋林逋诸人递相矜重，"暗香疏影""半树横枝"之句，作者始别立品题。南宋以来，遂以咏梅为诗家一大公案。江湖诗人无论爱梅与否，无不借梅以自重。凡别号及斋馆之名，多带"梅"字，以求附于雅人。黄大舆至辑诗余为《梅苑》十卷，方回作《瀛奎律髓》，凡咏物俱入著题类，而梅花则自立一类。此倡彼和，沓杂不休。名则耐冷之交，实则附炎之局矣。①

《四库全书总目》从诗歌主题史的角度，认为"南宋以来，遂以咏梅为诗家一大公案"，所言甚有启发性。据此，则这首《梅花诗》与宋代以来诗坛创作风气比较一致。总之，此诗为宋人（尤其南宋人）所写的可能性最大。

这首《梅花诗》在宋元以来，人们争相传颂，在思想上与艺术形式上都具有典范性。宋代李龏的《梅花衲》与元代郭豫亨《梅花字字香》两部集句诗集都不约而同地收入"春在枝头已十分"，可见在宋元人眼中，这句诗就是描写梅花的经典之作。此诗还被《唐宋千家联珠诗格》这类书收入，作为指导人们创作的规范，这些都颇能说明问题。

文学史研究当然需要对史源的考察，对于作品确切的创作年代与作者的了解无疑有利于对作品批评的知人论世。在中国文学批评中，"知人论世"是历久不衰的传统。有时甚至有人对于作者的关心程度已

---

① 《四库全书总目》卷167《梅花字字香》提要，第1438页。

超过对作品自身。不过，在文学史上，有些作品产生的史源本身是模糊的，甚至是无法考察清晰的。我们往往把它视为一件憾事，但是，并不是所有史源模糊作品的价值都会因此而丧失或减少，并不是所有作品都必须经过"知人论世"的批评才能受到理解与欣赏。

在学术研究中，没有结论的结果并非全无意义，它仍可能为我们提供思考的资源。在中国诗歌史上，似乎未见一首诗像《梅花诗》这样拥有如此之多无法确定、身份截然不同的"疑似"作者。这本身就是一个有意义的问题。推其原因，除其史源不清之外，可能与这首诗所表达的思想内容具有一定的"普适性"相关。无疑，不同读者对《梅花诗》体悟各有不同。有人看到的是儒家之道，有人看到的是佛家之道，但诗中的道理既浅显又深刻，这是不言而喻的。也许，我们不知道作者是儒家、释家还是道家，对它的阐述才更为自由，想象空间也更为宽阔。此诗之妙，正是能超越具体某家之道，而直指人类认识事物的普遍规律。就人类所追求的真理或理想的本质而言，既是神秘、崇高的，也是寻常和贴近人生的。孔子说："道不远人，人之为道而远人，不可以为道。"（《中庸》）庄子说"道在屎溺"①，而佛家则有"骑驴觅驴"或者"骑牛觅牛"之喻②，也有"青青翠竹，尽是真如；郁郁黄花，无非般若"之说③。虽然儒、道、释三家对于道的理解不同，但是，他们都认为"道"是无所不在的，也存在和显现于人类日常生活之间。

在这首《梅花诗》中，诗人所寻之"春"，象征着美好、高洁与强烈的生命力。梅花凌寒独放，像春天的使者透露着春之消息。其实，关于梅花与春天之关系，宋诗中多有描写。如赵抃《钤兵王阁使素芳

---

① 《庄子·知北游》："东郭子问于庄子曰：'所谓道，恶乎在？'庄子曰：'无所不在。'东郭子曰：'期而后可。'庄子曰：'在蝼蚁。'曰：'何其下耶？'曰：'在稊稗。'曰：'何其愈下耶？'曰：'在瓦甓。'曰：'何其愈甚耶？'曰：'在屎溺。'东郭子不应。"（郭庆藩：《庄子集释》，王孝鱼点校，中华书局，1961，第749－750页）

② 《景德传灯录·志公和尚大乘赞》："不解即心即佛，真似骑驴觅驴。"《景德传灯录·福州大安禅师》："师即造于百丈，礼而问曰：'学人欲求识佛，何者即是？'百丈曰：'大似骑牛觅牛。'"

③ 静筠二禅师编撰《祖堂集》卷第三"慧忠和尚"条引用"古德"之语，孙昊武等点校，中华书局，2007，第170页。

亭赏梅花》诗云："春密未通桃李信，腊残都放雪霜姿。"① 秦观《次韵朱李二君见寄》诗云："梅已偷春成国色，云犹凭腊造天阴。"② 何应龙《见梅》诗云："云绕前冈水绕村，忽惊空谷有佳人。天寒日暮吹香去，尽是冰霜不是春。"③ 这些描写与《梅花诗》都颇有同工之妙，不过，《梅花诗》的构思更具哲理。

人类认识事物或追求理想的过程也有一些相通之处。一方面，理想的追求是一个漫长而艰难的过程，正像《诗·秦风·蒹葭》所描写的："蒹葭苍苍，白露为霜。所谓伊人，在水一方。溯洄从之，道阻且长。溯游从之，宛在水中央……"这种追求过程有时还令人充满迷惘和感伤。但另一方面，人们经过苦苦追求之后，在茫无头绪甚至陷入绝望之际，却可能于寻常之处妙手偶得。神秘与必然往往寓于寻常与偶然之中。俗语谓："踏破铁鞋无觅处，得来全不费工夫！"诗人谓："山穷水尽疑无路，柳暗花明又一村。"陶渊明《桃花源记》所描写的理想国，也是渔人无意得之的。人们的顿悟往往经过渐悟过程。宋吴可《学诗》："学诗浑似学参禅，竹榻蒲团不计年。直待自家都了得，等闲拈出便超然。"④ 宋韩驹《赠赵伯鱼》："学诗当如初学禅，未悟且遍参诸方。一朝悟罢正法眼，信手拈出皆成章。"⑤ 王国维在《人间词话》说："古今之成大事业、大学问者，必经过三种之境界：'昨夜西风凋碧树。独上高楼，望尽天涯路。'此第一境也。'衣带渐宽终不悔，为伊消得人憔悴。'此第二境也。'众里寻他千百度，蓦然回首，那人却在，灯火阑珊处'。此第三境也。"⑥ 禅道、诗道、学术之道、人生之道莫不如此。所以这首梅花诗之妙，就是以诗意的形式，表达了超越宗教与学派的普遍而深刻的人生哲理。

有时史源的模糊反而提供了对于诗歌理解、阐述和想象更为广阔

---

① 北京大学古文献研究所编：《全宋诗》第 6 册，北京大学出版社，1998，第 4188 页。
② 《全宋诗》第 18 册，第 12096 页。
③ 《全宋诗》第 67 册，第 42015 页。
④ 《诗人玉屑》卷一"吴思道学诗"条，上海古籍出版社，1978，第 8 页。
⑤ 《全宋诗》第 25 册，第 16588 页。
⑥ 《蕙风词话·人间词话》，人民文学出版社，1960，第 203 页。

的空间。有些诗歌，可以超越个人，超越时代，超越地域与派别。一读到它，便唤起我们内心的一种感受，引发共鸣，会心一笑，莫逆于心。不用多说，这便是好诗。至于何时、何人所作，倒是无足轻重了。

（原载《中国文化》2010 年秋季号，第 32 期）

第九章　明清诗文研究七十年

一　七十年的四个时期

本文中的"明清诗文"，包括明代至近代的诗文与诗文评。总体而言，与古代文学其他领域相比，明清诗文研究的起点较低，长期处于被忽视甚至被贬斥的境地。

明清诗文被忽视，有古代学术传统方面的原因，比如，代表清代学术官方主流意识的《四库全书总目》对明代诗文就颇多批评，基本持否定态度，此后的许多文学史家在有意无意之间，往往都受其影响。另外，"一代有一代之文学"这样传统的文体迭代、文体进化观念，对明清诗文的评价也颇为不利。刘大杰在《中国文学发展史》中说："明代文学所胜，一是称为传奇的歌剧，一是白话小说。""代表清代文学的，是那些长篇的白话小说。"[①] 这些观念，成为人们耳熟能详的"常识"，也成为文学史学者的"前理解"。一些五四运动领袖人物，对明清诗文也持偏颇的否定态度。比如，陈独秀《文学革命论》把前后七子、唐宋派以及桐城派十八位古文大家称为"十八妖魔"，批评他们"既非创造才，胸中又无物，其伎俩唯在仿古欺人，直无一字有存在之

---

① 刘大杰：《中国文学发展史》下册，中华书局，1949，第295页、第430页。

价值，虽著作等身，与其时之社会文明进化无丝毫关系"。①大致而言，在新中国成立之前，明清诗文研究处于边缘地位，基础相当薄弱。这是当代学术史所接受的理论背景。

七十年来明清诗文研究的发展进程，可分为四个时期。

（一）1949—1965 年

新中国成立后，古代文学研究界仍按传统的惯性继续推进。在明清文学研究中，重点仍是长篇小说、戏曲等俗文学文体，专门意义上的明清诗文研究极少。当时高校的文学史教材如：陆侃如、冯沅君《中国文学史简编》（作家出版社 1957 年版），北京大学中文系文学专门化 1955 级集体编著《中国文学史》（人民文学出版社 1958 年版），复旦大学中文系古典文学组学生集体编著《中国文学史》（中华书局1959 年版）介绍明清文学部分，诗文所占的篇幅都比较低，内容也非常简略。游国恩主编《中国文学史》（人民文学出版社 1964 年版）"明代文学"共十一章，其中一章涉及明代诗文介绍前后七子、归有光、李贽及爱国诗人。"清代前期及清代中叶文学"一章涉及清代诗文，介绍乾嘉间的诗人诗派、桐城古文、汪中及清代骈文。可以看出，明清诗文在当时的文学史中，显然是处于边缘的。

在明清戏曲小说研究热中，也有部分学者将目光投向诗文。研究的内容大体集中在顾炎武、王夫之、黄宗羲、袁枚、赵翼等大家以及公安、桐城派的名家，近代部分的主题则是爱国主义。先后参与明清诗文研究讨论的学者有黄海章、钱仲联、任访秋、马汉麟、郑朝宗、曹道衡、刘衍文、马茂元、王气中、聂石樵、黄云眉、华忱之、霍松林、袁世硕、刘季高、段熙仲、陈友琴、吴则虞等。关于桐城派的讨论辑成《桐城派研究论文集》（安徽人民出版社 1963 年版）一书。郭沫若《读随园诗话札记》（作家出版社 1962 年版）、张舜徽《清人文集别录》（中华书局 1963 年版）、邓之诚《清诗纪事初编》（中华书局

---

① 陈独秀：《文学革命论》，《新青年》第 2 卷第 6 号，1917 年 2 月 1 日。

1965 年版）等著作，是这一时期清代诗文研究最为重要的成果。

这一时期的明清诗文批评研究亮点较多。郭绍虞《中国文学批评史》（新文艺出版社 1956 年版）、朱东润《中国文学批评史大纲》（古典文学出版社 1957 年版）二书皆为修订重版，但就明清文学批评而言，仍然是该时期最具深度和广度的批评史专书。黄海章《中国文学批评简史》（广东人民出版社 1962 年版）是新中国成立后编写的第一本文学批评史，短小精悍，对明清、近代多有所及，如李梦阳、何景明、钟惺、谭元春、黄宗羲、顾炎武、王夫之、王士禛、沈德潜、桐城派、章学诚、袁枚，并首次在文学批评史中专题论及刘熙载与王国维，值得注意。郭绍虞《中国历代文论选》（中华书局 1962 年版）的中、下册，选录了明清诗文批评经典篇章。他主编的"中国古典文学理论批评专著选辑"（人民文学出版社 1959—1963 年间陆续出版）包括：吴讷《文章辨体序说》、徐师曾《文体明辨序说》、谢榛《四溟诗话》、王夫之《姜斋诗话》、王士禛《带经堂诗话》、赵翼《瓯北诗话》、袁枚《随园诗话》、方东树《昭昧詹言》、刘大櫆《论文偶记》等，这些文献的整理出版推动了当时明清诗文批评研究，并影响至今。

（二）1966—1976 年

"文化大革命"十年，整个古代文学研究基本停滞不前。其间为了配合批林批孔、评法批儒等政治运动，偶尔有一些明清诗文文献整理和研究，由于带有强烈的政治功利目的，多为曲解或极端之论，如当时发表的《从方苞、姚鼐等人的著作看桐城派的反动实质》（《安徽文艺》1974 年第 12 期）、《王夫之的文艺思想与儒法文艺斗争》（《武汉师院》1974 年第 3 期）、《从龚自珍的诗看他的法家思想》（《新华日报》1975 年 2 月 19 日）等文章，从其题目即可见一斑。

（三）1977—1999 年

从 1977 年开始，明清诗文研究在停滞十年后重新起步。1981 年苏州师范学院成立明清诗文研究室，标志着明清诗文开始受到学界的重视。相关学术讨论日渐活跃，1983 年由《文学遗产》编辑部和苏州大学明清诗文研究室联合发起清诗讨论会，有力地推动了沉寂多年的清诗研究。其他如 1985 年首届桐城派学术研讨会、1985 年首届竟陵派学术讨论会等，都显示出明清诗文研究各领域迅速发展的态势。

20 世纪 80—90 年代，明清诗文研究虽然尚未受到学界高度重视，但当时的学术发展生机勃勃，元气淋漓。相关研究的数量虽然不多，却有不少佳作。这个领域基础较弱，可凭借不多，反而提供了学术原创性的空间，故在短期内就出现了一批筚路蓝缕、填补空白的论著。举要而言，严迪昌《清词史》（江苏古籍出版社 1990 年版）是首部清代断代分体词史，朱则杰《清诗史》（江苏古籍出版社 1992 年版）是首部清代断代分体诗史，严明《清代广东诗歌研究》（文津出版社 1991 年版）是首部清代地域诗歌史，马亚中《中国近代诗歌史》（台湾学生书局 1992 年版）是首部近代诗史。刘世南《清诗流派史》（文津出版社 1995 年版）是首部研究清诗流派的专著。王运熙、顾易生主编《中国文学批评通史》是 20 世纪中国文学批评史的集大成之作，其中袁震宇、刘明今所著《明代卷》（上海古籍出版社 1991 年版），邬国平、王镇远所著《清代卷》（上海古籍出版社 1995 年版），黄霖所著《近代卷》（上海古籍出版社 1993 年版），皆是史料翔实、立论平允的专著，至今仍是明清诗文批评史领域难以超越的权威之作。

20 世纪 80—90 年代，学术之师承赓续，蔚为大观。从 20 世纪初到 60 年代出生的学者，同时出现在明清诗文研究界，一时云蒸霞蔚，济济多士，可谓盛矣！举例而言：唐圭璋、钱仲联、黄海章、赵景深、马积高、任访秋、徐朔方、邱世友、严迪昌、章培恒、黄霖、罗宗强、袁世硕、管林等前辈导夫先路，继起者有施议对、裴世俊、赵园、关爱和、王镇远、陈建华、马美信、赵永纪、刘明今、邬国平、王飚、王英志、左东岭、曹虹、张宏生、蒋寅、马亚中、马卫中、尚永亮、陈书录、廖可斌、陈广宏、陈正宏、谈蓓芳、黄仁生、周明初、胡晓明、孙克强、黄卓越、张仲谋、霍有明、吴兆路、张健、史小军、孙之梅、饶龙隼等。这些年轻学者，多为恢复高考后较早进入高校的大学生或研究生，现在已经成为明清诗文研究的权威专家。

20 世纪 80—90 年代的研究生培养机制与学术规范皆尚未完备，然综观当时的博士论文，其眼光与质量都达到相当高的水平，而且都有壮阔的学术格局与气魄。以明清诗文博士论文比较集中的几所学校为例，如复旦大学马美信《晚明文学初探》（1984）①、陈建华《明代江浙文学论稿》（1987）、陈广宏《明代福建地区城市生活与文学》（1990）、郑利华《明代中期文学的发展与城市形态之关系》（1991）、陈居渊《清代诗歌与王学》（1992）、孙克强《清代词学理论研究》（1992）、陈正宏《明代诗文研究史》（1998），苏州大学裴世俊《钱谦益诗歌研究》（1985）、马亚中《中国古典诗歌的最后历程》（1988）、朱则杰《清代诗歌史》（1988）、张兵《清初遗民诗群研究》（1998）、马卫中《光宣诗坛流派发展史论》（1999），杭州大学廖可斌《复古派与明代文学思潮》（1989）、周明初《晚明士人心态研究》（1994）、昝亮《清代骈文研究》（1997），南开大学饶龙隼《明代隆庆、万历间文学思想转变研究》（1994）、左东岭《李贽与晚明文学思想》（1995）、陈水云《清代前中期词学思想研究》（1996），陕西师范大学史小军《明代七子派及其文学复古运动研究》（1996），山东大学石玲《袁枚论》（1999）等。不少博士论文在该领域具有首创或开拓之功，形成一批分量颇重的学术专著，也反映了 20 世纪 80—90 年代的明清诗文研究整体水平和发展趋势。

（四）2000 年至今

吴承学、曹虹、蒋寅在《文学遗产》发表"明清诗文研究三人谈"②，总结 20 世纪明清诗文研究的现状和成果，并对 21 世纪这一研究领域进行了前瞻性的讨论。进入 21 世纪，明清诗文研究展现出迅猛发展的态势。此前未形成和划定各种分界与疆域，没有难以逾越的格

---

① 括号中所注为论文答辩时间。
② 吴承学、曹虹、蒋寅：《一个期待关注的学术领域——明清诗文研究三人谈》，《文学遗产》1999 年第 4 期。

套和拘忌，也是这个领域生机勃勃的原因。研究者、研究成果，乃至基金项目的数量与规模，都呈现爆炸式的增长态势。在短期内，学术队伍与研究力量迅速集结，以学术人口红利之优势，迅速占据明清文学研究的方方面面，开垦荒野，占领要地。在古代文学史研究领域，本来已经很少"空白"之处，但明清诗文诸多具体课题之研究可说是"填补空白"。纵观近二十年明清诗文研究，以内容而论，有文学本体（文学流派、文论、作家作品、文章学与文体学），文献整理与研究（包含域外汉籍），思想、文化（心态史、宗教、社会生活）与明清诗文；身份认同（遗民、贰臣、山人、妇女等），政治、制度与文学（台阁文学、翰林文学、状元文学、科举与文学、党争与文学），学术（经学）与文学、文人结社、幕府文学，地域文学与家族文学，选本批评，经典诗文接受、注释与明清诗文的关系等。总而言之，经过七十年的发展，近年来的明清诗文研究可谓跨越学科、众体兼备，几乎是全方位、无死角地覆盖了明清诗文的各个方面。而且，每一领域成果都相当丰富，比如文学史上被称为"流派"的明清作家群，差不多巨细无遗尽入研究者之毂中了。

本期的学术队伍基本完成了代际更新。领军人物多为恢复高考后较早进入高校的 20 世纪 50—60 年代生人，主力则是他们的学生辈70—80 年代甚至 90 年代生人。改革开放前后出生的新一代学人已崭露头角。他们的知识结构与眼光手段，都展示了新的特色，是最具科研活力的生力军，当然也有一些不足与局限。①

文献整理是考察学术发展的特殊角度。它既是文学研究的基础，也是研究趋势的风向标；既反映出该领域研究的需求情况，又推动该领域学术研究。明清诗文文献基础原先十分薄弱，自 20 世纪 80 年代以来，相关文献整理繁兴。21 世纪以来，更呈爆发式发展趋势，重要文献差不多都得以出版。以清代诗文的大型丛书为例：《清代诗文集汇编》编纂委员会编《清代诗文集汇编》（上海古籍出版社2010 年版）

---

① 参见吴承学《致新一代学人》，《南方周末》2017 年 11 月 9 日。

是迄今为止规模最大的有清一代诗文合集，收录诗文集四千多种。陈红彦等主编《清代诗文集珍本丛刊》（国家图书馆出版社 2017 年版）收录清人 1339 种诗文集。国家清史编纂委员会的《文献丛刊》、上海古籍出版社的《清代学者文集丛刊》、张宏生主编《全清词》、张寅彭主编《明清别集丛刊》《乾嘉名家别集丛刊》、杜桂萍主编《清代诗人别集丛刊》等，正在不断推出，极大地方便了相关研究工作。明清文学批评的文献，也渐成整理出版的热点。王水照编《历代文话》（复旦大学出版社 2007 年版）以明清诗文批评文献为主。明代批评文献整理著作，有吴文治《明诗话全编》（江苏古籍出版社 1998 年版），周维德《全明诗话》（齐鲁书社 2005 年版），张健《珍本明诗话五种》（北京大学出版社 2008 年版），陈广宏等《稀见明人诗话十六种》（上海古籍出版社 2014 年版）、《稀见明人文话二十种》（上海古籍出版社 2016 年版）、《明人诗话要籍汇编》（复旦大学出版社 2017 年版）。清代诗文批评著作，则有钱仲联《清诗纪事》（江苏古籍出版社 1987—1989 年版）、王培军《校辑近代诗话九种》（上海古籍出版社 2013 年版）、张寅彭《清诗话三编》（上海古籍出版社 2014 年版）及《清诗话全编》（上海古籍出版社 2018 年起陆续出版中）等。明清文献整理的极度兴盛，与国家的支持分不开，比如近年来国家社科重大项目中，就有蒋寅、杜桂萍、陈广宏、黄灵庚、周明初、张寅彭、李时人、罗时进、许建平、雷磊、李圣华、江庆柏、陈才训、姚蓉、吕双伟、王卓华等学者近二十个明清诗文文献方面的重大项目得以立项。这些项目，在若干年内又将进一步推动明清诗文研究的繁荣。

二 明清诗文的现代发现与价值重估

纵观七十年来明清诗文研究，其重点是如何在中国文学发展的整体进程中，发现明清诗文的独特性，实事求是地评价明清诗文的地位和影响。

在中国古代文学史上，明清文学与现代文学的联系最为紧密直接。

探讨明清诗文与现代文学的关系及其现代性（或近代性），是持续近百年的重要话题。周作人最早把五四新文学的源头追溯到晚明文学中的公安三袁、竟陵派与晚明小品，认为八股文作为对立面出现，倒逼新文学的出场。① 五四新文化运动打倒孔家店，同时也针对程朱理学。从这个意义上说，晚明与五四确有相似之处。不同在于，晚明的变革只是中国传统内部一次自我调整，而五四则是一场思想文化的革命，其思想原动力主要来自近代西方。在思想上，大众化是现代性的一个重要表征。五四新文学所谓口语化、走向民间等思潮，就是在文学上的大众化表现。明代复古派提倡民歌，李梦阳所谓"真诗乃在民间"②，冯梦龙编辑民歌集《挂枝儿》。贺贻孙《诗筏》："近日吴中《山歌》、《挂枝儿》语近风谣，无理有情，为近日真诗一线所存。"③ 这些情况确实和五四新文学有相通之处。海外学者对此也有所关注。美国学者王德威提出"没有晚清，何来五四"④ 的观点，其后又提出"没有五四，何来晚清"⑤ 加以反向补充。李欧梵则认为现代文学从晚明开始："我觉得很多东西是连续的，要找它的源流很难就从'五四'开始，往往很多东西是从晚清开始的。讲到晚清的话，一下子就会讲到晚明。所以有时我半开玩笑地说，中国现代文学应当从晚明开始。"⑥ 台湾学者李奭学《没有晚明，何来晚清？——"文学"的现代性之旅》[《华东师范大学学报（哲学社会科学版）》2018 年第 4 期] 意思相近。"法不孤起，仗境方生"，只有晚清乃至五四西方现代性涌入中国，形成崭新的思想境域，才有明清现代性的话题。只有近代以来中西的相遇，中国学者才可能跳出自身局限，站在不同的角度审视自己，并发现了

---

① 参见周作人《中国新文学的源流》，北平人文书店，1932，第 36 - 53 页。
② 李梦阳：《诗集自序》，黄宗羲《明文海》卷 262，第 3 册，中华书局，1987，第 2736 页。
③ 贺贻孙：《诗筏》，郭绍虞编选、富寿荪点校《清诗话续编》第 1 册，上海古籍出版社，2016，第 143 页。
④ 参见王德威《被压抑的现代性——没有晚清，何来"五四"》，《想像中国的方法：历史·小说·叙事》，生活·读书·新知三联书店，1998，第 3 - 19 页。
⑤ 参见王德威《没有五四，何来晚清?》，《南方文坛》2019 年第 1 期。
⑥ 李欧梵：《徘徊在现代和后现代之间》，陈建华录，上海三联书店，2000，第 87 页。

自身迥然不同的特质。吴承学、李光摩《"五四"与晚明》①，毛夫国《现代文学史上的"晚明文学思潮"论争》（文化艺术出版社 2011 年版）等都论述了 20 世纪以来，学术界关于五四新文学与晚明文学关系的各种研究。章培恒《中国文学史新著》中，明清属于"近世文学"，该书的重点在于"揭示出中国现代文学乃是中国古代文学的合乎逻辑的发展，西方文化的影响只是加快了它的出现而非导致了中国文学航向的改变"。②

　　在近代文学研究中，很少人明确使用"现代性"概念，更多的是讨论从古典文学向现代文学转换过程中的特质。任访秋主编《中国近代文学史》（河南大学出版社 1988 年版）把百余年来中国文学的演进历程视为一个不断走向现代化的进程，认为这一进程发轫于近代。他认为："'五四'的文学革命与思想革命，从反孔教到反复古主义文学，就中国固有的传统来说，实上承晚明的文化革新运动。"③ 此后，关爱和不断推进研究，成为该领域的代表。他的《从古典走向现代——论历史转型期的中国近代文学》（河南人民出版社 1992 年版）、《悲壮的沉落》（河南大学出版社 1992 年版）、《古典主义的终结——桐城派与"五四"新文学》（上海文艺出版社 1998 年版）等，比较系统地考察了 16—19 世纪中国文化与文学思潮，以确定近代文学从古典走向现代的性质。黄霖《近代文学批评史》给近代批评史的定位是："中国文学批评在近代发生新变，即急遽地从古代型向现代型过渡。"④ 他第一次明确提出"中国文学观念近代性"的概念及"近代性"十个主要标志，并以"近代性"来构建中国近代文学批评的体系。

　　值得注意的是，现代文学学者更为关注明清文学的"现代性"问题。如杨联芬《晚清至五四：中国文学现代性的发生》（北京大学出版社 2003 年版）以"现代性"作为理论资源和研究策略，深入地考察了

---

① 吴承学、李光摩：《"五四"与晚明——20 世纪关于"五四"新文学与晚明文学关系的研究》，《文学遗产》2002 年第 3 期。
② 章培恒、骆玉明：《中国文学史新著》"内容提要"，复旦大学出版社，2007。
③ 任访秋：《中国新文学渊源》，河南人民出版社，1986，第 221 页。
④ 黄霖：《近代文学批评史》"说明"，上海古籍出版社，1993。

清末民初一些十分突出而意涵丰富的文学现象和作家作品。丁晓原《行进中的现代性：晚清"五四"散文论》（中国社会科学出版社 2016年版）以散文的"现代性"为基本视点，从"五四"散文与晚清散文的内在逻辑等多个方面，较为全面深入地论述晚清散文与"五四"在"现代性"方面的历史性联系。有人强调两者之精神联系，有人则强调两者之本质差异。张福贵、刘中树认为："晚明文学与五四文学之间的精神联系并不能取消二者之间的本质差异，它们不仅属于两个时代，更属于两种文化。"① 这些看似不同的观点，恰好反映出明清与现代文学千丝万缕的关联。

有些学者也借用西方"早期现代"（early modern）理论来研究明清文学。沙红兵把 19 世纪 80—90 年代到新文化运动这个时期作为"早期现代"文学，认为"早期现代"文学开始睁眼看世界，但又与新文化运动以后以西方"纯文学"等观念为依归的"现代"是两个不同的现代。② 有些学者则主张在跨文化的互动的全球视野中，建立一个上至晚明下至清末民初的中国"早期现代文学"的概念框架。③ 虽然他们对中国文学"早期现代"的时段划分不同，但其共通之处是在世界视野的观照下，来探寻明清文学的独特性。

现代人可以从"水平"与"接受"两个不同维度去评价明清诗文的独特价值。就艺术本身而言，明清诗文的确达到很高的水平。钱仲联对清诗的评价是"超明越元，抗衡唐宋"④，朱则杰再加发挥，谓清诗"超越元明，上薄唐宋，成为中国诗歌史上第三座高峰，也是古代诗歌史上的最后一座高峰"（《清诗史》，第 368 页）。这些评价皆非虚语。但从接受的角度看，明清时代早已过了诗文文体发展的巅峰期，诗文被边缘化是难免的。虽然艺术水平与技巧都很高超，但其影响的确远不及秦汉古文、六朝骈文、唐诗宋词乃至元曲和明清小说。明清

---

① 张福贵、刘中树：《晚明文学与五四文学的时差与异质》，《中国社会科学》1996 年第 6 期。
② 参见沙红兵《古代文学研究的"早期现代"》，《文学评论》2011 年第 3 期。
③ 参考季剑青《"早期现代中国"论述的谱系与可能性》，《文艺理论与批评》2019 年第 2 期。
④ 钱仲联：《〈清诗三百首〉前言》，钱仲联选、钱学增注《清诗三百首》，岳麓书社，1985，第 3 页。

诗文研究的兴盛，并不能改变这一事实。七十年来明清诗文研究重在探讨其高超的艺术水平，并取得不少重要的成果。但站在学术史的角度看，对中国文学的经典形塑与文本阐释是明清诗文极为重要而尚未完全受到重视的价值。由于我们的时代离明清较近，许多文学经典观念明显受其影响。比如，复古派对秦汉文与汉魏古诗、唐诗的经典化，唐宋派以及桐城派对唐宋文的经典化，清代的学人之诗，宋诗派对宋诗的经典化等。毫不夸张地说，现代人心目中的中国文学经典谱系，大致源于明清两代的形塑与阐释。

以唐诗的经典化为例。虽然唐诗在宋代已经开始经典化，但在唐诗接受的整个进程中，仍以明清的唐诗学成就最高。陈伯海《唐诗学引论》以明代为"唐诗学的盛兴期"，以清及民国为"唐诗学的总结期"。[①] 孙学堂《明代诗学与唐诗》（齐鲁书社 2012 年版）以明代人的唐诗观为核心，考察明代创作领域的唐诗接受状况，分析明代在唐诗经典化的具体表现。从经典与阐释的角度看，明代一些原来在文学史上评价不高的诗学流派，也有其独特的意义。如学界对明代前期台阁诗学一般评价较低，但郑利华从经典形塑的角度认为：台阁体基于特定的官方背景，对当时及后继诗学领域的浸润和引导作用不可低估，其宗尚唐代尤其是盛唐诗歌的诗学取向，成为推助唐诗在明代经典化进程无法忽略的一种动力。[②]

从经典形塑与阐释角度看，明清诗文选本的繁盛，是对前代诗文的总结并完成经典化的过程。这一过程使许多作品在文学史上的经典地位得以确立。近二十年来，学术界对明清选本非常关注。讨论选本与唐诗经典化关系的，有金生奎《明代唐诗选本研究》（合肥工业大学出版社 2007 年版）、贺严《清代唐诗选本研究》（人民出版社 2007 年版）、韩胜《清代唐诗选本研究》（中国社会科学出版社 2010 年版）、王宏林《论〈唐诗三百首〉的经典观》（《文艺理论研究》2013 年第 5

---

① 陈伯海：《唐诗学引论》，知识出版社，1988，第 2 页。
② 参见郑利华《明代前期台阁诗学与唐诗宗尚》，《复旦学报（社会科学版）》2016 年第 4 期。

期）、李成晴《〈唐诗别裁集〉：一个选集经典的确立》（《文艺评论》2016 年第 2 期）、丁放《唐诗选本与李、杜诗歌的经典化——以唐代至明代唐诗选本为例》（《文史哲》2018 年第 3 期）、韩宁《清初唐诗选本与杜诗的经典化》（《河北学刊》2018 年第 5 期）等。讨论选本与宋诗和唐宋词经典化研究的，有于翠玲《朱彝尊〈词综〉研究》（中华书局 2005 年版）、谢海林《清代宋诗选本研究》（上海古籍出版社 2011 年版）、高磊《清人选宋诗研究》（苏州大学出版社 2017 年版）、李睿《清代词选研究》（安徽大学出版社 2011 年版）、高春花《清代唐宋词选研究》（人民出版社 2018 年版）等。这些研究的水平虽然参差不齐，但形成一个合力，共同推进了明清人对中国文学经典化进程贡献的研究。

注释是清人对前代诗文的经典化及阐释的重要方式，考据风气又促成诗文注释和整理的繁盛。清代诗文注释的贡献在于完成了前代重要作家注本的经典化进程，例如钱振伦《鲍参军诗注》、王琦《李太白辑注》、钱谦益《钱牧斋先生笺注杜工部集》、朱鹤龄《杜工部诗集辑注》、仇兆鳌《杜诗详注》、杨伦《杜诗镜铨》、顾嗣立《昌黎先生诗集笺注》《温飞卿诗集笺注》、冯浩《玉溪生诗详注》、查慎行《东坡先生编年诗补注》、翁方纲《苏诗补注》、王文诰《苏文忠公诗编注集成总案》、施国祁《元遗山诗集笺注》、沈钦韩《王荆公文集注》等注本。这些注本所反映出的集成化、总结化特性，对于推进古代诗文经典进程起了积极作用，其中所确立的部分经典注本，也一直为现代所接受。这方面的研究至今比较薄弱，其中郝润华《〈钱注杜诗〉与诗史互证方法》（黄山书社 2000 年版）是比较出色的研究。她认为《钱注杜诗》是诗史互证方法的典型范例。钱谦益是以经学的研究方法为基础，以史学的实证方法为架构所进行的文学阐释。该书还讨论诗史互证方式运用在现代学术研究中的意义，认为陈寅恪受到这种影响，又有所突破，他力图通过诗史互证研究，达到文史融通的学术境界。

从接受史入手，考察明清时期对前代诗文的经典形塑及阐释是一个重要路径。有些研究揭示了明清经典接受史的独特意义，比如以往学者认为，明代经学空疏荒陋，游谈无根，没有价值，刘毓庆《从经学到文学——明代〈诗经〉学史论》以独特的眼光指出，回顾一千多年的诗经学史，明代明显发生从经学意义向文学意义的转向。明代《诗经》学的最大贡献，在于它"第一次以艺术心态面对这部圣人的经典，把它纳入文学的范畴"并"以群体的力量改变《诗经》学原初的经学研究方向，开创《诗经》文学批评的新航线"。① 他从文学角度解释明代《诗经》阐释的性情之说、文学评点、语言技巧等理论，揭示了明人的新贡献。"从经学到文学"的总结未必周全，但确有一定的开拓意义。这种对明代《诗经》学的新阐释，颇具理论启示，甚至对解读明代的小说戏曲也有意义。如刘冬颖认为："在汤显祖的《牡丹亭》中，深闺小姐杜丽娘就是因诵读了《诗经》首篇《关雎》而产生了对于爱情的渴望，……充分体现了明代《诗经》学的新气象。……明代的《诗经》研究，却最见性情。"② 明清时期的经典接受史也是近年的一个学术增长点，成果甚多。如孙微《清代杜诗学史》（齐鲁书社2004年版）、朱丽霞《清代辛稼轩接受史》（齐鲁书社2005年版）、查清华《明代唐诗接受史》（上海古籍出版社2006年版）、孙春青《明代唐诗学》（上海古籍出版社2006年版）、米彦青《清代李商隐诗歌接受史稿》（中华书局2007年版）、张璟《苏词接受史研究》（光明日报出版社2009年版）、孙巧云《元明清楚辞学史》（浙江工商大学出版社2013年版）、何海燕《清代〈诗经〉学研究》（人民出版社2011年版）、陈伟文《清代前中期黄庭坚诗接受史研究》（中国人民大学出版社2012年版）、王书才《明清文选学述评》（上海古籍出版社2008年版）、刘重喜《明末清初杜诗学研究》（中华书局2013年版）、王小婷《清代〈文选〉学研究》（上海古籍出版社2014年版）、宁宇《清代诗经学》（吉林大学出版社2015年版）等在这些方面都做出努力，其中亦不乏杰作。然学术之要在辨章学术、考镜源流，当下有些研究，往

---

① 刘毓庆：《从经学到文学——明代〈诗经〉学史论》"自序"，商务印书馆，2001，第5页。
② 刘冬颖：《论杜丽娘习〈诗〉的反理学意义》，《文艺研究》2006年第11期。

往以堆垛材料为主，或有"考镜源流"之功，真正能具识力，"辨章学术"的成果仍较罕见。

从诗文评经典化角度研究《四库全书总目》，是近二十年来明清诗文批评的新开拓。吴承学认为，《四库全书总目》代表古代晚期正宗正统的学术思想，其集部诗文评类考辨精微，评价公允，基本构成古典形态文学批评学术史的雏形，大致体现出传统诗文评研究的学术水平。它既可以说是传统诗文评研究的集大成之作，也是现代形态文学批评史学科形成的基础。20 世纪中国文学批评史研究虽然借鉴了外来文学批评的形式，但《四库全书总目》提供的许多内容、观点及文献也为批评史家所普遍接受和充分利用。在相当长时间内，不少中国文学批评史研究是以此为底本和基础的。这是今天研究中国文学批评学术史所不可忽视的。① 他还讨论了《四库全书总目》的文体学思想②以及《四库全书》与评点之学③等问题。此后，从文学批评角度研究《四库全书总目》形成学术热点，专著如司马朝军《〈四库全书总目〉研究》（社会科学文献出版社 2004 年版）、曾守正《权力、知识与批评史图像——〈四库全书总目〉诗文评类的文学思想》（台湾学生书局 2008 年版）、何宗美等《明代文学还原研究——以〈四库总目〉明人别集提要为中心》（人民出版社 2014 年版）等，相关的论文数量更多，探讨《四库全书总目》对历代作家诗人、文学流派的评价，或探讨其批评标准及影响，内容相当丰富，但都与讨论《四库全书总目》经典化相关。

近年，有些研究从原先处于比较含混、边缘的地位，进而成为独立的学术领域。如"南明文学"，早期研究仅有"遗民诗""遗民文学"，没有"南明文学"概念。自著名历史学家何龄修首次标举"南明文学范畴"之散文、诗歌、小说等各体杰作，明确提出"南明岁月虽然短暂，但耿耿丹心、殷红热血却造成了许多文化珍品"④，潘承玉

---

① 参见吴承学《论〈四库全书总目〉在诗文评研究史上的贡献》，《文学评论》1998 年第 6 期。
② 参见吴承学、何诗海《论〈四库全书总目〉的文体学思想》，《北京大学学报（哲学社会科学版）》2007 年第 4 期。
③ 参见吴承学《〈四库全书〉与评点之学》，《文学评论》2007 年第 1 期。
④ 何龄修：《读顾诚〈南明史〉》，《中国史研究》1998 年第 3 期。

又提出"一个完整的南明文学观"①。以南明抗清英雄和苦节士人为主要作家的南明文学，沉淀了不屈不挠的民族精神和民族情怀，也折射出一个民族在特殊时代的审美思考。"南明文学"提出之后，明确、自觉研究南明时期文学的成果日见增多。许多此前极少被留意的南明领袖人物、殉国忠烈、遗民文学家，以及南明存在和消亡时期的大多数文人结社，纷纷成为各地学者关注的对象。如时志明挖掘南明节烈诗人山水诗的独特审美②，张晖考论南明殉国忠烈绝命诗中的死亡观念③，朱雯分析甲申诗歌所呈现的南北文人心中无法规避的漂泊感④，都有比较深的开掘。潘承玉《南明文学研究》（中华书局 2012 年版）梳理近四百年来南明文学文献的传播史和南明文学研究史，对南明文学的主要体裁和代表性区域文学展开全新的研究，对南明诗歌、散文和南明台湾海峡文学的文学史地位做出全新界定，是南明文学和文化史研究的代表性成果。张晖遗著《帝国的流亡——南明诗歌与战乱》（中国社会科学出版社 2014 年版）是其多年思考的结集，也成为令人唱叹之绝响。

三　文学本位与多学科融合

立足文学本位，融合多学科，进行跨学科的研究，是明清诗文研究的重要开拓途径。

基于文本细读的作家、作品、文学流派与文学史研究，是明清诗文研究的主体部分。文本细读的典范是钱锺书，他细读并评点过的明清诗文集的数量目前恐无人可及。《谈艺录》1948 年初版（开明书店），重印增入《谈艺录补订》（中华书局 1984 年版）、《谈艺录补订补正》（中华书局 1987 年重印版），后又增入《谈艺录补订补正之二》（中华书局 1993 年重印版），增补内容极为厚重，其中对明清近代诗文

---

① 潘承玉：《一个完整的南明文学观》，《学术论坛》2006 年第 9 期。
② 参见时志明《山魂水魄——明末清初节烈诗人山水诗论》，凤凰出版社，2006。
③ 参见张晖《死亡的诗学——南明士大夫绝命诗研究》，《文学评论》2013 年第 4 期。
④ 参见朱雯《时间与空间错位中的甲申诗歌》，《文学遗产》2018 年第 3 期。

如竟陵派、王士禛、赵翼、袁枚、钱载、龚自珍的评点如老吏断狱，极为精当，堪称经典之作，胜过多少皇皇巨册。另外，《钱锺书手稿集·中文笔记》20 册（商务印书馆 2011 年版），其中明清诗文集的读书笔记占了大半，其评点吉光片羽，弥足珍重。

就文学批评而言，清代诗学的研究成就最为突出。其要者如吴宏一《清代诗学初探》（台湾牧童出版社 1977 年版）与《清代诗话知见录》（台湾"中研院"中国文哲研究所 2002 年版），无论是理论还是文献研究，皆着先鞭，颇有开拓之功。张健《清代诗学研究》（北京大学出版社 1999 年版）是大陆对该专题较早的系统研究，比较清晰地梳理了清代诗学发展的脉络。近二十年，蒋寅在清代诗学研究方面，无论是文献研究《清诗话考》（中华书局 2005 年版）、个案研究《王渔洋事迹征略》（人民文学出版社 2001 年版）、《王渔洋与康熙诗坛》（中国社会科学出版社 2001 年版），还是总体研究《清代诗学史》（第一卷，中国社会科学出版社 2012 年版），都取得非常丰硕而且具有代表性的成果。

文学思想与思潮是近四十年来文学史研究的新领域，也是明清诗文研究的重要开拓。罗宗强从 20 世纪 80 年代开始倡导文学思想史研究，以思想史的方法治文学批评，把文学批评、理论与文学创作实际所反映出来的文学思想倾向结合起来。作为系列研究，他的《明代文学思想史》（中华书局 2013 年版）提出政教实用的工具论和抒发自我性情的抒情论两条线索，概括出"性其情"与"情其性"两个命题，全面系统地展现和论述有明一代文学思想演变之轨迹及其演变之原因，对明代文学思想的历史还原与价值判断做出整体性的贡献。受其影响，左东岭在明代文学思想研究方面取得了突出成绩。他的《李贽与晚明文学思想》（天津人民出版社 1997 年版）提出李贽并非反理学和市民思潮的代表，其文学思想是联结阳明心学与晚明文学思潮的中介；《王学与中晚明士人心态》（人民文学出版社 2000 年版）在研究王阳明文学思想和唐顺之、徐渭、公安派文学思想的基础上，以性灵文学思潮与性灵诗学观念作为明代文学思想发展线索。廖可斌则特别提出"思潮史"研究。他认为，研究明代文学思潮史，应着重考察文学社团的兴替及其文学观念的高度自觉，政治、理学、科举等与文学的互动关系，以及地域文化、商品经济和市镇繁荣对文学的影响。文学思潮史研究的最佳境界，是逻辑与历史的统一。① 明清文学思想与思潮研究的成果还有：林保淳《经世思想与文学经世：明末清初经世文论研究》（文津出版社 1991 年版）、饶龙隼《明代隆庆、万历间文学思想转变研究》（西南师范大学出版社 1995 年版）、周群《儒释道与晚明文学思潮》（上海书店出版社 2000 年版）、孙学堂《崇古理念的淡退：王世贞与十六世纪文学思想》（天津古籍出版社 2004 年版）、黄卓越《明中后期文学思想研究》（北京大学出版社 2005 年版）、李瑄《明遗民群体心态与文学思想研究》（巴蜀书社 2009 年版）、陈书录《明代诗文创作与理论批评的演变》（凤凰出版社 2013 年版）、张如安等《清初浙东学派文学思想研究》（浙江大学出版社 2013 年版）、周海涛《元明之际吴中文人文学思想研究》（社会科学文献出版社 2016 年版）等。

21 世纪以来，文体学研究大大拓展了明清诗文批评领域。吴承学认为，就文体学研究的规模、范围与系统性而言，明清两代远在南朝之上。明清文体学的辨体意识特别突出。"辨体"是明清诗文批评的"关键词"之一。如明代吴讷《文章辨体》、徐师曾《文体明辨》、贺复徵《文章辨体汇选》、孙鑛《排律辨体》诸书之名，不避重复，都标榜"辨体"。受复古思想的影响，明人严于辨体、强调文体古今正变。明代文章总集的编纂与序题形式，集中反映明代文学批评界的"辨体"之风与集大成的特色，是明代最有代表性、影响最大的文体批评方式。明人许多总集编纂总结唐、宋以后出现的大量新文体，同时又突破《文选》所设置的文体框架，把经、史、子、集都置于文体学视野之内，挖掘和总结出大量早期文体或文体形态，成为古代文体分类学的经典范式。② 近年来，明清文体学研究涌现一批年轻学者，其中何诗海最有代表性。他的系列研究表明，作为中国古代文体学发展的

---

① 参见廖可斌《明代文学思潮史》，人民文学出版社，2016。
② 参见吴承学《明代文章总集与文体学——以〈文章辨体〉等三部总集为中心》，《文学遗产》2008 年第 6 期。

最后一个阶段，明清学人在文体形态、文体分类、文体批评及文体学
史研究等方面，都表现出集大成与新开拓并举的特色。然而，现代学
术史对明清文体学的关注程度及所取得的成绩，远远不能与地位相称。
从整体上看，明清文体学研究还处于起步阶段。他指出，明清文体学
史料研究、明清辨体批评研究、明清文体分类研究、明清文体学与学
术文化研究等，是具有重要学术价值而学界关注不足的若干问题。①

　　除文体学理论的研究之外，文体形态的研究，也是近几十年明清
诗文研究的重要创获。李贽、袁宏道、王思任、艾南英及焦循等以为
八股文乃有明一代之文学。郭绍虞认为八股文是明代最具代表性的文
体，"明代的文人，殆无不与时文发生关系；明代的文学或文学批评，
殆也无不直接间接受着时文的影响"。② 八股文在 20 世纪 30 年代已引
起宋佩伟、钱基博、卢前等学者的讨论，80 年代以来又逐渐成为新的
学术热点。除了老一辈学者如启功等《说八股》（中华书局 1994 年
版）、邓云乡《清代八股文》（中国人民大学出版社 1994 年版）等外，
一些中青年学者也投入到八股研究行列并发表了系列论文和专著。仅
专著言，就有黄强《八股文与明清文学论稿》（上海古籍出版社 2005
年版）、孔庆茂《八股文史》（凤凰出版社 2008 年版）、吴伟凡《明清
制艺今说——"八股文"的现代阐释》（学苑出版社 2009 年版）、高
明扬《文体学视野下的科举八股文研究》（云南人民出版社 2012 年
版）、龚笃清《中国八股文史》（岳麓书社 2017 年版）等。这些成果，
在描述八股文的发展历程，探讨八股文与明清文人的生活方式、精神
状态、知识结构及文学创作的关系等方面，较前人更为系统、深入和
细致，对八股文在中国文学史上功过是非的评价，也更为理性、客观。
如黄强探讨明清戏曲理论对八股章法的借鉴，蒋寅考察八股文法与明
清诗法的关系③，龚延明等揭示清代科举考试中"清真雅正"的衡文

---

① 参见何诗海《明清文体学研究的学术空间》，《文学遗产》2011 年第 3 期。
② 郭绍虞：《中国文学批评史》，上海古籍出版社，1979，第 422 页。
③ 参见蒋寅《起承转合：机械结构论的消长——兼论八股文法与诗学的关系》，《文学遗产》1998 年第
　 3 期。

标准对一代文风尤其是桐城古文的影响①，李光摩对明代八股文的语体、八股文之定型、截搭题、小题八股等语言形式的系统研究②，都能从具体问题出发，以实证方法令人信服地论证了八股在明清文学发展中的地位和意义，相当程度上扭转了对八股文的传统偏见。当然，就总体看，这类实证性、有深度的成果不算丰富，有些研究还不扎实，主要从文化、制度层面进行外围的考察，未能深入探讨八股文的文体体制、结构形态等，对于历代八股文名家的创作演变及经典程墨的个案研究尚不多见。

骈文兴盛于六朝，嬗变于唐宋，自唐宋古文运动后，经历元、明之间数百年的沉寂，至清代迎来全面复兴，名家辈出，佳作如林。可是，民国时期的一些研究著作，涉及清代的内容不多，更遑论系统研究。1949 年之后，台湾学者张仁青《中国骈文发展史》（台湾中华书局 1970 年版）目清代为"骈文之复兴时期"，并分六朝派、三唐派、宋四六派、常州派、仪征派来描述清代骈文之盛；陈耀南《清代骈文通义》（台湾学生书局 1977 年版）为较早的清代骈文研究专著，对清代骈文代表作家作品及其理论主张一一作了评介。此后，大陆学者的研究成果络绎不绝，专著有曹虹等《清代常州骈文研究》（江苏人民出版社 2010 年版）、颜建华《清代乾嘉骈文研究》（光明日报出版社 2011 年版）、吕双伟《清代骈文理论研究》（人民出版社 2011 年版）、杨旭辉《清代骈文史》（人民出版社 2013 年版）、路海洋《清代江南骈文发展研究》（中国社会科学出版社 2016 年版）、吕双伟《清代骈文研究》（上海古籍出版社 2018 年版）等。总体而言，新时期以来，在清代骈文作家作品、骈文史、骈文理论、骈文与思想学术及地域文化的关系等方面的研究，都取得重大进展。

辞赋创作经元、明两代的衰落低潮期后，到清代又走向繁盛，作

---

① 参见龚延明、高明扬《清代科举八股文的衡文标准》，《中国社会科学》2005 年第 4 期。
② 参见李光摩《论明代八股文语体》（《中山大学学报（社会科学版）》2012 年第 4 期）、《八股文的定型及其相关问题》（《文学遗产》2011 年第 6 期）、《论截搭题》（《学术研究》2006 年第 4 期）、《小题八股文简论》（《中山大学学报（社会科学版）》2006 年第 4 期）等。

品搜辑整理和赋学理论探讨也达到高峰。但是，由于受传统文学观念的影响，明清辞赋的地位未得到客观评价，相关研究也比较冷清，主要依附于文学史、骈文史研究中，没有独立的地位。这种状况，一直到 20 世纪 80 年代才根本改观，马积高《赋史》（上海古籍出版社 1987 年版），何新文《中国赋论史稿》（开明出版社 1993 年版），郭维森、许结《中国辞赋发展史》（江苏教育出版社 1996 年版）都设有专章讨论明清辞赋和赋学。当然，更值得关注的是一批明清赋学专著的面世，如詹杭伦《清代律赋新论》（北京燕山出版社 2002 年版）、孙海洋《明代辞赋述略》（中华书局 2007 年版）、孙福轩《清代赋学研究》（浙江大学出版社 2008 年版）、王欣慧《作赋津梁：明代万历年间辞赋选本研究》（台湾五南图书出版股份有限公司 2015 年版）等。这些论著，对明清辞赋的独特成就发抉尤多，对明清赋学理论也做了深入探讨，但与汉魏六朝乃至唐宋辞赋研究相比，整体而言还是比较薄弱，仍有较大的拓展空间。

明清词学研究向来较弱，但在 21 世纪渐成热门，关于词人、词派、词集、词论、词谱等皆有众多研究成果。仅以词史而言，张仲谋《明词史》（人民文学出版社 2002 年版）是第一部全面梳理明词发展脉络的断代词学史，余意《明代词史》（北京大学出版社 2015 年版）对明词的特色与价值提出较多新见。清词研究成果尤多。严迪昌《清词史》（江苏古籍出版社 1990 年版）是开拓清词研究的标志性成果，张宏生《清代词学的建构》（江苏古籍出版社 1998 年版）在理论上有所创新。21 世纪以来，孙克强《清代词学批评史论》（上海古籍出版社 2008 年版）、沙先一《清代吴中词派研究》（人民文学出版社 2004 年版）、朱德慈《常州词派通论》（中华书局 2006 年版）、巨传友《清代临桂词派研究》（上海古籍出版社 2008 年版）、莫立民《近代词史》（人民文学出版社 2010 年版）、朱惠国《中国近世词学思想研究》（上海古籍出版社 2005 年版）都是比较有代表性词学研究成果。

就学科的融合而言，家族文学与地域文学在明清时代特别兴盛，新时期以来，这类文学逐渐受到重视。地域是文学的大环境，家族则是其小环境，二者共同构成文学活动的空间。廖可斌认为："元末明初文学思潮的变迁，与几种地域文化与地域文化集团的兴替是分不开的。"① 曹虹《阳湖文派研究》（中华书局 1996 年版）开了清代地域文派研究的风气之先。21 世纪以来，渐成学术热点。朱丽霞《清代松江府望族与文学研究》（上海古籍出版社 2006 年版）是较早对地域望族的文学研究，有以小见大之功。罗时进《地域·家族·文学：清代江南诗文研究》（上海古籍出版社 2010 年版）以江南为中心，对清代家族与地域文学研究贡献颇多。张清河《晚明江南诗学研究》（武汉大学出版社 2013 年版），胡晓明《江南诗学：中国文化意象之江南篇》（上海书店出版社 2017 年版）、《江南文化诗学》（上海书店出版社 2018 年版）诸著作，更明确提出"江南诗学"的概念。近年来，徐雁平对清代世家文学的文献整理及理论研究做出较大贡献。他和张剑主编《清代家集丛刊》（国家图书馆出版社 2015 年版）及《清代家集丛刊续编》（国家图书馆出版社 2018 年版），为家族研究打下良好的文献基础。徐雁平的《清代文学世家姻亲谱系》（凤凰出版社 2010 年版）、《清代世家与文学传承》（三联书店 2012 年版）、《清代家集叙录》（安徽教育出版社 2017 年版）诸书，既有开拓之功，又启发更多的研究者进入这一领域。李真瑜《明清吴江沈氏世家百位诗人考略》（安徽教育出版社 2014 年版）以一门之风雅赓续，见数百年文学之盛衰，为研究吴江沈氏家族文学打下坚实基础。陈广宏《闽诗传统的生成——明代福建地域文学的一种历史省察》（上海古籍出版社 2018 年版）是近年该领域的代表作。它通过考察明代福建地区文人士大夫于本地域诗歌传统自我塑造的过程，探究该地域文学在独特文化处境下的个性之所在，同时展示其与整个明代文学总体演进的联系及其意义。

党社运动的兴盛，是明代较有时代特殊性的社会状况。以复社、几社为代表的明代党社运动，参与者包含官僚、文人等，而结成复杂的人际网络。党社运动既包含社会、政治关系，也与诗文的创作、流

---

① 廖可斌：《地域文人集团的兴替与元末明初文学思潮的变迁》，《社会科学战线》1993 年第 4 期。

通及文学观念的消长密切相关。参照历史学科对明代党社运动的关注与考察，明清文人结社的学术空间非常广阔，在近二十年的诗文研究中，已经成为学界关注的热点。何宗美的明人结社研究成果最多，也最具代表性。其专著有《明末清初文人结社研究》（南开大学出版社2003年版）、《明末清初文人结社研究续编》（中华书局2006年版）、《文人结社与明代文学的演进》（人民出版社2011年版）。另有孙之梅《南社研究》（人民文学出版社2003年版）、杨萌芽《清末民初宋诗派文人群体活动年表》（河南大学出版社2008年版）、丁国祥《复社研究》（凤凰出版社2011年版）、尹奇龄《民国南京旧体诗人雅集与结社研究》（中国社会科学出版社2011年版）、杨萌芽《古典诗歌的最后守望：清末民初宋诗派文人群体研究》（武汉出版社2011年版）、万柳《清代词社研究》（中州古籍出版社2011年版）、李玉栓《明代文人结社考》（中华书局2013年版）、邹艳《月泉吟社研究》（人民出版社2013年版）、邱睿《南社诗人群体研究》（中国社会科学出版社2014年版）、陆胤《政教存续与文教转型：近代学术史上的张之洞学人圈》（北京大学出版社2015年版）、王文荣《明清江南文人结社考述》（凤凰出版社2015年版）、袁志成《晚清民国词人结社与词风演变》（湖南师范大学出版社2015年版）等。其中一些著作较好地阐释了文人结社的诗文创作与不同的政治、社会、地缘、学缘、风格流派之间的张力。无可讳言，"文人结社"这一研究模式当下时常被轻易复制和摹拟，一些成果呈现构思模式化状态，一些成果则流于文献搜集基础上的表层论述，由于史学素养不足，未能深刻揭示不同文人结社的独特性，所以此领域仍然有进一步研究空间。

清代学术呈现繁盛态势，涌现了大量以经学为主体的研究。清代经学家对文学既有贡献，也有反动，与文学之间关系呈现出的张力，是清代文学不能回避的热点问题。陈居渊《清代朴学与中国文学》（百花洲文艺出版社2000年版）考察朴学萌发、鼎盛及衰微的全程，从宏观层面对朴学与文学进行比较研究，提出清代文学的演变与清代朴学的内在联系。王达敏《姚鼐与乾嘉学派》（学苑出版社2007年版）从个案入手，展示了经学对于文学影响的另一面历史。该书以姚鼐与乾嘉学派关系考论桐城派建立的曲折过程，揭示姚鼐构建文统深蕴以及与戴震等汉学家抗衡的意图。刘再华《近代经学与文学》（东方出版社2004年版）从经学角度把握近代文学的特质，揭示了与西学抗衡的经学在当时所起的作用。杨旭辉《清代经学与文学——以常州文人群体为典范的研究》（凤凰出版社2006年版）则从地域角度对经学家的文学观念和文学实践进行考察。刘奕《乾嘉经学家文学思想研究》（上海古籍出版社2012年版）提出乾嘉经学家的文学是清代中期文学思想形成的重要力量，重点考察经学与文学的互动关系，乾嘉学术推动古文文体的演进，而骈文及词学观念也在经学本位的视域中展开。

　　制度与文学是明清诗文研究中值得关注的学术增长点，已出现了如叶晔《明代中央文官制度与文学》（浙江大学出版社2011年版）、郑礼炬《明代洪武至正德年间的翰林院与文学》（中国社会科学出版社2011年版）、潘务正《清代翰林院与文学研究》（人民出版社2014年版）等年轻学者的著作，值得继续深入探索。此外，科举与诗文的关系，也受到学界的持续关注。

四　国际交流与跨文化互动

　　七十年来的明清诗文研究，也是一个国际交流与跨文化的互动过程。从20世纪初开始，中国学界就受到日本汉学的影响。铃木虎雄《中国诗论史》（京都宏文堂书房1925年版）出版不久，孙俍工即译为《中国古代文艺论史》出版（北新书局1928年版），该书以格调、神韵、性灵三家诗说支撑起明清诗学史的骨干，对中国学界影响很大。青木正儿《清代文学评论史》（岩波书店1950年版）是第一部清代文学批评史，1988年汉译出版①，多被参考与引用。改革开放之后，中、日学术研究形成良性的互动。1979年章培恒作为新中国第一位赴日讲

①　青木正儿：《清代文学评论史》，杨铁婴译，中国社会科学出版社，1988。

学的中国学者，取得很大成功，他对日本汉学尤其是 20 世纪 50 年代以后的进步颇多了解。回国后，即组织学者协作翻译吉川幸次郎《中国诗史》①、《宋诗概说》、《元明诗概说》②，这在当时的古典文学界可谓开风气之先，而他本人也从中获得启发。例如，吉川氏将李梦阳作为明代古文辞之"平民精神"的典型，肯定其创作中接近民间文学、返归于文学之抒情本质的成分，章培恒先生则转化这一论断，以李梦阳诗文的"真情"为基点导出其反理学的特征，再对"真诗乃在民间"加以阐释，将晚明文学思想的源头追溯到弘治朝。③《吉川幸次郎遗稿集》（筑摩书房 1995 年版）第三卷"清初诗说"，是其 1961 至 1963 年为京都大学中国文学专业研究生授读清诗的讲义，从清初讲到乾隆三大家，对中国学者颇有影响。徐公持曾撰《吉川幸次郎论中国文学的特色》（《文学遗产》1981 年第 1 期）专门加以讨论。此外清水茂、竹村则行、松村昂、大平桂一等学者的清诗论义，都注意到一些中国学者忽略的问题，如明亡后一度遁入空门的方以智、金堡、钱澄之等人的创作，康熙十八年（1679）博学鸿词试对文坛的影响等。清水茂《清水茂汉学论集》收录《钱澄之的诗》《论金堡的词》《澹归和尚与药地和尚》《龚鼎孳论》《陈维崧的词》《徐履忱的传记和诗》《屈大均的词》等。④ 张晖《易代之悲：钱澄之及其诗》（人民文学出版社 2014 年版）、《文体与遗民心境的展现——以钱澄之的晚年著述为例》[《中山大学学报（社会科学版）》2011 年第 4 期]，潘务正《论曹溶对朱彝尊词学创作的影响——兼论其在浙西词派中的地位》（《文学评论丛刊》第 8 卷第 2 期）以及万国花博士论文《诗家与时代：龚鼎孳及其诗论、诗歌创作研究》（复旦大学 2011 年）都受其影响。日本学者对明清诗文文献方面的研究对中国亦有影响。山根幸夫《增订日本现存明人文集目录》（汲古书院 1978 年版）、松村昂《清诗总集 131 种解

---

① 吉川幸次郎：《中国诗史》，高桥和巳编，章培恒等译，安徽文艺出版社，1986。
② 吉川幸次郎：《宋元明诗概说》，李庆等译，中州古籍出版社，1987。
③ 参见陈广宏、徐隆垚《章培恒学案》，《上海文化》2018 年第 6 期。
④ 参见清水茂《清水茂汉学论集》，蔡毅译，中华书局，2003。

题》（日本中国文艺研究会 1989 年版）、《清诗总集叙录》（汲古书院
2010 年版）等，皆给国内明清诗文的研究提供了帮助。

　　晚近以来，北美的中国古典文学研究中，明清文学研究最为热门，
成果也最多。陈世骧提出的"中国的抒情传统"、谢正光的清代诗文及
文献研究、吴盛青的晚清遗民文学研究等，对国内学术界都有较大影
响。近年来在国内反响较大的是孙康宜、宇文所安教授所编的《剑桥
中国文学史》①，下卷以 1375 年高启被杀为开端，迥异于国内以王朝更
迭为分期的文学史写作。该书试图从文学文化史的角度切入中国文学
史，重视物质文化发展对文学的影响，中译本出版后在国内引起相当
大的反响，国内先后发表数十篇书评，既有肯定，也有商榷。如蒋寅
比较全面地评价了该书，也批评该书"关于明清诗文辞赋的论述仍旧
很简略，并未见得予以重视，有所改观"②。陈文新撰写《〈剑桥中国
文学史〉商兑》③，与该书多有商榷。与国内明清文学研究关注重要作
家、流派的研究不同，北美的研究比较注重专题研究，近年关注比较
多的是明清之际文学与创伤记忆的研究。李惠仪与伊维德、魏爱莲编
辑出版的《清初文学中的创伤与超越》④ 为其代表。近年李惠仪的
《中华帝国晚期文学中的女性与国族创伤》⑤，将女性放到明清易代的
历史变迁中加以观照，取得较大成就。孙康宜《情与忠：陈子龙、柳
如是诗词因缘》⑥ 亦将陈子龙与柳如是的诗词创作放在明清易代的背景
下加以研究，也是北美汉学界清代诗词研究的代表作。明清女诗人研
究更是北美明清文学研究的热点，在国内学界也产生了较大的影响。
这股热潮与欧美学术界对文学的再经典化思潮相关，女性文学成为文

① 孙康宜、宇文所安主编：《剑桥中国文学史：下卷 1375—1949》，刘倩等译，生活·读书·新知三联书店，2013。
② 蒋寅：《一个中国学者眼中的〈剑桥中国文学史〉》，《首都师范大学学报（社会科学版）》2014 年第 2 期。
③ 陈文新：《〈剑桥中国文学史〉商兑》，《文艺研究》2014 年第 1 期。
④ 伊维德、李惠仪、魏爱莲编：《清初文学中的创伤与超越》（Trauma and Transcendence in Early Qing Literature），哈佛大学亚洲中心，2006。
⑤ 李惠仪：《中华帝国晚期文学中的女性与国族创伤》（Women and National Traumain Late Imperial Chinese Literature），哈佛大学出版社，2014。
⑥ 孙康宜：《情与忠：陈子龙、柳如是诗词因缘》，李奭学译，北京大学出版社，2012。

学再经典化的重要方面。孙康宜和苏源熙所编《传统中国的女性作家：诗选与评注》①翻译和评注众多中国历代女性作家的作品，尤以明清女诗人为多，第一次向西方学术界展示中国古代女作家创作的成绩，对西方汉学界重新审视中国女性书写产生较大的影响，同时也引起国内学者的关注，张宏生等专门撰写过书评《重建经典》（《读书》2003 年第 5 期）。这一专题的主要成果还有方秀洁《她自己为作者：明清时期性别、能动力与书写之互动》②、曼素恩《张门才女》③、魏爱莲《美人与书：19 世纪中国的女性与小说》④、钱南秀《晚清中国的政治、诗学与性别：薛绍徽与革新时代》⑤ 等。关于清代女诗人贺双卿的讨论，在中外学者中同时展开，美国汉学家罗溥洛《女谪仙：寻找双卿，中国的农民女诗人》⑥ 一书，以田野调查的方式，怀疑贺双卿其人并非真实存在的历史人物。而国内多数的学者则对贺双卿的真实性持比较肯定的态度。这些讨论，虽然结论相左，但无疑都成为贺双卿作品的经典化过程的推力。在这种风气推动下，国内的明清女性文学研究也颇为活跃，与海外的研究互相呼应。如黄嫣梨《清代四大女词人——转型中的清代知识女性》（汉语大词典出版社 2002 年版）、段继红《清代闺阁文学研究》（南开大学出版社 2007 年版）、赵雪沛《明末清初女词人研究》（首都师范大学出版社 2008 年版）、张丽杰《明代女性散文研究》（中国社会科学出版社 2009 年版）、王晓燕《清代女性诗学思想研究》（四川大学出版社 2014 年版）、欧阳珍《明代青楼女词人研究》（广西师范大学出版社 2014 年版）、宋清秀《清代江南女性文学史论》（上海古籍出版社 2015 年版）、刘士义《明代青楼文化与文学》（中国

① 孙康宜、苏源熙：《传统中国的女性作家：诗选与评注》（*Women Writers of Traditional China：An Anthology of Poetry and Criticism*），斯坦福大学出版社，2000。

② 方秀洁：《她自己为作者：明清时期性别、能动力与书写之互动》（*Herself an Author：Gender，Agency，and Writing in Late Imperial China*），夏威夷大学出版社，2008。

③ 曼素恩：《张门才女》，罗晓翔译，北京大学出版社，2015。

④ 魏爱莲：《美人与书：19 世纪中国的女性与小说》，马勤勤译，北京大学出版社，2015。

⑤ 钱南秀：《晚清中国的政治、诗学与性别：薛绍徽与革新时代》[*Politics，Poetics，and Gender in Late Qing China：Xue Shaohui（1866 - 1911）and the Era of Reform*]，斯坦福大学出版社，2015。

⑥ 罗溥洛：《女谪仙：寻找双卿，中国的农民女诗人》（*Banished Immortal：Searching for Shuangqing，China's Peasant Woman Poet*），密歇根大学出版社，2002。

社会科学出版社 2018 年版）等。与此种研究的活跃相呼应，文献整理方面的成果也提供了有力的支撑。王英志编《清代闺秀诗话丛刊》（凤凰出版社 2010 年版）选录反映清代女性诗歌创作风貌的诗话著作。李雷编《清代闺阁诗集萃编》（中华书局 2015 年版）收入 80 位清代女诗人的诗歌作品。肖亚男编《清代闺秀集丛刊》（国家图书馆出版社 2014 年版）及《清代闺秀集丛刊续编》（国家图书馆出版社 2018 年版）是迄今为止规模最大的女性著作整理丛刊，较全面地反映了清代女性积极创作的景象和清代女性别集刊刻的面貌。胡晓明、彭国忠等《江南女性别集》四辑（黄山书社 2008—2014 年版）将女性与江南地域结合起来，反映出一种独特的视野。明清以来，西学东渐对中国思想、学术和文学产生深远影响，早已引起学界的重视，而另一方面，中国文化在海外（主要是东亚）传播也是海内外学者的共同关注点。如日本藤塚邻《清朝文化东传的研究》①、韩国金龙德《贞蕤朴齐家研究》②、日本大庭修《江户时代中国典籍流播日本之研究》③、日本大木康《明末江南的出版文化》④ 等，都是重要成果。近年来，中国学者张伯伟与陈广宏在这方面的研究较有代表性。张伯伟对域外文献考察立意高远，提出了有深意的系统理论。他认为，作为方法的汉文化圈，应当将域外汉籍作为一个整体，从东亚内部出发，考察其同中之异和异中之同，同时注重东亚内部和外部的相互建构。⑤ 所著《清代诗话东传略论稿》（中华书局 2007 年版）全面展现清代诗话东传的数量、时间、途径，并对其东传日本、朝鲜的情况作了比较。作者以综合研究法处理该课题，因而从一个侧面展示汉文化圈在近三百年的演变轨迹，对认识东亚文明的形成、演变以及未来的发展也具有启示。张伯伟

---

① 藤塚邻：《清朝文化东传的研究》（《清朝文化東伝の研究：嘉慶・道光学壇と李朝の金阮堂》），藤塚明直编，国书刊行会，1975。

② 金龙德：《贞蕤朴齐家研究》，中央大学博士学位论文，1970。

③ 大庭修：《江户时代における中国文化受容の研究》，京都：同朋舍1984年。该书1998年被译介至国内，参见大庭修《江户时代中国典籍流播日本之研究》，戚印平等译，杭州大学出版社，1998。

④ 大木康：《明末江南の出版文化》，研文出版社2005年。该书2014年被译介至国内，参见大木康《明末江南的出版文化》，周保雄译，上海古籍出版社，2014。

⑤ 参见张伯伟《作为方法的汉学圈》，《中国文化》2009 年第 2 期。

《明清时期女性诗文集在东亚的环流》[《复旦学报（社会科学版）》，2014 年第 3 期] 引进"书籍环流"的概念，以明代女性诗文的东传对日本、朝鲜文学影响为例，解析明清东亚的闺秀诗文传统，从"书籍环流"考察诗学变迁，也很有新意。陈广宏在《日本所编明人诗文选集综录》中提出，对东亚汉诗文相关文献的整理与研究，是中国文学认识自我、重构中国古典文学历史镜像的重要环节。[①] 该书的立意是在考察异域人眼中的明代诗文，重新思考明清文学立场、价值之异同。这种工作别具识力，富有启发性。

近代以来，中国学者对待海外汉学有一个从盲目崇拜、单纯引进，到理性吸收、平等对话的过程。改革开放之后，中国学者广泛吸收海外汉学的研究成果、研究方法与观念，又进行合作研究或学术对话，共同推进明清诗文的研究，并形成了以中国学者为主的学术共同体。

七十年来尤其是近四十年来，原处于边缘、起点较低的明清诗文研究勃然而兴，成为古代文学研究最具活力和发展最快的领域之一。无可讳言，在表面的研究盛况之下也存在一些问题。当我们不再仅以填补"空白"与获得"知识"为目的，而是站在学术史的高度，以追求学术深度与思想底蕴为旨归，就不难看出，在这个领域里，琐碎与无谓的研究随处可见。成果数量在急剧增加，而真正有识力、善独断，能够把握中国文学发展内在脉络的深度推进并不多见。由于研究热度和研究人数的持续增长，这个领域里也开始出现重复与抄袭，同质化、模式化的作品层出不穷。就像原来人迹罕至的山壑，一旦辟为景点，游客杂遝，遂有凌乱之感。不过，这些都是在高速发展过程中难免的现象，不必苛责。只要在良好的学术生态下，遵从学术发展的规律，明清诗文研究将会自我调节，从规模发展走向内涵发展，先填补空白再追求高远，盈科而后进，这是可以期待的。

（原载《文学遗产》2019 年第 5 期，此为该文全本）

---

① 参见陈广宏、侯荣川《日本所编明人诗文选集综录·前言》，陈广宏、侯荣川编《日本所编明人诗文选集综录》，广西师范大学出版社，2018，第 1 页。

第十章　明代文章总集与文体学

—— 以《文章辨体》等三部总集为中心

　　明代是继南朝之后另一个文体学极盛的时代，而就研究规模之大、研究范围之广而言，明代远在南朝之上。对文章体制规范及其源流正变的探讨成了明代文学批评的中心议题，"辨体"之风，承宋元而来，至明代而集其大成。中国古代文学批评形式多样，比如诗文评、选本、序跋、专论、类书等形式，此前，历代文体学批评的成就主要体现在诗文评著作上，但是明代有所不同。明代文体学的成就、理论的创获与形式特点，突出体现在一批兼选本和文体学著作于一身的文章总集之中。本章以《文章辨体》《文体明辨》《文章辨体汇选》这三部分别编纂于明初期、明中期和明末清初的文章总集为中心，探讨明代文章总集的文体学特色与贡献。

一　"以体制为先"与"假文以辩体"

　　"文章以体制为先"是宋人的说法①，但到了明代，差不多成为文学批评的一句口头禅，而"辨体"则是明代文学批评的一个"关键词"。这种特色恰好表现在明代的文章总集中。《文章辨体》《文体明辨》《文章辨体汇选》三书的书名都标榜"辨体"，这恐怕不是偶合。

① 王应麟：《玉海》卷 202 引倪正父语，江苏古籍出版社、上海书店，1987，第 3692 页。

《四库全书总目》卷 186 "总集类总序"说："文籍日兴，散无统纪，于是总集作焉。一则网罗放佚，使零章残什，并有所归；一则删汰繁芜，使莠稗咸除，菁华毕出。"① 这是一般编纂总集的两个目的，但明代部分总集编纂的目的既不是"网罗放佚"，也不是"删汰繁芜"，而重在文体之辨。徐师曾《文体明辨·序》中说："是编所录，唯假文以辨体，非立体而选文。"② 这句话说得最透彻，最有代表性。"假文以辨体"可以说是明代这类总集的一个突出的特色：目的是在"辨体"，而不是"选文"。主要从"辨体"的角度选取在文体史上有代表性的作品。有些"文不工"但有辨体意义的文章，也收录在内。而在文学史上影响很大的作品，若非在文体学中占有一席之地，也就未必能入选。因此明代总集与此前的文章总集相比，文体学的意识特别突出。

吴讷（1372—1457）《文章辨体》50 卷③是明代较早开此"辨体"风气的总集。其《文章辨体·凡例》说，"文辞以体制为先。古义类集今行世者，惟梁昭明《文选》六十卷、姚铉《唐文粹》一百卷、东莱《宋文鉴》一百五十卷，西山前后《文章正宗》四十四卷、苏伯修《元文类》七十卷为备。然《文粹》、《文鉴》、《文类》惟载一代之作；《文选》编次无序……不足为法。独《文章正宗》义例精密……然每类之中，众体并出，欲识体而卒难寻考。故今所编，始于古歌谣辞，终于祭文，每体自为一类，各以时世为先后，共为五十卷。"④ 吴讷主张"文辞以体制为先"，强调体制的重要性。他又批评历代总集的不足，或只收一代，所见文体不广；或编次无序，难见文体演变之迹；或归类过泛，难考众体异同。吴讷既有此种认识，自然要取诸家之长，而避其所短，以期对历代众多文体的源流演变有一个全面、清晰、综

---

① 《四库全书总目》卷 186，第 1685 页。

② 徐师曾：《文体明辨序说》，罗根泽校点，人民文学出版社，1962，第 78 页。

③ 《文章辨体》的版本，常见的有《四库全书存目丛书》集部第 291 册，据吉林省图书馆藏明天顺八年刻本影印。另《续修四库全书》第 1602 册，内集据北京大学图书馆、外集据北京图书馆藏明天顺八年刻本影印。"存目"与"续修"两种虽皆标"天顺八年刻本"，但实不同。两书各有漫漶处，可以互校。续修四库本的可辨度更高些，但也有一些问题，如把原版《文章辨体》卷 49 之 11 页误拼成第 29 页 11 页（见第 1602 册，第 651 页）。

④ 吴讷：《文章辨体·凡例》，《文章辨体序说》，于北山点校，人民文学出版社，1962，第 9 页。

合的研究。

《文体明辨》①编撰者徐师曾（1510—1580）则认为，随着文章之学的发展，严于"辨体"是自然合理的趋势："盖自秦汉而下，文愈盛；文愈盛，故类愈增；类愈增，故体愈众；体愈众，故辩当愈严。"②此语透露出明人为何热衷于辨体的时代要求。徐师曾批评那些认为"文本无体，亦无正变古今之异"的说法，认为："夫文章之有体裁，犹宫室之有制度，器皿之有法式也。……苟舍制度法式，而率意为之，其不见笑于识者鲜矣，况文章乎？"③该书的编撰宗旨就是"假文以辩体"。徐师曾主张不但文各有体，而且文体有古今正变之别。

明末贺复徵显然有意接踵吴讷《文章辨体》、徐师曾《文体明辨》，并在二书基础上加以扩展，另编成《文章辨体汇选》④，这从书名即可以看出。因此，在文体分类、选文、编纂体例上，《文章辨体汇选》都明显吸收了吴、徐二书的成果，而规模更浩大，收罗更宏富。此书收录先秦至明末（个别清初）经、史、诸子、百家、山经、地志等各体文章，类聚区分，合132类，780卷。规模之巨大，甄录之广博，为历来总集所罕见。

当然，也不光是标明"辨体"的总集才重视辨体。明初高棅《唐诗品汇》也是通过辨别诗体来推崇诗学理想的。《唐诗品汇》全书"校其体裁，分体从类"⑤，包括五古、七古（附长短句）、五绝（附六绝）、七绝、五律、五排、七律（附七排）等七个部分。高棅之所以分体编排，显然是为了便于"别体制之始终，审音律之正变"⑥，是辨体

---

① 《文体明辨》编成于隆庆四年（1570），徐师曾《文体明辨》自序写于万历元年（1573），所以此书的印行当在1573年或稍后。据《中国善本书目》，《文体明辨》主要存世版本有：明万历游榕铜活字印本、明万历十九年赵梦麟刻本、明抄本、明崇祯十三年（1640）沈芬沈骐笺刻本等。现在该书最易见本为《四库全书存目丛书》本（集部第310－312册），它是据北京大学图书馆所存万历年间"归安少溪茅乾健夫校正、闽建阳游榕铜活板印行"本影印的。

② 徐师曾：《文体明辨·序》，《文体明辨序说》，第78页。

③ 徐师曾：《文体明辨·序》，《文体明辨序说》，第77页。

④ 参见《四库全书总目》卷189《文章辨体汇选》提要，第1723页。《文章辨体汇选》书成后，流布不广。四库馆臣当时所见，也只是传播甚稀的抄本，该书收入《景印文渊阁四库全书》第1402－1410册。

⑤ 高棅：《唐诗品汇·总序》，上海古籍出版社，1988，第10页。

⑥ 高棅：《唐诗品汇·总序》，第10页。

意识在体例安排上的体现。《历代名公叙论》引殷璠语："夫文有神来、气来、情来，有雅体、野体、鄙体、俗体。编记者能审鉴诸体，委详所来，方可定其优劣，论其取舍。"① 可见，审鉴体制是定优劣、论取舍的前提。

明代有些总集在辨体方面比较特别，如王志坚（1576—1633）所编《四六法海》12 卷②，分体编排，该书辨体的重点不是各体文章的起始之作，而是这种文体最早出现骈俪化倾向的作品，所以其辨体重在古骈之变。如敕托始于宋武帝《与臧焘敕》，诏托始于沈约《劝农访民所疾苦诏》，表托始于陆机《谢平原内史表》，章托始于沈约《为晋安王谢南兖州章》，书托始于魏文帝《与吴质书》，七托始于曹植《七启》等。四库馆臣称所列这些作品"大抵皆变体之初，俪语散文相兼而用"，颇中肯綮。馆臣对明代文章选集评价不高，但对此书颇为赞赏，称王书"俾读者知四六之文，运意遣词，与古文不异，于兹体深为有功"，又谓此书"虽为举业而作，实则四六之源流正变，具于是编矣，未可以书肆刊本忽之也"。③

明人总集的着眼点大多在于辨体，最终目的却是通过辨体推崇某种理想。中国古代文体论的一个传统，就是在文体谱系之中，文体是有等级差别的，它取决于文体的正变高下。虽然明人的文章总集有集大成的倾向，但是在复古思潮统治文坛的明代，强调文体的古今正变仍是明代总集的一个显著特色。

彭时《文章辨体序》高度评价吴讷《文章辨体》："辨体云者，每体自为一类，每类各著序题，原制作之意而辨析精确，一本于先儒成说，使数千载文体之正变高下，一览可以具见，是盖有以备《正宗》之所未备而益加精焉者也。非先生学之博、识之正、用心之勤且密，宁有是哉？"④ 其中虽不乏溢美成分，但大致还是公允的。"数千载文

---

① 高棅：《唐诗品汇·历代名公叙论》，第 11 页。
② 王志坚：《四六法海》，易见本有《景印文渊阁四库全书》第 1394 册。
③ 《四库全书总目》卷 189，第 1719 页。
④ 彭时：《文章辨体序》，《文章辨体序说》，第 7 页。

体之正变高下，一览可以具见"，这正是明代总集在文体学上的主要贡献。《文章辨体·凡例》说："四六为古文之变，律赋为古赋之变，律诗杂体为古诗之变，词曲为古乐府之变。西山《文章正宗》，凡变体文辞，皆不收录；东莱《文鉴》，则并载焉，今遵其意。复辑四六对偶及律诗、歌曲共五卷，名曰《外集》，附于五十卷之后，以备众体，且以著文辞世变云。"①《文章正宗》选文标准以"明义理，切世用"为主，其体制则"本乎古，其指近乎经者"②，因此，一切骈偶声律之作，皆摒弃不录。《文章辨体》深受《文章正宗》影响，把一切古体视为文章之正，把一切骈偶声律之作视为变体，归入"外集"，附于正体之末，表现了明代复古思潮对吴讷文体论的影响。

徐师曾同样重视文体的"正变古今之异"③。《文体明辨》把文体分别系之正选与附录，这当然反映出徐师曾的文体价值观。在这方面，徐师曾受到吴讷的影响，但彼此的文体观念同中存异，异中有同。《文章辨体》把连珠、判文、律赋、律诗、排律、绝句、联句诗等文体作为附录，而《文体明辨》则把它们列入正篇，相较而言，徐师曾的文体观念较为开明。《文体明辨》的附录文体，绝大多数是游戏、娱乐与宗教方面的内容，这些文体与正选的文体相比，在当时社会生活的实际运用中，确实是比较次要的、非主流的文体，所以徐师曾把这些文体列入"附录"大致是可以理解的，也是符合实际的。但是"词"是唐、宋以后最为普及与发达的文学文体之一，徐师曾仍把它作为"诗余"而列入"附录"；而当时盛行的南北曲甚至在"附录"中连位置也没有，可见徐师曾的文体观念仍然比较正统，与吴讷并无本质差别。

《文章辨体汇选》虽不像《文章辨体》《文体明辨》分内、外集或正编、附录，但全书的编纂始终贯穿着明古今、严正变的宗旨，同一文体则以古老的、传统的体制为正体，以后起的体制为变体，以特殊的体制为别体，崇古卑今的观念很明显。此外又有古体、近体、散体、

---

① 吴讷：《文章辨体·凡例》，《文章辨体序说》，第 10 页。
② 真德秀：《文章正宗》，《景印文渊阁四库全书》第 1355 册，第 5 页。
③ 徐师曾：《文体明辨·序》，《文体明辨序说》，第 77 页。

律体、骈体、唐体、宋体之分。这些概念，实际上也都渗透着明古今、严正变的意识。

二 序题：一种流行的批评方式

从文学批评形式来看，序题形式盛行于整个明代，是明代最有特色、影响最大的文学批评方式之一。"序题"不但是明代总集编纂的流行方式，也成为明清乃至现代学术界所重视的一种批评文体。作为一种批评形式，"序题"之名，始于明代。序题是指在文章总集中，编者对各种文体渊源流变与文体特色的阐释。刘勰提出"原始以表末，释名以章义，选文以定篇，敷理以举统"①，差不多成为后代文体学研究的不二法门。刘勰所标示的这种系统的文体学研究方法，一般为诗文评著作所采用，但是明人却将其运用在文章总集之中，并以序题的方式形成一种传统。明人的总集把序题与文选结合起来，更为具体地体现了文体的分类、渊源流变与体制，并且形成一种重要的文体学研究方法和普遍的研究风气，这也是对文体学研究的独特贡献。序题形式与一般专著专论不同之处，就在于它"假文以辩体"，为读者提供了可供揣摩的文体文本。序题虽然有一定的独立性，但是要结合所选的作品才能得到完整的理解。吴讷《文章辨体·凡例》说该书"每体自为一类，各以时世为先后"②，这也是明人总集的基本体式。所以如果把明人总集中每种序题与文选结合起来，其实就是一部中国古代文体发展简史。

关于"序题"一词，此处须略加辨说。1962 年人民文学出版社出版于北山校点《文章辨体序说》、罗根泽校点《文体明辨序说》，此后，学术界都把此类文字称为"序说"，但是明人用另一个专门术语即"序题"指称这种形式。《文章辨体·凡例》说："仍采先儒成说，足

---

① 刘勰：《文心雕龙义证·序志第五十》，詹锳义证，上海古籍出版社，1989，第 1924 页。
② 吴讷：《文章辨体·凡例》，《文章辨体序说》，第 9 页。

以鄙意，著为序题，录于每类之首，庶几少见制作之意云。"① 彭时《文章辨体序》也称："辨体云者，每体自为一类，每类各著序题。"② 程敏政《明文衡》卷56"杂著"特收《文章辨体序题》。③ 可见无论是作者还是当时论者，都称这种形式为"序题"。所以，笔者认为目前学术界流行的"序说"一词，似不如明人所用的"序题"一词确切。

　　总集文体"序题"传统远可追溯到魏晋，如挚虞《文章流别集》；近可追溯到宋元，如宋代真德秀《文章正宗》把文体分为四大类，每类都有小序，又如元代祝尧《古赋辩体》把赋分为楚辞体、两汉体、三国六朝体、唐体、宋体，于每体之前各有一序，论述其源流演变及特征。④ 但挚虞《文章流别集》已散佚，而宋元文章总集的文体序题毕竟是个别的，也谈不上系统。在总集中对文体分类加以系统序题的风气始于明人，这种风气在明初已经出现。高棅《唐诗品汇》的"叙目"，详细论述了各体诗歌的起源，唐前发展状况以及唐人的继承、开拓和衍变，从而达到"别体制之始终"的目的。由于《唐诗品汇》在明代有着重要的地位，自然会对后来的总集产生巨大影响。明宋绪编《元诗体要》14卷⑤，选录元一代之诗，分为三十七类⑥。其文体学价值主要体现在，对每一类体裁都用简短的序题概述此种文体的发展流变、体制特征以及各体诗歌的选录标准等，例如："七言古体：古诗七言从张衡《四愁诗》来，变柏梁体耳。唐初王子安《滕王阁诗》、宋之问《明河篇》，语皆未纯。至王、岑、李、杜，方成家数。是编凡清壮奇丽，雄深浑厚，其音律皆足以为法者取之。"⑦ 《元诗体要》的序题较多地吸收了宋代以来文体学研究的成果，同时在选诗标准上表现

---

① 吴讷：《文章辨体·凡例》，《文章辨体序说》，第9页。
② 彭时：《文章辨体序》，《文章辨体序说》，第7页。
③ 程敏政：《皇明文衡》卷56，《四部丛刊初编》集部，第460页。
④ 从吴讷《文章辨体》的书名可以看到《古赋辩体》的痕迹，其"序题"的形式也借鉴于此书，另外他对赋分类与叙说，几乎全取此书，足见其影响之深。
⑤ 根据《中国善本书目》，《元诗体要》有明宣德八年（1433）刻本，明正德十四年（1519）刻本，清嘉庆三年（1798）刻本等。现在比较常见的版本是《景印文渊阁四库全书》第1372册。
⑥ 《四库全书总目》卷189称此书分为三十六体，不确，见第1714页。
⑦ 宋绪：《元诗体要》卷2，《景印文渊阁四库全书》第1372册，第515页。

了编撰者的文体学思想。尤其值得注意的是,《元诗体要》是较早将序题与选诗合为一体的诗歌总集。

《元诗体要》毕竟还只是诗歌一体,就文章总集而言,真正对明代总集形成序题风气起重要作用的是吴讷《文章辨体》。序题在《文章辨体》中已被视为一种独立的文体,并广泛用来论述各体文章。此后徐师曾《文体明辨》、贺复徵《文章辨体汇选》等,不论在宗旨、体例还是具体内容上,都明显受到《文章辨体》的启发和影响。吴讷《文章辨体·凡例》说:"仍采先儒成说,足以鄙意,著为序题,录于每类之首,庶几少见制作之意云。"① 此语很精粹地概括出明人文体"序题"的内容和形式特点。其序题置于每类文体之前,先是广泛征引《说文解字》《文心雕龙》《文章缘起》《文章正宗》《宋文鉴》《古赋辨体》以及当代人的相关论述,又申以己意,将继承与创新较好地结合起来。如"记"的序题.

> 《金石例》云:"记者,纪事之文也。"
>
> 西山曰:"记以善叙事为主。《禹贡》、《顾命》,乃记之祖。后人作记,未免杂以议论。"
>
> 后山亦曰:"退之作记,记其事耳;今之记,乃论也。"
>
> 窃尝考之:记之名,始于《戴记》、《学记》等篇。记之文,《文选》弗载。后之作者,固以韩退之《画记》、柳子厚游山诸记为体之正。然观韩之《燕喜亭记》,亦微载议论于中。至柳之记新堂、铁炉步,则议论之辞多矣。迨至欧、苏而后,始专有以论议为记者,宜乎后山诸老以是为言也。
>
> 大抵记者,盖所以备不忘。如记营建,当记月日之久近,工费之多少,主佐之姓名,叙事之后,略作议论以结之,此为正体。至若范文正公之记严祠、欧阳文忠公之记昼锦堂、苏东坡之记山房藏书、张文潜之记进学斋、晦翁之作《婺源书阁记》,虽专尚议论,然其言足以垂世而立教,弗害其为体之变也。学者以是求之,

---

① 吴讷:《文章辨体·凡例》,《文章辨体序说》,第9页。

则必有以得之矣。①

"记"作为独立成熟的文体，是比较晚近的，所以"《文选》不列其类，刘勰不著其说，则知汉魏以前，作者尚少；其盛自唐始也"②。吴讷正是重在总结唐以后的"记"体体制，以补萧统、刘勰等早期文体学家之未及。他在引用了潘昂霄《金石例》、真德秀（西山）、陈师道（后山）的相关论述后，对"记"这种文体的起源、内容、表达方式等方面的发展变化作了综合论述，认为"记"以叙事为主是正体，以议论为主是变体，但这种变体并不影响其价值。所言有史述、有论断，可谓前修未密，后出转精。内容之丰富，立论之精当，超过了此前任何一家。陆深亦称此书："号为精博，自真文忠公《正宗》之后未能过之。"③ 后来徐师曾《文体明辨》、朱荃宰《文通》④、贺复徵《文章辨体汇选》中关于"记"的论说，基本是引用或檃括吴说而稍加发挥或补充。

徐师曾《文体明辨》的文体序题数量大增，有些序题是自创的，有些则是在《文章辨体》的基础上发展的。如《文章辨体·判》论判从唐判开始，而徐师曾则引用字书，阐明"判"的本义，追溯先秦汉代判狱的形态，还把判文分为十二类，其立论基于吴讷，但分类与分析更为细密，颇有自己的见解。徐师曾的序题多引前人的文体理论，又有所辨正和发展。如"论"引用字书与刘勰的话，又加以辨证：

> 按勰之说如此。而萧统《文选》则分为三：设论居首，史论次之，论又次之。较诸勰说，差为未尽。唯设论，则勰所未及，而乃取《答客难》、《答宾戏》、《解嘲》三首以实之。夫文有答有解，已各自为一体，统不明言其体，而概谓之论，岂不误哉？
>
> 然详勰之说，似亦有未尽者。愚谓析理亦与议说合契，讽

---

① 吴讷：《文章辨体·记》，《文章辨体序说》，第 41–42 页。
② 徐师曾：《文体明辨·记》，《文体明辨序说》，第 145 页。
③ 陆深：《俨山外集》卷 10《溪山余话》，《景印文渊阁四库全书》第 885 册，第 58 页。
④ 朱荃宰：《文通》，见《续修四库全书》第 1713、1714 册，《四库全书存目丛书》集部第 418 册收录，均据明天启六年刻本影印。

（讽人）寓（寓己意）则与箴解同科，设辞则与问对一致：必此八者，庶几尽之。故今兼二子之说，广未尽之例，列为八品：一曰理论，二曰政论，三曰经论，四曰史论（有评议、述赞二体），五曰文论，六曰讽论，七曰寓论，八曰设论，而各录文于其下，使学者有所取法焉。其题或曰某论，或曰论某，则各随作者命之，无异义也。①

他对于《文心雕龙》与《文选》关于论的分类都提出不同的看法，又把论进一步分为"八品"，即八细类。《文体明辨》的文体序题可称是古代文体分类学理论的集大成者。

贺复徵《文章辨体汇选》也是在《文章辨体》基础上加以补充的。《四库全书总目》卷189谓此书"以吴讷《文章辨体》所收未广，因别为搜讨。上自三代，下逮明末，分列各体为一百三十二类。每体之首，多引刘勰《文心雕龙》及吴讷、徐师曾之言，间参以己说，以为凡例"②。该书每类文体前的序题，存录了历代文体论方面的大量资料，同时也表现了编者本人的文体观念，具有相当高的文体史料价值。所引前人资料更为广博，其中又以引刘勰、吴讷、徐师曾为最多。如卷48"状"类引刘勰语③、卷51"约"类引徐师曾语④、卷441"问对"类引吴讷语⑤等。编者序中只引一家之说，表明赞同其意见。若征引数家之说，则表明各家所见互有异同，可互相发明、引申、补充。如果有异议或补充，则在序末以"复徵曰"申述己意。如卷125"表"类在引用吴讷的解说后，又参以己意："复徵曰：按表有三体，分而别之，一曰古体，二曰唐体，三曰宋体。学者宜有以考云。"⑥ 表示对吴讷的补充。又如卷435"解"类在引用了刘勰、吴讷的意见后加以按

① 徐师曾：《文体明辨·论》，《文体明辨序说》，第131页。
② 《四库全书总目》卷189，第1723页。
③ 贺复徵：《文章辨体汇选》卷48，《景印文渊阁四库全书》第1402册，第237页。
④ 贺复徵：《文章辨体汇选》卷51，《景印文渊阁四库全书》第1402册，第273页。
⑤ 贺复徵：《文章辨体汇选》卷441，《景印文渊阁四库全书》第1407册，第474页。
⑥ 贺复徵：《文章辨体汇选》卷125，《景印文渊阁四库全书》第1403册，第440页。

语："复徵曰：《文选》以七为一体，固非。前说以七入解，亦欠妥。"① 这表明编者对"解"的看法，与前人有较大差别。大凡贺复徵加上按语的地方，都表现了他对文体的分类、特征、源流演变等方面的独特看法，值得重视。

　　除了《文章辨体》《文体明辨》《文章辨体汇选》之外，明代还有不少总集采用序题的方式，如黄佐（1490—1566）撰《六艺流别》20卷②、黄溥编《诗学权舆》22 卷③，周珽（约1507—1588）辑注、陈继儒批点《删补唐诗选脉笺释会通评林》60 卷④等总集都有序题。其中，黄佐《六艺流别》一书的序题尤其值得注意，黄佐的序题涉及150 多种文体，数量最为可观。在每种文体前都附有小序，对各类文体及其相互联系作简要说明，并解释选文标准，这些小序具有相当高的文体学价值。四库馆臣称赞黄佐"在明人之中学问最有根柢"⑤，尽管把该书列入"存目"，但认为其"分类编叙，去取甚严"⑥。黄佐学术精深，其序题也很有见地，如"题辞"一体的序题：

　　　　题辞：题辞者何？题诸前后，提掇其有关大体者，以表章之也。前曰引，后曰跋。须明简严，不可冗赘。后世文集有"读某书"及"读某文"，"题其前"或"题其后"之名，皆本赵岐《孟子题辞》也。⑦

黄佐以赵岐《孟子题辞》作为"题辞"文体之起源，颇有价值。《六艺流别》的编成与刊刻都早于《文体明辨》，惜历来不受重视。

① 贺复徵：《文章辨体汇选》卷435，《景印文渊阁四库全书》第1407 册，第427 页。
② 该书编成于明嘉靖十年（1531），刻成于嘉靖四十一年（1562）。常见的版本有《四库全书存目丛书》集部第300 册影印中山大学馆藏明代嘉靖年间欧大任校本，香港大学图书馆藏明代嘉靖四十一年宝书楼刊本，两种版本略有不同，后者有黄佐的自序，而前者没有。另有（台湾）商务印书馆1973 年影印康熙重刊本。
③ 黄溥：《诗学权舆》，《四库全书存目丛书》集部第292 册。
④ 《删补唐诗选脉笺释会通评林》今有清华大学图书馆藏明崇祯八年刻本，《四库全书存目丛书补编》第25、26 册据以影印。
⑤ 《四库全书总目》卷172，《泰泉集》提要，第1503 页。
⑥ 《四库全书总目》卷192，《六艺流别》提要，第1746 页。
⑦ 黄佐：《六艺流别》卷18，《四库全书存目丛书》集部第300 册，第459 页。

三　文体分类：集大成与新开拓

明人许多总集编纂的目的在于辨体，其辨体不但朝细密周全的集大成方向发展，而且在深度上有较大的开拓。这是明代文体分类学上的一个特点。值得注意的有两个方面：一是唐、宋以后，出现大量新文体，包括正统文体与民间文体、雅文体与俗文体，以及杂体和运用性文体，都被明人总集所收罗殆尽。二是挖掘和总结出传统文体分类学视野之外的大量的早期文体或文体形态，这方面尤其重要。

吴讷《文章辨体》采辑前代至明初诗文，分体编录，大旨以真德秀《文章正宗》为蓝本，分古今各种文体近六十种，分别为古歌谣辞、古赋、乐府、古诗、谕告、玺书、批答、诏、册、制、诰、制策、表、露布、论谏、奏疏、议、弹文、檄、书、记、序、论、说、解、辨、原、戒、题跋、杂著、箴、铭、颂、赞、七体、问对、传、行状、谥法、谥议、碑、墓碑、墓碣、墓表、墓志、墓记、埋铭、诔辞、哀辞、祭文等 50 大类。另有《外集》收录连珠、判、律赋、律诗、排律、绝句、联句诗、杂体诗、近代词曲等九类，共计 59 类。其中某些大类之下又分子目，如"古赋"以时代先后分楚、两汉、三国六朝、唐、宋、元、国朝诸体；"乐府"分郊庙歌辞、恺乐歌辞、横吹曲辞、燕飨歌辞、琴曲歌辞、相和歌辞、清商曲辞；古诗分四言、五言、七言、歌行等。与此前的文体学著作相比，《文章辨体》的类别显然增多了。吴讷是在总结唐、宋以来古文家创作实践的基础上扩大文体分类的，如确立了唐、宋以后新兴的文体"原""解""判"等体裁，丰富了文体的类别。

徐师曾《文体明辨序》谓该书："大抵以同郡常熟吴文恪公讷所纂《文章辨体》为主而损益之。《辨体》为类五十，今《明辨》百有一；《辨体》外集为类五，今《明辨》附录二十有六。"[1] 可见《文体明辨》

---

[1]　徐师曾：《文体明辨·序》，《文体明辨序说》，第 77 页。

是在吴讷《文章辨体》基础上编撰的一部文章总集，全书所列文体种类正篇有 101 种，附录有 26 种，共 127 种。如果仅统计其大类的话，大致有以下文体：

> 正选：古歌谣辞、四言古诗、楚辞、赋、乐府、五言古诗、七言古诗、杂言古诗、近体歌行、近体律诗、排律诗、绝句诗、六言诗、和韵诗、联句诗、集句诗、命、谕告、诏、敕、玺书、制、诰、册、批答、御札、赦文、铁券文、谕祭文、国书、誓、令、教、上书、章、表、笺、奏疏、盟、符、檄、露布、公移、判、书记、约、策问、策、论、说、原、议、辨、解、释、问对、序、小序、引、题跋、文、杂著、七、书、连珠、义、说书、箴、规、戒、铭、颂、赞、评、碑文、碑阴文、记、志、纪事、题名、字说、行状、述、墓志铭、墓碑文、墓碣文、墓表、谥议、传、哀辞、诔、祭文、吊文、祝文、嘏辞。

> 附录：杂句诗、杂言诗、杂体诗、杂韵诗、杂数诗、杂名诗、离合诗、诙谐诗、诗余、玉牒文、符命、表本、口宣、宣答、致辞、祝辞、贴子词、上梁文、乐语、右语、道场榜、道场疏、表、青词、募缘疏、法堂疏。[①]

以上文体又可能包括系列下属文体。比如"古歌谣辞"一项，就包括歌、谣、讴、诵、诗、辞、谚。"赋"又包括古赋、俳赋、文赋、律赋，可见此书所涉及的文体实际上要远远超出其目录所列的数量。《文体明辨》所录的文体大致是在《文章辨体》的基础上增减的。如《文章辨体》哀祭类文体有诔辞、哀辞、祭文三类，而《文体明辨》则增为哀辞、诔、祭文、吊文、祝文、嘏辞六种。又如释道类文体道场榜、道场疏、功德疏、青词、募缘疏、法堂疏等，均为《文章辨体》所未有。《文体明辨·序》曰："至于附录，则闾巷家人之事，俳优方外之语，本吾儒所不道，然知而不作，乃有辞于世。若乃内不能办，而外

---

① 徐师曾：《文体明辨序说》，第 67－71 页。

为大言以欺人，则儒者之耻也。"① 徐师曾认为，对这些文体，可以"知而不作"，但不可不知。《文体明辨》收录了宋代以后社会与民间流行的各种俗文体（包括宗教文体），如致辞、贴子辞、上梁文、乐语、右语、道场榜、道场疏、表、青词、募缘疏、法堂疏等。这是《文体明辨》与《文章辨体》在文体收录方面的最大区别。《文体明辨》把《文章辨体》之 50 余种文体扩充至 120 余种，远比《文章辨体》详赡，显示出中国古代文体的丰富性，在文体分类学上有重要意义。

自魏晋南北朝以来，中国文章学的文体分类基本是按《文选》所设置的文体框架而展开的。这个理论框架是在当时文笔之辨的背景下产生的，所以在传统的经、史、子、集之中，唯青睐"集"，而基本不顾及经、史、子部。明代文体学把经、史、子、集都置于视野之内，发现和总结出大量文体或"前文体形态"，大大丰富了文体分举的内容，而且更为符合中国古代文章学的实际情况。

黄佐的《六艺流别》就是为了补《文选》之阙佚，凡是《文选》所选过的，它一概不选。此书收录文体有 150 多种（其中 12 类为附属类，有文体小序而无范文），在明代文章总集中涉及文体最多。《六艺流别》是一部特色鲜明的选本，它从文本六经的观念出发，首次以选本的形式把古代的基本文体形态分别系于《诗》《书》《礼》《乐》《春秋》《易》之下，形成六大文体系列，重新建构了一个中国古代文体庞大的谱系。该书完全按照这种"文本于经"的思想来编排。其目录所标的文体系统，极为简明清晰：

> 诗艺一：逸诗、谣、歌。
> 诗艺二：谣之流其别有四：讴、诵、谚、语。
> 　　　　歌之流其别有四：咏、吟、怨、叹。
> 诗艺三：诗之流不杂于文者其别有五：四言、五言、六言、七言、杂言（附：离合、回文、建除、六府、两头纤纤、五杂组、

---

① 徐师曾：《文体明辨·序》，《文体明辨序说》，第 78 - 79 页。

数名、郡县名、八音）。

诗艺四：诗之流其杂近于文而又与诗丽者其别有五：骚、赋（附：律赋）、词、颂、赞（附：诗赞）。

诗艺五：诗之声偶流为近体者其别有三：律诗、排律、绝句。

书艺一：逸书、典、谟。

典之流其别有二：命、诰。

谟之流其别有二：训、誓。

书艺二：命训之出于典者其流又别而为六：制、诏、问、答、令、律。

书艺三：命之流又别而为四：册、敕、诫、教。

书艺四：诰之流又别而为六：谕、赐书（附：符）、书、告、判、遗命。

书艺五：训誓之出于谟者其流又别而为十一：议、疏、状、表（附：章）、笺、启、上书、封事、弹劾、启事、奏记（附：白事）。

书艺六：训之流又别而为十：对、策、谏、规、讽、喻、发、势、设论、连珠。

书艺七：誓之流又别而为八：盟、檄、移、露布、让、责、券、约。

礼艺上：逸礼、仪、义。

礼艺下：礼之仪义其流别而为十六：辞、文、箴、铭、祝、诅、祷、祭、哀、吊、诔、挽、碣、碑、志、墓表。

乐艺上：逸乐、乐均、乐义。

乐艺下：乐之均义其流别而为十二：唱、调、曲、引、行、篇、乐章、琴歌、瑟歌、畅、操、舞篇。

春秋艺上：纪、志、年表、世家、列传、行状、谱牒、符命、叙事、论赞。

春秋艺中：叙事之流其别有六：序、记、述、录、题辞、杂志。

春秋艺下：论赞之流其别有六：论、说、辩、解、对问、考评。

易艺：兆、繇、例、数、占、象、图、原、传、言、注。①

假如从文体发生学来看，把中国古代文体基本形态的渊源一一归之于六经，显然有简单化和"附会牵强"之嫌。但从文体分类学的角度来看，《六艺流别》仍有创新的思想。文体发展到明代，数量极多，黄佐意在对这些复杂纷纭的文体总其类别，以简驭繁，起到纲举目张之用。黄宗羲《明儒学案》卷51谓黄佐之治学"以博约为宗旨"②，《六艺流别》正反映出这种以博返约的学术精神。黄佐在《六艺流别序》中引用董仲舒的话，曰："《诗》道志，故长于质。《书》著功，故长于事。《礼》制节，故长于文。《乐》咏德，故长于风。《春秋》司是非，故长于治。《易》本天地，故长于数。"③ 黄佐根据这种理论，强调六经的不同功能与影响。在他的文体谱系中，六经的功能已经被抽象化与模式化了：《诗》"道性情"，"诗艺"主要包括诗赋文体；《书》"道政事"，"书艺"主要包括公文文体；《礼》主"敬"，"礼艺"主要包括礼仪文体；《乐》主"和"，"乐艺"主要包括音乐性文体④；《春秋》主"名分"，"春秋艺"主要包括叙事与论说文体；《易》主"阴阳"，"易艺"主要包括术数类文体。这样看来，他的所谓"六艺流别"，本质上是从文体功能出发，创造出一套新的文体分类法，这是有其合理性与创新性的。明代以文体为核心的文章总集不少，如《文章辨体》

---

① 黄佐：《六艺流别》目录，《四库全书存目丛书》集部第300册，第70－72页。
② 黄宗羲：《明儒学案》（修订本）卷51，中华书局，2008，第1198页。
③ 《泰泉集》卷35，清康熙二十一年黄奎卿等刻本。
④ 刘勰、颜之推与郝经等人主张文本于经，但都没有把《乐》列入其中。黄佐特别把《乐》列入文章本源之一，可见他对音乐性文体的重视。

《文体明辨》《文章辨体汇选》等，但如果就其理论的独创性与系统性而言，则无出黄佐此书之右者。

《六艺流别》的分类对于研究先秦文体作用尤大。中国古代的文体分类学，大体所根据的是南北朝以后的文体，大量在先秦时代的文体形态与泛文体（有些还是口头形态），在后代已不再存在，或者已改变形态。正如章太炎所说："文章流别，今世或繁于古，亦有古所恒睹，今没其名者。"① 如先秦时代的"让"，原来是运用性的口头文体，在后代已演变成其他专门的文章文体了。所以一般的文体学著作像《文体明辨》是不把它作为文体的。但是从先秦的文献看，这是当时使用相当频繁的形式。黄佐谓：

> 让者何？责人而巽与之言，先人后己。《国语》祭公谋父，称古有威让之令是也。《字通》作"攮"，盖人心从逆，道先王之成宪以禁止之。凡天子柔远人、怀诸侯，与诸侯列国兵争而为文告之辞，必自威让始。《文心雕龙》曰："齐桓征楚，告菁茅之阙；晋厉伐秦，责箕郜之焚。"详其意，又檄文萌矣。②

黄佐从《左传》中选出《襄王逆政之让》《定王问鼎之让》《管仲伐楚之让》《展喜犒师之让》《孔子夹谷之让》。又如《六艺流别》所收录的讴、诵、语、诅、祷、兆、繇、例、数、占、象、图、原、传、言、注这些早期文体形态也是文体学上非常少人注意到的。

贺复徵《文章辨体汇选》也是有意突破《文选》的框架。从萧梁时的《文选》开始，下至《文苑英华》《唐文粹》《文章正宗》，直至明代《文章辨体》《文体明辨》等著名总集，虽以"文"命名，实际都兼收诗赋，且诗赋在全书中多占有重要位置。而《文章辨体汇选》煌煌780卷，立132体，却不录诗赋类，显然是把诗赋排除在文章之外的。可见其文章内涵正是以叙事、说理、议论为主的实用性文体，而不包括以缘情体物为主的诗赋在内，这在明清文章总集中是相当独特

---

① 章太炎：《国故论衡·辨诗》，上海古籍出版社，2003，第87页。
② 黄佐：《六艺流别》卷12，《四库全书存目丛书》集部第300册，第325页。

的。《文章辨体汇选》另一个值得注意的现象是大量选入先秦和两汉史传文章。《文选序》在谈到选文原则时，明确把史类作品排除在"篇翰"之外。此后历代总集，大多接受《文选》的分类法，将史著排除在文章之外。至南宋真德秀《文章正宗》，这种界限才开始打破，然而，其所收史传之文，数量还不大。《文章辨体汇选》则大量收录《左传》《国语》《史记》《汉书》《后汉书》等史籍之文。如仅仅传记类，就录《左传》14 卷，《史记》17 卷，《汉书》8 卷，《后汉书》《三国志》等也收录不少。而本纪、实录、仪注、书志、世表等本来仅仅见于史籍的文章，也被大量收录，并各自成为众多文体中的一类。要之，史书中的篇什，在《文章辨体汇选》中占了相当大的分量，这在历代总集中也是非常罕见的。

《文章辨体汇选》规模浩大，收罗宏富。大类之下，往往又根据不同的特点或使用场合，分若干小类。如卷 392 "论"类下又设八类："一曰理论，二曰政论，三曰经论，四曰史论，五曰文论，六曰讽论，七曰寓论，八曰设论。"① 卷 483 "传"下又分七品："一曰史传，二曰私传，三曰家传，四曰自传，五曰托传，六曰寓传，七曰假传。"② 而卷 281 "序"下竟分为经、史、文、籍、骚、赋、诗、集、政、学、志等 30 余子类。③ 这些都反映出明人对文体的分辨越来越细致，越来越严密。吴讷把文体分为 59 类，徐师曾增至 127 类，贺复徵又增至 130 余类。如果仅从绝对数量上来看，贺书与徐书相较，差别不大。但徐书中有诗赋类 25 种，而贺书不收诗赋。因此，就文类而言，贺书新增了 30 类。其中有些是细分，如徐书把奏对、奏启、奏状、封事、弹事等归入"奏疏"类中，而贺书则都单独列类，徐书中"纪事"类，贺书析为"纪"和"纪事"两类；有些是新立，如九锡文、日记、故事、品、榜、训、篇、寿辞、本纪、实录、仪注、世表、史传、世谱、年谱等。这样分也许失于烦琐，然而，它表现了明人试图认识文体之

① 贺复徵：《文章辨体汇选》卷 392，《景印文渊阁四库全书》第 1406 册，第 699 页。
② 贺复徵：《文章辨体汇选》卷 483，《景印文渊阁四库全书》第 1408 册，第 63 页。
③ 贺复徵：《文章辨体汇选》卷 281，《景印文渊阁四库全书》第 1405 册，第 408－409 页。

间细微差别的意识。在所分文体中，凡涉及前人没有解说的，或作者新设立的，因无复依傍，往往自为解说。如卷28"九锡文"类是贺复徵新立的，作者解说这种文体得名之由和风格特征："按《说文》：'锡，与也，赐也。'《易》云：'王三锡命，开国承家。'人臣至册以九锡，此乃奸雄篡窃所由始，而非国家之利矣。然其文必典雅闳肆，极其铺张，录之以存一体。"① 揭示了"九锡"类文的起源、性质和文体风格。又如卷639"日记类"："复徵曰：日记者，逐日所书，随意命笔，正以琐屑毕备为妙。始于欧公《于役志》、陆放翁《入蜀记》，至萧伯玉诸录而玄心远韵，大似晋人，各录数段以备一体。"② "日记"也是新立的文体，贺复徵揭示了这种体裁随意命笔而委曲备至的优长，并列举了代表作家和作品。四库馆臣对《文章辨体汇选》编者用力之勤、收罗之富，以及在保存文献上的功绩，给予了较高评价："坠典秘文，亦往往有出人耳目之外者。且其书只存抄本，传播甚稀，录而存之，固未始非操觚家由博返约之一助尔。"③《四库全书简明目录》卷19亦言："自《文苑英华》以来，总集之博，未有如是书者，亦著作之渊海也。"④ 其实，《文章辨体汇选》的编纂宗旨、体例、性质乃至存在的缺点都和《文章辨体》《文体明辨》非常相近，《四库全书》将吴、徐二书列入"存目"而把《文章辨体汇选》选入正编，最主要的原因，恐怕是把它作为历来"总集之博"者的代表吧。

四 综论：特色与影响

在中国文学批评史与学术史上，明代文章总集的文体学价值基本上是被忽视的。清人对于明人学术的歧视与轻蔑往往导致在文学批评上的某种偏颇。在清人编纂的最具权威性的《四库全书》中，吴讷

---

① 贺复徵：《文章辨体汇选》卷28，《景印文渊阁四库全书》第1402册，第151页。
② 贺复徵：《文章辨体汇选》卷639，《景印文渊阁四库全书》第1409册，第645页。
③ 《四库全书总目》卷189，《文章辨体汇选》提要，第1723页。
④ 《四库全书简明目录》卷19，上海古籍出版社，1985，第860页。

《文章辨体》、黄佐《六艺流别》、徐师曾《文体明辨》等几部明人重要的文章总集都被列入"存目"之中。《四库全书总目》基本没有看到明人总集在文体学上的成就与贡献，相反，求全责备的苛刻之论很多，集中反映在对其文体分类的批评上。

的确，由于明人总集追求文体齐备，所以有时不免繁杂之病。《四库全书总目》批评它们有"治丝而棼"的毛病①，不是没有根据的。但是，对于清人的批评，有时必须加以辨析。明人总集分类上的缺陷固然与编者本人的学术观点相关，但与中国古代文体本身的复杂性与传统文体分类标准的多元化也有很大关系，四库馆臣本身也难免此病。另外，对《四库全书总目》的批评也不能不加分析地接受。如四库馆臣批评吴讷《文章辨体》说："今观所论，大抵剽掇旧文，罕能考核源委，即文体亦未能甚辨。如《内集》纯为古体矣。然如陆机《文赋》、谢惠连《雪赋》、谢庄《月赋》，已纯为骈体，但不隔句对耳。至骆宾王《讨武曌檄》，纯为四六，而列之《内集》；又孔稚圭《北山移文》亦附之古赋。是皆何说也？……其余去取，亦漫无别裁，不过取盈卷帙耳，不足尚也。"② 馆臣所指出的问题当然是存在的，但如果细读《文章辨体》的话，可以看出吴讷采用这样的分类是有自己的思考的，而不至于像四库馆臣所批评的那样"漫无别裁"的"愦愦"不堪。《文章辨体》其内集、外集的区分是从文体而不是从语体上去区分的。除了唐代科举考试的律赋之外，赋作都列在内集。编者并不是不知六朝的赋有骈俳之习。在"古赋"三之"三国六朝"条即有此语："建安七子，独王仲宣辞赋有古风。至晋陆士衡辈《文赋》等作，已用俳体。流至潘岳，首尾绝俳。"③ 可见四库馆臣所批评的，吴讷已指出了。又因该书以文体分内外集，所以檄文在内集，这也正是"骆宾王《讨武曌檄》，纯为四六，而列之《内集》"的原因。另外，四库馆臣批评该书把孔稚圭《北山移文》亦附之古赋的做法，也是因为该书没有把

---

① 《四库全书总目》卷 192，《文体明辨》提要，第 1750 页。
② 《四库全书总目》卷 191，《文章辨体》提要，第 1740 页。
③ 吴讷：《文章辨体序说·古赋》，《文章辨体序说》，第 22 页。

移文单独当作一体之故。《文章辨体》在文体分类上出现的许多问题与它把文体分为内集和外集有关。四库馆臣把《文章辨体》列入存目，却把在此书基础之上编纂的《文章辨体汇选》列入正选，取舍未免失当。

明人总集在文体学上的特点和贡献是值得重视的。明代总集与此前的文章总集相比，"以体制为先""假文以辨体"的文体学意识特别突出。明人许多总集编纂总结了唐、宋以后出现的大量新文体，同时又突破了《文选》所设置的文体框架，把经、史、子、集都置于文体学视野之内，挖掘和总结出大量早期文体或文体形态，在文体分类学上取得了集大成与开拓并举的成就。明人严于辨体、强调文体古今正变的意识，当然是明代文学复古思潮的表现。在中国文学批评史上，"辨体"常被指责为形式主义。其实，严于"辨体"的本质是突出文体的个性与品格，强调文体的古今正变有利于考察审美趣味的历史演变。自宋代以来至明清，性灵论者强调人各有体，辨体论者强调文各有体。表面看来两者似乎成水火之势，其实是相克相生，所争不同，而殊途同归：它们的追求最终都是指向文学作品审美的多样化与丰富性。

虽然学术界在理论上忽视明代文章总集的文体学价值，但实际上，明代文章总集的编纂与序题形式，集中反映了明代文学批评界的"辨体"之风与集大成的特色，是明代最有代表性、影响最大的文体批评。这里仅以《文章辨体》《文体明辨》二书"序题"被"转载"的情况为例，来看明人总集的"影响因子"。程敏政《明文衡》卷56"杂著"特收《文章辨体序题》①，此前，文章总集中收录这种文体序题很少见到。明人唐顺之《荆川稗编》卷73收录吴讷《文章辨体二十四论》②，卷75又收《文章辨体序题》③。吴楚材辑《强识略》卷19"文章部"

---

① 程敏政：《明文衡》卷56，《景印文渊阁四库全书》第1374册，第334－350页。
② 唐顺之：《荆川稗编》卷73，《景印文渊阁四库全书》第954册，第603－612页。
③ 唐顺之：《荆川稗编》卷75，《景印文渊阁四库全书》第954册，第644－653页。

差不多收录全书序题①。清代《古今图书集成》②、《御定渊鉴类函》③"文学部"多处引用《文章辨体》的序题。《文体明辨》的"序题"在明清两代也颇有影响。贺复徵编撰《文章辨体汇选》，清王之绩《铁立文起》④ 对《文体明辨》序题多加采录。清人陈枚《凭山阁增辑留青新集》⑤ 卷 4 之《古学辨体》辨明 100 多种文体，基本采用了《文体明辨》之说。清人方熊作《文章缘起补注》⑥，主要取材于《文体明辨》的序题。清人曹本荣所编《古文辑略》⑦，各体前都引《文体明辨》的序题。清代《古今图书集成》"文学部"引用《文体明辨》的序题极多，《渊鉴类函》"文学部"对《文体明辨》亦有所引用。在现代由于《文章辨体》与《文体明辨》的序题部分被整理出来，其影响就更是不言而喻了。可以不夸张地说，明代文章总集序题的文体学思想，已经成为明清以来知识界的一种普遍"知识"⑧。

　　总而言之，明代文章总集的文体学思想在明清以来产生了巨大的影响，这种影响一直延续到现在。

（原载《文学遗产》2008 年第 6 期）

---

① 吴楚材：《强识略》卷 19，《四库全书存目丛书》子部第 181 册，第 772 – 782 页。
② 陈梦雷：《古今图书集成》，中华书局、巴蜀书社，1985 年影印本。
③ 张英、王士禛等编：《御定渊鉴类函》，《景印文渊阁四库全书》第 982 册，第 32 页。
④ 王之绩《铁立文起》常见有清康熙刻本，《四库全书存目丛书》集部 421 册据以影印。
⑤ 陈枚：《凭山阁增辑留青新集》卷 4《古学辨体》，《四库禁毁书丛刊》集部第 54 册，第 203 – 228 页。
⑥ 方熊：《文章缘起补注》，参见《文章缘起》一书，《景印文渊阁四库全书》第 1478 册。
⑦ 曹本荣：《古文辑略》，《四库全书存目丛书》集部第 387 – 392 册。
⑧ 明清以来，官修、私修的类书都收录大量明人总集的序题，而类书正是最能代表一般知识的书籍。

第十一章　论"序题"

—— 对中国古代一种文体批评形式的定名与考察

一　关于"序题"的定名

　　所谓"序题",特指中国古代分体编次的文章总集在其目录、序例、卷首或每体之前附有简述该文体渊源流变以及体制的小序或题解,是中国古代一种独特的文体学研究形式。事实上,古人对这种形式并没有统一的名称。除了序题之外,或称序、小序、序目、序例、题解等,但在更多的时候,是没有标目的。由于这种形式没有名称或名称驳杂,在一定程度上限制了学界对它的认识与研究。为了对古代这种独特而重要的批评文体进行更为系统、更为自觉的研究,进一步拓展中国文体学研究学术空间,笔者借用吴讷《文章辨体》"序题"一词来统一指称这一类形式。因为吴讷《文章辨体》"序题"是其中形式最具典型意义、最著名而且影响最大的。

　　近几十年来,学术界习惯把文章总集的文体小序称之为"序说"。这种名称是出于《文章辨体序说》与《文体明辨序说》这两部书的。1962 年,于北山、罗根泽分别从《文章辨体》与《文体明辨》抽录出其中论文体的内容,校点而成《文章辨体序说》与《文体明辨序说》,

两书合集出版。① 该书出版至今已整整 50 年，影响极大，成为文体学研究最重要、最基础的文献之一。而吴讷《文章辨体》与徐师曾《文体明辨》两本书在当代学界之流传与影响，很大程度得力于《文章辨体序说》与《文体明辨序说》。这两书书名，是校点者自拟的。"序说"二字，也是校点者加上的。其《校点前言》说："两书都是一方面分体选文，一方面即依体序说。选录的一般都是习见的文章，值得参考的倒是序说。因此，我们仿效挚虞的抽出《流别志论》别行，将两书的序说校点付印。"②

那么，明清人是如何称呼这种被今人命名为"序说"的批评形式呢？现在根据各种材料，可以肯定，无论是当时的总集编纂者、读者还是目录学家，都称《文章辨体》所代表的这种批评形式为"序题"，而非"序说"。

（1）作者自称为"序题"。吴讷在《文章辨体·凡例》中谈到该书："始于古歌谣辞，终于祭文，每体自为一类，各以时世为先后，共为五十卷。仍采先儒成说，足以鄙意，著为序题。录于每类之首，庶几少见制作之意云。"③ 这里明确地说，他在宋儒基础上，补充而"著为序题"。吴讷在《文章辨体》卷 13《柏梁诗》一诗的按语中也提到关于此诗："说见'序题'。"④ 即关于《柏梁诗》在"序题"中已有论及。查"七言"一体的序题首句即："世传七言起于汉武《柏梁台》体。"⑤ 这也是吴讷再次确称这部分论文体文字为"序题"的明证。

（2）序者称为"序题"。明人彭时《文章辨体序》也称："'辨体'云者，每体自为一类，每类各著序题。"⑥

（3）其他著作编纂者称为"序题"。明人程敏政《明文衡》卷 56

---

① 收入郭绍虞主编"中国古典文学理论批评专著选辑"之中，人民文学出版社，1962。
② 吴讷：《文章辨体序说》，于北山校点；徐师曾：《文体明辨序说》，罗根泽校点，人民文学出版社，1962，第 1 页。
③ 吴讷：《文章辨体》，《四库全书存目丛书》集部第 291 册，第 6 页。"每体自为一类"句，于北山校点《文章辨体序说》本第 9 页误为"每类自为一类"；"仍采先儒成说"句，误为"仍宋先儒成说"。
④ 吴讷：《文章辨体》，《四库全书存目丛书》集部第 291 册，第 152 页。
⑤ 吴讷：《文章辨体》，《四库全书存目丛书》集部第 291 册，第 17 页。
⑥ 吴讷：《文章辨体》，《四库全书存目丛书》集部第 291 册，第 2 页。

"杂著"特收《文章辨体序题》。另外,明代唐顺之《荆川稗编》卷75"文艺"四收录《文章辨体序题》。①

(4)当时作家称为"序题"。明代叶盛《菉竹堂稿》卷8《书〈文章辨体〉后》:"《文章辨体》……吴思庵先生之所编也。始于古歌谣辞,终于祭文。每体自为一类,各以时世为先后,每类有序题,略叙制作之意。"②

(5)目录学家称为"序题"。清人范邦甸《天一阁书目》卷四之三集部《古文辨体》50卷外集5卷:"明海虞吴讷编辑……名曰《文章辨体》。每体自为一类,每类各著序题,原著作之意而辨析精确。一本于先儒成说,使数千载之文体正变高下,一览可以具见。"③

以上诸例可证,无论是当时作者还是论者、目录学家,都称《文章辨体》的这种形式为"序题"。

值得注意的是,受到《文章辨体》影响的同类形式亦被称为"序题"。如明代高儒《百川书志》卷19《诗林辨体》16卷:"皇明景宁潘援编,自唐虞而至我朝,自古歌谣而至近代词曲,体自为类。各著序题,原制作之意。"④ 又指出该书是在吴讷《文章辨体》基础上编纂而成的。此处亦明确标明"序题"。可见,"序题"一词不仅用于吴讷《文章辨体》,也适用于指称其他类似的形式。

在吴讷《文章辨体》之前,古代诗文评似未用过"序题"一词,然从语源学来看,此前佛学著作已使用此词。梁《高僧传》卷7《宋京师兴皇寺释道猛》载刘宋时"猛于寺开讲《成实》。序题之日,帝亲临幸,公卿皆集"⑤。"序题"或为佛教讲经之程序,也许是首次开讲时对于经典之题解和概括,比较重要,所以皇帝大臣才会亲临"序题"。丁福保《佛学大辞典》"序题"条:

---

① 程敏政:《明文衡》卷56,《景印文渊阁四库全书》第955册。
② 叶盛:《菉竹堂稿》卷8,《四库全书存目丛书》集部第35册,第325页。
③ 范邦甸:《天一阁书目》卷四之三,《续修四库全书》第920册,第273–274页。
④ 高儒:《百川书志》卷19,《续修四库全书》第919册,第441页。
⑤ 释慧皎:《高僧传》卷7《宋京师兴皇寺释道猛》,汤用彤校注,汤一玄整理,中华书局,1992年,第296页。

唐善导释《观经》先以七门简括之，第一门谓之序题。叙如来出世之大纲，亦题一经元意之意也。《玄义分传通记》二曰："序题者，略序出世大纲，亦题一经元意也。"①

按：《沙门善导集记》："此观经一部之内，先作七门料简，然后依文释义。第一、先标序题……"② 丁福保借用日本僧良忠述所著《观经玄义分传通记》解释"序题"一词之义，所谓"序题者，略序出世大纲，亦题一经元意也"。吴讷《文章辨体》"序题"一词是受到佛学"序题"名称的影响，还是毫无关系之偶合，笔者不敢轻断，守阙存疑，略记于此，以待高明。

那么，吴讷何以称此为"序题"？推想其原因，"序题"可能兼有"序"与"题"（或"题辞"）之用。吴讷《文章辨体》释"序"：

> 《尔雅》云："序，绪也。"序之体，始于《诗》之《大序》，首言六义，次言《风》、《雅》之变，凡次言《二南》王化之自。其言次第有序，故谓之序也。③

明黄佐《六艺流别》卷18释"题辞"谓：

> 题辞：题辞者何？题诸前后，提挈其有关大体者以表章之也。前曰引，后曰跋，须明简严，不可冗赘。后世文集有"读某书"及"读某文"、"题其前"或"题其后"之名，皆本赵岐《孟子题辞》也。④

汉赵岐《孟子题辞》："《孟子题辞》者，所以题号孟子之书本末、指义、文辞之表也。"刘熙《释名·释书契》说："书称题，题，谛也，审谛其名号也。亦言第，因其第次也。"⑤ 以此推之，文体之"题"，亦谓其文体之本末、指义与文辞特点。

① 丁福保编纂：《佛学大辞典》，文物出版社，1984，第564页。
② 释善导：《观无量寿佛经疏》观经玄义分卷1，佛陀教育基金会《大正新修大藏经》第37册，1990，第246页。
③ 吴讷：《文章辨体》，《四库全书存目丛书》集部第291册，第25页。
④ 黄佐：《六艺流别》，《四库全书存目丛书》集部第300册，第459页。
⑤ 刘熙：《释名疏证补》，毕沅疏证，王先谦补，祝敏彻、孙玉文点校，中华书局，2008，第208页。

徐师曾《文体明辩》释"题":"夫题者,缔也,审缔其义也。"又释"题辞":"又有题辞,所以题号其书之本末指义文辞之表也。"认为题跋与题辞之异:"题跋书于后,而题辞冠于前,此又其辩也。"①

综上,作为文体"序题"之涵义有以下几方面:一,置之文首。具体而言,或置于目录之中,如《文章辨体》;或置书中该体选文之首,如《文体明辨》;或置全书之前的序例,如《文体刍言》。二,题其大意、序其次第,即文体之渊源流变、指义与体制特色。三,形式上"须明简严,不可冗赘"。

笔者之意并非斤斤于"序说"还是"序题"一字之争,主要是本着"正名"的目的。因为"序题"这种形态,并不仅是《文章辨体》一书所有的,而是古代文体学研究的一种特殊文体。笔者主张本着存古之意,尽量保持古书原貌与原始语境,尊重古人原有名称,突出其文体特征,故以为文章总集中此类文体批评形式,还是正名为"序题"为好。②

二 文体序题的产生与兴盛

以文体为核心之序,始于汉代。班固的《两都赋序》便是代表汉人赋学的小序。到了晋代,此类作品的文体小序尤盛,如傅玄有《连珠序》《七谟序》,左思、皇甫谧都有《三都赋序》,这些序皆叙述某种文体的名称、体制与历史,是很重要的文体学史料,虽然只论一体,但已具有某种文体序题的因素。挚虞所编纂的《文章流别集》标志文章总集文体小序的出现,《文章流别论》便是《文章流别集》的文体序题部分③,是目前所见到的最早系统讨论文体的序题。宋代辨体之风日严,总集中的文体小序开始增多。郭茂倩《乐府诗集》把乐府诗分

① 徐师曾:《文体明辩》,《四库全书存目丛书》集部第312册,第51-52页。
② 按:台湾学者叶庆炳、邵红编《中国文学批评资料汇编》明代卷中,录《文章辨体》50余种文体小序,总题即为"文章辨体序题",见该书第2版,成文出版有限公司,1981,第165-186页。
③ 《隋书》卷35"经籍四"之"总集",收录挚虞撰《文章流别集》41卷,《文章流别志》、《文章流别论》2卷,学界一般认为《文章流别志》、《文章流别论》就是取自《文章流别集》的。

为郊庙歌辞、燕射歌辞、鼓吹曲辞、横吹曲辞、相和歌辞、清商曲辞、舞曲歌辞、琴曲歌辞、杂曲歌辞、近代曲辞、杂歌谣辞、新乐府辞 12 类，每类皆有题解。宋人真德秀《文章正宗》"纲目"把所有文体分为辞命、议论、叙事、诗歌四大类，每类都有小序。如"叙事"类小序：

> 叙事起于古史官。其体有二：有纪一代之始终者，《书》之《尧典》、《舜典》与《春秋》之经是也，后世本纪似之；有纪一事之始终者，《禹贡》、《武成》、《金縢》、《顾命》是也，后世志、记之属似之；又有纪一人之始终者，则先秦盖未之有，而昉于汉司马氏。后之碑、志、事状之属似之……①

以"叙事"作为中国文章之一大体类，是一大创新。而把叙事诸体总结为纪一代、一事、一人之始终三大类，亦相当简要中肯。真德秀《文章正宗》序题对明人影响甚大。

南宋陈仁子辑《文选补遗》40 卷，改变了《文选》以诗赋为先的文体次序，将诏令奏议这些朝廷实用文体置之书首，表现出新的文体价值观念。《文选补遗》在一些重要文体所选文章之前，用题解形式对相关文体加以说明，在形式上与其他小序有所不同，是比较特殊的序题。这些序题大多是引述前人论述，再加自己的案语。如卷 1 "诏诰"的序题即引了文中子、朱熹、真德秀所论，加上"愚曰"即自己的见解。也有先自己提出观点，再引他人的。如《文选补遗》卷 19 "策"，即先提出自己的见解，然后才引用程颢和吕祖谦等人对策的论述。陈仁子序题的特点是相当重视文体与制度之关系。如卷 12 "封事"一体之序题，"汉宣帝始令群臣得奏封事，以通下情。封有正有副。领尚书者先发副封，所言不善，屏而不奏。魏相奏去副封，以防壅蔽。"② 陈仁子的序题也多有自己的见解。如卷 35 "谣"说："未有歌先有谣，谣始于《康衢》，歌始于《击壤》，其实皆诗之所由始也。而后世之

---

① 真德秀：《文章正宗》，《景印文渊阁四库全书》第 1355 册，第 6 页。
② 陈仁子：《文选补遗》，《景印文渊阁四库全书》第 1360 册，第 203 页。

谣,遂成证应为谤议矣。"① 对于歌、谣出现之先后与诗之关系提出己见。

此后辨体之风日盛,元明诗文总集的文体序题更为流行。如元代祝尧《古赋辨体》的编选目的是通过"辨体"而复古赋之体:"其意实欲因时代之高下而论其述作之不同,因体制之沿革而要其指归之当一,庶几可以由今之体以复古之体云。"② 《古赋辨体》把历代赋体分为楚辞体、两汉体、三国六朝体、唐体、宋体,而每体之前,皆有一序题,叙其渊源流变。元代左克明编《古乐府》十卷,其体例近乎郭茂倩《乐府诗集》,该书把古乐府词分为古歌谣辞、鼓吹曲、横吹曲、相和曲、清商曲、舞曲、琴曲、杂曲八类,每类皆有小序。明代诗集也有采用序题方式来辨体的。如高棅《唐诗品汇》:"分体编次。为五言古诗二十四卷,七言古诗十三卷,长短句附焉。五言绝句八卷,六言附焉。七言绝句十卷,五言律诗十五卷,五言排律十一卷,七言律诗九卷,排律附焉。""诸体之中,各分正始、正宗、大家、名家、羽翼、接武、正变、余响、旁流九格。"③ 在目录上每一格皆有序题,重在论诗体之流变,不纯是诗体体制,可以看成是唐代分体的诗歌发展小史。宋绪《元诗体要》分为 37 体,分体之前有小序。此书选录元诗,而所论诗体,皆直溯源头,论其流别。故 37 体小序,集中起来,可视为古诗分体学著作。④ 明黄溥编《诗学权舆》22 卷⑤,是一部诗歌总集,该书刊于成化五年(1469)"是书兼收众体,各为注释,定为名格、名义、韵谱、句法、格调诸目,复引诸说以证之。"⑥ 该书卷之一"诗之名格",其中包括歌、谣、骚、辞、赋、铭、操、乐府、古诗、行、歌行、古风、颂、赞、引、曲、调、唱、咏、叹、篇、文、吟、怨、弄、思、乐、哀、愁、别、律诗、绝句。同卷还有"杂体名义",

---

① 陈仁子:《文选补遗》,《景印文渊阁四库全书》第 1360 册,第 558 页。
② 祝尧:《古赋辨体》,《景印文渊阁四库全书》第 1366 册,第 711 页。
③ 《四库全书总目》卷 187《唐诗品汇》提要,第 1713 页。
④ 宋绪:《元诗体要》,《景印文渊阁四库全书》第 1372 册。
⑤ 黄溥:《诗学权舆》,《四库全书存目丛书》集部第 292 册。
⑥ 《四库全书总目》卷 191《诗学权舆》提要,第 1740 页。

比如操柏梁体、江左体、折腰体等。该卷以序题的形式对各种诗歌文体予以释名章义。

以上诸种总集都把选本与文体小序结合起来。不过，挚虞《文章流别集》残编碎简，难窥全豹。真德秀《文章正宗》仅论四大文类，不及具体文体。陈仁子辑《文选补遗》述及具体文体，然所论不全。而郭茂倩《乐府诗集》、左克明《古乐府》、祝尧《古赋辨体》、高棅《唐诗品汇》、宋绪《元诗体要》、黄溥《诗学权舆》辨体虽细，但其所论，或乐府，或诗，或赋，集中于某大类文体，而非对文体的全面研究。

真正在文章总集中明确开创系统的文体序题之风的是明代吴讷的《文章辨体》。吴讷（1372—1457）在《文章辨体·凡例》说："仍采先儒成说，足以鄙意，著为序题。录于每类之首，庶几少见制作之意云。"① 《文章辨体》顾名思义就是明确以"辨体"为编纂总集的目的，该书把文体分为 59 种，分别加以序题。其序题广泛征引《说文解字》《文心雕龙》《文章缘起》《文章正宗》《宋文鉴》《古赋辨体》以及时人的相关论述，其中又以引《文章正宗》最多，可见其所受的影响。《文章辨体》序题开创了一种风气，形成文体批评的经典体式。此后徐师曾《文体明辨》、贺复徵《文章辨体汇选》等，皆在此基础上踵事增华。《文章辨体》在历代的文体序题中影响最大，被引录最多。程敏政《明文衡》卷 56 "杂著"特收《文章辨体序题》，此前，文章总集中收录这种文体序题很少见到。明人唐顺之《荆川稗编》卷 73 收录吴讷《文章辨体二十四论》②，卷 75 又收《文章辨体序题》③。吴楚材辑《强识略》卷 19 "文章部"差不多收录《文章辨体》全书序题④。清代《古今图书集成》⑤、《御定渊鉴类函》⑥ "文学部"多处引用《文章

---

① 吴讷：《文章辨体》，《四库全书存目丛书》集部第 291 册，第 6 页。
② 唐顺之：《荆川稗编》卷 73，《景印文渊阁四库全书》第 954 册，第 603 页。
③ 唐顺之：《荆川稗编》卷 75，《景印文渊阁四库全书》第 954 册，第 640 页。
④ 吴楚材：《强识略》卷 19，《四库全书存目丛书》子部第 181 册，第 772–782 页。
⑤ 陈梦雷：《古今图书集成》，中华书局、巴蜀书社，1985 年影印本。
⑥ 张英、王士禛等编：《御定渊鉴类函》，《景印文渊阁四库全书》第 982 册，第 32 页。

辨体》的序题。

黄佐（1490—1566）《六艺流别》20 卷是一部特色鲜明的文章选本，编成于明嘉靖十年（1531），刊刻于嘉靖四十一年（1562）①。此书从文本六经的观念出发，首次以选本的形式把古代的基本文体形态分别系于《诗》《书》《礼》《乐》《春秋》《易》之下，形成六大文体系列，重新建构了一个庞大的中国古代文体谱系。黄佐《六艺流别》收录文体多达 150 余种，皆有序题，对各类文体及其相互联系作简要说明，并解释选文标准，这些序题具有鲜明的特点。黄佐在为文体释名章义时，喜欢引用汉人《说文解字》《释名》等小学著作，或采用古代传统的"声训"之法。同时，又采用自设问答形式，有意摹《公羊传》《穀梁传》之例，此亦尊古释经之旨。比如：

> 谣：谣者何？谣，遥也。有章曲曰歌，无章曲曰谣。信口成韵，无乐而徒歌之，其声逍遥而远闻也。②
>
> 歌：歌者何？歌，柯也，长言之也。长引其声以诵之，使有曲章，如草木之有柯叶也。③

《六艺流别》序题所涉及的 150 多种文体中，不少是未见或少见于此前文体学著作，对于研究中国早期文体颇有参考价值，可惜未受重视。

徐师曾《文体明辨》是在《文章辨体》基础上编纂而成的。该书编成于明隆庆四年（1570），其自序明确说："大抵以同郡常熟吴文恪公讷所纂《文章辩体》为主而损益之。《辩体》为类五十，今《明辩》百有一；《辩体》外集为类五，今《明辩》附录二十有六。"④《文章辨体》把文体分为 59 类，《文体明辨》增为 127 类（含附录），皆有序题。《文体明辨》的"序题"在明清两代也颇有影响。贺复徵编撰

---

① 该书最易见为《四库全书存目丛书》本，集部第 300 册，据中山大学图书馆藏本影印。然该藏本有残缺，前序与后序皆缺，多处不清。国家图书馆有祁县图书馆该书藏本胶卷，与此同一版本，然全书保存完整，字迹清晰，质量优于《四库全书存目丛书》影印本。
② 黄佐：《六艺流别》卷一，《四库全书存目丛书》集部第 300 册，第 75 页。
③ 黄佐：《六艺流别》卷一，《四库全书存目丛书》集部第 300 册，第 79 页。
④ 徐师曾：《文体明辨》，《四库全书存目丛书》集部第 310 册，第 359 页。

《文章辨体汇选》，清王之绩《铁立文起》① 对《文体明辨》序题多加采录。清人陈枚《凭山阁增辑留青新集》② 卷4之《古学辨体》辨明100多种文体，基本采用了《文体明辨》之说。清人方熊作《文章缘起补注》③ 主要是取材于《文体明辨》的序题。清人曹本荣所编《古文辑略》④，各体前都引《文体明辨》的序题。清代《古今图书集成》"文学部"引用《文体明辨》的序题极多，《渊鉴类函》"文学部"对《文体明辨》亦有所引用。此书刊行后在海外汉文化圈也有影响。日本江户时代刊行的《文体明辩粹抄》二卷⑤、明治时代刊行的《文体明辩纂要》三卷⑥，皆是该书"文章纲领"与文体序题部分的单行本。罗根泽编辑《文体明辩序说》时参考过此书，他在前言称"有的地方还请北京大学中文系吴小如同志和胡经之同志据日本《文体明辩粹抄》勘对"。《文体明辩序说》形式上与《文体明辩粹抄》是完全一样的。近数十年来，因于北山、罗根泽先生把《文章辨体序说》与《文体明辩序说》两书合集出版，故两书齐名于世。⑦

　　贺复徵的《文章辨体汇选》也是在《文章辨体》基础上增补的。《四库全书总目》谓："复徵以吴讷《文章辨体》所收未广，因别为搜讨，上自三代，下逮明末。经、史、诸子百家、山经地志，靡不收采。分列各体为一百三十二类，七百八十卷，每体之首，多引刘勰《文心雕龙》及吴讷、徐师曾之言，间参以己说，以为凡例。"⑧ 该书以体大著称，被收录到《四库全书》之中。其文体分类在《文章辨体》《文体明辩》的基础上扩展为132体，每体之首，皆有序题。序题多采纳刘勰、吴讷、徐师曾论文体之言，创见者较少，然亦有自得之言。如

---

① 王之绩《铁立文起》常见有清康熙刻本，《四库全书存目丛书》集部421册据以影印。

② 陈枚：《凭山阁增辑留青新集》卷4《古学辨体》，《四库禁毁书丛刊》集部第54–55册。

③ 方熊：《文章缘起补注》，《景印文渊阁四库全书》第1478册，第204页。

④ 曹本荣：《古文辑略》，《四库全书存目丛书》集部第387–392册。

⑤ 野间静轩（1608—1676）抄，江户吉文字屋次郎左卫门宽文元年（1661）本。日本东京都立中央图书馆诸桥文库藏。

⑥ 大乡穆（1830—1881）抄录，东京葵花书屋明治十一年（1878）藏版。早稻田大学图书馆中央4楼古书资料库藏。

⑦ 收入郭绍虞主编的"中国古典文学理论批评专著选辑"之中，人民文学出版社，1962。

⑧ 《文章辨体汇选》提要，《景印文渊阁四库全书》第1402册，第2页。

卷639以"日记"为一体，其序题揭示了日记作为宋代以来新文体的特色。该书虽收入《四库全书》之中（吴讷、徐师曾二书皆未收入），但在文体学界影响并不很大。

清代以来，总集有文体序题者甚多，其中最有特色者，则为姚鼐《古文辞类纂》与曾国藩《经史百家杂钞》。

姚鼐（1731—1815）《古文辞类纂》74卷，选文700余篇，成书于乾隆四十四年（1779）。自魏晋以来，文体分类愈来愈细，《古文辞类纂》则由繁返趋简，从文体功能出发，将古今文章分为13大类：论辩类、序跋类、奏议类、书说类、赠序类、诏令类、传状类、碑志类、杂记类、箴铭类、颂赞类、辞赋类、哀祭类。大类之下，再分文体细目，以类为纲，以体为目，在文体分类学上产生了重要影响。在《古文辞类纂序目》中，姚鼐为13类文体一一作序题，论述该类文体的起源、功用、发展变化、体制特征、代表作家作品等，集中表现了编者的文体学思想，我们也视之为文体序题。《古文辞类纂》所创立的古代文章文体分类学，成为后来许多文章总集的蓝本或基础。

曾国藩（1811—1872）辑《经史百家杂钞》26卷。此书吸收了姚鼐《古文辞类纂》以文体功能分类的方法，又增加"门"来统摄文体类别，确立了门、类、体文体三级分类法。体统于类，类归于门。《古文辞类纂》把文体分为13类，《经史百家杂钞》修订为11类。《经史百家杂钞》以文体功能特征为分类依据，首先把各种文体归为三大类，即著述门、告语门、记载门。如著述门主要为议论、抒情文体，告语门为官、私应用文书，记载门为史传类叙事文体。各门之下又分若干类，如著述门分论著类、词赋类、序跋类，告语门分诏令类、奏议类、书牍类、哀祭类，记载门分传志类、叙记类、典志类、杂记类，总计11类。每类之下又分若干体，如"论著类"主"著作之无韵者"，"经如《洪范》《大学》《中庸》《乐记》《孟子》皆是；诸子曰篇、曰训、曰览，古文家曰论、曰辩、曰议、曰说、曰解、曰原皆是"；"词赋类"主"著作之有韵者"，"经如《诗》之'赋'、'颂'，《书》之'五子作歌'皆是；后世曰赋、曰辞、曰骚、曰七、曰设论、曰符命、曰颂、曰赞、曰箴、曰铭、曰歌皆是";"序跋类"主"他人之著作序述其意者","经如《易》之《系辞》，《礼记》之《冠义》、《昏义》皆是；后世曰序、曰跋、曰引、曰题、曰读、曰传、曰注、曰笺、曰疏、曰说、曰解皆是"。① 这里的篇、训、览、论、辨、议、说、解、原、赋、辞、骚、七、设论、符命、颂、赞、箴、铭、歌、序、跋、引、题、读、传、注、笺、疏等都是具体的文体形态。由此可见《经史百家杂钞·序例》也具有文体序题性质。

文体序题形式在晚清民国仍然流行，举其要者，则有吴曾祺《涵芬楼古今文钞》与张相《古今文综》。姚鼐《古文辞类纂》与曾国藩《经史百家杂钞》两书的序题都比较简略，只序文类而对具体的文体不加序题。《涵芬楼古今文钞》与《古今文综》摹拟《古文辞类纂》与《经史百家杂钞》两书而对各体皆有序题。

吴曾祺（1852—1929）编纂《涵芬楼古今文钞》100 卷（附《文体刍言》）。②《涵芬楼古今文钞》的分类主要依照姚鼐《古文辞类纂》，并增补文体细目，加以细化与改造。全书文体共分为 13 类、213 子目。吴曾祺的文体思想，最集中反映在《文体刍言》之中。《文体刍言》分别附录于《涵芬楼古今文钞》和《涵芬楼文谈》之后，《文体刍言》13 篇就是对《涵芬楼古今文钞》所选 13 类文章的文体分类、文章编选作理论上的思考与技术上的总结与说明，所以我们按其性质，把它列在文体序题之中。《古文辞类纂》有类无目，只有文体大类的序题，对各种文体不加论述，吴曾祺的《文体刍言》所论文体 213 种，对各类文体详加论述，可以说是近代颇具集大成性质的文体学著作。

张相（1877—1945）编《古今文综》，上海中华书局于 1916 年出版，共 40 册。全书按文体分为 6 部 12 类：论著序录部（论著类、序录类）、书牍赠序部（书牍类、赠序类）、碑文墓铭部（碑文类、墓铭

---

① 曾国藩：《经史百家杂钞》卷首"序例"，光绪二年传忠书局刊刻《曾文正公全集》本。
② 《涵芬楼古今文钞》，上海商务印书馆清宣统二年（1910）线装初版 96 册。民国九年（1920）上海商务印书馆再版。又 1916 年上海商务印书馆出版《涵芬楼古今文钞简编》40 卷线装 41 册，后来收入《万有文库》与《国学基本丛书》。吴曾祺另著有《涵芬楼文谈》，上海商务印书馆 1913 年，亦收录《文体刍言》。《涵芬楼文谈》另有 1998 年台湾商务印馆出版杨承祖点校本。

类）、传状志记部（传状类、志记类）、诏令表奏部（诏令类、表奏类）、辞赋杂文部（辞赋类、杂文类）。该书以部统编，以编统章，每章之下又分若干层次，编者的部类划分，仍以《古文辞类纂》为基础，加以合并调整，力图建立一个完整而严密的文体分类体系。章目之下各有序题，略述所属文体起源、功用、体性特征等，间有对选文的点评。《古今文综》的序题，甚有文体学价值。王水照将这些序题编为《古今文综·文评》一卷，收入《历代文话》第9册。

三　序题作为批评文体的特点

"序题"是否可以看成是一种文体？这是有争议的，《四库全书总目》卷189《明文衡》提要说："所录如吴讷《文章辨体序题》、刘定之《杂志》之类，皆非文体。"① 推想其理由大概是因为这些序题原来并非是独立成篇的。这个问题属于文体的认同，见仁见智是自然的。笔者认为，中国古代许多文章与文体，就是从著作中摘录出来的。从文体分类学的角度来看，序题近乎"序"类或"序跋类"文体，但又自成系统与特色，可以视为中国古代一种独特的文体批评文体。

中国古代的文体学研究形式多样，几乎经史子集之中皆有研究文献，但是，作为一种文体批评形式，文章总集的序题却别具特色与价值。

（1）强烈而集中的"辨体"意识。以"辨体"为"先"是中国古代文学批评与文学创作的传统与首要的原则："文章以体制为先，精工次之。"② "论诗文当以文体为先，警策为后。"③ "文莫先于辨体。"④ 随着文章与文体的发展，辨体显得越来越重要。徐师曾指出："盖自秦汉而下，文愈盛；文愈盛，故类愈增；类愈增，故体愈众；体愈众，故辨当愈严。"⑤ 在中国古代各种文学批评形式中，最集中体现这种以

① 《四库全书总目》卷189，第1715页。
② 王应麟：《玉海》卷202引倪正父语，江苏古籍出版社，上海书店，1987，第3692页。
③ 张戒：《岁寒堂诗话》卷上，中华书局，1985，第9页。
④ 明人陈洪谟语，转引自徐师曾《文体明辩》卷之首，《四库全书存目丛书》集部第310册，第361页。
⑤ 徐师曾：《文体明辩》，《四库全书存目丛书》集部第310册，第360页。

辨体为先的特色，便是文体序题。文章总集的序题就是明确以"辩体"为其批评的核心。所以明代以来，许多文章总集的编纂目的就是辨体。徐师曾在《文体明辩·序》中说："是编所录，唯假文以辩体，非立体而选文。"① 其目的首先在于"辩体"而不是"选文"，也就是通过所选的文章，体现出各种文体的特点与流变。正如彭时《文章辨体序》所说的："'辨体'云者，每体自为一类，每类各著序题，原制作之意而辨析精确，一本于先儒成说，使数千载文体之正变高下，一览可以具见。"② 一般的文章总集也有辨体的功用与目的，但有序题的文集其辨体功能与目的当然更为明确。

诗文评著作与经史子书中都有论述文体的，但序题在形式上最为纯粹，它集中讨论文体问题而不及其他。比如《文心雕龙》标举"原始以表末，释名以章义，选文以定篇，敷理以举统"的文体研究方式，也可视为一部文体学著作，但"论文叙笔"的文体问题虽然重要且精彩，但毕竟只是《文心雕龙》理论体系的一部分，甚至不是最重要的部分。而文章总集的序题则集中讨论文体问题，而不讨论创作的其他问题③，也不涉及具体的作家、作品，若有涉及，也是从围绕文体史发展来讨论而不是以作家作品为重点的。所以，从研究文体学的角度来看，序题是中国古代最为集中而纯粹的文体学形式。

（2）系统性。在中国古代文体学研究中，最有系统性的批评就是总集的序题。一般的诗文评，如诗话、文话之类的形式，也可能论及文体，但往往信笔拈来，点到为止，而绝大多数的序题对总集所收录的所有文体皆须论及，从而构成一个文体谱系。如《文章辨体》序题59体，黄佐《六艺流别》序题150余体，《文体明辨》序题127体，贺复徵《文章辨体汇选》序题132体，《文体刍言》序题213体。这些序题对文体的收集可谓巨细不遗，而其次第排序又体现出文体的价值观念。可以说序题是对中国古代文体最为系统的研究，具有集大成的

---

① 徐师曾：《文体明辩》，《四库全书存目丛书》集部第310册，第360页。
② 吴讷：《文章辨体》，《四库全书存目丛书》集部第291册，第2页。
③ 吴讷《文章辨体》把论创作部分理论放到"诸儒总论作文法"中。

性质。如果把历代文章总集的文体序题集中起来，便成为一部相当全面系统的中国古代文体辞典。

与其他批评形式不同，序题不但系统，而且往往还相当直观。文体渊源流变与文体的主次尊卑，都可以从序题的序次清晰地展示出来，望而知之。比如吴讷《文章辨体》的序题与目录结合，又分内集、外集，其文体谱系开卷了然。《六艺流别》完全按照"文本于经"的思想来编排，把所有文体系于诗艺、书艺、礼艺、乐艺、春秋艺、易艺六大系列之下。其《六艺流别》目录已简明清晰地展示出编者心目中的文体体系来。下面以"书艺"为例：

> 书艺一：逸书、典、谟。
>
> 　　　　典之流其别有二：命、诰。
>
> 　　　　谟之流其别有二：训、誓。
>
> 书艺二：命训之出于典者其流又别而为六：制、诏、问、答、令、律。
>
> 书艺三：命之流又别而为四：册、敕、诫、教。
>
> 书艺四：诰之流又别而为六：谕、赐书（附：符）、书、告、判、遗命。
>
> 书艺五：训誓之出于谟者其流又别而为十一：议、疏、状、表（附：章）、笺、启、上书、封事、弹劾、启事、奏记（附：白事）。
>
> 书艺六：训之流又别而为十：对、策、谏、规、讽、喻、发、势、设论、连珠。
>
> 书艺七：誓之流又别而为八：盟、檄、移、露布、让、责、券、约。①

我们把《六艺流别》的目录与序题结合起来，便可以比较清晰地理解编者以经学为纲的文体学谱系。

---

① 黄佐：《六艺流别》目录，《四库全书存目丛书》集部第300册，第71-72页。

（3）序题与选录文章的有机性。序题概论文体之要，然后通过所选的"文章"来辨章文体，总集文章与文体序题互相印证，浑然一体，文体序题也就成为对文章总集起着提纲挈领作用的有机组成部分。"始辨其体，终录其文，使人开卷一读，而知有格式，实后学之指南而艺苑之宝玉也。"① 当然，序题有其独立性，可以抽出结集，但序题研究一定要结合所选文章才能比较准确地理解。在这点上，文体序题与文章评点形式上有异曲同工之妙。《六艺流别》卷 18 "杂志"："杂志：杂志者何？意也。从心，之声。志者，心之所之，意随志发于言，杂出而书之，非若史之志一代典故也。故凡杂识所志，为此类焉。"② 若不结合该体所选陶弘景《寻山志》与庾信《终南山义谷志》两文，是难以体会其序题"杂志"之意的。又如四库馆臣谓黄佐《六艺流别》一书："大旨以六艺之源，皆出于经，因采摭汉魏以下诗文，悉以六经统之。"③ 如果我们结合《六艺流别》所选的具体文章，便可以看出实际上该书选文范围上自先秦，下迄隋代，四库馆臣所说"采摭汉魏以下诗文"并不确切，因为此说的选文时段的上限与下限皆有问题。在古代，同一文章在不同文章总集可能置于不同文体之中，正说明选家对文体的不同理解。所以要真正准确把握选家的文体观点，不能仅看序题，一定要结合所选文章。

（原载《文艺理论研究》2012 年第 6 期）

---

① 早稻田大学图书馆藏日本元禄七年（1694）博文堂刊本《文体明辩粹抄跋》。该跋语未标作者名。按前揭宽文元年（1661）本《文体明辩粹抄》二卷，乃目前可考最早《文体明辩粹抄》本，注明是野间静轩抄。元禄七年本盖是宽文元年本之重刊。该跋语称："不佞抄缀此书而便考览，……乃叙梗概而以书诸卷尾云。"可见是抄者自跋。我们因此推测《文体明辩粹抄》跋语是野间静轩作。野间静轩是野间三竹号，其家世为江户前期幕府医官，本人亦为儒医，善文，富藏书，编撰有《群方类稿》《古今逸士传》《望海录》《俗语录》等。
② 黄佐：《六艺流别》卷 18，《四库全书存目丛书》集部第 300 册，第 460 页。
③ 《四库全书总目》卷 192《六艺流别》提要，第 1747 页。

第十二章 论晚明清言

一 清言之盛

在中国古代，特定时代某种文体的勃兴往往具有特殊的文化意义和美学内涵。晚明"清言"的兴盛，便是其中一例。

晚明"清言"是一种精致而优美的格言式小品。"清言"一词，原意是清谈，指清雅、玄妙的言谈、议论，尤指魏晋名士崇尚老庄、大畅玄风的谈论。《三国志》卷29注引《辂别传》已有"相见得清言，然后灼灼耳"① 之语。《世说新语·文学》记王导与殷浩"既共清言，遂达三更"。② 《世说新语·夙惠》说："司空顾和与时贤共清言。"③《晋书·乐广传》说："广善清言而不长于笔。"④《晋书·郭象传》谓郭象"好《老》、《庄》，能清言"。⑤ 这里所谓"清言"，是指崇尚玄风、富有哲理意趣的言语。在明代，"清言"一词仍然具有清谈的含义，屠隆小品《适志》一文描写了心目中理想的生活："有客清

---

① 陈寿：《三国志》卷29《魏书·方技传》第3册，裴松之注，中华书局，1982，第821页。
② 刘义庆：《世说新语笺疏》卷上之下，刘孝标注，余嘉锡笺疏，中华书局，2007，第250页。
③ 《世说新语笺疏》卷中之下，第696页。
④ 房玄龄等：《晋书》卷43，第4册，中华书局，1974，第1244页。
⑤ 《晋书》卷50，第5册，第1396页。

言，无客独往。人世隔绝，神冥大虚。一事关心，焚香展书。"① 屠隆把"有客清言"作为理想的生活方式的条件之一，因为它表现出晚明文人的闲情逸致。

在晚明时代，"清言"不仅是文人雅士清远玄逸的口头语言，而且是一种新兴的小品文体。虽然早在晚明之前就出现过题为"清言"的作品，如朱存理就写过《松下清言》，但此书的内容，正像作者所说的，"不过品砚、借书、鉴画之事而已"②，大体是与艺术有关的文人生活小品，与晚明清言在文体上仍有距离。就文体发展而言，晚明清言与此前的箴言等文体关系更为密切。在晚明清言小品大量产生之前，明人已经有一些关于人生和道德方面的箴言。如钱琦的《钱公良测语》、何景明的《四箴杂言》和敖英的《慎言集训》等。晚明初期，也有一些比较有影响的感言和箴言小品，在形式上与后来的清言小品有一定关系。如中晚明之交的田艺蘅，其箴言体小品《玉笑零音》已具有晚明清言的雏形。如："忘名之士，能弃万乘之君；好名之人，能轻千乘之国。""士苟洁心，无假浴于江海；女能饬体，何必竞其黛朱。""恶土，虽善种不生；善土，虽恶种不死。良农择地而种，君子择人而施。"③ 这些箴言反映出作者对于人生、对于生活的深刻认识。也有对于历史的感言，如："江河若决，神禹不能挽其流；井田既开，周公不能复其界。"④ 这又似乎是对于当时颓势已成、江河日下的现实的感叹。陆树声《清暑笔谈》一书是他老年感悟之言，除了生死之理、养生之旨之外，还有其他谈人生哲理、读书论艺的内容，多是深有体会之言，非泛泛而谈。如："攫金于市者，见金而不见人；剖身藏珠者，爱珠而忘自爱。与夫决性命以饕富贵，纵嗜欲以戕生者何异。""棋罢局而人换世，黄粱熟而了生平。此借以喻世幻浮促，以警夫溺情

---

① 《翠娱阁评选屠赤水先生小品》卷2，何伟然、丁允和选，陆云龙评《皇明十六名家小品》，《四库全书存目丛书》集部第378册，第192页。
② 朱存理：《楼居杂著·题〈松下清言〉》，朱观潜辑，《景印文渊阁四库全书》第1251册，第605页。
③ 田艺蘅：《玉笑零音》，《丛书集成初编》第374册，中华书局，1985，第4、5、14页。
④ 田艺蘅：《玉笑零音》，《丛书集成初编》第374册，第34页。

世累，营营焉不知止者。"① 从田艺蘅到陆树声所写的这些警世名言，在形式上颇值得注意，它们都是以相当精警和对称的语言形式，来阐论人生哲理的。屠隆的《娑罗馆清言》《续娑罗馆清言》则标志着清言文体的正式形成和成熟，并开创了清言小品写作的风气。

《四库全书总目》说："山人墨客，莫盛于明之末年，刺取清言，以夸高致，亦一时风尚如是也。"② 这种表述的口气当然是轻蔑的，但当时文人确有"刺取清言，以夸高致"的时尚。这里所谓清言，既指玄远高妙的言语，也有一定的文体意义。晚明产生大量清言作品，除屠隆的《娑罗馆清言》《续娑罗馆清言》之外，还有郑仲夔的《兰畹居清言》，闵元衢的《增定玉壶冰》，陈继儒的《岩栖幽事》《安得长者言》《读书十六观》，彭汝让的《木几冗谈》，李鼎的《偶谭》，黄汝亨的《寓林清言》，张复的《爨下语》，吴从先的《小窗自纪》，何伟然的《呕丝》，倪允昌的《光明藏》，余绍祉的《元邸素话》，王纳谏的《会心言》，祝世禄的《祝子小言》，赵世显的《一得斋琐言》，陆绍珩的《醉古堂剑扫》，等等，此外如陆云龙的《翠娱阁评选行笈必携》也辑有《清语部》一卷。这些清言，有些是作者自行创制的，有的则是辑录或加以改造的。假如加上其他散见于晚明小品文集中的清言作品，数量就更多了。晚明清言风行的原因，与"山人墨客，莫盛于明之末年"这一现实很有关系。晚明的山人墨客是文人中的特殊群体或阶层，他们名义上是隐逸山林之士，喜欢谈禅论道，品文论艺，喜欢清谈。③ 清言的形式自由，三言两语，信手拈来，而又简约深刻，充满情致与哲理，故为人所喜闻乐见，易于流传。正如吴从先在《小窗自纪》中所说："名世之语，政不在多；惊人之句，流声甚远。"又说："冷语、隽语、韵语，即片语亦重九鼎。"④ 这些话也不妨看作当时文人对于清言的价值判断。

---

① 陆树声：《清暑笔谈》，《丛书集成初编》第 2915 册，中华书局，1985，第 8、9 页。
② 《四库全书总目》卷 132，《增定玉壶冰》提要，第 1125 页。
③ 晚明的曹臣著有《舌华录》，此书从经、史、诸子百家中摘取一些隽永的语言，目的也是为了适应清谈的需要，让读者"舌本生莲"。
④ 吴从先：《小窗自纪》卷 1，《四库全书存目丛书》子部第 252 册，第 628、641 页。

二　浊世清梦与"务讲禅宗"

所谓"清言"重在于"清","清"是晚明人追求的理想。王思任《清课诗引》："清者，天之所争也。"又是"天之所最吝也"。"清"是"最上之物"①，是人生的最高境界。何伟然在《〈广清记〉序》中说："天则取清气，朝则取清时，官则取清吏，禅则取清规，仙则取清班，鬼则取清魂。山川则清而秀吐，草木则清而芬扬，昆虫则清而韵冷。天下无此清字，不成为世界。"又说："清为天地民物之原，千古高人逸士之根也。"② 所谓"清"，有清妙、清雅、清拔、清奇、清静、清净、清虚、清远等内涵，总之，就是高洁超俗之意。虽然清言只是片言只语，却相当集中地反映了晚明文人的意绪、情趣和心态，是表达他们所追求的人生理想、道德理想甚至艺术理想的非常合适的文体。也许理想的憧憬和追求正反映出现实的缺陷与遗憾，从这个角度说，清言是晚明文人的"浊世清梦"——一种他们所追求而难以实现的理想或者正远离他们而去的现实。

作为一种文体，晚明的清言小品在内容和形式方面都有其特点。于孔兼在《菜根谈题词》中评论《菜根谈》说："其谈性命直入玄微，道人情曲尽岩险。俯仰天地，见胸次之夷犹；尘芥功名，知识趣之高远。笔底陶铸，无非绿树青山；口吻化工，尽是鸢飞鱼跃。"③ 这段话大致也可移评其他晚明清言作品。清言小品的思想内容广泛复杂，大凡人生哲理、世态炎凉、诗文书画、山川水月、泉石烟霞、花草虫鱼，无所不具，而其最突出的思想倾向则是表现了晚明文人受到老庄与禅宗影响而追求超尘绝俗的清高之趣与隐逸之风。《四库全书总目》卷132子部杂家类存目在《续说郛》的提要中谈到明代文人思潮时说："正（德）、嘉（靖）以上，淳朴未漓，犹颇存宋、元说部遗意。隆

---

① 王思任：《文饭小品》卷1，岳麓书社，1989，第53页。
② 《明文海》卷230，第3册，中华书局，1987，第2375、2376页。
③ 洪应明：《菜根谈》，吴承学、李光摩校注，上海古籍出版社，2000，第371页。

（庆）、万（历）以后，运趋末造，风气日偷。道学侈称卓老（李贽），务讲禅宗；山人竞述眉公（陈继儒），矫言幽尚。或清谈诞放，学晋宋而不成；或绮语浮华，沿齐梁而加甚。著书既易，人竞操觚。小品日增，卮言叠煽。"① 这段话指出隆庆、万历以后社会风气与文人思想发生了明显变化，士人的生活、人格与文学创作受到禅宗思想和李贽、陈继儒等人的影响，这里对"小品日增，卮言叠煽"这种现象所产生的历史氛围的表述，对于我们理解晚明清言小品兴盛的文化背景也很有益处。

同晚明其他小品一样，"务讲禅宗"和"矫言幽尚"也是清言主要的思想内容。晚明时代心学与禅学混为一体，禅悦之风对于文人的思想、心态乃至文学艺术创作都产生了巨大影响。谢肇淛《五杂组》卷 8 说："今之释教殆遍天下，琳宇梵宫盛于黉舍，嗫诵咒呗嚣于弦歌，上自王公贵人，下至妇人女子，每谈禅拜佛，无不洒然色喜者。"② 文人更是普遍受到禅宗思想的影响。当时士大夫每天的"清课"是："焚香、煮茗、习静、寻僧、奉佛、参禅、说法、作佛事……"③，而"佛书、道书、陶、白、苏文集、李贽《焚》、《藏书》……"则是文人的"清供"④。屠隆的《娑罗馆清言》与《续娑罗馆清言》就开创了演绎庄禅意趣的清言传统。屠隆的思想受佛、道二家的影响很大，他创作过大量悟禅求仙的诗曲，其庄禅思想尤其集中地表现在《娑罗馆清言》《续娑罗馆清言》中。他服膺庄禅哲学，视之为解脱人生苦恼的法宝，"饧粘油腻，牵缠最是爱河；瞎引盲趋，展转投于苦海。非大雄氏，谁能拯之？"⑤ 人们可以在自然与日常生活之中妙悟禅理，而不一定是蒲团苦参。"修净土者，自净其心，方寸居然莲界；学坐禅者，达禅之理，大地尽作蒲团。""雨过天清，会妙用之无碍；鸟来云去，得

---

① 《四库全书总目》，第 1124 页。
② 谢肇淛：《五杂组》，上海书店出版社，2001，第 158 页。
③ 乐纯：《雪庵清史》，《四库全书存目丛书》子部第 111 册，第 415–458 页。
④ 乐纯：《雪庵清史》，第 381–415 页。
⑤ 屠隆：《娑罗馆清言（正）》，《丛书集成初编》第 2986 册，第 2 页。

自性之真如。""山河大地，咸见真如，瓦砾泥沙，并存佛性。"① 妙悟禅理自然也包括对于人生虚幻的领悟。"疾忙今日，转盼已是明日；才到明朝，今日已成陈迹。算阎浮之寿，谁登百年？生呼吸之间，勿作久计。"② 屠隆清言充满人生如梦的感叹："三九大老，紫绶貂冠，得意哉，黄粱公案；二八佳人，翠眉蝉鬓，销魂也，白骨生涯。"③ 名利声色，总是南柯一梦、过眼烟云，因此，人们必须抛弃对于富贵的羡慕与追求，过得清净自足的生活。"常想病时，则尘心渐灭；常防死日，则道念自生。风流得意之事，一过辄生悲凉；清真寂寞之乡，愈久转增意味。"④ 所以最理想是过着无忧无虑的隐逸生活。"道上红尘，江中白浪，饶他南面百城；花间明月，松下凉风，输我北窗一枕。"⑤ 这些清言从各方面来阐释老庄、佛教那种人生如梦、人生如幻的思想。从庄禅的世界观出发，便要求随遇而安的生活态度：

> 人若知道，则随境皆安；人不知道，则触涂成滞。人不知道，则居闹市生嚣杂之心，将荡无定止；居深山起岑寂之想，或转忆炎嚣。人若知道，则履喧而灵台寂若，何有迁流；境寂而真性冲融，不生枯槁。⑥

随境而安，真性冲融，如陶潜般的"心远地自偏"，而这一点恐怕正是晚明文人在人欲横流的时代自身所难以达到的人生境界。"角弓玉剑，桃花马上春衫，犹忆少年侠气；瘿瓢胆瓶，贝叶斋中夜衲，独存老去禅心。"⑦ "侠气"与"禅心"并存，恐怕正是屠隆自己的写照。

李鼎《偶谭》是一部具有典型清言形态的小品，它也反映出"务讲禅宗"的晚明风气，"扫地焚香，愧作佛前之弟子；草衣木食，永为

---

① 屠隆：《娑罗馆清言（正）》，第2、7、9页。
② 屠隆：《娑罗馆清言（续）》，第22页。
③ 屠隆：《娑罗馆清言（正）》，第1页。
④ 屠隆：《娑罗馆清言（续）》，第18页。
⑤ 屠隆：《娑罗馆清言（正）》，第1页。
⑥ 屠隆：《娑罗馆清言（正）》，第7页。
⑦ 屠隆：《娑罗馆清言（正）》，第2页。

世外之闲人。"① 这两句话可能就是作者人生的写照。李鼎清言小品流露出人生寂灭和追求出世的旨趣来："应千二百四十年之佳会，猛着力只在九龄；超万亿兆尘沙劫之业根，急回头直须一瞬。""大道玄之又玄，人世客而又客。直至忘无可忘，乃是得无所得。""竹几当窗，拥万卷，列百城，南面王不与易此；蒲团藉地，结双趺（跌），空万有，西方圣立证于兹。"② 以这种庄禅的眼光来阅世，万物也就染上庄禅意趣了："万窍疏风清两耳，闻世语，急须敲玉磬三声；九天凉月净初心，颂真经，胜似撞金钟百下。"③ 由于这种庄禅思想，故自有独特的人生态度："身退日，便是功成名遂，犹龙老子神哉；心远时，自无马隘车填，五柳先生卓矣。"④ 古人倡言功成身退，而此君却说身退便是功成，似乎身退便是人生的目的。因此，他对历史人物的评价也有自己的见解："三徙成名，笑范蠡碌碌浮生纵扁舟，负却五湖风月；一朝解绶，羡渊明飘飘遗世命巾车，归来满架琴书。"⑤ 在他看来，理想的生活，应该是隐逸闲适的："身在江湖，心悬魏阙，身心两地奔波；手探月窟，足蹑天根，手足一齐顺适。"⑥《菜根谈》是晚明清言的集大成者，它熔儒道释三家于一炉，加上作者对于人生的体验和思考，带有更为浓郁的晚明色彩。"山河大地已属微尘，而况尘中之尘；血肉身躯且归泡影，而况影外之影。非上上智，无了了心。"⑦ 这些清言庄禅的意味很浓。又如："阶下几点飞翠落红，收拾来无非诗料；窗前一片浮青映白，悟入处尽是禅机。""孤云出岫，去留一无所系；朗镜悬空，静躁两不相干。""宠辱不惊，闲看庭前花开落；去留无意，漫随天外云卷舒。"⑧ 在这些清言中，生活情景与自然风物总是充溢着清净无为、空虚澹泊的情趣与禅机。

---

① 李鼎：《偶谭》，《丛书集成初编》第 2986 册，第 1 页。
② 李鼎：《偶谭》，第 1、1、8 页。
③ 李鼎：《偶谭》，第 1 页。
④ 李鼎：《偶谭》，第 2 页。
⑤ 李鼎：《偶谭》，第 2 页。
⑥ 李鼎：《偶谭》，第 4 页。
⑦ 洪应明：《菜根谈》，第 428 页。
⑧ 洪应明：《菜根谈》，第 403、429、432 页。

然而晚明人对于禅宗老庄，大多不是一种崇拜、一种虔诚的信仰，而只是作为精神上的排遣和寄托。清人朱锡绶的两句话："谈禅不是好佛，只以空我天怀；谈元（玄）不是羡老，只以贞我内养。"① 虽是清人所言，不妨移用来说明晚明人喜爱庄禅的实际情况。晚明文人的灵活参禅，也使他们可以灵活地处理精神解脱和生活享乐的关系，以求心身俱适：既享受世俗的物质生活，而又不过于执着；既向往高远的精神境界，而又不脱离俗世的享乐。吴从先说："山上须泉，径中须竹，读史，不可无酒，谈禅，不可无美人。"② 所谓"谈禅不可无美人"，可见晚明文人的"务讲禅宗"与声色之娱可以是并行不悖的。假如我们把屠隆的清言与晚明文人包括屠隆在内的实际生活相比较，是十分有意思的。屠隆说："明霞可爱，瞬眼而辄空；流水堪听，过耳而不恋。人能以明霞视美色，则业障自轻；人能以流水听弦歌，则性灵何害。"③ 此言声色之不足留恋，而包括屠隆在内的许多晚明文人恰恰是喜欢放纵声色的。钱谦益《列朝诗集小传》丁集上载，屠隆的性格"好交游，蓄声伎，不耐岑寂"④。对于晚明文人，听其"清言"，也须观其行。

三　生活艺术化与"矫言幽尚"

与"务讲禅宗"密切相关，喜"言幽尚"也是晚明清言的风气。唐宋以后，文人与士大夫创造了一种以消闲遣兴、修心养性为目的的艺术化生活方式，这种生活方式到了晚明被发挥得淋漓尽致。晚明艺术化的生活风气，主要反映了晚明文人在庄禅之风的影响下，追求现世的生活与人间的乐趣，同时这种世风也折射了当时严酷的社会现实。晚明社会的腐败、政治的黑暗，不但使早先像徐渭和李贽所具有的那

---

① 　朱锡绶：《幽梦续影》，《丛书集成初编》第 380 册，第 6 页。
② 　吴从先：《小窗自纪》卷 1，第 617 页。
③ 　屠隆：《娑罗馆清言（正）》，第 3 页。
④ 　钱谦益：《列朝诗集小传》，上海古籍出版社，1983，第 446 页。

种狂狷的精神受到挫折，也使多数文人逐步失去了对于现实与政治的热情关切。既然外部社会现实是如此的混乱和俗气、喧杂而危险，是如此的无奈，那么人们自然而然地喜欢营造和退缩到一个属于自己的安全舒适、平静雅致的精神乐园。于是与世对立的抗争成为与世浮沉的混沌或远离尘世的超脱，斗士的狂放演化为名士的清言清赏，狂悖、忧郁、苦闷、愤慨的情怀转化为逍遥自适的意绪。

在屠隆的清言中，最有诗意也最有艺术色彩的笔墨是那些对于文人高雅生活的描写和设计：

> 口中不设雌黄，眉端不挂烦恼，可称烟火神仙；随宜而栽花竹，适性以养禽鱼，此是山林经济。风晨月夕，客去后，蒲团可以双跏；烟岛云林，兴来时，竹杖何妨独往。
>
> 净几明窗，好香苦茗，有时与高衲谈禅；豆棚菜圃，暖日和风，无事听闲人说鬼。
>
> 临池独照，喜看鱼子跳波；绕径闲行，忽见兰芽出土。亦小有致，时复欣然。
>
> 三径竹间，日华澹澹，固野客之良辰；一编窗下，风雨潇潇，亦幽人之好景。
>
> 据床嗒尔，听豪士之谭锋；把盏醒然，看酒人之醉态。[①]

这些描写，具有强烈的艺术魅力，它们以简约对称的语言，描绘出文人种种理想的生活景象，犹如一幅幅清雅澹远的文人写意画。这些画面的背景，无不是大自然美妙的清景，而其中主人公所表现的又无不是与物熙和、澄怀涤虑、修洁脱俗的格调。屠隆在这些描写之中，寄托了自己的向往之情。笔者以为屠隆以及后来一批晚明文人的清言小品，比其他文体更为集中、更为简约地反映了当时文士艺术化的生活理想。李鼎《偶谭》也如此：

> 诗思在霸陵桥上，微吟就，林岫便已浩然；野趣在镜湖曲边，

————————————

① 屠隆：《娑罗馆清言（正）》，第1、1、2、9、11页。

独往时，山川自相映发。

　　茅檐外忽闻犬吠鸡鸣，恍似云中世界；竹窗下雅有蝉吟鸦噪，方知静里乾坤。

　　杏花疏雨，杨柳轻风，兴到忻然独往；村落浮烟，沙汀印月，歌残倏尔言旋。①

这些清言都是用诗化的语言建构了文人雅士幽静清新的理想生活意境。

晚明文人非常善于营造生活意境，在日常生活之中，在自己的庭院、台阁、居室，水石、草木、蔬菜、门窗阶栏、书画古玩、文房四宝、坐几椅榻、车舟，等等，都可以构成一个优美的艺术境界，从某种意义来说，这比山水园林与人的关系更为密切、更为平和，也更为温馨，是最为寻常却是人们难以离开的生活环境。程羽文在《清闲供》"小蓬莱"条说，蓬莱之所以是仙境，因为它隔谢了人世间的嚣尘浊土，而对于士人而言，心远地自偏，"即尘土亦自有迥绝之场，正不必侈口白云乡也"。② 吴从先《小窗自纪》非常精辟地谈论说："幽居虽非绝世，而一切使令供具、交游晤对之事，似出世外。"③ 陈眉公说："焚香倚枕，人事都尽，梦境未来。仆于此时，可名'卧隐'，便觉凿坏住山为烦。"④ "闭门即是深山，读书随处净土。"⑤ 关键是自己建构一个清逸宁静的生活环境。这反映了一种新的生活美学意识：把生活中的每个细节都艺术化，在日常生活中营造或寻找一种古雅的文化气息和氛围。从山水园林、风花雪月、楼台馆阁，乃至膳食酒茶、文房四宝、草木虫鱼、博弈游戏、器物珍玩等事物上，获取清玩清赏的生活文化的精神。吴从先擅长以清言的形式描写日常生活的景致与意趣，如：

　　石上藤萝，墙头薜荔，小窗幽致，绝胜深山。加以明月照映，

---

① 李鼎：《偶谭》，第3、5、5页。
② 程羽文：《清闲供》，《丛书集成续编》第87册（子部），上海书店，1994，第763页。
③ 吴从先：《小窗自纪》卷1，第618页。
④ 陈继儒：《岩栖幽事》，《丛书集成初编》第687册，第13页。
⑤ 陈继儒：《安得长者言》，《丛书集成初编》第375册，第11页。

秋色相侵，物外之情，尽堪闲适。

　　论声之韵者，曰溪声、涧声、竹声、松声、山禽声、幽壑声、芭蕉雨声、落花声、落叶声，皆天地之清籁，诗肠之鼓吹也。然销魂之听，当以卖花声为第一。

　　蓬窗夜启，月白于霜，渔火沙汀，寒星如聚。忘却客子作楚，但欣烟水留人。①

这些清言以敏锐的审美眼光发现寻常生活中诗的意境，给人以无尽的审美愉悦。屠隆曾经在清言中透露他所设计的理想生活环境："楼窥睥睨，窗中隐隐江帆，家在半村半郭；山倚精庐，松下时时清梵，人称非俗非僧。"② 理想的环境是"半村半郭"，清静，又不清冷；理想的身份是"非俗非僧"，闲适，又不空寂。这种生活方式可进可退，非常灵活，占尽人间一切便宜。

　　清言之清，当然也包括清雅的生活。许多清言反映出晚明文人名士独特的生活情趣："赏花须结豪友，观妓须结淡友，登山须结逸友，泛水须结旷友，对月须结冷友，待雪须结艳友，捉酒须结韵友。""小窗偃卧，月影到床，或逗留于梧桐，或摇乱于杨柳，翠华扑被，神骨俱仙。及从竹里流来，如自苍云吐出，清送素娥之环佩，逸移幽士之羽裳。相思足慰于故人，清啸自纡于良夜。""高僧筒里送诗，突地天花坠落；韵妓扇头寄画，隔江山雨飞来。""才经文酒社，高尚者忽逞征逐之豪；一入风月场，老成人亦生游冶之态。"③ 这些都真实地反映出晚明文人既清雅又轻狂的生活情趣。晚明清言深受庄禅之风的影响，追求空灵、幽静、淡雅、自然、清寂的人生理想与审美情趣，而这恰与当时社会那种追求享乐、人欲横流的现实和许多文人焦灼浮躁、放荡轻佻之风气形成强烈反差，比较真实、集中地表现了这个历史时期文人复杂的心态。从这个角度看，清言也是晚明文人的末世清梦。冯梦龙《古今谭概》中有一个笑话说某位山人喜欢干谒权贵，但自命清

① 吴从先：《小窗自纪》卷 1，第 632、638－639、620 页。
② 屠隆：《娑罗馆清言（正）》，第 12 页。
③ 吴从先：《小窗自纪》卷 1，第 617、624、648、641 页。

高，他有一枚私印，上头刻着："芙蓉山顶，一片白云。"有人嘲笑他说："这片白云每天都飞到官府上！"而晚明大名士陈眉公也受到"翩然一只云间鹤，飞来飞去宰相衙"之讥，这也许就是清人评之为"矫言幽尚"的表现吧。①

四　幻灭感和末世味

在许多清言中，都流露出晚明文人强烈的幻灭感和末世意识。在这方面，《菜根谈》比较有代表性。"狐眠败砌，兔走荒台，尽是当年歌舞之地；露冷黄花，烟迷衰草，悉属旧时争战之场。盛衰何常，强弱安在？念此令人心灰。"又如汤传楹所说的："天下不堪回首之境有五：哀逝过旧游处，悯乱说太平事，垂老忆新婚时，花发向陌头长别，觉来觅梦中奇遇；未免有情，感均顽艳矣。然以情之最恶者言之，不若遗老吊故国山河，商妇话当年车马，尤为悲悯可怜。"② 令人不免有"亡国之音哀以思"之预感。晚明文人所追求的闲适超脱，往往与这种末世的悲凉和苦涩交织在一起，故与其他时代比如唐宋文人的闲情逸致有明显不同的况味。

世态炎凉，这是文学反映的传统内容，但在晚明这个社会动荡时代人们对此有更深的感受。何伟然说："观变态之极幻，则浮云转有常情；咀世味之皆空，则流水转多浓旨。"③ 这种世态让人悲伤，"说不尽山水好景，但付沉吟；当不起世态凉炎，唯有痛哭"。徐学谟的《归有园麈谈》最精粹之处，是对于世态人生的透彻论述，他往往是用非常冷峻深刻的眼光来剖析世态炎凉的："炎凉之态，处富贵者更甚于贫贱；嫉妒之念，为兄弟者或狠于外人。""谦，美德也；过谦者，多怀诈。默，懿行也；过默者，或藏奸。""淫奔之妇，矫而为尼；热中之

① 可参见拙作《翩然一只云间鹤》，《随笔》1996 年第 3 期。
② 汤传楹：《闲余笔话》，《丛书集成续编》第 95 册（子部），第 1120 - 1121 页。
③ 何伟然：《呕丝》，《丛书集成续编》第 90 册，第 253 页。

夫，激而入道。"① 可以看出徐学谟老于世故，他善于透过各种社会现象看到本质，或解释各种现象产生的内在原因。他对于世态炎凉似有很深的感受："颜随势改，升降顿殊；气逐时移，盛衰立见。"② 他还提供一些人生的策略："当得意时，须寻一条退路，然后不死于安乐；当失意时，须寻一条出路，然后可生于忧患。"③ 这大概是徐学谟从多年的官场中总结出来的人生智慧吧。

　　鲁迅在《小品文的危机》一文中曾说过："明末的小品虽然比较的颓放，却并非全是吟风弄月，其中有不平，有讽刺，有攻击，有破坏。"④ 晚明社会腐败黑暗，各种矛盾日趋激化，内忧外患，出现了封建末世的症候。晚明也有一些作品能超脱于庄禅隐逸消极之风，表现出强烈的忧患意识。吕坤的《呻吟语》是此类型的代表作，所谓"呻吟语"指病时疾痛之语，其目的是"以一身示惩于天下"⑤，即起着警世的作用。此书以儒家的中庸之道为立足点，内容多关乎治国修身、处事应物，也表现作者的哲学思想，其风格颇为谨重，无一般晚明人的狂狷之风；其立意比较积极，无晚明许多小品虚无的态度。其最值得注意的是反映出来深沉的忧患意识："而今不要掀揭天地、惊骇世俗，也须拆洗乾坤、一新光景。""振则须起风雷之益，惩则须奋刚健之乾，不如是，海内大可忧矣。""如今天下事，譬之敝屋，轻手推扶，便愕然咋舌。今纵不敢更张，而毁拆以滋坏，独不可已乎？""整顿世界，全要鼓舞天下人心。鼓舞人心，先要振作自家神气。而今提纲挈领之人，奄奄气不足以息，如何教海内不软手折脚、零骨懈髓底！""印书先要个印板真，为陶先要个模子好。以邪官举邪官，以俗士取俗士，国欲治，得乎？"⑥ 这是对晚明社会现实和政治现状的批评，其态度相当激烈也非常中肯，而且流露出对于明代政治的失望以至绝望的

① 徐学谟：《归有园麈谈》，《丛书集成初编》第 375 册，第 7、8、8 页。
② 徐学谟：《归有园麈谈》，第 7 页。
③ 徐学谟：《归有园麈谈》，第 8 页。
④ 《鲁迅全集》第 4 卷《南腔北调集》，人民文学出版社，1981，第 575-576 页。
⑤ 吕坤：《呻吟语·序》，吴承学、李光摩校注，上海古籍出版社，2000，第 3 页。
⑥ 吕坤：《呻吟语》，第 274、274、276、282、285 页。

情绪。在晚明清言中也有一些反映出文人的不平与讽刺的作品，如杨梦衮说："好食人者虎，好窃人者鼠，好螫人者蝎，好吠人者犬，好媚人者狐，好阴中人者鬼蜮。今世之为虎、为鼠、为蝎、为犬、为狐、为鬼蜮者多矣。"[①] 这种揭露可谓直露而激烈。

五　清言的文体与语体

清言小品的艺术形式渊源久远，其至可以追溯到先秦典籍《论语》《老子》中的一些格言，如："智者乐水，仁者乐山。智者动，仁者静。智者乐，仁者寿。"[②] "天下皆知美之为美，斯恶已；皆知善之为善，斯不善已。""天地不仁，以万物为刍狗；圣人不仁，以百姓为刍狗。"[③] 又如《易·系辞》："日往则月来，月往则日来，日月相推而明生焉；寒往则暑来，暑往则寒来，寒暑相推而岁成焉。"[④] 这些经典语言片断已经颇有清言形态。

重视语言的艺术性是中国古人的传统。孔子说："言之无文，行而不远。"[⑤] 古人还认为美妙语言在生活中可以产生非凡的作用。荀子说："赠人以言，重于金石珠玉；劝人以言，美于黼黻文章；听人以言，乐于钟鼓琴瑟。"[⑥] 所以，古人很早就注意对于名言佳句的收集和运用。例如汉代刘向《说苑》一书的"谈丛""杂言"两卷，就收录大量名言佳句。如：

> 蛟龙虽神，不能以白日去其伦；飘风虽疾，不能以阴雨扬其尘。（谈丛）
>
> 高山之巅无美木，伤于多阳也；大树之下无美草，伤于多阴也。（谈丛）

---

① 杨梦衮：《草玄亭漫语下》，《岱宗小稿》卷 12，天启四年刻本，清华大学图书馆藏。
② 《论语注疏》卷三《雍也》，阮元校刻《十三经注疏》下册，中华书局，1980 年影印本，第 2479 页。
③ 朱谦之：《老子校释》，中华书局，1984，第 9、22 页。
④ 《周易正义》卷 8《系辞下》，阮元校刻《十三经注疏》上册，第 87 页。
⑤ 《春秋左传正义》卷 36，阮元校刻《十三经注疏》下册，第 1985 页。
⑥ 《荀子·非相》，王先谦《荀子集解》，中华书局，1988，第 83－84 页。

孔子曰：不观于高岸，何以知颠坠之患？不临于深渊，何以
知没溺之患？不观于海上，何以知风波之患？（杂言）①

这些名言佳句，就是列入明人的清言也并不逊色。

但是真正影响明人清言的是《世说新语》。《世说新语》中所辑录的魏晋人的许多高言旷语，更有清言的意味。故《四库全书简明目录》以肯定的口气说，《世说新语》一书为"清言之渊薮"②。《世说新语》是晚明文人清谈的经典，李鼎在《偶谭》中就称"刘义庆，清言之圣也"③。屠隆在《娑罗馆清言》中说："观上虞《论衡》，笑中郎未精玄赏；读临川《世说》，知晋人果善清言。"④ 可见，屠隆非常欣赏《世说新语》中晋人的清言，他写作清言也应该受到《世说新语》的影响。明代清言亦受到宋人影响。《四库全书总目》卷103宋人陈直《寿亲养老新书》提要："又叙述闲适之趣，往往词意纤仄，采掇琐碎。明季清言小品，实亦滥觞于此。"⑤ 另外从文体史发展的角度来看，传统文体中的"连珠""箴""规""戒"这些短小的格言多是骈语，琅琅上口，工整易记，也可以看作是清言的先声。

晚明的清言文集，命名多冠以"言""谈""语"等，这些名称其实也表明了清言在形式上与其他传统散文文体有明显的区别——它不是"文"而只是"言"：它并非文章，无需起承转合、篇章法度，没有集中的题目，没有抒情的主题，既无需故事情节，也无需人物形象，它们往往只是片言只语的随感录，却是深思熟虑的人生经验或人生哲理的思考，短小简约而风格高雅隽永。清言创作构思形式与诗歌更为相近。李鼎在《偶谭》自序中说："李生掩关山中，阒然无偶，既戒绮语，绝笔长篇，兴到辄成小诗，附以偶然之语，亦云无过三行，盖习气难除，聊用自宽耳。"⑥ 这里所说的"偶然之语""无过三行""聊用

---

① 刘向：《说苑校证》，向宗鲁校证，中华书局，1987，第385、406、424页。
② 永瑢等：《四库全书简明目录》卷14，第530页。
③ 李鼎：《偶谭》，第10页。
④ 屠隆：《娑罗馆清言（正）》，第13页。
⑤ 《四库全书总目》，第861页。
⑥ 李鼎：《偶谭》，第1页。

自宽"云云，都是清言小品创作的典型特点。清言创作十分自由，既可以自行创作，也可以是对前人言语的提炼和改造，如陈眉公的《读书十六观》便是引用前人关于读书的名言而予以清言的形态，如引南宋倪思语："松声、涧声、山禽声、夜虫声、鹤声、琴声、棋子落声、雨滴阶声、雪洒窗声、煎茶声，皆声之至清者也，而读书声为最。"①虽是他人之语，一经慧眼，便成清言。

清言小品，介于诗歌、散文之间，既是诗化的散文，也是散文化的诗歌。清言的语言艺术特色兼诗歌意境、骈文风韵与散体气势于一身，琅琅上口，易于记诵与传播。

清言的艺术特色首先是它以富有表现力的语言构造诗的意境，显得简练而深刻，隽永而精美，令人回味无穷："杨柳岸，芦苇汀，池边须有野鸟，方称山居；香积饭，水田衣，斋头才著比丘，便成幽趣。"②"半窗一几，远兴闲思，天地何其寥阔也；清晨端起，亭午高眠，胸襟何其沈涤也。"③ "水色澄鲜，鱼排荇而径度；林光潋荡，鸟拂阁以低飞。曲径烟深，路接杏花酒舍；澄江日落，门通杨柳渔家。"④ 无论是自然景观还是文人的生活情景，在清言中都被赋予了强烈的诗意。清言所津津乐道的是令人向往的幽静世界，而在越来越噪杂迫仄的社会中，这个清言世界无疑越发令人感到可望而不可求："茅檐外，忽闻犬吠鸡鸣，恍似云中世界；竹窗下，雅有蝉鸣鸦噪，方知静里乾坤。"⑤这些诗化语言构成一种相当灵动的艺术意境和强烈的艺术感染力，使读者似乎在欣赏自然的松韵石声、水心云影之中，超然妙悟。晚明文人在清言中所表现出来的敏锐的审美悟性和高超的艺术表现力的确令人叹服，这正是清言艺术最具魅力之处。

清言的语言往往融合骈文之韵与散文之气，高雅整饬而又灵动畅达。《四库全书总目》卷125《爨下语》的提要说它："每条俱以偶语

---

① 陈继儒：《陈眉公集》卷14《读书十六观》，《续修四库全书》第1380册，第209页。
② 屠隆：《婆罗馆清言（正）》，第2页。
③ 彭汝让：《木几冗谈》，《丛书集成初编》第375册，第1页。
④ 屠隆：《婆罗馆清言（正）》，第5页。
⑤ 李鼎：《偶谭》，第5页。

联比成文，颇似格言而多杂以委巷之语。"① 这可以说也是清言的语言形式特点，所谓"以偶语联比成文"，也就是用对偶的方式，连缀成文。清言的语言是相当灵活多变的，有些清言纯用骈文句法，如："临池独照，喜看鱼子跳波；绕径闲行，忽见兰芽出土。""楼前桐叶，散为一院清阴；枕上鸟声，唤起半窗红日。""茶熟香清，有客到门可喜；鸟啼花落，无人亦是悠然。"② "委形无寄，但教鹿豕为群；壮志有怀，莫遣草木同朽。"③ 有的则用比较自由的对偶句，比如："白云冉冉，落我衣裾，闻村落数声，酷似空中鸡犬；皓月娟娟，入人怀袖，听晚风三弄，恍如天外鸾凰。"④

清言往往是骈散兼用，而多用骈语。晚明清言小品喜用骈语，除了传统的影响之外，同时也可能受到明代八股文的影响。八股文的每股由两段互相对偶的文字组成，两两相对，骈俪成文。明代八股兴盛，骈语联语也就大为流行了。我们以明代钱福的一篇题为《"孔子登东山而小鲁"一节》（其二）的八股文中的两股为例：

> 欲观圣人之道，胡不即登山者以观之乎？蹑东山之巅，则鲁地之七百一览无余；履太山之岩，则禹服之五千极目可得。何也？所处益高，而视下益小耳。……欲观圣人之道，胡不即观海者以观之乎？鼓楫于北溟，则河济孟津之险视若衣带；扬航于东渤，则洞庭彭蠡之浩渺若蹄涔。何也？所见既大，则小者不足观耳。⑤

笔者以为，这两段文字就是放在晚明的清言小品中也并不逊色。

不过，清言虽用骈语，却与传统骈文的文体风格有很大的差异。骈文比较重视词藻之华艳、色彩之浓郁，讲究用典、声律，故风格华丽；清言虽多偶句，但比较生活化，少用典故，风格更为自然清新、流畅自由。"山林是胜地，一营恋便成市朝；书画是雅事，一贪痴便成

---

① 《四库全书总目》，第 1081 页。
② 屠隆：《娑罗馆清言（正）》，第 2、5、5 页。
③ 吴从先：《小窗自纪》卷 1，第 625 页。
④ 倪允昌：《光明藏》，《丛书集成续编》第 90 册，第 16 页。
⑤ 方苞：《钦定四书文校注》，王同舟、李澜校注，《钦定化治四书文》卷 6，武汉大学出版社，2009，第 82 页。

商贾。盖心无染著，欲境是仙都；心有丝牵，乐境成悲地。"① 读起来，如行云流水，自如无碍。清言的语言相当自由，有时可用近乎律诗或词曲的句式来作偶句。"座上有琴尊，燕来燕去皆朋友；山中无历日，花开花落也春秋。"② "破除烦恼，二更山寺木鱼声；见彻性灵，一点云堂优钵影。"③ "鸟惊心，花溅泪，怀此热肝肠，如何领取得冷风月；山写照，水传神，识吾真面目，方可摆脱得幻乾坤。"④ "清斋幽闭，时时暮雨掩梨花；冷句忽来，字字秋风吹木叶。"⑤ 当然，晚明不少清言作品，也并非骈体，比如陈眉公的清言便多用散体，在体制上更接近《世说新语》。

就语言风格而言，晚明清言也存在着雅俗两种审美观念的合流。一方面是诗化的语言，极力营造艺术意境，同时也可以用相当通俗化的语言，也就是《四库全书总目》所说的"多杂以委巷之语"⑥，如《小窗自纪》："绝好看的戏场，姘姘们变脸，最可笑的世事，朋友家结盟。呜呼！世情尽如此也。作甚么假，认甚么真，甚么来由，作腔作套，为天下笑。看破了都是扯淡。"⑦ 《菜根谈》："富贵的一世宠荣，到死时反增了一个恋字，如负重担；贫贱的一世清苦，到死时反脱了一个厌字，如释重枷。"⑧ 对偶的形式是一种文雅的修辞方式，而这里却是以对偶形式来编排白话俗语，语言上有一种特别的谐趣。总之，文白并用，雅俗相兼，经典之语，市井之言，皆可熔于一炉，其风格整饬而又灵动，雅致而又通俗，这可以说是晚明清言小品的语言形式特点。

综上所述，笔者认为晚明清言之兴盛是值得注意的文学现象与文化现象，清言兼诗歌之意境、散体之气、骈文之韵于一身，既是一种

---

① 洪应明：《菜根谈》，第 429 页。
② 倪允昌：《光明藏》，第 16 页。
③ 吴从先：《小窗自纪》卷 1，第 640 页。
④ 洪应明：《菜根谈》，第 402 页。
⑤ 吴从先：《小窗自纪》卷 1，第 626 页。
⑥ 《四库全书总目》卷 125，第 1081 页。
⑦ 吴从先：《小窗自纪》卷 1，第 636–637 页。
⑧ 洪应明：《菜根谈》，第 402 页。

人们所喜闻乐见的艺术形式，同时也是富有文化意味和审美内涵的艺术形式，也许比起其他诗文、小说、戏曲等文体来，清言更具时代色彩，更为真实而直率地传达出晚明文人的心态。晚明清言在思想内容方面有其两重性。① 一方面，它艺术地表达了功名利禄声色享乐不过是身外之物、过眼烟云这种观念，这对那些热衷于功名、汲汲于利禄者来说确是一副清醒剂，正如屠隆在他的《清言》卷首自序所说："余之为清言，能使愁人立喜，热夫就凉，若披惠风，若饮甘露。"② 另一方面，清言所消解的绝不仅是功名心和贪欲，连壮志雄心和进取精神也轻易地被佛道的出世避世的精神和虚无主义所消解了。其结果可能会使人变得像屠隆所说的，"老去自觉万缘都尽，那管人是人非；春来尚有一事关心，只在花开花谢。"③ 或者像郑瑄所说的，"会做快活人，凡事莫生事；会做快活人，省事莫惹事；会做快活人，大事化小事；会做快活人，小事化无事。"④ 于是，崇高的精神和英雄的气度便在逍遥闲适的清言世界中消磨掉了。清言所标榜的是高旷，而最终却容易使人走向平庸、世故和滑头。

（原载《文学评论》1997 年第 4 期）

---

① 日本学者合山究教授在为他编译的《明代清言集》写的解说《心灵的中药》中，从"东方世界所特有的天人合一的幽深境界"来评价明代清言的佳处，他还说清言"像清凉剂那样使人感到清新爽快"；合山究教授同时也指出，晚明清言与同时代西欧的箴言文学比较，存在"尖锐性显得不足"的缺点，他的分析很有道理。见合山究选编《明清文人清言集》附录，陈西中、张明高注释，中国广播电视出版社，1991，第 189－198 页。
② 屠隆：《娑罗馆清言（正续）·清言叙一》，第 1 页。
③ 屠隆：《娑罗馆清言（正）》，第 1 页。
④ 影印崇祯刻本《昨非斋日纂》第一集卷 7 "颐真"，北京图书馆出版社，1996 年影印本，第 82 页。

第十三章　明清人眼中的陈眉公

　　陈眉公是晚明时代最负盛名、最有代表性的文人之一。明清以来，对于他及其作品的接受与评价产生了一系列激烈的变化，眉公的冷热与升沉，反映出时代文学与文化风尚的变化，是值得注意的学术个案。

一　明人的偶像

　　陈眉公（1558—1639），名继儒，字仲醇，松江华亭人，一生历嘉靖至崇祯六朝。少为高才生，与同郡董其昌齐名。颇受徐阶、王世贞等器重，曾两赴乡试，不第。年二十九即焚弃儒衣冠，绝意仕进。隐于小昆山，后移居东佘山，辞谢征召，放情山水，杜门著述，以诗文书画终老，《明史·隐逸》有传。钱谦益《列朝诗集小传》称"眉公之名，倾动寰宇。远而夷酋土司，咸丐其词章，近而酒楼茶馆，悉悬其画像"①，以至天子亦闻其名，屡诏征用，而先后荐举眉公者，亦不下十余人。② 可见眉公是当时上流社会与普通民众的共同偶像。

　　有明一代，隐逸之士甚少，整个《明史》隐逸传仅收录十二人，《明史·隐逸》序言对此中原因作了说明：

---

① 钱谦益：《列朝诗集小传》丁集下，上海古籍出版社，1983，第637页。
② 据陈梦莲编《眉公府君年谱》、姜绍书《无声诗史》等资料，荐举眉公者有杨廷筠、章允儒、何乔远、闵洪学、吴甡、吴甡先、吴永顺、沈演、解学龙等。

明太祖兴礼儒士，聘文学，搜求岩穴，侧席幽人，后置不为君用之罚，然韬迹自远者亦不乏人。迨中叶承平，声教沦浃，巍科显爵，顿天网以罗英俊，民之秀者无不观国光而宾王廷矣。其抱瑰材，蕴积学，槁形泉石，绝意当世者，靡得而称焉。①

明初不让士人隐逸，后科举大盛，"巍科显爵"，仕途便成了士人终生奋斗的目标，少有人轻易弃绝。在十二位隐逸者中，晚明仅有陈眉公一人。陈眉公 29 岁即焚弃儒衣冠，绝意仕进，这种特立独行，在崇奇尚异的晚明，自然被人传为佳话。

陈眉公幼颖异，能文章。同邑徐阶（曾任嘉靖、隆庆朝首辅）特器重之。26 岁被太仓王锡爵（曾任万历朝首辅）招与其子王衡读书支硎山。王世贞亦雅重陈眉公，引陈眉公为小友，于是"三吴名下士争欲得（陈眉公）为师友"（《明史·隐逸传》"陈继儒"条）。后董其昌"久居词馆，书画妙天下，推仲醇不去口，海内以为董公所推也，咸归仲醇"②。由此看来，陈眉公之声名鹊起，与显贵时贤的奖掖推扬是分不开的。

眉公名满天下的现象，也反映出晚明文化的一种普遍价值取向。宋代以后，文人的文化素养更为全面。而作为名士，更是要求如此。大凡诗文之外，琴棋书画，花草虫鱼，都应该懂得。这就是不但会正襟危坐，还要善于清赏；不仅会写，还要会"玩"。陈眉公的知识结构具备一位名士的条件，他多才多艺，工诗善文，兼能书画之学，懂得清赏清玩，而且博文强识，大凡经、史、诸子，儒、道、释诸家，下至术伎、稗官，无所不通；琴棋书画，又无所不晓，这就特别受到人们的欢迎了。晚明著名大臣黄道周曾上疏自称"七不如"，其中有"志尚高雅，博学多通，不如华亭布衣陈继儒"③ 之语。能得到黄道周"志尚高雅，博学多通"的评价是非常难得的，这大概反映了当时主流

---

① 张廷玉：《明史》卷 298，中华书局，1974，第 7623 页。
② 钱谦益：《列朝诗集小传》，第 637 页。
③ 张廷玉：《明史》卷 255，第 6595 页。

文人的普遍看法。①

　　陈眉公在晚明盛名远播，还得益于明代出版业的发达。明代出版的图书，无论在数量还是质量上都大大超越了前代。单就《明史·艺文志》而言，其所载书目就有 5 033 种，108 974 卷，数字相当庞大。陈眉公生活的晚明，更是出版业勃兴、出版物激增的时代。杜信孚编著的《明代版刻综录》共著录图书 7 740 种，其中嘉靖隆庆前出版的书只有 766 种，嘉靖隆庆时期出版 2 237 种，万历以后出版的多达 4 720种，未注明出版年代的 17 种。②

　　陈眉公著述繁富，广为流传，"款启寡闻者，争购为枕中之秘"，于是名以书显，书以名传，以至于"远而夷酋土司，咸丐其词章"。③金陵萧腾鸿"师俭堂"、李潮"聚奎楼"、杭州汤大节"简绿居"等著名书坊均刻过陈眉公的著作。当时由于经济利益的驱使，假冒盗版图书开始在市场上流行。陈眉公名倾朝野，盗刻陈眉公之书、托眉公名以射利之书，在晚明俯拾即是。陈眉公自己亦深为痛恨，尝曰："余著述不如辰玉远甚，忽为吴儿窃姓名，庞杂百出，悬赝书于国门。"④ 陈梦莲亦曾说："先生有《晚香堂小品》、《十种藏书》，皆系坊中赝本，掇拾补凑，如前人诗句俚语伪词，颇多篡入。"⑤ 陈梦莲提到的《晚香堂小品》《十种藏书》，即属于"盗版仿刻"之类。《晚香堂小品》盗的当是陈眉公女婿汤大节所刻《眉公先生晚香堂小品》；而《十种藏书》，则是书贾拼凑陈眉公《白石樵真稿》等十种著作而成。至于托陈眉公之名而欺售之书，则难以胜计了。如题"云间张鼐世调父评选，华亭陈继儒仲醇父注释，景陵钟惺伯敬父参阅"的《左传文苑》、题

① 当然陈眉公在晚明也被人攻击过。陈眉公"少负盛名，不无惮忌之口，甚有欲以笔舌攻先生者"（卢洪澜《陈眉翁先生行述识略》，陈梦莲编《眉公府君年谱》附，《北京图书馆藏珍本年谱丛刊》第 53 册，北京图书馆出版社，1999，第 395 页）。如陈眉公同里陆应阳就对陈眉公羡且妒之，詈陈眉公为"呼哑小儿"（沈德符《万历野获编》卷 23《山人》，中华书局，1959，第 587 页）不过，这在当时是比较少见的。

② 缪咏禾：《明代出版史稿》第一章《概说》，江苏人民出版社，2000，第 15 页。

③ 钱谦益：《列朝诗集小传》丁集下，第 637 页。

④ 陈眉公：《王太史辰玉集叙》，王衡《缑山先生集》卷首，《四库全书存目丛书》集部 178 册，第 557 页。

⑤ 陈梦莲：《陈眉公先生全集·识记》，《陈眉公先生全集》卷首，《原国立北平图书馆甲库善本丛书》第 899 册，国家图书馆出版社，2013，第 950 页。

"陈继儒辑"的《爽心笑谈集》、题"潘之淙撰，陈继儒评"的《陈眉公先生手评书法离钩》、题"陈继儒评注"的《五子隽》等等，不一而足。无论是哪种方式的作伪盗版，一定程度上都侵害了作者和正式出版商的利益。很多盗刻、托名之书，刻工粗糙，校勘不精，成为后人诟病陈眉公的口实。① 但是大量陈眉公著作翻刻盗版的出现，正从巨大的图书市场需求这个侧面反映出眉公著作受欢迎之程度。盗版者是认定畅销书排行榜的"权威"，古今一也。

陈眉公盛名之下，有时便显得有些滑稽。清代李渔《闲情偶寄》卷五《饮馔部》"肉食第三"条的言论颇耐人寻味：

> 甚矣，名士不可为，而名士游戏之小术，尤不可不慎也。至数百载而下，糕、布等物，又以眉公得名。取"眉公糕"、"眉公布"之名，以较"东坡肉"三字，似觉彼善于此矣。而其最不幸者，则有溷厕中之一物，俗人呼为"眉公马桶"。噫！马桶何物，而可冠以雅人高士之名乎？②

李渔于此慨叹"名士不可为"，亦正是陈眉公生前所感叹的："甚矣，名之可畏也！名盛则责望备，实不副则訾咎深，甚且无疾而早衰，非罪而得谤，角摧齿缺，骨竭翠销，熟非名为的而招之射哉！故啖名不如逃名，逃名不如无名。"③ 这几句痛切的话似乎成为眉公的自谶。连马桶都要冠名眉公，尊之适以贱之也。

二　从"征士"到"山人"

明清人对于眉公有两种不同的称呼：或称之"征士（征君）"④，或呼之"山人"。"征士"与"山人"是两个有联系而又有区别的称

---

① 如四库馆臣称《眉公十集》刊版"粗恶无比，盖继儒名盛一时，坊贾于秘发中摘出翻刻，又妄加批点也"（《四库全书总目》卷134，第1138页）。
② 李渔：《闲情偶寄》，浙江古籍出版社，2000，第230页。
③ 陈眉公：《读书镜》卷五，丛书集成初编本，第6页。
④ 《明史》把陈眉公列入"隐逸传"，与征士相类，故此处不列出。

呼，对于眉公却是同样合适的，但是或称为"征士"，或称为"山人"，却反映出对于眉公不同的微妙态度。这是一个相当有趣而且饶有意味的现象。

眉公同时代人尊称眉公为"征君""征士"。"征君"或"征士"意为曾经为朝廷征聘而不肯受职的隐士。如董其昌《容台文集》卷二作《陈征君元配卫孺人六十叙》①，李流芳《檀园集》卷九《许母陆孺人行状》篇中以"征君"称眉公，胡应麟《少室山房集》卷52《幔亭云气图寿陈征君》篇等。由明入清的文人也称眉公为"征君"或"征士"。吴伟业《梅村集》前后多次以"征君"称眉公。如《梅村集》卷26《王奉常烟客先生七十寿序》称"陈征君眉公""陈征君"。最具代表性的是钱谦益《列朝诗集小传》自丙集始录评山人之诗，以布衣、山人冠名的计有40多家，而在丁集下则有《陈征士继儒》，以陈眉公的身份为"征士"。钱谦益的这一定位影响了很多清代人对陈眉公的定位，清代邹漪《启祯野乘十六卷》卷14《陈征君传》、陈贞慧《山阳录》之《陈征君眉公先生继儒》、黄嗣艾《南雷学案》卷四《征君陈仲醇先生》，这些均称陈眉公为"征君"。

为什么这些人不称眉公为"山人"而称之为"征君"或"征士"呢？

关于山人，已有学者从不同角度作过较为深入的研究。② 山人一词，在晚明的使用颇为泛滥，有的是作为别号室名，有的是作为自谦，这里讨论的是作为身份标识的"山人"群体。尽管"山人"作为一个社会群体，其成分十分复杂，表现形态亦多样，但作为身份标识的"山人"，一般具有以下特征：（一）挟有薄技，或诗文，或书画，或兵法，或医卜，等等。钱希言《戏瑕》说："地形、日者、医、相、讼师亦称山人"，可见，山人不单指诗文之士。金文京《晚明山人之活动

---

① 董其昌：《容台集》卷二，《四库禁毁丛刊》集部32册，北京出版社，1997，第169页。
② 如日本金文京《晚明山人之活动及其来源》，《中国典籍与文化》1997年第1期；郑利华《明代山人群体的文化特征及其在文坛的影响》，《中国学研究》第4辑，济南出版社，2001；赵轶峰《山人与晚明社会》，《东北师大学报（哲学社会科学版）》2001年第1期等。

及其来源》一文列举了山人除诗文外所从事的十种职业：相术、风水、医术、书法、音乐、绘画、制墨、篆刻、武术、刻书等。在晚明，很多山人往往兼通诸艺。这些方面陈眉公差不多都有所涉猎。（二）"问舟车于四方"。①山人游走四方，求售自己所长，其中得意者有如相门山人吴扩、沈明臣、王稚登、陆应阳等，分别得到了严嵩、徐阶、袁文荣、申时行等的接纳，陈继儒也是交游显贵，"飞来飞去宰相衙"。（三）终生不为官，或早年为官，后弃官归隐者。陈眉公一生屡奉诏征用，皆坚辞不就。

　　从以上情况分析，称眉公为"山人"并无不妥。为何当时人并不以"山人"称之？因为"山人"在晚明的名声不算太好。如沈德符就称万历帝下诏"尽逐在京山人""尤为快事"，因为"年来此辈作奸，妖讹百出"。②李贽《又与焦若侯》说山人"名为山人而心同商贾，口谈道德而志在穿窬。夫名山人而心商贾，既已可鄙矣"。③山人作为一个社会群体，能受当朝皇帝"恩诏遣逐"的"礼遇"，却也证明了山人群体的社会力量之大，他们间接参政议政，其身份近似于幕僚门客，如万历帝爱姬郑妃的父亲郑承宪"怀祸藏奸，窥觊储贰。日与貂珰往来，绸缪杯酌，且广结山人、术士、缁黄之流"。④同情东林党派的李朴抨击奸党："今乃深结戚畹近侍，威制大僚；日事请寄，广纳贿遗。褒衣小车，遨游市肆，狎比娼优；或就饮商贾之家，流连山人之室。身则鬼蜮，反诬他人。此盖明欺至尊不览章奏，大臣柔弱无为，故猖狂恣肆，至于此极。"⑤从这些言论中，我们可以想见当时山人与朝中官员有千丝万缕不光彩的联系。

　　冯梦龙辑明代民歌为《山歌》，卷9有专门讥讽山人的民歌《山人》，此山人歌讽刺那些才庸学浅者："做诗咦弗会嘲风弄月，写字咦弗会带草连真。……做买卖咦吃个本钱缺少，要教书咦吃个学堂难寻。

---

① 谭元春：《谭元春集》卷29《女山人说》，上海古籍出版社，1998，第789页。
② 沈德符：《万历野获编》卷23《山人》，第584页。
③ 李贽：《焚书》卷二，中华书局，1975，第49页。
④ 张廷玉：《明史》卷233，第6072页。
⑤ 张廷玉：《明史》卷236，第6159页。

要算命咦弗晓得个五行生克，要行医咦弗明白个六脉浮沉"，最后万般无奈之下，"只得投靠子个有名目个山人"。① 对于山人，此歌极尽讽刺之能事。从万历帝的"恩诏"，再到此山人歌，我们可以看到从庙堂到民间，山人并不是受欢迎的角色。陈眉公自己也以"山人"为戒，"耻作山人游客态"②，正是因为"山人"在晚明就颇受物议，这就不难理解当时人为何不称陈眉公为"山人"了。③

清代的情况有所变化，在乾隆之前，眉公还是比较受尊敬的。顺治三年（1646），清廷设"明史馆"；康熙十八年（1679），开始修《明史》；雍正十三年（1735），《明史》定稿。《明史·隐逸》将眉公与倪瓒、孙一元、沈周等同列，褒扬之意不言自喻了。无论是"征君"、"君士"还是"隐士"的称谓论定，都带有褒扬的道德评价在内。这说明，在明末一直到清初的主流文化批评里，眉公的形象是相当正面的。

但是到了乾隆时代，眉公的形象与地位产生了根本的变化。我们以《四库全书总目》和《临川梦》两个例子来说明。

从正统文化批评来看，最有代表性的是《四库全书总目》提要的评论。清廷修《四库全书》始于乾隆三十七年（1772），用了十年左右时间。《四库全书总目》中明陶珽编《续说郛四十六卷》提要说晚明文人的社会风气是"道学侈称卓老，务讲禅宗。山人竞述眉公，矫言幽尚"。④ 这里显然是把陈眉公作为影响晚明山人的典型代表来对待的。眉公不喜为山人，而清代四库馆臣却把陈眉公定性为山人，这是颇有讽刺意味的。《梅墟先生别录》提要说周履靖"亦赵宦光、陈继儒之

① 冯梦龙：《山歌》卷9，江苏古籍出版社，2000，第104页。按，沈德符《万历野获编》卷23"山人"条称此山人歌乃张凤翼刺王百谷而作，冯梦龙推测"或云张伯起（即凤翼）先生作，非也。盖旧有此歌，而伯起复润色之耳"，冯说似更为可信。
② 陈梦莲：《眉公府君年谱·识记》，《眉公府君年谱》附，《北京图书馆藏珍本年谱丛刊》第53册，第495页。
③ 当然这也不是绝对的，沈德符在《万历野获编》中明确地把陈眉公归为山人，但当他言及陈眉公时，语多褒赞，"山人对联"条说陈眉公的对联"天为补贫偏与健，人因见懒误称高"，"胜王、钱用杜句十倍"；"别号有所本"条称"近日陈仲醇品格略与元镇伯仲"，将陈眉公视作与元末著名画家倪瓒（字元镇）同一品格的人物。
④ 《四库全书总目》卷132，第1123页。

流，明季所谓山人者也"①。眉公《岩栖幽事》提要谓其"词意佻纤，不出明季山人之习"②，就更明确以眉公为山人了。

四库馆臣主要通过陈眉公来抨击晚明的文风与士风，对于陈眉公之人品不甚论及，但已颇有微词。如《香案牍》提要说："继儒声气通天下，与栖神山泽、吐纳清虚者，其趣固不同矣。"其意略谓眉公隐逸之虚假。乾隆年间的蒋士铨则直斥眉公为"隐奸"，蒋士铨《临川梦》作于乾隆三十九年（1774），其中有《隐奸》一出，刻意诋毁陈眉公，出场诗云："妆点山林大架子，附庸风雅小名家。终南捷径无心走，处士虚声尽力夸。獭祭诗书充著作，蝇营钟鼎润烟霞。翩然一只云间鹤，飞来飞去宰相衙。"③蒋士铨此诗，似乎是对钱谦益《列朝诗集小传》中关于陈眉公评述的戏剧化图解。④该剧于汤显祖、陈眉公交恶之由言之颇详，然多为蒋士铨之主观虚构。从现有文献看，陈眉公与汤显祖并未有晤面的记载。在《临川梦》面世后，梁绍壬、况梅、吴梅等各自著文为陈眉公叫屈，以还历史真面目为己任，从而洗清《临川梦》中汤陈之间的嫌隙。至于蒋士铨为何要虚构一个汤陈交恶的闹剧，则是因为《临川梦》旨在塑造汤显祖的人品、气节，故不惜虚构出陈眉公之恶行来反衬汤显祖人品之高尚。蒋士铨对陈眉公的评价真正影响了清代人对陈眉公的态度，"云间鹤"成了陈眉公的代名词，"飞来飞去宰相衙"成了陈眉公行径的戏剧性概括。蒋士铨对陈眉公的态度，也就是清人对晚明山人的态度。然以眉公为"隐奸"，不免过分。实际上，陈眉公的交游显贵，要客观公正地看待。徐阶、王锡爵、申时行等人，其实是在陈眉公未成名时就奖掖推崇他；陆树声、王世贞，则是以长者的身份，引眉公为小友；与王衡、董其昌，乃是毕生的挚友，并无多少的经济利益因素。而与其他官吏的往来，大多是为了上疏救荒、请免税征等。据陈眉公《书山居》，与眉公往来最频繁的，山友有

---

① 《四库全书总目》卷60，第543页。
② 《四库全书总目》卷1115，第1115页。
③ 蒋士铨：《临川梦》第二出《隐奸》，周妙中点校《蒋士铨戏曲集》，中华书局，1993，第222页。
④ 如其中有"延招吴越间穷儒老宿隐约饥寒者，使之寻章摘句，族分部居，刺取其琐言僻事，荟撮成书，流传远迩"，"其小诗，……便娟轻俊，聊可装点山林，附庸风雅"等语。

田父、汉丈人、且且先生、阿谁公，方外有达老汉、云栖老人、秋潭和尚、麻衣僧、莲儒、慧解、微道人。①

总之，到了乾隆时代以后，眉公在官方眼里和文人们心目中，其声誉与地位大大地下降了。他们共同的特征是以眉公为晚明山人的代表性人物，遂将晚明山人之种种恶迹加之眉公身上，有时难免失之公允。

三 两个陈眉公

在明末清初一段时间，眉公的诗文影响甚大，尤其是其清言类小品。大量的书籍中引用眉公的清言小品，引用眉公的语录和摹拟眉公作品在当时似乎成为一种时尚。《读书十六观》面世后，吴应箕就撰《读书止观录》。是书乃袭陈眉公《读书十六观》之余绪，推而衍之。杂引古人论读书作文之语，而稍以己意为论断，又每条之末必终以"读书者当观此"六字，五卷皆然。盖仿陈眉公《读书十六观》中每条末"读书者当作是观"之例。而周诗雅撰《广销夏》《广辟寒》《销夏补》《辟寒补》《销夏再》《辟寒再》《寒夏合再》，则本陈眉公《销夏》《辟寒》二书而加以推衍。如此等等，不一而足。

晚明很多诗文选本都选有陈眉公诗文，其中著名的有华淑辑《明诗选》，朱隗辑评《明诗平论二集》，刘士鳞辑评《明文霱》，陈天定辑《古今小品》，沈佳胤辑《翰海》，郑元勋辑《媚幽阁文娱》初集、二集，以及何伟然、丁允和选，陆云龙评《皇明十六家小品》等等。明清之际钱谦益《列朝诗集》选陈眉公诗作18首，并在作者小传中称陈眉公诗"便娟轻俊，聊可装点山林，附庸风雅"，评价不高，但也无贬意。

陈眉公的诗歌在清初，还是受到欢迎的。明代夏云鼎曾辑有《前八大家诗选》，选陈眉公等八大家诗歌。到了清代康熙二十一年季正爵

---

① 陈眉公：《白石樵真稿》卷21，《四库禁毁书丛刊》集部第66册，北京出版社，1997，第369页。

重刻时，其序言称："今幸圣朝，鼓吹风雅，名公巨卿，人人燕许，而且能诗之家遍寰内矣。倘取是集而折衷之，固知八先生之诗，诚足力矫有明二百数十年之流弊，而其所以流溢于诗卷间，实有不可磨灭者，非即八先生之性情长留于天地者乎？"① 其对陈眉公等八位诗人推重如此。

但是对眉公贬抑的苗头在清代前期也开始出现了。朱彝尊《静志居诗话》曰："仲醇以处士虚声，倾动朝野，守令之臧否，由夫片言，诗文之佳恶，冀其一顾。市骨董者，如赴毕良史权场，品书画者，必求张怀瓘估价，肘有兔园之册，门阗鹭羽之车，时无英雄，互相矜饰。甚至吴绫越布，皆被其名，灶妾饼师，争呼其字。今遗集具在，未免名不副其实焉。"② 朱彝尊说陈眉公"名不副实"，倒是实际，但陈眉公在晚明并不仅因诗而得盛名。其后，朱琰辑《明人诗钞》，于名家大家得五十有三人，钞成一编曰《正集》。又钞诸家之诗可为羽翼者432人为《续集》。陈眉公那首清新可诵的《月下登金山》入选续集，朱琰在作者小注下就完全引用了朱彝尊的评论。看来朱彝尊对陈眉公的评论，影响了清代乾隆朝以后文人对于陈眉公的态度。

《四库全书总目》著录陈眉公著作31种，均入存目，无一正选。四库馆臣对陈眉公的著作大多贬斥，基本持否定态度③，其批评大概着眼于三点：一者，在其著作的浅陋。在《史折》（清贺裳撰）提要中指责该书："陈继儒之浅陋，李贽之狂谬，复为之反复辨论，更徒增词费矣。"④《妮古录》提要说"议论殊为浅陋"⑤。《经鉏堂杂志》（宋倪思撰）提要："皆浅陋无味。明代陈继儒一派，发源于此。"⑥ 再者，

---

① 季正爵：《重刻前八大家诗序》，夏云鼎辑《前八大家诗选》，《四库禁毁丛刊》集部第138册，第247－248页。
② 朱彝尊：《静志居诗话》卷20，人民文学出版社，1990，第601页。
③ 对眉公唯一称道的是《读书镜》提要，说："是书乃所作史论，或一人递举数事，或一事历举数人，而以己意折衷其间，欲使学者得以古证今、通达世事，故以镜为名。所言亦不甚精切，特持论尚颇平正……不以继儒而废其言也。"（《四库全书总目》卷90，第764页）不过，不"因人废言"的态度正好说明对于眉公的整体否定。
④ 《四库全书总目》卷90，第766页。
⑤ 《四库全书总目》卷130，第1115页。
⑥ 《四库全书总目》卷124，第1066页。

是其作品的粗率杂碎、剪裁不精。《逸民史》提要说"未免择之不精焉。"①《书蕉》提要:"随笔札记,颇无伦次。"②《笔记》提要:"取杂事碎语,钞录成帙,略无伦次。"③《珍珠船》提要:"既病冗芜,亦有伪舛。"④《见闻录》提要:"叙次丛杂,先后无绪,仍不出其生平著述潦草成编之习也。"⑤《虎荟》提要:"漫为牵缀。"⑥《历代名贤确论》(不著撰人名氏)提要:"去取较有剪裁,视陈继儒《古论大观》之庞杂丛脞者,固不可同年语矣。"⑦ 三者就是纤佻。《古今韵史》提要云:"亦《世说新语》之支流,而纤佻弥甚。"⑧《茶花谱》(不著撰人名氏)提要说:"其文欲以新隽冷峭学屠隆、陈继儒之步,而纤佻弥甚。"⑨《岩栖幽事》提要:"词意佻纤,不出明季山人之习。"⑩

在文学方面,四库馆臣对陈眉公的批评,多是与批评晚明小品习气有关。如《遵生八笺》(明高濂撰)说:"标目编类,亦多涉纤仄,不出明季小品积习,遂为陈继儒、李渔等滥觞。"⑪《甘露园长书》《短书》(明陈汝锜撰)提要说:"《短书》尤议论多而考证少,亦间记时事。大致失之佻巧,已开屠隆、陈继儒等小品风气。"⑫《唾居随录》(清张贞生撰)提要说该书"多为对偶长联,犹沿明季陈继儒等小品之习"。⑬《书画史》提要说陈继儒所著的《书画金汤》"尤不脱小品陋习,盖一时风尚使然也"⑭。

《四库全书总目》在批评张应文的《张氏藏书》一书时说:"明之末年,国政坏而士风亦坏。掉弄聪明,决裂防检,逐至于如此。屠隆、

① 《四库全书总目》卷 62,第 562 页。
② 《四库全书总目》卷 128,第 1105 页。
③ 《四库全书总目》卷 132,第 1127 页。
④ 《四库全书总目》卷 132,第 1127 页。
⑤ 《四库全书总目》卷 143,第 1224 页。
⑥ 《四库全书总目》卷 116,第 1005 页。
⑦ 《四库全书总目》卷 88,第 754 页。
⑧ 《四库全书总目》卷 132,第 1127 页。
⑨ 《四库全书总目》卷 116,第 1003 页。
⑩ 《四库全书总目》卷 130,第 1115 页。
⑪ 《四库全书总目》卷 123,第 1059 页。
⑫ 《四库全书总目》卷 125,第 1075 页。
⑬ 《四库全书总目》卷 125,第 1084 页。
⑭ 《四库全书总目》卷 114,第 976 页。

陈继儒诸人不得不任其咎也。"① 我们须注意到,《四库全书总目》对于眉公的批评,主要不是针对眉公本人而是将他看成是当时的士风与文风也就是所谓的晚明习气的代表性人物。如明王象晋《清寤斋欣赏编》提要:"犹陈继儒诸人之习气也。"② 明王衡《缑山集》提要谓:"与王世贞虽同里闬,而不蹈其蹊径。然颇染陈继儒之俗格。"③ 明汪汝谦《绮咏》《绮咏续集》提要:"是集大抵征歌选妓之作。然其前集陈继儒序之,后集又继儒所选定。濡染熏蒸,久而与化。朱彝尊《明诗综》不录一字,盖有由矣。"④ 甚至在批评清代作家时,陈眉公也被波及。如清王相编《尺牍嘤鸣集》提要:"大抵轻佻纤巧,沿陈继儒等之余习。"⑤ 可见四库馆臣对眉公为代表的"习气"与"余习"是何等的轻蔑。

综上所述,在明清人的眼里,有两个面目截然不同的陈眉公:一个是"志尚高雅,博学多通"(黄道周语)的陈眉公,一个是学识浅陋、人品虚假的陈眉公。从时代来看,眉公形象变化的分界点就在乾隆时代。这是一个学风转型的时代,严谨求实成为主流,晚明那种浪漫而随意的文风、学风与士风正好成为它所攻击的最直接便捷的对象。他们把陈眉公看成晚明文风与晚明习气的代表性人物之一,于是陈眉公自然集中地受到各种抨击和非难。

"明清人眼中的陈眉公"这个题目关注的重心,不是陈眉公本身,而在于明清人的眼光。清人叶方蔼《陈征君墓下作》七绝二首吟咏眉公道:

> 岩栖谷饮一生中,瞬息高名付太空。今日岁星应尚在,凭谁寄问大王公。
>
> 阶上苔痕雨更青,无人载酒过玄亭。五株松顶千年鹤,留得

---

① 《四库全书总目》卷 134,第 1137 页。
② 《四库全书总目》卷 132,第 1124 页。
③ 《四库全书总目》卷 179,第 1620 页。
④ 《四库全书总目》卷 180,第 1628 页。
⑤ 《四库全书总目》卷 194,第 1774 页。

　　先生旧日形。①

对于眉公或褒或贬，眉公的地位是高是低，交由千秋评说。而知我罪我，誉我毁我，与陈眉公本人已经毫无干系了。

（原载《中山大学学报》2003 年第 1 期，吴承学、李斌撰）

---

① 　叶方蔼：《读书斋偶存稿》卷 2，《景印文渊阁四库全书》第 1316 册，第 782 页。

第十四章 论《古今图书集成》的文学与文体观念

——以《文学典》为中心

一 类书与文学批评研究

在学术史上，类书的地位颇为尴尬。首先，其归属甚为模糊，或为经部，或为子部，或为集部。《四库全书》把类书列入子部，然《四库全书总目》说："类事之书，兼收四部，而非经非史，非子非集，四部之内乃无类可归。"其次，馆臣以清代流行的考据学眼光去看类书，认为："此体一兴，而操觚者易于检寻，注书者利于剿窃，转辗裨贩，实学颇荒。"在他们看来，类书对于学风与文风的影响，总体来说是比较消极的，其好处仅仅在于保存了一些古籍，"遗文旧事，往往托以得存"。正是从这个角度来看，类书"不可谓之无补"。[1]

20 世纪以来，类书与文学的关系开始成为学者关注的话题。闻一多在《类书与诗》[2] 一文中，首次集中讨论了类书与初唐诗歌创作之间的相互关系。台湾学者方师铎的《传统文学与类书之关系》[3] 在此研究思路上进一步探讨类书与文学创作的相互影响。新时期以来，中

---

[1] 以上引文均见《四库全书总目》卷135，中华书局，1965，第1141页。以下凡引该书，均用该版本，为省篇幅，只注明卷数与页码。

[2] 参见闻一多《类书与诗》，收入《唐诗杂论》，上海古籍出版社，1998。

[3] 参见方师铎《传统文学与类书之关系》，天津古籍出版社，1986。

国学者在闻一多开创的"类书与诗"基础上，不断深化与拓展对类书与文学关系的研究。①

尽管如此，类书与文学的关系还有较大的研究空间：学术界对类书与文学创作的关系关注较多，而对类书与文学观念、文学批评的关系似乎关注较少。② 在思想史研究领域，葛兆光早就提出，类书"是思想史的绝好文本"，他指出："各类中无意识地堆垛的各种通常共享的文献，恰恰就是我们测定一般知识、思想与信仰水准的材料。"③ 笔者非常欣赏和认同葛先生的高见，这种说法同样揭示出类书在文学思想史研究中的价值与意义。笔者认为，虽然类书代表的是集体意识，但类书中的文献往往是有意识地排列与分类的。从文学研究的角度看，这些意识正反映出文学与文体的思想观念。与一般的文学批评专论或专著不同，类书不主一家，其批评观念更能代表当时的集体意识与普遍知识。因此，通过类书来考察中国古代文学观念具有相当独特而且无可代替的意义。

类书与文学批评的关系主要从类书的分类体系以及对前代文献的取舍标准两个方面得以体现。

所谓类书，特点就在分类之上，分类可以反映出古人的知识体系观念。虽然诗文评与文学总集更集中地体现编著者的文学观念，但综合性类书中文学部类的设立不仅能够反映出"文学"在古人心目中整个知识体系中的地位，而且，其编排次序与体例也体现出当时的文学

---

① 比如：贾晋华《隋唐五代类书与诗歌》，《厦门大学学报（哲学社会科学版）》1991年第3期；张晨《传统诗体的文化透析——〈咏史〉组诗与类书编纂及蒙学的关系》，《学术季刊》1994年第4期；葛晓音《创作范式的提倡和初盛唐诗的普及——从〈李峤百咏〉谈起》，《文学遗产》1995年第6期；王立《类书与中国传统文学中的主题类分》，《上海师范大学学报（哲学社会科学版）》1999年第1期；于翠玲《从类书论狐文化与狐文学》，《西北大学学报（哲学社会科学版）》2003年第2期；刘天振《类书与文言小说总集的编纂》，《华中科技大学学报（社会科学版）》2003年第5期；施懿超《试论宋代四六类专门性类书》，《四川图书馆学报》2004年第6期；慈波《宋四六与类书》，《济南大学学报（社会科学版）》2006年第1期；踪凡《唐宋类书对汉赋的摘录与编类》，《中国韵文学刊》2006年第2期等。

② 参见吴承学、何诗海《简谈文学史史料的发掘和处理》，《北京大学学报（哲学社会科学版）》2005年第4期；何诗海《四大类书与唐代文体学》，《古代文学理论研究》第25辑，华东师范大学出版社，2008。

③ 葛兆光：《中国思想史·导论》，复旦大学出版社，2001，第21页。

与文体学观念。比如"文学"相关部类（文学、文章、儒学）的内容，自然反映出对"文学"内涵的理解，与今人视为文学文章学材料的归属都不尽相同。另外，这些部类中的文体归属与文体划分，更直接反映出当时人的文体分类学观念。不少类书会有意识地收入文学评论材料，这些资料的排列次序与门类归属也能够体现当时的批评标准。选择就暗含着一种价值评价，或者说就带有批评的成分在内。知识分类的背后是一个整体的知识体系，这个体系有传统与固有的框架，但在对知识类目的设置、具体文献的选择上，多少又反映出某些观念。①古人也认为有些类书的文献取舍反映出编纂时代的文学风尚。如四库馆臣就认为，明代俞安期编纂《唐类函》一书只选唐以前的典故而不及唐代之后，反映出明人的文学风气："明李梦阳倡复古之说，遂戒学者无读唐以后书。……安期编次类书，以唐以前为断，盖明之季年，犹多持七子之余论也。"② 可见，类书对文献的取舍标准确能反映当时的文学观念。

通过类书来考察中国古代文学观念在研究上又存在特别的难度：我们如何判断与把握某一类书独特的观念与意义？

类书作为资料汇编性质的书籍，其文学观念是隐在、潜藏、难以捉摸的。在诗文评中作者明确标举自己的文学主张，在选本中编者所选的作品代表其美学理想，而类书的内容或只是"题中应有之义"，是一种传统的固有框架中的人类知识而已，与编者的审美理想未必有直接的关系，毕竟类书是以"全"为标准的。因而对类书进行文学批评研究时，不能单纯就选入材料的内容衡量，应与文章选本的有意去取区别开来。

古代类书的编排体例、基本内容、程式分类有传统或承袭性，有大量的文献是必选的、经典的。所以困难的不是说明一种类书体现什么观念，而是体现什么新观念；如何判断这种观念是代表编者的新观

---

① 比如《事文类聚》别集卷五把"涩体""记用赋体""记用传奇体"等文体变化的条目都归入"瑕疵"类，可见当时人对这类不符文体体制的创作持批评态度。
② 《四库全书总目》卷136《御定渊鉴类函》提要，第1157页。

念而不是出于类书的惯例。这就需要我们了解类书的承袭性，追溯体例的渊源，才能看出其新意。

类书的文学观念研究，关键是要在了解类书传统与共性的基础上把握其独特性。《古今图书集成》是中国后期类书，既是集大成之作，又具有独特之处，故本文拟以《古今图书集成》为研究对象，并以其《文学典》为中心进行研究。

二 《文学典》的基本结构与内容

《古今图书集成》，清陈梦雷编纂，蒋廷锡校订。① 该书编纂自康熙三十九年（1700）起至雍正四年（1726）修订完成，费时 20 余年。全书共一万卷，目录 40 卷，字数约 1.6 亿字，图片一万余幅，引用文献达六千多种。它是我国现存规模最大的类书，保存和收录大量经、史、子、集的典籍，是典型的亦经亦史、亦子亦集的大型类书。就编纂体制而言，该书虽然对前代类书有所借鉴，又重新发凡起例，架构出更为精密的知识体系。其结构严谨、分类细密，汇编、典、部及下列各项编排经纬交织，且条理清晰。在《进〈汇编〉启》中，陈梦雷提及受皇子胤祉之命："三《通》、《衍义》等书详于政典，未及虫鱼草木之微；《类函》、《御览》诸家但资词藻，未及天德王道之大。必大小一贯，上下古今，类列部分，有纲有纪，勒成一书，庶足大光圣朝文治。"② 此书的编纂目的是建构一种古代中国人大至"天德王道"微至"虫鱼草木"的对于自然与社会巨细无遗、包罗万象的知识体系。全书分为"历象""方舆""明伦""博物""理学""经济"六汇编，每汇编之下再分若干典，共计 32 典。每典之下再分若干部，全书共计

---

① 关于《古今图书集成》的编者及基本内容，参见胡道静《〈古今图书集成〉的情况、特点及其作用》，《图书馆季刊》1962 年第 1 期；杨玉良《〈古今图书集成〉考证拾零》，《故宫博物院院刊》1985 年第 1 期；裴芹《〈古今图书集成〉研究》，北京图书馆出版社，2001；曹红军《〈古今图书集成〉版本研究》，《故宫博物院院刊》2007 年第 3 期。本文所据皆为中华书局、巴蜀书社 1985 年武英殿聚珍铜活字版影印本，引文只注全书册数与总页码，如 1.14 即第 1 册第 14 页。

② 陈梦雷：《松鹤山房文集》卷二，《续修四库全书》第 1416 册，第 38 页。

有 6 117 部。汇编、典、部这三级分类通常被称为《古今图书集成》的"经目"。每"部"之下，大致又分汇考、总论、图、表、列传、艺文、选句、纪事、杂录、外编等 10 个细目，称为"纬目"。

《文学典》属于《理学汇编》，共 49 部，具体又可以分为"文学总部"（1 部）与"文体分部"（48 部）两大部分，以下分而论之。

（一）《文学总部》共 136 卷

1.《总论》12 卷

《总论》所收文学批评材料的内容极其广泛，而其中所论多为具有一定经典性、议论正确、有指导性的理论文献。《古今图书集成·凡例》云："《总论》之所取，必择其纯正可行者。圣经中单词片句并注疏，皆录于前。盖立论要以圣经贤传为主也。至子、集中有全篇语此一事，必择其议论之当者。论得其当，虽词藻无足取，亦在所录。即一篇中所论不一事，而数语有关，亦节取之。"（1.14）也就是说，《总论》部分所录文献体现了编者所认可的价值观。其中最重要的是儒家经典"圣经贤传"，另一部分是在子、集中，选择"议论之当者"。《文学总部·总论》的文学评论资料也定然是《古今图书集成》编者视为"纯正可行""论得其当"者，即是编者所认同的文学观念。从《文学总部·总论》所收内容来看，以论为主，主要是经部、子部文献，还有部分集部文献，而不收史部。经部中的《易经》《礼记》《左传》及其注释文献，主要是"文""文辞""言辞"的相关论述及注疏。如《易经》"小畜卦"之"文德"，"贲卦"之"观乎人文以化成天下"，"系辞"的"物相杂故曰文"，《左传·襄公二十五年》孔子语："《志》有之，'言以足志，文以足言。'不言，谁知其志？言之无文，行而不远。"《总论》中子部文献占了绝大部分。自王充的《论衡》开始，大量收录子部关于"文章"的论述。《文心雕龙》占了一卷，除了论文体的篇章之外，从《原道》至《序志》共收了 30 篇。洪迈的《容斋随笔》至《容斋五笔》占了一卷以上。宋代的笔记与诗话收录最多，差不多占了《总论》的一半篇幅，这一部分内容相当复杂，或谈道说理，或评人论文。《总论》以顾炎武《日知录》为结穴，收录数量亦较多。从《文学总部·总论》所收文献可以看出古代"文学"内涵的渊源所自及其发展：从先秦儒家经典到汉代的扬雄、王充，晋葛洪乃至刘勰与颜之推等，从经学意义上的"文"逐渐向文章学的"文"演化发展。

2.《文学名家列传》106 卷

《文学名家列传》在共 260 卷的《文学典》中，占了很大比例，收录作家传记资料的数量和内容之丰富在此前中国古代典籍中是绝无仅有的。据初步统计，《文学名家列传》按时代汇集了自周至明 4 541 位文学家的传记资料。《文学名家列传》其实就是一部"中国古代文学家辞典"。其来源是历代史志及子书。比如"杨慎"一人的小传，便同时使用《明外史》《名山藏》《艺苑卮言》《四川总志》四种文献。从文学史研究的角度看，文献最丰富，且最有价值的是明代部分，收入 1 767 位名家列传，附录 226 位。这部分以钱谦益的《列朝诗集》作家小传为主，而且还收录大量晚明文献，这是很值得注意的。

《文学名家列传》收录四千余人，但还有不少"文学名家"并没有收录进去。如曹植、阮籍、嵇康、陶潜、范成大、辛弃疾等人没有单独立传。陶潜另列入《学行典》"隐逸部"《名贤列传》中，这还是可以理解的，但在《文学典》中，《陶潜传》不在《文学名家列传》部中，而在第 130 卷"文学总部《纪事》一"却收录了《陶潜传》。曹植、阮籍、嵇康、范成大不入《文学典》，却列入《字学典》的《法书名家列传》中，也令人费解。①

3.《艺文》11 卷

《文学总部》中收录文集中文学评论材料最多的是《艺文》纬目。《古今图书集成·凡例》云："《艺文》以词为主，议论虽偏，而词藻可采，皆在所录。篇多则择其精，篇少则瑕瑜皆所不弃。"（1.15）《文

---

① 按：《古今图书集成》编辑体例是一人的传记可分别收入不同典中。如左思、陆机、陆云既入《文学典》的《文学名家列传》又列入《字学典》之《法书名家列传》。

学典·艺文》所收文献特色就在其文学性。与《总论》《杂录》纬目
不同的是，《艺文》并不收录子部著作、笔记或诗话中的材料，只收录
文集中的全篇作品。所谓《艺文》即是收入"集"中的独立成篇的文
章，其收录标准基本是按萧统的《文选》形成的"事出于沉思，义归
乎翰藻"的传统。我们现今视为文学批评研究对象的书信、诗文集与
作品的序跋、作家碑志、行状等材料，基本都可见于《文学总部》的
《艺文》，其中包括曹丕《典论·论文》、曹植《与杨德祖书》、陆机
《文赋》、萧统《文选序》等重要的文学批评著作，还有许多像杜甫
《戏为六绝句》、杜牧《读韩杜集》等论诗、论文的作品。《艺文》编
选原则与《文选》相同，不收史书，但是收录了正史中的各种文学传
论、传赞以及作家传论、传赞，如《史记·屈原贾谊传赞》《后汉书·
文苑传赞》《南齐书·文学传后论》等。《总论》和《艺文》合起来，
大致就是一部相当齐备的《中国古代文论选》了。

4. 《选句》不足一卷，附于《艺文》之后

按《古今图书集成·凡例》："凡丽词偶句，或以对待见工；近体
古风，或以警拔见赏。其全篇即无可观而瑕不掩瑜，单词片语亦不可
弃，况一时为佳句，日久遂为故实。故有选句之录。"（1.15）古代关
于诗文的名言佳句甚多，然《选句》一部篇幅甚小，未成一卷。所选
仅自《汉书》至唐诗，此部文献显得过于单薄，不能反映出中国文学
史上有关谈诗论文佳句名言的实际情况。

5. 《纪事》3 卷

其文献性质亦为记录性，来源主要是史传与笔记。《纪事》与《文
学名家列传》相互补充，相辅相成。《纪事》大致以人为目、以时为
序、以事为本，记录与作家的相关事件。《纪事》还记录一些文学现
象、流派风气等。如收录《史记·田敬仲世家》中关于"宣王喜文学
游说之士"与"齐稷下学士复盛"之事（卷 130）；收录《癸辛杂识》
"南渡以来太学文体之变"，叙述南宋乾（道）、淳（熙）至咸淳年间
文风气变化：从淳厚的"乾淳体"到奇诡的"变体""文妖"（卷
132）。这些记录皆可作为《列传》以人为主体制的补充。

6.《杂录》4 卷

《杂录》的文献性质为评论文字。按《凡例》说："圣经之言，多入《总论》。亦有非正论此一事，而旁引曲喻，偶及之者，则入于《杂录》。至于集中所载，或有考究未真，难入于《汇考》，议论偏驳，难入于《总论》，文藻未工，难收于《艺文》者，则统入于《杂录》。"（1.15）该纬目的特色就在于"杂"，所录的文学评论文献较为驳杂、随意，或人，或事，或作品评论，或名篇佳句，或沿革缘起，或典故出处，此虽皆有助于作文与品论，然总体上不具备《总论》那样的经典性与指导性。《杂录》的编选标准宽于《总论》，所收文集中的材料不限于专论与全篇，形式比较灵活。如班固《与弟超书》只节选"傅武仲以能属文，为兰台令史，下笔不能自休"一语，曹丕《与王朗书》只节选人生"惟立德扬名，可以不朽"诸语，这些评论资料相当重要，是《总论》之必要补充。

《文学总部》之《总论》《选句》《杂录》《艺文》纬目都以收录文学批评资料为主，编者原意是以《总论》为最重要、最能够体现编者的文学批评观念的纬目，地位高于《艺文》《选句》《杂录》。但是，实际情况比较复杂。首先，从我们的眼光来看，《艺文》部分所收大都为文学批评史上的重要篇章，其理论价值绝不在《总论》之下。《杂录》的资料议论较为驳杂，但也相当重要，也能传达出特定的文学观念。其次，这几个纬目内容并不一定是绝对区分，不可移易的。比如，第九卷《文学总部》"九"中收录类书《群书备考》涉及创作的史料，如"逸少之天朗气清""算博士之号""点鬼簿之讥""商隐之祭鱼""昌黎之序东野""子由之记月轩"诸条，皆谓为人所讥弹之文，本可入《杂录》之部，而强置此处，与《总论》"纯正可行""论得其当"的收录原则颇为不合。

（二）《文学典》的文体分部共 48 部 124 卷

《文学典》的文体分部具体如下：

> 诏命部、册书部、制诰部、教书部、批答部、教令部、表章部、笺启部、奏议部、颂部、赞部、箴部、铭部、檄移部、露布

部、策部、判部、书札部、序引部、题跋部、传部、记部、碑碣部、论部、说部、解部、辨部、戒部、问对部、难释部、七部、连珠部、祝文部、哀诔部、行状部、墓志部、四六部、经义部、骚赋部、诗部、乐府部、词曲部、对偶部、格言部、隐语部、大小言部、文券部、杂文部。

各种文体分量不同，卷数不一，但大致包括了《汇考》《总论》《艺文》《选句》《纪事》《杂录》等纬目。《文学典》文体分部的价值，我们将在下文专门讨论。

三　"文学"的观念与地位

以上我们简要介绍了《文学典》的整体结构和基本内容。可以说，编者力求全面而系统地收录文学各个方面的文献，其体制编排与资料摘录方式反映出编者对文学家、文学批评、文本形态、相关制度等方面史料的认识，也反映出编者的文学观念。在此基础上，我们可以讨论《文学典》隐在的文学观念。

纵观历代综合性类书，为"文"专设部类者不少，其名称不尽相同。如《北堂书钞》称"艺文部"，《艺文类聚》称"杂文部"，《初学记》《太平御览》称"文部"，《事物纪原》称"经籍志文部"，《玉海》称"艺文部"，《事文类聚》称"文章部"。不过，这些部类所收内容相当宽泛，远非在文章学的范围之内。如《北堂书钞·艺文部》有"易、春秋、好学、读书、笔、纸、砚、墨"等目。《艺文类聚·杂文部》有"经典、谈讲、读书、史传"等目。《初学记·文部》有"经典、史传、文字、讲论、笔、纸"等目。《太平御览·文部》有"史传、笔、墨、砚、纸"等目。《事物纪原·经籍志文部》有"论语、孝经、印板、巾箱、文字、音韵"等目。《玉海·艺文部》有"论语、孝经、经解、小学、论史、诸子"等目。以上所举诸书"文"部之目，与今人"文学"内涵相距颇远。

《渊鉴类函》与《古今图书集成》是两部编纂时代相近的大型类

书，最有可比性。《渊鉴类函》450 卷，清康熙四十九年（1710）张英等奉敕编。此书以明代俞安期《唐类函》为基础扩展而成。《唐类函》仅载唐代诸书，《渊鉴类函》则博采广收，自初唐至明嘉靖年间止，所有类书及二十一史、子、集、稗编，咸与搜罗，依例编入。俞书分 43 部，《渊鉴类函》扩充为 45 部，部下再分类。四库馆臣对于《渊鉴类函》评价很高，以为"自有类书以来，如百川之归巨海，九金之萃鸿钧矣。与《佩文韵府》、《骈字类编》皆亘古所无之巨制，不数宋之四大书也"。①

《渊鉴类函》"文学部"与《古今图书集成》"文学典"同称为"文学"，但内容差异很大。《渊鉴类函》所分 45 部，"文学部"排列第十三，处于"乐部"之后，"武功部"之前。"文学部"分为 14 类：

> 一：经典总载、周易、尚书；二：毛诗、春秋、礼记、史；三：书籍、袠、诵读、写书、藏书、校书、求书、载书、负书、赐书、借书；四：文字、著述；五：文章（敏捷、叹赏附）；六：诏（敕附）、制诰、章奏、表、书记、檄、移、图、谶、符；七：诗、赋；八：七、颂；九：箴、铭、集序、论、射策、连珠、诔、碑文、哀辞、吊文；十：儒术（儒教、理学附）、劝学、善诱；十一：讲论（谈并载）、名理、好学；十二：博学、幼学、从学、同学、废学（不学附）；十三：笔（笔架、笔格、笔床、笔匣、笔筒并载）、砚（砚匣、砚滴附）；十四：纸、墨、策、简、牍（牒附）、札、刺、券契、封泥。

可见，《渊鉴类函》虽称为"文学部"，但"文学"的内涵非常宽泛，与传统类书中"艺文部""经籍部"大致相类。从第一部"经籍总载"到第四部"文字、著述"，从第十部"儒术"到第十四部的"纸、墨"都与狭义的"文学"基本没有关系。

比较一下《古今图书集成·文学典》和《渊鉴类函·文学部》的

---

① 《四库全书总目》卷 136《渊鉴类函》提要，第 1157 页。

内容，其差异是非常明显的。可以说，《渊鉴类函·文学部》差不多等于《古今图书集成》的"理学汇编"。《渊鉴类函·文学部》中的"经典总载""文字著述""儒术""博学""纸、墨"等内容，在《古今图书集成》中被分别放到《经籍典》《学行典》《字学典》等之中。相比《渊鉴类函·文学部》而言，《古今图书集成·文学典》更集中在传统的文章学领域中，其内容大致就是文学批评、文学家与文体学几大部分了。

在中国古代，"文学"内涵在不断发展，具体语境不同，内涵也就产生变化。从《古今图书集成·文学典》所收文献来看，编者心目中的"文学"内涵虽是源于先秦儒学经典的"文"，但其主体部分，却是独立于经籍、学行、字学之外的文章之学。《文学典》的内容较为纯粹，更接近现今的文学观念与文学范畴。《古今图书集成·凡例》谈到文学典时说："文以载道，其绪余也，故《文学》又次之。"（1.14）然而蒋廷锡上表谓"文学典"："惟天地之元音，至文章而挥发，故缘情体物，不厌雕锼，征事属词，无妨绮丽。始则本原六籍，既乃泛滥百家。相如多扬厉之篇，子云有覃精之作。散行骈体，固可兼收，只句单词，亦堪吟玩。矜连城之白璧，握径寸之骊珠，不徒纂组为工，实亦性灵攸托。"（1.9）《文学典》的"文学"虽有"文以载道"之任，实际上则多是"缘情体物"之作。编者心目中的"文学"，就在于形式上"纂组为工"之美，而内容上则有"性灵攸托"之妙，应该是比较狭义的文章概念了。"始则本原六籍，既乃泛滥百家。"虽然强调文学在理学知识体系之中，文本于经，但重点又是后代文学性强的作品。

从《文学典》所称的"文学名家"也大致可以看出其"文学"观念。"文学"这个概念，先秦时代所取比较宽泛，最早见于孔门四科之说，指"文章博学"。《论语·先进》曰："德行：颜渊、闵子骞、冉伯牛、仲弓。言语：宰我、子贡。政事：冉有、季路。文学：子游、子夏。"邢昺疏："若文章博学，则有子游、子夏二人也。"① 在《文学

① 阮元校刻：《十三经注疏》下册，中华书局，1980 年影印本，第 2498 页。

典》中言偃（子游）、卜商（子夏）二人列于《文学名家列传》之首，意即取此，表现出文学源于儒学之意。《文学典》还把邹衍、庄周、墨翟、韩非等先秦诸子，左丘明、公羊高、穀梁赤等著史传经的学者列为"文学名家"，也显然是承"文章博学"之意而来。不过，从屈原、宋玉开始，"文学家"的内涵越来越接近近世以来的文学家概念，即文章之士。从总体来看，《文学名家列传》中四千多名"文学家"主要还是指文章之士，反映出《文学典》的"文学"观念始于儒学而独立于文章学的历史过程。

《古今图书集成·凡例》谈到《文学典》内容则说："盖文各有体，作者亦各有擅长，类别区分，各极文人之能事而已。"（1.20）编者强调它收集文献与体制编排重点就是文体、文人与文章。与前文所举其他类书所设立"文"部相比，可以看出，《文学典》的"文学"概念是比较集中而单纯的，更典型地反映中国古代后期定型的杂文学或者文章之学及其文体观念。这是《古今图书集成》与其他以前类书最大的差异。

类书不像一般的文学总集或诗文评著作，比较直接地表现作者或编者的文学观念，但类书又有独特的优长之处，其典目设立、内容编排与选择可以反映出编者对文学在整个社会生活与知识体系中所占地位的认识。《古今图书集成》全书分为"历象""方舆""明伦""博物""理学""经济"六汇编，有意识构成一个严密的、有内在联系的知识体系："法象莫大乎天地，故《汇编》首'历象'而继'方舆'。乾坤定而成位，其间者人也，故'明伦'次之。三才既立，庶类繁生，故次'博物'。裁成参赞，则圣功王道以出，次'理学'、'经济'，而是书备焉。"（《古今图书集成·凡例》，1.13 - 14）《文学典》属于《理学汇编》，据蒋廷锡的上表所说，《理学汇编》的编纂宗旨与内容是："盖凡往圣精微之理，先儒实践之修，春华秋实之各擅其长，考古宜今之有适于用，莫不备于是编矣。"（1.10）"理学"之得名，似受宋明理学影响，但又比较宽泛，指人文义理及其践行之学。《古今图书集成·凡例》：

理学汇编其典四。一曰经籍，二曰学行，三曰文学，四曰字
学。理莫备于六经，故首尊《经籍》。学成行立，伦类判矣，故
《学行》次之。文以载道，其绪余也，故《文学》又次之。书契
之作，典籍之权舆也，故《字学》亦及之。(1.13-14)

《古今图书集成》体系严密，其典目的次序安排明显体现了价值序列。
在"理学汇编"之中，依次为《经籍》《学行》《文学》《字学》。《文
学典》的内容按《古今图书集成·凡例》所言："《文学典》，在《经
籍》之外。盖文各有体，作者亦各有擅长，类别区分，各极文人之能
事而已。而《列传》则总之为'文学名家'，虽尊之'艺术'之上，
而不遽许之为圣贤，人可以知所重矣。"(1.20) 在儒学体系之中，"文
以载道"，在"理学"体系中，"文学"处于"经籍""学行"之下，
"字学"之上，"文学名家"的地位虽然高于"艺术"，但绝不能称为
"圣贤"。就《古今图书集成》所展现的中国传统社会知识谱系中，
"文学"所处位置与地位是十分直观、清晰的。

四　文体分类与"辨体"观念

"辨体"是中国古代文学批评与文学创作的传统与原则。古人不断
强调"文章以体制为先"[1]，"论诗文当以文体为先，警策为后"[2]，"文
辞以体制为先"[3]。这种观念也清晰地体现在《古今图书集成》之中。
《文学典》总49部，其中48个部类为文体部类，"辨体"在《文学
典》中的重要性与分量是不言而喻的。在历代综合性类书"文部"中，
《文学典》为文体所设的部类是最多的，以下列举数种以资比较：

《北堂书钞·艺文部》：诗、赋、颂、箴、连珠、碑、诔、哀
辞、吊文、诏（敕附）、章、表、书记、符、檄。

---

[1]　王应麟：《玉海》卷202引倪正父语，江苏古籍出版社、上海书店，1987，第3692页。
[2]　张戒：《岁寒堂诗话》卷上，中华书局，1985，第9页。
[3]　吴讷：《文章辨体·凡例》，吴讷《文章辨体序说》，于北山校点，人民文学出版社，1962，第9页。

《艺文类聚·杂文部》：史传、集序、诗、赋、七、连珠、书、檄、移。

《太平御览·文部》：诗、赋、颂、赞、箴、碑、铭、铭志、七辞、连珠、御制、诏、策、诰、教、诫、章表、奏、劾奏、驳奏、论、议、笺、启、书记、谏、吊文、哀辞、哀策、檄、移、露布、符、契券、铁券、过所、零丁。

《事物纪原·经籍艺文部》：诗、五言、七言、律格、联句、唱和、次韵、赋、论、策、议、赞、颂、箴、连珠。

《玉海·艺文》：诗（歌附）、赋、箴、铭、碑、颂、奏疏、策、论、序、赞、经。

《事文类聚·文章部》：诏（制、表附）、露布、檄（移文附）、箴、铭、颂（赞附）、诗、赋、连珠、判。

《渊鉴类函·文学部》：诏（敕附）、制诰、章奏、表、书记、檄、移、图、谶、符、诗、赋、七、颂、箴、铭、集序、论、射策、连珠、谏、碑文、哀辞、吊文。

《文学典》第 1 卷至第 136 卷为"文学总部"，自 137 卷至 260 卷为分体史料。共有"诏命"（诏、命、谕告、玺书、赦文）、"册书"、"制诰"、"敕书"（敕、敕榜、御札）、"批答"、"教令"、"表章"（表、章、致辞）、"笺启"、"奏议"（奏、奏疏、奏对、奏启、奏状、奏劄、封事、弹事、上书、议、谥议）、"颂"、"赞"（赞、评）、"箴"（箴、规）、"铭"、"檄移"（檄、移、关、牒、符）、"露布"、"策"（策问、策）、"判"、"书札"（书记、书、奏记、启、简、状）、"序引"（序、序略、引）、"题跋"、"传"、"记"、"碑碣"、"论"、"说"、"解"、"辩"、"戒"、"问对"、"难释"、"七"、"连珠"、"祝文"（祝文、祭文、叚辞、玉牒文、盟）、"哀诔"（诔、哀辞、吊文）、"行状"、"墓志"（墓志铭、墓碑文、墓碣文、墓表）、"四六"、"经义"、"骚赋"（楚辞、赋、俳赋、文赋、律赋）、"诗"（古歌谣辞、四言古诗、五言古诗、七言古诗、杂言古诗、近体歌行、近体律诗、排律诗、绝句诗、六言诗、拗体、和韵诗、联句诗、杂句诗、杂言诗、杂体诗、蜂腰体、断弦体、隔句体、偷春体、首尾吟体、盘中体、回文体、仄句体、叠字体、五仄体、双声叠韵体、杂韵诗、杂数诗、杂名诗、离合诗、风人体、诸言体）、"乐府"、"词曲"（诗余）、"对偶"、"格言"、"隐语"、"大小言"、"文券"（铁券文、约）、"杂文"（杂著、符命、原、述、志、纪事、说书、义、上梁文、文）共48部124卷。《文学典》各种文体的篇幅差异极大，如"诗部"共45卷，包括《汇考》《总论》《艺文》《纪事》《杂录》等纬目，而不少文体部类则只有一卷。48部类并不全是单一文体，不少部类包括了两种以上的文体形态，实际上48部类涉及的文体总数近140种，不仅远远超过了其他综合性类书的文体分类，比之许多总集所收录的文体种类也毫不逊色。①

　　《文学典》文体部类的纬目编排大致如下：《汇考》《总论》《艺文》《纪事》《杂录》《选句》《外编》，但并不是所有文体都有这些纬目。在这些纬目中，《汇考》《总论》《艺文》三纬目有比较高的文体学理论文献价值，而《纪事》《杂录》《选句》《外编》则对于研究古代各体文章发展史有重要的参考价值。其中最重要的是《汇考》与《总论》。

　　按《古今图书集成》体制，《汇考》本欲明"一事因革损益之源流，一物古今之称谓，与其种类性情及其制造之法"（《古今图书集成·凡例》，1.14），《文学典》中的各文体也不例外。《汇考》重点在于"考"，其史料来源非常广泛，经、史、子、集皆可收录，但重点在于考释文体源流、文体名称、文体制度与形态。在追溯文体渊源时，先秦经典往往是文体史料的首要来源，《文学典》不但引用经典，还征引历代的经注，这反映出《古今图书集成》"文本于经"的思想。在考察文体名称时，许慎《说文解字》、刘熙《释名》等小学著作亦多被采录。在考察文体制度时，则更多利用史籍。以《诏命部·汇考》为例，该部收录《周礼》的《天官·大宰》《春官·大祝》《内史》《外史》及注释以追溯文体渊源；收录《史记·秦始皇本纪》、刘熙

---

① 比如，明代徐师曾所编的《文体明辨》选入121种文体的作品，已是古代文体分类最为细密的总集之一了，所涉文体种类仍少于《文学典》。

《释名·释典艺》、蔡邕《独断·诏书》以考释文体名义；收录《隋书》的《礼仪志》《百官志》，《唐会要》"黄麻写诏"，李肇《翰林志》"诏书纸色"条以考释文体制度。《文学典》非常重视文体与历代典章制度、礼仪制度的关系，收录了大量典章制度文献，体现出一种新的研究理念。同时《汇考》收录了大量的文体形态、文体的文本格式，对于研究文体的原始语境与实物形态提供了丰富的文献，尤其是实用性文体，如《表章部·汇考》收录《明会典》的"表笺"。"表式"，《大清会典》的"表式"等，详细记载了明清两代表章的具体样式；"奏议"部收录《明会典》的"奏启题本格式""奏本式""题本式"，《大清会典》"题奏本式"，具体地描述了奏议文本的篇幅、大小、疏密、行数、字数以及姓名、抬头等格式，为文体学研究提供了与书写载体融为一体的鲜活的文本样式。又如《奏议部·汇考》引《明会典》《大清会典》对奏本、题本的用纸格式以及书写字画的要求；《敕书部·汇考》引陆游《老学庵笔记》言"元丰新制""署敕不著姓"。《檄移部·汇考》引《明会典》中各级官府的公移体式和写作格式。《制诰部·汇考》引《宋史·职官志》备载宋徽宗时文武官制诰用"绫纸"及"褾带网轴等饰"的等级、形制种类，记载了文体书写与文体功用相关的物质载体形制。

《汇考》所收以经史文献为主，内容多为相关制度的考订，而《总论》所收以诗文评文献为主，主要是历代评论家对各文体发展演变规律、创作方法的归纳总结，大都有较高的理论性。《文心雕龙》"文体论"诸篇分别归入《文学典》25 个文体部类的《总论》，《文学典》31 部收入吴讷《文章辨体》序题，43 部分别收入《文体明辨》中的文体序题。从全书来看，《文心雕龙》与《文章辨体》《文体明辨》这三部最有代表性的文体学著作，大致收录在《古今图书集成》之中。①

---

① 《四库全书》对吴讷《文章辨体》与徐师曾《文体明辨》评价很低，皆列入"存目"，而正编只收入贺复徵《文章辨体汇选》，《古今图书集成》基本收录了《文章辨体》与《文体明辨》的所有序题，而不录《文章辨体汇选》。《文章辨体汇选》在文体学学术史上的价值确远不及《文章辨体》与《文体明辨》。在此问题上，四库馆臣的眼光逊于《古今图书集成》的编纂者。

《文学典》在文体史料之分类、编排与选录中，体现出一些值得注意的"辨体"观念。

（一）文体次序与文体价值

在中国古代的文体谱系中，文体排列的次序往往暗含着编纂者对文体价值高下的判断。六朝至宋，许多总集编选体例采用《文选》诗、赋居前的文体分类模式。《文选》以赋、诗、骚、七先于诏、册、令、教、策、表等文体，宋人开始对此有不同看法。宋陈仁子撰《文选补遗》："以为诏令，人主播告之典章；奏疏，人臣经济之方略。不当以诗赋先奏疏，矧诏令？是君臣失位，质文先后失宜。"① 故《文选补遗》以"诏诰"置于书首。《三国志文类》分诏书、教令、表奏、书疏、谏诤、戒责、荐称、劝说、对问、议、论、书、笺、评、檄、盟、序、祝文、祭文、诔、诗赋、杂文、传等23门，把诏书置诸各文体之首，体现了以王权政治为本位的文体价值秩序，具有强烈的政治色彩。自唐以来，类书文体分类的排序大致有两种不同方式，一是以诗、赋居前，实用文体居后，如《北堂书钞·艺文部》《太平御览·文部》《玉海·艺文》等；一是以实用文居前，诗赋居后，如《艺文类聚·杂文部》《渊鉴类函·文学部》。《古今图书集成·文学典》以诏、册、制、敕及表、奏等实用性文体为先，以诗赋居后，文体部类的排列次序大致遵循以下隐在规则与文体价值谱系：按文体应用场合尊卑的次序排列；按作者身份的高低排列；按语体先笔后文的次序排列。从其文体排序来看，明显以实用文为先，其中又以帝王的下行文为先，表现出重视实用性文体与尊卑有别的正统的文体思想。

（二）对"纯文学"与"俗文学"文体的重视

这与上述"重视实用性文体"的传统观念似乎矛盾，但又是统一的。如果我们从文体史料内容的编纂比例来看，《文学典》体现出某些

---

① 赵文：《文选补遗·序》，《景印文渊阁四库全书》第1360册，第3页。

新的文体观念：对抒情文体、俗文体这些近代以来被视为"纯文学"文体表现出相当的重视。在《文学典》48 部中，诗、词、曲、赋所占分量最大，其中骚赋 6 卷、诗 45 卷、乐府 8 卷、词曲 14 卷，这几类文体所占的分量已超出《文学典》总量的一半以上。《文学典》"词曲"部中收录大量杂剧史料，在古代类书中相当罕见。《四库全书总目》"词曲类"序谓："词、曲二体在文章技艺之间，厥品颇卑，作者弗贵，特才华之士以绮语相高耳。"① 在传统文体价值序列中，词、曲地位低于诗文，曲的地位又低于词，叙事性的戏曲地位又低于抒情性的"散曲"。此前综合类的文体学著作，几乎都不重视词、曲，尤其是戏曲，如《文章辨体》《文体明辨》就没有戏曲。在《古今图书集成》之前的类书，也没有专门为戏曲立目。《古今图书集成》特设"词曲"部，"曲"的内涵，包括了散曲与戏曲，其中收录了大量的戏曲史料。如第 248 卷词曲"汇考"六收录了"群英所编杂剧共五百六十六本，元五白二十五本，内无名氏一百七本，娼夫十一本"（64.78126），记载了元杂剧作者与剧作。第 256 卷词曲部《杂录》二又收录不少杂剧史的记载与评论，对于研究戏曲史颇有价值。《古今图书集成》重视戏曲文体文献，一方面真实地反映出元明以来文坛的实际情况，另外或许和清代前期最高统治者比较重视戏曲、肯定戏曲教化作用有一定的关系。当然，我们不可据此而过高评价《文学典》对于俗文学的认同。若综合起来看，《文学典》对于俗文学文体虽然有所重视，但还是不够的。比如在《文学名家列传》之中，并没有收录戏曲家。② 而《文学典》没有为"小说"专门设立部类，表现出编者对"小说"文体的忽视或轻视态度。

（三）独特的分类

《文学典》48 部类涉及的文体总数近 140 种，其中《四六部》《对

---

① 《四库全书总目》卷 198，第 1807 页。
② 按《文学典》卷 86《文学名家列传》虽然收入王和卿，并附有关汉卿，但重点只是其散曲《咏大蝴蝶》和关汉卿的友善与雅谑。所以实际上，元代戏曲大家关汉卿、白朴、马致远、郑光祖、王实甫诸人都未被当作"文学名家"。

偶部》《隐语部》《格言部》《大小言部》几个部类的设置和体例与其他以功能命名的文体部类有所不同，它们是根据其修辞特色或文体形态特点来命名的。历代类书总集极少设置这些文体类别，《文学典》专门为它们设立部类，比较敏锐地反映出宋明以来文体的新发展，实有创意，同时也出现一些问题。

1. 对偶与隐语

对偶、隐语本是古代许多文体所共有的修辞方式，早在先秦时期就被广泛使用。魏晋以来文学批评，亦有所论及。《文心雕龙·谐隐》篇已提到"君子嘲隐，化为谜语"。《文心雕龙·丽辞》在讨论骈文时涉及对偶问题，谓："夫心生文辞，运裁百虑，高下相须，自然成对。"然人们有意识地大量创作对联、谜语则是到了宋代才开始的，诗文评亦论及对联与谜语，一些应用写作类书和民间日用类书亦有所收录。[①]明清时期，对联谜语更加盛行，一些文集开始收录此类文体的作品。如明代徐渭的《徐文长逸稿》就收入"对联灯谜诸作"，叶秉敬《叶子诗言志》收入"杂录对联偶语"，清代上官鉝《诚正斋集》、张贞生《王山遗响》、熊赐履《澡修堂集》都收入"联语"。《文学典》设立"对偶""隐语"部类，正是在文体分类学上对当时流行的对联、谜语的肯定与反映。

2. 格言

格言的语言形态起源很早，到了宋代，格言成为文人有意识创作的文体。明清时代清言、箴言作品大量出现，晚明清言往往只是片言只语的随感录，却是深思熟虑的人生经验或人生哲理的思考[②]，与格言是一致的，如明代沈周《客座新闻》，陈眉公《读书镜》《岩栖幽事》《长者言》，太室山人（徐学谟）《归有园麈谈》等，都被《文学典·格言部》收录了。除了专门汇集格言的著作外，明清人也开始将其格

---

① 刘应李《新编事文类聚翰墨全书》后戊卷九"杂题门"即收入上流社会与民间社会三教九流各种场合的对联，相当有趣。如"眼科"的对联是："妙手扫开云雾翳，举头喜见日星明"，"帽行"的对联是："一举手中俱了当，万人头上着工夫。"

② 参考吴承学《论晚明清言》，《文学评论》1997 年第 4 期。

言作品与诗文并置于文集中，如清初毛奇龄撰《诰赠翰林院侍讲学士高公崇祀乡贤主阴事状》中云高厚"所遗诗二卷、文一卷、格言一卷"①，将格言与诗、文并置。《文学典》为格言单立文体部类，体现了编者对这种文体的关注与重视。

3. 大小言

大言、小言自其产生之初就以诗赋等文体为载体，历代作品本来不多。徐师曾《文体明辨序说》"诸言体"条说："自宋玉有《大言》《小言赋》，后人遂约而为诗。诸语、诸意，皆由此起。"②《文体明辨》在"诙谐诗"之下有"诸言体""诸语体""诸意体"。这种文体的特点就是极度夸张与谐趣，所以徐师曾以之归入"诙谐诗"。但是此类作品体兼诗赋，旁及谐语，不是诗歌文体所能包括的，故编者以此类文体的修辞特征共性而立体，专列"大小言部"。"大小言"与许多文体相比，显得琐细，但如果从哲学的角度来看，"大言"与"小言"不仅是一种修辞方式，它还有特别而重要的哲学意蕴，反映出古人对于宏观世界与微观世界的理解。③

4. 四六

严格来讲，"四六"并非一种具体文体，而是一种可广泛使用于不同文体的语体。历代兼收众体的文章总集，极少有设置"四六"一体的。《文心雕龙》以骈偶为《丽辞》，置于"剖情析采"的下篇而非"论文叙笔"的上篇，没有把骈偶当作具体的文体看待。关于"四六"的文评，至唐宋以后始盛。《文学典》专立《四六部》一卷，反映出唐宋以来四六文盛行的情况，是无可厚非的。然编者将《四六部》置于《墓志部》与《经义部》之间，似以"四六"为与诸体相并列的文体，似有不妥。《四六部》的位置，似宜与几种语体或修辞为特征的文体部类相邻。另外，《四六部》既无《汇考》，也无《总部》，所以"四六"的内涵颇为含糊。在该部的《艺文》中，也只选有李商隐的

---

① 毛奇龄：《西河集》卷111，《景印文渊阁四库全书》第1321册，第227页。
② 吴讷：《文章辨体序说》，于北山校点，第163页。
③ 参看吴承学《中国古代文体学研究》（第三版），人民出版社，2011，第7-8页。

两篇文集自序与刘克庄的一篇跋，又相当简单，略嫌随意。

5. 经义

自北宋熙宁年间实施以经义取士，"经义"就成为与文人命运相关的重要文体，但是文章总集或别集基本不收录此类科举文字①，各种类书的文体部分，亦罕有涉及。《文学典》新设"经义部"，虽然经义不等于八股文，然而《文学典》"经义部"重点是八股文。这在文体学上反映出八股文在明清两代所受的重视。此部重点收集了一些明清八股文渊源与体制、八股理论与八股技法的重要文献，为研究明代八股文提供了相当重要的材料。这些文献的选择与收录，也体现出编者的八股文史观。如历来对八股文文体的渊源说法甚多②，但《文学典》的《经义部·汇考》首则引《宋史·神宗本纪》："熙宁四年二月丁巳朔，罢诗赋，以经义论策试进士。"明确以宋代考试文体为八股文的渊源，而不采其他说法。

由于《永乐大典》的散佚，《古今图书集成·文学典》是现存最为丰富的中国古代文体史料库，是文体学史料的集大成者。《文学典》对48个文体部类的划分和排列次序反映出各文体之间的相互关系，而各种文体的功用特征和文本形态特征又通过文献的编排来展现。《文学典》不仅是对我国古代文体论的全面总结，也体现了编者对各文体特征的认识和文体分类观念。48个文体部类与《文学总部》分别构成了《文学典》中两个相对独立却又相辅相成的体系。

但是，由于《文学典》篇幅巨大，在文体分类与史料选录方面不免存可求之疵。对此，笔者在上文讨论中已有所涉及。又如在中国古代，"杂文"或"杂著"种类繁多，相当复杂，而《文学典·杂文》一卷颇显草率。虽然分了《汇考》《总论》《纪事》《杂录》数纬目，但都非常简单，如《汇考》一目，只收《释名》数语。而《总论》纬

---

① 吕祖谦编《宋文鉴》卷111收入两篇"经义"，《文体明辨》卷46有"义"一体，有所涉及，亦收入《宋文鉴》所收两篇经义文，见《四库全书存目丛书》集部第312册，第93页。但这种情况相当少见。

② 参考吴承学《中国古代文体形态研究》第13章《明代八股文》第一节"关于八股文渊源诸说"，中山大学出版社，2002，第242–252页。

目，收录《文心雕龙·杂文》《文章辨体·杂著》与《文体明辨》之
"杂著""符命""原""述""志""纪事""说书""义""上梁文"
"文"诸体题序。按：《文体明辨》之"符命""原""述""志""纪
事""说书""义""上梁文""文"诸体与"杂著"相提并论，彼此
之间并无附属关系，而《文学典》以诸体皆列入"杂著"，确为少见。
当然，"杂著""杂文"自六朝以来，并无定体，何为"杂文"，可见
仁见智，但文体分类，应有前后统一性，其中如"义"，乃为"经义"
之"义"，属于考试文体，《文体明辨》卷46"义"体，下有"经义"
之目，并收录宋代张庭坚两篇经义。① 而《文学典》第180卷至182卷
即为《经义部》，故"义"之一体，宜置《经义部》中。又如"问对"
部的《艺文》只收三首诗词：明僧来复的《主上于奉天门赐坐焚香供
茶午就赐斋问以宗门大意首以灵山付嘱继以迦叶感化为对喜赋诗以献》
和宋方岳的《哨遍·问月》《哨遍·月对》，虽有些别出心裁，但所选
作品在"问对"体中代表性不强，显得随意。②

五　《文学典》之外的文学史料

　　除了《文学典》集中收录了文学文献之外，《古今图书集成》还
有一些相关部类也收入丰富的文学文献。

　　（一）关于作家、作品的文献

　　古代人物的身份往往是多重的，很少有专此一业的"文学家"，相
反，"余事作诗人"倒是比较普遍的情况。如果研究古代作家，而只限
于《文学名家列传》，眼光就不免褊狭了。凡涉及人物的文献，都可能
有助于作家研究。《古今图书集成》许多典部都有《列传》，如《明伦
汇编》有《名臣列传》，《氏族典》有各姓氏历史名人的《列传》，所

---

① 徐师曾：《文体明辨》，《四库全书存目丛书》集部第312册，第92页。
② 这个问题可参考吴讷《文章辨体》、徐师曾《文体明辨》之"问对"部分及选文。《文体明辨》卷之
　 43"问对"收入柳宗元《晋问》、韩愈《对禹问》、柳宗元《愚溪对》等作品。

收的人数极多，其中当然也有许多身兼作家的人物。在不同典部中，同一人的列传，所采材料往往不同，可以互参。① 比如，《文学典·文学名家列传》唐代诗人韦应物传用的是宋尤袤《全唐诗话》、宋姚宽《西溪丛语》材料（63.76348），而《氏族典》中《韦姓部》的《列传》则据《全唐诗小传》，文献来源不同。又如，《经学典》中的《传经名儒列传》有苏轼、苏辙、陈亮、张溥、唐顺之、归有光、徐师曾、袁宗道、汤显祖、艾南英、杨慎等人的传记，都可与《文学名家列传》互相参证或补充。

《古今图书集成》各部的《艺文》《纪事》《杂录》等皆收录历代的文学作品，《古今图书集成》也可以看成是各种专题的文学史料。如《交谊典》之《赠答部》《宴集部》《盟誓部》《饯别部》，都可以成为某一文学主题研究的文献。《明伦汇编·皇极典》设有关于帝王文学创作的部类《御制部》。② 历代最高统治者的创作与审美趣味对文学创作的影响，是一个有意思的问题。《御制部》三卷有《艺文》《纪事》《杂录》三纬目，收录了上自尧舜、下至明神宗历代帝王诗文创作及评论，形成了一个以历代君主为纲的专题文学史。女性文学是现当代海内外学界所共同关注的话题，《明伦汇编·闺媛典》之《闺藻部》七卷有《列传》《艺文》《纪事》《杂录》《外编》，为中国古代女性文艺（主要为文学）研究提供了相当丰富的文献。《闺藻部·列传》收录220 名历代女性作家、艺术家的传记资料。其中如曹世叔妻（班昭）、徐淑、董祀妻（蔡琰）、李清照、朱淑真等著名女作家的传记资料皆为《文学名家列传》所未收。《闺藻部·列传》中所收明代女性作者数量最多，共 89 人（附 3 人）。所载江南女性最为突出，其中如叶绍袁妻（沈宜修）及叶纨纨、叶小鸾母女三人，真实地反映明代家族女性文学盛况。《闺媛典》中各部还收录大量女性作家的作品，也是研究中国古代女性文学的重要文献。《艺文》收录历代歌咏、评价妇女创作的作

---

① 关于该书所涉及的人物传记，可参考杨家骆主编《古今图书集成各部列传综合索引》，鼎文书局，1988。
② 《太平御览》"文部"卷 591、592 为《御制》，《古今图书集成》的《御制部》则移入《皇极典》中。

品，《纪事》《杂录》《外编》收录历代文献中有关妇女文艺创作的事迹与传闻。《闺藻部》诸纬目共同构成和展现了自汉至明的中国女性文艺史料。

（二）关于文学批评的文献

"理学汇编"中的《经籍典》是《文学典》外与文学关系最为密切的一典。《经籍典》几乎每一部类都相当于一部专题学术史料。如《文选部》，其实就是一部"《文选》学"史的史料汇编。《诗经部》既是经学，又是文学。史部中的《国语部》《战国策部》《史记部》《汉书部》《后汉书部》《三国志部》等部，其中大量史评未尝不可视为文评。而在子部中，文学批评材料也占有相当的比重。集部无疑是《经籍典》里古代文学文献最集中的部类。《集部·总论》收录历代关于文集的评论，《集部·艺文》收录历代文集序跋。《文学典》中文学资料的编排或以作家为主线，或以文体形态方式为主线，《经籍典·集部》以文集为主线的文献史料是对《文学典》的有益补充。《经籍典》还有一些并非专门谈论文学，却涉及文学评论的文献。如第 94 卷《易经部·杂录》引明李鼎《偶谈》："《易》，传之祖也。《说卦》，说之祖也。《序卦》，序之祖也。溯流者会须穷源。刘义庆，清言之圣也。罗寅①中，小说之圣也。高东嘉、王实甫，传奇之圣也。后发者终难方焉。"（57.68918）这条材料，所论从经学与文体的关系到小说、戏曲之经典，颇为重要，而历来未受重视。也有一些材料表面看来似乎与文学批评无关，但细读仍有关系。如第 84 卷《明伦汇编》之《交谊典·品题部》为品题历代人物之文献。在中国古代，人物品评与文学批评在形式与内容上的关系都是相当密切的，故此部实有助于文学批评。又如第 94 卷《交谊典·荐扬部》引《侯鲭录》欧阳修因诗荐人而失察，有"诗不可信也如此"之叹②，其实是涉及古人对于诗与生活

---

① 原文如此，"寅"应为"贯"字之误。
② 《侯鲭录》："欧阳文忠公尝以诗荐一士人与王渭州仲仪，仲仪待之甚厚。未几眦败。仲仪归朝，见文忠公，论及此士人。文忠公笑曰：'诗不可信也如此。'"（33.40663）

真实、人品与诗品关系理解的文献。第 100 卷《交谊典·嘲谑部》中涉及文学批评的文献亦不胜枚举。①

（三）关于文体或文体形态的文献

《古今图书集成》的许多部类，可能涉及各种文体形态。比如 153 至 157 卷的《庶征典·谣谶部》便集中地提供了研究谣谶形态的文献。中国古代文体与礼乐制度、政治制度关系密切，在一些有关礼仪制度的文献中，也可能涉及文体史料，与《文学典》交叉甚至可以互补，如"经济汇编"《选举典》。虽然《选举典》各部类的主题都偏重于制度层面，但也有不少关于考试文体的资料。其卷 73《科举部·总论》二所选《日知录》近 30 则材料中，绝大多数未见《文学典》采录，更真实全面地还原经义文体的历史面貌。《文学典·策部》的"策"实际包含了"制策"、"试策"与"进策"，三者性质不同，《选举典·对策部》集中于考试文体，所收文献不但比《文学典·策部》更为专门，也更为详尽。在《文学典·词曲部》收录部分戏曲史料，而在《博物汇编·艺术典》中有《优伶部》二卷，有《汇考》《名流列传》《艺文》《纪事》《杂录》《外编》诸纬目，也是研究中国古代戏曲史与演剧史的重要文献。第 816 卷《优伶部·汇考》引用《汉制考》"周礼"条、《金史·礼乐志》、唐崔令钦《教坊记·杂剧》、元周密《武林旧事·杂剧段数》、元陶宗仪《辍耕录》"院本名目"等多条，潘之恒《曲艳品》《后艳品》《续艳品》《剧评》等（48.59708）。《汇考》在文献收录上追溯戏曲与礼乐制度之关系，值得注意。所收崔令钦《教

---

① 如引《遁斋闲览》谓李廷彦献百韵诗于一上官，其间有句云："舍弟江南没，家兄塞北亡。"上官恻然哀之曰："不意君家凶祸重并如是！"廷彦遽起自解曰："实无此事，但图对属亲切耳！"（33.40743），这条材料，又见《文学典》第 211 卷诗部《纪事》，而引自《续墨客挥犀》，作"李庭彦"。此材料在钱锺书《诗可以怨》一文中，成为相当有趣的"为文而造情"的典型。见钱锺书《七缀集》，上海古籍出版社，1985，第 112 页。

坊记》版本与现行许多版本内容不同，其中部分内容是独有的。① 在《文学典》中，设有《乐府》一部。在中国古代，歌诗同源，乐府与歌更是一体。《经济汇编》中的《乐律典》另有《歌部》，共 11 卷②，篇幅相当大，与《乐府》关系极密切，其中许多文献，涉及乐府制度与乐府历史，可与《文学典·乐府》相参照。而《乐律典》另有《舞部》六卷，亦与古代戏曲有一定关系。

六　从《古今图书集成》看康熙年间的文化与文学风气

　　《古今图书集成》始于私修，主要成于陈梦雷一人之力。他在康熙四十五年所写的《告假疏》中已谓"此书规模大略已定"。③ 另外，陈梦雷《进〈汇编〉启》自谓："不揣蚊力负山，遂以一人独肩斯任。谨于康熙四十年十月为始，领银雇人缮写。蒙我王者殿下顺发协一堂所藏鸿编，合之雷家经史子集，约计一万五千余卷。至此四十五年四月内书得告成，分为汇编者六，为志三十有二，为部六千有零。"④ 可见《古今图书集成》全书框架设计、材料去取，甚至资料筹备，都是陈梦雷"独肩斯任"的。尽管如此，该书却不是代表陈梦雷一己之知识，而是代表集体意识与普遍知识，甚至也代表当时社会主流文化意识形态。此书编纂毕竟是奉皇子胤祉之命，得到其支持与裁定，后又经集体修订补充，得到康熙赐名、雍正制序，故笔者认为始于私修的类书《古今图书集成》虽与纯粹官修的丛书《四库全书》体制不同，然在代表当时社会主流文化意识形态方面，两书性质是有一致之处的。

　　康熙、乾隆并称盛世，其政治、文化乃至文学风气则有差异。一

---

① 如《古今图书集成》本的《教坊记》标出"杂剧"之目，这是其他版本所没有的。此前，学术界认为"杂剧"一词，最早见于晚唐李德裕《会昌一品集》卷 12"杂状"所提到的"杂剧丈夫两人"。若据《古今图书集成》本《教坊记》，则中唐时期已出现"杂剧"的名称，对于研究杂剧历史具有文献参考价值。参看刘晓明《杂剧起源新论》，《中国社会科学》2000 年第 3 期。然《古今图书集成》版本是否可靠，尚待研究。
② 《古今图书集成》第 74 册，第 89764－89867 页。
③ 陈梦雷：《松鹤山房文集》卷一，《续修四库全书》1416 册，第 33 页。
④ 陈梦雷：《松鹤山房文集》卷二，《续修四库全书》1416 册，第 38 页。

方面，康熙、乾隆以来文字狱大兴，然两朝对于文人思想文化钳制的程度有所不同，也有其发展过程。另一方面，康熙与乾隆年间主流社会的审美风尚亦处于演变之中。这种微妙的政治、文化差异也反映到图书编纂上。《古今图书集成》编纂于康熙年间，《四库全书》编纂于乾隆年间，前后约差五六十年之久，然皆代表各自时代主流的意识形态，其政治目的首先都在于表明"文治"之功。不过，在不同具体时段中，由于政治风气、文化政策不同，两部巨制对于文献的态度与处理方式上也有变化。当然，类书与丛书的性质完全不同。类书求全，宽于去取；丛书求精，严于抉择。两者之间实难以强加比较。不过，当我们把审视的眼光集中到对待同一文献对象的态度时，两部巨制之间仍具有一定可比性。

首先，《古今图书集成》收录的许多著作在编修《四库全书》过程中却成了禁毁或存目书籍。① 其中最典型的例子是钱谦益的著作。《古今图书集成》大量收录钱谦益的作品，仅《列朝诗集》作家小传就被引录近千次②，《文学典·总论》收录的明代作家传记部分是以钱谦益《列朝诗集》的作家小传为主的。而在《四库全书》中，钱谦益则成为最典型的抨击与禁毁对象，所有涉及钱谦益的文字都必须毁弃，而《列朝诗集》也是受攻击的主要对象。《四库全书总目》卷148 "集部总叙"："大抵门户构争之见，莫甚于讲学，而论文次之。……至钱谦益《列朝诗集》，更颠倒贤奸，彝良泯绝，其贻害人心风俗者，又岂鲜哉？"③ 又《四库全书总目》卷190《明诗综》提要："至钱谦益《列朝诗集》出，以记丑言伪之才，济以党同伐异之见，逞其恩怨，颠倒是非，黑白混淆，无复公论。"④ 可以看出四库馆臣对于钱谦益与

① 关于《四库全书》禁毁书，可参考中国第一历史档案馆编《纂修四库全书档案》，上海古籍出版社，1997；姚觐元编，孙殿起辑辑《清代禁毁书目（补遗）清代禁书知见录》，商务印书馆，1957；吴哲夫《清代禁毁书目研究》，台湾嘉新水泥公司文化基金会研究论文，第 164 种，1969。

② 本文的统计数据，采用北京爱如生数字化技术研究中心研制的《中国类书库》。

③ 《四库全书总目》卷 148，第 1267 页。

④ 《四库全书总目》卷 190，第 1730 页。同为明诗总集，四库馆臣痛贬钱谦益《列朝诗集》而力捧朱彝尊《明诗综》，此绝非公论。两书之异同优劣，可参见容庚《论〈列朝诗集〉与〈明诗综〉》，《岭南学报》第 11 卷第 1 期，1955 年 12 月。又收入《明诗综》2007 年中华书局整理本第 8 册书后。

《列朝诗集》的极端厌恶之情。钱谦益的《列朝诗集》《牧斋初学集》《牧斋有学集》皆为《四库全书》禁毁书籍。

这并非偶见现象。又如被《古今图书集成》收录而被《四库全书》禁毁的晚明著名文集，就有钟惺《隐秀轩集》，袁宗道《白苏斋类集》，袁宏道《潇碧堂集》，袁中道《珂雪斋集》，焦竑《澹园集》，陈继儒《白石樵真稿》《晚香堂集》《眉公诗钞》等。① 两书这种强烈的差异与类书、丛书体例之别并无直接关系，主要原因是受到各自时期政治文化风气的影响。

其次，《古今图书集成》与《四库全书》对待晚明文学文献的态度迥异。《古今图书集成》收录晚明文学文献甚多，其中有代表性的人物陈继儒（眉公）的著作如《群碎录》《枕谭》《安得长者言》《岩栖幽事》《虎荟》《妮古录》《书画史》《见闻录》《书蕉》《狂夫之言》《太平清话》《辟寒部》《偃曝谈余》《销夏部》《珍珠船》《读书镜》《香案牍》《逸民史》《书画金汤》《读书十六观》等都被征引，而且征引频率极高。② 而在《四库全书》中，除了陈继儒《白石樵真稿》《晚香堂集》被列入禁毁之外，《四库全书总目》著录陈继儒著作 31 种，均入存目，无一正选。四库馆臣对晚明文风极为排斥，并对陈继儒的著作大加贬斥，基本持否定态度，其批评大概着眼于三点：一是浅陋，如评《妮古录》"议论殊为浅陋"。③ 二是粗率，如评《书蕉》："随笔札记，颇无伦次。"④ 评《笔记》："取杂事碎语，钞录成帙，略无伦次。"⑤ 评《珍珠船》："既病冗芜，亦有讹舛。"⑥ 评《见闻录》："叙次丛杂，先后无绪，仍不出其生平著述潦草成编之习。"⑦ 评《虎荟》：

① 集部之外，这种情况也相当多，如《古今图书集成》收录的屈大均《广东新语》、陈继儒辑《通纪会纂》皆为《四库全书》所禁毁。
② 如引《珍珠船》358 次，引《太平清话》243 次，引《读书镜》128 次，引《书蕉》106 次。
③ 《四库全书总目》卷 130，第 1115 页。
④ 《四库全书总目》卷 128，第 1105 页。
⑤ 《四库全书总目》卷 132，第 1127 页。
⑥ 《四库全书总目》卷 132，第 1127 页。
⑦ 《四库全书总目》卷 143，第 1224 页。

"漫为牵缀。"① 三是纤佻，如评《岩栖幽事》："词意佻纤，不出明季山人之习。"② 在文学方面，四库馆臣对陈继儒的批评，多是与批评晚明小品习气有关。如《书画史》提要说陈继儒所著的《书画金汤》："尤不脱小品陋习，盖一时风尚使然也。"③ 在《张氏藏书》提要中说："明之末年，国政坏而士风亦坏。掉弄聪明，决裂防检，遂至于如此。屠隆、陈继儒诸人不得不任其咎也。"④《四库全书总目》把陈继儒看成是当时的士风与文风也就是所谓的晚明习气的代表性人物。《四库全书》极端鄙视晚明文风，大肆刊落晚明文学文献，既有政治上的导向，也有审美上的原因，但与丛书体例关系不大。

再次，《古今图书集成》以理学为旨归，而《四库全书》馆臣更推崇"汉学"。受汉学影响，四库馆臣治学相当严谨，在文献方面讲求目录版本与考据之学，成就远在《古今图书集成》之上。如《古今图书集成》的《格言部·杂录》引"林逋《省心录》"，按《省心录》即《省心杂言》，《四库全书总目》卷92《省心杂言》提要据《永乐大典》考出此书作者并非林逋，乃宋初李邦献所著。⑤ 又如，《古今图书集成》卷180《经义部·汇考》"附王安石《经义式》"，收录王安石"经义"六篇（64.77571—64.77573）。王安石与经义考试制度关系密切，但《古今图书集成》所收王安石"经义式"，在文献来源上存在一些疑点。俞长城编次的《一百二十名家全稿》略早于《古今图书集成》⑥，也收入王安石经义10篇。可见，关于所传王安石的经义文是康熙年间知识界比较普遍的共识。但是，四库馆臣对此提出疑问。《四库全书总目》卷189《经义模范》提要："康熙中，编修俞长城尝辑北宋至国初经义为《一百二十名家稿》，然所录如王安石、苏辙诸人之作，

---

① 《四库全书总目》卷116，第1005页。
② 《四库全书总目》卷130，第1115页。
③ 《四库全书总目》卷114，第976页。
④ 《四库全书总目》卷134，第1137页。
⑤ 《四库全书总目》卷92，第779页。
⑥ 《一百二十名家全稿》卷首有张希良序，其落款署"康熙己卯孟冬朔日楚黄年眷弟张希良顿首拜题"。可见其成书不迟于康熙三十八年（1699）。

皆不言出自何书，世或疑焉。"① 明确对王安石等经义作品表示审慎的存疑态度。其实，《古今图书集成》所收王安石"经义"六篇系后人所编写或以八股文形式去改写王安石《论议》而成的。② 所以《古今图书集成》收录王安石"经义式"确是有问题的。四库馆臣对于世传王安石经义文的存疑比《古今图书集成》的无疑而录显然更为严谨，也更有眼光。

《古今图书集成》与《四库全书》对于文学类图书的不同态度与处理方式，某种程度上反映出从康熙年间到乾隆年间文化与文学风气的转变：在文化上逐渐走向专制，力排"违碍"。在审美价值观上体尚宏大，痛贬佻纤放诞。在文学批评标准与批评尺度上则更为严厉，甚至苛刻。在文学文献与史料的辨析和考据上，则更为审谨和精严。

综上所述，《古今图书集成》成书于清代，从上古至清初的资料尽在收录范围之中。③ 其内容广博，体系细密，可称历代类书之集大成者。在中国古代文学与文学批评研究领域，其价值尚未得到应有的重视。综览《古今图书集成》全书，可以更清晰地认识在中国古人心目中，文学在整个社会生活中的地位以及文学与社会生活其他方面的联系。《古今图书集成·文学典》在现存历代类书文学部类中，不但分量是最大的，其"文学"内涵也最接近现今的文学概念。它在编排方式、分类体系与文献选录中体现出编者对文学、文人、文章、文体等问题的认识。可以说，《古今图书集成·文学典》就是一部文学批评、文学史与文体学的史料集成。它以类书的特殊方式，某种程度上体现出清代康熙年间主流社会的文学观念与风气。

（原载《文学评论》2012 年第 3 期）

---

① 《四库全书总目》，第 1716 页。总纂官纪昀在《嘉庆丙辰会试策问五道》之四也就此发问："经义始宋熙宁。传于今者，惟《刘左史集》载十七篇、《宋文鉴》载一篇、《制义规范》载十六篇而已。坊刻有王安石、苏辙等经义，果有所传欤？抑伪托欤？"（《纪晓岚文集》第 1 册第 12 卷，河北教育出版社，1995，第 271 页）这里所谓"坊刻有王安石、苏辙等经义"，应指《一百二十名家全稿》所录。
② 参考黄强《八股文与明清文学论稿》第六章"附录"《现存宋代经义考辨》，上海古籍出版社，2005，第 221 页。
③ 《古今图书集成》亦采录部分清初文献，如《康熙字典》《日知录》《经义考》等。

第十五章 论《四库全书总目》在诗文评研究史上的贡献

　　《四库全书》是我国古代最大的一部官修书，其编纂是中国文化史上最浩大的修书工程。《四库全书总目》是随着《四库全书》的编纂而逐步编修出来的，其分类严明，论述谨重，大体代表了当时知识界的学术水平。它不但是一部伟大的目录学著作，而且基本形成了一个中国古代学术史概观性质的整体，历来受到许多学者的大力推崇。如张之洞在《𫐐轩语·语学》中就说过："今为诸君指一良师，将《四库全书总目提要》读一遍，即略知学术门径矣。"即使我们仅从文学学术史的角度来看，《四库全书总目》也有非常重要的价值：一方面《四库全书总目》对于中国古代诗人作家的批评（主要是集部提要），总结起来，便是我国一部颇具规模的古代文学史纲；另一方面把"诗文评"类提要对于中国古代主要的文学批评著作的批评总结起来，便是我国一部简要的文学批评史纲。本文拟从《四库全书总目》① 诗文评类的提要及相关材料入手，探讨它在中国古代诗文评研究学术史上的贡献。

---

① 本文所引《四库全书总目》，系中华书局 1965 年影印浙江杭州本。下引此书略称为《总目》，仅注明其卷数。

一 《总目》代表统治阶级的集体思想

在研究《总目》"诗文评"类提要之前，我们有必要了解"诗文评"这一分支学科的形成和发展过程。① 正如《总目》在"集部总叙"中说的："集部之目，楚辞最古，别集次之，总集次之，诗文评又晚出，词曲则其闰余也。"（卷148）"诗文评"类在集部中是晚出的分类。《隋书·经籍志》将刘勰《文心雕龙》和钟嵘《诗品》与《文选》《玉台新咏》一起归入集部总集类，可见当时学术界还没有明确地把它们与一般集部的著作区分开来。等到唐开元年间编定的《崇文目开元四库书目》，才将文学批评著作在总集中厘析出来而别立"文史"之名。于是集部"集录其类三：楚辞、别集、总集并文史②"。宋代的目录著作也纷立"文史"之目，所收的著作数量更多而范围更为明确。《新唐书·艺文志》"文史"类所收除了李充《翰林论》、刘勰《文心雕龙》、颜竣《诗例录》、钟嵘《诗品》，并收了唐人的诗格一类著作多种。今存宋代官修目录有王尧臣等《崇文总目》，私家藏书目录有晁公武《郡斋读书志》、尤袤《遂初堂书目》、陈振孙《直斋书录解题》，除《郡斋读书志》外，其余都设有"文史"类，其收录绝大部分属于文学批评的范围，只有少数几种史评著作如《史通》等附带收入，这是后来的诗文评更为专门化的一个重要阶段。

宋人对古代文学批评著作又有了进一步的区分。如郑樵《通志》就分列"文史"与"诗评"二类，将综合各体文学批评的《文心雕龙》《翰林论》等归入"文史"，而"诗评"类则专收诗话诗格著作，像钟嵘《诗品》、王昌龄《诗格》等均在其中，一些明显带有批评倾向的诗歌总集如《河岳英灵集》也包括在内。稍后的章如愚在其《山堂考索》的"文章门"中更把此类细分为"文章缘起类""评文类"

---

① 参见笔者与彭玉平教授合撰的《中国文学批评史研究的回顾与展望》，《中国社会科学》1997 年第 5 期。

② 见王应麟《玉海》卷 52，上海古籍出版社，1992，第 978 页。

"评诗类"三种。① 这种分类对明代"诗文评"类的确立，无疑是一种有益的启迪。书目中的"诗文评"类是明人提出的。焦竑的《国史经籍志》、祁承爜的《澹生堂藏书目》均列"诗文评"类，收录了严格意义上的文学批评著作，这是对先前文、史相杂观念的一种突破，它直接影响了清代《四库全书》对诗文评著作的最后归属和界定。到了清代乾隆四十七年《四库全书》编竟之后，"诗文评"遂成为古代文学批评的一个专称而获得了普遍的认同和使用。

这里有必要讨论一下关于《总目》的作者及其学术思想的代表性问题。古今许多学者非常强调纪昀在《总目》编纂中的作用。如清人朱珪为纪昀撰的墓志铭就说："公馆书局，笔削考核，一手删定，为《全书总目》，袤然巨观。"其祭纪昀之文亦云："生入玉关，总持《四库》，万卷提纲，一手编注。"② 江藩《汉学师承记》卷六"纪昀"条亦云："《四库全书提要》《简明目录》皆出公手。"③ 纪昀在编纂《总目》的过程中所起的删改审定的主要作用是不容置疑的。但如果把此书视为仅仅是纪昀一人的主张和思想，则未免有些片面。如郭伯恭《四库全书纂修考》一书就说："《总目提要》之编纂，原为各纂修官于阅书时分撰之，嗣经纪昀增窜删改，整齐划一而后，多人之意志已不可见，所可见者，纪氏一人之主张而已。"④ 朱东润在他的《中国文学批评史大纲》中也说："晓岚论析诗文源流正伪，语极精，今见于四库全书提要，自古论者对于批评用力之勤，盖无过纪氏者。"⑤ 而有些当代学者更把《总目》看成是"纪昀学术思想的反映"，甚至完全归于他的名下，把它作为研究纪昀文学思想的主要材料。⑥ 这种观点尚可斟酌。

---

① 章如愚：《山堂考索前集》卷 21、22，中华书局 1992 年影印明正德刘洪慎独斋本。
② 见《知足斋文集》卷五及卷六。转引自郭伯恭《四库全书纂修考》，上海书店 1992 年据国立北平研究院史学研究会 1937 年版影印，第 213 页。
③ 江藩：《国朝汉学师承记》，钟哲整理，中华书局，1983，第 93 页。
④ 郭伯恭：《四库全书纂修考》，第 213 页。
⑤ 朱东润：《中国文学批评史大纲》，上海古典文学出版社，1957，第 301 页。
⑥ 见王镇远《纪昀文学思想初探》，《古代文学理论研究》丛刊第 11 辑，上海古籍出版社，1986，第 256 页。

　　《总目》提要稿先由各位纂修官分头负责，由四库馆臣撰写，当时从事撰写提要稿分纂稿的就有程晋芳、任大椿、姚鼐、翁方纲、余集、邵晋涵、周永年、戴震等大学者。总纂官纪昀对分纂稿进行改定，贯一全文，按目录分类加以编排，后再送皇帝审阅，现在的《总目》正是在多名大学者的分纂稿基础上笔削核订而成的。笔者以为，《总目》编纂的实际操作先是由四库馆臣集体完成的，最后由纪昀总其成，但是无论是纪昀也好，其他四库馆臣也好，其编纂工作是在某种思想指导下统一操作的。这种思想就是当时最高统治者即乾隆皇帝的政治、文化、学术思想的综合体。《四库全书》的体例是由乾隆审定的，正如《四库全书凡例》所说的"其体例悉承圣断"（卷首），而且"每进一编，必经亲览；宏纲巨目，悉禀天裁。定千载之是非，决百家之疑似，权衡独运，衮钺斯昭"（卷首·凡例）。这就是说《四库全书》包括《总目》都是必须经过皇帝最后亲自"钦定"的。所以《总目》的修纂与个人著述是有所不同的，四库馆臣不可能完全依照自己的好恶来撰写，而是应该体会、揣摩并贯彻最高统治者的意志和趣味，纪昀也必须根据统治者的思想观念和需要来修改《总目》。尽管《总目》的字里行间不难看出纪昀辩博风趣的个人风格（尤其诗文评又是纪昀学术研究的重点之一），但笔者仍然认为《总目》不仅代表个别人或部分人的观念，而且代表以乾隆为首的整个统治阶级集体的思想，代表封建社会正统、正宗的学术观念，甚至也可以说它是整个封建社会学术思想的集大成式的总结，它为我们了解中国封建社会晚期的文学思想提供了非常权威的资料。

　　目前文学批评史研究对象大体是文学家个体的理论观点，而作为代表统治阶级整体的文学思想和文学政策就很少有人去研究了。它们未必都有很高的理论价值，但在当时对于整个社会的各个阶层却可能产生巨大的作用和影响。因为统治阶级的思想就是统治思想，只有了解统治阶级的文学思想、政策、最高统治者与统治集团主要成员的好恶，才能对各时代的文学风尚和审美趣味有比较根本的认识。因此，研究《总目》便具有十分重要和特殊的意义。

二　勾勒中国诗文评发展概况

《总目》诗文评类正选著作 64 部，731 卷，存目著作 85 部，524 卷。中国古代诗文评方面重要的理论专著大体都已概括在其中了。这 149 部诗文评著作的提要，大体勾勒出我国诗文评发展的概况。

章学诚在《校雠通义·叙》中认为，自汉代刘向、刘歆以来，中国古典目录学对于学术史研究起了"辨章学术，考镜源流"的巨大作用。这也正是《总目》的特点。四部每部之首皆有总序，提纲挈领地研究学术之源流正变。每部之下又有小序，进一步陈述流派的演变、是非。每书的提要考证作者的籍贯生平，介绍该书性质和主要内容，评论它的利弊得失。有些问题还在子目之后，附加案语再一步申明。《总目》诗文评类提要也是如此，诗文评小序从理论上考察了诗文评著作出现的原因、作用以及它在目录学中的地位变迁，它大体理清了中国文学批评史的发展脉络，对诗文评的主要体例和特点也有概略的总结。诗文评小序谓：

> 文章莫盛于两汉，浑浑灏灏，文成法立，无格律之可拘。建安黄初，体裁渐备，故论文之说出焉。《典论》其首也，其勒为一书，传于今者，则断自刘勰、钟嵘。勰究文体之源流，而评其工拙，嵘第作者之甲乙，而溯厥师承，为例各殊。至皎然《诗式》，备陈法律，孟棨《本事诗》，旁采故实，刘攽《中山诗话》、欧阳修《六一诗话》又体兼说部。后所论著，不出此五例中矣。宋、明两代，均好为议论，所撰尤繁。虽宋人务求深解，多穿凿之词，明人喜作高谈，多虚矫之论，然汰除糟粕，采撷菁英，每足以考证旧闻，触发新意。《隋志》附总集之内，《唐书》以下则并于集部之末，别立此门。岂非以其讨论瑕瑜，别裁真伪，博参广考，亦有裨于文章欤？（卷195）

"小序"大致勾勒了古代诗文批评发展的主要线索和在目录学上的变化。它指出在建安之前，文章兴盛，但无法可求，因此无专门研究文章的专著。建安之后，体裁法度渐备，于是诗文评著作应运而生。"小序"把建安看成是中国古代文学与文学批评发展的一个关键时代，是符合事实的。"小序"指出宋明诗文评有"穿凿之词""虚矫之论"，不过还是肯定其价值。"小序"总结了古代诗文评著作的五种主要体例：①刘勰《文心雕龙》特点是理论性比较强，论述比较全面，它以文体发展为线索，在叙述文体演进过程中对历代作家作了评价；②钟嵘《诗品》近于一部五言诗发展史，重在品评历代五言诗诗人的高下等级，而且把历代五言诗歌创作的渊源归为国风、小雅和楚辞；③皎然《诗式》的特点是研究诗歌语言的格式技法，是诗格一类著作的代表；④孟棨《本事诗》则重在叙述引发诗歌创作的本事"故实"，有助于知人论世；⑤刘攽《中山诗话》、欧阳修《六一诗话》则涉笔成趣，可以说是小说化、随笔化的诗话。当然"小序"所总结的只是古代诗文评著作的几种主要体例，并无法完全概括全部形态。

《四库全书》在诗文评著作整理方面作出突出贡献。尤其是辑佚方面，从《永乐大典》中辑出一些早已失传的诗文评著作。比如李耆卿《文章精义》和周密《浩然斋雅谈》都是四库馆臣从《永乐大典》中辑出。从文学批评文献学的角度来看，《总目》对于批评著作的"别裁真伪"考证辨伪工作至为重要，虽然以往的目录学著作对于诗文评著作也有过一些考辨，但都不如《总目》之系统全面。《总目》对《文心雕龙》以来的古代著名诗文评著作的时代、作者、著作名称乃至版本一一加以考证。如自宋代以来，《文心雕龙·隐秀篇》皆有阙文，明末钱允治称得阮华山宋椠本，抄补四百字。《总目》考证道："其书晚出，别无显证，其词亦颇不类。如'呕心吐胆'，似撝李贺小传语；'锻岁炼年'，似撝《六一诗话》论周朴语；称班姬为'匹妇'，亦似撝钟嵘《诗品》语，皆有可疑。况至正去宋未远，不应宋本已无一存，三百年后，乃为明人所得。又考《永乐大典》所载旧本，阙文亦同。其时宋本如林，更不应内府所藏无一完刻。阮氏所称，殆亦影撰。何焯等误信之也。"（卷 195）这种看法，至今受到批评史研究界的普遍接受。

　　清代学术相当重视考据，这种风气也体现在《总目》上。《总目》在对诗文评作者的考证方面贡献也颇大，因为诗文评一般被视同笔记，不受重视，所以在流传过程中，诗文评著作作者归属也容易成为悬案。《总目》在这方面取得一系列突出的成果。如《藏海诗话》原载于《永乐大典》中，不著撰人名氏。自明代以来，诸家书目也不著录。《总目》从《永乐大典》考得宋吴可有《藏海居士集》已裒辑成编，别著于录，"藏海"二字与此书名相合。又从《藏海居士集》中的《为王诜题春江图诗》，考证其中多与韩驹论诗之语，书中所载宣和、政和年月及建炎初避兵南窜，流转楚粤，与《藏海诗话》卷末称自元祐至今六十余年者，时代亦复相合。所以推断《藏海诗话》作者为宋代的吴可。（卷 195）又如《荆溪林下偶谈》一书，原不著撰人名氏，但《总目》却能精确地考证出作者的姓名：

> 以所载"文字好骂"一条，知其姓吴。书中推重叶适，不一而足。姚士粦跋谓"以《水心集》考之，惟有《即事兼谢吴民表宣义诗》六首及《答吴明辅》一书。不知即其人否"。案元无名氏《南溪诗话》引此书一条，称为吴子良《荆溪林下偶谈》，又陈栎《勤有堂随录》曰："陈筠窗名耆卿，字寿老。吴荆溪名子良，字明辅。二人皆宗水心为文。"然则此书确为子良作矣。（卷 195）

这种考证把内证与旁证结合起来，论证精确，可谓难得。余嘉锡在《四库提要辨证》中说："原书无撰人名氏，《提要》能考得为吴子良，正自不易！"① 这种评价是十分公允的。

　　"诗文评"类提要对于史实的辨证往往能澄清批评史上的一些疑点或公案，这方面也颇有贡献，比如《南史》钟嵘传称钟嵘曾求誉于沈

① 余嘉锡：《四库提要辨证》卷 24，中华书局，1980，第 1591 页。

约，受到沈约的拒绝，故嵘怨之，在《诗品》中列沈约为中品。"盖追宿憾，以此报约也。"对此，《总目》案曰："约诗列之中品，未为排抑。惟序中深诋声律之学，谓蜂腰鹤膝，仆病未能，双声叠韵，里俗已具。是则攻击约说，显然可见，言亦不尽无因也。"（卷195）这些解释相当通达，使《诗品》的原意更为清晰。《总目》对于历代诗文评著作、作者、史实的考证辨伪工作，为后代批评史研究奠定比较坚实的基础。

三　文学批评的立场与态度

《总目》作为统治阶级学术思想的集中反映，考察其文学批评的立场和态度是非常有必要的。

《四库全书凡例》说："儒者著书，往往各明一义，或相反而适相成，或相攻而实救。所谓言岂一端，各有当也。"所以只要不是"离经畔道颠倒是非者"或者"怀诈狭私，荧惑视听者"，都可以"不名一格，兼收并蓄"。这种态度典型地反映出封建社会里所能允许的学术宽容的极限和本质。《总目》总是标榜着维护学术公理、反对门户偏见的态度。《四库全书凡例》在回顾中国古代学术史时说："汉唐儒者，谨守师说而已。自南宋至明，凡说经、讲学、论文皆各立门户。大抵数名人为之主，而依草附木者嚣然助之。朋党一分，千秋吴越。渐流渐远，并其本师之宗旨亦失其传。而龃龉相寻，操戈不已。名为争是非，而实则争胜负也。人心世道之害，莫甚于斯。"（卷首）在"集部总叙"中也指出"大抵门户构争之见，莫甚于讲学，而论文次之"（卷148）。针对宋明以来学术派别林立，彼此因门户之争而持论偏颇的弊病，《四库全书》编纂者提出其原则是"甄别遗编，皆一本至公，铲除畛域"（卷首·凡例）。这种态度当然与维护统治者的利益有关，但对学术研究客观上是有利的。从《总目》诗文评类提要来看，的确大体上是持比较公允平正的态度，力避过激偏颇之论，庶几达到平理若衡、照辞如镜的境地。《总目》比起宋、明的学术来说，其态度的确比较平实而公允，讲究实证，绝少意气之争，这反映了清代的学术风气，也反映出《总目》作为封建统治阶层集体思想综合表现的特点。

在评论历代诗文评著作时，《总目》十分注重知人论世，结合诗文评家的身世及其所处的历史背景来探讨其理论，对批评家由于党争或学派之争而产生的门户之见总是特地拈出。如论宋人诗文评，尤其指出"宋人论文，多区分门户，务为溢美溢恶之辞"（卷195《馀师录》提要）。在对宋诗话分析中，也注意宋代党争的背景。《彦周诗话》提要指出许顗"盖亦宗元祐之学者，所引述多苏轼、黄庭坚、陈师道语，其宗旨可想见也"（卷195）。《珊瑚钩诗话》提要也指出作者"表臣生当北宋之末，犹及与陈师道游，与晁说之尤相善。故其论诗往往得元祐诸人之余绪"。魏泰《临汉隐居诗话》的提要指出："泰为曾布妇弟，故尝托梅尧臣之名，撰《碧云骃》以诋文彦博、范仲淹诸人。及作此书，亦党熙宁而抑元祐。""盖坚执门户之私，而甘与公议相左者。"但还是指出其"颇有可采，略其所短，取其所长，未尝不足备考证也"（卷195）。《总目》在《石林诗话》提要中谈到叶梦得论诗"推重王安石者不一而足"，而对于欧阳修、苏轼则多贬抑。为什么呢？"盖梦得出蔡京之门，而其婿章冲则章惇之孙，本为绍述余党，故于公论大明之后，尚阴抑元祐诸人。然梦得诗文实南北宋间之巨擘，其所评论，往往深中窾会，终非他家听声之见、随人以为是非者可比，略其门户之私，而取其精核之论，分别观之，瑕瑜固两不相掩矣。"（卷195）《总目》在这里提出的"略其门户之私，而取其精核之论"的批评态度，是十分可取的。在具体批评中，《总目》既指出其门户之见，同时对其本身的价值又持比较公允的态度，其评论是比较准确的。

《沧浪诗话》是历史上一部争论最多的诗话。尤其明清两代，诗派林立，许多争议皆与《沧浪诗话》的理论有关。故历来或誉或毁，对其评价截然相反。《总目》论《沧浪诗话》则不偏不颇，持平而论：

> 大旨取盛唐为宗，主于妙悟。故以"如空中音，如象中色，如镜中花，如水中月"，"如羚羊挂角，无迹可寻"为诗家之极则，明胡应麟比之"达摩西来，独辟禅宗"，而冯班作《严氏纠缪》

> 一卷，至诋为“呓语”。要其时宋代之诗，竞涉论宗，又四灵之派方盛，世皆以晚唐相高，故为此一家之言，以救一时之弊。后人辗转承流，渐至于浮光掠影，初非羽之所及知。誉者太过，毁者亦太过也。（卷195）

这一段是《总目》相当典型的批评体例。它完全抛开党同伐异的偏见，对于《沧浪诗话》的宗旨作了中肯的概括，对沧浪诗学思想的时代背景和价值也作了中肯的阐释。它把《沧浪诗话》本身的理论内涵与后人在接受过程中由于不同的立场而出现的偏颇区别开来，相当平允中肯。

《总目》对明七子持批评态度，然而对那些过分而偏颇的批评，也不赞同。如批评吴乔的《围炉诗话》：“偏驳特甚。大旨初尊长沙而排庆阳，又祖晚唐而挤两宋。气质嚣浮，欲以毒詈狂谈劫伏俗耳，遂以王、李为牛呞驴鸣，而比陈子龙于王锡爵之仆夫。七子摹拟盛唐，诚不免于流弊，然亦各有根据，必斥之不比于人类，殊未得其平。至于赋比兴三体并行，源于《三百》，缘情触景各有所宜，未尝闻兴比则必优，赋则必劣。况唐人非无赋体，宋人亦非尽无比兴。遗诗具在，吾将谁欺？乃划界分疆，诬宋人以比兴都绝，而所谓唐人之比兴者，实穿凿附会，大半难通。”（卷197）《总目》评论王世懋的《艺圃撷余》说：“大旨宗其兄世贞之说，而成书在《艺苑卮言》之后。已稍觉摹古之流弊。”（卷196）可见对于明七子流派后期的变化也颇加注意。

《总目》推崇一种比较平实的批评态度，而不喜高论，比如批评清人毛奇龄《诗话》尊唐抑宋，但“所论宋诗，皆未见宋人得失，漫肆讥弹；即所谓论唐诗，亦未造唐藩篱，而妄相标榜，如诋李白，诋李商隐，诋柳宗元，诋苏轼，皆务为高论，实茫然不得要领”（卷197）。清人毛先舒《诗辨坻》对于常建诗、杜甫诗、元结诗、李白诗的挑剔，《总目》批评它表现出一种“好为高论”的习气。（卷197）《总目》对于《原诗》的宗旨是肯定的，但又指出它有“英雄欺人之语”，有“故为高论”之处。（卷197）

《总目》既然代表封建时代统治阶级的正统立场，会不会因此就强调教化、伦常、义理，忽视文学艺术的本质特征而显得迂腐僵化呢？这是一个容易产生误解的问题，事实上四库馆臣虽然代表封建传统意识，但还是比较通达，比较尊重文学艺术特性，大抵没有什么迂腐之见。《总目》在谈到真德秀《文章正宗》的偏颇时指出，"盖道学之儒与文章之士各明一义，固不可得而强同也"，并说："德秀虽号名儒，其说亦卓然成理，而四五百年以来，自讲学家以外，未有尊而用之者，岂非不近人情之事，终不能强行于天下欤？"（卷 187）《文章正宗》提要《总目》对以理学的观念来评论诗文而置文学本身的特性于不顾的习气皆致不满。如批评《余冬诗话》"所论多作理语"，"夫以讲学之见论文，已不能得文外之致，至以讲学之见论诗，益去诗千里矣。则何如不作诗文更为务本也。"（卷 197）又如《诗谭》提要说："盖以讲学为诗家正脉，始于《文章正宗》，自白沙定山诸集，又加甚焉。至廷秀等而风雅扫地矣。此所谓言之有故执之成理，而断断不可行于天下者也。故其人虽风裁岳岳，而论诗不可为训焉"（卷 197）。总之，《总目》明确地把文学与理学区分开来，认为两者有不同的评价标准，反对以理学的标准来衡量文学。

《四库全书凡例》提出："文章、德行，在孔门既已分科，两擅厥长，代不一二。"所以所著录的，有的是"论人而不论其书"，有的则是"论书而不论其人"，《四库全书凡例》特地说明"凡兹之类，略示变通"。有些人虽然人品不高，气节有亏，但论艺若有心得，《总目》也取不因人废言的态度。《凡例》还专门举了诗文评类中的吴开《优古堂诗话》的例子。吴开是南宋的误国奸臣罪人，但《总目》并没有因此而一笔抹杀《优古堂诗话》的理论价值："其人本不足道，而所作诗话乃颇有可采。"（卷 195）而且还把此诗话放在正选之列，这是颇为典型的例子。

《总目》反对文学批评中固执胶着的态度，主张用比较通达的眼光研究作品，尤其应该注意到文学创作自身的特点。如宋人许顗《彦周诗话》批评杜牧《赤壁诗》"东风不与周郎便，铜雀春深锁二乔"句，说杜牧对于"社稷存亡，生灵涂炭都不问，只恐捉了二乔，可见措大不识好恶"。《总目》则批评许颛不懂诗歌巧妙、曲折、形象的表现方式，二乔两位贵妇人在诗中乃作为社稷尊严的象征，"二人入魏，即吴亡可知"，"此诗人不欲质言，变其词耳，颛遽诋为秀才不知好恶，殊失牧意"（卷195）。又如安磐《颐山诗话》因为杜甫"朝扣富儿门"四句诗，就讥笑他"致君尧舜上"之妄，《总目》认为这种批评"亦失之固"（卷196）。《归田诗话》过于拘泥于史实而讥笑张耒《中兴碑》中"玉环妖血无人扫"句，说杨贵妃乃缢死，未尝溅血，《总目》讽刺他"是忘《哀江头》'血污游魂'句也"（卷197）。

《总目》文学批评的立场可以说是正统而不僵化，正宗而不狭隘，总体上是比较开明通达的。

四 独到的鉴识与评骘

作为反映统治阶级学术思想的《总目》，它在对历代诗文批评著作的具体评述中反映出来的批评见解、观念和价值观，也是颇值得注意的。

清代学术一反明代浮泛之病，崇尚朴学，反对虚谈。《四库全书凡例》谈到其选录书籍的标准："今所录者，率以考证精核、辨论明确为主，庶几可谢彼虚谈，敦兹实学。"中国古代诗文评著作不少是信手而记、涉笔成趣之作，故时有粗疏之处。《总目》经常指出一些诗文评著作游谈无根、失之考据之处。不过，我们应当注意到，《总目》对于诗文评著作既重视考据又不拘泥于考据，最为重视的还是批评著作的鉴识。一些在考据方面有纰漏但在评骘鉴赏方面有卓识者，仍然获得褒扬。如在谈到周密的《浩然斋雅谈》时既指出此书在考据方面的一些毛病，但又说："然密本词人，考证乃其旁涉，不足为讥。若其评骘诗文，则固具有根柢，……是书颇具鉴裁，而沉晦有年，隐而复出，足以新艺苑之耳目，是固宜亟广其传者矣。"（卷195）又如《总目》既辨析了《师友诗传录》考据之误，同时又指出："盖新城（按：指王士禛）诗派，以盛唐为宗，而不甚考究汉魏六朝；以神韵为主，而不甚考究体制。故持论出入，往往不免，然其谈诗宗旨，具见于斯。较诸家诗话，所见终为亲切，固不以一眚掩全璧也。"（卷196）反映出尊重文学批评研究自身特点的价值标准。从重视批评鉴识出发，《总目》对一些有眼光的不同时俗的看法相当赞许。如宋人朱弁《风月堂诗话》论黄庭坚作诗"用昆体工夫，而造老杜浑成之地"，《总目》的评价是"尤为窥见深际。后来论黄诗者皆所未及"（卷195）。相当赞赏其识见。对于那些鉴识不精的著作，《总目》的批评相当尖锐甚至尖刻。如批评《南濠居士诗话》"柳色嫩于鹅破壳，藓痕斑似鹿辞胎"："尤属鄙俚，而指为佳句。"（卷197）对此相当不满。评明人顾元庆《夷白斋诗话》"论诗多隔膜之语。如秦韬玉诗'地衣镇角香狮子，帘额侵钩绣辟邪'，可谓寒酸穷眼。元庆乃称其状富贵之象于目前，品题殊误。所录明诗多猥琐，至讥蔡邕《饮马长城窟行》谓鱼腹中安得有书，尤高叟之为诗矣。"（卷197）

值得一提的是，《总目》特别重视作家诗人的理论，明确地指出有创作经验的作家诗人其批评具有特殊价值。如论杨万里《诚斋诗话》："万里本以诗名，故所论往往中理。"（卷195）明安磐《颐山诗话》："磐亦能诗，……故其评论古人，多中窾会。盖深知其甘苦而后可定其是非。天下事类如是也。"（卷196）评洪迈《容斋四六丛谈》"较王铚《四六话》、谢伋《四六麈谈》特为精核。盖迈初习词科，晚更内制，于骈偶之文，用力独深，故不同于剿说也"（卷197）。这也是因为中国古代文学批评家身份多兼作家诗人，故有亲身感受和体验，深知甘苦，论诗比较中肯。

《总目》对于历代批评家和诗文评著作内容介绍以及对其学术观点、源流和地位的介绍和评价，故能切中利弊，言简意赅，为后代的批评史研究提供借鉴。如司马光的《续诗话》在文学批评史上的贡献，一般人是不及注意的，但《总目》高度赞赏其对诗歌的品第，非常精妙，指出唐宋一些诗歌正因为受到司马光的品赏才流传众口的，比如林逋"疏影横斜水清浅，暗香浮动月黄昏"诗句，畅当、王之涣的《鹳雀楼》等诗歌，"相沿传诵，皆自光始表出之"（卷195），正是因为司马光的推崇而流芳百代的。这种事实一经《总目》拈出，《续诗话》的贡献也就一目了然。明人谢榛《诗家直说》谓杜牧《开元寺水阁》诗"深秋帘幕千家雨，落日楼台一笛风"句不工，改为"深秋帘幕千家月，静夜楼台一笛风"。《总目》批评他"不知前四句为'六朝文物草连空，天澹云闲今古同。鸟去鸟来山色里，人歌人哭水声中'。末二句为'惆怅无因见范蠡，参差烟树五湖东'。皆登高晚眺之景。如改'雨'为'月'，改'落日'为'静夜'，则'鸟去鸟来山色里'，非夜中景。'参差烟树五湖东'，亦非月下所能见。而就句改句，不顾全诗，古来有是诗法乎？"（卷197）可见《总目》主张文学批评应该顾及作品的全篇，而忌片面摘句而论，这种观念是比较稳妥的。

对于古代各种诗文评著作体例，《总目》其实是有所轩轾的，反映了其心目中诗文评的规范和理想。《总目》对宋代几部诗话总集即阮阅《诗话总龟》、蔡正孙《诗林广记》、胡仔《苕溪渔隐丛话》及魏庆之《诗人玉屑》的褒扬非常明确。"《总龟》芜杂，《广记》挂漏，均不及胡、魏两家之书。"（卷195）《总目》评价阮阅《诗话总龟》"摭拾旧文，多资考证"，但又批评它"惟分类琐屑，颇有乖体例"（卷195）。《总目》对于胡仔《苕溪渔隐丛话》及魏庆之《诗人玉屑》两书是比较肯定的，但对《诗人玉屑》仍不甚满意，指出"此书以格法分类，与仔书体例稍殊。其兼采齐己《风骚旨格》，诡立句律之名，颇失简择"（卷195）。在宋人的诗话总集中，《总目》最为欣赏的是《苕溪渔隐丛话》。它认为此书与阮阅《诗话总龟》"相辅而行，北宋以前之诗话大抵略备矣"。并对两书体例的优劣作了评价："然阅书多录杂事，颇近小说。此则论文考义者居多，去取较为谨严。阅书分类编辑，多立门目，此则惟以作者时代为先后，能成家者列其名，琐闻轶句则或附录之，或类聚之，体例亦较为明晰。阅书惟采摭旧文，无所考正。此则多附辨证之语，尤足以资参订。"（卷195）而在宋人的诗话别集中，《总目》特别赞赏《竹庄诗话》的体例。认为《竹庄诗话》"遍蒐古今诗评杂录，列其说于前，而以全首附于后，乃诗话之中绝佳者"，"是书与蔡正孙《诗林广记》体例略同，皆名为诗评，实如总集。使观者即其所评与原诗互相考证，可以见作者之意旨，并可以见论者之是非。视他家诗话但拈一句一联而不晓其诗之首尾，或浑称某人某篇而不知其语云何者，固为胜之。惟正孙书以评列诗后，此以评列诗前，为小变耳。"（卷195）可见《总目》特别喜欢这种把总集与诗话融为一体，使读者可以把批评和创作结合起来互相印证的诗文评形式。

　　《总目》在"小序"中曾提到诗文评有"体兼说部"者，但《总目》对于小说化的诗文评著作往往提出批评，如指出《渔洋诗话》"名为诗话，实兼说部之体"。批评此书记录许多文人的杂事，"皆与诗渺不相关。虽宋人诗话往往如是，终为曼衍旁支，有乖体例"（卷196）。《玉堂诗话》虽题为"诗话"，但《总目》认为此书"所采皆唐宋小说，随意杂录，不拘时代先后，又多取鄙俚之作，以资笑噱，此谐史之流，非诗品之体，故入之小说家焉"（卷144）。《总目》虽然对厉鹗《宋诗纪事》评价颇高，认为"考有宋一代诗话者，终以是书为渊海，非胡仔诸家所能比较长短也"，但批评其体例："昔孟棨作《本事诗》，所录篇章，咸有故实，后刘攽、吕居仁等诸诗话，或仅载佚事而不必皆诗，计敏夫《唐诗纪事》或附录佚诗而不必有事，揆以体例，均嫌名实相乖。然犹偶尔泛登，不为定式。鹗此书裒辑诗话，亦以纪事为名，而多收无事之诗，全如总集；旁涉无诗之事，竟类说家。未免失于断限。"（卷196）又如《总目》批评明王昌会《诗话类编》："撖拾诸诗话，参以小说，裒合成书，议论则不著其姓名，事实则不著其时代，又并不著出自何书，糅杂割裂，茫无体例，亦博而不精之学也。"（卷197）可见《总目》对于小说化的诗话评价是持保留态度的。

　　《总目》把历代诗文评著作分为正选和"存目"两类，此分类也反映了四库馆臣的文学批评价值观念。存目的书当然不如正选的重要，其中有的是避免重复，有些是在其他书中已有著述，容易找到，所以列入存目，也有的是被认为价值不高或伪书（正选中也有伪书，但在历史上较有影响），如旧本题陈应行的《吟窗杂录》、原本题尤袤《全唐诗话》。有的则是因为不符合四库纂修者的价值观，比如《总目》一般把诗格一类书放到存目之中，并表示出非常鄙视的态度，如评《诗法源流》强立三十三格"谬陋殆不足辨"（卷197）；评《二南密旨》"议论荒谬，词意拙俚，殆不可以名状"，甚至说它"皆有如呓语"（卷197）；评《天厨禁脔》"是编皆标举诗格，而举唐宋旧作为式。所论多强立名目，旁生支节"（卷197）；评《少陵诗格》"是篇发明杜诗篇法，穿凿殊甚"，"每首皆标立格名，种种杜撰，此真强作解事者也"（卷197）；评《木天禁语》"殆类道经授法之语"（卷197）。《总目》对诗格一类著作的轻蔑是溢于言表的，这种态度甚至长期影响文学批评史学者对于诗格一类著作的深入研究。

五　古典形态文学批评学术史的雏形

当然，如果作为文学批评史研究来看，《总目》"诗文评类"提要也存在一些局限。除了一些具体批评失当之外，由于体制所限，"诗文评"类提要范围比较狭隘，所论只是古代比较重要著作，而对于那些重要的单篇论文，就无法涉及了，所以有些在文学批评史上相当重要的批评家、文学流派或文学理论，在《总目》诗文评类提要中却无法涉及。我们如果要全面地研究《四库全书》关于中国古代文学批评的思想，就必须以诗文评类的提要作为基础，而兼及总集、别集、词曲部（其中有词话）的提要。比如，"诗文评"类提要对于明七子的评论比较零碎，但在集部别集类《空同集》《大复集》二书的提要中，却完整地评论了李梦阳复古理论和创作功过、七子内部文学旨趣异同，可以说是相当准确和全面的。

《四库全书》代表了正宗正统的文学观念，对于非正统的文学观念予以排斥，表现出很明显的局限性。在文体上，除了正统的文体即诗文之外，对叙事文学文体的长篇小说与戏曲不屑一顾，对于词曲也表示鄙视，表现了传统文体学中比较狭隘保守的观念。另外《总目》在对于历代诗文评著作区分为正选与存目的处理也未必完全恰当，如旧题唐皎然的《诗式》、明代胡应麟的《诗薮》、清代叶燮的《原诗》等处理为存目就有些不妥。

在考据方面，《总目》尽管成就很高，然仍存在一些乖错违失之处。正如余嘉锡《四库提要辨证·序录》中所说的"自刘向《别录》以来，才有此书也"。但同时指出："古人积毕生精力，专著一书，其间牴牾尚自不保，况此官书，成于众手，迫之以期限，绳之以考成，十余年间，办全书七部，荟要二部，校勘鲁鱼之时多，而讨论指意之功少，中间复奉命纂修新书十余种，编辑佚书数百种，又于著录之书，删改其字句，销毁之书，签识其违碍，固已日不暇给，救过弗遑，安有余力从容研究乎？"他在《四库提要辨证》卷24集部五中，共作辨证11条，大体是补充关于作家故里生平的考据。如《竹庄诗话》不著撰人名氏，《总目》据《宋史·艺文志》考证出何溪汶。（卷195）但《四库提要辨证》则据方回的《桐江集》卷七《竹庄备全诗话考》考证出此书是何汶所作，《宋史》有误。

总的说来，《总目》诗文评类提要考辨精微，评价公允，基本构成古典形态文学批评学术史的雏形，大致体现出封建社会诗文评研究的学术水平。它既可以说是传统诗文评研究的集大成之作，也是现代形态文学批评史学科形成的基础。20世纪中国文学批评史研究虽然在形态上借鉴了外来文学批评的形式，但《总目》提供的许多内容、观点及文献也为批评史家所普遍接受和充分利用。在相当长时间内，不少中国文学批评史研究是以此为底本和基础的。这是今天研究中国文学批评学术史所不可忽视的。

（原载《文学评论》1998年6期）

第十六章 《四库全书》与评点之学

　　评点，作为中国古代文学的批评文体，其渊源久远，到南宋已初具规模，至明清而极盛，形成一种流行的大众文化批评形式。在明代中后期，评点开始受到批评。至清代，评点与反评点形成鲜明对立的不同立场。在民间与大批文人那里，评点拥有大量受众，可以说是一种喜闻乐见的批评方式。然而，在一批志趣高古、反对时尚的批评家那里，评点之学却颇受攻击。在中国文学批评史上，没有哪一种批评形式本身像评点之学这样引起如此激烈的争议。以往文学批评史学者多注意到文人之间对于评点之学的不同观点，但忽略了官方的学术立场。《四库全书》的编纂与批评为我们考察清代官方文学与文化立场提供了特殊视角。在《四库全书》的编纂整理过程中，涉及对于评点著作的评价与处理。代表当时官方与主流文化意识形态的《四库全书总目》[1] 对于评点学这种流行文化的态度与立场是很重要的，了解这种官方的立场也是研究中国文学评点学史一个不可缺少的环节。[2]

一　论宋人读书法与评点

　　《总目》对于评点学的研究与评价是通过对评点学史上一些史实与个案来进行的。《总目》对于评点之学的考察是从宋代著作开始的。旧

---

[1]　以下文中简称《总目》，所据版本为中华书局 1965 年影印本。
[2]　参考拙作《论〈四库全书总目〉在诗文评研究史上的贡献》，《文学评论》1998 年第 6 期。

本题"宋苏洵评"《苏评孟子》提要谓："宋人读书，于切要处率以笔抹。故《朱子语类》论读书法云：先以某色笔抹出，再以某色笔抹出。吕祖谦《古文关键》、楼昉《迂斋评注古文》亦皆用抹，其明例也。谢枋得《文章轨范》、方回《瀛奎律髓》、罗椅《放翁诗选》始稍稍具圈点，是盛于南宋末矣。此本有大圈，有小圈，有连圈，有重圈，有三角圈，已断非北宋人笔。其评语全以时文之法行之，词意庸浅，不但非洵之语，亦断非宋人语也。"① 这段简短的提要实际上提出了评点学史上一系列重要的问题。

宋人评点与宋人读书方式关系密切。《朱子语类》记载了一些朱熹与其他宋代学者标抹读书法：

> 某少时为学，十六岁便好理学，十七岁便有如今学者见识。后得谢显道《论语》，甚喜，乃熟读。先将朱笔抹出语意好处；又熟读得趣，觉见朱抹处太烦，再用墨抹出；又熟读得趣，别用青笔抹出；又熟读得其要领，乃用黄笔抹出。至此，自见所得处甚约，只是一两句上。却日夜就此一两句上用意玩味，胸中自是洒落。②

> 尝看上蔡《论语》，其初将红笔抹出，后又用青笔抹出，又用黄笔抹出，三四番后，又用墨笔抹出，是要寻那精底。看道理，须是渐渐向里寻到那精英处，方是。③

他们所用的已经是五色标抹读书法了。朱熹的标注读书法对于其门人乃至对南宋文学评点方式的影响都是不可低估的。朱熹的门人黄幹（号勉斋），也有一套标注方式。元人程端礼《读书分年日程》卷二就引了"勉斋批点四书例"④。黄幹的标注方式是对朱熹读书标志法的发

---

① 《四库全书总目》卷37，第307页。
② 黎靖德编：《朱子语类》卷115《朱子十二·训门人三》，王星贤点校，第7册，中华书局，1986，第2783页。
③ 同上，卷120《朱子十七·训门人八》，第7册，第2887页。另外《朱子语类》卷104《朱子一》"自论为学工夫"也说："某二十年前得《上蔡语录》观之，初用银末画出合处；及再观，则不同矣，乃用粉笔；三观，则又用墨笔。数过之后，则全与元看时不同矣。"（第7册，第2614页）
④ 程端礼编：《程氏家塾读书分年日程》，《丛书集成初编》第5册，第25页。

展，而他的标注方式又被其学生何基继承下来。据《宋史》卷 438
《何基传》载，何基"凡所读无不加标点，义显意明，有不待论说而自
见者"①。这里的"标点"，就是"圈点"。何基的学生王柏（字会之，
号鲁斋）得此真传，《宋史》谓王柏"于《论语》、《大学》、《中庸》、
《孟子》、《通鉴纲目》标注点校，尤为精密"②。这几位儒家学者的圈
点之法，与朱熹的读书方式一脉相传。《总目》认为宋人评点学之形成
与宋人读书法有直接关系的说法是有道理的。

　　《总目》认为宋人的抹法早于圈点，圈点是到了南宋末年才开始兴
盛起来。然《朱子语类》说："某曾见大东莱（吕居仁）之兄，他于
《六经》、《三传》皆通，亲手点注，并用小圈点。《注》所不足者，并
将《疏》楷书，用朱点。无点画草。某只见他《礼记》如此，他经皆
如此。"③ 依此似乎圈点并不一定晚于抹法。这方面尚需根据文献进一
步考定。

　　《总目》认为《苏评孟子》以时文之法评点，不是宋人所为。换
言之，以时文之法评点是后人所为，故此书可断为后人伪造之作。

　　《总目》往往以宋人评点与明人评点作比较，并以此作为书籍真伪
的判断根据。旧本题宋谢枋得《批点檀弓》提要："书中圈点甚密，而
评则但标章法、句法等字，似孙鑛等评书之法，不类宋人体例。疑因
枋得有《文章轨范》，依托为之。又题杨升庵附注，而与慎《檀弓丛
训》复不相同。据齐伋序，称汇注疏、集注、集说诸书，去其繁而存
其要，以著于简端，则齐伋之所加，非慎原注也。盖明季刊本，名实
舛互，往往如斯矣。"④ 提要认为《批点檀弓》虽然题宋人所著，但考
察"书中圈点甚密，而评则但标章法、句法等字。似孙鑛等评书之法，

① 脱脱等：《宋史》，中华书局，1985，第 12979 页。
② 《宋史》卷 438 "儒林"《王柏传》，第 12981 页。
③ 《朱子语类》卷 10《学四·读书法上》，第 1 册，第 175 页。
④ 《四库全书总目》卷 24，第 192 页。

不类宋人体例"。这种说法只是推断①，其所提出宋、明两代评点的体例之差别问题，具体而言，就是"宋人体例"与"孙鑛等评书之法"的区别。而"孙鑛等评书之法"的特点就是圈点甚密，标出章法、句法等。

　　总体上，《总目》对于宋人评点著作持比较宽容、理解的态度，宋谢枋得编《文章轨范》提要谓："各有批注圈点。其六卷《岳阳楼记》一篇、七卷《祭田横文》《上梅直讲书》《三槐堂铭》《表忠观碑》《后赤壁赋》《阿房宫赋》《送李愿归盘谷序》七篇皆有圈点而无批注。盖偶无独见，即不填缀以塞白，犹古人淳实之意。其《前出师表》、《归去来辞》，乃并圈点亦无之，则似有所寓意。其门人王渊济跋，谓汉丞相、晋处士之大义清节，乃枋得所深致意，非附会也。前有王守仁序，称为当时举业而作。然凡所标举，动中窾会。要之，古文之法亦不外此矣。"② 四库馆臣认为：《文章轨范》各有批注圈点，其圈点运用非常重要，甚至是评点者"有所寓意"。《总目》引用王守仁"凡所标举，动中窾会"的评语，应该是赞成其说而肯定该书评点。吕祖谦《古文关键》一书提要谓："此本为明嘉靖中所刊，前有郑凤翔序。又别一本所刻，旁有钩抹之处，而评论则同。考陈振孙谓其标抹注释，以教初学。则原本实有标抹，此本盖刊版之时，不知宋人读书于要处多以笔抹，不似今人之圈点，以为无用而删之矣。"③ 这里提出一个观点："原本实有标抹，此本盖刊版之时，不知宋人读书于要处多以笔抹，不似今人之圈点，以为无用而删之矣。"认为宋人的"笔抹"与今人"圈点"不同，而后人"以为无用而删之"。这里实际上隐然包含有对宋人笔抹（有用）与今人圈点（无用）的一个价值评价在内。

　　刘辰翁是当时的评点大家，评点著作很多，对后人尤其明人影响

---

① 明林兆珂《考工记述注》提要中，又说："此编因《考工记》一书文句古奥，乃取汉唐注疏参订训诂以疏通其大意，于《记》文皆旁加圈点，缀以评语。盖仿谢枋得批《檀弓》标出章法、句法、字法之例，使童蒙诵习，以当古文选本，于名物制度绝无所发明。"（《四库全书总目》卷23，第183页）认为该书旁加圈点与评点，是模仿谢枋得"批《檀弓》标出章法、句法、字法之例"，似乎没有强调谢枋得为假托之作。

② 《四库全书总目》卷187，第1703页。

③ 《四库全书总目》卷187，第1698页。

很大。① 《总目》对他的批评较多。如对宋罗椅、刘辰翁所选《放翁诗选》提要："椅间有圈点而无评论，辰翁则句下及篇末颇有附批。大致与所评杜甫、王维、李贺诸集相似。明人刻辰翁评书九种，是编不在其中。盖偶未见此本。详其词意，确为须溪门径，非伪托也。"② 认为该书表现出一种"须溪门径"，故非伪托。所言"须溪门径"，语含贬意。何为"须溪门径"？在宋吴正子笺注、刘辰翁评点《笺注评点李长吉歌诗》提要中说："辰翁论诗，以幽隽为宗，逗后来竟陵弊体。所评杜诗，每舍其大而求其细。王士禛顾极称之。好恶之偏，殆不可解。惟评贺诗，其宗派见解，乃颇相近，故所得较多。"③ 可见"须溪门径"就是"以幽隽为宗"，"舍其大而求其细"，认为刘辰翁的评点开了明代竟陵派弊体的先河。《总目》在批评明人一些评点著作时，也认为它们受刘辰翁的影响。如评明陈与郊《杜律注评》说："是编因元张性《杜律演义》略施评点。每首皆有旁批，注文亦时有涂乙。大致皆刘辰翁之绪论也。"④

《总目》对于宋代评点主要是作历史事实的叙述，除了对刘辰翁之外，总体上没有持明确的批评态度⑤，但是也没有热情的肯定。只是在与明代评点相比较时，强调宋代标抹是出于表示读书体会的需要，而非无用的形式。而且《总目》认为宋人的标抹比较简要，不像明人那么繁复多样。

---

① 刘辰翁评点著作甚多，明人汇刻《刘须溪批评九种》，包括《班马异同评》35卷、《老子》、《庄子》、《列子》上下卷、《世说新语》3卷、《李长吉歌诗》4卷、《王摩诘诗》4卷、《杜工部诗集》20卷、《苏东坡诗》25卷。另外今存评书有《放翁诗选集》8卷、《别集》1卷，《王荆公诗文》50卷。关于现存刘辰翁评点著作的真伪情况，学术界有不同看法。参考潘建国《〈世说新语〉元刻本考——兼论"刘辰翁"评点实系元代坊肆伪托》，《文学遗产》2009年第6期。
② 《四库全书总目》卷160，第1381页。
③ 《四库全书总目》卷150，第1293页。
④ 《四库全书总目》卷174，第1533页。
⑤ 对刘辰翁的评点虽然有批评，但语气并不严厉，而且刘辰翁《笺注评点李长吉歌诗》，罗椅、刘辰翁评点《放翁诗选》仍列在正选之中。

二 论孙、钟评点与晚明文风

《总目》对于明人评点批评甚多且激烈，明显比对待宋人苛刻，批判的锋芒集中在孙鑛与钟、谭评点之上。

孙鑛（1542—1613）字文融，号月峰、湖上散人，万历甲戌进士，官至南京兵部尚书，是明代评点史上一位重要人物，所著评点著作甚多。据《孙月峰先生批评礼记》书首《孙月峰先生评书》目录所载，孙鑛评点了如下著作：《书经》、《诗经》、《礼记》、《周礼》、《左传》（杜林合注、释训）、《国语》、《国策》、《刘向较定战国策》（旧评）、《六子》（老、庄、列、王、荀、杨）、《韩非子》、《管韩合刻》、《吕览》、《淮南子》、《史记评林》（合新旧评。一评冯公巨区新评本，一评余公同麓旧评本）、《汉书》（合新旧评）、《后汉书》、《史汉异同》、《三国志》、《晋书》、《宋元纲鉴》（一评王宗沐编，一评薛方山编）、《文选》、《古文四体》、《选诗》、《李太白诗》、《杜拾遗诗》、《李杜绝句》、《五言绝律》、《七言绝律》、《排律辩体》、《杜律单注》、《杜律虞赵注》、《手录杜律五七言》、《高岑王孟诗》、《韩昌黎集》、《柳河东集》、《六一集》、《苏东坡诗集》、《东坡绝句》、《今文选》、《周人舆》、《食饮琢》、《漱琼瑶》、《会心案》。① 以上共 43 种，数量颇巨，内容相当广泛，涉及经史子集，且影响很大。

清初，王夫之对孙鑛已有尖锐批评："孙月峰……批点《考工》《檀弓》《公》《谷》诸书，剔出殊异语以为奇峭，使学者目眩而心荧，则所损者大矣。万历中年杜撰娇涩之恶习，未必不缘此而起。"② 指责他开启了晚明文坛的不良习气。四库馆臣评《孙月峰评经》③ 说：

> 是编《诗经》四卷，《书经》六卷，《礼记》六卷，每经皆加圈点评语。《礼记》卷前载其所评书目，自经史以及诗集，凡四十

① 《四库全书存目丛书》经部第 150 册，第 213 – 214 页。
② 王夫之：《姜斋诗话笺注》附录，戴鸿森笺注，人民文学出版社，1981，第 213 页。
③ 该书现收入《四库全书存目丛书》经部第 150 册。

三种。而此止三种，非其全书。然《诗经》前有慈溪冯元仲序，称其举《诗》、《书》、《礼》鼎足高峙。盖元仲所别刻者，以三经自为一类也。经本不可以文论，苏洵评《孟子》，本属伪书，谢枋得批点《檀弓》，亦非古义，鑛乃竟用评阅时文之式，一一标举其字句之法，词意纤仄。钟谭流派，此已兆其先声矣。①

《总目》认为，"经本不可以文论"。孙鑛不但以文章之法论之，且"竟用评阅时文之式，一一标举其字句之法，词意纤仄"，以为"钟谭流派，此已兆其先声矣"，实沿用王夫之之说。《总目》除批评孙鑛之外，对类似以文章之法评点经书的著作也加以批评。如批评明凌濛初《言诗翼》："此编仍列《诗传》、《诗序》于每篇之前。又以《诗传》、《诗序》次序不同，复纂书《诗传》冠于篇端，而杂采徐光启、陆化熙、魏浣初、沈守正、钟惺、唐汝谔六家之评，直以选词遣调造语炼字诸法论《三百篇》。每篇又从钟惺之本，加以圈点。明人经解，真可谓无所不有矣。"② 批评明程明哲《考工记纂注》："是书主于评点字句，于《经》义无所发明。"③ 评明林兆珂《檀弓述注》："惟《经》文加以评点，非先儒训诂之法。"④

事实上，以文体说经并非始于孙鑛，也非始于明代。《总目》谈到唐代成伯玙的《毛诗指说》时说该书："凡《三百篇》中句法之长短、篇章之多寡、措辞之异同、用字之体例皆胪举而详之，颇似刘氏《文心雕龙》之体，盖说经之余论也。"⑤ 俞樾（1821—1907）在《九九销夏录》卷二《以后世文法读经》一节中亦引申此说：

> 唐成伯玙《毛诗指说》凡四篇，其四曰"文体"，凡《诗》中句法、字法、章法皆评论之，似非诂经之体。有明一代，风尚纤佻，盛行此派。嘉靖间，戴君恩著《读风臆评》，取《国风》

① 《四库全书总目》卷34，第283页。
② 《四库全书总目》卷17，第142页。
③ 《四库全书总目》卷23，第184页。
④ 《四库全书总目》卷24，第194页。
⑤ 《四库全书总目》卷15，第121页。

诸篇加以评语，于文章妙处用密圈、密点，则真以后世文法读之矣。……明凌濛初著《言诗翼》一书，采徐光启、陆化熙、魏浣初、沈守正、钟惺、唐汝谔六家之评，以句法、字法、章法论《三百篇》，加以圈点。明季说《诗》陋习，略见于此。

明林兆珂有《考工述注》二卷，于《记》文皆旁加圈点，缀以评语。郭正域有《批点考工记》一卷，体例相同。孙鑛评经史以下四十二种，今所存者《诗》四卷、《书》六卷、《礼记》六卷，各有圈点评语。钟惺《周文归》二十卷，删节《三礼》、《三传》、《家语》、《国语》、《逸周书》、《楚辞》，以时文法评点之。国朝王澍，《大学》、《中庸》皆有圈点本。蒋家驹《尚书义疏》于经文亦有圈点，皆明以来陋习。①

可见，以文法读经始于唐而盛于明。其实，古人认为"文本于经"，经书也是文章写作的典范，所以以文法读经是自然而然的事。在诗文评中，有大量对于五经文法、句法的分析，以文体说经不足多怪，至于讲究字法、句法，这是宋以来诗文评之风气，绝非评点之独有。

四库馆臣对于评点著作最为激烈的批评对象是竟陵派钟惺、谭元春评点《诗归》。他们批评《诗归》："大旨以纤诡幽渺为宗，点逗一二新隽字句，矜为元妙。又力排选诗惜群之说，于连篇之诗随意割裂，古来诗法于是尽亡。至于古诗字句，多随意窜改。"② "天门钟惺更标举尖新幽冷之词，与元春相唱和。评点《诗归》，流布天下，相率而趋纤仄。有明一代之诗，遂至是而极弊。论者比之诗妖，非过刻也。"③ 四库馆臣批评《诗归》评点主要在于：一是它所标举的"纤诡幽渺"诗学宗旨；一是其评说诗的方式："点逗一二新隽字句，矜为元妙"，"于连篇之诗，随意割裂"。影响又很坏："评点《诗归》，流布天下，相率而趋纤仄。"在批评其他书籍时，四库馆臣也常连带把问题归罪于《诗归》的影响。如万时华《诗经偶笺》提要谓："盖钟惺、谭元春诗

① 俞樾：《九九销夏录》，崔高维点校，中华书局，1995，第 26 页。
② 《四库全书总目》卷 193，第 1759 页。
③ 《四库全书总目》卷 180，《岳归堂集》提要，第 1627 页。

派盛于明末，流弊所极，乃至以其法解经。《诗归》之贻害于学者可谓酷矣。"①

明末清初，孙鑛与钟、谭的评点影响很大，而且被一些权威认为主要是负面影响。钱谦益认为："评骘之滋多也，论议之繁兴也，自近代始也。而尤莫甚于越之孙氏、楚之钟氏。……是之谓非圣无法，是之谓侮圣人之言。而世方奉为金科玉条，递相师述。学术日颇，而人心日坏，其祸有不可胜言者，是可视为细故乎？……夫孙氏、钟氏之学，方鼓舞一世，余愚且贱，老而失学，欲孤行其言以易之，多见其不知量，敢于犯是不韪也。"② "越之孙氏、楚之钟氏"，指孙鑛（余姚人）、钟惺（竟陵人）。此序作于崇祯九年（1636），而钱谦益说"夫孙氏、钟氏之学，方鼓舞一世"，"世方奉为金科玉条，递相师述"，可以见出孙鑛与钟谭在当时的影响。

四库馆臣批评孙鑛最终的目的还是指向钟谭竟陵派。它批评孙鑛是因为"钟谭流派，此已兆其先声矣"。评明郭正域《韩文杜律》："是编选录韩愈文一卷，杜甫七言律诗一卷，各为之评点，大抵明末猖狂之论。……是公安之骖乘，而竟陵之先鞭也。"③ 此前在对刘辰翁《笺注评点李长吉歌诗》提要中说："辰翁论诗，以幽隽为宗，逗后来竟陵弊体。"实际上，批判竟陵派几乎是清初各种文学阵营的共同行为。竟陵派不但是由明入清的文人反思的批判对象，也是清人批评明人文风的靶子。竟陵派在清代成为明代恶劣文风的代表性符号，甚至被视为"亡国之音"，罪名之大，在中国文学史上是罕见的。事实上在明人的评点学著作中，茅坤的《唐宋八大家文钞》影响应在孙、钟之上，而且许多学者批评过该书的评点。黄宗羲《答张尔公论茅鹿门批评八家书》谓："鹿门八家之选，其旨大略本之荆川、道思。然其圈点勾抹多不得要领。故有腠理脉络处不标出，而圈点漫施之字句之间者，

---

① 《四库全书总目》卷 17，第 143 页。

② 钱谦益：《牧斋初学集》卷 29《葛端调编次诸家文集序》，钱谦益《钱牧斋全集》，钱曾笺注，钱仲联标校，上海古籍出版社，2003，第 872 - 873 页。

③ 《四库全书总目》卷 193，第 1756 页。

与世俗差强不远。"① 王夫之（1619—1692）《夕堂永日绪论外编》11：
"有皎然《诗式》而后无诗，有《八大家文钞》而后无文。立此法者，
自谓善诱童蒙，不知引童蒙入荆棘，正在于此。"② 但是四库馆臣对它
的态度比较宽容。虽然《总目》也批评："茅坤所录，大抵以八比法说
之。"③ 并肯定黄宗羲对于此书的批评"皆切中其病"，不过与对待钟
惺与谭元春不同的是，四库馆臣宽容地指出："坤所选录，尚得烦简之
中。集中评语虽所见未深，而亦足为初学之门径。一二百年以来，家
弦户诵，固亦有由矣。"④ 而且还把此书列在正选之中。四库馆臣在对
待唐宋派与竟陵派评点著作上，似乎持着两重的价值标准，其中的原
因就是四库馆臣把竟陵派当作晚明义风的代表，任情贬抑。

三 《四库全书》对于评点的观点与立场

除了对钟、孙评点的批评外，四库馆臣的学术立场与观点同时表
现在对明清其他评点学著作的批评上。

四库馆臣对于评点的批评主要集中在它与时文的密切关系上，大
多批评是因为它们以时文之法评点。如评明沈尔嘉《读易镜》："是书
悉依今本次序，每一卦一节，列《经》文于前，列讲义于后，而讲义
高《经》文一格，全为缮写时文之式。其说皆循文敷衍，别无发挥。
《经》文旁加圈点，讲义上缀评语，亦全以时文法行之，即其书可知
矣。"⑤ 批评明沈国元《二十一史论赞》："是书摘录二十一史《论赞》，
加以圈点评识，全如批选时文之式。"⑥ 评清蒋家驹《尚书义疏》："是
编亦高头讲章之类，钞本缀以圈点，其体段皆类时文。"⑦ 评清黄叔琳

① 沈善洪主编：《黄宗羲全集》第 10 册，浙江古籍出版社，2005，第 176 页。
② 王夫之：《姜斋诗话笺注》附录，第 205 页。
③ 《四库全书总目》卷 190，《御选唐宋文醇》提要，第 1727 页。
④ 《四库全书总目》卷 189，《唐宋八大家文钞》提要，第 1719 页。
⑤ 《四库全书总目》卷 8，第 69 页。
⑥ 《四库全书总目》卷 65，第 581 页。
⑦ 《四库全书总目》卷 14，第 115 页。

《史通训故补》："其圈点批语，不出时文之式。"① 评明李嵩《白雪堂诗》："凡古律体诗一百余首，有莱阳董嗣朴等四人评点，皆如时文之式。"② 批评明闵齐华《文选瀹注》："是书以六臣注本删削旧文，分系于各段之下。复采孙鑛评语，列于上格。盖以批点制艺之法施之于古人著作也。"③ 评清徐文驹《明文远》："是编辑有明一代之文。前后无序跋，亦无目录。其圈点批语，皆用八比之法。"④ 明清时文多由坊刻，所以四库馆臣往往以"如坊刻时文之式"来批评评点著作。如评明慎蒙《天下名山诸胜一览记》："其记文之末，各加评语，亦不出坊刻积习。"⑤ 评清刘余祐《燕香斋文集》："每篇之末，皆有评语，如坊刻时文之式。"⑥

另外，四库馆臣认为评点还反映出明人佻纤之习。如评明闵于忱《枕函小史》："各加评点，总不出明季佻纤之习。"⑦ 评清张竞光《宠寿堂诗集》提要："其诗每首之后评语杂遝，殆于喧客夺主，盖犹明季诗社之余习也。"⑧ 评点除了佻巧之外，就是近俗恶道。评明程一枝《史诠》："是编专释《史记》字句，校考诸本，颇有发明。惟参杂时人评语，颇近乡塾陋本。"⑨ 评明叶向高《说类》："其上细书评语，体例尤为近俗。"⑩ 评清孙默《十五家词》："至其每篇之末，必附以评语，有类选刻时文，殊为恶道。今并删除，不使秽乱简牍焉。"⑪ 这几种情况总的来说，就是对其评点时俗功利的批评。

除了《总目》对于评点著作的直接评价外，《四库全书》的编纂与处理同样表达出明确的学术立场。我们可以从以下几个方面来看：

---

① 《四库全书总目》卷 89，第 757 页。
② 《四库全书总目》卷 180，第 1627 页。
③ 《四库全书总目》卷 191，第 1734 页。
④ 《四库全书总目》卷 194，第 1774 页。
⑤ 《四库全书总目》卷 78，第 676 页。
⑥ 《四库全书总目》卷 181，第 1632 页。
⑦ 《四库全书总目》卷 132，第 1128 页。
⑧ 《四库全书总目》卷 183，第 1654 页。
⑨ 《四库全书总目》卷 46，第 416 页。
⑩ 《四库全书总目》卷 132，第 1123 页。
⑪ 《四库全书总目》卷 199，第 1826 页。

第一，四库馆臣对评点著作的缺陷谈了许多，但没有正面肯定过评点著作和评点形态的优长之处。在《四库全书》中，明清两代被特别指出为评点书籍的，多数被列入"存目"，而不在正选之列。除了孙鑛与钟、谭的评点著作之外，如上述《总目》所批评的评点著作：旧题谢枋得《批点檀弓》（四库馆臣推定为明人之作）、明林兆珂《考工记述注》《檀弓述注》、明沈尔嘉《读易镜》、明凌濛初《言诗翼》、明程明哲《考工记纂注》、明万时华《诗经偶笺》、清蒋家驹《尚书义疏》、明沈国元《二十一史论赞》、清黄叔琳《史通训故补》、明程一枝《史诠》、明叶向高《说类》、明慎蒙《天下名山诸胜一览记》、明闵齐华《文选瀹注》、明郭正域《韩文杜律》、明李嵩《白雪堂诗》、明闵于忱《枕函小史》、清徐文驹《明文远》、清刘余祐《燕香斋文集》、清张竞光《宠寿堂诗集》……上举这些被四库馆臣突出强调其为"评点"之学的著作，全都被排斥在正选之外，列到"存目"之中。可见在四库馆臣那里，明清的"评点"几乎成为一种恶谥。① 《十五家词》虽然最终被列入正选，但评点部分全被删去，这本身表现出鲜明的学术立场与学术导向。

第二，列入正选的书籍，只录评语而不录圈点标志。如宋人《文章轨范》各有批注圈点，四库馆臣认为在《文章轨范》一书中，圈点的运用非常重要，甚至是评点者"有所寓意"的。② 尽管如此，在《四库全书》中，《文章轨范》只有保存批注，其圈点也被刊落。同样吕祖谦之《古文关键》、真德秀之《文章正宗》、楼昉之《迂斋古文标注》、《古文集成》等书原本都有圈点、标抹，但在《四库全书》中也没有保存下来。《钦定四书文》是《四库全书》中仅有的八股文总集，所选之文，大多前人都有过评点。而在《四库全书》之中，也保持其

---

① 《四库全书总目》对于那些列入"存目"的书籍大都要列出其弊病，有趣的是，《四库全书总目》所罗列的往往是那些看似堂皇其实是格套的理由。像晚明之风、评点习气都是四库馆臣批评书籍的最佳借口，在这里理论分析已被批评套语所代替。文学批评套语本身虽然不具理论价值，但其中仍包含有丰富的内涵。

② 《四库全书总目》卷 187，第 1703 页。

评语，"每篇皆抉其精要评骘于后"而不录圈点。① 《总目》也有过对于评点著作的褒扬，那就是谓《御选古文渊鉴》："每篇各有评点，用楼昉《古文标注》例，而批导窾要，阐发精微，不同昉之简略。"② 此书既称"御选"，其评点受到推尊是可以理解的。尽管如此，《御选古文渊鉴》实际上只有评，而没有圈点。③ 总之，整个《四库全书》对于评点书籍的处理方式是保留评语而删略圈点标抹。我们难以断定这种处理方式是出于书籍抄录上的技术性的原因，还是出于对于圈点的鄙视态度。我们所面对的事实就是：《四库全书》所收录的评点书籍，都是没有圈点的。

四 《四库全书》学术立场分析

四库馆臣对于评点学的批评，大体上缺少令人信服的学理性分析，更多的是一些不容争辩的判断与模式化、格套化的批判。严格说来，这里表达的不是理论，而是一种观念与立场。这种学理分析的缺乏，固然与《总目》的撰写体例有关，但更深层的原因是四库馆臣把这种批评视为无须辨析、理所当然的常识或共识。这种鄙视评点的非理论化的学术立场，恰恰在文学与文化上具有独特而复杂的内涵。

反评点的学术风气始于明代。如明代吴应箕说："大抵古人精神不见于世者，皆评选者之过也。弟尝谓张侗初之评时义，钟伯敬之评诗，茅鹿门之评古文，最能埋没古人精神，而世反效慕恐后，可叹也。彼其一字一句皆有释评，逐段逐节皆为圈点，自谓得古人之精髓，开后人之法程，不知所以冤古人，误后生者正在此。"④ 这是《四库全书》编纂之前学者的声音，而在《四库全书》编纂的同时或稍前后，反评

---

① 《四库全书总目》卷 190，第 1729 页。
② 《四库全书总目》卷 190，第 1725 页。
③ 《四库全书》个别书籍也采用了五色标注法。《御选唐宋文醇》提要："其文有经圣祖仁皇帝御评者，以黄色恭冠篇首。皇上御评则朱书篇后。至前人评跋有所发明，及姓名事迹有资考证者，亦各以紫色、绿色分系于末。"（《四库全书总目》卷 190，第 1727 页）不过，这是特殊的处理方式，并无普遍性。
④ 吴应箕：《楼山堂集》卷 15《答陈定生书》，《四库禁毁书丛刊》集部第 11 册，第 443 页。

点的声音也相当尖锐，且已不再局限于对某一评点对象的批评，而是对整个评点方式的反思。清王元启（1714—1786）《祇平居士集》卷14《示学者书》：

> 自周汉以迄唐宋，读书者要在求其义训而已。姬公之《尔雅》、孔子之《翼传》，卜子夏之《小序》，以及汉、唐、宋诸儒传、注、笺、疏之文皆是也。惟其志在求解，故虽有所得，各有浅深，要皆循循然不敢放言高论。至南宋而乃有圈点评赞之文，引学者之心思于浮夸驰竞之场。以至有明中叶以后，坊选滥行，雌黄杂出，黄口小儿，学语未成辄复放神高远，妄肆品题。其所为文，必求句句可以著圈而加赞。其实有识者观之，知其文理不通而已。①

他认为评点对读者和作者两方面都产生不良影响。清人章学诚在《文史通义·文理》指出："至于纂类摘比之书，标识评点之册，本为文之末务，不可揭以告人，只可用以自志。父不得而与子，师不得以传弟，盖恐以古人无穷之书，而拘于一时有限之心手也。"② 而章学诚《校雠通义》外编《朱子〈韩文考异〉原本书后》："古人读书不惮委曲繁重，初不近取耳目之便，故传注训故，其先皆离经而别自为书，至马、郑诸儒，以传附经，就经作注，观览虽便而古法乃渐亡矣。评论文字，抑扬工拙，虽为道之末务，然如挚氏《文章志论》、刘氏《文心雕龙》，亦离文而别自为书。至真、谢诸公，就文加评，因评而加圈点识别，虽便诵习，而体例乃渐亵矣。"③ 章学诚认为评论本身就是"末务"，而发展到圈点，就更是每况愈下了。

明清以来，攻击评点之学的一个重要原因是它与时文的关系，这也是四库馆臣批评评点的套语。科举对于评点之学起了重要的刺激作用确是事实，如元程端礼《读书分年日程》卷二在为生员所开列的六

---

① 王元启：《祇平居士集》卷14，《续修四库全书》第1430册，第579页。
② 章学诚：《文史通义校注》，叶瑛校注，中华书局，1994，第288页。
③ 章学诚：《校雠通义》，《续修四库全书》第930册，第808页。

日为一周期的《读看文日程》中，有三日的功课包括了"夜钞点抹截文"①；在卷二《读作举业日程》中，也多要求"批点"、"抹截"②。可见"批点抹截"本来就是举业的重要功课。评点之学与时文有密切关系，这是可以肯定的。不过，评点之学的渊源乃至其所涵涉的内容，是极为丰富的。评点既不始于时文，其所评也并非都是时文。评点之学，尤其是诗文评点早在南宋就非常发达，远早于八股之学。评点之学是自成体系的，并非受到八股文的影响才兴盛，倒是八股之学利用了评点之学的形式。然而在四库馆臣话语系统中，评点之学差不多等于时文之学，这就不免以偏概全。这种学术观念产生的影响很大。比如，曾国藩干脆把评点之学的产生结归为明代中期的制艺："窃尝谓古人读书之方，其大要有二：有注疏之学，有校正之学……自汉以下，魁儒硕士善读古书者，大端不越此二途。逮前明中叶，乃别有所谓评点之学。盖明代以制艺取士，每乡、会试，文卷浩繁，主司览其佳者，则围点其旁以为标识，又加评语其上以褒贬，所以别妍媸、定去取也。濡染既久，而书肆所刻四书文莫不有批评围点。其后则学士文人竞执此法以读古人之书，若茅坤、董份、陈仁锡、张溥、凌稚隆之徒，往往以时文之机轴，循《史》、《汉》、韩、欧之文。虽震川之于《庄子》、《史记》，犹不免循此故辙。又其甚则孙鑛、林云铭之读《左传》，割裂其成幅，而粉傅其字句，且为之标目，如《郑伯克段》、《周郑交质》云云，强三代之人以就坊行制艺之范围，何其陋与！我朝右文崇道，巨儒辈出，当世所号为能文之士，如方望溪、刘才甫之集，与姚姬传氏所选之古文词，亦复缀以批点。贤者苟同，他复何望？盖习俗之人人深矣。"③ 又认为："末世学古之士，一厄于试艺之繁多，再厄于俗本评点之书。此天下之公患也。"④ 曾国藩把评点之学的产生完全归之于明代时文，虽然立场更为明确，但所述可以说离事实就更

---

① 程端礼编：《程氏家塾读书分年日程》，《丛书集成初编》第 5 册，第 39、40 页。
② 程端礼编：《程氏家塾读书分年日程》，第 41 页。
③ 王定安：《求阙斋弟子记》卷 22《文学下》录曾国藩语，《续修四库全书》第 551 册，第 530 页。
④ 曾国藩：《曾文正公文集》卷二《谢子湘文集序》，《续修四库全书》第 1537 册，第 594 页。

远了。四库馆臣所代表的把评点与时文捆绑到一起的观念，给当时评点家以巨大的压力。这里可举一例：姚鼐（1732—1815）本身是推崇评点的，他在《答徐季雅》中说："震川阅本《史记》，于学文者最为有益。圈点启发人意，有愈于解说者矣。可借一部临之，熟读必觉有大胜处。"① 其《古文辞类纂》原先也有圈点。② 黎庶昌《续古文辞类纂叙》："道光初，兴县康抚军刻姚氏《古文辞类纂》，本有画段圈点。后数年，吴启昌重刻于江宁，以为近乎时艺，用姚先生命去之。"③ 姚氏赞赏评点，而且亲自评点《古文辞类纂》，但后人最终还是以"用姚先生命"的理由舍弃圈点，这种举动，正反映出时人一种认识，那就是圈点"近乎时艺"。

最后一个问题也是本文的核心问题：为何在评点问题上，四库馆臣的立场颇为"暧昧"？他们没有否定过评点之学，但在具体的评论上又采取了偏向反评点的立场。《四库全书》的编纂正值乾隆盛世，目的是要确立一种主流的正宗的思想意识。而评点之学起源较晚，盛极于明代，又广泛流行，属于后起流行文化的组成部分。四库馆臣出于建设雅正文化的需要，所以对大量具体评点著作的态度，基本是批评或者蔑视的。《总目》对宋人评点比较宽容，对明清人比较严厉，其中最为激烈的批评是针对竟陵派评点著作的。四库馆臣强烈贬斥以文法评点儒家经典和以时文之法评点文章的著作，以评点学为时俗之体，把评点之学与晚明文风、时文俗体捆绑在一起，在某种程度上，"评点"成为恶谥。《总目》所反映出来的立场，代表了主流意识形态与官方文化反对时俗、流行大众文化以及对于功利色彩太强的文化形式的鄙夷，

---

① 姚鼐：《惜抱尺牍》卷二，《丛书集成续编》第 130 册，第 904 页。

② 吴德旋（1767—1840）《初月楼古文绪论》："《古文词类纂》其启发后人，全在圈点。有连圈多，而题下只一圈两圈者；有全无连圈，而题下或三圈者，正须从此领其妙处。末学不解此旨，好贪连圈，而不知文品之高，乃在通篇之古淡，而不必有可圈之句，知此则于文思过半矣。"（《续修四库全书》第 1714 册，第 469 页）

③ 黎庶昌：《拙尊园丛稿》卷二，《续修四库全书》第 1561 册，第 290 页。姚鼐的受业门人吴启昌道光五年所作《吴刻〈古文辞类纂〉序》说："旧本有批抹圈点，近乎时艺，康公本已刻入，今悉去之，亦先生命也。"（姚鼐编：《古文辞类纂》，浙江古籍出版社，1998，第 12 页）李承渊《校刊〈古文辞类纂〉后序》也说："吴氏刊本，系先生晚年主讲钟山书院时所授，且命付梓时去其圈点。"（《古文辞类纂》，第 10 页）

另一方面也表现出清人对于明代尤其是晚明文风与士风的蔑视。

当然，事情并非如此简单。问题还有另一面：在具体书籍的评点上，四库馆臣站在偏向批评的立场，但他们又从未在基本理论上完全、公开地否定评点之学。对于众多评点著作的蔑视，并不等同于对评点之学的整体否定。对此，我们应该注意到这样的事实：从清代最高统治者到四库馆臣以及一些激烈反对评点之学的批评家自身并没有完全抛弃评点这一文体。比如康熙"御选"的《古文渊鉴》"每篇各有评点"，《四库全书总目》主撰者纪昀也评点过《李义山诗集》《后山集钞》《苏文忠公诗集》《瀛奎律髓刊误》等书。他在《史通削繁序》中说该书可"细加评阅，以授儿辈。所取者记以朱笔，其纰缪者以绿笔点之，其冗漫者又别以紫笔点之"①。而对评点之学持强烈批评态度的曾国藩所编选的《十八家诗钞》《经史百家杂钞》等都有评点。这就不难看出：一方面，评点之学作为一种批评文体因为属于大众的流行文化而受到批评；但另一方面，正由于它具有易为大众所接受、易于流行的性质，甚至连它的批评者也无法拒绝其魅力。从这个角度看，"暧昧"之处，正是意蕴丰富、不能含糊的地方。

（原载《文学评论》2007 年第 1 期）

---

① 纪昀：《史通削繁》，《续修四库全书》第 448 册，第 2 页。

第十七章 《古文辞类纂》编纂体例之文体学意义

　　《古文辞类纂》是姚鼐为学古文者选编的一部范文读本，选文七百余篇，上自《楚辞》《战国策》《史记》《汉书》，下逮归有光、方苞、刘大櫆。此书一出，即被桐城派古文家奉为圭臬，甚至被誉为"不废江河万古流之业"①，在清代中后期产生了重大影响。相关研究成果，不胜枚举。然而，目前学界对此书的认识和评价仍有一些探讨空间。本文拟就《古文辞类纂》的编纂方式与体例探讨其在文体学学术史上的意义。

一　"序目"批评形态的形成与影响

　　《古文辞类纂》卷首有《序目》，其内容历来为研究者所重视。然而，对于何为序目，其结构、形式特征及独特的文学批评意义等问题，学术界尚缺乏关注。

　　"序目"一词，至少唐代已产生，其涵义丰富。最常见的有三种：①序次，目录。《汉书》卷62《司马迁传》"而十篇缺，有录无书"条，颜师古注曰："序目本无兵书，张云亡失，此说非也。"② 此"序

---

① 　徐丰玉：《重刊八家文钞序》，刘大櫆《唐宋八家文百篇》（又名《精选八家文钞》）卷首，道光三十年刻本。
② 　班固：《汉书》卷62，中华书局，1962，第2725页。

目"指司马迁原书目录。②序言和目录。徐铉《重修说文序》："奉诏校定许慎《说文》十四篇，并序目一篇，凡万六百余字。"① 此"序目"指许慎撰的《说文解字序》和目录。③对读书时辑录的条目逐条加以论述的著述方式。如叶适有《习学记言序目》50 卷，孙之弘《〈习学记言序目〉序》曰："初，先生辑录经史百氏条目，名《习学记言》，未有论述。自金陵归，间研玩群书，更十六寒暑，乃成《序目》五十卷。"② 以上三种涵义，第三种比较特殊，与本文研究对象无关，可置之不论。第一种作为目录的涵义，虽与论题相关，但不能涵摄姚鼐序目的完整意义。而第二种"序言和目录"最接近姚氏序目的内容，因此成为探讨的重点。需要指出的是，古人"序""叙"通用，故徐师曾论"序"这种文体时说："字亦作'叙'"，"曰某序，曰序某，字或作'序'，或作'叙'，惟作者随意而命之，无异义也"。③ 正因如此，"序目"一词，也常与"叙目"相通。如元郑杓《衍极》："于是慎乃集《三仓》、《尔雅》之学，考之于逵，作《说文解字》十四篇，并《叙目》一卷，九千六百余字。"④ 此"叙目"即上文提到的《说文》序目。类似用例古籍中颇为常见，不必枚举。

在中国文学批评史上，明代高棅《唐诗品汇》较早明确采用序目形式并有显著的文学批评意味。此书分体编次，计有五古、七古、五绝、七绝、五律、五排、七律七体，各体之下又分正始、正宗、名家、大家、羽翼等品目。每体诗之前，都有"叙目"，列举此体诗中各品作家姓氏及作品数量，此即目录；目录之后，评论该体作家作品，此即序题⑤。如"五言古诗叙目"卷二"正始下"在列举沈佺期、宋之问等作家、作品篇数后，序题曰："神龙以还，品格渐高，颇通远调，前论沈、宋比肩，后称燕、许手笔，又如薛少保之《郊陕篇》、张曲江公

---

① 徐铉：《徐公文集》卷 23，四部丛刊本。

② 叶适：《习学记言》卷首，《丛书集成续编》第 16 册，第 365 页。

③ 徐师曾：《文体明辨序说》，人民文学出版社，1962，第 135 页。

④ 郑杓：《衍极》卷二，清十万卷楼丛书本。

⑤ 序题指在文章总集中，编者对各种文体渊源流变与文体特色的阐释。文体序题产生很早，但明确称为"序题"，始于明吴讷《文章辨体》，此后成为一种流行的文体批评方式。参见本书第十一章。

《感遇》等作，雅正冲澹，体合风骚，骎骎乎盛唐矣。今自沈云卿而下，以尽乎开元初之诸贤，通得二十五人，共诗七十五首，离为下卷，亦曰正始，使学者本始知来，溯真源而游汗漫矣。"① 可见，高棅的诗体叙目，并非"序言"加"目录"，而是由目录和序题组成，具有说明选目、评论作家作品、探讨文体发展演变等文学批评功能。

《古文辞类纂序目》的内容与形式都有可能受《唐诗品汇》叙目的影响，但又有明显的发展和创新。为了便于说明问题，让我们对姚氏序目的内容、结构略作分析。序目开篇，介绍自己学习古文的经历和编纂《古文辞类纂》的缘起，这和一般自序没有区别。接着交代此书内容和体例，即按文体分类编次，计有论辨类、序跋类、奏议类等十三大类。总述类次之后，按类一一列举所选篇目，此即全书目录。而每类作品之前，各有一篇序题，概论此类文体的起源、功用、体性特征、发展演变及作者选录标准等。十三篇序题七百多篇作品列举完毕之后，作者又表达对古文写作的基本看法："凡文之体类十三，而所以为文者八：曰神、理、气、味、格、律、声、色。神、理、气、味者，文之精也；格、律、声、色者，文之粗也。然苟舍其粗，则精者亦胡以寓焉？"② 最后对此稍作阐发，作为整篇序目的大结。

可见，《古文辞类纂》"序目"既非单纯的序言或目录，也非序言与目录的简单相加，而是自序、序题、目录三者的有机结合，具有全书纲领性质。其中序题、目录的结合，与《唐诗品汇》叙目相似。但《唐诗品汇》卷首尚有"总叙"一篇，相当于自序，没有纳入叙目中。因此，高氏叙目只有目录和序题，没有序言功能。其叙目分体标列，有五言古诗叙目、七言古诗叙目、五言律诗叙目、七言律诗叙目等多篇，散置于各体选诗之前，故无法像《古文辞类纂》序目那样将自序融入其中，构成完篇，置于卷首，统领全书。在姚氏序目中，自序是全书纲领，被序题、目录截为两段，分居首尾，形式上不同于一般独

---

① 高棅：《唐诗品汇》，上海古籍出版社，1982，第 46–47 页。
② 姚鼐：《古文辞类纂序目》，《续修四库全书》第 1609 册，第 319 页。

立成篇的序言；序题阐发文体分类思想，统辖所属各类文章；目录则是序目主体，所占篇幅最长。

　　姚氏之序目，实为层次井然、针严线密、环环相扣的有机整体：序言揭示全书的体例和主旨，序题是主旨的展开及对选目的说明，目录则是主旨和序题的落实或体现。三者浑然一体，绝非简单混搭，自然也不能随意拆分，或颠倒序次。否则，序言或序题中的很多表述，会显得学理不清，甚至莫名其妙。如序言中提到十三类文体，若无序题的阐释，那么，其分类依据何在，读者难以把握。序言又云："一类内而为用不同者，别之为上、下编云。"① 结合序题，才能更好理解这句话。盖姚鼐的文体分类，大致以功用为标准。而同一文类中的不同文体，又因施用对象、场合差异而显示其独特性，故分上、下编来体现这种差异。如"碑志类"序题曰："碑志类者，其体本于《诗》，歌颂功德，其用施于金石。"② 这是碑志体的基本功能。但到了后代，墓志兴起，带有人物传记性质，而不尽歌功颂德，故序题特意指出"墓志文录者犹多，今别为下编"③。这种体例，可从目录直接得到验证。目录卷39至卷40所录16篇文章，皆功德碑，无关于丧葬，故特标出"右碑志类上编"④；卷41至卷50录91篇文章，皆丧葬墓志，故标出"右碑志类下编"⑤。可见，序目除序言外，兼有凡例与目录功能，既可供检索之用，又包括对全书体例的说明，还渗透了作者的文学观念。要全面了解这些功能，必须把序言、序题、选目结合起来阅读，才能更清晰。如三者分离，各自独立，那么，全书宗旨和体例便难以完满呈现，许多表述也就不知所云。《古文辞类纂》的三个早期刊本，即康本、吴本、李本，编刊者或为姚鼐弟子，或为桐城后学，都深谙姚氏用心，故保持了姚氏序目的完整原貌，不像后人那样随意拆分。而一般的书籍，序和目录之间没有如此紧密的关系，不但两者分离无伤大

① 《古文辞类纂序目》，第311页。
② 《古文辞类纂序目》，第316页。
③ 《古文辞类纂序目》，第316页。
④ 《古文辞类纂序目》，第316页。
⑤ 《古文辞类纂序目》，第317页。

雅，在两者间插入其他内容，或颠倒其序次，也不影响阅读理解。如吴讷《文章辨体》首以彭时望序，次以凡例，次以诸儒总论作文法，次以目录。徐师曾《文体明辨》，卷首为作者自序，次以文章纲领，分总论、论诗、论文等部分；次以真德秀文章批点法。以上内容，单独编为一卷，然后才是目录六卷。在这些书籍中，序是序，目录是目录，关系极为松散，故不妨自由拆分、合并。

晚近以来，《古文辞类纂》序目独特的体例因不被理解或不重视而常受肢解。民国年间，上海文瑞楼书局刊出《百大家批评新体注释古文辞类纂》，将姚鼐原序目分离为独立的三部分，分别名之为"序""文体说明""目录"。又，今人边仲仁校点《古文辞类纂》，则将姚鼐序言、序题列在前，然后是全书目录。吴孟复、蒋立甫主编《古文辞类纂评注》，也将序目拆成"姚鼐原序"和"目录"两部分，原序在前，目录居后。边仲仁校点《古文辞类纂》，在《后记》里解释原因说："李承渊刊本姚氏序目混合，为使读者一目了然，今分离为姚氏序和目录两部份，卷首并新拟《全书总目》。"① 这些改造，对于一般读者，似乎眉目比较清晰，但支离了原始语境，变动了姚书序目的原有体例，凿破浑沌，已失原璧之美了。

《古文辞类纂》的"序目"，简要而言，就是全书带有纲领性质的编选说明。这是一种自觉的文体创造，它融序言、序题、目录于一体，不但具有检索功能，还具有理论性、系统性与内在逻辑性。它是一种书籍编纂的新体式，也是一种新的文学批评方式。从文体渊源看，司马迁《太史公自序》在序文中一一介绍全书篇目及各篇内容和题旨，实融自序和目录于一体，应是序目的最早雏形。此外，还有目录学传统的显著影响。《汉书·艺文志》《隋书·经籍志》乃至《四库全书总目》等目录学著作，在分类著录图书时，大类之前各有一篇总序；每大类又分若干小类，各小类前有小序；小序之下，一一列举图书目录。姚氏序目从结构方式看，与这种体例最为接近。总序相当于姚氏序言，

---

① 姚鼐编：《古文辞类纂》，边仲仁标点，岳麓书社，1988，第 1001 页。

小序相当于序题，图书目录相当于篇章目录。

从文集编纂传统看，"序目"形式也有一个形成过程。除了上文谈到的《唐诗品汇》"叙目"外，黄佐《六艺流别》目录也初具"序目"之体。现以目录前数卷"诗艺"部分为例：

> 第一卷诗艺一：逸诗、谣、歌。
>
> 第二卷诗艺二：谣之流其别有四：讴、诵、谚、语；歌之流其别有四：咏、吟、怨、叹。
>
> 第三卷诗艺三：诗之流不杂于文者其别有五：四言、五言、六言、七言、杂言（附：离合、回文、建除、六府、两头纤纤、五杂组、数名、郡县名、八音）。
>
> 第四卷诗艺四：诗之流其杂近于文而又与诗丽者其别有五：骚、赋（附：律赋）、词、颂、赞（附：诗赞）。
>
> 第五卷诗艺五：诗之声偶流为近体者其别有三：律诗、排律、绝句。①

可以看出，《六艺流别》目录与一般只记篇名的目录不同，其独特之处是作为目录而并不列举具体"篇目"或作家姓氏，而是列出受六艺影响而生成的各种文体的"纲目"，由此形成一个阐发"文本于六经"的、思致严密、编排有序的理论系统。目录之末，还有黄佐之子黄在素对该书之宗旨、编纂与校刊之说明，可以说在传统目录之外，别具一体了。

除《古文辞类纂》外，姚鼐《今体诗钞》十八卷也是清代颇有影响的选本。此书卷首有《五七言今体诗钞序目》一篇，由序言和目录组成。序言介绍编纂缘起和宗旨，随即列举目录。与《古文辞类纂序目》稍异的是，此目录没有一一列举篇名，而是根据时代先后，以作家为对象，依次介绍各卷帙内容。序目在对各卷帙内容、体例的介绍中，渗透着对作家的评价和诗史的把握，具有显著的文学批评色彩。如果说这种与选本结合的批评方式在《唐诗品汇》中虽露端倪，但只

---

① 黄佐：《六艺流别》卷首，明嘉靖四十一年欧大任校刻本。

是偶然为之，那么，对姚鼐来说，已是自觉的选择和应用，且在形式
上有所发展和创新，标志着序目作为一种书籍编纂方式和文学批评体
式的成熟和定型。

　　这种序目方式对后来的选本产生了较大影响。如李元度《赋学正
鹄》序目追溯律赋的产生、发展历程，介绍全书编纂宗旨，将所选 147
篇赋分层次、气机、风景、细切、庄雅、沉雄、博大、遒炼、神韵、
高古等十类，每类一一序题，序题后列举所选篇目。如"庄雅类"序
题："庄雅类者，所谓沈宋之体宜庙堂也。古赋典重斋皇之作最多，以
非律体不登。即律赋中亦美不胜收，故择其典雅亲切者，略举数篇以
为式。"① 随后列清代律赋篇目四篇。所有序题和篇目列举完毕后，作
者又对全书内容作了总结，且进一步提出："赋学指要，厥有数端：曰
审题，曰辨体，曰炼局，曰取势，曰用笔，曰修辞，曰选韵，曰储材，
八者盖阙一不可也。"并就此八端一一展开论述，最后以"留意于斯八
者，而就所分之十类，熟读而深思之；其树帜辞坛，和声以鸣国家之
盛也必矣，讵得曰雕龙小技云乎哉"② 绾结全篇。可以看出，《赋学正
鹄》序目与《古文辞类纂》序目一样，绝不止于目录检索功能，也非
序言和目录的简单相加，而是一篇内容丰富、层次清晰、章法严密的
赋学批评论文。又，王先谦《骈文类纂》卷首也有序目，介绍此书编
纂缘起和体例，全书"凡类十五，卷四十有六，间亦区其义例，第其
时代，为上、中、下编云"③。随后即就论说类、序跋类、表奏类、书
启类、赠序类等 15 类文体，依次展开序题，概述其体性特征及产生、
发展、演变过程等；每篇序题之后，一一列举所选篇目。《骈文类纂》
的序目与书名，显然都沿袭了《古文辞类纂》。可见，自姚氏之后，序
目已成为与文章选本伴生的一种独特的文学批评方式。这种批评方式，
要求序与目之完美结合，因此需要理论性、系统性和内在逻辑性兼胜，
难度相当高，所以在总集编纂中难以得到广泛应用。

---

① 李元度：《赋学正鹄》卷首，光绪二十年上海文瑞楼刊《赋学正鹄集释》，第 3－4 页。
② 同上，第 5－6 页。
③ 王先谦：《骈文类纂》卷首，浙江古籍出版社，1998，第 3 页。

二　"类纂"之优劣

《文选》确立了古代文集编纂依据文体"类聚区分"的传统。这种传统，既有书籍编次体例意义，更有文体分类学意义。《古文辞类纂》的文体分类向来为学界所重视。文体分类包括析类和归类两个相反的方向。析类当求其异，即充分把握各种文体的独特性。随着对文体差异认识的深化，古代文体分类呈现出辨析越来越细密、类目越来越繁多的趋势。如《文选》录 39 种文体，而明代徐师曾《文体明辨》127 种，贺复徵《文章辨体汇选》132 种。宋代以后，为了克服文体繁碎之弊，又出现了文体归类的趋势，即将众多文体据其共同特征分门别类，以求体类精简。如真德秀《文章正宗》把古今文章归为辞命、议论、叙事、诗赋四类。黄佐《六艺流别》将 150 多种文体归于诗、书、礼、乐、春秋、易六经。储欣《唐宋八大家类选》将八家文归入奏疏、论著、书状、序记、传志、词章六门。这些归类各有特色，但往往失于笼统，未能在求"同"中充分显示其"异"。

姚鼐《古文辞类纂序目》："以所闻习者，编次论说为《古文辞类纂》，其类十三，曰：论辨类、序跋类、奏议类、书说类、赠序类、诏令类、传状类、碑志类、杂记类、箴铭类、颂赞类、辞赋类、哀祭类。一类内而为用不同者，别之为上下编云。"① 将古代纷繁复杂的各体文章归并为十三大类，每大类又分若干小类。这种分类法，既不过于简略，又不流于琐碎，与此前的文体分类相较，更具合理性，故颇为后人所采纳。如梅曾亮《古文词略》十四类，王先谦《骈文类纂》十五类，曾国藩《经史百家杂钞》著述、告语、记载三门十一类等，都明显吸收了《古文辞类纂》的分类成果。

《文选》以文体为纲，而下设题材为目，成为中国古代文章总集的分类传统。《古文辞类纂》文体分类的特色在于不从具体的文体细分开

---

①　姚鼐：《古文辞类纂序目》，第 311 页。

始，而从文体功用出发。以文体功用为纲，故起了执简驭繁、纲举目
张之效。这种以纲统目、标准划一的分类法，较好克服了古代文体分
类标准随意，或流于琐碎，或过于笼统的局限，深得后人赞赏。如姚
永朴称赞《古文辞类纂》文体类目"分合出入之际，独厘然当于人心，
乾隆、嘉庆以来，号称善本，良有以也"①。《广注古文辞类纂》序曰：
"其分类颇具卓见。溯自昭明《文选》而下，如《唐文粹》《文苑》
《宋文鉴》《明文典》诸书，所分体类，多有可议之处。至姚氏始将古
文各种文体，约之为十三类，后世之论文体者，莫不以此为圭臬也。"②

　　然而，《古文辞类纂》毕竟是一部古文选本，是作者心目中的文章
精粹，而非以搜罗散佚、保存文献为宗旨的总集，更非文体学研究专
著。因此，其文体分类，是从选本出发，而非从文体学出发。许多没
有入选的文章，其所属文体便得不到反映。这和吴讷《文章辨体》、徐
师曾《文体明辨》等"唯假文以辨体"③的总集，在编纂宗旨及文体
学意义上有较大差别。要言之，从文体分类学看，《古文辞类纂》尽管
有简明、清晰的优势，但不能全面囊括、体现中国古代的文体谱系。
如"辞赋类"序题曰："古文不取六朝人，恶其靡也。独辞赋，则晋宋
人犹有古人韵格存焉。惟齐梁以下，则辞益俳而气益卑，故不录耳。"④
姚鼐作为桐城古文的集大成者，其古文观尽管不像方苞那样狭隘，在
《古文辞类纂》中收录了不少"犹有古人韵格存焉"的辞赋，但对俳
偶极工的作品，尤其是齐梁骈赋，则一概不录。这种立场，不但使文
学史上许多经典名篇，如陆机《文赋》、江淹《恨赋》《别赋》、庾信
《春赋》《哀江南赋》等成为遗珠，更遮蔽了骈赋作为辞赋发展史上重
要一环的地位。作为古文选本，这种黜落无可非议，但若从文体学角
度看，则不无缺憾。更遗憾的是，随着许多文章落选，相应的文体也
被排除出去，削弱了此书文体涵摄的丰富性。如，启和笺是六朝以来

---

① 姚永朴：《文学研究法》，商务印书馆，1916，第 34 页。
② 姚鼐编：《广注古文辞类纂》卷首，宋晶如、章荣注，世界书局，1935。
③ 徐师曾：《文体明辨序》，《文体明辨序说》卷首，第 78 页。
④ 姚鼐：《古文辞类纂序目》，第 318 页。

盛行的两种文体，骈俪气息较重，《文选》录为两体，而《古文辞类纂》一篇未收，这两种常用文体遂被排斥在外。又，姚鼐选文以古雅为尚，凡是后起的或比较通俗、纤巧的文体，如《文体明辨》所录铁券文、字说、帖子词、上梁文、乐语、右语、道场榜、道场疏、青词、募缘疏、法堂疏等民间日用和宗教文体，都不能入选。

《古文辞类纂》在文体分类和作品归类上，也有一些可议之处。如"书说类"序题曰："书说类者，昔周公之告召公，有《君奭》之篇。春秋之世，列国士大夫或面相告语，或为书相遗，其义一也。战国说士，说其时主，当委质为臣，则入之奏议。其已去国，或说异国之君，则入此编。"[1] 根据选文可知，"书"即书牍，"说"指游说，两者功用有别；而在文体形态上，一为书面语，一为口语，差异更为明显。归为一类，颇为牵强。又，同为说辞，以是否为自己的君主来分书说类与奏议类，也缺乏说服力。战国时期，邦无定交，士无定主，士人与君主的关系极为松散、自由，因此，其上书或游说人主，往往纵横捭阖，放言高论，不像中央集权制度下的奏疏类文体，有森严的礼法束缚和严格的程式规定。因此，没有必要将战国时的书说类文体根据所施对象分书说、奏议两类。此外，《古文辞类纂》也有归类标准不一的缺陷。如同为谏书，邹阳《谏吴王书》入书说类，司马相如《谏猎书》、淮南王刘安《谏伐闽粤书》、扬雄《谏不受单于朝书》入奏议类。又如屈原《九歌》、贾谊《吊屈原赋》、汉武帝《悼李夫人赋》等，一般从文体形式着眼，归入辞赋类，而姚鼐入哀祭类，似因文中有祭奠内容。然辞赋类中，录《淳于髡讽齐威王》《楚人以弋说楚王》《庄辛说襄王》等文，似又以形式为标准。若论内容，这三篇都是典型的说辞，当入书说类。再如韩愈《郓州溪堂诗并序》是一篇典型的序文，但姚鼐置于杂记类，是因文中较多叙事成分，而杂记类所录主要是叙事文体。若以此权衡，则苏轼《醉白堂记》、王安石《游褒禅山记》内容、主旨更多议论倾向，是否应入论辨类呢？总之，姚鼐选文

---

[1] 姚鼐：《古文辞类纂序目》，第 313 页。

中的文体归类，并未始终贯彻统一标准，虽以功用为主，但也时以内容或形式分，不能全部禁得起逻辑推敲。这并非姚鼐个人问题，而是古代文体分类的通病，一方面体现了传统文体命名、分类的复杂性，另一方面也受选本性质的制约。作为选本，只要选出选家心目中的优秀作品，就算成功，至于文体析类、归类等，或因袭传统，或出于编次作品的方便，不必刻意追求建立一个标准统一、层次清晰、逻辑严密的完整体系。因此，对《古文辞类纂》文体分类、归类所存在的问题，不必苛求。

三　"不载史传"的学术传统

《古文辞类纂》选文还有一个值得注意的体例，即不录"史传"，但收录"传状"。"传状类"所录篇目为：韩愈《赠太傅董公行状》《圬者王承福传》、柳宗元《种树郭橐驼传》、苏轼《方山子传》、王安石《兵部员外郎知制诰谢公行状》、归有光《通议大夫都察院左副都御使李公行状》《归氏二孝子传》《筼溪翁传》《陶节妇传》《王烈妇传》《韦节妇传》《先妣事略》、方苞《白云先生传》《二贞妇传》、刘大櫆《樵髯传》《胡孝子传》《章大家行略》、韩愈《毛颖传》。由于"不载史传"，此书曾引起过一些批评。笔者认为，这种体例在古代文章总集中是颇有代表性的问题，但很少有人关注，值得一议。

《古文辞类纂》序目"传状类"序题说：

> 传状类者，虽原于史氏，而义不同。刘先生云："古之为达官名人传者，史官职之。文士作传，凡为圬者、种树之流而已。其人既稍显，即不当为之传，为之行状，上史氏而已。"余谓先生之言是也。虽然，古之国史立传，不甚拘品位，所纪事犹详。又实录书人臣卒，必撮序其平生贤否。今实录不纪臣下之事，史馆凡仕非赐谥及死事者，不得为传。乾隆四十年定一品官乃赐谥，然则史之传者，亦无几矣。余录古传状之文，并纪兹义，使后之文

士得择之。昌黎《毛颖传》嬉戏之文，其体传也，故亦附焉。①

这段话并没有说明不载史传的原因，甚至没有提到不收史传的体例，仅仅引用刘大櫆关于史传之语，指出"传状"虽然始于史传但其义已不同。在刘氏看来，国史为达官名人作传，乃史官专职。一般文士只宜写下层人士。若要传稍显之人，仅需将其事迹撰成行状，上交史官，供其作传时参考而已。姚鼐引用刘氏说法，表示同意，但所见又略有不同。他认为古代史传其实不太拘于传主"品位"，比较委婉地纠正国史只为达官名人作传的说法。

把传分为史官之传与文人之传，这不是姚鼐的首创，明代徐师曾就曾说："自汉司马迁作《史记》，创为'列传'以纪一人之始终，而后世史家卒莫能易。嗣是山林里巷，或有隐德而弗彰，或有细人而可法，则皆为之作传以传其事，寓其意；而驰骋文墨者，间以滑（音骨）稽之术杂焉，皆传体也。"② 指出司马迁创列传一体，而后有文人创作的各种传。《古文辞类纂》不收史书中的人物传，只收文人写作的《圬者王承福传》《方山子传》《毛颖传》等。对此，姚鼐仅在序目中有一极简单的说明，"序跋类"序题说："余撰次古文辞，不载史传，以不可胜录也。"③ 曾国藩对《古文辞类纂》颇多继承，但批评姚鼐"不载史传"的说法自相矛盾，既称"不载史传"，却录司马迁《史记》、班固《汉书》、欧阳修《新唐书·艺文志》、《五代史》中的序体文十三篇，又"观其奏议类中，录《汉书》至三十八首；诏令类中，录《汉书》二十四首，果能屏诸史而不录乎？"④ 这种批评看似有理有据，其实误解了姚氏"不载史传"的意思。《古文辞类纂》所录七百多篇文章中，来自史书的序跋、奏议多达七十余篇，占十分之一。除录《史记》《汉书》外，还大量选录《左传》《战国策》文章。这绝非偶然破例，更不可能是自乱体例。姚氏所谓"不载史传"之"史传"，并非

---

① 姚鼐：《古文辞类纂序目》，第 315 页。
② 徐师曾：《文体明辨序说》，第 153 页。
③ 姚鼐：《古文辞类纂序目》，第 312 页。
④ 曾国藩：《经史百家杂钞》卷首"序例"，光绪二年传忠书局刊刻《曾文正公全集》本。

指文章来源，而是指具体文体。"不载史传"即不录史书中写人记事的传记文体，证之《古文辞类纂》选文，这一点确凿无疑。

集部与史部的关系，历来有两种传统：文论传统与文集传统。文论传统都非常肯定史部如《史记》《汉书》对于集部的影响。南朝《文心雕龙》即以《史传》为"笔"的首述之体，此后，所有文论莫不推重《史》《汉》。但文集传统则有所不同，它毕竟要落实到收录具体的作品。一般而言，文集传统只录史部的部分文体，如史论、赞颂、奏议等，而这些文体，在史部中并非主干文体，不像传记那样重要。萧统《文选》只收史论不选史传作品，开创了这种文集传统。

中国古代传体文章也有两种传统，一种是史臣所作的史传，一种是非史官（或称文人）所作的文传。史传见《史记》《汉书》，不必多言。文传作品产生亦早，如任昉《文章缘起》说："传，汉东方朔作《非有先生传》。"① 汉代以来，出现许多与正统史传不同的传，被称为"杂传"。《隋志》卷33《经籍志》有"史部杂传类"。但宋以前的文章总集既不收史传，也不收文传。由于唐宋作家大量创作文传，宋代以后，这种情况有了很大改变，总集开始收录文人撰写的"传"体文。如《文苑英华》卷792以下五卷收录30篇"传"。《唐文粹》卷99"传录纪事"类下收录有韩愈、柳宗元、沈亚之等人撰写的传多篇。《宋文鉴》卷149、150收录17篇"传"。唐宋以来文坛盛行的这些"传"体文，实始于史传，然与"史传"体又有明显差异。

从宋代起，不但文传入了集部，史传也开始进入集部。如真德秀《文章正宗》的"叙事"谈到其收录情况："今于《书》之诸篇与史之纪传，皆不复录，独取《左氏》《史》《汉》叙事之尤可喜者，与后世记序传志之典则简严者，以为作文之式。"② 既表示不录史之纪传，又"独取《左氏》《史》《汉》叙事之尤可喜者"，这种近乎矛盾的态度，正表现了选家对史传叙事艺术的高度重视而欲罢不能。该书在收录韩

---

① 陈元靓等编：《事林广记》，《续修四库全书》第1218册，第355页。
② 真德秀：《文章正宗·纲目》"叙事"，《景印文渊阁四库全书》第1355册，第6页。

愈所作传文的同时，也录《史记》的《伯夷传》《屈原传》《孟子荀卿列传》等篇。明代以后，可能受到"文必秦汉"风气的影响，收录史传的选本越来越多。如《文章辨体》卷45为"传"，收有《史记·孟子荀卿列传》《汉书·董仲舒传》《后汉书·黄宪传》等正史之传，又有《五柳先生传》《圬者王承福传》《种树郭橐驼传》《毛颖传》等。《六艺流别》卷17"春秋艺上"有"列传"一体，录《史记》的《伯夷传》《屈原传》《孟子荀卿传》，《汉书》的《董仲舒传》《朱买臣传》和《后汉书》的《黄宪传》，同时收入陶渊明的《五柳先生传》。《文体明辨》把"传"分为史传、家传、托传、假传，同时收录《史记》等史传与韩柳欧苏的文传。贺复徵《文章辨体汇选》卷483曰："按传之品有七，一曰史传，二曰私传，三曰家传，四曰自传，五曰托传，六曰寓传，七曰假传。"① 也将史传与文传并录。

与这种文集新风尚形成对照的是，明清出现一种严格区分史、集之传文的文史风气。顾炎武《日知录》卷19《古人不为人立传》条云："列传之名始于太史公，盖史体也。不当作史之职，无为人立传者，故有碑、有志、有状而无传。梁任昉《文章缘起》言传始于东方朔作《非有先生传》，是以寓言而谓之传。韩文公集中传三篇：《太学生何蕃》《圬者王承福》《毛颖》。柳子厚集中传六篇：《宋清》《郭橐驼》《童区寄》《梓人》《李赤》《蝜蝂》。《何蕃》仅采其一事而谓之传。王承福之辈皆微者而谓之传。《毛颖》《李赤》《蝜蝂》则戏耳而谓之传，盖比于稗官之属耳。若《段太尉》，则不曰传，曰'逸事状'。子厚之不敢传段太尉，以不当史任也。自宋以后，乃有为人立传者，侵史官之职矣。"② 顾炎武指出文学的"传"与史学的"传"分属不同的学术体系：史传作者为史官，传主为贵人名士，所述为其较完整的生平。而文传作者为文人，传主多为小人物或失意者，或为自传，或"仅采其一事"，或为有寄托之寓言、游戏笔墨，多为虚构，与"稗

---

① 贺复徵：《文章辨体汇选》，《景印文渊阁四库全书》第1408册，第63页。

② 顾炎武：《日知录集释》，黄汝成集释，栾保群、吕宗力校点，上海古籍出版社，2006，第1106页。

官"文体相似。此后，许多学者持这种看法。桐城派也传承了这种学术传统，除姚鼐及所引刘大櫆语外，方苞《答乔介夫书》亦云："家传非古也，必阨穷隐约，国史所不列，文章之士乃私录而传之。独宋范文正公、范蜀公有家传，而为之者张唐英、司马温公耳。此两人故非文家，于文律或未审；若八家则无为达官私立传者。"① 认为家传是文章之士对于穷厄隐约者的记载，强调家传与国史之差异。

姚鼐一方面继承顾炎武、方苞、刘大櫆等关于史传与文传之关系的看法，另一方面又隐然有所修正。重要的一点是顾炎武等人相对而言是重史传而轻文传的；姚鼐虽然引述刘大櫆之语，但并没有轻视文传之意，只是强调文传原于史传而其义不同。更重要的是，他只录文传而"不载史传"。

那么，姚鼐何以不录史传呢？序目说是"不可胜录"，这个理由表面看起来并不充分：在中国古代浩如烟海的典籍中，任何一种重要文体，都是"不可胜录"的。作为选本，只要选出编者心目中的佳作即可，没有必要穷尽某一文体的所有文章。不过，"不可胜录"也并非就是借口。就一本选本而言，在有限篇幅中，增此则应减彼。《古文辞类纂》的"传状类"二卷共收传文 18 篇，若收《史记》《汉书》《后汉书》的史传，必然大大影响文传的收录数量。

集部选录史书中篇章但"不载史传"的传统是从萧统开创的。《文选序》说："至于记事之史，系年之书，所以褒贬是非，纪别异同，方之篇翰，亦已不同。若其赞论之综辑辞采，序述之错比文华，事出于沉思，义归乎翰藻，故与夫篇什，杂而集之。"② 明确指出史书与文章之不同，故不录史传，而史籍的赞、论与序、述则视同篇什而收录。至于史部与篇翰区分的界线究竟何在，萧统语焉不详。推想其意，史传是史籍的核心内容与特色文体，若收录到集部中，史部与集部的界线就难以划分了。至于独立成篇的赞、论、序、述这些偏于议论的文

① 方苞：《方苞集》，上海古籍出版社，1983，第 138 页。
② 萧统编：《文选》卷首，李善注，上海古籍出版社，1986。

体则非史部核心与独有文体，与集部通用，故可收录。集部不收史传这一体例，在本质上是要严守史、集之分。纵观中国古代文集的选录情况，不载史传是文章总集源远流长的主流学术观念。

《古文辞类纂》之"不载史传"除了"不可胜录"的理由之外，主要是体现《文选》以来的文体学术传统。评价这一学术传统是比较困难的。从文学史的角度来看，《史记》《汉书》等史籍是古代叙事散文的崇高典范，大量史传刻画了一系列栩栩如生的人物形象，对后世叙事文体写作产生了深远影响。若因"史官职之"而摒弃不录，可能造成古文经典的缺失。但从文体学的角度看，这种处理显示出对史部与集部、史传与文传之间重要差别的认识，而且给后起的文传以更宽阔的空间与篇幅。就强调集部文体自身独特性而言，这是有文体学意义的。姚鼐之后，曾国藩《经史百家杂钞》"传志之属"收录《史记》的本纪、世家、列传及《汉书》《后汉书》《三国志》的史传多篇，与《古文辞类纂》差异甚大。他意在打通经史子集四部，同时，也打破了集部与桐城派的学术传统。它的影响也是双面的，一方面拓展了传统文章、文体的疆域，另一方面又模糊了传统文章、文体自身的特点。

[原载《北京大学学报（哲学社会科学版）》2015 年第 3 期，吴承学、何诗海撰]

第十八章　岭南诗话与岭南诗学

一　岭南诗话的遗存情况

诗话与诗格、诗法等都是研究中国古典诗歌与诗学的重要文献。诗话之体，始创于北宋欧阳修《诗话》，自此以后，历代著述汗牛充栋。古人早已注意到地域性诗话与诗学之关系。比如，早在明清时期郭子章《豫章诗话》、曹学佺《蜀中诗话》、郑方坤《全闽诗话》、陶元藻《全浙诗话》、杭世骏《榕城诗话》、梁章钜《长乐诗话》、民国屈向邦《粤东诗话》等，即以一地或一省为题介绍地方风雅，虽非一地一省的诗话专著汇编，但地域诗歌批评意识相当鲜明。20 世纪 90 年代以来，中国学术界对汇编地域（省）诗话文献的丛书及相关理论已做过一些工作。90 年代初中山大学黄国声先生已倡议编纂《岭南诗话汇编》，拟出版三十种广东人所撰的诗话，并于 1995 年、1996 年先后出版岭南诗话两种，其后因经费问题，汇编工作戛然而止。1995 年，黄山书社出版由贾文昭主编的《皖人诗话八种》。前人筚路蓝缕，虽未竟全功，然已揭示地域诗话整理对研究地方诗歌的重要意义。不过，总体而言，目前学界对汇编地域（省）诗话文献丛书尚未有足够的重视。

广东，地处五岭之南，古称南越、粤、粤东、岭南。由于独特的地理环境，岭南文化和诗歌诗学的发展有自身的独特性和阶段性。汉唐时期，民风纯朴，人文风气未盛，唐代除张九龄以诗闻名外，只有晚唐邵谒、陈陶一二人而已；宋代则余靖、崔与之、李昂英、赵必㻮等人物外，杰出者寥寥可数。直至明代，广东经济腾飞，海上交流频繁，人文风气云兴霞蔚。明代孙蕡《广州歌》云："广南富庶天下闻，四时风气长如春。""巍峨大舶映云日，贾客千家万家室。"① 经济富庶带动人文风气的发展，诗歌创作蔚然成风，大家名流辈出，指不胜屈。岭南的诗社与诗派勃然而兴，声名远播。其中南园诗社的影响最大，社友孙蕡、赵介、王佐、李德、黄哲五人号称"南园五先生"，其后欧大任、梁有誉、黎民表、吴旦、李时行亦以诗名，时称"南园后五先生"，梁有誉更名列明"后七子"之一；再加黄佐、陈献章、邱濬、邝露、黎遂球、陈邦彦等名家辈出，遂形成有明一代的岭南诗派，颉颃中原，广受重视。明胡应麟《诗薮》云："国初吴诗派昉高季迪，越诗派昉刘伯温，闽诗派昉林子羽，岭南诗派昉于孙蕡仲衍，江右诗派昉于刘崧子高。五家才力，咸足雄据一方，先驱当代。"② 胡应麟标举岭南与吴、越、闽、江右为明初五大诗派，备受肯定。清初王士禛《渔洋诗话》也用"粤东诗派"称许广东诗歌。③ 有清一代，广东诗坛大盛，清初岭南三大家屈大均、梁佩兰、陈恭尹，颉颃北方的江左三大家；自乾嘉以来，黎简、宋湘、冯敏昌、黄培芳、张维屏、谭康侯、黄钊、李黼平、陈澧、李长荣、黄遵宪、梁鼎芬、康有为、潘飞声、邱逢甲、黄节、陈融等，均是有广泛影响力的诗人。广东诗歌的兴盛带动一部部地域诗歌总集如黄登《岭南五朝诗选》、梁善长《广东诗粹》、温汝能《粤东诗海》、刘彬华《岭南群雅》、凌扬藻《国朝岭海诗钞》、张其淦《东莞诗录》等纷纷编成，影响深远。90 年代末，中

① 孙蕡、欧大任等：《南园前五先生诗·南园后五先生诗》，梁守中、郑力民点校，中山大学出版社，1990，第 48 页。
② 胡应麟：《诗薮》续编卷 1，上海古籍出版社，1979，第 342 页。
③ 王士禛《渔洋诗话》："粤宗诗派，皆宗区海目大相，而开其先路者，邝露湛若也。"（王士禛：《渔洋诗话》卷下，丁福保编《清诗话》，上海古籍出版社，1999，第 202 页）

山大学陈永正先生主编《全粤诗》，整理历代广东诗歌，实乃此领域集大成的文献，大量成果已经陆续印行。除了《全台诗》外，《全粤诗》是目前国内唯一以省为主题的地区诗歌大型汇编计划，可谓开学术风气之先。与粤诗有密切关系的粤诗话文献，早年虽有黄国声主编《岭南诗话汇编》之计划，但未克实现，至为可惜。2014 年，我们发起编纂《全粤诗话》计划，收入现存 1949 年以前广东人所撰诗话，《全粤诗话》近期将由中华书局出版，该书将为研究岭南诗学提供比较重要的文献资源。

　　实事求是地说，岭南诗话的遗存情况并不理想，其中可能有复杂的历史原因。一般而言，地域诗话之编写或汇编，与地域诗歌之兴盛是相辅相成的。但岭南诗话的情况颇为特殊，就现存文献而言，和岭南诗歌相比，数量与规模都不相匹配。在中国诗话发展史上，广东诗话起步较晚，现存最早诗话为晚明东莞邓云霄《冷邸小言》，而邻近福建省早在宋代已有大量诗话，广东诗话相对要落后很多。如果不把广西蒋冕《琼台诗话》（此书乃记其师海南邱濬之诗事）计算在内的话，《冷邸小言》应是现存明代广东的唯一诗话，这对于明代诗家辈出的广东诗坛来说，简直不成比例。虽然据《广州府志·艺文略》所载，明代广东尚有新会黄淳《李杜或问》、南海卢龙云《谈诗类要》、南海熊一源《熊子濬诗话》三种①，但以数量来说，仍然偏少。宋元广东没有诗话遗存，而明代诗话遗存也极少，这种情况与宋元明粤诗的发展颇不相符。推其原因，有诸种可能：第一，或有地域文化与气候之原因。岭南地域上远离政治、文化中心，文化发展稍迟，且不甚受到重视。传统粤人着重实行，不尚议论，作多而论少，诗话撰作风气不盛，数量偏少。或粤人不重浮名，生平著述往往撰而不刊，自悦者多，流播者少。由于交通不便，与中原交流较少，文献外传不广。加之粤地气候潮湿闷热，书籍之发霉虫害极为普遍，故纸质文献之流传与保存

---

① 戴肇辰、苏佩训修，史澄、李光廷纂：《（光绪）广州府志》卷96，《中国地方志集成》本，上海书店出版社，2003，第 9b－10a 页。

难度很大。凌扬藻《岭海诗钞·凡例》云："岭海士习喜实行，耻浮名，故有著作等身、衷然成集者，亦取自怡悦，未尝辄付剞劂以问世，若篇什无几，积经岁月，必耗蠹而不可复留，居恒矻矻孳孳，而身后抱不言之痛者，比比矣。"① 确实如此，广东方志所著录不少诗话及今都散佚不传，现存黄培芳《粤岳草堂诗话》《香石诗说》、李长荣《柳堂诗话》、胡曦《湛此心斋诗话》等亦均为作者生前未刊，或以稿钞本流传，或身故数十年后始印，俱可见一斑。第二，或有诗学传统原因。这可能与明代粤地宗唐诗家刻意刊落宋元之作有关，清人黄子高《粤诗蒐逸·自序》曾云："有明诸君，口谈唐律，遇宋元人作，辄行刊落，以故两代篇什，流传日鲜。"② 虽论明代粤地宋元诗流传情况，粤地宋元诗话之阙如，理应相似。第三，或因兵火之灾。如清兵入粤摧毁大量书籍文献也可能影响诗话的流传，陈恭尹《番禺黎氏存诗汇选序》云："吾粤著作之家，有明一代为多，而皆萃于广州。家有赐书，世承明德文章之士，每以风节相高，虽或散处外乡，而藏书之所，必归省会。予犹及睹其盛。及庚寅一屠，而竹帛烟销，与百万生灵俱烬矣。"③ 广东各地文献皆集中于省城广州，顺治七年（1650）清兵再次攻入广州屠城，生灵涂炭，大量文献散佚无存，焚毁书中很可能就有宋元明诗话。

二　岭南诗话发展概述

岭南诗学是中国诗学有独特价值的一部分。尽管现存岭南诗话尤其早期诗话只是遗存的部分文献，然吉光片羽，对于研究岭南诗学仍弥足珍贵。《全粤诗话》大致可以反映出明清以来岭南诗学的一些问题及发展线索。

邓云霄《冷邸小言》作为现存最早的广东诗话，明显受到明代复

---

① 凌扬藻编：《国朝岭海诗钞》卷首，道光六年刊本，第 1a－b 页。
② 黄子高：《粤诗蒐逸》首页，商务印书馆，1936。
③ 陈恭尹：《独漉堂集》，郭培忠校点，中山大学出版社，1988，第 696 页。

古诗风影响，其推崇汉魏盛唐风格，标举严羽禅悟诗论，宗唐抑宋，时代色彩相当分明。邓氏虽为粤人，但诗话不谈粤诗，没有地域色彩。清代以来，广东诗话有长足的发展，各于诗话文体、题材、广东诗歌、清代诗学、地域风俗等有深入的论述，影响渐大。

清初易代，岭南学术文化较为沉寂，但诗坛郁起，有岭南三大家屈大均、梁佩兰、陈恭尹，鼎立天南，不务前明复古习尚，独抒性情，揭开广东雄直诗风之帷幕。清初屈大均《广东新语·诗语》（一名《春山诗话》），凡十八则，刊于康熙十七年（1678），为现存清代广东最早的诗话。《广东新语·诗语》篇幅虽少，但专论粤诗，意义则大。康熙末北方惠栋南来督学，重振学术，成就很大，粤人奉祀配享韩庙，惠氏曾提拔不少人才，如罗天尺、何梦瑶、苏珥、陈世和、劳孝舆、陈海六、吴世忠、吴秋时称"惠门八子"，八子各擅诗文，其中劳孝舆更著有《春秋诗话》《读杜窃余》。其后，翁方纲、伊秉绶、姚文田、阮元等南来学者先后入粤，提倡学术，奖诱人才，贡献亦大，其中在清代诗坛主张肌理学派的翁方纲，甚为粤人敬佩，翁氏在粤论诗心得为粤人刊为《石洲诗话》，黄培芳、方恒泰等人诗话屡及翁氏的诗学教泽。在学术文化带动下，嘉道以来的广东诗坛日渐繁盛，诗家辈出，同治元年（1862）来粤的林昌彝在其《广州采风杂感八首》其七云："欧桢柏黎瑶石、美周梁兰汀、药亭邝湛若皆诗伯，屈翁山陈元孝黎二樵倪秋槎尤巨擘。宋芷湾冯鱼山二张逃虚、南山亦称豪，亡友太真今正则温伊初。经台双塔鲁灵光，曾曾钊林林伯桐两两争馨香。二君皆有遗稿。"[①] 林氏指出明末清初粤诗大家辈出，近人黎简、宋湘、冯敏昌、张维屏、张锦芳等继往开来，乃至时人温伊初、曾钊、林伯桐诸家亦迥不犹人，反映粤诗盛况空前，其中冯敏昌、黎简、宋湘号称岭南后三大家，与屈、梁、陈前三家后先辉映。翁方纲更称张维屏、黄培芳、谭敬昭为"粤东三子"，盛大士推张维屏、黄培芳、谭敬昭、林联桂、吴梯、黄玉衡、黄钊为"粤东七子"。这七子各具诗名，时相唱和，并喜论诗，张

---

① 林昌彝：《林昌彝诗文集》卷 8，王镇远、林虞生标点，上海古籍出版社，1989，第 195 页。

维屏撰有《国朝诗人征略》《艺谈录》，黄培芳撰有《香石诗话》，林联桂撰有《见星庐馆阁诗话》，吴梯撰有《读杜姑妄》，黄钊撰有《诗纫》等，其中除了吴梯所著为杜诗注本外，其余均为传统诗话，可想而知嘉道以来兴盛的诗风也带动诗话发展，为广东诗话写作的丰收时期。

　　嘉道以来，广东书院教育日渐发达，诗教风气浓厚，这是广东诗话发展的重要契机，诗话也形成新的特色。比如，不少诗话作者年纪很轻。如李长荣 18 岁撰《茅洲诗话》，黄培芳 26 岁撰《诗说》，赖学海 29 岁撰《雪庐诗话》，30 余岁撰诗话亦大有其人，这与传统一般诗话多成书于作者晚年的现象有明显的不同。作者诗学早熟，识见雅正，这与所受的书院教育有密切关系。这些作者多来自广州府及嘉应州，这两地人文学术风气较其他地区浓厚，尤其省会广州位处珠江三角洲，经济富庶，书院林立，为广东文化中心，诗话作者刘彬华、李黼平、黄培芳、张维屏、黄钊、黄绍昌、潘衍桐等都分别主讲各大书院，传经授徒，考据倡诗，颇有学者风范，也提升了诗话论诗的水平。而且师友讲习之间，诗学相传，青出于蓝，如刘彬华弟子黄培芳，张维屏弟子李长荣、陈澧等，黄培芳弟子刘广智、倪鸿①，朱次琦弟子简朝亮，简朝亮弟子黄节，均有诗话之作，著作或存或佚，传承不绝，其中不少诗学观念有明显的师承轨迹，而黄培芳《香石诗话》、方恒泰《橡坪诗话》等或应门人而刊、或讲习成书，《朱九江先生谈诗》则为门人记录朱氏谈诗而成。值得一提的是，刘彬华、李黼平、林联桂、张维屏、潘衍桐、朱次琦、张其淦等都考中进士，科名很高，这对诗话流传帮助很大。当然，也有些仅得举人生员，科名不显，虽撰有诗话，但流传往往不广，甚至被书商挖版改名，如道光年间番禺方恒泰《橡坪诗话》被窜改为江苏元和陈钟麟《厚甫诗话》，盖陈氏曾为广州粤秀书院院长，书商藉其名以牟利，即可见一斑。

　　清代广东诗话作者群集中在嘉道咸同时期，其中以黄培芳、张维

---

① 按：倪鸿为广西人，客粤，著有《试律新话》《桐阴清话》。

屏两家诗话成就最大。黄培芳，广东香山人，为明代粤大儒黄佐之后，黄氏著作五十多种，其中诗话有《诗说》《香石诗话》《粤岳草堂诗话》三种，其论诗崇唐抑宋，如云："诗分唐、宋，聚讼纷纷。虽不必过泥，要之诗极盛于唐。以其酝酿深醇，有风人遗意。宋诗未免说尽，率直少味。至于明诗，虽称复古，究于唐音有间。"[①] 黄氏标举盛唐，固与广东诗歌崇唐有关，与其推崇王士禛、沈德潜等人诗学亦不无关系，所以他更对当时诗坛有深刻的批评，《香石诗话》云："子才论阮亭诗，谓一代正宗才力薄。因思子才之诗，所谓才力不薄，只是夸多斗巧，笔舌澜翻。按之不免轻剽脆滑，此真是薄也。阮亭正宗固不待论，其失往往在套而不在薄。耳食者不察，从而和之以为定论，何哉？"[②] 黄氏持论中肯，尤其贬抑袁枚，一矢中的。袁枚批评王士禛诗"薄"，当时以为定论，而黄氏则认为，袁枚本人的诗轻脆佻滑，其弊才是"薄"，王士禛诗弊其实在于"套"，即缺乏情性变化的雷同与格套。又云："若制一诗，数十年以前与数十年以后皆用得着，便失之套。渔洋往往犯此病，惟子才知此意而有意求新，以致流于纤率，亦未为得也。"[③] "一味以轻脆佻滑为新，子才倡之于前，雨村扬之于后，几何不率风气日流于卑薄。"[④] 黄氏评论锐利，以"薄""套"评二大诗家，几成定论。黄氏诗话论诗有得，主张性情与风格并重，不能偏废："诗言性情，所贵情余于语。"[⑤] "性情本天分，风格由学力，既有性情，即不能无风格，性情风格合而并到，则诗工矣。"[⑥] 黄氏这种性情学力并重的诗学观，也是广东诗坛的普遍观点。黄氏更深于诗法，提出"作诗以真为主，而有六要：曰正、曰大、曰精、曰炼、曰熟、曰到"之精辟见解，又发明七古诗法，主张七古须宗法李、杜、韩、苏、黄五家，指出七古"总不出'对、叠、衔、接'四字。尤要在对

---

① 黄培芳：《黄培芳诗话三种·诗说》，管林标点《黄培芳诗话三种》，广东高等教育出版社，1995，第115页。

② 黄培芳：《香石诗话》卷2，《续修四库全书》本，上海古籍出版社，1995，第11b页，总第133页。

③ 黄培芳：《香石诗话》卷4，第35b—36a页，总第187页。

④ 黄培芳：《香石诗话》卷2，第12a页，总第133页。

⑤ 黄培芳：《香石诗话》卷1，第1a页，总第106页。

⑥ 黄培芳：《香石诗话》卷3，第35b页，总第165页。

仗，间以对仗，方不散涣。句调虽不一，自当以三平为正调也"之秘
诀，因此在他的三种诗话及其他评点著述中曾对七古有细大不捐的剖
析，自成系统，有功后学。

与黄培芳齐名的番禺张维屏也是道咸广东诗坛领袖，张氏一生致
力于编纂《国朝诗人征略》《国朝诗人征略二编》《艺谈录》三书。张
氏三书收录清诗人一千三百多家，可视为清代诗人汇编，文献价值很
大，龚自珍誉为"诗史"。三书亦附引作者个人著作多种，其中《松轩
随笔》《松心日录》《老渔闲话》《听松庐诗话》四种均未见单行，仅
见于此。三书中所附七百多则的《听松庐诗话》，足以反映张氏对清代
诗学批评，其中不乏真知灼见，如云："宾翁诗不专一家，不名一格，
其朴实遒健者既属称心而言，其镕铸精深者亦复超心炼冶。性灵佐以
书卷，故非空疏之性灵；才气范以准绳，故非叫嚣之才气。"① 张氏反
复强调性灵书卷并重的诗学主张，如云："空灵必要有实学，实学又要
能空灵。凡文章之道皆然，诗其一端也。"② "若徒恃性灵而不讲学力，
未必能深造也。"③ 甚至其自序诗集亦强烈指出："人有性情，诗于是
作。志发为言，声通于乐。波澜须才，根柢在学。"④ 因此张氏表明性
灵情感、书卷学力二者不能偏废，反映其有意调和当时盛行的性灵派、
肌理派诗说。

同光以来，广东诗话与时并进，李文泰、梁启超、潘飞声等目睹
清室衰落，列强交侵，故诗话莫不纷纷关注家国，寓政以论诗，其中
以连载在《新民丛报》的梁启超《饮冰室诗话》最为突出。梁启超为
晚清改良变革运动的提倡者，其欲借文学感染力及通俗特性，传播维
新讯息，以达其政治维新的目的，因此诗话提出"镕铸新理想以入旧
风格"之主张⑤，藉以改良传统诗歌。比梁启超稍早、成书在光绪初期

---

① 张维屏：《国朝诗人征略二编》卷41，陈永正点校《国朝诗人征略》，中山大学出版社，2004，第
1000 页。
② 张维屏：《国朝诗人征略二编》卷43，《国朝诗人征略》，第1013 页。
③ 张维屏：《国朝诗人征略初编》卷53，《国朝诗人征略》，第769 页。
④ 张维屏：《张南山全集·松心诗录》，陈宪猷标点，广东高等教育出版社，1994，第1 页。
⑤ 梁启超：《饮冰室诗话》，人民文学出版社，1959，第2 页。

的李文泰《海山诗屋诗话》，虽没有革命思想，但仍关心晚清的洋务运动，时见爱国之心；而番禺潘飞声在香港《华字日报》所撰的《在山泉诗话》则呼应梁氏论调，并畅谈其旅德见闻及韩日之诗，为传统诗话带来不少新的题材。

　　清亡后，民国承继前朝学术文化，这时期广东诗话数量亦多，或为讲义形式，或为闲谈形式，并多连载报刊，广为流播。其中最有影响力的诗话，当推黄节《诗学》，此书原为黄氏出于教学需要而撰于宣统年间的《诗学源流》，仅在广东学界流传，后来随作者任教北京大学后，易名为《诗学》，采为讲义，多次翻印，传播全国各地，产生广泛的影响。《诗学》全书二万多字，虽然只梳理清以前中国诗学，但作者眼光独到，要言不烦，勾勒了中国诗学发展史的基本框架，具有学术价值。其后马小进所撰《诗学源流》明显受到黄节的影响，而系统更为庞大。民初诗坛介乎传统与革新之间，不少诗话仍遵循传统教化，如简朝亮《读书草堂明诗》成书于民国十八年（1929），持论固守儒家诗学，认为"非宗经无以明诗"①，连其书体例也是模仿《诗小序》的。民国以来，受西方文学影响，白话诗兴起，与传统诗学形成冲突，岭南诗话对此亦有所反映。惠来林廷玉《仙溪杂俎初集》在褒扬潮州历代先贤诗歌之余，更批评白话诗云："近世青年入校，因科学太多，六经子史不能枕藉，以致腹少诗书，习气嚣张。胸襟又觉浮动，不禁因陋就简，自饰其名曰白话诗。"②"诗写性情，不事过于雕饰，而一种酝藉风情，便令人爱赏不置，何必拘作白话，何尝不是白话？"③林氏酷爱传统诗歌，自作自赏，故鄙视新兴的白话诗，思想保守亦可见一斑。但是，张白英《远山楼诗话》则认为"今人乃说今人之语言，若能发于真诚，则白话亦何尝不可，亦何必强今人而学古人之语言乃为佳耶"，持论中肯。抗战前夕，供职汪系报纸《中华日报》的古泳今（漾琴）在该报连载《丹荔书舍诗话》，虽闲谈生平所至南洋、广西、

① 简朝亮：《读书草堂明诗》卷1，中华书局，1929，第3b–4a页。
② 林廷玉：《仙溪杂俎初集》卷1，华侨印刷公司，1928，第6a页。
③ 林廷玉：《仙溪杂俎初集》卷2，第1a页。

广东等地之友人诗歌，甚至指点清代诗学，但全书屡屡赞许汪兆铭其人其诗，阿其所好，私心昭著。抗战爆发初期，古氏所撰《抗战诗话》介绍抗战诗歌，于激励军民士气不无贡献，爱国之心亦溢满纸上，与其后来参与伪国民政府形成很大的反差。此外，民国不少文人鉴于前清新亡，亟欲整理全清诗歌，番禺陈融曾积极编撰《清诗纪事》，后因大总统徐世昌编《晚晴簃诗汇》而作罢，乃将其著作中的自撰诗话及选诗诗题别录为《颙园诗话》，并连载上海《青鹤》杂志，凡评论近三百位清代诗人，略具规模。陈融别有《黄梅花屋诗话》，连载于 40 年代末的《广东日报》及《中央日报》之"岭雅"专页，凡 71 期，主要选评晚清民国时期广东诗人，介绍随山诗派，推尊国民党元勋，称许时贤、门生故旧等数十人诗歌成就，可谓明清以来广东诗话之终篇。

三　岭南诗学的自我认同与阐释

现存岭南诗话的成书年代由明代至民国，所涉及的内容相当广泛，介绍古今风雅，品第高低得失，以诗传人，以人传诗，发潜德之幽光，述风雅之流变。由于作者俱为广东籍，所以整体还是侧重以谈论广东诗人诗事为主，地域色彩最为鲜明，其中最重要的是对于岭南诗史的建构和岭南诗学传统的自我认同及其阐释。这些内容差不多贯穿整部岭南诗话史。

自明代以来，岭南诗派的成就已为诗坛所重视。如前引胡应麟《诗薮》就提出明初诗坛有吴诗派、越诗派、闽诗派、岭南诗派与江右诗派，认为"五家才力，咸足雄据一方，先驱当代"。现存清代最早的岭南诗话屈大均《广东新语·诗语》，就有明确构建粤诗流变史的意识。该书追源溯流，勾勒粤诗的祖述谱系和发展线索，指出粤诗始自杨孚，唐代张九龄、明代区大相为岭南诗歌的代表："岭南诗自张曲江倡正始之音，而区海目继之。明三百年，岭南诗之美者，海目为最，在泰泉、兰汀、仑山之上。"又以张九龄和陈献章分别为岭南比兴寄托抒情传统和理学化风气的开创者："粤人以诗为诗，自曲江始；以道为诗，自白沙始。"[1] 后更褒扬邝露、祖心、零丁山人、黎美周等遗民气节，对诗社、粤俗歌等亦有详尽论述。《广东新语·诗语》对研究岭南诗史尤其是明清岭南诗歌有很大的参考价值。屈氏后代屈向邦祖述先祖之志，更著《粤东诗话》（后增订为《广东诗话正续编》），专论历代粤诗，上溯源流，下述流变，特赏民国梁鼎芬、黄节、汪精卫、朱执信、易孺、胡汉民、王秋湄等诗家，并析诗法及掌故书画艺文，反映明清广东诗歌艺文风气之盛，与其远祖屈大均《广东新语·诗语》先后辉映。其他诗话中，评述岭南诗史、岭南诗人和诗歌的诗话甚多，限于篇幅，不拟赘述。

自清代以来，诗坛对岭南诗派特征有雄直近古之风的评价，这种评价往往是与江南诗歌相较而得出的。陆蓥《问花楼诗话》卷三："国朝谈诗者，风格遒上推岭南，采藻新丽推江左。"[2] 洪亮吉高度评价岭南诗："尚得古贤雄直气，岭南犹以胜江南。"[3] 而论者往往把岭南诗风雄直近古的原因归之于岭南特殊的地域环境。王士禛《池北偶谈》云："东粤人才最盛，正以僻在岭海，不为中原江左习气熏陶，故尚存古风耳。"[4] 由于地域的特殊性，岭南文人较少与江南和中原人士相接，所以往往少受各个时期流行文风的影响，从而保持独特的地域风格。这就是古代所谓的"江山之助"的道理。雄直近古之风，也是岭南诗人的自我认同。岭南诗话除了地理环境原因之外，还从岭南诗学以唐音为宗的传统等加以阐述，反映出文学本身的内在发展。黄培芳《香石诗话》云："明诗大率以复古为事，议者嫌其习气太重，惟吾岭南诗人不为所染。余读区海目集，纯乎唐音，亦无习气。即此一家，已可贵矣。"[5] 黄氏以区大相诗为例指出明代粤诗不染中原诗派之习气，纯粹

[1] 屈大均：《广东新语·诗语》，欧初、王贵忱主编《屈大均全集》第4册，人民文学出版社，1996，第312页。

[2] 郭绍虞编选，富寿荪校点：《清诗话续编》第4册，上海古籍出版社，1983，第2312页。

[3] 洪亮吉：《更生斋诗》卷2《道中无事偶作论诗截句二十首》之五，刘德权点校《洪亮吉集》第3册，中华书局，2001，第1244页。

[4] 王士禛：《池北偶谈》卷11《粤诗》，靳斯仁点校，中华书局，1982，第251页。

[5] 黄培芳：《香石诗话》卷3，第18a—b页，总第156页。

唐音，自成一格，引以为贵。方恒泰《橡坪诗话》亦云："番禺方九谷殿元康熙甲辰进士，任剡城知县，引疾去官，侨寓苏州，时吴风竞尚苏黄，九谷独操唐音。沈归愚谓其高华伉爽，依傍一空。"① 诗话指出侨居苏州粤人方殿元（号九谷）与吴中崇宋诗风不同，反映出清代粤诗固守唐音与中原诗坛不同，这大抵出自广东地处天南，自僻一隅，地域隔绝，不容易为外间风俗习气所转移，诗风古朴。如刘熽芬《小苏斋诗话》云："昔渔洋先生谓明季竟陵派盛行，惟岭南人不染此恶习；而姚石甫先生又谓岭南诗人，多不为外间传播。盖岭南僻处一隅，故诗人名难及远，而亦不为风俗所移。观两公所论，然则吾粤文风，犹为近古也。"② 刘熽芬反思王士禛、姚莹之评论，认同广东诗歌自僻一隅，诗人名声难以远播，但文风犹古的特色。在这背负五岭、面临大海的独特地理环境下，渐渐形成广东人刚直的性格，一般平民重风节、轻名利，从政之人多秉气节，如张九龄、余靖、海瑞、邱濬、梁鼎芬等最为突出。宋明亡于外族，广东仕人不事二朝而殉节甚多，因此宗唐的岭南诗风更呈现雄直悲壮之格，这与反复多变的中原诗风明显不同，所以黄钊、张其淦、陈融等诗话褒扬岭南死节仕人之生平及诗歌，或述粤诗雄直风格，如黄钊《诗纫》指出"粤中诗多以雄丽为称题"③，足以反映粤人地域诗风的自我认同。

有清一代，广东诗话更明显有宗唐抑宋的倾向。李长荣《茅洲诗话》云："唐诗主性情，宋诗主议论，此高下所分，亦风气使然。"④何曰愈《退庵诗话》云："唐诗多深厚，意在言外，故蕴藉；宋诗尚纤巧，意跃笔端，故径露。而优劣亦在此分矣。"⑤ 张其淦《吟芷居诗话》云："（骆叔颖）过余闲谈，自言得句云：'年来襆被有僧气，近日诗歌多徵声。'颇为得意，余曰：'佳则佳矣，然是宋人诗也。'"⑥

① 方恒泰：《橡坪诗话》卷6，道光十三年刻本，第18b–19a页。
② 刘熽芬：《小苏斋诗话》，黄绍昌、刘熽芬纂辑，何文广校勘，李浩音释《香山诗略》中册，中山诗社，1987，第150页。
③ 黄钊：《诗纫》卷3，第20b页。
④ 李长荣：《茅洲诗话》卷1，第32b页。
⑤ 何曰愈：《退庵诗话》卷1，第9页。
⑥ 张其淦：《吟芷居诗话》，《东莞诗录》卷62，1921年铅印本，第4a页。

可知粤人优唐劣宋之说，此起彼落。因此众诗话评诗往往以唐人为准绳，如用唐人嗣响、不减唐人、何减唐贤、逼近唐人、唐音、唐味、直接唐人、驰骤开宝、唐人风调、盛唐风格、步武唐人、唐人神韵、唐人三昧、盛唐遗音等措词，着力褒扬粤人学盛唐之诗风，这对广东诗歌宗唐的传统不无巩固作用。道光时期伍崇曜《茶村诗话》更发出感叹云："吾粤诗格代守唐音，而五律尤擅胜场，故区海目、邝湛若、陈独漉、屈华夫、程湟溱诸子，直可以上接右丞、工部。"① 伍氏直接指出广东诗歌固守唐音、名家辈出之特色。不过，到了清末民初广东诗坛开始转变，梁鼎芬、黄节、罗瘿公、罗敷庵、胡汉民、陈融、詹安泰等诗人追随晚清同光体学宋热潮，俱宗宋诗，影响深远，故屈向邦《粤东诗话》云："洪北江（亮吉，阳湖人，有《北江全集》）诗：'尚得昔贤雄直气，岭南犹似胜江南。'盖指屈翁山、陈元孝诸人之诗也，翁山、元孝而后，宋芷湾最为杰出，自近世趋向宋人艰涩一路，而雄直之诗，渺不可复睹矣。"② 屈氏指出在清末民初广东诗坛已由宗唐变为宗宋，由传统雄直诗风而日趋宋人艰涩了。

　　清代诗坛盛行性灵派、肌理派诗说，两派明显对立。而嘉道以来，岭南诗话对此多持平调和之论，主张性灵情感、书卷学力二者不能偏废，如方恒泰主张"借学问以养性灵"③，何曰愈指出"诗发乎性情，而不尽主乎性情。若无理以运之，则如隋李谔所云'连篇累牍，不出月露之形；积案盈箱，尽是风云之状'矣"④，朱次琦则云"首言性情，次言伦理，终言学问"⑤，李文泰亦云"说诗者，每诩性灵而薄书卷，不知书卷亦不容废也"⑥ 等，诸人俱对清代性灵、肌理诗说加以折衷调和，表现中肯，可见整体广东诗话论诗兼重性情学问的共同性。

---

① 伍崇曜：《楚庭耆旧遗诗后集·茶村诗话》卷8，伍崇曜、谭莹编《楚庭耆旧遗诗前集后集》，道光二十三年刊本。
② 屈向邦：《广东诗话正续编》，龙门书店，1968，第23页。
③ 方恒泰：《橡坪诗话》卷4，道光十三年刊本，第14b页。
④ 何曰愈：《退庵诗话》卷1，覃召文点校《春秋诗话·退庵诗话》，广东高等教育出版社，1998，第1页。
⑤ 朱九江：《朱九江先生谈诗》，朱桥舫记，《广州学报》第1卷第1期，进学书局影印民国二十六年本，1970，总第211页。
⑥ 李文泰：《海山诗屋诗话》卷10，光绪四年粤东羊城森宾阁活字板本，第1b页。

　　文学家族与结社是地域文学的重要内容。岭南诗话往往缕述广东世家显族对诗歌传承发展的作用。刘彬华《玉壶山房诗话》介绍明清香山黄瑜、黄畿、黄佐、黄绍统、黄培芳家族学术诗文传承及影响①，张维屏《听松庐诗话》指出番禺潘氏"一门有集，五世工诗"的现象②，刘熽芬《小苏斋诗话》指出香山何氏亦是"祖孙、父子、兄弟、叔侄，人人有集"③，反映了广东地区家族诗学传承不衰，而作为黄氏、潘氏、何氏后人的黄培芳、潘飞声、何曰愈亦各于所撰诗话大量介绍其先人的诗歌，展示家族文化渊源，呈现粤诗发展轨迹。除了家族传承之外，广东诗话也记录大量文人雅集结社的社会现象。屈大均《广东新语·诗语》有"诗社"专节介绍广东南园、越山、浮丘、诃林等诗社，其中南园诗社就是后来粤人诗学传统的精神象征，各时期诗话多及之，如张维屏《艺谈录》云："南园抗风轩为前明十先生觞咏之地，蓉石比部有志重修，惜其事不果。"④此记载黄蓉石（玉阶）有意重修南园诗社，但终未成事。清末梁鼎芬与时人雅集抗风轩，重开南园诗社，屈向邦《粤东诗话》记云："吾粤风雅之地，端推南园，南园位文明门外（今为文德路），水木明瑟，宅幽景美，明代前后五子（前五子：孙蕡、赵介、王佐、李德、黄哲；后五子：欧大任、梁有誉、黎民表、吴旦、李时行），赋诗高会地也。明末陈秋涛（子壮，南海，万历进士，授编修）等，又重启南园旧社，并与黎洞石诸人，各和黎美周《黄牡丹诗》十首。……辛亥八月，番禺梁节庵（鼎芬，光绪进士，授编修）集一时名士，重开南园诗社，赋诗会者百数十人，特誉'黄诗陈词'，传为佳话。黄诗者，顺德黄晦闻（节，有《蒹葭楼集》）之诗；陈词者，新会陈述叔（洵，有《海绡词》）之词也。"⑤屈向邦身为民初粤人，有感南园诗学传统未断，故于诗话卷首即介绍南园诗

---

① 刘彬华：《玉壶山房诗话》卷 1，《岭南群雅初集》，《续修四库全书》第 1693 册，上海古籍出版社，1995，总第 145 页。

② 张维屏：《听松庐诗话》，潘仪增《番禺潘氏诗略》首页，光绪二十年刻本。

③ 刘熽芬：《小苏斋诗话》卷 8，《香山诗略》中册，第 258 页。

④ 张维屏：《艺谈录》，舒位等《三百年来诗坛人物评点小传汇录》，程千帆、杨扬整理，中州古籍出版社，1986，第 422 页。

⑤ 屈向邦：《广东诗话正续编》，第 1 页。

社之兴衰，彰显其于广东诗坛之地位。屈氏晚年增订诗话又再重申南园诗社之重要性云："南园为吾粤风雅之地，言诗风者，首以南园为宗，然只言风雅，何足以尽南园诸子之贤。""南园诸贤，不独主持风雅，且兼崇尚节义，盖文章气节之士，相与砥砺切劘之地也。"① 屈氏明确拈出粤诗崇尚风节大义之传统，垂示来学。又如张其淦《吟芷居诗话》频及其乡东莞凤台诗社云："罗秋浦明经九世祖泰与邑中何潜渊、陈靖吉诸诗人建诗社于凤凰台，力追唐音。自是而后，骚人接踵。"② 又云："光绪某年容青田夫子，提倡续'凰台诗社'，月课一诗，曾以《望罗浮》、《白桃花》、《女儿香》为题，与余评阅。"③凤台诗社作为东莞诗坛兴衰的象征，张氏特予表彰，肯定其重要性。像南园诗社、凤台诗社，关乎一省一地的诗风传承，诗话论述多较为严肃庄重，至于各地的诗社雅会亦多及之，李长荣《茅洲诗话》介绍香山菊会诗云："香山人多种菊，每岁菊花会，其间诗人倡和，络绎不绝，殆广州之一都会也。"④ 十年一度香山菊花盛会由清至今均是传统广东诗坛盛会，黄培芳、李文泰、黄绍昌等诗话纷纷介绍菊会诗事；胡曦《湛此心斋诗话》述兴宁喜为诗社刻竹枝词，盛况一时。⑤ 张维屏《听松庐诗话》（一卷本）更是评阅顺德龙山乡诗会之手记，反映顺德县诗会盛况，均展现广东郡邑诗歌活动的特色。

　　近代以来，岭南诗歌开风气之先，出现"诗界革命"以及一批在诗歌中表现新事物、新观念的诗人。岭南诗话也非常敏锐地大力推崇这种新的诗学风气，并在理论上加以阐释，在海内外产生重要影响，这是近代岭南诗话的亮点。梁启超《饮冰室诗话》尤其推许黄遵宪、康有为等诗家，如云："《人境庐集》中有一诗，题为《以莲菊桃杂供一瓶作歌》，半取佛理，又参以西人植物学、化学、生理学诸说，实足

---

① 屈向邦：《广东诗话正续编》，第 99 页。
② 张其淦：《吟芷居诗话》卷 59，第 2b 页。
③ 张其淦：《吟芷居诗话》卷 62，第 3b 页。
④ 李长荣：《茅洲诗话》卷 1，第 25b 页。
⑤ 胡曦：《湛此心斋诗话》，《兴宁先贤丛书》第 4 册，兴宁先贤丛书校印处，1960，第 71 页。

为诗界开一新壁垒。"① 梁氏又提出诗界革命的内涵与途径："过渡时
代，当有革命。然革命者，当革其精神，非革其形式。吾党近好言诗
界革命。虽然，若以堆积满纸新名词为革命，是又满洲政府变法维新
之类也。能以旧风格含新意境，斯可以举革命之实矣。苟能尔尔，则
虽间杂一二新名词，亦不为病。不尔，则徒示人以俭而已。"② 梁氏于
此具体清晰指出中国由传统走向世界化的过渡时代，社会思想必须革
命，诗界亦然，而且"当革其精神，非革其形式"，排除了昔日一味追
求新语句的形式诗歌革命，确立诗界革命应走一条理性的改良道路。

广东诗话还记载大量里巷遗闻、风土习俗，具有独特地域文化研
究价值，正如张维屏《艺谈录·粤东诗人》自序云："海内诗人众矣，
诗亦多矣，岂能遍录？吾唯就吾耳所闻、目所接、心所藏、意所惬者
录之，有疏漏，俟他日补之。兹编虽以少为贵，然熙朝之盛事，艺苑
之博闻，山川景物之瑰奇，人情物理之繁变，皆可于此见之。观者勿
徒以诗话视之。"③ 张氏自云其诗话所及艺坛掌故、风物人情等亦毋庸
忽略，反映诗话文体并非专论诗歌，也兼有笔记杂谈的特色。因此翻
开广东诗话，触目所及，遍记各地风俗人情，如梁九图《十二石山斋
诗话》云："吾粤人多好食槟榔"④，"甘竹滩下鲥鱼最肥"⑤，"吾广每
岁二月十三日，士女多乘画舫诣南海神庙烧香"⑥ 等。李长荣《茅洲
诗话》也有不少琐谈地方风俗，如："粤城人家好作芋蟹，初以芋雪丝
糁粉油煎成蟹，爽脆而甘"⑦，"粤称平人曰'佬'，新妇曰'心抱'，
父曰'爸'，母曰'奶'，子曰'崽'，子女未生曰'蕴'，北人无此
称"⑧，"菊叶用灰面煎食甚香，前人少知味者。六七年来，粤城酒楼
多制宴客"⑨，"粤俗清明日群起踏青，迄一月复应其日，家家以黧子

---

① 梁启超：《饮冰室诗话》，第 30 – 31 页。
② 梁启超：《饮冰室诗话》，第 51 页。
③ 张维屏：《艺谈录》，《三百年来诗坛人物评点小传汇编》，第 272 页。
④ 梁九图：《十二石山斋诗话》卷 7，《清诗话访佚初编》，新文丰出版公司，1987，总第 843 页。
⑤ 梁九图：《十二石山斋诗话》卷 9，总第 1013 页。
⑥ 梁九图：《十二石山斋诗话》卷 10，总第 1075 页。
⑦ 李长荣：《茅洲诗话》卷 2，第 43b 页。
⑧ 李长荣：《茅洲诗话》卷 3，第 33a 页。
⑨ 李长荣：《茅洲诗话》卷 2，第 25b 页。

薄饼奠其先灵谓之闭户，俗例不知创于何时，余谓此亦子孙追远之诚也。苟有礼，吾从众"① 等记载，亦是研究广东传统风俗文化的重要文献。在众多风俗文化中，广东诗话谈及较多的是木棉。木棉作为广东最具代表性的植物，深受骚人雅爱，有关歌咏木棉之诗多不胜数，诗话亦争谈不已，如何曰愈《退庵诗话》云："岭南多木棉树，高十余丈，大数十围。春时开红花，望之如赤城朱霞，烂漫烧空，亦奇观也。王阮亭祭告南海时有七绝云：'歌舞冈前辇路微，昌华故苑想依稀。刘郎去作降王长，斜日红棉作絮飞。'家象冈公亦有诗云：'烟雨天南睡海棠，烛龙移得照红妆。越王夜宴留千炬，织女春寒待七襄。绛影未消瑶岛雪，苍枝偏老石门霜。君看荔苑同移植，多少奇才胜豫章。'又忆宋芷湾二语云：'祝融以德火其木，雷电成章天始春。'尤为未经人道。"② 何氏诗话记载王士禛、宋湘及其先人之咏木棉诗，反映文人对木棉之雅爱。梁九图《十二石山斋诗话》亦云："木棉唯吾粤有之，其树杂茂林中，必高出于群木，遇东风则红玉漫天，阑珊花放矣。"③梁邦俊《小厓说诗》亦云："木棉遇东风则开，莲藕遇西风则肥。"④ 梁氏兄弟诗话俱及木棉的特性。甚至黄培芳《粤岳草堂诗话》更记载"嘉庆壬申暮春，家苍厓开红棉诗社，各赋七律十首，将以踵黄牡丹、赤鹦鹉之韵事。作者七十余人，余亦效颦，赋十首"⑤，黄氏所载黄苍厓（乔松）开办红棉诗社倡写木棉诗之盛况，足见广东诗话的地域特色。

　　道咸以来，张维屏、方恒泰、李长荣、梁九图、李文泰、潘飞声等生逢清代国力中衰之年代，身处中国南大门的广东，目睹列强长期侵凌国土，家园惨遭破坏，既以诗纪事，更撰诗话介绍华洋交流，褒扬抗夷事迹及相关诗歌，如梁九图诗话记载陈连陞都督殉节后，所乘之为贼所得，饲之不食而死之事，褒扬欧阳双南《义马行》诗，抒发

① 李长荣：《茅洲诗话》卷3，第47b 页。
② 何曰愈：《退庵诗话》卷7，《春秋诗话·退庵诗话》，第142–143 页。
③ 梁九图：《十二石山斋诗话》卷10，总第1124 页。
④ 梁邦俊：《小厓说诗》卷4，道光二十九年活字巾箱本。
⑤ 黄培芳：《粤岳草堂诗话》卷2，《黄培芳诗话三种》，第107 页。

"马可谓知义"之感慨。① 民国屈向邦《粤东诗话》亦重提三元里乡民勇拒英兵及张维屏纪事诗云："乡民神勇，活现纸上，其如政府之阘茸误国何？诚历代诗史中最光荣、最热烈、最悲壮之作。"② 在列强侵略中国后，大量鸦片倾销全国，影响国民健康，诗话作者亦深表异议，如梁九图《十二石山斋诗话》指出鸦片、烟草祸害苍生云："近日洋烟流毒遍于海内，吸食者形销骨立，其伤生为最惨。又有鼻烟亦来自外洋，虽无大损，然过嗜之，亦足致疾。南海吴荷屋中丞素有鼻烟癖，后脑际发泡如瘤，日见痛楚，有医士用刀剔刮剖出，乃鼻烟余积，嗅之气息犹存。昆阳陈荔田广文《送侄北上》诗云：'耐记须教髓海填，北行嘱汝此为先。近闻一物能伤脑，莫学趋时麑鼻烟。'足见时尚多属无益。"③ 像这种记载，方恒泰、何曰愈等诗话亦及之，如介绍鸦片烟草的《阿芙蓉歌》《咏鼻烟》等诗，说明鸦片烟草之祸害。当然，梁九图、方恒泰等也肯定西方文明之贡献，如各自叙述粤人邱浩川用外国种痘法拯救小生命，俱见作者关心社会，凸显诗话的社会性及时代性。由于晚清海禁大开，广东诗人与海外诗坛交往日渐密切，此时期诗话亦时及域外风雅，如上文提及潘飞声诗话评介日韩诗歌外，比潘氏稍早的李长荣更重刊《茅洲诗话》成《茅洲诗话待删草》远赠日本诗友，并撰《海东诗话》专评日人诗歌，可惜这诗话已散佚无存；至于李文泰诗话亦偶及日人诗歌，俱反映晚清以来广东诗话视野与时并进、走出国门了。

四 岭南诗话的文体与著述形态

诗话文体定义向来比较宽松，宋人许顗《许彦周诗话》云："诗话者，辨句法，备古今，纪盛德，录异事，正讹误也。"④ 许氏辨体仔细，

---

① 梁九图：《十二石山斋诗话》卷5，第696—697页。
② 屈向邦：《广东诗话正续编》卷2，第46页。
③ 梁九图：《十二石山斋诗话》卷3，总第461—462页。
④ 何文焕辑：《历代诗话》，中华书局，1981，第378页。

反映诗话广而深的内涵，几乎涵盖所有与诗有关的论述。清人林昌彝《射鹰楼诗话》更提出："凡涉论诗，即诗话体也。"① 则只要是谈论诗歌的专述，便可称为诗话。传统诗话大多以闲谈式为主，岭南诗话的文体与著述形态也不例外，但又颇为多样。

　　明清广东诗话有部分比较系统理论性较强的著作，除黄培芳《香石诗话》、张维屏《国朝诗人征略》、梁启超《饮冰室诗话》等外，又如何曰愈《退庵诗话》，何氏论诗主性情、学问，标举盛唐，推许王士禛，抨击空疏之性灵派，并提出六要、六法、八病、四否等诗法，论述亦自成体系。民国期间马小进所撰《诗学源流》系统庞大，前编"诗学总论"凡十五章概述中国历代诗学发展源流及诗学入门路径等，后编"诗法各论"十四章则专论诗法；全书旁征博引，上下古今，重新梳理前贤诗学论述，集其大成，断以己见，尤于诗法之论述，具体而微，有功初学。

　　岭南诗话中有不少专论某一诗家、诗体、诗律等的专门化诗话。清初南海劳孝舆撰有《春秋诗话》，此书名为诗话而非传统评论古近体诗，实乃从赋诗、解诗、引诗、拾诗、评诗五方面讨论《左传》引《诗经》，所以此书在书目归类时，后世也曾有过不同的处理，《广州府志》云："（《春秋诗话》）谨按阮《通志》列在'经部·春秋类'，然此乃诗话，无关经义，据《四库全书存目》编入'诗文评类'，今从之。"② 《春秋诗话》讨论重心乃在说明先秦社会重视诗教，强调赋诗言志，诗话颇能概括出当时引诗之风气，虽然创见不多，但于文献梳理方面不无价值，可谓传统诗话之别体。

　　嘉道时期的林联桂《见星庐馆阁诗话》为一本谈论试帖诗的诗话，刊于道光甲申（1824），作者详述试帖诗使事、遣辞、结构等，推许"端庄流丽""雅正不纤"风格为试帖诗正轨，这对当时举子应考确有裨益，具有实用价值。民国时期，时任北京大学教授的黄节应诸生之

---

① 林昌彝：《射鹰楼诗话》卷5，上海古籍出版社，1988，第95页。
② 《（光绪）广州府志》卷96，第9b－10a页。

请，于民国十四年（1925）编纂《诗律》，全书分正、偏、拗三种，附以符号图解，探究五七言律诗之格律。《诗律》成书于五四运动之后，传统旧学开始步入衰落之际，黄节刊印此书似有起废振弊之举。

近代以来，以某诗社为诗话的有《南社诗话》。① 20 世纪 30 年代，汪精卫以笔名"曼昭"在报纸连载《南社诗话》，汪氏（名兆铭）原为浙籍，其先辈汪瑔（著有《旅谭》）晚清入粤，落籍番禺，后人如汪兆铨、汪兆镛俱广东诗坛名家，汪兆铭亦长于诗歌，并加入南社，故其诗话专论南社社友诗歌，以人传诗，可资谈助。

至于专家诗之评论，有广东嘉应李黼平《读杜韩笔记》，全书凡65 则专论杜韩诗，以斟酌前人注释为主，识见甚高，如第一则云："杜少陵《登慈恩寺塔》云：'回首叫虞舜，苍梧云正愁。惜哉瑶池饮，日晏昆仑丘。'注家谓'叫虞舜'，喻太宗也；'瑶池'二句，喻元（玄）宗与贵妃也。此说非是。愚按《离骚》曰：'济沅湘以南征兮，就重华而陈词。'又曰：'朝发轫于苍梧兮，夕余至乎县圃。欲少留此灵琐兮，日忽忽其将暮。'杜盖用屈子语意，承'皇州'句，说下欲去京师也。故接'黄鹄去不息'云云。所谓臣将去君为黄鹄举者矣，本《韩非子》语。"② 此例就杨伦《杜诗镜铨》引前人注杜甫《登慈恩寺塔》诗句之失，指出诗中四句并非寓指太宗及玄宗、贵妃之意，实乃化用《离骚》句意，以表欲去京师之想，并顺指出"黄鹄去不息"乃典出《韩非子》。又如指出杜甫《房兵曹胡马》"竹批双耳峻"句乃典用《周官》郑注，言经竹括押，驯习不惊也。像这些征引原典而予以考辨，准确指出杜诗之用意，确有新见。

清初朱彝尊辑《明诗综》而附其《静志居诗话》的总集诗话撰写体例，影响深远。广东刘彬华《岭南群雅》选编乾嘉道时期粤诗时亦附其《玉壶山房诗话》，伍崇曜《楚庭耆旧遗诗》选编嘉道咸粤诗而附其《茶村诗话》，黄绍昌、刘熽芬编《香山诗略》而各附其《秋琴

---

① 学术界对署名曼昭的《南社诗话》的作者有争议，我们认为确为汪精卫所作。
② 李黼平：《读杜韩笔记》卷上，广文书局，1976，第 1 页。

馆诗话》《小苏斋诗话》，张其淦编《东莞诗录》而附其《吟芷居诗话》，诸诗话各系于诗人名下，与总集相辅相成，知人论世之功用最为突出。又南海潘衍桐在浙江学政任上编纂《两浙辑轩录续录》，并附其《缉雅堂诗话》，专述两浙诗人，与广东无关，但撰写体例则一致。

　　岭南诗话中，著述形态最有新意而且影响最大的，是张维屏编纂《国朝诗人征略》《国朝诗人征略二编》《艺谈录》三书。张氏三书收录清诗人一千三百多家，可视为清代诗人汇编，文献价值很大。三书并非传统闲谈式诗话，而是旁征博引，综录清代诗人生平、诗评、诗歌（摘句标题）为主，虽然"意在知人，本非选诗，其中或因题，或因事，或己所欲言，或人所未言，意欲无所不有，不专论诗之工拙也"①，但其书合传、论、选的征略体例可谓首创，更开清诗纪事类文献之先河，明显影响后来吴仲《续诗人征略》、施淑仪《清代闺阁诗人征略》、钱仲联《清诗纪事》等书。

（原载《学术研究》2020 年第 6 期，吴承学、程中山撰）

---

① 张维屏：《国朝诗人征略初编》，《国朝诗人征略》，第 7 页。

吴承学主要学术著述

著作

《中国古典文学风格学》（修订本），北京：北京大学出版社
2011 年

《中国古代文体学研究》（国家哲学社会科学成果文库），北京：
人民出版社 2011 年

《中国古代文体形态研究》（第三版），北京：北京大学出版社
2013 年

《晚明小品研究》（修订本），北京：北京大学出版社 2017 年

《中国早期文体观念的发生》，香港：三联书店 2019 年

论文

《"新妇"用典之我见》，《文学遗产》1985 年第 3 期

《"汉魏风骨"应包括"正始之音"》，《文学遗产》1986 年第 3 期

《关于唐诗分期的几个问题》，《文学遗产》1989 年第 3 期

《江山之助——中国古代文学地域风格论初探》，《文学评论》1990
年第 2 期

《传统文学批评方式的历史发展》，《文学遗产》1990 年第 1 期

《辨体与破体》，《文学评论》1991 年第 4 期

《人品与文品》，《文学遗产》1992 年第 1 期

《历史的观念——中国古代文学史观初探》,《文学评论》1992 年第 6 期

《集句论》,《文学遗产》1993 年第 4 期

《生命之喻——论中国古代关于文学艺术人化的批评》,《文学评论》1994 年第 1 期

《论题壁诗——兼及相关的诗歌制作与传播形式》,《文学遗产》1994 年第 4 期

《评点之兴——文学评点的形成和南宋的诗文评点》,《文学评论》1995 年第 1 期

《论谣谶与诗谶》,《文学评论》1996 年第 2 期

《唐诗中的"留别"与"赠别"》,《文学遗产》1996 年第 4 期

《论古诗制题制序史》,《文学遗产》1996 年第 5 期

《论晚明清言》,《文学评论》1997 年 4 期

《中国文学批评史研究的回顾与展望(合作)》,《中国社会科学》1997 年第 5 期

《晚明心态与晚明习气(合作)》,《文学遗产》1997 年第 6 期

《古代兵法与文学批评》,《文学遗产》1998 年第 6 期

《论〈四库全书总目〉在诗文评研究史上的贡献》,《文学评论》1998 年 6 期

《一个期待关注的学术领域——明清诗文研究三人谈》(合作),《文学遗产》1999 年第 4 期

《唐代判文文体及源流研究》,《文学遗产》1999 年第 6 期

《论宋代檃括词》,《文学遗产》2000 年第 4 期

《先秦盟誓及其文化意蕴》,《文学评论》2001 年第 1 期

《诗可以群——从魏晋南北朝诗歌创作形态考察其文学观念》(合作),《中国社会科学》2001 年第 5 期

《"五四"与晚明——20 世纪关于"五四"新文学与晚明文学关系的研究》(合作),《文学遗产》2002 年第 3 期

《汉魏六朝挽歌考论》,《文学评论》2002 年第 3 期

《现存评点第一书——论〈古文关键〉的编选、评点及其影响》，《文学遗产》2003 年第 4 期

《八股四题》（合作），《文学评论》2004 年第 2 期

《中国古代文体学学科论纲》（合作），《文学遗产》2005 年第 1 期

《〈过秦论〉：一个文学经典的形成》，《文学评论》2005 年第 3 期

《清代文章研究的历史与现状》，《文学遗产》2006 年第 1 期

《〈四库全书〉与评点之学》，《文学评论》2007 年第 1 期

《任昉〈文章缘起〉考论》（合作），《文学遗产》2007 年第 4 期

《从章句之学到文章之学》（合作），《文学评论》2008 年第 5 期

《明代文章总集与文体学——以《文章辨体》等三部分总集为中心》，《文学遗产》2008 年第 6 期

《宋代文章总集的文体学意义》，《中国社会科学》2009 年第 2 期

《古代文学研究的历史想象——超越"前理解"与"还原历史"的二元对立》（合作），《文学评论》2009 年第 6 期

《"诗能穷人"与"诗能达人"——中国古代对于诗人的集体认同》，《中国社会科学》2010 年第 4 期

《论〈古今图书集成〉的文学与文体观念——以《文学典》为中心》，《文学评论》2012 年第 3 期

《中国文章学成立与古文之学的兴起》，《中国社会科学》2012 年第 12 期

《命篇与命体——兼论中国古代文体观念的发生》（合作），《中国社会科学》2015 年第 1 期

《建设具有现代意义的中国文体学》，《文学评论》2015 年第 2 期

《"九能"综释》，《文学遗产》2016 年第 3 期

《中国早期文字与文体观念》，《文学评论》2016 年第 6 期

《饶宗颐的中国文学研究》，《文学评论》2018 年第 4 期

《明清诗文研究七十年》，《文学遗产》2019 年第 5 期

后　记

　　本书是我在近古文章与文体学研究方面的部分成果。所谓"近古"，或称"近世"，指宋代以降至现代之前。学术界对于中国"近世"的政治、文化的特点，多有论述。本书比较集中地讨论近古的文章学与文体学。

　　中国文体学盛于南朝，近古又是一次极盛的时期，其研究规模之大、范围之广，远迈前代。"辨体"之风，自宋代而来，至明清而集其大成。对文章体制规范及其源流正变的探讨是近古文学批评的核心议题之一。宋代以后，古文取代了骈文的统治地位，文章学也随之发生重要转向：从魏晋南北朝的骈文文章学转而形成古文文章学。从骈文中心时代到古文中心时代，文章学的评价标准发生明显的变化。近古以来的中国文体学、文章学对于现代中国人的影响更大，更为直接。本书从一些比较特殊、少人注意的理论形态切入，研究中国古代的文体学与文章学。比如，近古以来的文章总集与文章学、文体学的新形态，评点之学的渊源流变，目录学与文学批评，类书与文学批评，近古以来文章学与文体学新形态，以及相关的经典学问题。

　　书中所收的论文，最早写于 1982—1984 年期间，是我的硕士论文的一部分，最晚则是刊于《学术研究》2020 年第 6 期的文章。本书写作时间的跨度差不多贯穿了我已有的学术生涯。

　　回首匆匆六十年。许多经眼事物，转瞬之间，已成遥远的过去。

50 年代，我出生于潮州古城一个教师家庭。我的祖父长期在海外当私塾先生，"文化大革命"中回国。父亲 1949 年前在重庆、上海从事考古、电影等文化工作，1949 年后回到潮州任中学语文教师。我们从小学开始，就遇到史无前例的"文化大革命"。一夜之间，祖父成了"地主"，父亲变为"特务"。作为"可以教育好的子女"，我少年时代所承受的沮丧与压抑的阴影，至今在心理深处仍挥之不去。幸好，温馨的家庭与丰富的藏书给我以最大的慰藉与保护。善良而有主见的母亲总是勉励和支持孩子们读书向上，不因世乱而自弃。对我来说，这种印象是刻骨铭心的。

在那个动荡的年代，由于我身处人文氛围浓厚的家乡和家庭环境中，仍接触和学习了一些传统文化知识。所谓的学习，完全是出于纯粹的兴趣，没有任何功利目的，当然也相当粗浅和零碎。但这些无心插柳之举，居然为后来的专业研究打下某些终生难忘的"童子功"。更重要的是，我从小就明白自己的喜爱与特长，多年以后，以研究中国文化为志业便自然而然成了我的不二选择。

"文化大革命"结束，我便成为恢复高考制度后第一批大学生，后来又继续攻读了硕士、博士学位，圆了少年时代做读书人的梦想。在改革开放的时代，我们这一代进入学术领域。那是一个令人激动的年代，公平公正和宽松的学术环境，让年轻人尽情地绽放自由独立的思想之花。在前辈学者的引领下，我们很快便完成了从蹒跚学步到独立放飞的进程。从此便在教坛与学林从容漫步，至今不息。感恩这个时代，它成就我们这一代人。

站在学术发展史的角度看，任何一代学者，都是承前启后的。承前，决定了一代学者的素质与水平；启后，标志着一代学者的地位与影响。如何评价我们这一代学者，这有待来哲。我们毕竟身在此中，自知者难。然而，作为其中一分子，则不妨有自己的认知。我们这代人，亲身经历了艰难困顿与纷纭多变的历史，这绝非值得炫耀之资本。事实上，这是品流复杂的一代人，一言难尽。从纯学术研究而言，我们与前辈和后代学人相比，无论先天还是后天，都有明显不足，这是一种时代的局限。但是这代人的确有比较独特的人生阅历与生活体验，对于人性的良善邪恶，世事之白云苍狗，所见甚多。这既是不幸，也是大幸。其中，确有一些杰出者，他们曾生活于社会底层，在磨难中成长，对中国社会有深刻认识，故具有家国情怀与经世致用的理想。他们在浑沌中觉醒，而具有独立的思考能力，有强烈的质疑精神。他们能在这纷纷扰扰的世界中，练就一双辨善恶真伪如辨苍素的慧眼。这种思考与慧眼用到学术研究上，便是具有高超的学术识力、敏锐的学术感觉和独到的学术判断。识力与见地，气魄与格局，正是这代学者中真正优秀者之所长。这些优势大概是因为特殊的际遇所养成的，并非仅仅从书本得来的。

一代学者所处的大环境相似，所以有一定共通之处；一代学者的个性与兴趣不同，所以又各有差异。在这一代人中，我就是一名教师和学者而已。曾有学生问我，在八九十年代的学者中，我个人的治学特点是什么。答曰：固执传统。"固执"是研究态度，"传统"是研究领域。

我的主要工作，是赓续和阐释近代以来受外来学术影响而中断的传统学术，一直集中在传统领域里的传统话题：中国诗文批评、文章学与文体学等，意在立足本土文化，以实事求是的态度，回到中国本土理论传统与古代文章文体语境来"发现"中国文学自身的历史，重现中国本土文学与理论的特殊光辉。传统的人文学，主要是学术的积累与阐释，有些研究对象是亘古话题，并非无中生有的"创新"。要"开拓学术之区宇"，必先"承继先哲将坠之业"。不同时代的接受者由于视野不同，对传统话题有新的理解与阐释，用自己的思想与情怀与古人对话，从而获得渐次的推进。我总认为，学术研究的目的，是为了提出有学术史意义的问题并期待解决，而不是为了填补空白。填补空白并不一定有意义，并非所有空白都需要学者去填补。文化创新的同时，需要文化保护。某些传统是需要有人保守、有人呵护的，就像茫茫大漠中的敦煌石窟需要一代代的守护者。

古人说，勤能补拙，其实，恒亦补拙。我别无所长，若有的话，便是固执。四十年来，固执于传统领域的研究。日于是，继之以夜；月于是，继之以年。坚守寂寞，远离喧嚣，以冀盈科而进，聚沙而成塔。

世上有许多伟大、荣耀的工作，我对之虽然佩服，但不羡慕。正如古人所说的，"我与我周旋久，宁作我！"我深爱自己的工作和职业。我并不认为它比其他职业更为神圣、崇高，只是最适合我罢了。小时曾读柳宗元《捕蛇者说》，印象极为深刻。永州有三代从事捕蛇者，虽然"吾祖死于是，吾父死于是，今吾嗣为之十二年，几死者数矣"，但在赋敛制度下，捕蛇这种貌似最危险的职业，却能得到相对的安全与自由。不知为什么，我读这篇文章，常常会产生一种完全相反的怪诞联想。我们家世代以教师为业，我的爷爷是教师，我的父亲是教师，我十多岁就开始当教师，教过小学、中学、大学，至今已四十多年。捕蛇者世代从事此业，是由于一种无奈的消极选择。而我则是出于积极的快乐选择。虽然教师的政治与经济地位曾非常低下，甚至被视为"臭老九"。现在当然不同了，但毕竟不是有权势或可发财的职业。不过，我真心喜欢教师与学者这个宁静而干净的职业，这纯粹是一种个人的爱好。说得俗一点，鞋合不合适，只有脚知道。说得雅一点，如鱼饮水，冷暖自知。

陶渊明《杂诗》云："昔闻长者言，掩耳每不喜。奈何五十年，忽已亲此事。"长者之言，往往老生常谈，宜为年轻人所不喜。而一旦亲涉此境，怅触遂多。我以前读此诗，领略尚浅，如今已成"长者"，读之则相视一笑，莫逆于心矣。

以上詹詹之语，乃一时之感触耳，不知后生闻之掩耳不喜否？

 学术中国文丛

策　划：黄红丽　　主　编：张　江

文学卷

陈思和：《走在复旦的支路上》

曹顺庆：《中国比较文学话语建构》

吴承学：《近古文章与文体学研究》

王一川：《修辞论美学述略》

张福贵：《走向历史的深处》

陈晓明：《纯文学的困境与拓路》

孙　郁：《新旧文学的话语维度》

王　尧：《如何现实，怎样思想》

袁毓林：《认知科学背景上的汉语语法研究》

程章灿：《走进古典的过程》

历史学卷

桑　兵：《历史研究的碎与通》

阎步克：《爵秩品阶：权势金字塔的结构原理》

朱　英：《近代中国商人与商会》

张国刚：《大唐气象：制度、家庭与社会新论》

李剑鸣：《美国社会和政治史管窥》

霍　巍：《吐蕃与高原丝绸之路》

荣新江：《丝绸之路与中古中国》

韩东育：《学理日本》

黄　洋：《古希腊史散论》

包伟民：《两宋社会与读史心路》

哲学卷

俞吾金：《思想史视域中的马克思哲学》

吴晓明：《马克思哲学与当代中国》

杨　耕：《多维视野中的马克思》

倪梁康：《意识现象学的理会与践行》

杨国荣：《史与思：面向具体的存在》

万俊人：《他山问石：西方伦理学撮义》

孙周兴：《哲思的迷局：从现代哲学到当代艺术》

朱　菁：《认知、意志与行动》

王中江：《道之然和道之真》

韩水法：《未来之思》